dtv

Reihe Hanser

Sie sind drei Schwestern und zwei Brüder. Sie sind Waisen und leben in einer schwierigen, einer gefährlichen Zeit. Doch als sie getrennt werden sollen, beschließen sie, allen Gefahren zu trotzen. Polly, die Zweitälteste, ist die Anführerin. Sie überzeugt ihre Geschwister von einem abenteuerlichen Plan: Bei Nacht, jeder nur mit einer Tasche und ein paar in die Mantelsäume eingenähten Goldmünzen, verlassen sie ihr Elternhaus für immer. Viele Monate werden sie auf der Flucht sein, in überfüllten Zügen, auf einem Seelenverkäufer über das Schwarze Meer. Sie lernen gute und böse Menschen kennen. Ihre Heimat, Russland, liegt in den Wirren der Revolution. Immer wieder schafft es Polly, den Geschwistern Mut zu machen. Sie wollen zusammenbleiben, was immer auch geschieht. Aber können sie es schaffen?
»So ist ein opulentes, wortgewaltiges Abenteuerbuch entstanden, das bis in die Einzelheiten davon erzählt, wie es sich anfühlt, Kind zu sein, während die Grundfesten stürzen: es ist, als läse man Dostojewski für Kinder.« Monika Osberghaus in der *FAZ*

»Karla Schneider legt einen Russland-Roman der Extra-Klasse vor. Eine historisch fundierte Reise- und Abenteuergeschichte zur Zeit der Russischen Revolution, durch die die Autorin eine in Vergessenheit geratene Epoche wieder ins Bewusstsein der Leser ruft. Ebenso spannend wie überzeugend. Meisterhaft.« *Eselsohr*

Karla Schneider, geboren 1938 in Dresden, war Buchhändlerin und Journalistin. Seit 1979 lebt sie als freie Autorin in Wuppertal. In der *Reihe Hanser* sind von ihr bereits erschienen »Großvater und ich« (dtv 62366), »Glückskind« (dtv 62320), »Marcolini« (dtv 62410) und »Der Sommer, als ich Filmstar war« (dtv 62447).

Karla Schneider

Die Geschwister Apraksin

Das Abenteuer einer unfreiwilligen Reise

Deutscher Taschenbuch Verlag

Für Mara und Marianne

Das gesamte lieferbare Programm der *Reihe Hanser*
und viele andere Informationen finden Sie unter
www.reihehanser.de

MIX
Papier aus verantwortungsvollen Quellen
FSC® C019821

2011 Deutscher Taschenbuch Verlag GmbH & Co. KG,
München

Umschlaggestaltung unter Verwendung einer
Illustration von Andrej Dugin.
Münzen: »Fritz Rudolf Künker GmbH & Co. KG, Osnabrück«
und »Lübke & Wiedemann, Stuttgart«.
Karte (Seite 586/587): Achim Norweg, München
Satz: Greiner & Reichel, Köln
Druck und Bindung: Druckerei C. H. Beck, Nördlingen
Gedruckt auf säurefreiem, chlorfrei gebleichtem Papier
Printed in Germany · ISBN 978-3-423-62490-9

Sie sind fünf Geschwister, sie kennen eine Menge ganz spezieller Spiele und sie lieben ihr Zuhause. Aber sie leben im Russland kurz nach der Oktoberrevolution; Kriegskommunismus und Bürgerkrieg machen das Land unsicher, wohin man auch kommt. Als sie nach der Mutter auch noch den Vater verlieren, der von einer Geschäftsreise nicht mehr heimkehrt, greift die kommunistische Bürokratie nach ihnen. Eine Behörde beschlagnahmt ihr Haus und bestimmt, dass die fünf Kinder des Kaufmanns Apraksin auf staatliche Heime und Gewahrsame zu verteilen sind.

Der Verlust des Hauses und der heißgeliebten Njanja, ihrer Kinderfrau, muss hingenommen werden. Sich auseinander reißen zu lassen jedoch kommt für die Apraksins nicht in Frage. Ein letztes Mal gehen sie in ihrem Haus von Zimmer zu Zimmer und betrachten noch einmal mit Abschied nehmenden Augen das Reich ihrer Kindheit.

Am Abend gehen sie für immer fort. Jeder hat nur ein kleines Gepäckstück bei sich, denn sie dürfen nicht auffallen. Viele Monate werden sie auf der Flucht sein. Wochenlang fahren sie in überfüllten Zügen, die keinem Fahrplan mehr gehorchen, durch herbstliche Landschaften – zuerst nach Süden, später nach Norden, Ziel Moskau. Oder auf einem klapprigen Frachter auf dem Schwarzen Meer, wo der Wintersturm, die gefürchtete Bora, tobt und sie auf der paradiesischen Krim hängen bleiben für fast ein Jahr.

Und immer wieder gibt es Begegnungen. Mit harten, mit seltsamen, mit grausamen, aber auch mit gutherzigen, großzügigen Menschen: reisende Künstler, Gauner, demobilisierte Soldaten, Leseratte, Handwerker, Jüngerinnen von Isadora Duncan,

Georgier, Schieberkönig, Staatsdichter, Kommissarin, alte Dame, junge Theaterenthusiasten.

Als ihre Odyssee beginnt, sind die Apraksins fünfzehn, zwölf, zehn, neun und fünf Jahre alt. Ihre Namen sind Klascha, Polly, Ossja, Fedja und Dillotschka. Nie werden sie sich trennen, das steht fest. Aber lässt sich das durchhalten?

1. Kapitel

Auf dem Fußweg vor dem weißen hohen Bretterzaun der Hausnummer 25 in der Jelabugaer Straße standen fünf Kinder. Sie hießen Klara, Ippolita, Ossip, Fjodor und Adilia genannt Dillotschka. Ihr Familienname war Apraksin. Hinter dem weißen Hoftor befand sich ihr Zuhause.

Es war Pollys Idee gewesen, noch einmal so zu tun, als hätte eine Droschke sie gerade eben in der Jelabugaer Straße abgesetzt. Als wären sie nach langem Fortsein wieder nach Hause gekommen und müssten sich nun überzeugen, ob alles noch so war wie vor der Abreise.

Die jungen Apraksins hatten etliche solcher ausgedachten Spiele.

»Nach Hause kommen« spielten sie normalerweise nur einmal im Jahr, Ende August, wenn sie aus den Sommerferien zurückkehrten und nach endlosen Wochen der Abwesenheit alles begrüßen und wieder neu kennenlernen mussten.

Wie bei einer Polonaise zogen sie dann durch sämtliche Zimmer und Korridore. Jeder Raum, auch das kleinste Kabinett, musste einmal betreten werden, so wollte es die Regel. Diesen Sommer allerdings waren sie zum ersten Mal, seit Polly denken konnte, hier geblieben, in der Stadt. Weder der Vater noch Wera Makarowna hatten rechtzeitig ein Sommerhaus gemietet. Arkadi Andrejewitsch Apraksin war vor sieben Monaten auf Geschäftsreise gegangen und seitdem fehlte von ihm jedes Lebenszeichen. Und Wera Makarowna behauptete, es sei nicht das mindeste Geld mehr vorhanden.

Wera Makarowna war die Haushälterin der Apraksins und

hatte in den Monaten, die der Herr des Hauses verschollen war, mehrmals Unterredungen mit D. D. Olsufjew gehabt. D. D. Olsufjew war der Buchhalter und Lagerverwalter von »Apraksins Produktenhandel«.

Polly legte die Hand auf den Türdrücker des weißen Brettertores. Sie schaute über die Schulter: ob auch alle bereit und bei der Sache waren.

Ernste Augen antworteten ihr. Sogar Dillotschka sah ernst aus, vom bedrückten Schweigen ihrer Geschwister angesteckt. Ihr hatten sie nichts gesagt, aber Dillotschka spürte, dass das Spiel nichts mit Spaß zu tun hatte. Sie schob ihre Hand in die ihrer ältesten Schwester Klascha. Dillotschka war erst fünf. Sie hatte als einzige der Geschwister keine Erinnerung an ihre Mutter.

Ossja und Fedja hielten sich dicht beieinander, wie ein Taubenpärchen. Ossja war ein knappes Jahr älter als Fedja, aber Fedja war bereits genauso groß und viel stämmiger als er. Sie waren keine einzige Stunde ihres Lebens voneinander getrennt gewesen. Herr Apraksin nannte sie manchmal im Scherz »Kopf und Arm«. Und in der Beurteilung im Osterzeugnis hatte der Erzieher geschrieben (selbstverständlich gingen sie in ein und dieselbe Klasse): »Ossip schnitzt die Pfeile und sucht das Ziel aus, während es Fjodors Aufgabe zu sein scheint, sie abzuschießen.« Ihr Vater hätte sich sicher sehr amüsiert, wenn er Gelegenheit gehabt hätte, das zu lesen.

Polly drückte den Türflügel auf, er quietschte in den Angeln. Im Gänsemarsch ging es den hölzernen Laufsteg entlang, der vom Hoftor zum Haus führte. Der Hof selbst war ungepflastert, bei Regen ein einziger Matsch, im Frühjahr wuchs dort Gras, wucherten Löwenzahn und Brennnesseln, im Sommer dorrte alles zur Staubwüste aus.

Ein beiläufiger Blick galt der Pumpe mit dem langen Schwengel. Wesentlich mehr Teilnahme entfiel auf die Stümpfe der fünf Akazien. Ihre Wipfel hatten bis zum ersten Stock, an die Kinderzimmerfenster, gereicht, und der Duft, wenn sie blühten, war wie purer Honig hereingeweht. Letzten Winter hatte Herr Apraksin schweren Herzens befohlen, dass sie gefällt werden sollten. Es fehlte an Brennholz und auf anständige Weise war keins aufzutreiben gewesen. Höchstens zum Preis von Goldbarren. Die Akazien waren so alt wie Klascha, im Jahr ihrer Geburt gepflanzt. Jegor hatte sie umgehauen, Jegor, der Hausknecht.

Kurz nachdem Herr Apraksin zu seiner Geschäftsreise aufgebrochen war, fehlte eines Morgens auch Jegor. Aber im Gegensatz zu jenem hatte er keine Reisetasche mitgenommen, sondern Dinge, über die Wera Makarowna in zeterndem Tonfall mit D. D. Olsufjew gesprochen hatte. Offenbar handelte es sich um Dinge, auf die Jegor kein Eigentumsrecht besaß.

Während sie auf dem Steg den Hof überquerten, hatten die Kinder ihr Haus vor Augen. Es war einstöckig, aus Holz gebaut und grün gestrichen. Die schön verzierten Fensterumrahmungen hingegen waren weiß. Auch die Haustür war weiß; sie hatte zwei Flügel. Die Innenseite war mit Filz und Wachstuch gepolstert. Gleich dahinter stieß man auf noch eine Tür, eine mit Glasscheiben. Der Platz zwischen den beiden Türen wurde »Windfang« genannt und war vor allem im Winter wichtig, damit bei Schneesturm nicht alles im Haus landete. Nun erst standen sie im Flur mit den Garderobenständern, dem Behälter für Regenschirme und Spazierstöcke, mit dem Sitzt-mein-Hut-auch-richtig-Spiegel und dem Kästchen für Kleider- und Schuhbürsten.

Weil kein Winkel des Hauses ausgelassen werden durfte, schwenkte Polly, die voranging, jetzt scharf nach rechts.

Ins kleine Durchgangszimmer, das ursprünglich dazu gedient hatte, die Fässchen mit dem Petroleum für die vielen Lampen aufzunehmen.

Es folgte der Raum, wo Njanja und die Köchin Galina und Sofja, das Zimmermädchen, und Jegor sich früher aufzuhalten pflegten, wenn sie tagsüber unter sich sein wollten. Es gab dort einen Spirituskocher und einen Samowar, einige Geschirrteile, ein durchgesessenes Kanapee und alle möglichen grellbunten Drucke an der Wand. Inzwischen aber hatten nicht nur Jegor, sondern auch Galina und Sofja es vorgezogen, ihr Arbeitsverhältnis aufzugeben. Sie hatten nicht gekündigt, sie waren einfach gegangen. Njanja aber würde sie nie im Stich lassen! Sie war schon die Njanja von Mama gewesen und mittlerweile so alt und schwerfällig wie ein Tanzbär. Nein, Kinderfrauen trennten sich nicht von den Kindern, die sie aufgezogen hatten, das wenigstens wusste Polly sicher. Doch was nützte dieser Trost, wenn die Kinder sich plötzlich von ihrer Njanja trennen mussten?

Njanja alleine benutzte den Aufenthaltsraum von da an nie mehr. Wozu auch, mit wem hätte sie reden können? Wera Makarowna hatte sich an der geselligen Runde ohnehin nie beteiligt. Als Haushälterin aß sie ihre Mahlzeiten entweder mit Herrn Apraksin – wenn er zu Hause war – oder für sich.

Dennoch waren jetzt hinter der Tür Stimmen zu hören. Waren Galina und Sofja etwa wieder da? Neugierig riss Polly die Tür auf und blieb wie angewurzelt stehen. Die beiden Jungen, die ihr gefolgt waren, prallten an ihren Rücken. Im Zimmer, das seit Monaten verlassen gewesen war, befanden sich Leute.

Eine großbusige Frau mit nach hinten geknüpftem Kopftuch und tropfenförmigen Korallenohrringen redete auf zwei andere Frauen ein, die sich vor einem Bodenspiegel Kleider anhielten. Sie unterstrich ihren Wortschwall mit den theatralischen Gebärden einer Händlerin, die weiß, wie sie mit ihrer Kundschaft umzugehen hat. Auf dem Tisch mit dem Wachstuch standen die Reste einer Mahlzeit – ein Teller mit Fischgräten und Brotkrümeln sowie ein Glas, in dem ganz offensichtlich Tee gewesen war. Denn auch den Samowar hatte die fremde Frau in Besitz genommen und sich, um ihn anzuheizen, einfach Späne von einer Stuhllehne abgeschnitzelt. Das Werkzeug, so groß wie das Entermesser eines Piraten, lag noch auf dem Tisch.

Das Kanapee war unter einem Haufen von Frauenkleidern begraben. Ein Stapel weißer Hemdblusen türmte sich auf einem Schemel. Weiße Sommerkleider mit Stickerei-Einsatz, ein Kostüm mit engem Rock und Bolerojäckchen, ein gefüttertes Abend-Cape, eine Pelzboa, ein halblanger Wintermantel aus grünem Cheviot, Seidenkleid neben Ripskleid, gehäkelte Umlegetücher, braune Alltagsröcke aus festem Wollstoff, getüpfelte Damenkrawatten, ein gelbes Chiffonkleid mit einer samtenen Teerose am Gürtel, ein Sportjackett aus Schottenstoff ...

Am einzigen Fenster stand ein hoher Spiegel auf Rädern, dessen ovale Fläche sich kippen ließ.

»Hab vorläufig keine Zeit für dich, Mädchen. Komm in einer Stunde wieder«, sagte die Händlerin mit einem taxierenden Blick auf Klascha. »Für dich wird sich was finden. Aber die Bälger brauchst du nicht mitzubringen, Kindersachen hab ich im Moment keine. Nächste Woche vielleicht.«

Worauf sie sich erneut den beiden Kundinnen vorm Spiegel zuwandte.

»So eine Bluse erwischst du heutzutage nirgends mehr, Verehrteste. Alles feinste Vorkriegsware! Das Zeug, das die einem auf Bezugsschein zuteilen – thh! Da lachen doch die Hühner! Das ist nicht mal das Zeitungspapier wert, in das man's einwickelt. Fass ihn an, fass ihn an! Schwerer Seidensamt ist das und rot wie Erdbeeren, kein bisschen verschossen. Allein für das Anfassen müsste ich was verlangen. Damit kannst du überall hingehen, immer wirst du die Schönste sein, mein heiliges Ehrenwort.«

»He, Lopuchina, zeig mir das eine noch mal, das aus Leinen mit der blauen Stickerei«, verlangte die jüngere Kundin. Sie war höchstens drei Jahre älter als Klascha. Sie begann an den Haken und Ösen ihres Rockbundes zu zerren, trat aus dem fallenden Rock heraus und stieß ihn mit der Schuhspitze beiseite. Ihr Unterrock war nicht besonders sauber. Nun zog sie auch noch die

Bluse mit den Schweißflecken ungestüm über den Kopf und streckte den nackten Arm aus: »Los, gib schon her!«

Die Händlerin half ihr, das Kleid überzuziehen, und machte vergebliche Anstrengungen, den Rückenverschluss zuzuhaken. Mit unwirschen Kopfbewegungen bedeutete sie den Kindern, die noch immer im Türrahmen standen, endlich zu verschwinden.

»Steht nicht herum, da gibt's nichts zu gaffen, das gehört sich nicht. Geht nach Hause! Verschwindet!«

»Wir sind zu Hause«, rief Polly empört.

Und Klascha sagte so streng sie konnte: »Wer hat Ihnen erlaubt, die Kleider unserer Mutter anzurühren? Wird jetzt schon am helllichten Tag geplündert?«

Die Hausdurchsuchungen der Tscheka mit dem gefürchteten »Beschlagnahmt im Namen des Volkes« geschahen nur nachts.

Jetzt erst begriff Polly die Herkunft der Kleidungsstücke. Sie schnappte nach Luft über so viel Unverschämtheit.

»Was sind das für Leute? Kommen einfach in fremde Häuser und schachern um fremdes Eigentum! Wie findet man das?«

Die beiden Kundinnen, Mutter und Tochter, waren wohl an einer empfindlichen Stelle getroffen worden, denn sie geiferten los wie zwei Kettenhunde.

»Eigentum – dir werd ich dein ›Eigentum‹ geben, du verwöhnte Burschuji-Göre! Was wisst ihr denn schon vom Leben! Ordentlich prügeln hätte man euch sollen, dreimal täglich wie unsereinen, damit ihr einen Begriff vom wirklichen Leben bekommt!«

»Wart's nur ab, bald wirst *du* dich in fremden Häusern herumdrücken! Wirst dich umgucken, wo denn eure seidenen Daunendecken geblieben sind und eure Serviettchen und silbernen Löffelchen mit Monogramm! Da wird dir das Maulaufreißen schon noch vergehen!«

Die ältere der beiden holte mit der Hand aus und eine Naht an der kostbaren Bluse krachte bedenklich.

Polly und Klascha, die zuvorderst standen, waren wie versteinert. Sie machten keinen Versuch, sich mit vorgehaltenem Arm zu schützen. Sie kannten diese Gebärde nicht. Sie waren anders bestraft worden.

Doch die Händlerin Lopuchina hielt die aufgebrachte Kundin zurück. Sie solle sich nicht unnütz aufregen. Ganz allein ihr Problem sei das. Damit würde sie alleine fertig. Sie verschränkte die Arme über ihrem mächtigen Busen in der geblümten Kattunjacke und verzog den Mund. So, als hätte sie einen geheimen Spaß daran, die Kinder lieber ein wenig zu hänseln, ein wenig zu piesacken, anstatt auf sie loszubrüllen.

»Die Kaufmannsbrut, sieh mal an … *Das* also seid ihr. Hab gehört, morgen geht es euch an den Kragen. Möchte nicht in eurer Haut stecken. Was mich, Pelageja Lopuchina, betrifft – ich mache hier nur meine Arbeit. Die Bürgerin da oben im Haus, wie heißt sie noch … Wera Soundso, hat mich beauftragt, die Sachen hier so schnell wie möglich unter die Leute zu bringen. Sie die Hälfte, ich die Hälfte, ganz reell. Seid ihr ein halbes Jahr den Lohn schuldig, da sieht sie zu, wo sie bleibt. Hat schließlich gearbeitet für euch.«

Als sie sah, wie Klascha rote Augen bekam und gleich weinen würde, kramte sie an Trost zusammen, was ihr so einfiel. Sie machte in diesem Haus ein leichtes und glänzendes Geschäft und war daher geneigt, nett zu sein.

»Was willst du, euer Mamachen, Gott hab sie selig, hat für ihre Garderobe seit vier Jahren keine Verwendung mehr, und euer Papachen meldet sich nicht, wie man hört. Wird also wohl kaum eine neue Frau mit heimbringen, die den Kleidern der Vorgängerin nachweint. Und außerdem – wenn erst mal die Kommission die Hand auf das Haus gelegt hat, ist alles, was drin ist, sowieso futsch.«

Keiner der fünf Apraksins äußerte sich dazu. Klascha drehte sich um und gab damit den Geschwistern das Zeichen zum

Gehen. Die Polonaise war noch lange nicht zu Ende. Eine Menge Räume musste noch betreten werden.

»He ... Fräulein! Fräulein, so warten Sie doch!«

Klascha blieb stehen. Sie war zur Höflichkeit erzogen worden.

Die jüngere Kundin packte die ältere bei der Schulter und rüttelte sie. »Das Medaillon, der Anhänger da um ihren Hals – so ein Ding wollte ich immer schon haben. Kauf es ihr ab, Mamotschka, kauf es ihr ab!«

»Das ist aus Gold, Marfuschka. Und die Steinchen vorn drauf sind sicher auch nicht bloß aus Glas. So was können sich arme Leute wie wir nicht leisten.«

Die Lopuchina mischte sich ein. »Man könnte ja tauschen. Das Fräulein Apraksina braucht vielleicht etwas anderes dringend. Ihre Schuhe sind zu eng, das kann ein Blinder sehen. Wie wär's, wenn ich Ihnen bis morgen früh neue Schuhe besorge? Ziemlich gut erhalten, stammen von einer Dame, die unbedingt Geld für die Fahrkarte in den Süden brauchte. Wollte mit einem der ausländischen Schiffe da unten auf und davon. So machen wir's: Sie geben mir den Anhänger, ich verkauf ihn der Marfuschka hier, und morgen bekommen Sie Ihre Schuhe. Na, so schlagen Sie schon ein!«

Sie streckte fordernd die Hand aus.

Aber Klascha sagte Nein. Ein tonloses, aber sehr entschiedenes Nein. Schützend umkrallte sie ihr Medaillon. Es war nicht größer als ein O, das man mit Daumen und Zeigefinger formen kann. Auf der Vorderseite sah man ein Maiglöckchen aus Brillant- und Smaragdsplittern.

»Seien Sie nicht dumm«, redete ihr die Lopuchina zu. »Es sind Schuhe aus dunkelblauem Chevreauleder, mit zweimal kreuzweise Riemchen überm Spann, ein kleiner Absatz, die Sohle ohne ein einziges Loch, ich schwör's. Sie werden Ihnen passen wie angegossen, ich hab ein gutes Augenmaß.«

Klascha schüttelte bloß den Kopf.

Die wortlose Zurückweisung wurde von Mutter und Tochter als Hochmut ausgelegt. Jäh stiegen Hass und Wut in ihnen hoch.

»Behalt es, behalt es nur! Wirst es so oder so nicht mehr lange haben!«

»Wir kommen schon bald, um uns das zu holen, was uns von Rechts wegen zusteht und was solche wie ihr uns, dem Volk, weggenommen habt!«

Die lauten aufgebrachten Stimmen machten Dillotschka Angst. Sie packte die Rockfalten ihrer großen Schwestern und zerrte daran, riss sie rückwärts und ließ nicht los, ehe sie wieder im Korridor waren.

Für einen Moment standen die beiden Jungen der Händlerin und ihren Kundinnen allein gegenüber.

An niemand Bestimmtes gerichtet, in singendem Ton, sagte Ossja: »Möglicherweise werden auch die Elefanten kommen, um sich unseren Brieföffner zu holen und alle unsere Klaviertasten. Weil wir ihnen doch das Elfenbein weggenommen haben. Und die Schildkröten werden kommen und unsere sämtlichen Schildpattkämme beschlagnahmen. Die Schweine werden kommen, denen haben wir, wie alle wissen, die Borsten gestohlen und Zahnbürsten draus gemacht. Hinterdrein kommen dann die Kälber und verlangen das lederne Sofa aus dem Kinderzimmer zurück …«

»Will der Bengel uns auf den Arm nehmen?«

Unschlüssig, ob dieser Knirps von neun oder zehn Jahren sie am Ende verspottete, suchte die ältere Kundin den Blick der Lopuchina.

»Ach was«, sagte die munter. »Merkt ihr denn nicht, dass es bei ihm im Oberstübchen nicht ganz richtig ist?«

Fedja schob den Bruder energisch nach draußen, auf den Gang. Mit Ossja machte man schon was mit! Warum konnte der nie den Mund halten? Wenn er einen Gedanken hatte, musste der ausgesprochen werden, ob das gerade klug war oder nicht. Ohne Fedjas Wachsamkeit und sein Eingreifen hätte Ossja sich schon hundertmal Ärger und Ohrfeigen eingehandelt. Und ohne Fedjas Wachsamkeit und ohne sein Eingreifen wäre Ossja schon hundertmal ohne Strümpfe, ja sogar ohne Schülermütze zur Schule aufgebrochen. Oder mit offenen Schnürsenkeln. Oder ohne entsprechende Hefte.

Aber andererseits – hätte Fedja sich einen Tag denken können ohne Ossja neben sich? Ohne Ossjas verrückte Ideen, ohne Ossjas Genie, ohne Ossjas Sinn für Humor?

Ihre beiden großen Schwestern lehnten am Korridorfenster und führten einen leisen, aber lebhaften Disput.

»So sag schon – was hast du da drin? Es ging dir doch nicht bloß um das Medaillon, gib's zu«, zischelte Polly. »Ist es eine Locke von Mama? Oder eine gepresste Blume von diesem Ingenieurstudenten, wie hieß er doch gleich … Stawrogin? Oder Stolypin?«

»Ach der – der ist doch schon seit Monaten fort. Wollte sich General Wrangels Armee anschließen«, sagte Klascha.

»Was ist es dann?« Polly ließ nicht locker. »Hab ich nicht oft genug bewiesen, dass ich Geheimnisse bewahren kann? So mach's schon auf! Was soll das Getue?«

Klascha gab nach und drückte auf eine Feder, die den ovalen goldenen Deckel aufspringen ließ. Innen war das Fotoporträt eines Mannes hineingequetscht worden.

»Pfhh! Der?« Polly imitierte eine schmachtend singende Männerstimme: »Komm in den kleinen Pavillon, ich verlange kein Pardon …«, und schloss: »Der schmiert sich zu viel Pomade in die Haare. Wie lackiert sieht sein Kopf aus. Und O-Beine hat er außerdem.«

»Was versteht ein Kind wie du schon von Männern, was verstehst du von Liebe«, flüsterte Klascha heftig. »Du weißt ja nicht mal, was das ist.«

»Und ob ich das weiß!« Polly flüsterte ebenfalls; die Brüder mussten nicht alles mitkriegen. Sie war mindestens achtzehnmal verliebt gewesen. Manchmal hatte so eine Liebe eine Dampferfahrt lang gedauert oder den ganzen Nachmittag eines Kinderfestes. Einmal sogar drei Wochen, im Februar, bis die Eisbahn zugemacht hatte.

Klaschas Medaillon zeigte das Gesicht von Boris Brandukow, aus einer Autogrammpostkarte ausgeschnitten. Der Künstler selbst gehörte zu der Truppe, die seit Monaten am Sommertheater des Agniwzew-Gartens gastierte. An diese Bühnenkünstler knüpften die beiden ältesten Apraksin-Kinder riesengroße Hoffnungen, deshalb hielt sich Polly mit weiteren Bemerkungen über den Liebling der Truppe zurück.

Die Polonaise wurde fortgesetzt.

Polly übernahm wieder die Spitze. Da sie anführte, blieb es allein ihr überlassen, in welcher Reihenfolge die einzelnen Zimmer betreten wurden.

Auf der Hofseite des langen schlauchartigen Flurs gab es erst ganz hinten wieder eine Tür, am Ende des Ganges. Sie war verschlossen. Sie war immer verschlossen. Aber Polly hatte vorsorglich Wera Makarownas Schlüsselbund eingesteckt. Sie wusste, wo diese ihn hintat, wenn sie das Haus verließ.

Es empfing sie totale Finsternis, denn hier blieben in Papas Abwesenheit die Fensterläden vorgelegt. Was für ein Glück, dass das gesamte Haus zwei Jahre vor dem Krieg an den elektrischen Strom angeschlossen worden war! Polly knipste alle sechs Lampen an, bis es so hell war, als schiene die Sonne. Mit Stromsperre brauchte man erst gegen sieben Uhr abends zu rechnen.

Der Raum – ein saalartiger Anbau links am Haus – hieß bei den Apraksins »das Musterzimmer«. Denn hier bewahrte ihr Vater all jene Waren auf, mit denen er handelte. Nicht zu verwechseln mit dem Lager, das D. D. Olsufjew verwaltete. Hier gab es nur ein Stück von jedem Artikel. Eben ein »Muster«.

Arkadi Andrejewitsch Apraksin kaufte in allen möglichen Gouvernements bei bestimmten Handwerkern deren Arbeiten auf und verkaufte sie dann weiter an Warenhäuser und Spezialgeschäfte in den größeren Städten.

Lederne Schulranzen und Koffer einfacherer Machart, Gürtel und Peitschen, Pantoffeln und Jagdtaschen. Fußsäcke mit der Pelzseite nach innen für die Fahrten mit dem Pferdeschlitten und Zaumzeug mit Schellengeläut. Grob gewebtes Leinen, bestickte bäuerliche Handtücher, Orenburger Umschlagtücher mit flammenden Blumen durchwirkt.

Aber hauptsächlich handelte Kaufmann Apraksin mit Spielzeug.

Auf den Tischen entlang der Wände standen Puppenhaus-Modelle samt den entsprechenden Einrichtungen. Man konnte wählen zwischen kleinen Sofas mit moosgrünem oder hellblauem oder himbeerrotem Polster. Spannelange Kübelpalmen, Pianos, deren Klaviatur ein schwarzweiß bemalter Papierstreifen war. Herrenzimmer mit Reihen fest angeleimter »Bücher«, Teppiche aus Rupfen oder Kanevas. Himmelbetten mit Mullvorhängen zum Zuziehen, Waschbecken-Gestelle und Handtuchhalter aus Draht und Blech.

Und die Küchen erst: hölzerne Topfdeckelhalter, blecherne Öfen, auf denen man mit Spiritustabletten sogar richtig kochen konnte, winzige Krüge und Schüsseln aus Steingut, Stapel von Tellern, Tabletts mit Tässchen, Butterfässer, Körbchen aus Birkenbast …

Ganze Dörfer wurden in großen runden Schachteln angeboten: gelockte grüne Bäume aus Tischlerspänen, Bauernkaten, eine Ziehbrunnen-Attrappe, Ställe, ländliche Bewohner und allerlei Vieh.

Puppen mit hölzernen Köpfen und mit Sägemehl gefüllten Leibern, die Kleider zum An- und Ausziehen.

Schaukelpferde, mechanisches Spielwerk wie pickende Hühner, Pferde auf Rädern mit anzuschirrendem Wagen, Jahrmarktsratschen, Vogelpfeifen.

Versunken wanderten die Kinder von Tisch zu Tisch.

»Ich bin dafür, dass wir uns jeder ein Andenken mitnehmen«, sagte Polly.

Sie hatte allen aus dem Herzen gesprochen. Sofort ging eine hektische Grapscherei los. Etwas wurde ausgesucht, wieder beiseite gelegt, umgehend durch anderes, Besseres ersetzt. Dillotschka kletterte auf einen Schemel, um an die Puppen zu kommen. Sie hatte keine Ahnung, wieso das Plündern in Papas sonst absolut heiligem Musterzimmer heute auf einmal erlaubt war. Die Gelegenheit musste genutzt werden, ehe sie widerrufen wurde. Sie hatte für diesen Moment vergessen, dass sie nicht einmal Tatjana und Olga mitnehmen konnte, dabei hatten die sogar Porzellanköpfe.

»Halt!«, schrie Polly. Und schlug sich selbst erschrocken die Hand vor den Mund. Sie rannte zur Tür und horchte ins Haus. Zwar war Wera Makarowna mit einem schweren klirrenden Bündel über der Schulter weggegangen (wie eine Hausiererin hatte sie damit ausgesehen, schon sehr merkwürdig). Aber sie konnte ebenso gut schon zurück sein.

»Ich meine natürlich etwas Kleines«, fuhr Polly leiser fort. »Denkt an das eine Gepäckstück, das jeder selbst tragen muss. Wir sollten etwas von … von dem hier nehmen.« Sie deutete auf ein geschnitztes russisches Dorf. Eins von denen, die in den großen Spanschachteln verkauft wurden.

Dillotschka schnappte sich ein Lämmchen.

Ossja wählte einen Großvater mit langem Bart und umgebundenem Sätuch. Die rechte Hand hielt der Alte abgespreizt in der Gebärde des Aussäens.

Erst nachdem Ossja sich entschieden hatte, wählte Fedja. Er griff nach einer kugelrunden Marktfrau mit zwei Körben am Arm.

Klascha nahm den kleineren der beiden Esel.

Polly zögerte am längsten. Schließlich nahm sie die Großmutter mit dem Hahn unterm Arm.

Alle Figuren hatten Holzplättchen unter den Füßen. Das brachte Polly auf eine Idee.

»Ossja, Fedja – habt ihr einen Kopierstift dabei?«

Fedja hatte.

Polly kritzelte etwas auf die ribbelige Unterseite von jedem einzelnen Holzplättchen, ehe sie ihren Geschwistern die Figuren zurückgab.

Sie schrieb »Adilia« unter das Lamm.

Sie schrieb »Ossip« unter den Sämann.

Sie schrieb »Fjodor« unter die Marktfrau.

Sie schrieb »Klara« unter das Eselchen.

Sie schrieb »Ippolita« unter die Großmutter mit dem Hahn.

»Das werden wir ab jetzt immer bei uns tragen«, sagte sie. »Als eine Art Erkennungszeichen.«

Dann ließen sie das Musterzimmer in seine Dunkelheit zurückfallen und verschlossen es wieder.

Weiter!

Die Räume der rechten Korridorseite. Als Erstes der Salon, in dem alles mit Bettlaken zugehängt war, ein weißer, verschlafener Nachtmützen-Saal. Hier stand der Flügel auf seinen dünnen Waden mit den Rollfüßen.

Polly schaute sich um. Was wollte sie vom Salon behalten? Es musste etwas sein, das nur hierher gehörte. Ah ja – das Bohnern! Letzten Dezember nämlich, kurz vor Klaschas fünfzehntem Geburtstag, der in diesem Saal gefeiert werden sollte, hatte der Vater keine Fußbodenpolierer auftreiben können. Niemand wollte sich mehr für solche Dienste hergeben So waren die Kinder selbst mit den Füßen in die Schlaufen der Bürsten geschlüpft. Nachdem Galina und Sofja das Bohnerwachs aufgetragen hatten, waren sie zu fünft auf der freigeräumten Fläche des Parketts herumgetanzt. Als wäre es das Eis des zugefrorenen Kanila-Sees. Papa hatte, um sie anzufeuern, sogar das Grammophon heruntergeholt und auf dem Flügel platziert. Aus dem Trichter krächzte der Triumphmarsch aus »Aida«.

Im anschließenden Wohn- und Esszimmer wurde es schwierig, sich für etwas Unvergessliches zu entscheiden. Das schönste Stück war zweifellos die Lampe über dem Esstisch. Sie war aus verschiedenfarbigem Glas, ein Entwurf des berühmten Glaskünstlers Louis Comfort Tiffany, mit gläsernen Fransenperlen rund um den Schirm. Papa behauptete, er habe ein Vermögen dafür bezahlt. Aber um sich das Wohnzimmer einzuprägen, kam eigentlich nur das Spiel in Frage. Nirgends ließ es sich so gut spielen wie hier, wo so viele Bilder und Bildchen in Goldrahmen an den Wänden hingen. Das Spiel hieß »Der Engländer in der Gemäldegalerie«. Ein auf einen Wischmopp gestülpter steifer Hut mit darum herum drapiertem schottischem Plaid wurde hochgehalten, das war der »Engländer«. Er schwankte von einem Bild zum anderen und musste dabei drollige Bemerkungen von sich geben. Dieses Spiel war beinah so beliebt wie »Der seltsame Fahrgast«.

Polly erinnerte sich plötzlich wieder: Als sie und Klascha damals das Spiel erfanden und Ossja großmütig mitmachen ließen, hatte Mama währenddessen an der heruntergeklappten Schreibtischplatte gesessen. Immer hatte sie dort gesessen, beinah jeden Tag, und ihre vielen Briefe geschrieben und dabei vor sich hin gesummt. Oder nachdenkend mit der Zunge geschnalzt: tschicktschick, tocktock.

Die Küche und ihre Nebenkammern ließen sie heute aus. Die Zeit wurde knapp. Stattdessen rannten sie über die Vordertreppe in den oberen Stock hinauf.

Hier war das Kinderreich. Alle Zimmer hatten niedrige Decken und echt englische Kinderzimmertapeten, von Papa extra aus Moskau mitgebracht. Lustige Dorfmotive, die sich unendlich oft wiederholten, und Kate-Greeneway-Kinderfiguren. Und überall bedeckte Linoleum den Fußboden. So ließ sich ein »Malheur« schnell aufwischen. In jedem Zimmer gab es einen Diwan, auf dem Njanja übernachtete, falls eins der Kinder krank war.

In Klaschas Zimmer merkte sich Pollys Erinnerung das lila samtene Sammel-Album. Es enthielt Klaschas Postkarten. Bräunliche Fotos wunderschöner und gefeierter Künstlerinnen aus ganz Europa: Cléo de Mérode, Mistinguett, La belle Otéro, Réjane, Eleonora Duse, die Tänzerin Saharet ... Ein paar Männer waren auch darunter, zum Beispiel der Filmstar Iwan Mossjukhin mit seinem eindringlichen Blick aus den berühmten wasserhellen Augen.

Fünf oder sechs mitzunehmen, hatte Njanja Klascha zugestanden.

»Alle anderen müssen hier bleiben. Steck lieber Nähzeug ein, Stopfgarn und Zwirn und Ersatzknöpfe. Denn ab jetzt wirst du jeden losgetretenen Rocksaum und jeden Riss in den Sachen deiner Brüder ausbessern müssen. Keine Njanja mehr, die das übernimmt. Ach, ihr meine armen Seelchen!«

Klascha hatte erst in allerletzter Sekunde ihre Wahl getroffen. Das Album war aufgeklappt auf ihrem Kopfkissen zurückgeblieben.

Im Jungenzimmer konnte man die Schwelle nicht übertreten, höchstens auf Zehenspitzen. Ossja und Fedja standen mit hängenden Köpfen vor ihrer Spielzeugeisenbahn. Sie hatten sie heute Vormittag noch einmal aufgebaut. »Müssen sich das Messer noch einmal so richtig ins Herz stoßen«, hatte Njanja gesagt. Weichen, Signale, Brücken über kleine Flüsschen (aus Glas über hellblauem Papier), Bahnhöfe, Lampen, der Personenzug mit dem Schlafwagen (eine teure Seltenheit), der Güterzug mit den Viehwaggons.

Polly sammelte alles mit den Augen auf und dazu die angestoßenen Beine des Ossja-Bettes und des Fedja-Bettes.

Das Elternschlafzimmer. Seit der Vater hier allein geschlafen hatte, war die weibliche Note des Zimmers durch seinen Zigarrenrauch verdrängt, fand Polly insgeheim. Auf einem Tischchen am Fenster, neben dem Sessel, thronte das Grammophon. Manchmal hatte Polly, wenn sie nachts kurz wach wurde, die heisere Musik aus dem Trichter bis in ihr Zimmer hinüber gehört. Vor allem Romanzen und Opernarien. Polly wusste, wenn er bis in den Morgen hinein Grammophon spielte und Cognac dazu trank, trauerte Papa und dachte an Mama.

Auf dem Toilettentisch sah man neben Flakons mit eingetrocknetem Parfüm Papas Bayrum-Haarwasser stehen und die Karaffe mit Cognac neben umgedrehten Gläsern auf einem Tablett.

Mit finsterem Blick sahen die vier Ältesten die Schleifspur, die der nach unten transportierte große Garderobenspiegel auf dem Teppich hinterlassen hatte. Sie sahen die offenen Türen des Kleiderschranks ihrer Mutter und sie sahen die Leere darin. Eine gelbseidene Schärpe oder Gürtel war beim Wegschleppen abgegangen und lag zwischen Schrank und Ehebett wie eine goldgelbe Schlange.

»Es riecht so wie die Frau da unten«, sagte Dillotschka und schnupperte. Unwillkürlich schnupperten auch ihre Geschwister. Dillotschka hatte Recht. Ein leichter Schweißgeruch hing im Zimmer, der hier nicht hingehörte. Polly wusste, sie würde vom Schlafzimmer ihrer Eltern nur diesen Eindruck mitnehmen. Leider. War nicht zu ändern.

Zuallerletzt ihr eigenes Zimmer, das sie mit Dillotschka teilte.

Die weiße Bettdecke aus Waffelstoff war noch immer unter Pollys sämtlichen Büchern begraben; wozu jetzt noch aufräumen? Für wen? Vergangene Nacht hatte sie den Versuch unternommen, mindestens sechs ihrer liebsten Bücher schnell ein letztes Mal durchzulesen. Wenigstens ein paar Kapitel. Leider war sie beim vierten, bei »Große Erwartungen«, eingeschlafen. Entsetzt dachte sie daran, dass sie sich ja immer noch nicht entschieden hatte, welches von allen *das* auserwählte Buch sein würde.

Njanja hatte ihr sogar dieses eine ausreden wollen. »Weißt du, was Bücher wiegen? Und die Hauptsache: Auch das liebste Buch kannst du weder essen noch anziehen oder dir die Hände damit waschen.«

An der anderen Wand, auf Dillotschkas Bett, saßen ans Kopfkissen gelehnt zwei einsame Puppen. Dillotschkas Wahl, tränenreich, hatte gegen sie entschieden. Niemand sollte solche Entscheidungen treffen müssen, fand Polly. Warum konnte man nicht alles behalten, was man gern hatte? So lange wie man wollte?

»Wir müssen dort sein, ehe es zu dunkel ist, um uns zurechtzufinden«, raunte Klascha und gab Polly einen sanften Schubs mit dem Ellbogen. »Reiß dich los. Du weißt doch, Wera Makarowna kann jeden Augenblick wieder da sein. Und was dann? Dann müssten wir es auf die Nacht verschieben und ich garantiere für nichts.«

Polly nickte.

»Dillotschka«, sagte sie kläglich, »bring mir eins von meinen Büchern. Bring, was du willst, aber zeig's mir nicht. Gib's mir verkehrt herum.«

Das »Wieder nach Hause kommen«-Spiel war zu Ende.

Alles noch mal gesehen. Zum letzten Mal.

Nervös, aufgeregt, bedrückt und vor Ungewissheit mit Angstklumpen im Magen sammelten sie sich jetzt vor Njanjas Kammer und kratzten an der Tür.

»Njanja? Wir sind so weit.«

Dillotschka hielt Polly etwas hin. Polly klemmte es sich unter den Arm. Ohne es anzuschauen.

Njanja hieß eigentlich Agafja Kirillowna Koljubakina. Aber seit ewigen Zeiten hatte niemand sie mehr so genannt. Mit vierzehn, jünger als Klascha, war sie in Dienst gegangen, hatte als Njanja Kinder betreut. Zuerst die der Familie Remisow, Gilda und Gennadi. Als Gilda später den Kaufmann Apraksin heiratete, war Njanja mitgekommen. Und sie hatte sich mit derselben Inbrunst, denselben Vorurteilen, derselben Güte und denselben abergläubischen Verboten Gildas fünf Kindern gewidmet.

Als Gilda ein Jahr nach Dillotschkas Geburt an Lungenentzündung starb, erst 31 Jahre alt, und als Gennadi im ersten Kriegsjahr fiel, hatte Njanja um sie geweint und geklagt wie eine leibliche Mutter.

In der Kammer duftete es nach Zitronenmelisse. Njanja zog sie in einem Topf auf dem Fensterbrett, zusammen mit anderen Gewächsen, einer Porzellanblume zum Beispiel, deren Blüte aussah wie aus Marzipan geformt.

Vor dem Bett mit dem gewaltigen Aufbau steifer Kissen standen mehrere Gepäckstücke. Eine Damenreisetasche (altmodisches Modell aus besticktem Kanevas). Eine Umhängetasche aus Segeltuch. Eine rosagestreifte Hutschachtel. Zwei Schultornister mit Ziegenfell auf der Klappe. Und ein dickes bäuerliches Bündel, in Bettlaken gewickelt.

Njanja umarmte jedes Kind und drückte ihm Küsse auf Wangen und Haare und bekreuzigte seine Stirn. Dabei flossen ihre Tränen und sie stammelte unablässig Kosenamen und Koseworte.

Auch die Kinder küssten Njanja. Sie hingen an ihrem Hals und klammerten sich schniefend und schluchzend an ihre dicke weiche alte Bärenmutter.

Njanja selbst war es, die sie losmachen musste und »Setzt euch, setzt euch, keine Zeit mehr« jammerte. Alle fuhren sich mit dem Handrücken über die Augen, schnieften erbärmlich und setzten sich. Aufs Bett, auf den Schemel, den Stuhl, die Truhe. Eine Minute verharrten sie so in andächtiger Stille. So verlangte es die Sitte.

Sie blieben auch dann noch schweigsam, als die Minute vorbei war und jeder nach seinem Gepäckstück griff. Njanja ging voraus. Über die schmale Hintertreppe, auf Zehenspitzen.

Sie hielt ihnen das Hinterpförtchen auf, das auf eine enge Gasse zwischen zwei Häusern hinausging. Denn sie würden nicht die Jelabugaer Straße benutzen. Damit niemand sie in der Dämmerung sehen und eventuell später Wera Makarowna Hinweise geben konnte. Sie liefen mit mehreren Schritten Zwischenraum, um nicht aufzufallen.

Ihr Ziel war das Theater.

2. Kapitel

Einen Tag früher …

Vor einunddreißig Stunden, um ganz genau zu sein.

Um elf am Vormittag, wo es in normalen Zeiten während der Ferien immer ein zweites Frühstück gegeben hatte. Das fiel zwar schon lange flach, aber der Magen grummelte zur gewohnten Stunde und verlangte stur und unbelehrbar nach Pljuschka und Franzuskaja Bulka, nach Bitka und Perepjolka. Nach Milchbrötchen und langen französischen Schrippen, nach Fleischklößchen in Sahne und gebratenen Wachteln.

Um diese kritische Zeitspanne zu überbrücken, gab es nur ein Gegenmittel: intensive Beschäftigung mit etwas, das einen voll und ganz in Anspruch nahm.

Dillotschka saß bei Njanja in der Küche und übte Luftmaschen häkeln. Njanja selbst säbelte mit einem großen Messer an einem Kohlkopf herum. Sie versuchte seit Monaten schlecht und recht, die Köchin Galina zu ersetzen. Aber als Kinderfrau verstand sie sich nur auf Kleinkinderessen: Brei, Mus, Flammeri, Süppchen, Omelettchen. Die Jungen befanden sich zu dem Zeitpunkt im ersten Stock. Ossja führte mal wieder eins seiner zahllosen Experimente durch. Er hatte bereits mehrere Selbstversuche hinter sich. Er war einen Tag lang »Blinder« gewesen, einen Tag lang »Stummer«, dann sogar »Taubstummer«. Natürlich war Fedjas Hilfe dabei unentbehrlich. Denn er musste Ossja führen, musste seine Zeichensprache deuten.

Heute wollte Ossja ausprobieren, wie es war, ohne Beine und außerdem einarmig zu sein. Sie hatten Kriegskrüppel genug gesehen und wussten, dass diese sich auf flachen Rollbrettern fortbewegten. Ein rundes Blechtablett war auf das Fahrgestell von Dillotschkas altem Kinderwagen gelegt worden.

Fedja musste Ossja an Knien und Fußknöcheln fesseln und ihm zudem den rechten – nein, den linken Arm mit einem Gürtel an den Körper schnallen. Dann hockte sich Ossja auf das rollende Tablett und ließ sich von seinem Assistenten über die Schwelle ihres gemeinsamen Zimmers schieben. Bis er perfekt genug war, um auf dem Hof aufzutreten, wollte er erst einmal in der oberen Diele üben.

Klascha hatte das Haus eben verlassen. Sie rannte beinah und reckte den Kopf nach allen öffentlichen Uhren, an denen sie vorbeistürmte. Sie hatte kein Geld für die Straßenbahn und fürchtete, zu spät zu kommen. Ihr Zopf schwang hin und her wie ein Glockenseil.

Ihr Ziel war der Agniwzew-Garten.

Polly hielt sich im Salon auf. Sie leierte den Klavierhocker etwas höher und machte sich bereit, die Erwachsenen zu täuschen. Denn um diese Zeit hätte Klascha sich an ihre täglichen Klavierübungen setzen sollen. Klascha war musikalisch. Sie beherrschte die Hälfte der »Ungarischen Tänze« von Brahms, den »Faustwalzer«, das »Regentropfen-Prélude«, mehrere Haydn-Sonaten sowie den ersten Satz von Beethovens »Der Sturm«. Weniger schwierige Sachen, Schlager oder Romanzen, spielte sie sogar vom Blatt.

Polly hatte es gerade mal zu »Heinzelmännchens Wachtparade« und zum »Fröhlichen Landmann« gebracht, allerdings nur im Schneckentempo und mit viel Danebengreifen. Doch Klascha schwor hoch und heilig, dass niemand was merken würde, Hauptsache, es wurde auf den Tasten herumgeklimpert.

»Begreif doch, Poljenka, ich werde dringend hinter der Bühne gebraucht, man rechnet fest mit mir! Er, ich meine Boris Borissowitsch, will Madame Byrstowa in einem günstigen Moment bitten, mich vorsingen zu lassen. Eventuell heute schon, wer weiß.«

Madame Byrstowa-Lochwitzkaja war die Prinzipalin der zusammengewürfelten Truppe vom Sommertheater.

Polly sah halb mitleidig, halb spöttisch auf diese verrückte Klascha. Wie eine Katze, die vom Arm herunter will, stellte sie sich an. Schon gut, schon gut, sie würde ihr helfen. Klascha bekam ihren Willen fast immer. Nur nicht bei Njanja. Und schon gar nicht bei Wera Makarowna. Beide hatten zwar für Kunst allerhand übrig – sie schätzten Kunstgewerbe, sie mochten deklamierte Poesie, auch die Schallplattenaufnahmen berühmter Stimmen, und liebten kinematographische Vorführungen. Aber von reisenden Bühnenkünstlern, die durch die Sommertheater von Kleinstädten tingelten, hielten sie, einmütig wie selten, gar nichts. Die kamen gleich nach den Zigeunern.

Da-dümm-dada, da-domm-dada …

Polly stümperte drauflos. Na, bald würde vermutlich der Schulunterricht wieder anfangen, und dann hätte Klascha keine Zeit mehr zum heimlichen Herumscharwenzeln um diese Gesellschaft vom Agniwzew-Garten!

… dadü, dadü, dadomm-dada …

Wie es wohl mit der Schule jetzt weitergehen würde? Alles war geändert worden. Kein Gymnasium mehr und keinerlei Fremdsprachen und überhaupt seien alle Fächer abgeschafft, die an die Zeit vor der Revolution erinnerten, stand in der Zeitung. Zum Beispiel sei das Fach Geschichte unnötig, da dort nur über Zaren und Kaiser und Könige berichtet würde und nicht über die Taten der Völker. Ebenso sei in Zukunft auf ausländische Literatur zu verzichten. Alles bürgerlich und dekadent und daher überflüssig. Auch von den eigenen, den russischen Dichtern würden nur einige wenige akzeptiert werden. Neue Dichter würden nunmehr neue Poeme schreiben über die neue Zeit und das endlich sich selbst regierende Volk.

Ich kann ja zu Hause für mich alleine weiterlesen, dachte Polly. Unlustig haute sie in die Tasten. Sie angelte mit dem rechten Fuß nach dem Pedal, damit es lauter und professioneller klang.

... da-dommdommdomm, da-dommdommdomm, dadümm, dadümm, da-dommdadomm ...

Sie brach ab.

Nebenan, im Wohnzimmer, erschallte eine Männerstimme. Dann die Stimme von Wera Makarowna. Und wieder der Mann.

Papa?? Polly hoffte eine sehnsüchtige Sekunde lang. Aber eben nur eine Sekunde. Papa hatte langsamer und tiefer gesprochen. Wenn sie jetzt nicht weiterklimperte, würde das auffallen. Möglicherweise aber auch nicht, denn das war keine Plauderei, das war eine heftige Diskussion. Es musste jemand sein, der etwas über Papas Verbleib herausgefunden hatte. Oder ein von Papa geschickter Kurier, der erklärte, warum Herr Apraksin an einem bestimmten Ort festsaß. Oder jemand, der mitteilte, dass ein gewisser Apraksin, Arkadi Andrejewitsch, dort und dort eingesperrt worden war.

Zwei Väter und drei große Brüder von Pollys Mitschülerinnen waren seit der Revolution verhaftet worden. Von der Tscheka. Ein Einziger nur war entlassen worden, dem hatten sie bei den Verhören die Nieren kaputtgetreten.

Ein neues Stück: ... da-da-da dammdamm, da-da-da dammdamm ...

Schließlich hielt Polly es nicht mehr aus. Mit drei lauten Akkorden tat sie, als sei das Stück zu Ende und schlüpfte aus den Schuhen. Auf Strümpfen huschte sie zur Tür und presste das Ohr ans Holz.

»Aber warum gerade dieses Haus? Warum dieses?«

Für gewöhnlich bemühte sich die Haushälterin um einen herrischen kühlen Ton. Vor allem, seit sie das Regiment allein führte. Wenn sie so schrill und zänkisch wurde wie jetzt, musste ihr etwas Angst machen.

»Es ist keine Villa, es ist nur ein Holzhaus! Und ist nicht mal richtig unterkellert. Was kann es denen schon nützen?«

»Stellen Sie die Fragen nicht mir, Wera Makarowna«, sagte D. D. Olsufjew. »Stellen Sie sie dem Kommissar oder wen immer man zu schicken beliebt. Heute Abend, Verehrteste, haben Sie ja Gelegenheit. Ich kann nur wiederholen: Man hat mich in meinem Büro im Lagerhaus aufgesucht und mich nach dem Verbleib des Kaufmanns und Hauseigentümers Apraksin befragt. Dann haben sie das Lagerhaus zum Volkseigentum erklärt. Anschließend haben sie mir befohlen, alle Jelabugaer Straße Haus Nummer 25 gemeldeten Bürger möchten sich heute Abend versammeln. Zwecks Entgegennahme einer Verfügung.«

Die Haushälterin gab einen angstvollen Laut von sich. So kleinmütig hatte Polly sie noch nie erlebt.

»Was Ihre Einwände betrifft, Wera Makarowna«, laberte D. D. Olsufjew weiter, »so möchte ich darauf hinweisen, dass das Haus recht geräumig ist. Man kann allerlei damit anfangen. Zudem ist es an den elektrischen Strom angeschlossen, ein weiterer Vorzug. Ich sage nur: Telefonleitung! Zwar mögen die Telefone für unsereinen gesperrt sein, aber so was ist im Handumdrehen behoben, wenn die roten Kommissionen es befehlen. – Im Übrigen begreife ich nicht, weshalb Sie so aus allen Wolken fallen. Das Dekret ist vor Monaten erlassen worden, also mussten Sie doch darauf gefasst sein.«

»Zu dumm, gerade jetzt müssen sie ihr Auge auf das Haus werfen! Gerade jetzt! Wo ich kaum angefangen habe, den Hausrat abzusetzen!«, sagte Wera Makarowna wütend.

»Das Schäfchen noch nicht ins Trockene gebracht? Tz, tz, tz!

Das ist in der Tat ärgerlich.« D. D. Olsufjew schwamm in falschem Bedauern.

»Nicht in diesem Ton, ja?«, sagte Wera Makarowna schneidend. »Dazu hat niemand ein Recht, der die Umstände nicht kennt. Und Sie am wenigsten! Wenn im Apraksin'schen Lagerhaus noch ein nennenswertes Stück Ware zu finden ist, dann will ich zu Fuß nach Pensa gehen. Schöner Verwalter! In die private Tasche hinein verwaltet, dafür lege ich die Hand ins Feuer. Wovon soll ich jetzt die Bälger ernähren, wenn nichts mehr da ist? Die Lagerbestände waren der einzige Rückhalt, seit der Rubel praktisch wertlos geworden ist.«

Polly klebte mit dem Ohr an der Türfüllung.

D. D. Olsufjew schien durchaus nicht beleidigt zu sein über die Vorwürfe. Er antwortete gelassen, fast gleichmütig.

»Was blieb mir denn anderes übrig, Verehrteste? Die Einbrüche in das Lagerhaus nahmen überhand. Beinah jede Nacht verschwand was. Und die offizielle Beschlagnahme war nur noch eine Frage der Zeit. Da hab ich mir gesagt: Demjan Demjanytsch, sichere dir, was dir von Rechts wegen zusteht. Denn was nützt einem als Buchhalter alle Prokura, wenn sämtliche Konten konfisziert sind! Konnte kein einziges Gehalt mehr auszahlen, nicht mal an mich selber. Unser verehrter Arkadi Andrejewitsch kann sich glücklich preisen, dass er diese traurigen Verhältnisse nicht miterleben muss. Oder glauben Sie etwa noch an seine Rückkehr?«

»Nach dem, was die Zeitungen melden ... und dazu das, was man so hinter vorgehaltener Hand erfährt ...« Die Haushälterin machte eine viel sagende Pause. »Im ganzen Land, von Petrograd bis Noworossisk, soll Flecktyphus wüten. Auch Cholera und Ruhr sind ausgebrochen. Und wer der Ansteckung entgeht, hat auch keine großen Chancen, mit heiler Haut davonzukommen. Die roten Kommissare, die Matrosen, die Soldaten und die Kontrolleure auf den Bahnhöfen schießen einen allerorts wegen nichts über den Haufen. In den Gebieten, wo die Weißen sich noch behaupten, ist es nicht viel besser, die haben stattdessen die Räuberbanden. Wie Horden von Teufeln sollen die über die Leute herfallen, wird erzählt, und ganze Dörfer abschlachten. Sie requirieren Sonderzüge, fahren damit herum und machen sich den Spaß, vom Waggon aus …«

Sie ahmte das Geräusch eines Maschinengewehrs nach.

»Ja, man hört so dies und das, wenn man nach den lächerlichen Brotrationen ansteht. Ein Körnchen Wahrheit steckt selbst in den übelsten Gerüchten, sag ich immer, und heutzutage auf Reisen zu gehen ist reiner Selbstmord. Arme Kinder – haben keinen Totenschein, kein Grab, keine amtliche Benachrichtigung. Ich sage: fünf Waisen.«

Wera Makarowna dämpfte nun ihre Stimme. Auch der Buchhalter redete auf einmal leise und undeutlich. Polly verstand nichts mehr. Und überhaupt hatte sie mehr gehört, als sie hatte hören wollen.

Sie wollte sich erheben, doch durch die Kauerstellung waren ihr die Beine eingeschlafen. Der Bumms, mit dem sie umfiel, auf das harte Holz des Parkettbodens, ließ das Geraune auf der anderen Seite der Tür verstummen.

Kann nur mir passieren, dachte Polly, Klascha wäre so was nie passiert. Eilends kroch sie auf allen vieren zum Flügel zurück. Gerade hatte sie sich auf den Drehschemel gehievt, als Wera Makarowna die Tür aufriss. Misstrauisch äugte sie in den Salon mit den zugedeckten Möbeln.

»Du?! Was machst *du* denn hier? Wo ist deine Schwester?«

Geistesgegenwärtig hatte Polly beide Arme, über die Klaviatur hinweg, auf den Rand des Flügels gelümmelt und die Stirn an das aufgeschlagene Notenheft gelehnt.

»Ich hab ihr die Noten umgeblättert«, sagte sie. »Auf einmal wurde mir schwarz vor Augen. Klascha holt mir ein Glas Wasser und die Kampferflasche zum Einatmen.«

Sie konnte nichts dafür, dass ihr das Lügen, obwohl sie es

eigentlich verabscheute, dennoch so leicht fiel. Manchmal brauchte sie bloß den Mund aufzumachen – und schon erzählte er ganz von selber.

»Schwieriges Alter. Zwölf, wenn ich mich recht erinnere? Hab alle eure Geburtstage im Kopf.« D. D. Olsufjew hatte sich erhoben und war neben die Haushälterin getreten. Belehrend sagte er, an Wera Makarowna gewandt: »Wenn sie im Wachsen sind, kippen solche halbwüchsigen Mädchen leicht um. La petite morte, wie die Franzosen sagen. Nicht so lange Pausen zwischen den Mahlzeiten lassen, sonst tritt im Gehirn Blutleere ein. Hier – ein Bonbon, das wirkt Wunder. So nehmen Sie schon, Ippolita Arkadjewna.«

Pollys Bemühen, so ohnmachtsanfällig wie möglich auszusehen, verflog, als sie sah, was ihr da hingehalten wurde. Auf der Handfläche des Buchhalters lag eindeutig ein Sahnebonbon! Ein kleines hellbraunes viereckiges Ding. Die Pergamenttüte, aus der es stammte, wurde von dem großzügigen Spender rasch wieder verwahrt.

Seit Weihnachten hatte Polly kein Zuckerzeug mehr bekommen.

»Vielen, vielen Dank, Demjan Demjanytsch! Ich merke schon, wie es mir wieder besser geht.« Süße Karamellenspucke sammelte sich in ihrer Mundhöhle.

»Natürlich würde ich Klara Arkadjewna auch ein Bonbon spendieren«, versprach der Buchhalter und richtete die Augen erwartungsvoll auf die Tür zum Korridor. »Ich hoffe, ich sehe sie noch, es würde mich …«

»Danke, aber Klascha hat keine Ohnmachtsanfälle und ist auf Ihre Guter-Onkel-Geschenke nicht angewiesen!« Die Haushälterin verbarg ihre schlechte Laune nicht länger. »Im Hinblick auf den Besuch heute Abend entschuldigen Sie mich jetzt, Demjan Demjanytsch. Sie haben die Nachricht ausgerichtet. Wir danken. Ich bringe Sie noch zur Tür.«

Als sie weg waren, pulte sich Polly das erst angelutschte Sahnebonbon aus den Backzähnen. So etwas musste man sich einteilen. Sie riss eine Ecke Papier aus dem Notenheft und wickelte das Klümpchen ein.

Seit dem Verschwinden der Köchin Galina hatte man aufgehört, wie früher im Esszimmer zu decken. Die Kinder und Njanja hielten ihre Mahlzeiten in der Küche ab. Nur Wera Makarowna aß wie eh und je für sich. Polly kam gerade rechtzeitig, um die Teller und Löffel zu verteilen. Dillotschka legte die Servietten dazu, jede steckte gerollt in einem silbernen Ring, auf dem der Vorname des Benutzers eingraviert war. Nur Njanjas Serviettenring war aus bemaltem Lindenholz.

Fedja hatte Mühe, dem Invaliden Ossja vom Fahrgestell auf seinen Stuhl zu helfen. Die Füße durften den Boden nicht berühren, denn sie waren ja praktisch nicht mehr vorhanden.

Klascha fehlte noch immer.

Polly spürte, dass Njanja etwas bedrückte. Es brauchte denn auch bloß ein Über-den-Arm-Streicheln und Njanja jammerte los: »Unser Salz geht zur Neige. Die Nachbarinnen haben gehört, Salz würde bald eine Seltenheit werden und im Preis steigen.«

Die Küchentür ging auf und Klascha wehte herein. Kerzengerade hielt sie sich. Als hätte auch sie sich eine eingebildete Rolle auferlegt, wie Ossja. Die Rolle einer selbstsicheren jungen Künstlerin.

Njanja schöpfte Klaschas Teller voll. Als sie ihn hinüberreichte, hob sie den Blick, den sorgenvollen, und erstarrte. Ihre Augen wurden kreisrund. Sie staunten und wollten nicht glauben, was sie sahen. Klascha errötete. Sie breitete die Serviette aus und begann heißhungrig zu essen.

»Heute Abend«, sagte Polly zwischen zwei Löffeln Kohlsuppe, »heute Abend kommt uns einer besuchen. Weil unser Haus geräumig ist und elektrisches Licht besitzt.«

Invalide Ossja, der mit der Brust schief am Tisch lehnte, auf seinen einzigen Arm gelümmelt, der zugleich Stütze und Löffelhalter sein musste, fragte interessiert: »Wollen die einen Film bei uns drehen? Vielleicht dürfen wir mitspielen!«

»Ich glaube eher, sie wollen Räume mieten oder so«, vermutete Polly.

Njanja starrte noch immer Klascha an. Jetzt wurden auch die anderen aufmerksam. Njanja schnaufte, ihre Brust hob und senkte sich, die ganze Njanja kochte wie ein Samowar.

»Warum guckst du Klascha an?«, fragte Dillotschka.

»Weil sie aussieht wie eine Hupfdohle aus so einem ... so einem Café chantant«, brach es aus der alten Frau heraus.

»Woher weißt du denn, wie es dort zugeht?« Klaschas Stimme zitterte. Sie aß verbissen weiter.

»Auch noch unverschämt! Na, das passt ja dazu.«

»Was ist eine Hupfdohle?« und »Was ist ein Café chantant?«, fragten Dillotschka und Ossja fast gleichzeitig.

Polly ging löffelnd mit dem Mund immer weiter zum Teller hinunter, dabei unablässig Klaschas Gesicht betrachtend. Sie wollte selbst herausfinden, was Njanja so empörte. Endlich hatte sie es: Es lag an den Augen. Der innere Rand von Klaschas Augen war mit einem Kohlestift geschwärzt worden. Und die Augenlider glänzten wie mit Vaseline bestrichen. Klascha sah wunderschön aus. Fand Polly. Beinah so schön wie La belle Otéro oder Saharet.

»Hupfdohlen sind Weibsbilder, die in gerüschter Unterwäsche und mit nackten Armen und einem albernen Hut auf dem Kopf zu dritt auf einer Bühne herumhopsen, die nicht größer ist als ein Billardtisch«, verkündete Njanja. »Und rings um diese Bühne sitzen betrunkene Männer, die ihnen auf die Schenkel glotzen.«

»Und Café chantant?«, bohrte Ossja. Seine Wissbegierde schlief nicht mal beim Essen. Fedja hingegen waren neue Wörter egal. Er hatte genug zu tun, seinen beinlosen einarmigen Bruder am Umkippen zu hindern und ihm den weggerutschten Suppenteller wieder zurechtzurücken.

»Ein Lokal, wo anständige Frauen sich nicht sehen lassen«, antwortete Njanja. »Dort verkehren nur Lebemänner, Handelsvertreter, Trällerliesen und Hupfdohlen. Sie trinken Champagner aus Schuhen und nehmen Kokain und mieten Séparées. Ich hatte vor vielen Jahren mal in einem solchen Etablissement eine Botschaft zu überbringen.«

»Du glaubst doch nicht im Ernst, dass solche dekadenten Lasterhöhlen heute noch existieren«, verteidigte sich Klascha. »Im Ausland gibt es sie vielleicht noch. Aber hier würde so ein Lokal von der Tscheka sofort geschlossen. Mit Gewalt! Nein, wenn ich auftrete, werde ich richtige Kunst darbieten.«

Und Klascha signalisierte »großer Sieg« zu Polly hinüber. Sie verdrehte die schön und fremd geschminkten Augen auf die entsprechende Art und Weise.

Polly signalisierte zurück: Erzähl! Kann's kaum erwarten!

Während Ossja sich vor Lachen verschluckte (Champagner aus Schuhen! Igitt!) und hustete und schließlich vom Stuhl purzelte, ohne indes seine Rolle einen Augenblick zu vergessen, hatte Wera Makarowna die Küche betreten. Sie brachte ihren leer gegessenen Teller zurück und pflanzte sich an der Stirnseite des Küchentischs auf.

»Ich habe etwas Wichtiges mitzuteilen. Etwas sehr Wichtiges.«

Mit verschränkten Armen wartete sie. Bis Ossjas Theater aufhörte. Bis sich alle Augen auf sie gerichtet hatten. Erst dann sagte sie: »Heute Abend wird uns der Vertreter einer Kommission aufsuchen, um uns von einer Maßnahme in Kenntnis zu setzen. Ich schlage vor, dass wir ihn ab halb acht im Wohnzimmer erwarten. Vollzählig.«

Njanja bekreuzigte sich und stieß einen hohen spitzen Schrei aus.

»Heilige Muttergottesjesuschristus! Aber warum? Was wollen die von uns?«

»Vorläufig weiß ich auch nichts Genaues«, sagte Wera Makarowna. Sie sagte es so gelassen und glaubwürdig, dass Polly fast von ihrer Ahnungslosigkeit überzeugt gewesen wäre.

Ossja fing wieder mit seiner Vermutung über die Drehorte suchende Filmgesellschaft an. Aber Wera Makarowna schüttelte bloß den Kopf, die Lippen zusammengekniffen über so viel Dummheit.

»Merkt es euch! Halb acht. Im Wohnzimmer. Vollzählig. Es ist im Interesse eines jeden, dass er sich die Mitteilung anhört.« Sie wirkte finster entschlossen und sehr geschäftig. Aber wie stets teilte sie niemandem ihre Pläne mit.

»Also, erzähl schon: wie war's? Hast du vorsingen dürfen?« Polly packte Klascha voll brennender Neugierde am Ärmel.

»Nicht direkt«, sagte Klascha. »Madame Byrstowa wollte unbedingt mein Klavierspiel kennenlernen. Sie rief Gontscharenko, der mit Opernarien auftritt, und ich sollte ihn begleiten. Einfach so – vom Blatt spielen.«

»Und? Solche Klavierbearbeitungen sind doch bloß Fingerübungen, hast du selbst oft genug gesagt. Was war es denn?«

»›Das Lied des indischen Gastes‹«, sagte Klascha. »Aus ›Sadko‹; kinderleicht im Grunde. Aber wenn man die Noten das allererste Mal sieht, schwitzt man doch. Dann legte sie mir noch ein paar Romanzen vor. Aber ich sollte nie singen, nur begleiten. Sie lobte mich und fragte, ob ich nicht Lust hätte, mit ihnen zu kommen. Man hat ihr nämlich den Klavierbegleiter verhaftet. Es hatte sich herausgestellt, dass er in Wirklichkeit ein Adeliger war und sein jetziger Name nur ein Deckname. Er konnte außer Klavier auch noch Violine und Domra spielen, ich nicht. Deshalb müsste ich mich neben dem Klavier auch noch anderweitig nützlich machen, meinte Madame Byrstowa. Den anderen bei den Kostümen helfen, nähen und ausbessern und so weiter.«

»Was heißt, er *war* ein heimlicher Adeliger«, wollte Polly wissen. »Wieso war? Kann man das denn loswerden?«

»Madame Byrstowa hat gesagt, die Tscheka … also, die haben ein monatliches Erschießungssoll, was Adelige angeht. Die werden verhaftet, auch wenn sie gar nichts getan haben. Und deshalb braucht sie dringend einen Ersatz. Weil sie abreisen. Übermorgen schon.«

Klascha sah trübe vor sich hin.

»Und er?« Polly betonte das »er« auf anzügliche Weise. »Ich denke, er fand deine Stimme so … wie war das noch? Ah ja: so frisch und metallisch. Und nun geht's nur um Begleiten, um Klimperei?«

»Er war überhaupt nicht da«, sagte Klascha. »Es hieß, er sei in der Stadt, Besorgungen machen, für die Reise. Ich hab mich nicht einmal verabschieden können.« Sie biss sich auf die Lippe und kämpfte mit ihrem Verliebtheitsschmerz.

»Weißt du was?«, tröstete Polly. »Dann bist du eben übermorgen auf dem Bahnhof. Auf dem Bahnhof darf man die Leute sogar umarmen, in dem Tohuwabohu fällt das überhaupt nicht auf.«

Klascha schniefte. »Aber dann brauch ich unbedingt eine Rose. Wo krieg ich bis übermorgen früh eine Rose her?«

Die Frage war berechtigt, denn Blumen waren genauso von den Märkten verschwunden wie Gemüse, Fleisch und Backwaren, Zuckerzeug und Kleider.

»Wohin wollen sie denn reisen?«, erkundigte sich Polly.

Klascha zuckte die Achseln.

»Was weiß ich. Hier, bei den Roten, gibt es keine Engagements mehr, hat Madame Byrstowa gesagt. Sie plant, sich mit der Truppe in die Gebiete durchzuschlagen, die noch von weißen Truppen besetzt sind. Ihr schweben Gastspiele im Süden vor, in den Badeorten der Krim, wo es von Flüchtlingen wimmelt, die sonst was dafür zahlen würden, um einen Boris Brandukow zu hören. Auch die Ukraine hat sie ins Auge gefasst, in Kiew und Charkow gibt es viele kleine Bühnen, wo sie auftreten könnten. Und ich könnte dabei sein ...«

Polly warf einen scharfen Blick auf ihre schmachtende Schwester.

»Besser, ich komme mit. Übermorgen, auf den Bahnhof, meine ich. Du bist so verschossen in diesen Brandukow, dass du es fertig bringst, dich heimlich in den Zug zu schmuggeln. Ohne eine einzige Kopeke in der Tasche. Aber du bist keine Klavierbegleiterin, du bist nur eine große dumme Gans von fünfzehn Jahren und neun Monaten. Und du bist noch nicht mit der Schule fertig, vergiss das nicht!«

»Wo krieg ich eine Rose her?« Klascha überlegte fieberhaft. »Ich könnte auf den Friedhof gehen. Nein, es muss eine rote sein. Auf Friedhöfen werden nur weiße Rosen gepflanzt.«

»Du könntest sie ja rot anstreichen. Wie die Gärtner in ›Alice im Wunderland‹«, schlug Polly vor.

3. Kapitel

Sie kamen zu zweit.

Bloß zwei – das war ein gutes Zeichen.

Den Kommissar erkannte man gleich an der für Kommissare typischen Lederjacke, der Militärmütze und den Reitstiefeln. Nein, hohe Ledergamaschen waren es; Polly sah die Reihe der Knöpfchen entlang der Wade.

Er hatte nur eine kleine Mauserpistole in einem Futteral am Gürtel. Sie hatte irgendwie erwartet, die Abordnung würde mit über der Brust gekreuzten Patronengurten anrücken und mit Maschinengewehr. So wie die roten Matrosen, die die Dienststelle der Tscheka beschützten. Sie standen auf dem Fußweg vor dem Eingangsportal des Gebäudes.

Die Leute mieden die Straße. Abergläubische alte Weiber, wie die Frau des Hausmeisters an Pollys Schule, brachten nicht einmal den Namen Tscheka über die Lippen. Sie umschrieben ihn, wie die Bauern es mit dem Namen des Teufels taten.

Der andere Mann war vollkommen unauffällig. Nur dass er weder Zelluloidkragen noch Krawatte trug, sondern ein leinenes russisches Hemd. Dazu ein Jackett mit ausgebeulten Taschen und auf dem Kopf eine Schirmmütze. Alle Mitglieder der bolschewistischen Partei trugen solche Schirmmützen; zumindest auf den Fotografien in der Zeitung. Im Frühjahr war ein Gerücht herumgeflogen: Alle Männer, die noch Hüte trügen, demnach als »burschuji« verdächtig waren, als feine Pinkel, würden auf offener Straße verprügelt.

Schnauzbärte hatten sie beide. Doch war der des Kommissars gestutzt, während der des Begleiters als Gestrüpp halb über den Mund herunterhing.

Die Schiebermütze übernahm das Reden, während der Kommissar seine Aufmerksamkeit den Bildern an den Wänden widmete. Sie schienen ihn wirklich zu interessieren, denn er ging mit den Augen hinterm Kneifer ganz dicht heran, um hier und da die Signatur des Malers zu entziffern. Serow … aha … Winogradow, nicht schlecht … Gabar … erstaunlich …

Sie hatten, so erfuhren die sieben im Esszimmer Versammelten, den Volkskommissar Blagoj und seinen persönlichen Sekretär vor sich.

»Wer von Ihnen ist der Vorsitzende des Hauskomitees?«

Bestürzter Blickwechsel der beiden Frauen. Natürlich hatte man von dem Befehl gehört und gelesen, solche Komitees zu bilden. Aber das traf doch sicher nur auf Häuser zu, in denen mehrere Familien lebten, auf Mietshäuser mit Etagenwohnungen. Ehe Wera Makarowna sich zum Geständnis durchringen konnte, dass man hier etwas Derartiges nicht habe, hatte Ossja schon das Wort ergriffen.

»Sie!«, rief er, breit lächelnd über den Jux, und zeigte auf Polly.

Fedja fühlte sich sofort schuldig, weil er das nicht verhindert hatte. Die beiden Frauen und Klascha erstarrten vor Schreck. Mit solchen Sachen durfte man keine Späße treiben. Man konnte schon für weit weniger erschossen werden als für Verhöhnung der Staatsgewalt.

»Name?«

Der Sekretär sah Polly auffordernd an. Er schien sich nicht daran zu stoßen, dass die Vorsitzende des Hauskomitees erst zwölf war.

Polly spürte, wie ihr Kopf ganz leer wurde. Das Gefühl einer kalten Hand hinten im Genick.

»Ich hab dich nach deinem Namen gefragt!«

»Apraksina«, sagte Polly kaum hörbar. »Apraksina, Ippolita Arkadjewna.«

Wera Makarowna hüllte sich in Schweigen.

Njanja kam mit verstohlenem Bekreuzigen nicht mehr nach.

»Nun, Apraksina, wie dir sicherlich bekannt ist, haben wir seit Anfang des Jahres das Dekret über die Aufhebung von privatem Hausbesitz«, begann der Sekretär. Sein Ton erinnerte Polly an einen dozierenden Lehrer. »Das schließt übrigens auch die im Haus befindlichen Möbel mit ein. Das heißt, ihr dürft nichts entfernen, weil das Haus ab sofort als Eigentum des Volkes genutzt wird. Verstehst du, Apraksina? Dann mach das auch den anderen Bürgern hier klar. Das heißt zum Beispiel, dass ihr nicht schnell noch die Sofas und Polsterstühle auf den schwarzen Markt schleppen und zu Geld machen dürft. Ebenso ist es verboten, den Plüsch und den Chintz abzutrennen und einzeln, als Stoff, zu verkaufen.«

Die Kinder folgten seiner Rede mit offenem Mund. Warum um alles in der Welt unterstellte der Mann ihnen, sie könnten die Polstermöbel aufschlitzen und auf dem Markt verkaufen wollen?

Polly besann sich auf ihre Pflicht als »Vorsitzende des Hauskomitees« und fragte schüchtern, was damit gemeint sei.

»Das bedeutet, dass unsere Dienststelle, das Volkskommissariat für Nationalitätenfragen, hier einziehen wird. Schon übermorgen. Und dass damit gleichzeitig eure gesamte Einrichtung verstaatlicht ist, das bedeutet es auch.«

Leiernd, als habe er die Sätze schon unzählige Male verkündet, fügte er hinzu: »Das Inventar wird unverzüglich protokolliert werden. Den ehemaligen Besitzern ist es bei Strafe verboten, heimlich Teile davon beiseite zu schaffen.«

Und als Polly weiterhin begriffsstutzig dreinsah: »Das Haus Nummer 25 der Jelabugaer Straße ist enteignet. Kapierst du jetzt, Apraksina? Ist doch wirklich nicht so schwer zu begreifen.«

»Frag ihn, ob wir dann alle in einem Zimmer schlafen müssen«, rief Ossja. Man konnte seine Gedanken an seinen lebhaften Mienen ablesen: Eine interessante Haushaltung stellte er sich wahrscheinlich vor, Notlager auf dem Fußboden, eins am anderen, während die eisernen Bettstellen, da viel zu groß und ungefüge, zerlegt und auf dem Dachboden abgestellt wurden.

Weil aber Polly wie benommen war und diese wichtige Frage nicht stellte, zupfte Ossja kühn am Rockschoß der Staatsmacht.

»Hören Sie, Onkel!«

Vor lauter Schreck schluckte Fedja Luft und begann zu »hicksen«. Sicher würde Ossja den Begleiter des Kommissars mit einer seiner respektlosen Bemerkungen erzürnen! Ihm war alles zuzutrauen. Um den Schluckauf loszuwerden, musste man den Atem anhalten und die Finger in die Ohren stecken. Deshalb, nur deshalb bekam Fedja nicht mit, was Ossja denn nun wirklich sagte.

»Hören Sie, Onkelchen! Herr Volkssekretär! Wo werden *wir*

sein? Wir Apraksins und unsere Njanja? Und Wera Makarowna?«

Doch der Sekretär hatte seinen Teil erfüllt. Für weitere Verfügungen fühlte er sich nicht zuständig. Deshalb blickte er fragend zum ledernen Rücken des Kommissars hinüber. Der hatte die Besichtigung noch nicht ganz abgeschlossen und bewunderte gerade das Ölbild »Krebsfang bei Nacht«.

Dillotschka deutete mit dem Zeigefinger auf ihn und sagte laut und deutlich: »Der da spielt ›Engländer in der Gemäldegalerie‹, aber er macht alles falsch! Zeig's ihm, wie man's richtig macht, Klascha.«

Denn Klascha war darin unschlagbar, einfach zum Totlachen.

»Pschpschpsch.« Njanja hielt Dillotschka den vorlauten Mund zu.

Volkskommissar Blagoj drehte sich jetzt um, ließ Bilder Bilder sein, nahm den Kneifer ab und putzte die Gläser mit einer Ecke des Tischtuchs.

»Sie sind ein Idiot und bleiben ein Idiot, Tibutin«, sagte er mit gelangweilter Stimme. »Das Volkskommissariat für Nationalitätenfragen ist doch aufgelöst. Vorläufig zu unproduktiv. Wir gehören nunmehr zur Zentropetschatj. Merken Sie sich das. Oder ist das zu viel verlangt?«

Und an die »Vorsitzende des Hauskomitees« gerichtet, ließ er sich zu einer Erklärung der Abkürzung herab: »Zentrale Agentur des gesamtrussischen Zentralen Exekutivkomitees zur Verbreitung von Presseerzeugnissen. Nebenstelle.«

Polly nickte, von so viel Exklusivität erschüttert. Diese Abkürzungen wuchsen aus dem Boden wie Pilze. Kein Mensch konnte sich mehr als ein halbes Dutzend merken, vor allem nicht, was sich dahinter verbarg.

Der Sekretär räusperte sich mahnend.

»Der Verbleib, Genosse Blagoj, da wäre noch die Frage des Verbleibs.« Er wies mit Kopfbewegungen auf die Hausbewohner hin. »Die da scheinen zu glauben, sie könnten weiter hier wohnen bleiben. Ausgeschlossen, selbstverständlich. Was haben Sie vorgesehen, Genosse Kommissar?« Er fischte aus der Rocktasche einen schmuddligen Zettelblock und einen Kopierstift, den er geschäftsmäßig anleckte.

»Brauchen Sie Wohnraum, Großmutter?« Der Kommissar wandte sich an Njanja.

»Nein, nein, brauch nichts. Komm selber zurecht.« Die alte Frau ließ seine Mauserpistole nicht aus den Augen. »Ich hab Verwandtschaft auf dem Lande, keine nahen Verwandten, aber sie werden mich hoffentlich nicht von der Schwelle stoßen.«

»Und Sie, Bürgerin?«

Wera Makarowna nickte mit finsterem Gesicht. »Mir müssen Sie etwas zuweisen. Ich arbeite schließlich, ich bin kein Parasit. Brauchen Sie wirklich das ganze Haus? Hören Sie, wir könnten uns einigen – es gibt da so ein Zimmerchen, gleich neben der Eingangstür. Wenn ich das behalten dürfte? Ich könnte mich nützlich machen, Tee kochen, und auch sonst ... Briefe frankieren, die Ablage ordnen, was Sie wollen.«

»Versuchen Sie, sie in einer Gemeinschaftswohnung unterzubringen, Tibutin«, sagte der Kommissar. »Ansonsten danke schön, Bürgerin, aber wir sind mit Bürohilfen ausreichend versehen.«

»Und die Kinder?« Der Sekretär leckte wieder am Stift. Der Stift lauerte über einer neuen Zeile seines Blocks, um die Anordnungen zu notieren.

Sinnend ließ Kommissar Blagoj den Blick über die unmündigen Subjekte gleiten. Er machte es sich nicht leicht; das konnte man ihm nicht vorwerfen.

»Habt ihr noch Angehörige?«

Kopfschütteln, Schweigen. Ihr einziger Verwandter war Onkel Gennadi, der Bruder ihrer Mutter gewesen. Aber der war im ersten Kriegsjahr gefallen.

»Machen wir es so: die da und der da« – der Kommissar deutete auf Dillotschka und Fedja – »ins Kinderasyl.«

Dann betrachtete er Ossja. Recht wohlwollend.

»Dieser Bursche hier scheint mir ganz aufgeweckt für sein Alter. Den tun wir in das bewusste Heim, das für die ›Sowjetkinder‹. Damit er kommunistische Erziehung genießt. Ich hab so ein Gefühl, er könnte das Zeug zu einem brauchbaren Agitator haben. Was hältst du davon, Kleiner, wenn wir aus dir einen perfekten Tschekisten machen? Am Anfang würdest du bei den Haussuchungen eingesetzt. Nebenbei lernst du agitieren und könntest in spätestens zwei Jahren schon als Redner auftreten. Nicht das Alter ist entscheidend, sondern das hier.« Er tippte sich an die Stirn.

Ossja war nicht in der Lage, sich dazu zu äußern. Diesmal hatte Fedja rechtzeitig eingegriffen. Als er sah, wie Ossja die Lippen öffnete, um etwas Ehrliches, aber bestimmt fürchterlich Kränkendes auszusprechen (worauf der Kommissar sie alle exekutieren würde), hatte er sich mit einem Überraschungsangriff auf Ossja geworfen.

Missbilligend und verständnislos sahen alle Anwesenden diesem Treiben zu. Jungen – th! Sie wälzten sich unter dem Tisch. Fedja presste dabei mit aller Kraft eine Hand auf den Mund seines Bruders. Mit der anderen nagelte er Ossjas freie Hand am Boden fest. Manchmal war es nützlich, der Stärkere zu sein, wenn man schon der Jüngere war.

Ossjas Protestschreie kamen lediglich als wütendes Durch-die-Nase-Tröten heraus. Doch Fedja verstand alles. »Ich bin ein Kriegskrüppel« und »Du bist unfair und gemein«.

»Die beiden großen Mädchen ... hm, hm ... Die Fabriken wären ideal, aber die sind ja zur Zeit sämtlich geschlossen.« Er schien es langsam überdrüssig zu werden, der Kommissar Blagoj. »Ach, was soll's, stecken wir sie einfach ins Haftasyl für Jugendliche. Das Kinderasyl nimmt nur bis zehn Jahre auf, ist außerdem mehr als überfüllt. Zusammen werden sie sich schon durchbeißen. Und es soll recht freizügig dort zugehen, keine Rede von Gefängnis. Werden sogar in die Schule geschickt, glaube ich. So, das wäre erledigt, Kinder. Für euch wird gesorgt! Übermorgen früh, wenn wir hier einziehen, wird man euch fortbringen. Regeln Sie das, Tibutin. Bis dahin dürft ihr euch noch hier aufhalten. Die Partei der Bolschewiki wird euch in Zukunft Vater und Mutter sein. Dankt es ihr, indem ihr uns dient, wenn wir euch brauchen.«

Schon im Gehen, ließ er dem Sekretär noch eine letzte Anweisung zukommen: »Dieses Gemälde« – er deutete auf den »Krebsfang bei Nacht« – »kommt in mein neues Büro.«

Kaum waren sie weg, stürzte auch Wera Makarowna aus dem Haus, ihren ledernen Huthelm auf den Kopf gestülpt. Draußen war es mittlerweile stockfinster, denn es brannten auch keine Straßenlaternen. Aber weder die Kinder noch Njanja verschwendeten einen Gedanken darauf, wo die Haushälterin jetzt noch hinrannte, halb in der Nacht.

Njanja zündete eine der tragbaren Petroleumlampen an. Klascha setzte mit großer Geste auch noch die Reservelampe in Gang. Denn wozu jetzt noch mit dem kostbaren Petroleumvorrat sparen, für die Zentropetschatj etwa? Ohne dass darüber geredet werden musste, wollten alle raus aus diesem Zimmer. Als sei es von jetzt an verseucht.

Aber sie gingen nicht weit, nur nach nebenan. In die Nähe des weißen Kachelofens, des Schreibschranks, der Sessel und der mit Mamas Reiseandenken voll gestopften Vitrine. Manchmal glaubten sie daran, dass irgendein schattenhafter Rest ihrer Mutter noch immer sich dort aufhalten könnte.

Dillotschka kletterte auf Njanjas Schoß.

Klascha und Polly richteten sich auf der Récamière ein, dem gelben Sitz-Liege-Sofa. Sie streiften die Schuhe ab, zogen die Füße aufs Polster und schlangen die Arme um die aufgestellten Beine.

Ossja hatte seine Rolle als Kriegsinvalide abgebrochen. Ein für seine Verhältnisse bedenkliches Zeichen. Fedja musste ihm die Fesseln an Fußgelenken und linkem Arm aufknibbeln. Weil sich das Blut gestaut hatte und Ossja nun tatsächlich gehunfähig war, schleppte Fedja den Bruder huckepack. Er ließ ihn in einen Sessel plumpsen und quetschte sich mit dazu.

Von Dillotschka mal abgesehen, hatte jeder ganz bestimmte Bilder vor Augen. Die Bilder glichen sich, denn es handelte sich um Eindrücke von denselben Häusern.

Das Kinderasyl war ein kleines Palais in der Vorstadt. Vor dem Krieg hatten abends dort auf der Gartenterrasse Kandelaber geleuchtet; die weißen Glaskuppeln der Lampen erinnerten an Straußeneier. Wenn man einen Spaziergang zum Kanila-See machte, musste man dort vorbei. Die Vorderfront war rosa getüncht. Außerdem gab es sechs weiße Säulen, die ein Vordach trugen. Polly fiel ein, wie ihre Mutter einmal eine Bemerkung gemacht hatte von wegen »hübsches Beispiel für russischen Klassizismus«. Was immer das bedeutete – auf jeden Fall war es ein Lob, wenn Mama es hübsch gefunden hatte.

Die Besitzer verschwanden irgendwann. Verjagt? Verhaftet? Ins Ausland geflüchtet? Seit gut einem Jahr waren dort Kinder untergebracht. In kürzester Zeit war aus dem rosa Palais eine hässliche, verschandelte Bruchbude geworden, über die man sich in der ganzen Stadt den Mund zerriss. Keine Fensterscheibe mehr ganz. Von den »Straußeneiern« existierten nur mehr ein paar Splitter; wahrscheinlich mit Katapulten zerschossen. Die weißen Säulen waren bis zur Höhe von einem Sashen beschmiert.

Im einstigen Garten türmten sich Abfälle. Auch die Nachbarn luden ihren Unrat dort ab. Offenbar war schon lange die Jauchengrube nicht geleert worden, denn beißender Gestank stieg einem in die Nase, wenn man draußen auf der Straße vorbeiging. Gestank nach uralten Urinpfützen und Kothaufen. Vermutlich stumpfte man mit der Zeit dagegen ab, denn den ganzen lieben

Tag lang sah man die Kinder aus den Fenstern hängen, wo sie sich mit Auf-die-Straße-Spucken unterhielten.

Sie hatten Gesichter so fahl wie Nelkenschwindlinge, jene bleichen, nur fingerhohen Pilze, die immer in Haufen wachsen, mit Hütchen nicht größer als Fingerhüte. Auch die Kinder, fiel Polly ein, trugen übrigens Hütchen. Nein, keine Hütchen – Mützchen. Mit Zipfeln wie Narrenkappen. Alle das gleiche. Im Agniwzew-Garten konnte man ihnen begegnen, wenn sie, einmal am Tag, in Zweierreihen dort durchgeschleust wurden: zum Spaziergang. Allesamt ohne Schuhe an den Füßen, aber mit diesen komischen Narrenkäppchen.

Polly versuchte Dillotschka als Teil dieses Zuges zu sehen. Oder Fedja. Dillotschka und Fedja, ohne Schuhe und Strümpfe, diese ulkigen Mützchen auf den Köpfen. Auf den wegen Läusen rasierten Schädeln.

Fedja – ohne Ossja? Nein, das ließ sich nicht vorstellen.

Ossja würde es besser haben. Die »Sowjetkinder« waren Ausstellungsstücke. Sie wurden Ausländern vorgeführt, die sich für das Leben im neuen Russland interessierten, sie wurden fotografiert und die Bilder in Zeitungen veröffentlicht. Sie galten als die »Zukunft der Partei«. Die Bolschewiki rechneten mit ihnen und richteten sie ab. Für später.

Vielleicht, überlegte Polly, vielleicht würde ihr Bruder Ossip sogar irgendwann Spaß daran finden, Leute aus dem Schlaf zu reißen, bei ihnen einzudringen, sich wichtig zu machen, sie zu demütigen.

Hier, im Haus Nummer 25 der Jelabugaer Straße, waren die beiden Hausdurchsuchungen von erwachsenen Kopftuchweibern durchgeführt worden, angeführt von einem Mann mit Gewehr. Aber andere Mädchen in der Schule hatten von neun- oder zehnjährigen Kindern berichtet, die dabei gewesen seien. Noch viel gründlicher als die Erwachsenen seien sie gewesen, hieß es. Diese genierten sich zuzugeben, wie schlecht es mit ihrem Lesen bestellt war und nahmen meistens der Einfachheit halber gleich alles mit, was sie an Schriftstücken fanden – Poesiealben, Gästebücher, Liebesbriefe, Hefte mit Rezepten, sogar Wäschezettel. Die Kinder hingegen blätterten voller Misstrauen und prüften Seite um Seite.

»Hier ist verdächtiges Material! Das können Sie beschlagnahmen, Tante Mussja!«

Und wenngleich der Eigentümer händeringend beschwor, das sei doch nur ein Manuskript über die Geschichte des Porzellans – »Ich bin Übersetzer, außerdem liegt es schon seit Kriegsanfang hier in dieser Schublade!« –, verließ sich die Durchsuchungskommission lieber auf den Instinkt ihres abgerichteten Schlingels.

»Kann jeder sagen. Einsacken!«

Polly sah ein großes Mietshaus vor sich, dessen Fenster in der sonst stromlosen stockdunklen Nacht hell leuchteten. Denn in den Häusern, die die Tscheka sich »vornahm«, wurde für die Dauer der Haussuchung das Licht extra vom Elektrizitätswerk gespendet. Und sie malte sich Ossja aus, mit einer viel zu großen Schirmmütze. Ossja, wie er im Gefolge von drei Erwachsenen um vier Uhr früh eine Spur des Schreckens und der Angst durch fremde Wohnungen zog.

Dieser Kommissar hatte einen scharfen Blick. Bei Fedja wären sie mit solcher Zumutung an den Falschen geraten, aber Ossja – der stürzte sich ja ständig auf neue Rollen, war bald dies, bald das. Wenn man ihm die Rolle des Sowjetkindes schönredete, würde Ossja auch hier sein Bestes geben. Fedja, der war dumpfer im Denken als Ossja, aber gerade deshalb treu. Nie würde er wanken. Ossja, nur ein Jahr älter, doch intelligenter als sein Bruder, war gerade deshalb verführbar. Wer seine Fantasie, seine Gedanken geschickt beeinflusste, hatte Ossja in der Hand.

Jetzt aber konnte Polly sich nicht länger vor dem drücken, was ihr selbst blühte. Ihr und Klascha. Das, was der Kommissar als

Haftasyl für Jugendliche bezeichnet hatte, hieß im Volksmund nur »die Kabanicha«. Einmal, weil es in der Kabanowstraße lag. Aber nicht nur deswegen. Kabanicha – das bedeutete »Wildsau«.

Klascha hatte vor den Ferien eine Geschichte mit heimgebracht, in der die Kabanicha eine entscheidende Rolle spielte.

Eine gewisse Lilja Larionowa, noch nicht ganz vierzehn, war zu Beginn des Jahres in die Kabanicha eingeliefert worden. Ihr Vater, Professor Larionow, hatte sich geweigert, mit einer bestimmten Behörde der »Kommission« zusammenzuarbeiten. Man hatte ihn erschossen und seinen gesamten Besitz konfisziert. Als Liljas Mutter den Leichnam ihres Mannes forderte, um ihn zu beerdigen, teilte man ihr mit, die Ausgabe könne sie sich sparen. Man habe ihn an die Tiere des Zoologischen Gartens verfüttert. Daraufhin war die Frau wahnsinnig geworden.

Freunde der Larionows – die Eltern einer Mitschülerin Klaschas – hatten sich daraufhin ins Gebäude der Tscheka gewagt und angeboten, Lilja bei sich aufzunehmen. Der Vorgang zog sich über Wochen und schließlich Monate hin, und Lilja war noch immer in der Kabanicha. Immer wieder hieß es, die Tochter eines Konterrevolutionärs dürfe nicht in ihr altes Milieu zurück, eine proletarische Erziehung täte ihr nur gut.

Bis eines Tags die Mutter jener Mitschülerin Klaschas allein zur Kabanicha gegangen war. Ohne Erlaubnisschein. Es war überraschend leicht gewesen, eine der Klutsch-Mütter, der Schlüsselbewahrerinnen, zu bestechen. Auch die Insassen selbst taten es, ganz offen, vor den Augen der Besucherin. Sie kamen und gingen nach Belieben, vor allem einige der größeren Jungen.

Ansonsten tat niemand etwas, das nach Beschäftigung aussah. Es wurde geschäkert, gesungen, gerauft, angebrüllt, Kübel mit Mittagessen kamen, blankes Wasser, in dem ab und zu ein Blättchen schwamm, wie die Besucherin feststellte. Dazu gepresster Hanfsamen, Ölkuchen genannt, um deren Verteilung lautstarker Zank entbrannte.

Sie fand Lilja schließlich in einem großen Raum, wo sie teilnahmslos auf dem Boden kauerte, in einer Ecke, einen umgekippten Stuhl quer vor sich, wie eine Barrikade.

»Sie sah mich an wie eine Fremde«, hatte die Mutter der Mitschülerin später berichtet. »Kein Erkennen, keine Freude. Wenn sie wenigstens geweint hätte! Sich an mich geklammert! Nichts. Es war unheimlich. Ich versuchte sie auf die Beine zu bringen, zog an ihrer Hand. ›Lilja‹, sagte ich, ›ich komme morgen wieder. Man muss diesen Weibern nur etwas zustecken. Ich entführe dich! Du wirst fürs Erste bei uns im Balkonzimmer schlafen. Von dort kann man jederzeit durch den Garten fliehen, wenn sie dich bei uns suchen. So sprich doch mit mir, Liljtschka!‹

Endlich rappelte sie sich vom Boden hoch, stützte sich dabei am Stuhl ab. Sie bestand nur aus Haut und Knochen, doch dann sah ich ihre Taille. Der Gürtel war offen und auch die Haken und Ösen am seitlichen Verschluss klafften. Sie musste schätzungsweise im fünften Monat sein. Und sie war doch erst vierzehn!«

Sie hatte Lilja bestürmt, ihr zu sagen, wer das getan habe. Als keine Antwort erfolgte, hatte sie aufs Geratewohl geraten:

Ein Kommissar?

Kopfschütteln.

Ein anderer von diesen Kerlen? Beim Verhör?

Kopfschütteln.

Schließlich hatte die Besucherin auf die Bengel nebenan gedeutet, die mit ihrer Wassersuppe fertig waren, die Spelzen der Ölkuchen auf den Boden spuckten und sich ihre »Ziegenbeinchen« drehten, Zigaretten. Jungen in Liljas Alter, dreizehn bis fünfzehn, Galgenvogelgesichter darunter, die meisten als Diebe aufgegriffen.

»Einer von denen?«

Kaum merkliches Nicken.

»Welcher war es? Zeig ihn mir.«

»Sie haben alle mitgemacht. Alle.«

Das war das Erste, was Lilja seit Monaten gesprochen hatte. Und auch das Letzte. Denn in der Nacht schnitt sie sich mit einer Glasscherbe die Pulsadern auf. Das Mädchen, das mit ihr das Bett teilte, merkte nichts. Es benutzte das Bett höchst selten.

Polly rüttelte an Klaschas hochgestellten Knien.

»Erinnerst du dich an die Larionowa? Was mit ihr in der Kabanicha passiert ist?«

»Ich denke an nichts anderes«, sagte Klascha. »Aber mich wird das nicht betreffen, ich verschwinde. Wenn die uns holen kommen, bin ich schon weg.«

Polly, die sich allein der Kabanicha ausgeliefert sah, sank in sich zusammen und begann Grimassen zu schneiden. Grimassen des Kummers und der Angst, während es aus ihren Augen nur so strömte, völlig lautlos.

»Du nimmst mich doch mit, Njanja? Da, wo du hingehst?« Dillotschka zweifelte nicht, sie wollte es nur noch einmal bestätigt haben.

»Nein, mein Lämmchen.« Njanja wiegte bekümmert den Kopf. »Ich weiß noch nicht einmal, ob ich selbst willkommen bin. Und ich schätze auch, die Aufseher aus diesem Kinderasyl werden schwerlich mit sich handeln lassen. Sie haben die Aufgabe, Kinder abzuholen, und so nehmen sie sie mit. Auch wenn eine indische Fürstin käme und sagte: ›Gebt mir die Allerjüngste, ich will sie in Samt und Seide hüllen und mit Datteln füttern.‹«

Fedja, neben Ossja in den Sessel gequetscht, hatte seinen Kopf so tief sinken lassen, dass jeder seinen Haarwirbel am Hinterkopf zu sehen bekam. Er war zu verzweifelt, um wenigstens still zu flennen, wie Polly das konnte.

Plötzlich geriet Njanja in Bewegung. Klaschas hingeworfene Bemerkung hatte in Njanjas Gehirn »Ping!« gemacht. Sie beugte sich vor, wobei Dillotschka auf ihrem Schoß zusammengedrückt wurde wie eine Gummipuppe.

»Klascha, Klaschenka ... hast du etwa vor, dich diesen Leuten anzuschließen, diesen ... Bühnenkünstlern? Willst du eine von denen werden, die sich die Augen mit Kohlestift anmalen, sodass jeder ihnen auf den ersten Blick ansieht, wie es mit ihrer Moral bestellt ist? Ist das so? Antworte mir!«

»Und wenn es so wäre?«, gab Klascha trotzig zur Antwort. »Alles tausendmal besser als in der Kabanicha zu enden wie die Larionowa. Und damit du es ganz genau weißt: Madame Byrstowa-Lochwitzkaja würde mich sofort nehmen. Mit Kusshand.«

»Will sie dich adoptieren? Oder hat sie dir gesagt, dass du singst wie die, die euer Papa immer auf dem Grammophon gespielt hat, die Plewitzkaja?« Njanja konnte auch ironisch werden.

Und Klascha erzählte noch einmal, was Polly bereits wusste: Klavierbegleiterin an Stelle des Verhafteten, der leider als Adeliger zur Welt gekommen war; sein Pech. Natürlich würde Madame Byrstowa ihr nicht so viel zahlen wie ihm, der außerdem noch Geige und Domra beherrschte. Aber sie brauchte ja nur für ihr Quartier und ihr Essen aufkommen. Dafür würde es reichen.

»Und wir gehen alle mit!«, schrie Ossja begeistert.

Klascha drehte die Augen zur Zimmerdecke.

»Lass die dummen Witze! Da brauch ich Madame Byrstowa gar nicht erst zu fragen. Glaubst du, die Truppe würde sich mit einem Kindergarten belasten? In den Eisenbahnen herrschen Zustände, die man nur als Katastrophe bezeichnen kann. Mamin und Mamina, das Pantomimenpaar, haben mir so einiges erzählt. Ich glaube, sie wollten mich abschrecken. Eine Strecke, für die man früher anderthalb Tage brauchte, dauert heute unter Umständen drei Wochen.«

»Aber du bist die Älteste, das Familienoberhaupt! Du kannst uns nicht im Stich lassen!« Ossjas Stimme wurde gellend und anklagend. »Und was, wenn Papa eines Tages doch wieder auftaucht, nach zehn Jahren, wie der Graf von Monte Christo, und dich fragt« – hier machte er seine Stimme tiefer und kehliger –:

»›Klascha, ist das wahr? Du hast deine Geschwister in diese grauenvollen Kinderverlotterungs-Asyle gehen lassen? Klascha! Das hätte ich nicht von dir gedacht. Alle meine kleinen Töchter und meine kleinen Söhne – verdorben, gestorben …‹«

»Was redest du da eigentlich? Gerade du hast es doch am besten getroffen, sollst ›Sowjetkind‹ werden, wirst gut genährt und gekleidet, den Ausländern vorgeführt. Was passt dir denn daran nicht?«

Ossja antwortete mit seiner normalen Stimme: »Habt ihr gedacht, ich gehe irgendwohin, wo sie Fedja nicht gebrauchen können?«

Fedjas Kopf schnellte hoch. Fedja nahm wieder teil. Es interessierte ihn wieder, was aus ihnen werden sollte.

Polly schloss sich Ossjas Forderung an. Sie klang belegt und weinerlich, aber auch sie war der Ansicht, dass Klascha verpflichtet sei, sie alle mitzunehmen.

Klascha hielt sich den Kopf und gab Laute von sich, als würde sie die Füße in ein brühsiedenheißes Fußbad tauchen. Sie schrie fast:

»Aber ich hab doch keine Ahnung, wo es hingeht! Wie kann ich die Verantwortung übernehmen, wenn ich nicht weiß, wohin es uns verschlägt?«

»Es kommt nicht darauf an, wohin wir gehen. Sondern vor allem, dass wir fort sind«, sagte Polly. »Fort, ehe sie kommen und uns auseinander reißen und uns an grässliche, widerwärtige Orte verschleppen.«

»Ich glaube, es ist wirklich der einzige Ausweg, Klascha, mein Täubchen«, ließ sich Njanja vernehmen. »Ich schwör's bei allen Heiligen, dass diese Tingeltangel-Leute die Letzten sind, bei denen ich euch gerne aufgehoben sähe. Aber ihr wärt immerhin beisammen und könntet einander helfen. Gleich morgen früh wirst du zu dieser Madame Sowieso gehen und ihr sagen: ›Ja, ich werde Ihre Klavierbegleiterin. Aber nicht ohne meine Geschwister.‹ Wenn sie dich wirklich braucht, wird sie mit den Zähnen knirschen und einwilligen.«

»Morgen früh schlafen die alle noch. Vor zehn brauch ich gar nicht aufzutauchen«, sagte Klascha verkniffen. »Und noch was: Mein Billett zahlt Madame. Sie kauft einen Sammelfahrschein für die Truppe. Wer bezahlt die Eisenbahnkarten für die vier da? Oder unterwegs ... die Verpflegung, die Unterkunft in Pensionen ... Alles ist überteuert, das weißt du selbst, Njanja. Vorausgesetzt, dass Madame Byrstowa einwilligt, sie zu dulden, werden sie mir unter den Händen verhungern. Und wenn eins Masern kriegt und nicht reisen kann? Welcher Vermieter lässt uns bei sich wohnen ohne Geld?«

Der Einwand senkte sich wie eine Decke aus eisigem Nebel auf alle nieder.

Njanja schien zu überlegen, krampfhaft über etwas nachzudenken.

»Dieses Bild vorhin ... das dem Kommissar so gefiel ... Ich habe überhaupt nicht mehr daran gedacht. Ich kam nur ein einziges Mal rein zufällig dazu, wie Arkadi Andrejewitsch, euer Papa, etwas hineintat oder herausnahm. Und das ist schon viele Jahre her. Kommt, Kinder, kommt mal mit! Vielleicht ... vielleicht ...«

Die Petroleumlampe im hoch erhobenen Arm, strebte Nanja mit ihren kurzen, eiligen Trippelschritten hinüber ins Esszimmer.

»Nein, erst bringen wir Dillotschka zu Bett. Sie macht Augen wie ein Käuzchen am hellen Mittag.«

4. Kapitel

Mit größter Vorsicht nahmen Klascha und Polly das Bild vom Haken. Den »Krebsfang bei Nacht«. Es durfte nichts passieren mit dem Gemälde. Kein Aus-der-Hand-Rutschen und Zersplittern des Rahmens. Es gehörte ja nicht mehr der Familie Apraksin. Es war Volkseigentum. Übermorgen früh würde es dort aufgehängt werden, wo Kommissar Blagoj von der Zentropetschatj sein Büro einzurichten beliebte.

An der Wand hinter dem Bild zeichnete sich ein Türchen ab.

»Ein Safe! Und wir hatten keine Ahnung!« Ossja hüpfte. Langsam wurden seine Beine wieder gelenkig.

Njanja zog an einem knopfartigen Drücker. Das Türchen öffnete sich so leicht wie das Türchen eines Nachttischs. Dahinter aber befand sich ein zweites Türchen aus Stahl. Und darauf eine Art Drehscheibe mit Zahlen.

»Leider kann ich euch hier nicht weiterhelfen.« Njanja zuckte bedauernd die Achseln.

Klascha und Polly versuchten es in wildem Eifer mit sämtlichen Geburtsdaten der Familie, aber die Tür reagierte nicht.

»Wäre ja auch zu einfach gewesen.«

Ossja drängte die großen Schwestern beiseite. »Was ist das da? Auf der Innenseite der äußeren Tür? Sieht aus wie ein Abziehbildchen. Tut mal die Lampe näher heran!«

Es war in der Tat ein Abziehbildchen. Es stellte einen Vogel dar. Einen Dompfaff mit leuchtend roter Brust.

»Snegir! Probiert mal die Buchstaben. Ich meine, an welcher Stelle im Alphabet sie stehen, diese Zahlen.«

Dafür war Polly zuständig. Buchstaben – gedruckte oder vorgestellte – waren ihre Spezialität. Blitzschnell überschlug sie und nahm die Finger als Hilfe dazu.

»Wenn ich nicht was falsch gemacht habe: 17, 13, 6, 4, 16.«

Klascha wählte. Das Türchen knackte leise.

»Ossja, du bist das Genie der Familie!«

Polly und Klascha küssten ihn lobend und preisend auf die verwuschelten Haare. Fedja lächelte so stolz wie ein Hahn, dessen Henne gerade ein goldenes Ei gelegt hat. Njanja strahlte wie die Sonne. Klascha, als die Längste, angelte mit der Hand ins Innere des Safes.

Ein Album, in dunkelgrünes Leder gebunden, auf den Seiten innen befanden sich kleine Täschchen, in denen Münzen steckten, viele davon alt und verbeult.

Eine Schallplatte. Eine Schallplatte? Jedenfalls Vorsicht!

Ein dicker Packen Papier. Das heißt, nicht direkt Papier, vielmehr ein dicker Stoß Briefmarkenbögen, der Bogen zu hundert Stück.

Und sonst?

»Tut mir leid, das ist alles«, sagte Klascha.

Wie – kein Geld? Keine Schätze, kein Haufen Kleinodien? Jeder versuchte seine Enttäuschung tapfer zu tragen. Njanja jedoch sah äußerst zufrieden aus.

»Ich weiß gar nicht, was ihr wollt. Euer Papa war schlauer, als ihr denkt. Er hat schon letzten Winter vorausgesehen, dass zweierlei immer seinen Wert behält: Gold und Briefmarken.

Was haben wir jetzt nicht alles: Zarenrubel, Leninrubel, Kerenskirubel, Petljura-Geld! Dazu kommt noch dieses Zettelgeld mit Stempeln aller möglicher Gouvernements; jeder Trottel kann das fälschen. Die Händler gucken einen schief an, wenn man ihnen mit dem bolschewistischen Geld kommt, und verlangen von vornherein das Zehnfache. Ein Pfund Schwarzbrot mit Stroh im Teig geben sie nicht unter 180 bis 200 Rubel ab, eine Schachtel Streichhölzer kam neulich 75 Rubel, ist es zu fassen!

Briefmarken aber – die sind eine Währung, die jeder nimmt. Jedenfalls vorläufig noch. Und aus der Münzsammlung suchen wir für euch die goldenen heraus. Die müsst ihr am Körper tragen. Ich werde sie gut tarnen, das mach ich über Nacht. Denn wenn unterwegs jemand herausbekommt, dass ihr Gold im Gepäck habt, seid ihr nicht mehr sicher.«

So, und jetzt sollten sie alle unbedingt zu Bett gehen, fand Njanja. Morgen, am letzten Tag in der Jelabugaer Straße, Haus Nummer 25, würden sie ausgeschlafene Gehirne brauchen.

Njanja trug die als Gold erkannten oder doch als Gold vermuteten Münzen in beiden Händen. Klascha und Polly nahmen die Petroleumlampen. Fedja transportierte den Stapel Briefmarkenbögen unterm Arm. Ossja griff neugierig nach der Schallplatte. Was mochte der Vater daran nur als so kostbar angesehen haben, dass er sie nicht in seinem Schlafzimmer bei den anderen Schallplatten aufbewahrte?

»Halt mal die Lampe her, Poljenka! Komisch, auf dem Etikett in der Mitte steht nur ein Firmenname, sonst nichts. Lasst sie uns doch schnell abspielen! Njanja, ich schwöre dir, sonst muss ich, so lange ich lebe, immer nachgrübeln, was Papa an einer lumpigen Grammophonplatte gefunden hat.«

»Na schön, meinetwegen.« Njanja gab sich geschlagen. Sie warf einen Blick auf die schlichte braune Packpapierhülle, in der die Platte steckte. »Er hat was draufgekritzelt, euer Papa.«

Die Kinder konnten die Schrift ihres Vaters nicht lesen. Und Njanja wollte nicht mit der Sprache heraus. Aber plötzlich war sie es, die es nicht erwarten konnte, hinauf ins Elternschlafzimmer zu kommen.

Ossja kurbelte. Und setzte den schweren Tonarm mit der Nadel behutsam in die äußere Spur.

Aus dem riesigen Blechtrichter drang Rauschen. Wie wenn Jegor früher den Fußweg vorm Hoftor mit dem Reisigbesen gekehrt hatte, so hörte es sich an. Rascheln, wie Wind in trockenem Herbstlaub. Rascheln und Rauschen. Die Sekunden verstrichen.

Dann kicherte jemand aus dem Trichter. Eine helle weibliche Stimme.

»Ich weiß nicht, was ich sagen soll. Arkascha – was soll ich sagen? Ich komme mir so albern vor.«

»Mama …« Klascha flüsterte es bloß.

»Ach nein, Arkascha! Ich hab keine besondere Singstimme, das weißt du ganz genau.«

Es wurde wieder gekichert. Dann kam ein Lied, französisch.

»Quand nous chanterons le temps des cerises
Et gai rossignol, et merle moqueur
Seront tous en fe-te!
Les belles auront la folie en tete
Et les amoureux, du soleil au coeur!
Quand nous chanterons le temps des ce-rises,
Si-flera bien mieux le merle moqueur!«

Im Hintergrund war Applaus zu hören.

»Genügt dir das jetzt!« – Pause – »Was meinst du mit verabschieden, Arkascha? Na schön: Mama, Papa, Gennadi! Wenn ihr dies hier zu hören bekommt, bin ich nicht mehr Gilda Remisowa, sondern Gilda Apraksina. Aber ihr könnt es nur hören, wenn ihr euch endlich ein Grammophon anschafft. Hast du das gehört, Papotschka? Es grüßt euch alle« – hier waren mehrfache Kussgeräusche zu hören – »eure Gilda.«

Dann war wieder Rauschen und Rascheln. Rschrschrsch …

»Warum erwähnt sie uns nicht?« Fedja redete so selten, dass ihn jetzt alle ansahen wie ein Wundertier, das auf einmal sprechen gelernt hat. »Warum grüßt sie uns nicht auch?«

»Weil sie noch nichts von euch wusste«, sagte Njanja. Sie tippte auf den Rand der Plattenhülle. »Hier steht es: ›Gilda Ostern 1902‹. Ihr Hochzeitstermin. Neunzehn war sie, als das aufgenommen wurde. Im Dezember wurde dann Klascha geboren.«

Diese Platte musste mitgenommen werden, da waren sich alle einig. Sicher würde sie bald zerbrechen, ohne den Schutz eines stabilen Reisekoffers. Aber hier lassen kam nicht in Frage. Sie spielten sich die Stimme des fremden Mädchens, das dann ihre Mutter geworden war, noch zweimal vor.

Mittlerweile hatten auch die älteren Kinder Augen wie ein Käuzchen am hellen Mittag: blinzelnd und mit schweren Lidern.

Polly erkämpfte sich die eine Lampe und stellte sie auf ihren Nachttisch. Njanja schob Dillotschkas Bein wieder unter die Decke.

»Du bist wohl nicht gescheit«, zischte sie, als sie bemerkte, wie Polly ihre Bücher stoßweise aus dem Regal schleppte und auf ihrer Bettdecke ablud. »Dies ist die letzte Nacht in deinem Bett. Wer weiß, wo du dich demnächst zusammenrollst. Also nutz die Möglichkeit für einen guten gesunden Schlaf. Ich schwöre bei allen Heiligen, ich werde diesen Unfug nicht noch unterstützen. Gib die Lampe her!«

»Njanja, bitte!« Kläglich suchte Polly die alte Kinderfrau zu erweichen. »Es ist ja nicht nur mein Bett, das ich verliere. Ich muss all meine Bücher hier lassen, das ist tausendmal schlimmer. Versteh doch!«

Njanja verstand. Sie grollte, aber sie sagte nichts mehr. Sie nahm Dillotschkas kleinen Matrosenmantel mit der Doppelreihe blinkender Knöpfe und Pollys besseres Schulkleid (das aus braunem Samt) über den Arm und trollte sich in ihr eigenes Zimmer.

Tief seufzend trank Polly einen Schluck Wasser, schob sich das erst angelutschte Karamellbonbon von D. D. Olsufjew in den Mund und schlug »Oliver Twist« auf. Nach zwanzig Seiten richtete sie sich aus der halb liegenden Haltung auf, schlüpfte mit den Füßen unter der Decke hervor und stellte die Sohlen auf das Linoleum. Kälte hielt wach.

Sie hatte den Inhalt von »Oliver Twist« letzten Winter den Jungen erzählt. Daraufhin hatte Ossja unbedingt gewollt, dass sie alle die Taschendieb-Lehrstunde des alten Gauners Fagin nachspielten. Sie hatten die Schneiderpuppe vom Boden geholt, sie angezogen und mit Schlittenglöckchen behängt. Keinem war es geglückt, das Stehlen so zu lernen, dass die Schellen nicht klingelten, wenn man der Puppe in die Manteltasche fasste. Nur Ossja. Der hatte Hände so flink wie ein Affe.

Gähnend legte Polly »Oliver Twist« neben sich und langte nach Andersens Märchen. »Die Schneekönigin« war ihr Lieblingsmärchen. Ihre Favoritin in der Geschichte war allerdings nicht die fade Gerda, sondern das Räubermädchen. Das Glas Wasser war mittlerweile leer. Sie tappte zum anderen Bett und goss sich aus Dillotschkas Karaffe ein. Dillotschka stöhnte. Sie schien Albträume zu haben. Polly machte »Sch-sch-sch« und küsste sie vorsichtig auf die Wange.

Arme, arme Dillotschka! Keine Erinnerung an Mama. Ihre Stimme zu hören, hätte ihr nichts bedeutet.

Polly kehrte zu ihrem Bett zurück, hockte sich auf den Rand, gähnte eine halbe Minute lang wie ein Nilpferd und schlug »Große Erwartungen« von Dickens auf. Wenigstens bis dahin, wo Pip zu der unheimlichen alten Miss Havisham kam und Estella kennenlernte, wollte sie lesen.

Als Polly erwachte, war es heller Vormittag. Dillotschkas Bett war leer.

Als sie ans Fenster trat und den Vorhang beiseite zog, sah sie Klascha über den Hof gehen.

Angst setzte sich als schwerer Klumpen in Pollys Magen fest. Was, wenn Madame Byrstowa-Lochwitzkaja Klaschas Bedingungen rundheraus ablehnte? Wenn sie sagte: »Du ja, die anderen nein.«

Sie war zwölf Jahre alt. Wie lange musste man in der Kabanicha bleiben? Bis man alt genug war, um in die Fabrik geschickt zu werden? Oder man brachte sich vorher um wie Lilja Larionowa.

Trübsinnig schlurfte sie nach unten in die Küche. Die ihr zustehenden hundert Gramm Kleiebrot warteten auf sie, ebenso ein Glas mit Tee aus Brombeerblättern. Die hatten sie selber gesammelt, neulich. Wo hatte Njanja wieder das Sacharin hingetan? Denn Zucker gab es – stückchenweise – nur auf dem schwarzen Markt, zu unerschwinglichen Preisen. So wie sie war, in Nachthemd und Morgenrock, ging sie auf die Suche nach den anderen.

Im Zimmer der Brüder standen deren prall gestopfte Schultornister auf den Betten. Ossja und Fedja selbst lagen bäuchlings auf dem Fußboden und zogen ein weitverzweigtes Schienennetz unter den Beinen der Möbel. Sie schienen völlig davon in Anspruch genommen, koppelten die Waggons der mechanischen Eisenbahn aneinander und warfen sich halblaute Bemerkungen hin. Es hatte den Anschein, als hätten sie beschlossen, den gestrigen Abend aus ihrem Gedächtnis zu streichen.

Njanja kam aus ihrem Zimmer, Pollys gutes Schulkleid, das braunsamtene für Feiern und Preisverleihungen und Besuche von Inspektoren, über dem Arm.

Dillotschka folgte ihr auf dem Fuße. Sie wirkte wie ein verlaufener kleiner Hund, der sich dem erstbesten netten Menschen an die Fersen geheftet hat.

»Wasch dich, Poljenka«, sagte Njanja. »Aber mach's gründlich! Kann lange dauern, bis du wieder ein Waschbecken zur Verfügung hast. Und dann ziehst du drei Garnituren Unterwäsche übereinander. Das ist kein Witz, lach nicht.« (Polly hatte nicht gelacht.) »Die anderen haben es auch getan. Es entlastet euer Gepäck. Und denk dran: ihr müsst ohne Wintersachen losziehen. Die sind noch eingemottet auf dem Dachboden. Wir dürfen nicht riskieren, dass Wera Makarowna wittert, was ihr vorhabt, und das würde sie zweifellos, wenn ich anfange, da oben herumzukramen. Sie wäre imstande und verriete es diesem Kommissar. Damit er ihr wachsames Verhalten mit einem Zimmer hier im Haus belohnt. Sie ist an sich kein schlechter Mensch. Aber in

Notzeiten fangen die Leute an, um sich zu beißen, haben einzig ihr eigenes Wohlergehen im Sinn.«

Der Rocksaum des samtenen Schulkleides schlug schwer gegen Pollys Waden.

»Hast du da Blei eingenäht? Bin ich ein Theatervorhang?«, erkundigte sie sich.

»Nicht Blei – Gold«, sagte Njanja. Sie nahm Pollys Zahnbürste, wickelte sie in einen frischen Waschlappen und den wiederum in ein ungebrauchtes Handtuch. Darum kam erst ein dünnes Nachthemd, dann ein Winternachthemd aus Flanell. Die Rolle stopfte Njanja in eine Reisetasche.

»Du bildest dir doch nicht etwa ein, dass ich mit diesem altmodischen Ding da auf die Straße gehe«, protestierte Polly und deutete auf die Reisetasche. Das gute Stück war aus Kanevas, mit einem Schnappschloss oben wie die Geldtasche einer Marktfrau. Und um das Maß voll zu machen: Auf beiden Seiten war die Tasche bestickt. Mit Eichenblättern und Eicheln und je einem putzigen Eichhörnchen.

»Ich lass mich doch nicht als ›burschuji‹ auslachen. Ich nehme meine Schulmappe.«

»Nichts da, die bleibt hier. Die taugt allenfalls für ein paar Hefte und Lehrbücher«, widersprach Njanja. »Falls es dich beruhigt – heutzutage auf den Bahnhöfen hat keiner Augen für eines Fremden Gepäck. Es sei denn, er spekuliert darauf, es ihm zu stehlen, wenn der andere gerade nicht hinschaut.«

»Du bist doch mit vierzehn von zu Hause fort. Was hast du denn damals als Gepäck dabeigehabt?«

Manchmal konnte man Njanja weich reden, Polly wusste das.

»Ich reiste so, wie es bei uns auf dem Lande üblich war«, sagte Njanja. »Alle meine Habe steckte in einem Kopfkissenbezug aus festem Leinen. Und mein Proviant in einem Henkelkorb. Ach, was für Herrlichkeiten hatten sie mir mitgegeben: Kringel, Würste, Äpfel, hart gekochte Eier, eine Serviette mit Piroggen … ach, was für Herrlichkeiten! – Aber dein Schulmäppchen schlag dir aus dem Kopf. In die Tornister der Buben passt wenigstens ordentlich was rein.«

»Und womit wird Klascha reisen? Wenn Koffer zu auffällig sind und Schulmappen zu klein? Mit einem Nähzeugbeutel?«

»Mit einer Pilgertasche aus Leinwand. Zum Umhängen«, sagte Njanja und rollte Pollys Strümpfe zu Knäueln, um sie in die Reisetasche zu stopfen. »Außerdem wird sie, weil sie die Hände frei hat, zusammen mit Fedja, abwechselnd mit Ossja, ein Bündel tragen, das allen gemeinsam gehört. Da sind Reiseplaids und fünf kleine Reisekissen drin.«

Klascha – eine leinene Pilgertasche? Polly sagte nichts mehr.

Dillotschka kniete vor einer gestreiften Hutschachtel, deren Inhalt entfernt worden war. Die Hutschachtel wog fast nichts und konnte an einer Schlaufe bequem von einem kleinen Kind getragen werden.

»Njanja … Poljenka … ich weiß nicht, wen ich mitnehmen soll. Meine Tatjana? Oder meine Olga? Oder meinen Petruschka?«

»Wer passt denn am besten in deine Hutschachtel?«, fragte Njanja. Damit war die Frage entschieden. Die Puppen waren zu groß. Petruschka, ein Schlenkerkasper mit Sägemehlkörper, ließ sich dagegen ohne weiteres zusammenklappen.

Dillotschka fing an zu weinen. Sie presste Tatjana und Olga an sich und küsste ihre rosawangigen Porzellangesichter mit den klappernden Glasaugen und den Echthaarperücken. Dann zog sie sie ein letztes Mal um und knöpfte ihnen die weißen Mullkleider mit den blauen Atlasschärpen auf dem Rücken zu. Zuletzt puffte sie ihr Kopfkissen auf und lehnte die Zurückbleibenden auf gefällige und bequeme Weise daran.

Es war schon beinah Mittag, als Klascha endlich wieder auftauchte. Bei ihrem Anblick schrien alle auf und schlugen sich betroffen die Hand vor den Mund.

Klaschas langer dicker Zopf war ab.

Sie trug jetzt eine jener modernen Bubikopf-Frisuren, die man bisher nur bei Studentinnen oder Künstlerinnen des Sommertheaters gesehen hatte. Sie sah damit älter aus, fand Polly. Älter und fremd. Aber auch ein bisschen wie eine Filmschauspielerin in einer kühnen Rolle, in der sie Männerkleidung tragen muss.

»Hast du dafür etwa von den Goldmünzen ausgegeben, die für euer aller Lebensunterhalt gedacht sind?«, blaffte Njanja.

Klascha lief puterrot an.

»Natürlich nicht! Was denkt ihr eigentlich alle über mich? Der Friseur hat meinen Zopf in Zahlung genommen. Er sagt, davon kann er eine Perücke machen. Er war immerhin sechzig Zentimeter lang.«

»Ist die Sache mit dieser Madame Sowieso geregelt?«

Klascha nickte stumm. Aber sie sah niemanden dabei an.

»Und was sagt *er* dazu?« Polly fragte es mit gedämpfter Stimme und wies auf Klaschas Medaillon. »Freut er sich wie wahnsinnig? Oder sieht er in Kindern so was Ähnliches wie Kakerlaken? Lästig, aber leider nicht auszurotten?«

»Natürlich ist er sehr froh, dass die Truppe Ersatz für den Klavierbegleiter gefunden hat«, sagte Klascha etwas steif. »Ohne Begleitung macht der schönste Gesang nichts her. Alles andere erfährt er noch früh genug.«

»Aha«, sagte Polly, »verstehe. Du hast ihm verschwiegen, dass wir mitreisen werden. Hast du wenigstens erfahren, wohin Njanja unsere Billetts lösen muss?«

»Erst mal bis Rostow am Don«, sagte Klascha. »Dort kennt Madame Byrstowa einen Theateragenten. Falls es ihn noch gibt. Und von da an soll es weitergehen in Richtung Kiew oder Charkow. Auf jeden Fall in Gebiete, die die weißen Armeen noch halten.«

Am Nachmittag, als Tornister, Reisetasche, Deckenbündel,

Pilgerbeutel und Hutschachtel fertig gepackt in Njanjas Zimmer standen (dort würde Wera Makarowna nie nachsehen), war Njanja auf den Bahnhof gegangen. Sie hatte die Einkaufstasche mit Briefmarken voll gestopft – der allseits beliebten neuen Währung.

»Wisst ihr was?«, schlug Polly vor, »spielen wir doch ›Nach Hause kommen‹. Noch mal in sämtliche Zimmer gucken und so weiter, ihr wisst schon. Es ist vorläufig noch viel zu hell, um sich wegzuschleichen.«

Und so versammelten sich auf dem Fußweg mit den buckligen Steinen, vor dem Haus Nummer 25 der Jelabugaer Straße, in der Stunde zwischen Teezeit und Abendbrot zwei jüngere Buben mit zu langen Haaren und kurzen Hosen, ein noch kleineres Mädchen im Matrosenmantel, ein größeres Mädchen in Schülerkleidung, mit offenem Haar und Ponyfransen, und ein fast schon erwachsenes Mädchen (denn sie trug den Rock in Damenlänge, zehn Zentimeter überm Knöchel, und auf der modisch gewagten Kurzhaarfrisur eine Art Matrosenmütze aus schwarzem Samt), um das Haus zu besichtigen, in dem sie ihr ganzes Leben lang gewohnt hatten.

5. Kapitel

Sie trotteten dahin wie Leute, die keinerlei Eile haben.

Als das Stadttheater in Sicht kam, verlangsamten sie ihre Schritte noch mehr. Klascha führte sie zum Künstlereingang, einem unauffälligen Türchen. Es war nicht abgesperrt.

Im Innern des Gebäudes lag alles still und dunkel da. Nirgendwo Gelächter, Kreischen, trillernde Kadenzen, kein Rein- und Rausrennen der Garderobieren. Das hatte nichts mit der üblichen Sommerpause zu tun. Das örtliche Zentrale Exekutiv-Komitee hatte die Bühne für gelegentliche Sitzungen beansprucht.

Polly kannte den Künstlereingang durch die Erzählungen ihrer Schwester. Letzten Winter nämlich hatten Klascha und zwei Schulkameradinnen sich des Öfteren dort getroffen und auf persönliche Begegnung mit ganz bestimmten Sängern und Schauspielern gewartet. Im Muff steckten ihre Autogrammbücher und winzige Sträußchen. Einmal, als sie vom Stehen auf dem gefrorenen Schnee des Fußwegs schon kein Gefühl mehr in den Zehen hatten, waren sie kühn durch die Tür gegangen, einfach so. Eine steile Holztreppe führte hinauf zu den Garderoben der Künstler.

Sie hatten die Stufen kaum betreten gehabt, als unten die Tür wieder aufflog. Ein Halbwüchsiger schleppte einen Präsentkorb, aus dem silbern umwickelte Flaschenhälse herausragten. Dem Jungen auf dem Fuße folgte ein korpulenter Mann im offenen Pelz, mit weißen Gamaschen und einem steifen Hut, eine Zigarre steckte im Mundwinkel.

»Weg da, macht mal Platz, ihr kleinen Gänse!« Und der Mann mit dem Pelz und den weißen Gamaschen hatte sie mit einer ausladenden Bewegung seines Arms beiseite gedrückt, sie zurückgestoßen zum Fuß der Treppe.

Sie hatten halblaut hinter ihm her geschimpft, hatten ihn unter sich einen »widerlichen Schieber« genannt und »hochgespülten Lackschuh-Ganoven«. Denn niemand konnte im letzten Kriegsjahr, mitten in der Revolution, Champagner, Pralinen, Ölsardinen und Ananas auf ehrliche Weise irgendwo kaufen. Nur Gauner und *Politruks* kamen an so etwas ran.

Weil sie nicht wieder auf die eisige Straße hinauswollten, waren sie die Treppe statt hinauf ein Stückchen nach unten gegangen. Um dort abzuwarten, bis das Objekt ihrer Sehnsüchte endlich einträfe, um sich in seiner Garderobe für die Abendvorstellung zu schminken.

Sie hatten ein bisschen herumgeschnüffelt, hatten neugierig die Tür zu einer Abstellkammer geöffnet, in der verstaubte Kulissenteile und zerbrochene Requisiten aufbewahrt wurden. Von einem anderen Kellerraum aus konnten sie hören, wie Schritte über ihren Köpfen herumtrampelten und schwere Möbelstücke verschoben wurden. Offenbar befanden sie sich unter der Bühne.

Daran hatte Klascha sich erinnert. Hierher führte sie jetzt die anderen. Hier würden sie die Nacht verbringen und sich früh um sieben auf dem Bahnhof einfinden.

»Die Treppe runter!«, rief Klascha halblaut Ossja hinterher, »nicht nach oben! Und mach leise. Wer weiß, ob ›die da‹ nicht vielleicht einen Wächter im Gebäude postiert haben, damit er ihr ›Volkseigentum‹ bewacht.«

Obzwar es draußen auf der Straße noch nicht völlig finster war, kam ihnen der Raum mit dem Gerümpel stockdunkel vor. Die halbrunden Kellerfenster, von uraltem Dreck verklebt, ließen nur die Füße der Passanten sehen.

»Macht Licht!«, verlangte Dillotschka unbehaglich.

Fedja und Ossja zündeten Streichhölzer an und hielten sie hoch, bis sie ihnen die Finger verbrannten. Aber hier unten fanden sich weder Gaslampen noch Schalter für elektrisches Licht. Sowieso war der Strom zu dieser Stunde lägst gesperrt.

Daraufhin machte Dillotscha sich bereit, einen ihrer hysterischen Anfälle zu kriegen. Sie wollte zurück zu Njanja. Zurück, zurück, zurück! Sie wälzte sich am Boden und trommelte mit den Fersen.

Ossja und Fedja schnürten ihre Schuhe auf und schlichen auf Strümpfen die Treppe hoch.

»Wo wollt ihr hin? Ihr habt geschworen, dass ihr mir gehorcht, wenn ich euch mitnehme«, rief Klascha verzweifelt hinter ihnen her.

»Wir gehen eine Lampe suchen«, sagte Ossja gelassen. »Oder hast du zufällig eine Kerze eingesteckt?«

Klascha öffnete die Hutschachtel und ließ Dillotschkas Petruschka heraushüpfen. Sie spielte vor, wie er sich seiner Befreiung freute. Wie er nach seiner lieben Dillotschka verlangte und wie er mit seinen steifen Stoffhänden ihr Gesicht streichelte. Dillotschka riss ihn an sich. Ein paar Schluchzer stieß sie noch aus, während die beiden Mädchen sie summend hin und her wiegten.

Polly sagte: »Sie ist so schwer geworden, ich glaube, sie ist eingeschlafen.«

Ossja und Fedja kehrten zurück. Die Garderoben waren allesamt versperrt gewesen, aber in der Pförtnerloge hatten sie eine eiserne Laterne gefunden mit einem fingerlangen Talglicht.

»Warum gehen wir nicht lieber in den Zuschauerraum?«, schlug Ossja vor.

»Und was, wenn die mitten in der Nacht eine Versammlung abhalten?«, fragte Klascha zurück. »Das Risiko können wir nicht eingehen. Sagt mir lieber, wie wir morgen früh rechtzeitig auf dem Bahnhof sein können. Was ist, wenn wir verschlafen?«

»Großer Zeh«, sagte Polly sofort. »Bei mir funktioniert es immer.«

Dann aßen sie die Pflaumen, die Njanja aufgetrieben hatte, als sie die Fahrkarten kaufte. Einen ganzen Bogen Briefmarken hatten sie gekostet. Zu trinken gab es nichts.

»Da oben, auf dem Flur mit den verschlossenen Türen, ist eine Wasserleitung«, meldete Fedja.

»Wir sollen aber kein unabgekochtes Wasser trinken. Hat Njanja gesagt!«, erinnerte sich Polly. »Willst du etwa Typhus kriegen? Oder Cholera?«

Die vorhergehende Nacht war kurz gewesen. Sie wickelten sich einer nach dem anderen in ihre Plaids und schoben die kleinen Kissen unters Ohr. Zuvor zupfte Polly noch an ihrem rechten großen Zeh und sagte: »Zehengewächs, weck mich um sechs, weck mich um sechs. Nicht früher, nicht später als sechs.«

Die Kerze in der Laterne ließen sie brennen. Sie flackerte ohnehin in den letzten Zügen.

Polly richtete sich noch einmal auf und grabbelte mit der Hand in der neben ihr stehenden Reisetasche herum, bis sie auf die vertrauten Umrisse traf: hart und eckig. Das Buch. Was hatte Dillotschka wohl erwischt? Mitsamt dem Buch wälzte sie sich in den Lichtkreis der Laterne. Dunkelgelber Einband, die Farbe einer Honigwabe. Polly befragte das Orakel: Augen zu, Buch aufklappen und mit dem Zeigefinger blind auf einen Satz tippen. Das war dann, was einem die nächste Zukunft brachte.

Tanze, tanze, Fledermaus
tummle dich zum Haus hinaus!
Als Tablett am Himmelszelt
fliegst du durch die weite Welt.

Getroffen!, dachte Polly. Sie stopfte »Alice im Wunderland« und »Alice hinter den Spiegeln« (eine schon recht gelockerte Gesamtausgabe mit kuriosen Illustrationen) wieder zwischen ihre Kleidungsstücke.

Sie hatte noch nie auf dem Fußboden geschlafen. Was, wenn Ratten kamen? Jemand sollte besser wach bleiben. Ein letztes Mal riss Polly sich aus dem Halbschlaf hoch und schob die ausgespuckten Pflaumenkerne zu einem Ratten-Ablenkungsköder zusammen. Die Kerze begann heftig zu flackern, bevor der Docht in einem Talgsee ertrank.

Es war endgültig finster.

Polly erwachte von einem markerschütternden Quietschen. Die Straßenbahn begann ihr Tagewerk. Die Gasse mit dem Künstlereingang mündete auf eine der Hauptstraßen, wo Gleise verlegt waren. Ihr war kalt. Die Schulter tat ihr weh. Und ihre Füße waren unangenehm heiß und kribbelig. Sie hätte vielleicht besser ihre Schuhe ausziehen sollen zum Schlafen.

Flüsternd rief sie »Klascha?« in das Dunkel hinein, das sich langsam aufzuhellen schien. Oder ihre Augen gewöhnten sich daran, im Dunkeln zu sehen. Sie unterschied liegende Körper, in Plaids gewickelt. »Kla-schaa…«

Unwilliges Grunzen. »Lass mich …«

»Ich bin wach geworden, Klascha. Das heißt, es ist sechs.«

Als habe das Wort »sechs« eine Feder berührt, fuhr Klascha in die Höhe. Ihre neue Frisur sah nach dem Schlafen aus wie ein Staubwedel – ein nach allen Seiten gesträubter Puschel.

»O Gott, wir hätten glatt den Zug versäumt ohne deinen Zeh. – He, Jungs, aufstehen, schnell! Wir müssen zum Bahnhof.«

Dillotschka wurde wach gestreichelt und glich einem gegen seinen Willen aus der Erde gezerrten kleinen Wurzelwesen. Sie hatte zwei grämliche Falten um den Mund, ihre übliche Schlechte-Laune-Grimasse.

Ossja und Fedja lagen mit Armen, Beinen, Kissen, Decken und Köpfen zusammenverknäuelt, halb neben-, halb übereinander. Man musste an ihnen rütteln, sie zuletzt gar wälzen wie Brotteig. Aber im Gegensatz zu ihrer kleinen Schwester zeigten sie, einmal wach, sofort ein munteres und beinah sorgloses Interesse am Tag, der vor ihnen lag.

Im Gänsemarsch stiegen sie alle die schmale Stiege hinauf, wo die Garderoben waren und auf dem Gang der Wasserhahn. Sie wagten es, die Korridorlampe anzuknipsen, denn hier oben gab es keine Fenster. Jeder hatte die Hände voll mit jenen Utensilien, die Njanja so wichtig gewesen waren: Waschlappen, Handtuch, Zahnbürste.

Klascha und Polly hatten jede einen Kamm. Polly verwaltete das von Njanja halbierte Stück Kernseife. Klascha hatte außerdem noch einen Spiegel, so groß wie eine Postkarte, der in einer Lederhülle steckte.

»Ph, so was Unnützes«, sagte Polly, als sie ihn sah. »Was der wiegt! Dafür hättest du lieber …« Sie überlegte; sie hatte sagen wollen: »ein Buch einstecken können«. Stattdessen sagte sie: »… lieber einen Becher mitnehmen können. Denn wie sollen wir uns die Zähne putzen? Aus der hohlen Hand?«

»Du redest, wie du's verstehst«, sagte Klascha. »Kindern ist es egal, wie sie aussehen. Die würden mit einem Gesicht voller Rußflecken und einem Kopf voller Strohhalme Besuche machen gehen. Ich bin aber kein Kind mehr, falls dir das entgangen sein sollte.« Sie wollte nicht zugeben, dass sie einen solch wichtigen Gegenstand vergessen hatte.

»Ich hab meine Kindertasse eingepackt«, sagte Dilbotschka, die hier eine Gelegenheit sah, gelobt zu werden. Sie verfolgte wachsam, wie ihre Tasse mit dem gemalten Mops auf dem rosa Kissen von einem gurgelnden Mund zum anderen wanderte. »Wehe, ihr lasst sie fallen.«

Der Himmel war schon ganz und gar hell, als sie sich zum Bahnhof aufmachten. Er strahlte wie frisch geschrubbt, in zartestem Hellblau, ohne die kleinsten Wolkenschlieren. Ein gutgelaunter Spätsommertag brach an, einer von denen, die mittags ohne weiteres bis zu 25 Grad warm werden können.

Polly träumte ein bisschen im Gehen, während die schwere Reisetasche gegen ihre Wade schlug. Wenn Papa noch da wäre, wäre dies ein Tag gewesen, an dem man Bücher und Hefte für das neue Schuljahr kaufte und sie in blaues Papier einschlug. Man freute sich darauf, die alten Mitschülerinnen wiederzusehen und eventuell interessante Neuzugänge kennenzulernen. Jeder hätte aus seinen langen Ferien lustige Geschichten zu erzählen oder auch aufregende, schlimme, total unglaubwürdige Erlebnisse mitzuteilen. Sie selbst hätte zum Beispiel den Abend schildern können, als der Kommissar von der Zentropetschatj ihr Haus zum Volkseigentum erklärt hatte und sie plötzlich ohne alles dastanden. Wie die Opfer eines Brandunglücks. Mit Papa wären sie vielleicht gestern umgezogen, in eine jener Gemeinschaftswohnungen, einer Erfindung der neuen Regierung.

»Stellt euch vor«, erzählte Polly im Geist einem Haufen entsetzter Mädchen in Schulkleidern und Schulschürzen, »wir müssen jetzt zu siebt in einem einzigen Zimmer hausen!«

Dillotschka quengelte leise. »Ich hab Durst. Und ich möchte meine Grütze.« Weil sie dabei lief und ihre Hutschachtel schleppte, kam die Klage stotternd aus ihrem Mund. »Du-hurst … Grü-üü-ütze-ee.«

Niemand tröstete sie. Alle hatten Durst. Alle verlangte es nach heißer Frühstücksgrütze.

Trotz der frühen Stunde drängten sich auf dem Kleinstadtbahnhof überraschend viele Menschen. Polly fiel auf, dass eine große Anzahl von ihnen leere Säcke bei sich hatte, leere Taschen und Tragkörbe.

»Komisches Gepäck, was?«, machte sie Klascha aufmerksam.

»Wieso komisch? Das sind Hamsterleute. Die reisen in Gebiete, wo es noch Ernten gibt und Speck und Hühner«, antwortete Klascha. Sie war mit ihren Gedanken aber ganz woanders, das sah man ihr an. »Hört mal, Ossja und Fedja – wir werden uns jetzt gleich mit den Künstlern von Madame Byrstowa-Lochwitzkajas Truppe bekannt machen. Ich als neue Klavierbegleiterin kann da nicht mit so einem Deckenbündel erscheinen. Könnt ihr das mal allein tragen?«

Während sie sich, Klascha an der Spitze, durch das Gewimmel zwängten, fielen Polly grellfarbene Plakate ins Auge.

»Genossen! Der Händedruck ist abgeschafft!« An vier Stellen wurde das verkündet.

»Alle Macht den Räten!« forderten andere Anschläge, auf denen ein Rotarmist mit spitzzipfliger Mütze, rotem Stern auf der Stirne, den Betrachtern einen riesigen Zeigefinger entgegenstieß.

Bei den Restaurants waren die Schildchen »Erste Klasse« und »Zweite Klasse« über den Eingängen entfernt worden. In beiden wölkte dicker Machorkaqualm, als sie hineinschauten. Polly fiel auf, dass seit der letzten Ferienreise, vor einem Jahr, sich hier allerhand verändert hatte. Die Tischdecken waren verschwunden, die Blumenväschen ebenfalls, auch die Obstschale am Büfett und die Piroggen, schon zum Mitnehmen in Papier eingewickelt, fehlten.

In der ehemaligen ersten Klasse gab es nur eine Personengruppe, auf die die Bezeichnung »Künstler« zutreffen konnte. Sie hatten zwei der kahlen Tische zusammengeschoben und hinter sich, an der Wand, ein Gebirge aus Schrankkoffern, Rohrplattenkoffern, Reisetaschen, Hutschachteln und verschnürten Kartons aufgetürmt.

Ein Riese in knöchellangem Kamelhaarmantel und weißem Schal, mit roten Wangen wie ein Geohrfeigter, hing mit halbem Leib zu einem der Fenster hinaus. Seine Stimme erinnerte an einen tutenden Dampfer. Er brüllte: »Gepäckträger! He, hallo, Trää-ger! Hier winkt ein gutes Trinkgeld, hier gibt's was zu verdienen! Gepäckträger, hierher!«

Polly, durch Klascha über die Persönlichkeiten der Truppe informiert, wusste, dies konnte nur Gontscharenko, der Bass, sein.

Jetzt sprang eine jüngere Frau vom Tisch auf. Sie schwang sich neben den Bass auf das Fensterbrett wie auf einen Damensattel. Auf ihrem Kopf wuchsen mindestens eine Million Löckchen. Und statt eines Hutes hatte sie einen türkischen Schal darum gewunden. Einen Schal in Schwarzgoldtürkisgrün.

Offenbar wollte sie beweisen, dass nur eine Frau auftauchen müsse, um die Träger herbeizulocken. Denn sie trällerte in den höchsten Tönen:

»Ich habe keinen Träger, ich brauche einen Träger, was mir fehlt, ist ein Träger – ein Träger des Gepäcks!«

Zina Zarimbowa, schätzte Polly. Koloratursopran. Spezialität: Couplets. Weitere Spezialität: frivole Kostüme. Klascha konnte sie nicht leiden, das hatte Polly gemerkt. Sie hatte kritisiert, dass die Zarimbowa sich aufführen würde, als sei sie höchstens ein

Jahr älter als Klascha. Und dabei war sie mindestens 32. Klascha, es war nicht zu übersehen, zitterte vor Eifersucht, denn Zina Zarimbowa mit ihren Löckchen war hübsch wie eine Pralinee-Reklame.

Welche von den beiden anderen Frauen am Tisch die vielzitierte Madame Byrstowa-Lochwitzkaja sein musste, war nicht schwer zu erraten. Sie saß nicht – sie thronte. Und *sie* trug einen Hut, sie schon! Keinen von den wagenradgroßen Hüten der Zeit vor dem Krieg. Streng genommen war es nicht viel mehr als eine breite asymmetrische Krempe aus schwarzer Spiegelseide. Doch diese Krempe stand nicht ab, sondern umschloss den Kopf, und der Hutstumpen ragte nur ganz wenig über die lackschwarz glänzende Blende hinaus. Eine schwarze Chrysantheme schmückte die Stelle über dem rechten Ohr. Ich bin die Prinzipalin!, verkündete der Hut.

Sie könnte ohne weiteres von Hexen abstammen, fand Polly. Mit dieser gekrümmten Nase! Die Augen machten den Eindruck leider wieder zunichte, denn sie waren gar nicht dämonisch und schauten in unterschiedliche Richtungen. Was Madame Byrstowa dadurch kaschierte, dass sie ein Monokel mal rechts, mal links einklemmte. Durch die Aufregung so früh am Morgen waren die schwarzen Schminkstriche rund um ihre Augen bereits zerlaufen und bildeten Kreise, wie bei sehr alten Papageien.

Die dritte Frau der Truppe saß neben einem Mann von ungefähr Ende dreißig. Obwohl sie nicht miteinander sprachen, sondern belustigt das Gesangstheater am Fenster beobachteten, wusste Polly gleich, dass sie zusammengehörten. Sie hatten etwas von einem Paar. Auch wenn Klascha vermutete, dass sie gar nicht miteinander verheiratet waren, nur auf der Bühne gemeinsam auftraten. Das konnten nur Mamin und Mamina sein. Sie, hm … sie spielen so Szenen, hatte Klascha herumgedruckst. Njanja würde sie bestimmt unanständig finden. Aber man muss es eben als Kunst ansehen.

Der Star des Ensembles, der Tenor Boris Brandukow, trug ebenfalls einen Kamelhaarmantel. Er war der Einzige, den Polly bereits vom Sehen kannte. Nämlich als Klascha sie dazu überredet hatte, mit ihr immer wieder rund um das Sommertheater im Agniwzew-Garten zu promenieren. Bis er käme. Zur Nachmittagsvorstellung natürlich, nicht am Abend. Aber bald hatte Klascha sich auch allein hingewagt.

Polly starrte auf den Publikumsliebling, wie er eine Zigarette in die bernsteinerne Zigarettenspitze hineinschob. Wie er mit den Augen suchte, ob jemand in der Nähe rauchte. Damit er das Streichholz spart, dachte Polly. Seine Wimpern bewegten sich auf und ab. Wie winzige Tischbesen fächelten sie die Luft vor den Augen. Doch Pollys Herz, im Gegensatz zu dem von Klascha, blieb kalt wie Eis.

Der dritte Mann am Tisch war ältlich und schwammig und atmete schnaufend. Auch er sang Couplets, wie die Zarimbowa. Vielmehr: sprach er sie eher oder brüllte sie heraus und zwischendurch erzählte er Witze. Und er war ein »Kunststolperer«; das bedeutete, dass an einer bestimmten Stelle der Bühne vorher etwas hingelegt wurde, das er dann immerzu »übersah« und darüber stolperte. Laut Klascha lachten die Leute auch beim vierten und fünften Stolperer immer noch. Nein, Danilo Gumiljew war, ging es nach Klascha, kein echter Künstler.

»Da sind Sie ja endlich, Mädchen!« Die Prinzipalin schien sichtlich erleichtert. »Ach, seien Sie doch so gut und versuchen Sie einen Gepäckträger für uns aufzutreiben, Ich hoffe, wir bekommen noch einen Zug mit Abteilwagen. Wie man hört, gibt es jetzt auf allen Strecken nur mehr Güterwagen. Sind wir Pferde, frage ich. Was haben Sie mit Ihrem prächtigen Zopf gemacht? Der Mode geopfert? Haben Sie denn gar kein Gepäck, mein Kind? Nur diese ... diese Pilgertasche und dieses obskure Deckenbündel? Wo ist Ihr Koffer? Nein, erzählen Sie mir das später, suchen Sie erst mal einen Träger. Sind das alles Ihre Geschwister? Die reinsten Orgelpfeifen.« Huldvoll reichte sie ihre Hand über die Tischecke.

Polly wollte sie gerade ergreifen und knicksen, als Ossja ihren Arm zurückriss.

»Das ist verboten«, schrie er aufgeregt. »Der Händedruck ist abgeschafft! Draußen sind lauter Plakate, da steht es drauf.«

Mamin und Mamina gluckten. »Was ist denn das für ein drolliges Kerlchen?«

Der Kunststolperer Gumiljew mischte sich ein. Das sei nicht direkt ein Verbot, mehr eine Empfehlung. Wegen der Typhusepidemie und all den anderen unappetitlichen Krankheiten, Cholera, Ruhr und so weiter.

»Schenken Sie dem kleinen Gelichter lieber bloß ein Lächeln, Ljudmila Akimowna. – Da seid ihr aber früh aufgestanden, um eure große Schwester zum Zug zu bringen. Das nenne ich wahre Geschwisterliebe! Sicher wird sie euch sehr fehlen. Hab ich Recht?«

»Warum sollte sie uns fehlen«, sagte Ossja erstaunt, »wir sind doch bei ihr. Was die Gepäckträger angeht – also, ich glaube, dass die auch abgeschafft sind. Nämlich: Erst gab es zu Klaschas Geburtstag keine Fußbodenpolierer mehr. Und dann ging unser Jegor weg, weil er nicht mehr Hausknecht sein mochte, und dann noch Galina und Sofja, weil sie nicht mehr als Köchin und Hausmädchen arbeiten wollten. Bestimmt haben sich auch die Gepäckträger gesagt: Sollen die Reisenden ihr schweres Zeug doch selber buckeln.«

»Ich fürchte, Ljudmila Akimowna, was der Kleine da plappert, könnte der Wahrheit entsprechen«, gab Mamin zu bedenken.

Klascha hakte ein: »Ich müsste sowieso erst mal dringend Reiseproviant besorgen, wenn Sie erlauben, Madame Byrstowa.«

»Wir haben seit gestern Mittag nichts gegessen und getrunken. Außer ein paar Pflaumen vorm Schlafengehen«, prahlte

Ossja, in der Annahme, die Leute am Tisch damit zu beeindrucken.

»Pflaumen kann man nicht trinken«, sagte Dillotschka grämlich. »Klascha, kauf uns was am Büfett. Am Büfett hat Papa uns sonst immer was gekauft.« Ihre Unterlippe begann zu zittern.

Klascha tuschelte Polly zu: »Ich hab draußen, hinterm Bahnhof, ein paar Frauen gesehen, eine Art kleiner Schwarzmarkt. Ich will versuchen, was zu ergattern, das man essen kann.«

»Warte, hier, nimm Briefmarken mit«, tuschelte Polly zurück. Sie knipste ihre Reisetasche auf. Doch Klascha schüttelte den Kopf. »Njanja hat zwei der Goldmünzen nicht eingenäht. Eine davon werde ich einwechseln.«

»Du hast keine Zeit, lange zu handeln«, schrie Polly hinter ihr her. »Und ohne Handeln wirst du bei Straßenhändlerinnen immer betrogen!«

Mamin boxte sich zum Büfett durch und kam mit drei dampfenden Teegläsern wieder. »Mehr geben sie einem nicht. Erst wenn man die Gläser wiederbringt. Riecht nach Lindenblüten und ist wenigstens heiß. Trinkt das. Ihr seht aus wie ein Nest junger Mäuse – so elend und hilflos und irgendwie nackt.«

Madame Byrstowa wandte sich an Polly. Mit ihrer Stimme, die nicht nur bei Romanzen brillierte und tremolierte, fragte sie: »Raus mit der Sprache, Kind – wo ist das Gepäck deiner Schwester? Was soll der Unsinn mit all diesen merkwürdigen Taschen und diesem formlosen liederlichen Riesenballen?«

Polly fühlte, wie ihr heiß wurde und wie sie rot anlief.

»Ist doch praktisch, wenn jemand nur so viel mitnimmt, wie er auch selber tragen kann«, sagte sie ausweichend.

»Und ihre Auftrittsgarderobe? Und die Bettwäsche? Wir pflegen in Pensionen abzusteigen, und ich hab ihr gestern eigens noch eingeschärft, dass man in Zeiten von Typhus und Cholera immer in eigener Bettwäsche schlafen sollte.«

Polly lächelte unverbindlich.

Der Bass und die Koloratursängerin gaben erschöpft das Rufen und Locken zum Fenster hinaus auf.

»Dann sollten wir aber schleunigst anfangen, unsere Gepäckstücke eigenhändig auf den Perron zu transportieren«, dröhnte Gontscharenko, als man ihm von Ossjas Theorie erzählte. »Wir machen es wie bei der Scherzfrage, wie man am besten Wolf, Ziege und Kohlkopf über den Fluss bringt. Immer drei schleppen, zwei bleiben zur Bewachung dort, einer kehrt hierher zurück – und so weiter.«

Abgehetzt tauchte Klascha endlich auf. Beladen mit einem zerbeulten Teekessel, einem vielfach verknoteten Bündel und der Meldung: »Die Händlerin konnte angeblich nicht rausgeben, da hab ich für das Restgeld ihren Karren gemietet. Sie wartet draußen und bringt uns das Gepäck auf den Bahnsteig.«

Die Apraksin-Kinder beobachteten mit dem Lächeln von Wohltätern, wie die Künstlertruppe ihre sperrigen Requisiten, Überseekoffer und Zylinderfutterale, Reisekörbe und Kartons auf den Marktkarren lud. Sie trugen ihre eigenen Sachen nach wie vor selber. Es wäre dafür auch gar kein Platz gewesen.

»Willst du sagen, du hast ein ganzes Goldstück ausgegeben?! Für das bisschen, was du da im Arm hast?« Polly deutete auf das zerlumpte Tuch.

»Dafür hat sie mir ihren Teekessel überlassen«, verteidigte sich Klascha. »Wir werden tagelang in Zügen leben, und wenn wir irgendwo länger Halt machen, brauchen wir einen Teekessel, um uns heißes Wasser zu holen. Ein Teekessel ist wichtiger als Toilettenpapier oder Kopfkissen oder eine Zahnbürste. Und außerdem hab ich vier Pfund Kleiebrot, Tomaten, Gurke und ein paar Kornäpfel. Ach, und Wasserkringel!«

Klascha grub ihre Hand durch eins der Löcher im Tuch und verteilte die nahezu geschmacklosen Gebäckstücke. »Vorsichtig kauen, ihr wisst ja …«

Es konnte vorkommen, dass das verbackene Mehl kleine Nägelchen oder winzige Steinchen enthielt.

Als der Zug endlich einfuhr – leer und unsagbar schmutzig, als habe er auf einem Abstellgleis Vagabunden als Wohnung gedient –, führte er tatsächlich noch einige Dritte-Klasse-Abteilwagen der ältesten Bauart mit sich. Ohne Gontscharenkos mächtige Gestalt und seine Bärenkräfte hätte die Truppe das Abteil nicht besetzen können. Zwei Abteile sogar, denn er rammte die größten und schwersten Koffer so hinein, dass niemand weiter einsteigen konnte, es sei denn, er wollte zerquetscht werden. In dieses zweite Abteil, zu den Gepäckstücken, kletterten die Kinder.

In dem altmodischen Waggon gab es pro Abteil jeweils eine Tür nach draußen, auf den Bahnsteig. Die Fahrgäste der einzelnen Abteile konnten nicht zueinander. Jedenfalls nicht während der Fahrt. So kam es, dass Madame Byrstowa den Kopf zum Türfenster hinausstreckte und rief: »Achten Sie um Himmels willen auf unser aller kostbares Eigentum, meine kleine Klara Arkadjewna! Sie *sind* doch nebenan, mein Kind? Hallo? Wo sind denn Ihre Geschwister, ich möchte ihnen ein Adieu zuwinken!«

Drei der Gesuchten schoben sogleich die Köpfe aus dem Fenster des Nachbarabteils.

»Wir sind hier!«, rief Ossja. »Wir sind die Hüter des Gepäcks!«

»Wir fahren auch mit, auch mit!«, rief Dillotschka.

»Adieu, adieu!«, kam es von Fedja.

Sie winkten alle drei, winkten gut gelaunt. Fahren stimmte sie immer fröhlich. Besonders Zug fahren. Am Ende einer Zugfahrt stand entweder die Ankunft im gemieteten Sommerhaus oder das Heimkommen in die Jelabugaer Straße 25. Nur angenehme Erinnerungen waren für sie bisher mit Reisen verbunden.

»Du hast es ihr also verschwiegen«, sagte Polly und sah ihre Schwester durchbohrend an. »Adieu zuwinken – sie hat gedacht, wir anderen bleiben hier zurück. Du warst zu feige, ihr zu gestehen, dass du uns mitnehmen musst. Gib's zu.«

Klascha blickte ihr nicht in die Augen. Sie knüpfte das zerlöcherte Tuch der Straßenhändlerin auf und überlegte: »Machen wir Rationen? Oder essen wir alles auf einmal? Nein, das ist keine gute Idee, denn Mamin hat gemeint, wir könnten über eine Woche unterwegs sein.«

»Und was ist, wenn sie verlangt, dass wir wieder aussteigen?«

»Wieso, ihr habt eigene Fahrkarten«, erwiderte Klascha und schlug einen gekünstelt leichtherzigen Ton an.

6. Kapitel

Während der nächsten anderthalb Tage hielt der Zug unzählige Male. Warum er das tat, war nicht herauszubekommen. Die wenigsten Aufenthalte galten regulären Bahnhöfen. Ein paarmal wurde die Lokomotive abgekoppelt und machte sich selbstständig. Es vergingen Stunden, ehe sie zurückgedampft kam und den Zug wieder ein Stück vorwärts schleppte.

Zweimal hatten die ausgestiegenen Reisenden bemerkt, dass auf parallel laufenden Chausseen Bauernwägelchen angerattert kamen, von denen eine Person absprang und querfeldein lief, eilig, zum Zug hin. Hatte sie ihn erreicht und war gleich hinter der Lokomotive in ein bestimmtes Abteil eingestiegen, setzte sich der Zug, wie aufgeschreckt, in Bewegung.

Das eine Mal hatten wütende Bauern den Flüchtigen verfolgt; sie schwangen Dreschflegel und Sensen und fuchtelten in wildem Zorn hinter dem Zug her.

Die Reisenden pflegten ihren Zug, wenn er wieder mal auf freier Strecke hielt, zu verlassen. Sie vertrauten auf den Lokführer, der dreimal die Dampfpfeife gellen ließ, damit alle rechtzeitig wieder angerannt kamen. Man zerstreute sich stundenlang in schon herbstlich riechende Wäldchen, um nach Pilzen zu suchen, oder spazierte an glitzernden kleinen Flussläufen entlang. Man vertrat sich die Beine in Stoppelfeldern oder lagerte sich an den Rain von Rübenäckern, um ein Nickerchen zu halten, was in den überfüllten Waggons nicht möglich war.

In normalen Zeiten habe die Strecke bis zu jenem Umsteigebahnhof, von wo sie nach Rostow am Don weiterreisen wollten, höchstens sechs Stunden gedauert, behauptete der Bass Gontscharenko. Er promenierte mit Mamin und Mamina auf dem Schotter des Bahndamms hin und her.

Polly hockte in der offenen Abteiltür und beobachtete, wie er den Kragen seines prächtigen Kamelhaarmantels aufstellte und seinen weißen Schal gegen die aufsteigende Abendkühle um den Hals schlang. Sie hütete Dillotschka, die unbequem auf einigen der Künstlerkoffer eingeschlafen war. Viel lieber wäre sie mit den Brüdern den Zug entlanggelaufen, um in die Fenster zu gucken: was die Leute so trieben, wo vielleicht gesungen wurde, wo Betrunkene sich zum Narren machten und aufregende Szenen sich abspielten. Aber man konnte Dillotschka schließlich nicht sich selbst überlassen.

Klascha sprach im Nachbarabteil mit Madame Byrstowa und erzählte ihr alles. Weshalb sie mit einem Rattenschwanz von kleinen Geschwistern reisen musste. Polly hörte ihre Stimmen.

Es dämmerte schon. In einer halben Stunde würde es Nacht sein. Polly gähnte und reckte sich, die Hände hinterm Kopf verschränkt. Sie verfolgte, wie ihre Brüder ziellos herumschlichen und sich endlich den drei Leuten der Künstlertruppe näherten.

»Onkel, darf ich Sie was fragen?« Ossjas Neugier war immer wach. »Onkel, wie sollen wir Sie anreden? Wo wir doch jetzt mit euch allen reisen …«

Es wurde gelacht. »Mamin genügt«, war die Antwort. »Und zu ihr hier darfst du Mamina sagen. Unsere wirklichen Namen stehen nur im Pass.«

»Gestatten – mein Name ist Anton Fomytsch«, sagte Gontscharenko und klopfte sich auf die stattliche Brust. »Und wie heißt man selbst?«

Ossja zählte die Namen sämtlicher Apraksins auf.

»Hören Sie, Mamin, warum haben die Bauern diese Männer verfolgt, heute Nachmittag und gestern? Waren das Diebe? Und warum hat der Lokführer sie nicht festgenommen? Es sah aus, als hätte er auf sie gewartet.«

»Vermutlich waren das solche … äh … Sowjetbevollmächtigten«, sagte Mamin. »Sie kommen auf die Dörfer mit Mandaten, haben Auftrag, bei den Bauern alles Getreide zu requirieren. Für die Revolutionskomitees und die Armeen der Roten. Soll man's den Bauern übel nehmen, dass sie handgreiflich werden, wenn man ihnen sogar das Saatgetreide wegnimmt?«

»Sie sind ja ziemlich gut informiert, Mamin, mein Bester.« Der Bass wunderte sich. »Wenn man bedenkt, dass wir den ganzen Sommer in einem Nest aufgetreten sind, wo sich die Füchse gute Nacht sagen. Wo haben Sie das alles her? Lesen Sie etwa diese Agitationsblätter?«

»Meine Angehörigen leben auf dem Land«, sagte Mamin. »Meine jüngste Schwester schreibt mir hin und wieder. Sobald ich eine feste Adresse vorweisen kann, heißt das.«

Seinem Ton war anzuhören, dass er nicht weiter auf dieses Thema eingehen wollte.

Zina Zarimbowa kam den Bahndamm heraufgeklettert. Sie hielt eine Tüte aus großen Klettenblättern in den Händen, bis obenhin voller Brombeeren. Sie hatte Begleitung – zwei Männer aus anderen Waggons. Sie war in charmantester Laune und fütterte alle in ihrer Reichweite, indem sie ihnen Beeren zwischen die Lippen stopfte.

Polly wurde von unstillbarer Gier nach Süßem und Saftigem gepackt. Sie lief hin und stellte sich zu den Brüdern.

»Puh, da wollen ja ganze Herden gefüttert werden«, stichelte die Zarimbowa, »so, hier … und hier … das sind die Letzten. Wundert mich, dass eure große Schwester keine Beeren für euch gesucht hat. Sitzt sie etwa immer noch zu Füßen von Brandukow und schmachtet ihn an?« Sie lachte girrend.

»Hör auf, Zina! Das Mädchen ist fünfzehn«, sagte Mamina versöhnlich. Sie schlang die Arme von hinten um Polly. »Schaut euch den goldenen Horizont an. Und die Mondsichel.« Sie wiegte sich mitsamt Polly hin und her. »Singt uns was – Zinotschka, Antoscha.«

Nachdem die Zarimbowa sich vergewissert hatte, dass ihre Begleiter vom Beerenpflücken noch immer in der Nähe lungerten, setzte sie ohne langes Zieren ein. Nichts von dem, was sie auf der Bühne zu trällern pflegte. Eher etwas aus dem Repertoire, das sonst der Prinzipalin vorbehalten blieb.

»Kein neuer Frühling mehr für mich,
die Veilchen werd ich nie mehr sehen …«

Gontscharenkos Bass fiel mit der zweiten Stimme ein:

»… und deine Schwüre, Liebster du,
sie werden mit dem Wind verwehen.«

Pollys Herz wurde schwer, ohne dass sie hätte sagen können, warum es gerade jetzt so über sie kam. Sie heftete die Augen auf die da und dort herausgekommenen Sterne, bis die Sterne golden zu spritzen anfingen. Aber das war nur das Wasser, das Pollys Augen überschwemmte.

Tü-hüüüt! Die Dampfpfeife schrillte dreimal.

Vorn, an der Lokomotive, gongte es, als die Puffer zwischen den Wagen beim Anrucken zusammenstießen. Die gesungene Romanze brach ab, Gerenne zu den Abteiltüren setzte ein. Klascha kam erst im allerletzten Moment. Das Zuknallen der Abteiltür ließ Dillotschka verstört hochfahren. Sie murmelte Unverständliches und sank wieder zurück, schlief weiter, ohne ihren Petruschka loszulassen.

»Wie ein Dompfaff«, bemerkte Ossja schläfrig aus der finsteren Höhle der Gepäckberge heraus.

»Was?«, fragte Fedja mit ebenso träger Stimme.

»Na, wenn der Zug pfeift. Tü-hüüüt … tü-hüüüt … Derselbe Ton, nur eben lauter. He, weißt du noch – dieser Dompfaff, Papas Abziehbildchen? Auf der Tür vom Safe?«

Für die Großen war kein Platz zum Ausstrecken; es war schon für Dillotschka schwierig. Polly wickelte ihr Plaid um sich und drückte das kleine Reisekissen an die Wange, aufrecht sitzend. Sie gähnte und starrte in das Dunkel draußen. Wie im Märchen vom Mädchen mit den Schwefelhölzern erschienen ihr die Vorstellungen herrlichster Dinge:

ein vor Kälte beschlagenes Glas Buttermilch,

eine mit Kraut gefüllte Pirogge,

ein goldgelbes Stück Kuchen mit Zitronenglasur,

eine Bulka aus weißem Teig, belegt mit gekochtem rosa Schinken.

Polly bemühte sich, nicht ständig an die Jelabugaer Straße 25 zurückzudenken. Aber was tun, wenn die Gedanken wie Brieftauben sind, die nur ein Ziel kennen? Sie versuchte sich die Landkarte im Schulatlas vorzustellen. Rostow am Don lag ziemlich weit unten, das wusste sie genau. Nicht allzu weit entfernt von der Halbinsel Krim, nur ein bis zwei Daumenbreiten. Die Krim aber war der Süden schlechthin.

Vor ihrem inneren Auge sah sie immergrüne Bäume und exotische Sträucher, sogar Palmen. Rostow lag am Don, einem riesigen Strom. Der wiederum mündete ins … ah ja – ins Asowsche Meer. Polly kannte Meere bislang nur von den Gemälden zu Hause. Und aus Büchern selbstverständlich.

Im blauen Dunst der Meereswüste
ein Segel fern am Himmelsrand.
Was sucht es an der fremden Küste?
Was ließ es an der Heimat Strand?

Lermontows Gedicht vom einsamen Segel war eins von Pollys Aufsage-Glanzstücken; vor zwei Jahren hatte sie es bei der Abschlussfeier der Schule vortragen dürfen.

Es würde sich schon alles wieder einrenken. Sie und die Jungen würden wieder regelmäßig in die Schule gehen, Dillotschka bliebe in der Obhut der Pension, und Klascha verdiente Geld für sie alle, indem sie die Auftritte der Truppe auf einem riesigen spiegelnden Flügel begleitete. Und nach den letzten Zugaben würden alle sieben Künstler die Hand ausstrecken und das wie wahnsinnig klatschende Publikum auf das Mädchen aufmerksam machen, das da so bescheiden im Hintergrund gespielt hatte. Alle würden Ruhe gebietend den Finger auf die Lippen legen und Klascha begänne den ersten Satz der Beethoven-Sonate »Der Sturm«.

Es war ein wunderbares, ein zufriedenstellendes, ungemein beruhigendes Bild.

Die Nacht ging herum. Draußen kochten Wiesen und kleine Flüsschen fleißig am Morgennebel. Manchmal sah man Angler dem – wieder mal – haltenden Zug misstrauische Blicke zuwerfen. Und wenn man das Fenster herunterließ, konnte man ferne Hähne krähen hören. Oder einfach nur den feuchten Laub- und Pilzgeruch eines angehenden Septembertags mit der Nase einziehen.

Der Tag wurde hell und sonnig und sie schauten einander in die vom Ruß des Lokomotivenrauchs verschmierten Gesichter. Wie wusch man sich, wenn man kein Wasser zur Verfügung hatte?

»Ganz einfach – mit Fahrtwind«, schlug Ossja vor.

Selbst Klascha und Polly hielten die Gesichter zum herabgelassenen Fenster hinaus und hofften, dass die ärgsten Dreckspuren tatsächlich weggefegt würden.

Alle hatten sie ausgetrocknete Lippen vor Durst. Klascha schnitt die letzte Gurke in Scheiben und verteilte sie auf fünf Häufchen. Das übrig gebliebene Brot – klantschig, spelzig – ließ sich nicht schneiden; man konnte es nur auseinander reißen.

Es wurde wieder viel gehalten. Die Septembersonne heizte das Abteil auf.

Dillotschka war ungewohnt still. Wenn sie vor sich hin greinte, geschah das beinah lautlos. Klascha hätschelte die kleine Schwester: »Ach, unser Rübchen ... ist so rücksichtslos ausgerissen worden ... und war noch gar nicht reif! Jetzt welkt es ... es welkt, unser armes Rübchen ...«

Auch Polly, Ossja und Fedja beteiligten sich am Trösten. Sie streichelten Dillotschkas tränenstreifiges Gesicht und ihre schlaffen schmutzigen Pfötchen. Polly streichelte mehr mechanisch. Sie hatte wenig geschlafen und fühlte sich wie betäubt vor Müdigkeit, als der Zug gegen Mittag endlich jenen Eisenbahnknotenpunkt erreichte, wo sie umsteigen sollten.

Die Bahnhofshalle glich einem Heerlager.

Die vier Männer der Truppe hatten das Gepäck ausgeladen und keuchten nun von der ungewohnten Beschäftigung.

»Lasst es keine Sekunde aus den Augen«, warnte Madame Byrstowa. »Hier wimmelt es von Dieben. Es dürfen immer nur jeweils zwei von uns ins Restaurant und immer nur kurz. Heilige Muttergottes, ich sterbe, wenn ich nicht bald einen heißen Tee kriege. Aber vor allem anderen, meine Lieben: Jemand muss herausfinden, auf welchem Bahnsteig der Zug nach Rostow abfährt.«

Keiner hatte Lust, dieser »jemand« zu sein. Besonders die Damen fühlten sich nicht angesprochen. So standen alle stumm, nervös, übellaunig und ratlos um den Gepäckhaufen herum.

Polly hatte ihre Reisetasche vorsichtshalber zwischen die Waden geklemmt. Sie stellte sich auf die Zehen und versuchte sich einen Überblick zu verschaffen. Was sie sehen konnte, waren verlassene Schwalbennester an den Stucksimsen oben an der Deckenwölbung und dicht daneben die Einfluglöcher in den Buntglasscheiben. Was sie weiterhin sehen konnte, waren große vielarmige Lampen, die gleich metallenen Kraken von der Decke hingen, bei den meisten waren die Glasschirme kaputt; zerbrochen oder zerschossen wie auch die farbigen Fenster.

Was sie darüber hinaus noch sehen konnte, war eine breiartige Masse aus Leibern und sperrigen Habseligkeiten. Diese Masse brodelte durch die gesamte Bahnhofshalle. Schaute man allerdings eine Weile hin, konnte die Sogwirkung eines Strudels nicht verborgen bleiben. Irgendwo in der Mitte der Bahnhofshalle geschah etwas.

Urplötzlich hob Madame Byrstowa-Lochwitzkaja den Kopf und fasste an die schwarze Chrysantheme ihres Hutes, als müsse sie Staub abschütteln.

»Kinder quetschen sich überall durch«, verkündete sie. »Wir Erwachsenen bewachen das Gepäck, und ihr drei« – ihr ausgestreckter Zeigefinger deutete auf Polly und die Jungen –, »ihr seid so nett und tut euch ein bisschen um. Findet heraus, wo unser Zug abgeht. Und vor allem, wann sie ihn erwarten. Die haben Telegrafen, also werden sie Bescheid wissen.«

Polly sah entsetzt zu Klascha. Die zuckte machtlos die Achseln. Was man da von ihnen verlangte, war eher eine Aufgabe für Männer mit Ellenbogen wie Keulen. Für den Bass Gontscharenko oder für Gumiljew, den Kunststolperer.

Die Jungen jedoch nahmen den Auftrag gleichmütig entgegen. »Rammbock! Oder was meinst du, Fedjuscha?« Für Ossja war eben alles ein Spiel.

Sie stellten sich hintereinander auf. Ossja krallte sich an Fedjas Schultornister fest, Polly klammerte sich bei Ossja an und sollte mit aller Macht stoßen und schieben. So bohrten sie sich in das Gedränge hinein. Die unsanft beiseite Gestoßenen schalten. Vor allem schlugen sie kräftig zurück. Die sechs Beine des »Rammbocks« stolperten über Käfige mit verstörten Hühnern, über das Rohr eines jener kleinen Eisenöfchen, die »Burschujka« genannt wurden, über verschnürte Körbe und prall gestopfte Kopfkissenbezüge, über die Beine und Körper von Liegenden.

Der Sog ließ nach, die Leute standen jetzt lockerer, mit mehr Luft zwischen sich. Als seien sie nicht unbedingt darauf erpicht, als Nächster an der Reihe zu sein. Sie verhielten sich geradezu unnatürlich. Polly glaubte, Angst in den Mienen wahrzunehmen. Und hätte sie nicht Ossja mit aller Macht gebremst, wäre der Rammbock blindlings mitten in eine Gepäckkontrolle gestürmt.

Auf den schwarzweißen Fliesen der Bahnhofshalle lag eine ältere Frau auf den Knien. Heulend und zeternd trommelte sie mit den Fäusten auf den Fußboden ein. In einer Faust steckte noch der Zipfel eines Bündels.

»O ihr Verfluchten, dreimal Verfluchte ihr! Ich hab es ehrlich gekauft, jedes Pud teuer bezahlt. Ihr habt kein Recht, kein Recht habt ihr, eine Witwe zu berauben!«

Ein Mann in Matrosenkleidung stand breitbeinig daneben. Er hatte der Frau das Bündel, das sie nicht hatte herausrücken wollen, gerade aus der Hand gehauen. Mit einem Entermesser oder Dolch oder einem kleinen Säbel.

»Wir haben nicht nur das Recht, wir *sind* das Recht«, schnauzte der Matrose. »Und euch Kulakenpack haben wir ganz besonders gefressen. Gold und Juwelen habt ihr angehäuft. Schleppt es immerzu mit euch herum, weil ihr niemandem traut. Neulich, da hab ich so ein Diamantkreuz aus einem Brillengehäuse herausgeschüttelt, ich schwör's. Bildest dir wohl ein, du kommst bei mir damit durch, was?«

Aus dem zerschlitzten Tuch rieselte Mehl. Polly hörte, wie einige Frauen seufzten. Der Matrose schüttelte ungeduldiger.

Und schließlich rutschte mit dem weißen Schneegestöber tatsächlich ein verschnürtes Päckchen zu Boden.

»Da haben wir's ja.« Triumphierend blickte er in die Runde. Mit der Spitze des Entermessers oder Dolchs zertrennte er die Schnüre, riss das Einwickelpapier ab und hielt einen Klumpen Butterschmalz in der Hand. Er stocherte darin herum. Aber es wollten weder Gold noch Edelsteine herausfallen.

Polly sah sich selbst dort stehen, mit aufgeschlitzten Kleidern, im Unterzeug, vor aller Augen. Während die von Njanja so sorgfältig eingenähten Goldmünzen auf die schmutzigen Fliesen klingelten. Klascha würden sie sicher das Medaillon wegnehmen. Und Dillotschka, die nichts ahnte, die nicht wusste, was unter ihren vermummten Mantelknöpfen verborgen war – wahrscheinlich würde sie einen Schreikrampf kriegen, wenn der Matrose ihr plötzlich die Knöpfe absäbelte, aus heiterem Himmel.

Der Matrose, zornig, weil er sich getäuscht hatte, stieß mit dem Stiefel an einen Koffer aus geflochtenen Weidenzweigen.

»Und was hast du da drin?«

Die Frau, noch immer auf den Knien rutschend, öffnete den Deckel, und weißer Schaum quoll hervor, Spitzenbesetztes, mit Hohlsäumen, mit rotem Kreuzstich.

»Meine Tochter heiratet. Ich bring ihr die Aussteuer«, sagte sie mit der undeutlichen Stimme derer, die reden müssen, während sie noch weinen.

»Ist beschlagnahmt.«

»Aber wieso denn? Um aller Heiligen willen, warum?« Die Frau presste die Hände an die Schläfen. »Was ist daran verboten? Was willst du damit anfangen? Ich werde mich beim Kommandeur des Bahnhofs beschweren.«

»Halt's Maul, Kulakenweib, oder wir verhaften dich wegen Sabotage.«

Ein zweiter Matrose war hinzugekommen. Offenbar gerade vom Mittagessen, denn er bohrte mit der Zunge in den Backen herum. Aus Spaß zog er seine Mauserpistole und richtete sie auf die Frau, die sich über ihre bestickten Kissenbezüge und Unterröcke geworfen hatte.

»Paff, paff!«

Die drei Apraksins standen wie angewurzelt. Polly hatte es die Sprache verschlagen. Ihr Mund war so trocken, als kaute sie auf Sägemehl. Fedja glich einem von einer Riesenschlange hypnotisierten Kaninchen. Ossja schaute mit seiner gewohnten Gespanntheit zu. Nichts würde ihm entgehen.

Der Matrose war noch nicht fertig mit seinen Späßen; er erhob die Stimme, wie um jemanden herbeizurufen: »Gawrila, hier möchte eine unbedingt zum Revolutionstribunal! Kannst du abführen!« Worauf er unwirsch fortfuhr: »Los, der Nächste. Auspacken, den Kram.«

Ein junger Mann, auffallend dadurch, dass er statt der üblichen Schirmmütze einen Kalabreser trug, einen Künstler- oder Räuberhut, trat vor. Mit den Füßen schob er einen zugenähten Ballen vor sich her. Über die Schulter hatte er eine Art Rucksack geworfen.

»Aufmachen, los, los!«

Er habe keine Schere bei sich, sagte der junge Mann, leise, aber ohne alle Unterwürfigkeit. Wenn er Angst hatte, so verbarg er es gut. Schon glitt der Marinedolch durch die Sackleinwand. Kleidungsstücke, Bücher und Kladden, lose Blätter, sämtlich voll geschrieben, eine Weckeruhr, noch mehr Papier rutschten nach allen Seiten.

»Was ist das?«

»Alles, was ich besitze.«

»Wozu brauchst du das viele Papier da? Willst du ein Scheißhaus eröffnen?« Der Matrose bückte sich, um die Blätter zu befingern und brummte: »Zu steif, zu glatt; lässt sich nicht gut rollen.«

»Ich bin Literat«, sagte der junge Mann, »ein Dichter, wenn du so willst. Das sind alles meine Manuskripte.«

»Kann jeder sagen. Das muss erst geprüft werden. Vielleicht bist du ja ein Kurier der Konterrevolution, überbringst Botschaften an Krasnow, woher soll ich das wissen.«

Polly sah, wie das magere unrasierte Gesicht des jungen Dichters totenblass wurde, als habe man ihn mit weißem Talkumpuder bestäubt. Aber noch immer versuchte er Haltung zu bewahren, fiel nicht auf die Knie wie die Frau vorhin.

»Du brauchst nur einen Blick darauf zu werfen, dann siehst du, dass es sich um Poeme und lyrische Zyklen handelt, alle entstanden während der letzten drei, vier Jahre«, beteuerte er. Seine Stimme klang schrill, fast panisch. »Wenn du erlaubst, kann ich daraus vorlesen.«

Doch der Matrose hörte gar nicht zu. »He, Gawrila, komm mal her«, rief er seinen Kumpan. »Hier ist Papier. Prüf mal, ob's was taugt.«

Das andere Mitglied der Kontrollabteilung riss ein Fetzchen ab und fummelte eine Prise Tabak aus seiner Brusttasche, streute sie auf das entnommene Papier und drehte sich damit ein »Ziegenbeinchen«.

»Gib mir mal Feuer, Jemelja.«

Nicht gut geeignet, befand er. Aber aus Mangel an anderem, besserem Papier zum Zigarettendrehen müsse man eben mit diesen Zetteln vorlieb nehmen. »Beschlagnahmt!«

Die scheinbare Kaltblütigkeit fiel von dem jungen Mann ab.

»Aber das sind meine Gedichte!«

Er brüllte es. In seinen Augen stand Verzweiflung. Nur mit Mühe hielt er die Tränen zurück, Polly sah es, und er tat ihr so leid, dass sie selbst auf einmal weinte. »Ihr könnt doch nicht einem Dichter seine Werke wegnehmen!«

»Ist beschlagnahmt. Wird erst geprüft«, erwiderte der Matrose, der Jemelja hieß, unbeeindruckt. »Weg da, mach Platz. Oder willst du unbedingt verhaftet werden? Musst es nur sagen. Der Nächste!«

Fassungslos ließ sich der junge Mann beiseite schieben.

Polly hatte das Gefühl, als würde er gleich etwas Verrücktes und Unkluges anstellen. Das wollte sie nicht miterleben. Mit dem Handrücken wischte sie sich das Nasse unter den Augen fort. Sie rüttelte an Ossjas Schultornister.

»Beeilen wir uns. Wir sollten doch den Bahnsteig herausfinden. Wen fragen wir?«

»Den.« Fedja deutete auf eine Tür, auf deren Glasfenster »Stationsvorsteher« zu lesen war. Hinterm Glas ein gestärktes weißes Gardinchen. »Der muss alles wissen, was auf so einem Bahnhof passiert. Stimmt doch, Ossja, oder?«

Ossja nickte. Er war indes noch immer halb bei der Gepäckkontrolle, das war nicht zu übersehen. Irgendetwas brütete er aus. Polly und Fedja wechselten respektvolle Blicke.

Der Stationsvorsteher, genauso sauber und adrett wie sein Gardinchen, las gerade einen Papierstreifen, der aus dem Telegrafenapparat gekommen war. Was er las, ließ ihn die Stirn runzeln. Wirklich kein günstiger Moment, ihn mit einer Frage, noch dazu einer so banalen, zu belästigen. Der Ärmste – er sah nach schlaflosen Nächten aus, nach Bekümmernis, richtig gelb war er im Gesicht. Doch er riss sich zusammen und erteilte die Auskunft, rein mechanisch, als sei das etwas, das er noch im Schlaf beantworten könne.

»Kann freilich Stunden dauern«, fügte er hinzu, »die von Koslow haben noch nichts durchgegeben. Sagt euren Eltern das. Und sie sollen nicht in die Wagen einsteigen, wo die demobilisierten Soldaten drin sind. Denn diese Waggons werden später abgehängt und umgeleitet. Weiß der Teufel, wo die hinwollen, jedenfalls nicht dahin, wo noch gekämpft wird, das ist mal sicher. Faulpelze, fahren immer nur herum und machen anderen Menschen das Leben sauer.«

Ossja gefiel das Büro mit dem geheimnisvollen Telegrafen und den bunten Streckenplänen an der Wand. Er wollte nicht gleich wieder gehen und gab sich Mühe, dem Bahnhofsvorsteher mit den Einzelheiten ihrer Reiseumstände zu imponieren. Fünf Waisen, noch dazu auf der Flucht … in der Begleitung von Bühnenkünstlern … und niemand, der das Gebirge der Koffer und Kisten einen Zentimeter vorwärts brächte, um es der Kontrolle zu präsentieren.

»Nun, wenigstens in einem Punkt kann ich euch helfen«, sagte der Stationsvorsteher. »Die da« – er zeigte in Richtung der Matrosen – »haben einen, der ihnen mit dem Handkarren das beschlagnahmte Gepäck in den Güterschuppen transportiert. Heißt Pawluscha. Ist kein übler Kerl, arbeitet schwer, dabei geben die ihm nur zwei Mahlzeiten pro Tag als Lohn. Wenn ich mit ihm rede, wird er schon mal eine oder zwei Extratouren für eure Künstler zwischenschieben. Kommt mal mit, ihr drei.«

Auf der Rückseite des Bahnhofsgebäudes kam ihnen der besagte Pawluscha entgegen, ein Bursche von höchstens achtzehn Jahren. An seiner Unterlippe klebte eine ausgegangene Zigarette, über die möhrenroten Haare war eine schottisch karierte Reisemütze gezogen, der man ansah, dass sie vordem Eigentum eines eleganten Herrn, eines »Burschuji« gewesen war. Er musterte die Kinder. Und erklärte dann, er hätte nichts dagegen, auch mal für jemand anderen zu arbeiten.

Die Kinder ihrerseits musterten den Karren: ein Holzgerüst auf nur zwei Rädern und geschoben wurde er wie ein Kinderwagen.

»Wir haben drei Schrankkoffer dabei«, sagte Polly zweifelnd.

»Überseekoffer«, verbesserte Ossja.

»Kenne die Dinger«, sagte Pawluscha und steuerte zum zweiten Eingang, dem Gütereingang des Bahnhofs. »Und was sind das so für Künstler? Filmschauspielerinnen? Nicht? Gut, dann Sängerinnen, meinetwegen. Für hübsche Damen geht Pawluscha Semjonow durchs Feuer. Sie sind doch hübsch?«

Die Kinder nickten eifrig.

7. Kapitel

Pawluscha kannte einen Nebeneingang, der zu einem Gleis für Frachtgutbeförderung führte. Von dort kletterten sie auf die Schienen hinunter und wieder auf Bahnsteige hinauf, ohne den Umweg über die Halle machen zu müssen. Die Truppe und ihr Koffer-Taschen-Gebirge fielen schon von weitem auf. Sie gestikulierten wild herum und rangen die Hände.

Pawluscha wurde vorgestellt.

»Er tut es nur für uns«, prahlte Ossja, »er ist nicht für gewöhnliche Reisende da. Er kann die Koffer aber nur bis in die Bahnhofshalle bringen, nicht bis zum Zug. Weil nämlich alle Reisenden vorher ausgeplündert werden. Wir haben es selbst gesehen. Pawluscha ist bei den Banditen angestellt. Er transportiert das, was sie den Reisenden abgenommen haben, in einen Lagerschuppen.«

Entsetzte Aufschreie. Und ebenso entsetztes Verstummen.

»Stimmt das, junger Mann?« Madame Byrstowa wollte sich nicht gleich kopfscheu machen lassen. »Tatsächlich Banditen?«

Pawluscha zuckte die Achseln. Seine Augen mit den orangegelben Wimpern flogen von einer Künstlerin zur anderen.

»Stimmt. Und stimmt auch wieder nicht. Es sind Ostseematrosen, die führen Gepäckkontrollen durch. Sie wüten allerdings wie Banditen, aber sie machen es im Auftrag der Bolschewiki. Auf allen Knotenbahnhöfen. Das meiste von dem, was sie beschlagnahmen, wird später auf den Märkten verhökert.«

Mit Hilfe der Männer wuchtete er die erste Ladung auf seinen Karren. Doch fand er genügend Zeit, immer wieder die drei jungen Damen anzustarren. Zina Zarimbowa mit ihrer Million blonder Ringel und Kringel auf dem Kopf. Und mit der Angewohnheit, beim Lachen zu gurren wie ein balzender Täuberich. Mamina, die einer tatarischen Fürstentochter glich mit der olivgoldenen Haut, dem schmalen gebogenen Nasenrücken und den Augenbrauen, die sich fast berührten, dicke schwarze Pelzstriche.

Und Klascha, fünfzehndreiviertel, die Matrosenmütze mit dem roten Pompon auf dem Bubikopf, dieser Frisur besonders kühner Frauen. Klascha mit dem vor Unausgeschlafenheit etwas dösigen Gesicht, das liebenswürdigste Wesen von der Welt, Klascha mit dem Leberfleck unterhalb des rechten Nasenflügels. Mochte die Zarimbowa hübscher sein, dafür besaß Klascha etwas, das … Polly suchte in Gedanken, wie man dieses Etwas beschreiben konnte. Etwas, das zu klingeln schien wie Schlittengeläut im Winter, hell und fröhlich.

Pawluscha schien zu demselben Schluss gekommen zu sein wie Polly. Er spuckte den nassen Zigarettenstummel aus und strahlte Klascha breit an.

»Ich wüsste vielleicht was, wie man die von der Kontrollabteilung dazu bringt, euer Zeug in Ruhe zu lassen.«

»Und was willst du dafür haben? Für den Gepäcktransport und für den Tipp?«, fragte Madame Byrstowa interessiert.

Pawluscha nannte eine nicht übermäßig unverschämte Summe. »Das wäre fürs Gepäck. Der Tipp, der kostet Küsse. Und ich such mir aus, von wem ich sie kriege.«

Mamin brach in Gelächter aus. »Wir hatten vor zwei Jahren mal einen Sketch, in dem kam auch eine Kusshändlerin vor. Auf wen speziell hast du es abgesehen? Lass mich raten.«

Mamina runzelte die Stirn. »Cela me suffit!«

Pawluscha rückte mit seiner Idee heraus.

»Also, neulich waren da zwei, die hatten ihr ganzes Gepäck mit Aufschriften versehen. Große Buchstaben, schwarze Farbe. Überall dasselbe Wort. Die Matrosen lasen es und ließen alles ungeöffnet passieren. Nicht ein einziges Stück haben sie sich unter den Nagel gerissen.«

»Aber leider hast du es dir nicht gemerkt. Stimmt's?«, sagte der Bass Gontscharenko. »Wenn es eins von diesen neuen Wörtern ist, die die Roten aus Abkürzungen zusammenstümpern, dann finden wir es nie heraus.«

Jeder versuchte sich an ein solches Wortungetüm zu erinnern.

OPRODKOMGUB

GUBFINOTDEL

PROMOTORG

GIPROTSVETMET

»Ein F und zwei O waren drin«, sagte Pawluscha.

»Erfinden wir doch einfach eins«, rief Ossja in die Diskussion der Erwachsenen hinein. »Kein Mensch kennt die Bedeutung aller wichtigen Abkürzungen. Die Matrosen auch nicht.«

Sofort machten sich alle ans Grübeln.

Polly stupste Ossja an. »Wie hieß das Wort, das auf diesem Buch von dir stand, das Buch aus deinem Chemiekasten?«

Ossja hatte beides vor einem Jahr zum Geburtstag bekommen und zu Njanjas Ärger Tischtücher, Bettwäsche und Zimmerwände mit seinen Experimenten ruiniert. Er liebte diesen Chemiekasten ungemein. Das Büchlein war aus dem Deutschen übersetzt, und das Wort auf dem Buchdeckel war offenbar ein deutsches Wort. Es stand jedoch in kyrillischen Buchstaben da und schwebte über einer rauchenden Retorte, umgeben von Sternen und Blitzen. Ein explosives Wort.

»Krawumms«, sagte Ossja. »Meinst du Krawumms?«

KRAWUMMS war so gut wie LETOPIS oder MOSSELPROM oder WZIK. Niemand hatte etwas dagegen einzuwenden. »Und wo bekommen wir jetzt sofort schwarze Farbe her?«

Hilfeflehend schauten alle auf Pawluscha.

Dafür würde er mindestens zwei Tage brauchen, meinte dieser. Basare müssten abgeklappert werden. Und was Ordentliches zum Tauschen sei Bedingung, denn so eine Rarität wie schwarze Farbe konnte man nicht für Papiergeld kriegen.

»Meinetwegen bleibt so lange hier. Weiß aber keiner, ob so

bald wieder ein Zug nach Rostow fährt. Sind Kämpfe da unten. Nur, damit es nicht später heißt, ich hätte euch nicht gewarnt.«

Während er sprach, ließ er die Blicke nicht von Klascha. Doch Klascha bekam nichts davon mit, da sie wiederum nur Augen für den göttlichen Brandukow hatte. Und der? Schaute er etwa zurück?

Polly beobachtete, wie der Tenor einen Taschentuchzipfel mit Spucke befeuchtete und an einem Schmutzspritzer auf seiner hechtgrauen Gamasche herumrieb. Wie das gemeinsame Problem zu lösen sei, war von geringerer Bedeutung.

Fedja tuschelte in Ossjas Ohr. Ossja schüttelte entschieden den Kopf.

Fedja tuschelte weiter. Es sah aus, als suche er Ossja zu etwas zu überreden. Ossja starrte bockig auf den Boden.

Aber da niemandem sonst etwas einfiel, gab er schließlich klein bei. Grämlich und verdrießlich, wie man es an ihm sonst nicht kannte, brummelte er: »So red schon, schlauer Fedja, du. Na los, rede! Ist ja deine Idee, oder nicht?«

Fedja lief puterrot an und erhob die Stimme: »Wir könnten vielleicht mit, äh … mit Rotholz oder Kaliumpermanganat Farbe für die Aufschrift herstellen. Ich meine, Ossja könnte das herstellen.«

Der Bass Gontscharenko lachte dröhnend. »Habt ihr in euren Schulranzen am Ende eine Apotheke versteckt, ihr Knirpse?«

»Ossja hat Zutaten aus seinem Chemiekasten mit eingepackt«, erklärte Fedja. Er war es nicht gewohnt, im Blickpunkt der Aufmerksamkeit zu stehen, und puffte Ossja, damit der ihm die Rolle des Redners wieder abnähme.

Aber Ossja schwieg. Es reute ihn bereits, dass er zugestimmt hatte.

»Dazu braucht man einen weißen, saugfähigen Stoff«, knurrte er endlich. »Auf Koffern und Taschen hält das nicht.«

»Also, Freiwillige vor«, sagte Madame Byrstowa. »Hat jemand Mullbinden dabei, um Banderolen draus zu machen?«

Stille.

»Ihr habt die Wahl, meine Lieben: Entweder freiwillig hergeben zum Wohle aller oder die Matrosen nehmen es. Und die nehmen dann nicht nur das lumpige Stück Leinen, sondern alles, was wir haben. Ihr würdet es also so und so verlieren.«

Polly hörte, wie die Zarimbowa dem göttlichen Brandukow zuwisperte: »Ihr eigener Bettbezug ist natürlich tabu. Wetten, dass wieder mal einer von uns der Dumme ist?«

Es war Gumiljew, der Kunststolperer, der ein riesiges, sehr schmutziges Laken aus seinem Koffer herauswühlte. »So nimm denn mein letztes Hemd, Verruchte, nimm meine Unschuld, doch meine Seele kriegst du nie!«

Pawluscha begann es geschickt in Streifen zu zerreißen, indem er den Stoff mit den Zähnen festhielt.

»Wir brauchen Wasser zum Anrühren«, sagte Ossja mit Grabesstimme. Pawluscha wies mit dem Daumen die Richtung. »Und wir brauchen ein Gefäß«, fuhr Ossja fort. Niemand gab zu, dass er dergleichen besäße.

»Dillotschka, wir müssen deine Tasse nehmen. Wir spülen sie auch wieder aus«, sagte Polly schmeichelnd.

»Ich hab Duuurst«, klagte Dillotschka, »ich will was trinken aus meiner Mopstasse.«

»Kein unabgekochtes Wasser«, schaltete sich Klascha ein. »Davon wirst du ganz schlimm krank. Jetzt mach brav deine Hutschachtel auf und gib uns die Tasse.«

Als Polly und Fedja mit der überschwappenden Mopstasse zurückkehrten, war Ossja noch immer dabei, abwechselnd in beiden Schultornistern nach der bewussten Substanz zu suchen. Verstöpselte Glasröhrchen wurden hochgehalten, gemustert und wieder zurückgestopft. Tütchen und Schächtelchen lagen rings um ihn verstreut auf dem Holzpflaster des Bahnsteigs, neben zusammengerollten Kniestrümpfen und ineinander geschobenen Hausschuhen.

»Ich sehe schon, du hast dich wieder mal von ihm überfahren lassen«, sagte Polly zu Fedja. »Dass unser Ossja mit einem Tornister ausgekommen ist, hat mich sowieso gewundert. Aber dass er deinen einfach mitbenutzt, dir den Platz stiehlt, ist die Höhe! Hoffentlich hat er dir erlaubt, auch was Eigenes einzupacken?«

»Klar, da war noch genügend Platz für mich«, nahm Fedja den Bruder sofort in Schutz. »Nachthemd, Strümpfe, Unterhosen, alles was Njanja mir hingelegt hat, sogar das Handtuch ist dringeblieben.«

»Und was hast du diesem Egoisten zuliebe wieder rausgenommen?«

Fedja wand sich unbehaglich. »Weiß ich doch jetzt nicht mehr, was das alles war.«

Ossja hatte gefunden, was er suchte. Er keuchte vor Andacht, während er aus einem seiner Glasröhrchen etwas in die Tasse rieseln ließ. Es sah aus wie winzige Stäbchen. Sofort stieg von jedem dieser Stäbchen ein dunkellilaroter Faden auf und verband sich mit anderen purpurroten Fäden zu einer purpurroten Wolke, die zuletzt den gesamten Tasseninhalt giftig rot verfärbt hatte.

»Und womit soll ich jetzt die Buchstaben aufmalen?«

»Nimm den Finger«, riet Pawluscha.

Während zwölf Paar Augen zuschauten, zauberte Ossjas Zeigefinger lilarote Buchstaben auf die weißen Binden um einen Reisekorb: KRAWUMMS. Auf einen Schrankkoffer. Auf zwei Vulkanfiberkoffer. Auf drei Hutschachteln. KRAWUMMS. KRAWUMMS. KRAWUMMS. Dann war die Tasse leer, und der Künstler gestattete, dass Polly und Fedja rannten, um neues Wasser zu holen.

Pawluscha schickte sich an, die schwankende Ladung in die Bahnhofshalle zu überführen. Drei der Künstler sollten mitgehen, um die Sachen zu bewachen, bis der Rest der Koffer nachkäme.

»Alle«, sagte Ossja. Er hatte die letzten Spänchen Kaliumpermanganat aus dem Glasröhrchen geschüttelt. Das Wasser in der Tasse wurde kaum rosa. »Hat gerade so gereicht.«

Jedes Gepäckstück der Truppe trug eine weiße Banderole mit der purpurroten Aufschrift KRAWUMMS. Befriedigt betrachtete Ossja sein Werk. Klascha und Polly aber sahen sich entsetzt an. Keine einzige der Apraksin-Taschen, weder Hutschachtel noch Schultornister wies das schützende Wort auf. Das hatte man nun von Njanjas Erziehung. »Sich vorzudrängen macht einen ganz schlechten Eindruck, ein Mensch mit guten Manieren wird stets warten, bis alle anderen …«, und so weiter. Was jetzt?

Ossja überlegte fieberhaft; man konnte sehen, wie die Gedanken hinter seinen Augen durcheinander wirbelten. »Wir könnten … wir könnten die Unterseite eines Tellers mit einer Kerze anrußen. Ruß verschmiert zwar schnell, aber so lange die Kontrolle dauert, wird's schon halten.«

»Bravo, Schlaukopf, bravo«, sagte Klascha. »Haben wir einen Teller? Haben wir eine Kerze? – Au, wieso kneifst du mich?« Das galt Polly. Polly machte auffällige Kopfbewegungen in Richtung des Kofferbergs auf zwei Rädern, der sich geschickt in die Masse der Wartenden hineinschlängelte.

»Frag ihn«, tuschelte sie. »Dir zuliebe fällt ihm vielleicht was ein. Aber mach schnell.«

»Wieso mir zuliebe, was soll der Quatsch!« Klascha errötete. Aber sie lief dennoch ein Stück neben der Karre her und redete auf Pawluscha ein. Polly sah, wie dieser laut lachte, dann den Kopf schüttelte und zur großen Uhr hinaufdeutete.

Klascha schien ihm was zu versprechen oder anzubieten. Pawluscha nickte jetzt, zögernd, hob zugleich skeptisch die Schultern.

Mamina war aufgefallen, wie bestürzt die Kinder wirkten. Wie ängstlich Polly ihrer Schwester nachsah, wie Fedja an seinen Fingern herumbiss, wie Ossja unaufhörlich Vorschläge vor sich hin brabbelte: »… oder wir könnten uns alle in den Finger stechen und mit Blut schreiben …«

»Stimmt was nicht?«, erkundigte sich Mamina. Polly berichtete von dem Malheur.

»Ach je, ach je! Hören Sie nur, Ljudmilla Akimowna! Sie haben vergessen, ihr eigenes Zeug zu kennzeichnen. Was ist da zu tun?«

»Damit kann ich mich unmöglich auch noch befassen«, kam es als Antwort. Der ungnädige Ton war nicht zu überhören. »Wenn unsere Klara Arkadjewna unbedingt einen Kindergarten mit auf die Reise nimmt, muss sie gefälligst auch für fünf denken und für fünf aufpassen. Ist nicht unsere Aufgabe, ma chère Mamina.«

»Sie sind ungerecht.« Um nicht in Tränen auszubrechen, musste Polly die Stimme in die Kehle zurückpressen, sodass sie seltsam tief klang. »Wer hat Ihnen denn den Gepäckträger besorgt? Und wer hat sein letztes Privateigentum hergegeben, um Ihre hunderttausend Reisekörbe und Überseekoffer zu beschriften? Hat sich irgendjemand bei Ossja bedankt?«

»Poljenka, um Himmels willen. So darfst du nicht mit Madame Byrstowa reden.« Klascha war wieder da. »Sie ist immerhin unsere Prinzipalin.«

»Deine Prinzipalin«, sagte Polly, »nicht unsere. Sie und wir reisen zufällig im selben Zug, ansonsten hat sie keine Befehlsgewalt über uns. Unsere Fahrkarten sind nicht von ihr bezahlt worden wie deine, sondern von Papas Briefmarken. Wir müssen überhaupt nicht mit nach Rostow am Don fahren. Wir könnten auch nach … nach Staraja Russa fahren und dort im Kurhaus wohnen. Du und ich würden den Kurgästen die Betten machen und die Gläser mit dem Brunnenwasser ausgeben. Und die Jungen könnten abends die rausgestellten Schuhe der Gäste putzen.«

»Wenn du vorhast, als Zimmermädchen zu arbeiten, musst du ins Ausland gehen.« Pawluscha stand so dicht hinter ihnen, dass man seinen verschwitzten Hals riechen konnte. »Dort, am Ilmensee, hat sich's ausgekurgastet. Dort sitzen längst die Bolschewiki. – Hier, meine Schöne!«

Er hielt Klascha einen Blechnapf vor die Nase.

Sofort scharten sich die Jungen um ihn. »Was ist das?«

»Wagenschmiere«, sagte Pawluscha. »Vom Stationsvorsteher. Hab erzählt, dass ich was für euch brauche, das wie Farbe aussieht. Er scheint einen Narren an euch gefressen zu haben. Aber halt – wartet mal!« Er betrachtete stirnrunzelnd die weißen Banderolen aus Bettlaken. Etwas schien ihn zu beschäftigen. »Ihr braucht ein anderes Wort«, entschied er.

Was er gegen KRAWUMMS habe?

»Na ja, die da, die Künstler, haben professionelles Gepäck. Riesige Koffer, Zylinderfutterale, gedruckte Notenhefte, Autogrammfotos, Plakatrollen und so weiter. Alles mit einheitlicher roter Schrift ausgewiesen als KRAWUMMS. Könnte klappen, dass die Matrosen das respektieren. Mag ja vielleicht wirklich ein Haufen Bevollmächtigter sein, denken sie. Das heißt, das Denken richtet sich ganz danach, was sie heute aufgetrieben haben. Bei Kartoffelschnaps sind sie so spät am Nachmittag schon ziemlich zu.

Tatsache ist, eure sieben Zwetschgen sehen nicht nach KRAWUMMS aus. Dazu kommt, dass die Schrift in einer anderer Farbe wäre. Womöglich halten sie's für eine freche Nachahmung, und pfft! – werdet ihr eingelocht wegen Anmaßung falscher Identität. Mir ist das Wort wieder eingefallen, das die zwei Leute damals auf ihre Ballen geschrieben hatten. Es hieß FOLKLORE. Nehmt das.«

Sie fügten sich. Aber mit dem unklaren Gefühl, den Kürzeren

gezogen zu haben. Wer hatte schließlich KRAWUMMS erfunden?

Klascha holte ihr Medaillon aus dem Halsausschnitt, streifte die Kette über den Kopf und reichte es Pawluscha. »Da! Versprochen ist versprochen.«

Polly blieb der Mund offen stehen. Ein goldenes Schmuckstück mit einer Blume aus Edelsteinsplittern auf dem Deckel für einen Topf Wagenschmiere? Hätte ein Bogen Briefmarken es nicht auch getan?

Pawluscha sagte nichts. Nicht einmal danke. Er drückte mit dem Daumennagel auf die Feder und beugte sich neugierig über das Fotoporträt im Innern des Medaillons.

»Der?! Ist der Ihr Geschmack? Ein Mann mit geschminkten Augen und einem Moustache, als hätte sich ein Kind was auf die Oberlippe gemalt?« Er knipste die Kapsel zu und hielt sie Klascha hin. »Behalten Sie's, hab keinen Bedarf. Lieber ein Kuss. Nicht jetzt. Nachher, wenn Sie bei der Kontrolle durch sind. Auf dem Bahnsteig.«

»Was Sie sich einbilden! Das ist viel zu persönlich«, sagte Klascha und versuchte wie eine Dame zu klingen. »Das war auch gar nicht ausgemacht. Das Foto hätte ich ohnehin rausgenommen. Dachten Sie, ich hätte es Ihnen überlassen?«

»Klascha … mir wächst Pelz im Mund. Werd ich jetzt ein Tier?« Dillotschka vergaß zu weinen, so furchtbar war diese Vorstellung.

»Das geht wieder weg. Das ist bloß der Durst.«

»Und außerdem haben Tiere im Mundinnern keinerlei Behaarung«, fügte Ossja hinzu. »So, alles ist beschriftet. Gehen wir zu den anderen! Ich will sehen, wie mein KRAWUMMS wirkt, wenn die Matrosen sich das Gepäck vornehmen. Was bedeutet FOLKLORE eigentlich?«

Alle blickten auf Polly, die Belesenste der Familie. »Weißt du's?«

»Es hat mit Volkskunst zu tun«, sagte Polly, »mit alten Bräuchen. Ostereier bunt bemalen, Tänze, Spiele, Tschastuschki singen. Löffel aus Lindenholz mit goldenem Stiel und goldenen Blumen in der schwarz lackierten Mulde, solche Sachen eben.«

»Ich weiß nicht … für mich sieht es nicht sehr überzeugend aus«, murmelte Klascha. »Wagenschmiere bleibt Wagenschmiere.« In gezwungen munterem Ton sagte sie dann zu Dillotschka: »Jetzt gehen wir los und treiben was Gutes zu essen und zu trinken auf, ja, mein Schatz?«

»Versuch mit Briefmarken zu bezahlen«, mahnte Polly. »Und vor allem: Handle sie runter. Schwarzhändlerinnen erwarten nicht, dass einer gleich beim allerersten Preis zustimmt.«

»Ich kann das nicht, tut mir leid.« Klascha machte ein Gesicht, als würde sie gleich hysterisch werden. »Handeln ist so ordinär. Manchen Menschen liegt das im Blut. Ich aber bevorzuge ein für alle Mal Geschäfte mit festen Preisen. Außerdem, Poljenka: Sie haben alle so schmale Augen, diese Händlerinnen. Mit denen sehen sie sofort, dass ich zahle, was sie verlangen. Oder dass sie mir nichts herauszugeben brauchen.«

»Weißt du was?«, sagte Polly, »nimm die Jungen mit. Ossja kann bestimmt handeln. Was, Ossja?«

»Wie, Bürgerin, für diesen wundervollen Heringsschwanz von voriger Woche bieten Sie mir nur dreißig Kopeken?«, keifte Ossja mit verstellter Stimme. »Dabei stinkt er fast überhaupt nicht. Streuen Sie beim Braten eine Prise Pfeffer drüber, dann merken Sie's nicht mehr, auf Ehre und Gewissen! Geben Sie mir fünfunddreißig, Bürgerin. Die Augen sollen mir platzen, wenn ich ihn nicht für weniger lasse, als er mich selber gekostet hat.«

»So macht man das!« Polly lachte sich krumm. »Aber bummelt nicht herum, sonst bin ich dran. Und die FOLKLORE muss unbedingt zusammen auftreten.«

Allein geblieben, hockte sie sich auf die Plaidrolle und gähnte. Vorsorglich legte sie je eine Hand auf ihre Reisetasche und

Dillotschkas Hutschachtel, damit sie es spüren würde, falls jemand sie ihr wegziehen wollte. Bringt mir süße Schmalzkringel mit, eine Kanne heiße Schokolade, einen Teller Plinsen mit saurem Rahm und Pilzchen. Gebratene Wachteln und Franzosenbrötchen. Und eingelegtes Obst, mindestens drei Sorten. Ob es jemals wieder solche Sachen geben würde? Wohin waren sie nur verschwunden?

Langsam kroch statt des Hungers und Dursts die Angst vor der Kontrolle in Pollys Magen. Wie Klascha hatte auch sie nicht allzu viel Vertrauen in diese FOLKLORE. Falls den Matrosen auffiel, wie komisch schwer ihr Rock zipfelte, würden sie den Saum ohne zu zögern aufschlitzen, mit dem Entermesser, dem langen Dolch. Und Papas Goldmünzen würden nach allen Richtungen davonrollen. Reisende würden sich draufstürzen und Gawrila und Jemelja würden die Mauserpistolen ziehen und blindlings in die Leute hineinschießen: »Pfoten weg, alles abliefern! Gehört der roten Regierung!«

Wenn sie aufstand und sich reckte, konnte sie zwischen ein paar Rücken hindurch Pawluscha entdecken. Er hatte seinen Dienst wieder aufgenommen und belud seinen Karren mit dem beschlagnahmten Eigentum der Kontrollierten. Kopfkissenbezüge mit Reiseproviant, Saatkörnern oder Wäsche zum Wechseln. Lebendes Geflügel in Kartons mit Luftlöchern. Säckchen voll Salz. Besteckschatullen mit Adelsmonogrammen und silberne Bürstengarnituren. Speckstücke und Brotlaibe aus noch funktionierenden Dörfern. Alles räumte er aus der Reichweite von Jemelja und Gawrila. Was sich nicht aufheben ließ, wie etwa verschüttetes Mehl, wurde Teil des Unrats auf dem Fußboden.

Wieder schob sie sich einen halben Meter vorwärts. Ob der Zug heute noch kam? Ob er überhaupt kam? Würden sie zusammen in einem Abteil Platz finden?

Der Matrose mit Namen Jemelja drehte sich ein Ziegenbeinchen (Polly erkannte das Rechenheftpapier des Dichters).

Matrose Gawrila streckte die Hand danach aus. »Gib's her, dreh dir noch eins, hab jetzt keine Zeit, hier kommt Aristokratengepäck.«

Seine Augen glitzerten beim Anblick des Überseekoffers der Zarimbowa, und dahinter gleich noch einer, der von Brandukow. Mit falscher Unterwürfigkeit fragte er: »Nach Biarritz, was? Ins Grand Hotel, wie? Wird bisschen zu herbstlich im alten Mütterchen Russland, hab ich Recht?«

Wortlos deutete der Tenor Brandukow auf die weißen Streifen mit Ossjas roten Buchstaben.

»Was zum Teufel soll das bedeuten?« Gawrila kratzte sich im Nacken unterm Mützenrand. »Ihr habt gefälligst einzeln anzutreten. Wie sollen wir sonst kontrollieren? He, Jemelja, komm mal her. Heißt das, wir müssen sie laufen lassen? Guck dir die Koffer an, mein Alter, beklebt mit hunderttausend bunten Bildchen von nobligen Absteigen. Stinkt geradezu nach Großfürstenbrut. Herrchen, Dämchen, geschniegelt, einparfümiert mit Odekollon.«

Jemelja war derselben Meinung. Er fischte noch ein Gedichtblatt und noch eine Prise Machorka aus seiner Rocktasche. »Ganz klare Sache. Wollen wahrscheinlich auf eins dieser ausländischen Schiffe und dann ab, übers Schwarze Meer, ihre adeligen Hälse retten. Nimm sie dir vor, Gawrila, und pfeif auf KRAWUMMS. Nie davon gehört.«

Die Truppe musste sich in aller Schnelle auf eine Art Choreographie geeinigt haben. Die Apraksins sahen interessiert zu und kauten dabei. Die Künstler bauten sich im Halbkreis auf, wie auf einer improvisierten Opernbühne, den rechten Arm theatralisch vorgestreckt. Man hörte Madame Byrstowa halblaut zählen: »Un, deux, trois ...« Dann sangen sie los: »Buona sera, mi signori, buona sera, buona sera.« Immer einer Solo, dann wieder alle gemeinsam, eine drei- oder vierstimmige Begrüßung.

»Sie sind fantastisch«, sagte Polly mit vollem Mund. »Ich hab sie ja bis jetzt noch nie singen gehört. Was ist das? Kennst du das?«

Klascha, ebenfalls kauend, nickte. »Aus ›La Cenerentola‹ von Rossini. Aber normalerweise singen sie nie zusammen. Sie sind Solisten. Und Mamin und Mamina sind überhaupt keine Sänger. Und Gumiljew … wo ist der eigentlich?«

Sie kauten alle fünf an kleinen Fladen aus geriebenen rohen Kartoffelschalen, gebacken in etwas, dessen Geschmack wohl alle anderen Interessenten abgestoßen hatte. Wären sie sonst übrig geblieben? Sie schmeckten, fand Polly, als habe man den Tiegel mangels Fett mit Motoröl ausgestrichen.

Im Teekessel schwappte der Bodensatz eines Kwassfässchens, verdünnt mit Narsanwasser. Die Tülle des Teekessels ging von einem fettigen Mund zum anderen.

»Der Pelz auf meiner Zunge ist weg«, meldete Dillotschka erleichtert.

Die Sonderdarbietung wurde mit einem schmetternden Tutti beendet. Von allen Seiten wurde applaudiert. Die beiden Matrosen schienen eher gereizt. Vielleicht waren sie aber auch bloß unmusikalisch.

»Alles nur Tricks, um uns an der Arbeit zu hindern. Kennen wir«, belferte Gawrila und zertrennte mit der Schneide seines Entermessers die Banderole um den Schrankkoffer des göttlichen Boris Brandukow. »Wir sind hier eingesetzt, um Kontrollen durchzuführen. Entweder öffnet ihr jetzt eure noblen Köfferchen oder wir machen es selber.«

Zitternd, verstört, weil die Sache offensichtlich schief gelaufen war, suchten alle Mitglieder der Truppe nach ihren Kofferschlüsseln.

Plötzlich begann Jemelja zu wiehern. Mit ausgestrecktem Finger deutete er auf die hechtgrauen Gamaschen des Tenors. »Guck dir den an – der hat Hundedeckchen an den Füßen. Deckchen wie für diese Pinscher, wenn sie im Winter frieren, hihihi ...«

Von fremden Händen und Stiefelspitzen durcheinander gewühlt und beiseite geschleudert, begann sich die intimste Garderobe der Künstler über den schmierigen Fußboden zu verstreuen. Stapel gestärkter Hemdbrüste, Trikotunterwäsche für Herren, ein Reservekorsett Madame Byrstowas, all die flitterbesetzten, paillettenbesäten, mit Tüll und Satinrüschen benähten Bühnenkostüme der Zarimbowa, einzelne zerlöcherte Socken, ausgetretene Schuhe, Bartbinden, Haarnetze, Handtücher und Schminklappen, Lockenwickler, Brennscheren ...

Gawrila langte nach den Notenheften, prüfte die Seiten. Nein, viel zu steif, das Papier.

»Beschlagnahmt! Weiter. Diese Schachteln und Täschchen da am besten auskippen, sonst dauert es zu lange.«

Zina Zarimbowa weinte in hohen gellenden Kadenzen. Sie rang die Hände, appellierte an die Umstehenden. Aber die blieben apathisch. Gleich würde es ihnen ähnlich ergehen und niemand würde ihnen helfen. Die Macht war nun mal auf Seiten der beiden Ostseematrosen.

»Ich sollte Boris Borissowitsch beistehen«, flüsterte Klascha mit schlechtem Gewissen. »Schau bloß, da liegt sein Pyjama. Hast du schon mal einen gesehen? Bestimmt ist das Seide. Granatrot. Raffiniert. Oh, ich liebe ihn!«

Polly hatte keinen blassen Schimmer, was ein Pyjama war und weshalb das rote Geschlabber raffiniert sein sollte.

»Sie lassen sich nicht beeindrucken«, sagte sie erschüttert. »Ossjas ganze Arbeit war umsonst. Wahrscheinlich haben sie schon zu viel von diesem Kartoffelschnaps getrunken. Und gleich sind wir dran. Oh, Klascha, Klaschenka, ich sterbe, mir ist ganz übel.«

»Mir auch«, meldete sich Dillotschka.

»Mir auch«, sagte Ossja, und Fedja schloss sich an: »Mir auch.«

»Ja, ja, ja, mir ist auch komisch.« Klascha ahnte, dass die Kartoffelküchlein daran schuld sein mussten. »Aber bitte fangt jetzt nicht an, euch zu übergeben. Wartet, bis wir auf dem Bahnsteig sind.«

Madame Byrstowa tönte mit ihrer besten Prinzipalinnenstimme, sie wolle sich bei den Vorgesetzten beschweren, beim Kommandanten der Kontrollabteilung, beim Bahnhofsvorsteher, beim Eisenbahnminister, bei namhaften Vertretern der neuen Regierung, beim Kulturkommissar höchstpersönlich. Als alles nichts fruchtete und ihr Kofferschloss mit der Klinge des Entermessers aufgesprengt wurde, erschien Gumiljew auf der Szene. Gumiljew, der Kunststolperer.

Polly beobachtete ihn. Wo auch immer er bis jetzt gesteckt hatte – er begriff scheinbar im Fluge, was hier gespielt wurde und dass alles verloren schien. Im Nu veränderte er sein Auftreten. Der große grobe Mann, schwerfällig, dicklich, mit verlebtem, unwürdigem Gesicht, begann eine Rolle anzunehmen. Er tat nicht viel, stopfte lediglich seine Reisemütze in die Manteltasche und hakte sich die Schmetterlingskrawatte ab. Den Mantel ließ er offen wehen, den Kragen stellte er hoch.

Und doch meinte Polly einen anderen Menschen zu sehen. Die Miene war mit einem Schlag verschlossen, fast hochfahrend. Mit den lässigen Schritten eines, der seiner Autorität sicher ist, näherte er sich. Ohne die Stimme zu erheben, doch vernehmlich, sagte er: »Geben Sie diesen Bürgern auf der Stelle ihr Eigentum zurück.«

»Sieh an, was ist denn das für ein hereingeschneites Väterchen«, höhnte Jemelja. »Kommt wie der Teufel aus der Schachtel – schwupp! ist er da. Wer bist du, dass du uns Befehle erteilst?«

»GUMILEF«, antwortete Gumiljew, jede Silbe betonend.

Noch immer, ohne die Stimme zu erheben, doch jetzt so scharf im Ton, dass man eine Sense daran hätte wetzen können.

»Verzeihung«, sagte Gawrila unterwürfig. »Haben wohl was verwechselt. War uns im Moment nicht parat, was KRAWUMMS … äh, dass KRAWUMMS so wichtig … Entschuldigen Sie, Genosse Bevollmächtigter, aber was bedeutet dieses verdammte KRAWUMMS nun wirklich?«

»Gesellschaft für Rote Kunst und weiterbildende Kultur, Spezialabteilung Opern und Vaudeville«, schnarrte Gumiljew herunter. Als müsse er einen Idioten über rechts und links belehren. »Daran angegliedert ist eine Kindertruppe, die ein vorzuführendes Beispiel darstellt, wie das Volkskommissariat mofektiven Kindern eine kulturelle Erziehung angedeihen lässt. Vortreten, Kinder!«

Gumiljew winkte mit sparsamer Geste die fünf Apraksins heran. Erwartungsvoll folgten sie.

»Mofektiv? Was soll das wieder heißen?« Matrose Jemelja versuchte durch Grimmigkeit das Gesicht zu wahren.

»Moralisch defekt«, antwortete Gumiljew knapp.

Matrose Gawrila rieb sich mit beiden Handflächen das Gesicht, als wolle er die Wirkung des Kartoffelsprits fortrubbeln. Er suchte sichtlich nach einem Modus, dem Genossen vom GUMILEF Respekt zu zollen und gleichzeitig die verordnete Terrorstimmung nicht aus der Hand gleiten zu lassen.

»FOLKLORE«, buchstabierte er die schwarz hingeschmierten Buchstaben auf den Gepäckstücken dieser »mofektiven« Bälger. »Na, mal los, Kinder! Beweist gefälligst eure kulturelle Erziehung. Eine Tschastuschka will ich hören! Eine Tschastuschka für Jemelja hier und für mich, als Dank dafür, dass wir euch nicht kontrollieren.«

Klascha und Polly richteten Angstblicke auf Gumiljew, den Kunststolperer. Inzwischen war Ossja schon in Position gesprungen. Oft genug hatte er zugesehen, wenn Jegor, der Hausknecht, während der großen Feste und Besäufnisse des Kirchenjahres sich zur Gaudi eines größeren Kreises im Hof der Apraksins produziert hatte.

Linke Hand in die Hüfte gestemmt, rechter Arm angewinkelt erhoben, Hand leicht hinterm Kopf, kleiner Sprung, einen Fuß vorgesetzt. Nichts war einfacher nachzumachen.

»Eine Wanze flieht das Li-i-icht,
aber mir entgeht sie ni-ni-icht!
Ich bin schlauer als das Vieh
und ersäuf in Naphta sie!«

Jetzt lachten die beiden Matrosen, die vorhin das Rossini-Sextett nicht im mindesten beeindruckt hatte.

»Genossen, ich borg mir mal euren jungen Mann da aus«, sagte Gumiljew leutselig und zeigte auf Pawluscha. »Kann uns die Bagage zum Bahnsteig schaffen.«

8. Kapitel

Der Zug näherte sich mit schwächster Dampfkraft. In der Lokomotive schien sich kaum mehr Heizmaterial zu befinden. Polly glaubte im ersten Augenblick, er würde so schleichen, damit die Passagiere nicht herunterfielen, die oben auf den Dächern der Waggons hockten. Dann rollte der Zug in den Bahnhof ein, und sie sah, dass sogar zwischen den Waggons, auf den Puffern, Menschen mitfuhren.

Was, wenn sie gezwungen wären, so zu reisen? Die Jungen würden vom Fahrtwind für ewig Ohrenschmerzen bekommen, Dillotschka würde unterwegs davonsegeln wie ein losgerissener Papierdrachen, Klascha und ihr selbst würden nach ein paar Kilometern Fahrt die Finger absterben, sodass sie sich nicht mehr anklammern konnten.

Jäh wich alles Blut aus Pollys Kopf. Kalter Schweiß stand ihr auf der Stirn, ihr Magen hob sich.

»Geht beiseite … weg da …« Sie presste die Hand vor den Mund und schubste die Brüder fort. Klascha stand schon ein Stückchen abseits vor einem Pfeiler; sie hielt Dillotschka die Stirn. Pollys Würgen hören und es ihr nachmachen war eins. Ossja und Fedja, grün im Gesicht, folgten als Letzte.

Diese verdammten Kartoffelfladen! Oder vielmehr das Öl.

Als nichts mehr kam, hatten alle entsetzlichen Durst und im Rachen brannte es, wie wenn man Angina hatte. Aneinander gelehnt, bleich wie Mehlwürmer, sahen sie zu, wie die angekommenen Reisenden aus dem überfüllten Zug herausplatzten gleich Erbsen aus der Schote. Wie sie herausrammelten, um auf irgendeinen anderen Zug wer weiß wohin zu hoffen. Und wie die wimmelnden Massen dieses Bahnhofs, die seit vielen Stunden geduldig gewartet hatten, beraubt und ausgeplündert, sich jetzt auf diesen Zug Richtung Süden stürzten. Wie sie ihn enterten, ihn ansprangen, sich hineinboxten.

»Das sind ja alles Viehwagen«, sagte Ossja.

»Die machen Feuer da drinnen, seht ihr das?« Fedja deutete auf die dünne Rauchfahne, die aus einem Loch im Dach des einen Güterwagens aufstieg.

»Wir müssen die Truppe von Madame Byrstowa suchen.« Klascha putzte mit einem schon recht benutzten Taschentuch ihre Mundwinkel und ihre Hände ab. Sie musterte die Geschwister und wischte auch an ihnen herum. »Sobald wir Plätze gefunden haben, lauf ich noch mal los und mache ein Handtuch nass.«

Doch sie fanden nirgends Plätze. Einzelne Stehplätze, mal hier, mal da. Aber keiner für fünf Personen zusammen.

Im Güterwagen, in den sich ein Teil der Truppe gepfercht

hatte, waren die an den Schmalseiten angebrachten Pritschen schon doppelt belegt. Wo Mamin und Mamina sowie der »Genosse Bevollmächtigte von der Abteilung GUMILEF« untergekrochen waren, wussten nur die Götter.

Mit in den Nacken gelegten Köpfen schauten die Apraksins zu, wie einige kräftige Männer einander auf die Dächer halfen.

»Madame Byrstowa, was ist, wenn wir nicht mitkommen?«, rief Klascha durch die offene Schiebetür des Viehwagens.

»Ah, je suis tout fait, tout fait! Jetzt macht nicht solche Sperenzien, jeder weiß, dass sich Kinder in jede beliebige Lücke quetschen können«, war die Antwort. »Hat jemand meinen Reisekorb gesehen? Den mit der damastenen Bettwäsche? Mon Dieu, ich glaube fast, er ist gestohlen worden. Klaschenka, ma petite ratte, jetzt gebärden Sie sich nicht so unbeholfen. Ihr habt doch nicht angenommen, dass für euch ein Erste-Klasse-Schlafwagen angehängt wird?«

Klascha tat, als sei die Bemerkung nicht für sie bestimmt gewesen. Dass der göttliche Brandukow ihre Notlage so ungerührt hinnahm, war weit schmerzlicher. Wenigstens einen teilnehmenden Blick hätte er ihr zuwerfen können. Stumm nahm sie Dillotschkas Hutschachtel auf und fasste die Hand der kleinen Schwester. Die anderen folgten ihr. Noch immer etwas wackelig trotteten sie die Reihen der Waggons entlang. Alles voll. Nein – überfüllt.

»Und sie haben doch Erste-Klasse-Schlafwagen für uns angehängt.«

Ossja zeigte triumphierend auf zwei lange edle holzbraune Wagen, gleich hinter der Lokomotive. Allerdings brannten keine Lämpchen, wie bei beginnendem Abend üblich, keine Gardinen oder Rollos waren herabgezogen. Kein Schaffner in weißen Handschuhen sorgte sich um das Wohl seiner Fahrgäste, ja, es schien gar keine zu geben; niemand war an den Fenstern zu sehen.

»Ich geh mal gucken. Ihr wartet draußen«, sagte Klascha zögernd. Sie blieb auf der Plattform stehen und spähte in den Gang hinein, von dem die Abteile abgingen.

»Wie beim Gespensterschiff«, sagte Polly. »Alles ganz genau so. Niemand an Bord, keine lebende Seele, meine ich. Und doch wagt kein Zugführer diese Wagen abzuhängen, weil die eigentlich toten Reisenden bei Nacht plötzlich so tun können, als seien sie lebendig. Sobald nämlich die Dunkelheit einfällt, erwachen sie, knipsen die Lämpchen an, bestellen Tee und Pastetchen beim Schlafwagenschaffner, der natürlich auch einer der ihren ist, sie besuchen einander in den Abteilen, spielen Karten und Grammophon, rauchen und lachen. Sobald aber die Sonne aufgeht ...«

Klascha rief, es scheine tatsächlich alles leer zu sein. »Kommt, steigen wir hier ein. Vielleicht ist es ja einfach ein Wunder und es steckt nichts Schlimmes dahinter. Wir haben keine andere Wahl.«

»So etwas tun Gespenster nicht«, sagte Polly entrüstet, als sie ein Abteil nach dem anderen besichtigten. »Das waren Menschen.«

Überall war der blaue Samt der gepolsterten Rückenlehnen abgerissen worden.

Die Fenstervorhänge fehlten. Desgleichen die Klapptischchen. Und die Spiegel. Und alle Garderobenhaken.

In den hochgeschnallten Betten befanden sich weder Decken noch Kopfpolster noch Laken.

Die hölzerne Täfelung war zum Teil herausgestemmt worden. Was davon noch existierte, war durch zahllose Brandlöcher verunziert oder geborsten wie von groben Fußtritten.

Statt des Spannteppichs bedeckten ausgespuckte Schalen von Sonnenblumenkernen und schimmelige Essenreste knöchelhoch den Fußboden.

In den Waschräumen war von den weißen Waschbecken keins mehr vorhanden, es gab weder Wasserhähne noch Handtuchhalter noch Seifenschälchen. Auch die Toilettenschüsseln waren sämtlich herausgerissen worden; man blickte durch ein Loch im Fußboden direkt auf die Gleisschwellen.

In manchen Abteilen entdeckten sie herumliegende Gegenstände: leere Flaschen, zerbeulte Töpfe und Pfannen, Fußlappen, Mullfetzen, die wohl mal um Wunden gewickelt gewesen waren. Sogar eine Militärmütze voller Bergamottbirnen. Sie lag da und gehörte eindeutig NIEMANDEM.

»Ich denke, wir können sie nehmen«, sagte Klascha. Jedem klebte die Zunge am Gaumen vor Durst.

Die Birnen waren reif. Sie waren goldgrün und gesprenkelt wie große Vogeleier. Manche hatten ein gelbrotes »Bäckchen«. Ihr Fleisch schmolz auf der Zunge, noch nie war etwas so süß und so saftig gewesen.

»Klascha, Poljenka, schaut mal – hier!« Ossja und Fedja blieben vorm nächsten Abteil stehen. »Ein echtes Grammophon. Fast wie unseres zu Hause.« Es stand auf dem einzigen Klapptisch, der heil geblieben war. Auf dem Sofasitz daneben lagen ein Album mit Platten und ein Militärmantel.

»Lasst uns hier bleiben, ja? Wir könnten Mamas Stimme noch mal abspielen.«

Während die Großen ihre Taschen und Ranzen abluden und vor Erleichterung stöhnten, war Dillotschka neugierig weiterspaziert. Jetzt, wo man wieder einen festen Ort zum Wohnen hatte, erholte sie sich zusehends.

»Im allerletzten Zugzimmer schläft einer«, meldete sie. »Ich hab guten Tag gesagt, aber er hat nicht geantwortet. Er hat die Augen ein bisschen offen, aber er scheint mich gar nicht gesehen zu haben. Und er ist ganz rot im Gesicht, wie Jegor beim Holzhacken.«

Auf Zehenspitzen näherten sich nun auch die anderen diesem hintersten Abteil. Klascha klopfte, dann schob die die halb offene Tür noch etwas weiter auf.

»Ich glaube, er ist krank«, meldete sie dann. »Lassen wir ihn lieber in Ruhe. Vielleicht ist er auch bloß betrunken. Ich gehe jetzt rasch und mache ein Handtuch nass. Wo ist der Teekessel? Ich werde im Bahnhofsrestaurant noch mal Narsanwasser kaufen. Gib mir die Briefmarken, Poljenka, schnell!«

»Was machen wir, wenn der Zug abfährt und du bist noch nicht zurück?«

»Erstens höre ich es, wenn das Signal gegeben wird. Und zweitens fährt er sicher genauso langsam los, wie er gekommen ist. Ich könnte ihn zehnmal einholen«, sagte Klascha leichtsinnig.

Trotzdem hingen die anderen besorgt aus den Fenstern und nagten an den Fingerknöcheln. Irgendwas tat sich da drinnen, in der Bahnhofshalle. Es klang wie Hämmern und Splittern und Bersten, dazu wurde gebrüllt. Zweimal knallte es wie Schusssalven.

Dillotschka war von einer Sekunde zur anderen in Schlaf gefallen. Polly hatte sie mit dem kleinen Ohrenkissen und Reiseplaid auf dem aufgeklappten oberen Bett zum Hinlegen überredet.

Sie atmeten auf, als sie in der Menge Klaschas roten Mützenpompon entdeckten. Er hoppelte und wackelte wie ein Hasenschwänzchen, so beeilte sie sich. Dabei hatte die Signalpfeife noch überhaupt nicht geschrillt. Wenn man sich weit aus dem Fenster lehnte, sah man den Lokführer und seinen Heizer rauchend auf dem eisernen Treppchen sitzen. Nein, es hatte eher den Anschein, als liefe Klascha vor den vielen Männern in Militärblusen davon, die auf einmal von allen Seiten zum Zug hinstrebten.

Sie waren sämtlich beladen, aber nicht mit Reisegepäck. Sie schleppten hölzerne Gegenstände und Möbel. Und sie brachten den größten Teil ihrer Beute zur Lokomotive.

»Das ... das ist aus dem Büro vom Stationsvorsteher! Das ist geklaut ...« Ossja stammelte vor Empörung. Auch die beiden anderen erkannten den Schreibtisch mit der grünen Lederbespannung wieder, den Drehstuhl, den Globus, das Regal, in dem kleine Modelle von Eisenbahnen gestanden hatten. Andere Sachen sahen aus wie herausgerissene Fensterbretter, wie Sitzbänke, wie eine Schuppentür, wie Zaunlatten.

»Iiit! Iiit!« In allernächster Nähe gellte die Dampfpfeife. Funken und Rauch stoben aus den Fensterchen des Kesselraums. Polly machte Klascha Zeichen zur Eile.

Als Klascha sich nach Luft japsend auf die Bank plumpsen ließ und Ossja, Fedja und Polly reihum gierig aus der Tülle des Teekessels Narsanwasser tranken, füllte sich plötzlich ihr Waggon mit Männern in Militärblusen. Es wurden immer mehr. Sie polterten und lärmten und grölten den Gang entlang, verteilten sich auf all die vermeintlich leeren Abteile.

Polly fiel der Satz ein, den der Stationsvorsteher ihnen als Mahnung eingeschärft hatte: »Sagt euren Eltern, sie sollen nicht in die Wagen einsteigen, wo die demobilisierten Soldaten sind. Die werden später abgehängt.«

»Schau an, schau an«, sagte einer und gab seiner Mütze einen Schubs, dass sie auf den Hinterkopf rutschte. »Zivilisten. Haben wir lange nicht unter uns gehabt, Onkel Kitai, stimmt's? Lange nicht.«

Ein etwas Älterer, augenscheinlich der »Herr« des Abteils, blinzelte heftig. Schweiß lief ihm übers Gesicht. Er grinste. So grinsen Kannibalen, dachte Polly, wenn sie merken, dass an ihrer Insel ein Schiff mit Menschen gestrandet ist.

»Bring mir die dazugehörigen Eltern her, Kukuschka«, befahl er. »Sind sicher irgendwo nebenan.«

Der Kukuschka Genannte, ein riesengroßer tölpischer Mensch mit umgehängter Maschinenpistole, polterte aus der Tür und klapperte die Abteile ab.

»Ihr habt Mut, Kinder«, sagte »Onkel Kitai« und ließ sich

auf den Sitz neben dem Grammophon plumpsen. »Wie kommt's, dass ihr euch in unsere Waggons hineingetraut habt?«

Er ließ die schwiemeligen Augen, eigentlich nur Schlitze, von einem Neueingestiegenen zum anderen gleiten. Dann streckte er, ohne den Kopf zu wenden, fordernd den Arm aus und ließ die Hand ungeduldig schnipsen. Der mit der Kosakentolle und der Mütze auf dem Hinterkopf zog eilfertig eine Flasche aus der Feldbluse und gab sie ihm. Während er etliche Schlucke nahm, verbreitete sich ein durchdringender Geruch nach Kampferspiritus im Abteil. Onkel Kitai ächzte, rülpste und machte Versuche, die Flasche zuzustöpseln, bis er merkte, dass es sich um einen Schraubverschluss handelte.

Gleich würde ihm furchtbar schlecht werden, mutmaßte Polly. Njanja hatte dasselbe Zeug in ihrer Hausapotheke. Für Ohnmachten, hatte sie gesagt, sei das gut, zum Daran-Riechen und zum Einreiben der Schläfen.

»Es waren nirgendwo sonst Plätze frei«, gab Klascha Auskunft. Sie sah kalkweiß aus vor Angst. »Und hier war niemand, der uns gesagt hätte, dass die Wagen reserviert sind. Nur ganz hinten war ein Mann, aber der antwortete nichts.«

Onkel Kitai grunzte. »Werden ihn wohl einem Sanitätszug übergeben müssen, haben bloß noch keinen gesehen. Ist wahrscheinlich Typhus. Man muss sich desifizi... difizi... na ja, man muss zusehen, dass man nicht nüchtern wird. Wenn ihr mit uns reist, müsst ihr euch auch desifizi...« Er tastete nach unten zum Kampferspiritus, stieß die Flasche um, die über den Fußboden rollte. Ossja stellte sie wieder hin.

»Gibt keine Eltern, Onkel Kitai«, meldete Kukuschka. »Ist alles nur mit unseren Leuten besetzt.«

»Wir sind Waisen«, sagte Ossja.

»Schade«, sagte der Herr des Abteils. »Wir pflegen nämlich alle Zivilisten, die sich zu uns verirren, während der Fahrt aus dem Zug zu werfen. Sieht lustig aus, wie sie die Böschung runtertrudeln. Lachen uns immer halb tot. Na, dann bleibt erst mal da. Nehmt Platz, macht's euch bequem.«

Sie hockten sich auf den Boden, da die drei Sitze von Onkel Kitai, Kukuschka und Timoscha mit der Kosakentolle belegt waren.

»Klaschenka … hast du Wasser geholt?« Ein verschlafenes zerzaustes kleines Wesen ließ sich vom obersten Bett herabbaumeln, ohne seinen Petruschka loszulassen. Dillotschka nahm den fast leeren Teekessel, trank glucksend, und sagte laut und vernehmlich: »Sag ihnen, dass das unser Abteil ist, Klaschenka. Sie sollen weggehen. Sie stinken so komisch.«

Die drei Soldaten wälzten sich in betrunkenem Gelächter. »Wie viele seid ihr denn? Ist da oben etwa ein Nest von euch?«

»Wir sind fünf«, sagte Ossja. »Klara, Ippolita, Ossip – das bin ich –, Fjodor und Adilia. Und wir heißen Apraksin. Wir wollen nach Rostow am Don. Weil nämlich Klascha dort Klavier spielen muss. Damit wird sie uns ernähren.« Es folgte ein verworrener ausführlicher Bericht über ihr Verhältnis zu Madame Byrstowa-Lochwitzkajas Künstlertruppe.

Onkel Kitai, Kukuschka und Timoscha lauschten amüsiert, mühsam die Augen offen haltend. Ab und zu schraubten sie den Kampferspiritus auf und nahmen eine kleine Dosis zum Desinfizieren gegen möglichen Typhus.

»Zeigen wir der Künstlerin unsere Musik«, sagte Onkel Kitai gönnerhaft. »Leg auf, Timoscha!« Offenbar war Kukuschka für den Dienst außerhalb des Abteils zuständig und Timoscha für die Handreichungen innerhalb des Abteils. Es rauschte und kratzte, dann krächzte eine schmissige Melodie aus dem Trichter, eine hohe Männerstimme plärrte dazu.

Alle schauten Klascha an, die die Schalen der Sonnenblumenkerne rings um ihre Sitzfläche wegfegte. Ansonsten saß sie ganz ruhig und gelassen da. Sie erinnerte Polly an eine Katze, bei der allein das heftige Schwanzpeitschen ihr Missbehagen verrät.

»Na, Mädchen? Johann Strauß oder Tschaikowski oder Rimski-Korsakow?«

Klascha sah verkniffen vor sich hin. »Das ist ein Machiche«, sagte sie leise.

Dreistimmiges Heiterkeitsgebrüll. »Der kannst du nichts vormachen, Onkel Kitai!« – »Noch einen, Timoscha, nimm die mit dem roten Etikett.«

Klascha, immer einsilbiger, erriet auch den Schnellwalzer »Donauwellen« sowie zwei Chansons der berühmten Mistinguett, eine Art französische Zina Zarimbowa.

»Wir haben auch eine Schallplatte«, rief Dillotschka stolz. »Die ist bei Polly in der Reisetasche.«

»Her damit, her damit. Wir hören gern was Neues.«

Polly schälte das kostbare Andenken aus Nachthemd und Unterwäsche, die sie schützend darum gewickelt hatte. Zuerst kam wieder das Rascheln. Wie Schlurfen in trockenem Laub. Dann die Pause und dann – das Kichern.

»Ich weiß nicht, was ich sagen soll. Arkascha – was soll ich sagen? Ich komme mir so albern vor.« – Pause. – »Ach nein, Arkascha! Ich hab keine besondere Singstimme, das weißt du ganz genau.« Wieder Gekicher. Es kollerte in der Kehle wie bei einer Lachtaube, Mamas Kichern. Und schon ging's los, das französische Lied über die Zeit, wenn die Kirschen reif sind. »Temps de cerises« hieß Kirschenzeit.

Onkel Kitai weinte; er schluchzte geradezu. »Lasst mich … macht nichts, das purgiert die Seele. Ich versteh kein einziges Wort, aber es greift einem ans Herz, so ein ausländisches Liedchen. Timoscha …« Er schnipste wieder mit der Hand nach der Flasche und desinfizierte sich mit einem tiefen Schluck.

Beim zweiten Abspielen summte das gesamte Abteil bereits mit.

Der Abend fiel ein. Vom obersten Bett wurde ein dort verstecktes Petroleumlämpchen heruntergeangelt. Nachdem es angezündet war, konnte man sich im Fenster spiegeln. Der Zug verlangsamte seine Fahrt und schlich nur mehr die Schienen entlang.

»Schau nach, Kukuschka, was los ist«, brummte Onkel Kitai. »Wir haben dem Teufel doch Feuerholz für mindestens drei Tage organisiert.«

Kukuschka, ungeschlacht wie ein wirklicher Kuckuck im Blaumeisennest, rappelte sich auf. Statt auf den Gang hinaus, stürzte er zum Abteilfenster. Zwei heftige Rucke, bevor der Zug zum Stehen kam, ließen ihn gegen das Grammophon torkeln. Mit dem Ellenbogen zertrümmerte er die Platte. Zertrümmerte das Lied von den französischen Kirschen. Es war gerade zum vierten Mal gehört worden.

Fedja hielt Ossja den Mund zu, bis er merkte, dass Ossja zu erschüttert war, um etwas sagen zu können. Außer Dillotschka weinten alle vier Apraksins. Sie weinten so verhalten, dass man außer Atmen und Schniefen nichts hörte.

»Der böse Mann hat unsere Platte kaputtgemacht«, beschwerte sich Dillotschka bei Onkel Kitai.

»Kukuschka, dafür holst du den Kindern ein Abendessen«, befahl dieser und deutete hinaus ins Dunkel, wo Hunde kläfften, wo also ein Dorf nicht allzu entfernt sein musste. Der erste von ungezählten noch folgenden Aufenthalten; es war genauso wie bei der Fahrt mit dem anderen Zug. Es wurde ausgestiegen und man vertrat sich die Füße.

»Klara Arkadjewna … Klara Arkadjewna! Sind Sie mitgekommen? Wenn ja, geben Sie bitte ein Zeichen!«

Gumiljew, der Kunststolperer, schritt die Waggons ab. Die Kinder sahen, wie er die Hände als Schalltrichter vor den Mund hielt. Ein paar Scherzbolde griffen den Ruf auf: »Klara, Täubchen, melde dich endlich!«

»Unmöglich«, zischte Klascha. »Ich werde nicht antworten. Dieser alte Idiot blamiert mich vor allen Mitreisenden.«

Polly guckte verdutzt; sie hatte es lustig gefunden. Seit Klascha erwachsen wurde, schien sie kaum noch Spaß zu verstehen. Oder war das normal? Musste man gänzlich umlernen, über was man lachen durfte, wenn man erwachsen war?

»Hier sind wir, hier sind wir!«, antwortete Ossja und ersparte so Klascha die Entscheidung.

»Alle fünf noch beisammen? Sehr gut, brav, brav. Habt es also doch geschafft, euch irgendwo zwischen zu quetschen.« Gumiljew blieb stehen und musterte den Wagen und den folgenden mit respektvollem Interesse. »Compagnie Internationale des Wagons-Lits«, las er beim Flämmchen seines Feuerzeugs. »Nobel, nobel, ich staune. Wusste gar nicht, dass solche verwerflichen Luxusreste überhaupt noch eingesetzt werden. Wäre da eventuell noch ein Plätzchen für euren guten Onkel Danilo? Wie sieht's aus?«

»Wir haben schon einen Onkel im Abteil«, berichtete Ossja. »Sie nennen ihn Onkel Kitai, weil er Augen hat wie ein Chinese. Außerdem hocken wir selbst nur auf dem Fußboden, denn auf der Sofabank sitzen drei Soldaten.«

»Soldaten?« Im Nu wurde Gumiljews Tonfall reserviert. »Etwa Demobilisierte?«

»Hast du was gegen uns?« Oben auf dem Perron des Wagens erschien einer der Erwähnten; sein Ziegenbeinchen versandte Funken, das Papier brannte schief. »Von mir aus niste dich bei uns ein, komm nur. Haben lange keine Zivilisten mehr aus dem Zug geschmissen.«

Mit eiligen Schritten machte der Kunststolperer, dass er wegkam.

Blaff! Blaff! Schüsse, keinen Steinwurf weit weg. Das zweistimmige Hundegekläff, das sehr nahe gekommen war, verstummte. Nur dort, wo die Siedlung sich befand, riss das rasende Gebell nicht ab. Kukuschka tappte von jenseits des Bahndammes heran, rutschte fast in einen Graben, fluchte. In den Händen hielt er eine eiserne Pfanne vom Durchmesser eines Klosettdeckels und schwarz vom Ruß des Herdfeuers.

»Ist noch warm, hab sie direkt vom Herd runtergegrapscht. Wollten sie erst nicht hergeben. Musste dem Großväterchen was mit dem Lauf überziehen. Hab ihm sonst nichts getan. Nur die beiden Köter haben dran glauben müssen. Selber schuld, hängten sich mir ans Hosenbein, die Verfluchten.«

»Warmes Essen ist heilig«, bestimmte Onkel Kitai. »Es steckt Arbeit drin. Man hat es sozusagen veredelt, hat es geschmort und gewürzt. Wär eine Sünde, es kalt werden zu lassen. Mir nach, Kinder.«

Man zog sich in die Intimität des Abteils zurück. Die gestohlene Bratpfanne war voll mit geschmorten Pilzen. Das Brot, das auf dem Tisch der Bauernkate gelegen hatte, hatte Kukuschka ebenfalls mitgehen lassen.

Amüsiert wie über eine lustige Darbietung sahen die drei Soldaten zu, wie jedes der Kinder aus seinem persönlichen Gepäck seine persönliche Gabel herausholte. Sie selbst aßen mit den Fingern. Nur Onkel Kitai benutzte hin und wieder ein Messer, indem er wie mit einer Harpune eine besonders große Pilzhälfte aufspießte und sich in den Mund schob.

Später, nachdem die Kinder die Pfanne mit abgerissenen Pflanzenbüscheln gesäubert hatten, äußerte Klascha den Wunsch, noch einen Besuch machen zu wollen.

»Wir müssen mit der Truppe in Verbindung bleiben«, sagte sie zu Polly.

»Meinetwegen geh und mach Männchen vor dem göttlichen Brandukow. Glaubst du, es liegt ihm was daran?«

Polly war es rätselhaft, was ein sonst normaler Mensch wie ihre Schwester an so einem uralten Pomadenkopf von mindestens dreiunddreißig fand. Doch weil sie sonst nichts zu tun hatte, schlenderte sie im Dunkeln hinter Klascha her, die Dillotschka nicht von der Hand ließ.

»Nein, ma petite, bei diesen verrohten Kerlen könnt ihr unmöglich bleiben«, sagte Madame Byrstowa zu Klascha, als diese den Waggon gefunden hatte. »Von ihren Ausschreitungen erzählt man sich wahre Gräuelmärchen. Man sagt, statt nach Hause zurückzukehren und ihre Arbeit wiederaufzunehmen, die sie vorm Krieg gemacht haben, fahren sie kreuz und quer durchs Land, lassen sich bald abkoppeln, bald anhängen, halten dem Zugführer die Maschinenpistole vor die Brust.«

»Leben wie die Straßenräuber«, dröhnte der Bass Gontscharenko von einer oberen Pritsche herunter. »Halten sich für das Salz der Erde und terrorisieren die Leute entlang der Bahnstrecke.«

»Es war das Einzige, was wir fanden«, sagte Klascha im Ton eines Menschen, der sich zu Unrecht beschuldigt fühlt. »Wir mussten nehmen, was sich anbot. Zwar haben wir keine Sitzplätze, aber immerhin hat man uns alle fünf zusammen aufgenommen. Wir legen Wert darauf, nicht getrennt zu werden.«

Unerwartet gab diesmal sogar der göttliche Brandukow seinen Senf dazu. Polly spitzte die Ohren. »Ich mag mir das nicht vorstellen. Ein Mädchen wie Sie, eine Gymnasiastin, blütenfrisch, gut erzogen – und tage- oder gar wochenlang unter diesen vertierten, verlausten Muschiks! Nein, dann würde ich an Ihrer Stelle doch lieber aufs Dach klettern. Sie müssen sonst mit dem Schlimmsten rechnen, Klara Arkadjewna. Und das dann vor den Augen Ihrer jüngeren Geschwister … entsetzlicher Gedanke!«

Dicht hinter Klascha flüsterte Polly: »Sag ihm, er soll selbst aufs Dach klettern und dir seinen Platz auf der Pritsche anbieten, wenn er angeblich solche Angst um dich hat.«

Sie wusste nicht genau, was Tenor Brandukow meinte. Wahrscheinlich das, was angetrunkene Männer auf den Jahrmärkten mit Frauen taten: blöde herumschäkern und abküssen, richtig knallend schmatzen, und hochheben und herumschwenken, bis die Frauen quiekten wie Schweine, die das Schlachtermesser sehen. Manchmal wollten sie auch mit ihnen tanzen.

»Hören Sie zu, Kleines«, ließ sich Zina Zarimbowa vernehmen, »am besten, Sie suchen sich gleich von Anfang an einen aus, als Beschützer. Sie verstehen? Der hält Ihnen dann die anderen vom Leib.«

»Wie soll sie das verstehen«, wandte Madame Byrstowa ein und gähnte. »Noch nicht mal sechzehn, hat höchstens ein paar Tanzstundenflirts hinter sich. Nein, die beste Waffe ist immer noch ein Stoß mit dem angewinkelten Knie. Hierhin, mein Kind. Hierhin, sehen Sie? Dann ist so ein Kerl für eine Weile außer Gefecht. Allerdings könnte es ihm hinterher einfallen, sich mit Prügeln zu rächen. Die haben leider keinen Schimmer, wie man mit einer Dame umgeht.«

»Gute Nacht, Ljudmila Akimowna, gute Nacht, Boris Borissowitsch, gute Nacht, Mademoiselle Zarimbowa.« (Ihr Verhältnis zur Zarimbowa war bisher nicht so freundschaftlich, dass sie deren Vatersnamen erfahren hätte.) Klascha wandte sich zum Gehen. Für die gut gemeinten Empfehlungen und Ratschläge bedankte sie sich nicht.

Polly, die das Schlusslicht machte, hörte noch, wie die Zarimbowa zur Prinzipalin sagte: »Ich fürchte, Sie haben wieder mal den Finger drauf, Ljudmila Akimowna. Das Gänschen weiß gar nicht, wovor wir sie gewarnt haben.«

9. Kapitel

Sie hielten sich im Freien auf, solange der Zug stand. Auch als die Nacht frisch zu werden begann. Keiner wollte mehr Zeit als nötig im Abteil zubringen. Der Gestank der vielen Selbstgedrehten, der Fußlappenmief, der Kampferspiritus waren nur schwer auszuhalten. Sie hängten sich die Plaids um. Schwankend vor Müdigkeit blieben sie neben dem Waggon sitzen, um im Notfall schnell einsteigen zu können. Tau fiel und nässte ihr Haar und machte die Reisedecken klamm.

Als der Zug sich anschickte, wieder ein Stück der Strecke nach Süden zu bewältigen, wies Onkel Kitai Klascha an, zu Dillotschka auf das Oberstockbett zu klettern. Dann befahl er Kukuschka, die Tür mit einem Gewehr zu verrammeln. Wie die drei übrigen Kinder sich auf dem Fußboden zurechtkauerten, schien ihn nicht zu kümmern. Das untere Bett wurde nie ausgeklappt. Wie es aussah, waren die Soldaten daran gewöhnt, auf der ausgeweideten Sofabank zu schlafen, im Sitzen, mit weit offenen Mündern.

Alles, was Klascha ablegte, waren ihre Mütze und die Schuhe.

So blieb es die nächsten drei Wochen, während der die Apraksins im Waggon der Compagnie Internationale des Wagon-Lits unterwegs waren. Auch die anderen hielten es so. Und die Soldaten schienen es ohnehin nicht anders gewöhnt. Es wäre lächerlich gewesen, sich zu entkleiden und sich dann im Nachthemd, die Decke umgewickelt, auf den Fußboden in den Dreck zu legen.

War bei einem der ungezählten Aufenthalte ein Bach oder Teich in nächster Nähe, wuschen sie sich wenigstens die Hände und klatschten sich das eiskalte Wasser ins Gesicht. Nach und nach vergaß Polly, wie sie aussah. Ihre Kleidungsstücke, Tag und Nacht am Leibe, begannen sich zu verwandeln. Das gute Schulkleid aus Samt, für Prüfungen und Festveranstaltungen, glich einem schäbigen alten Polierlappen. Innen am Hals war der weiße Pikeekragen schwarzgrau. Niemand hätte im Saum eines solchen Kleides Goldmünzen vermutet.

Ziemlich rasch gewöhnten sie sich daran, dass die drei Soldaten für ihr Sattwerden mit aufkamen. Beim ersten Mal machte Klascha noch Anstalten, ihnen dafür von dem Briefmarkenvorrat abzugeben. Aber weder Onkel Kitai noch seine zwei Kumpane wollten sie annehmen. Bestimmt hatten sie keine Ahnung, dass Briefmarken so was wie Papiergeld waren.

Manchmal hatte Polly den Eindruck, als betrachteten die Soldaten den gesamten Zug als ihr Eigentum. Sie beschafften Brennholz für den Kessel der Lokomotive und schienen dadurch Befehlsgewalt über den Zugführer zu besitzen.

Hin und wieder kamen verunsicherte Fahrgäste nach vorn, wo die Lokomotive auf den Schienen stand, mitten in der Wildnis verfärbter Wälder.

»Wir müssten doch längst in Woronesch sein!« (Oder in Liski.) »Müssten den Don längst erreicht haben. Was ist das für eine Strecke, die wir fahren? Was ist das für ein kleines Flüsschen, das da vorhin überquert wurde?«

»Fragen Sie die da«, brummten Lokführer oder Heizer schlecht gelaunt und deuteten auf die Schlafwagen. »Die da haben bestimmt, dass wir eine andere Strecke fahren. Wir sind unterwegs zur Wolga. In Zarizyn lassen sie sich abkoppeln. Erst dann können wir Kurs auf Rostow am Don nehmen.«

»Wie, was – nach Zarizyn? Bist du wahnsinnig? Das dauert ja fast noch mal so lange. Wozu gibt es überhaupt Fahrpläne, wenn dann doch drauf gepfiffen wird?«

Wurden die Passagiere ausfällig, sprachen sie von Betrug und Zugentführung, pflegte der Lokführer den Lautesten an den Mantelaufschlägen zu packen und durchzuschütteln.

»Hör zu, Freundchen! Wenn man dir ein Maschinengewehr

an die Rippen setzt, würdest du auch jeder Fahrplan-Änderung zustimmen. Ich hatte die Wahl, nach ihren Wünschen weiterzufahren, oder meine Alte zur Witwe zu machen. Mit ein bisschen Glück werden wir schon in Rostow landen, irgendwann, also reg dich nicht auf.«

Waren Dörfer in Sichtweite, wenn der Zug wieder mal zum Stehen kam, kleine Weiler, Streckenwärterhäuschen, geschah das Gleiche, wie wenn man auf einem Bahnhof einfuhr. Alle auf einmal pflegten die Demobilisierten ihre Waggons zu verlassen und auszuschwärmen. Anfeuerndes Gebrüll und gellende Pfiffe waren die Begleitmusik.

Zuerst hatten die Kinder entsetzt zugesehen, vom Zugfenster, vom Bahndamm aus. Sie lernten bald wegzuschauen. Sie schämten sich für das, was da vorging. Und wussten doch, dass es auch ihnen zugute kam. Indirekt waren also auch sie daran schuld, wenn Bahnwärter in wilder Flucht querfeldein rannten. Wenn selbst Stationsvorsteher sich in Sicherheit brachten, die doch ihren Bahnhof nicht im Stich lassen durften.

Die Bauern verteidigten sich bisweilen. Frauen suchten das Weite, rennende Kinder hinter sich. Die Soldaten verschmähten nichts. Am schnellsten ließen sich Zäune, Fensterläden und Türen erbeuten. Beim Rausreißen von Dielenbrettern und Grabkreuzen musste schon Kraft angewendet werden. Wirkliche Arbeit aber war das Abhacken von Obstbäumen und das Abtragen von Gartenhäuschen und Scheunen, von hölzernen Veranden und Außentreppen. All das wurde an die Lokomotive des Zuges verfüttert.

Auch das Innere von Ställen und Vorratskammern enthielt fast immer Brauchbares: spektakelndes, flatterndes Federvieh, quiekende Ferkel, Brot, Speck, Körbe mit Eiern, ein Pud ungewaschene Kartoffeln, eingesackt in die Paradedecke eines Bettes. Schwarz gebrannter Schnaps, Beerenwein, noch mitten in der Gärung befindlich – alles wechselte den Besitzer ohne langes Fragen um Erlaubnis.

Wurde der Aufenthalt unerwartet abgebrochen, weil die Strecke frei schien, entfachten die Soldaten kurzerhand während der Fahrt auf der Plattform ein Feuer. Über den im Fahrtwind hin und her schlagenden Flammen versengten Hühner, Gänse, Ferkel, und beißender Qualm zog ins Innere der Schlafwagen. Immerzu plärrte dazu entweder Onkel Kitais Grammophon seinen ewigen Machiche, oder eine der beiden Harmonikas dudelte, worauf meistens ein allgemeines Mitsingen einsetzte:

»Weine nicht, Marusjenka,
weine nicht und traure nicht,
hängt auch der Mond über dem Berg,
ist auch die Sonne fort.
Weine nicht, Marusjenka,
und hoffe auf meine Rückkehr.«

Hatten sie genug zu trinken ergattert, schluchzten die Demobilisierten beim Singen mit Inbrunst und umarmten einander. Trotzdem konnten sie beim nächsten Halt, mit trübem, noch feuchtem Blick, ohne weiteres einen Bahnangestellten erschießen. Nur weil der die beiden Typhuskranken nicht in seinem Büro abgelegt haben wollte.

Während sie fuhren und standen und wieder fuhren, veränderte sich die Landschaft. Aus dem späten Sommer der Herbstäpfel, der fliegenden Spinnfäden und der schwer hängenden Sonnenblumen fuhren sie in die nächste Jahreszeit. Durch lodernde Laubwälder ratterte der Zug und durch den ersten Raureif auf den Wiesen frühmorgens. Milchweiße Morgen- und Abendnebel verhüllten die Aussicht. Bald gab es kein Grün mehr. Allenfalls in den Wipfeln der Nadelbäume.

Mit starren leeren Blicken sahen sie zu, wie der Herbstregen schräg gegen das Abteilfenster klatschte. Blätter, vom Ostwind abgerissen, flogen in Schwärmen durch die Luft.

Es fror jetzt jede Nacht. Der grauweiße Reif auf dem abgefallenen Laub wirkte wie Verschimmeltes.

Polly dachte an ihren Wintermantel, an die Schaltücher, an ihren weißen bestickten Halbpelz, an die gefütterten Handschuhe, an die kleine Bisamkappe, die sie immer zum Eislaufen aufgesetzt hatte. Sie hatte dunkle Ringe unter den Augen. Nach den ersten Nächten hatte Klascha ihr angeboten, mal zu wechseln. Aber Onkel Kitai hatte davon nichts wissen wollen. Klascha sollte während der Nacht aus den Augen sein.

Ossja und Fedja hatten jeder ein paar Hände voll steinharter Holzbirnen gesammelt. Was tat es, dass sie sich nicht essen ließen, wo doch Ossja auf die gloriose Idee gekommen war, sich damit zum Jongleur auszubilden! Er hockte in seiner Ecke zwischen dem Fenster und der Tür zum Waschraum und vervollkommnete seine Technik. Leider sah es danach aus, als würde es bei drei Birnen bleiben. Fedja übte natürlich ebenfalls.

Belustigt schauten die Soldaten zu, während sie sich immer mal gegen Typhus desinfizierten und ihre Ziegenbeinchen drehten. Sie hatten kaum noch Papier. Es war lange kein Bahnhof gekommen, und in den Bauernhütten in der Nähe der Strecke fand sich höchst selten etwas Gedrucktes, allenfalls Bibel oder Gebetbuch.

»Der da ist besser.« Timoscha zeigte auf Fedja. »Er kann's mit vieren.«

Fedja lächelte verlegen. Er war geschmeichelt. Andererseits – Ossja zu übertreffen war irgendwie unanständig.

»Nur aus Zufall«, entschuldigte er sich bei ihm. »Kann ja mal passieren. Aber dafür sieht es bei dir viel besser aus.«

»Warum spielen wir nicht was anderes?« Ossjas Gedanken hatten bereits eine neue Richtung genommen. »›Der seltsame Fahrgast‹ vielleicht.«

Alle fünf Apraksins stürzten sich auf dieses Spiel, als sei es ein Stück Zuhause, das ihnen vorübergehend wieder gehörte. Dillotschka durfte als Erste der seltsame Fahrgast sein. Hopsend lief sie auf den Gang und zog sorgfältig die Tür zu, die die Soldaten sonst immer offen ließen. Der seltsame Fahrgast platzte stets von außen in ein Eisenbahnabteil hinein, oder er erreichte als Letzter gerade noch einen Überseedampfer, eine Straßenbahn, eine Droschke, was auch immer. Augenblicklich begann er mit der Entfaltung persönlicher Ansprüche, wobei – das war die Hauptsache – alle Anwesenden gnadenlos zu tyrannisieren waren.

Oder der seltsame Fahrgast litt an einem grotesken Handikap und war auf die Unterstützung der Reisenden angewiesen. Er entwickelte allerlei fantastische Macken und Ticks. Er animierte, er belästigte, er provozierte. Vor allem hatte er keinerlei Scheu, sich lächerlich zu machen.

Dillotschka bevorzugte immer die gleiche Rolle. Sie war noch zu klein, um sich ständig in neue Persönlichkeiten zu versetzen. Ossja informierte die drei Soldaten: »Wir sind ein Dampfschiff und haben gerade abgelegt. In letzter Sekunde ist noch jemand an Bord gesprungen.«

Kukuschka kicherte. Onkel Kitai grinste gönnerhaft. Timoscha riss die schläfrigen Augen auf, als sei ein wichtiger Befehl zu erwarten, den er nicht verpassen dürfe.

Die Tür wurde aufgestoßen und Dillotschka stürzte herein, in den Händen Fedjas Mütze, in der Mütze seine Jonglierbirnen.

»Puh, puh, hach, hach … bin ich froh, dass ich die Fähre noch erwischt hab! Am anderen Ufer wartet nämlich mein Papa, dass ich ihm das Mittagessen bringe.«

Ossjas Stichwort war: »Ach, du armes Dummchen, du. Hättest besser aufpassen sollen. Das ist nicht die Fähre, das ist der Dampfer ›Bulgary‹. Wir legen frühestens in zwei Stunden wieder an, und wenn, dann immer nur an dieser Uferseite. Weil wir nämlich stromabwärts fahren und nicht bloß hin und her.«

»Oh, dann will ich mal schnell wieder aussteigen!« Dillotschka tat entsetzt.

Jetzt Fedja: »Tut mir leid, Mädchen, unsere nächste Station ist Katunki.«

Das war Dillotschkas Stichwort. Mit als Schalltrichter vorgelegten Händen versuchte sie, den am jenseitigen Ufer wartenden Papa über das Malheur zu informieren.

Worauf die Belästigungsnummer folgte. Der Reihe nach wurden sämtliche Fahrgäste genötigt, bitte schön über Bord zu springen, um das Bündel mit dem »Mittagessen« schwimmend ans andere Ufer zu befördern. »Sie müssen es mit einer Hand immerzu hochhalten, damit es trocken bleibt.« Nein, leider – sie selbst könne nicht schwimmen.

Zuletzt pflegten Dillotschkas Attacken handgreiflich zu werden. Nicht selten halfen auch andere Passagiere oder Vertreter der Mannschaft mit, ein vergeblich protestierendes Opfer samt den »Piroggen« über Bord zu schubsen.

Polly hatte diese Rolle diesmal freiwillig übernommen und zappelte auf dem dreckigen Boden des Abteils in Nachahmung eines Schwimmers. Man musste sich natürlich immer etwas ausdenken, damit die Piroggen auf gar keinen Fall in die Hände des Papachens gelangten. Nass und schlotternd wurde sie zuletzt wieder an Bord gezogen, wo der seltsame Fahrgast sie mit der Zumutung überfiel, alles zu »ersetzen«.

Die drei Soldaten fielen aus einem kindischen Lachanfall in den nächsten. Sie rutschten fast vom Sitz, deuteten mit ausgestrecktem Zeigefinger auf Dillotschka, auf Polly, und wieherten, bis ihnen der Atem knapp wurde. Unbedingt sollte das »Theater« noch einmal von vorn beginnen!

Diesmal traf es Klascha. Sie brillierte normalerweise mit den Abenteuern kapriziöser Persönlichkeiten, meist in den Verkehrsmitteln exotischer Schauplätze. Jetzt aber schien sie gehemmt. Sie war gewöhnt, dass alle Anwesenden mitspielten. Dieses irre Gelächter, dieses knallende Schenkelklopfen aber nahm dem Spiel die Illusion eines wahren Geschehens.

Onkel Kitai verlangte eine Wiederholung nach der anderen. Aus dem Spaß wurde lästige Pflicht. Von nun an kam jeden Tag der Moment, wo »Der seltsame Fahrgast« befohlen wurde. Das Stegreif-Spiel gehörte zum Tagesablauf der drei Soldaten wie das Feuerholzbesorgen, das Ziegenbeinchendrehen, das »Desinfizieren« und das Aufziehen des Grammofons. Die Handlung verlor an Tempo und Einfallsreichtum. Die Fahrgäste waren kaum noch seltsam, sie strengten sich bloß noch an, ihren Auftritt ohne peinliche Pausen über die Runden zu bringen.

Dillotschka war nach und nach das Maskottchen des gesamten Waggons geworden. Seit sie die fremden Gesichter in bekannte Gesichter einteilen konnte, ließ sie sich von einer Brotrinde, einem Apfel, einem geschnitzten Eichelschweinchen willig in andere Abteile locken. Sie ließ sich auf Knien schaukeln, ließ sich abküssen, kitzeln, in die Höhe werfen.

Die vier älteren Apraksins sagten nichts. Man musste ihr manches zugute halten, weil sie Mama nie kennen gelernt hatte. Sie hatte an Njanjas Rockzipfel gehangen, sie wollte immer an irgendjemandes Hand gehen, sie brauchte ständig den Beweis, dass sie wichtig war und geliebt wurde. Manchmal war sie im Gesicht regelrecht zerkratzt von all den Bartstoppeln.

»Lieg ruhig, was scharrst du so an dir herum? Bist du ein Hund, der Flöhe hat?«, nörgelte Klascha manchmal nachts auf dem oberen Bett. Aber die Soldatenflöhe plagten bald genug auch die anderen Geschwister.

Als sie schon nicht mehr wussten, wie viele Tage und Wochen sie bereits in dem Zug fuhren, fing Onkel Kitai eines Tages an, die Wolga zu preisen.

»Breit ist sie, die Mutter aller Flüsse, kannst kaum das andere Ufer sehen. Welche Gewässer kennst du?«

Ossja zählte ein paar kleinere Flüsschen auf, die zu den Sommeraufenthalten gehört hatten. Doch Onkel Kitai nahm ihnen mit einer Handbewegung jedwede Bedeutung.

»Nie gehört. Wer weiß, was das für Rinnsale sind. Nein, ich zum Beispiel bin schon auf dem Dnjepr gefahren. Aber es geht mir nichts über die Wolga. Vor so viel Mächtigkeit schwillt einem das Herz, mein Kleiner. Alles, was groß und mächtig ist in der Natur, macht den Menschen demütig und begeistert zugleich. Die Wüste zum Beispiel. Die Taiga. Wälder, die nicht enden wollen, hundert Werst von jeder Eisenbahnstrecke entfernt. Die Meere. Oder Gebirge wie der Kaukasus. Und die gewaltigen Flüsse, allen voran die Wolga.«

Kukuschka stieß einen seiner heiseren Elsterschreie aus und winkte wie wild: man solle zu ihm hinaus auf den Gang kommen, schnell. Alle Gangfenster waren besetzt. Denn der Zug fuhr jetzt an einem riesigen Fluss entlang. Sobald Wind das Gewölk auseinander riss, strahlte die Sonne auf das mit heftigem Tempo dahinfließende Wasser nieder. Es sah fast aus, als würde der Fluss das Gleißen und Blitzen mit sich forttragen.

Ein paar Fenster weiter hatte man das Volkslied »Wolga, Wolga, Vaterlandes Mutter« angestimmt. Onkel Kitai stützte sich schwer auf die Schultern der beiden Jungen. Er hatte Tränen in den Augen; Polly bemerkte es mit Anteilnahme. Vielleicht stammte er ja von hier und sah den Strom nach vier Jahren Krieg und fast einem Jahr Nachkrieg zum ersten Mal wieder.

»Ist immer wieder 'n herrlicher Anblick«, sagte Timoscha neben Polly. Dann griff er inbrünstig die Melodie auf.

»Was meinst du mit ›immer wieder‹, Timoscha? Habt ihr das denn schon mal erlebt?«

»In den Monaten, die wir jetzt so per Eisenbahn unterwegs sind, hat es uns … na ja, will nicht lügen … mindestes zehnmal an die Wolga verschlagen«, rechnete Timoscha nach. »Sind leider nie ausgestiegen, haben sie immer nur vom Zug aus gesehen.«

»Da seht ihr unser Mütterchen Wolga«, sagte Onkel Kitai ergriffen. »Der gewaltigste Strom unseres Erdteils Europa. Außerdem der fischreichste Fluss der ganzen Welt.« Jede Mitteilung wurde durch Klopfen auf die Schultern der Jungen unterstrichen. »Wenn ihr denkt, das da drüben ist das Ufer – ja, von wegen! Dahinter kommt noch ein Flussarm und noch einer. Vier, fünf Werst mag die Wolga hier breit sein. Da fliegt euch kein Vögelchen mehr von einem Ufer zum andern!«

»Selbst kleine Vögel wie Schwalben oder Lerchen können ganze Meere überqueren«, bemerkte Ossja. »Wenn zum Beispiel ein Mauersegler im Frühling aus Nordafrika nach Schweden heimkehrt, muss er übers Mittelmeer und über die Ostsee.«

Er wollte dem Herrn des Abteils nicht über den Mund fahren. Aber wenn jemand etwas Falsches sagte, warum sollte man ihn nicht verbessern?

Onkel Kitais sentimentale Stimmung war zerstört. Er nahm die Arme von den Nacken der Jungen und stieß beide grob von sich.

»Weißt alles besser, wie?« In seinen wässrig blauen Augen stand tiefe Gekränktheit. Dann kam etwas hinzu. Etwas wie erwachende blinde Wut. Polly bekam Angst vor diesem Blick. »Gymnasiasten … tragen Uniformen … stempeln unsereinen zum Dummkopf … Kukuschka! Schmeiß ihn raus! Hätten das gleich zu Anfang machen sollen, mit der ganzen Sippschaft.«

Noch immer verweilte die Harmonika aus dem übernächsten Abteil bei »Wolga, Wolga«; es war ein Lied mit vielen Strophen. Mehrstimmig und aus voller Brust wurde mitgesungen.

»Wie – raus?« Kukuschka gab vor, den Befehl missverstanden zu haben. Es konnte ja nur ein Missverständnis sein.

»Nimm ihn mit zur Plattform und gib ihm 'nen Tritt, wie üblich. Oder hast du in den letzten Wochen verlernt, wie man das macht?«

»Aber, Onkel Kitai, da geht es steil hinunter, und unten sind

Baumstümpfe und stachliges Gestrüpp«, schrie Klascha. »Er wird sich den Kopf einschlagen und die Beine brechen.«

Sie kniete sich vor die dreckverkrusteten Stiefel Onkel Kitais hin. Polly kniete sich daneben. Beide hoben sie die Hände bittend auf. Wie zwei Pilger vor dem Muttergottesbild. Dillotschka kniete sich auf Klaschas andere Seite.

»Bitte, bitte, liebes Onkelchen Kitai, tu Ossja nichts!«

Fedja kniete nicht. Er umschlang Ossja. Mit aller Kraft. Er hielt den Bruder wie mit Fesseln, wie eine Klette klebte er an ihm, ließ sich nicht wegreißen. Wenn man Ossja aus dem Zug warf, würden sie eben beide sterben.

Ossja selbst war kreidebleich. Er kämpfte die rechte Hand aus Fedjas Umklammerung frei und reichte sie nacheinander seinen Schwestern.

»Poljenka, in unseren Tornistern ist alles voll mit Sachen aus meinem Chemiekasten. Man kann schöne Experimente damit machen. Klascha ... Dillotschka ... lebt ohne mich weiter. Fedjuscha, willst du auch was sagen?«

Fedja schüttelte den Kopf.

»Worauf wartest du noch?«, schnauzte Onkel Kitai Kukuschka an. »Reiß den einen los und wirf den anderen aus dem Zug! Hast dich doch sonst nicht so geziert.«

Aber nicht einmal Kukuschka bekam die beiden Jungen auseinander, denn Ossja hielt sich jetzt ebenfalls mit aller Kraft an Fedja fest.

»Sie machen immer alles zusammen«, sagte Polly. Sie sprach zu Onkel Kitai im bewegenden und zugleich unpersönlichen Ton einer Bühnenfigur, die am Schluss einer Tragödie die Aussage für das Publikum zusammenfasst. »Sie sind nie im Leben auch nur einen Tag getrennt gewesen. Sie gehen sogar in dieselbe Klasse, obwohl sie ein knappes Jahr auseinander sind. Glauben Sie, Fedja würde einfach zugucken, wie Sie Ossja zerschmettern lassen? Da kennen Sie Fedja schlecht, Onkel Kitai.«

Der ältere Soldat schnaubte abfällig, als sei das nicht der Rede wert. Er betrachtete die Ursache seines Zorns, Stirn gerunzelt, einen grimmigen Zug um den Mund. Zwei zaundürre Knirpse mit nackten schwarzen Knien, rutschenden Strümpfen und halblangen Hosenbeinen, in den Uniformjäckchen irgendeiner Schule, mit eng geschnallten Ledergürteln. Dreckverschmierte Visagen, die sich aneinander pressten. Zwei zottelige Haarschöpfe, die ihm noch nicht mal bis ans Kinn reichten.

»Aber verschwindet mir ja aus den Augen! Kein Zipfelchen will ich von euch sehen, sonst kann ich für nichts garantieren. Nistet euch woanders ein, verdammte Filzläuse, ihr.«

Es sprach sich schnell herum, dass Onkel Kitai, immerhin eine Respektsperson und Eigentümer des Grammophons, die Jungen aus dem Abteil geworfen hatte. Niemand wollte es sich mit ihm verderben. Und so bekamen Ossja und Fedja auf ihre Anfragen, ob sie bis Zarizyn hier oder da aufgenommen würden, überall ein Kopfschütteln.

»Versteht uns nicht falsch, Kinder. Wir Demobilisierte müssen nun mal zusammenhalten. Versucht es doch im hintersten Abteil. Die Pritschen sind freilich belegt, aber auf dem Boden liegt keiner, soviel ich weiß.«

Das war das Abteil, in dem die Typhusfälle isoliert wurden. Sie machten die Tür ein wenig auf und spähten durch den Spalt. Beide Pritschen waren heruntergelassen. Auf der oberen lag einer, ganz still. Auf der unteren waren zwei untergebracht, die gelegentlich unverständliche Worte murmelten und viel stöhnten. Ratlos sahen Ossja und Fedja über die Schulter. Noch immer erwarteten sie, dass irgendein Erwachsener ihnen zu Hilfe kommen müsse.

»Auf gar keinen Fall geht ihr da rein«, sagte Klascha. »Kommt nicht in Frage. So viel kälter ist es hier draußen auf dem Gang auch nicht.«

»Doch, ist es wohl«, widersprach Dillotschka. Neugierig trat sie in das Abteil und betrachtete die halb Bewusstlosen, wie sie im

Fieber zitterten. Derb angepackt wurde sie am Ärmel wieder auf den Gang gezerrt.

»Willst du das auch haben? Willst du uns alle anstecken? Daran kann man sterben!«

Im Laufe der Nacht wurde ein Militärmantel über die beiden im Gang hockenden zähneklappernden Gestalten geworfen. Er stank nach Machorka und uraltem Schweiß. Dazu brummte jemand: »Der hat Kostja Saizew gehört. Ihn haben wir vor einer Woche auf einer Station ausgeladen. War schon so gut wie tot, deshalb hab ich seinen Mantel an mich genommen. Hatte noch keine Gelegenheit, ihn zu verschachern.«

Mit der Versorgung sah es auch übel aus. Gerade mal eine gute Seele war mutig genug, den Ausgestoßenen im Vorbeigehen etwas zuzuwerfen, wie kleinen Tieren. Die Schwestern, die unter Aufsicht aßen, konnten nicht vor aller Augen davon etwas wegnehmen.

Steifbeinig, weil sie während der letzten Wochen so wenig gelaufen waren, sprangen die Apraksins in Zarizyn vom Perron auf den Bahnsteig. Die Demobilisierten waren nach ihrer üblichen Methode, laut brüllend, über den Bahnhof hergefallen, während ihre beiden Schlafwagen rangiert und an einen anderen Zug angehängt wurden. Der Lokführer und der Heizer beobachteten alles, als könnten sie ihr Glück noch nicht fassen. Endlich weiterfahren ohne ein Gewehr an den Rippen!

»Sollen wir's beim Wagen von Madame Byrstowa probieren, ob dort was frei geworden ist?«, erkundigte sich Ossja.

»Nicht nötig«, sagte Klascha. »Wir sehen sie ja spätestens in Rostow am Don alle wieder.« Und höchstens Polly, die Klaschas Tonfälle kannte, hörte einen entfernten Anklang von Enttäuschung heraus.

10. Kapitel

Polly wurde wach. Bevor sie die Augen öffnete, spürte sie den Geruch von Bettwäsche. An ihrer Nase, dicht neben ihrem Gesicht. Bettwäsche – das bedeutete auch Kissen und Decken. Tatsächlich – unter ihrem Ohr befand sich der Zipfel eines weiß bezogenen Kopfkissens.

Außerdem: sie lag ausgestreckt, sie hockte nicht mehr wie im Güterwagen, sie lag auf einer Matratze. Und zwischen ihr und der Matratze befand sich ein Laken.

Neben ihr im Bett, das ließ sich in dem grauen Zwielicht unterscheiden, schlief Klascha. Ihnen gegenüber, mit dem Kopf am Fußende, war Dillotschka untergekommen. Das heißt, von ihr selbst sah man so gut wie nichts, nur die zweizipflige Narrenmütze ihres Petruschka lehnte aufrecht am hölzernen Fußteil.

Polly stützte sich auf und bemerkte, dass sie zum ersten Mal, seit sie von der Jelabugaer Straße fort waren, ein Nachthemd anhatte. Das Leben fing an, wieder normal zu werden. Ein wundervolles Gefühl der Erleichterung erfüllte sie.

Im rechten Winkel zu dem Bett stand ein Diwan. Darauf lagen in ihrer üblichen verschlungenen Schlummerhaltung Ossja und Fedja. Sie waren nicht in den Genuss von Bettwäsche gekommen, stellte Polly fest. Sie hatten sämtliche Reiseplaids für ihr Nest benutzt und sich mit dem herrenlosen Militärmantel zugedeckt.

Mittlerweile war Polly vollends munter geworden und kroch über Klascha hinweg, um aus dem Fenster zu sehen. Erwartungsvoll brachte sie das Gesicht ganz nah an die durchbrochene Gardine. Das Fenster ging auf eine Hauswand hinaus. Höchstens ein Sashen entfernt. Deshalb also war es so dämmrig hier drinnen. Sicher war es schon lange Tag.

Dann fiel ihr Blick auf eine emaillierte Schüssel in einem weiß gestrichenen eisernen Ständer. Das Innere der Schüssel zierten gemalte rote und gelbe Chrysanthemen. Seitlich an dem Ständer hing ein Leinenhandtuch.

Nach und nach fiel ihr alles wieder ein, was die Stunden des langen tiefen Bärenschlafs gelöscht hatten. Dies war ein Haushalt, der Zimmer vermietete. Und wo man ein Zimmer gemietet hatte, konnte man auch warmes Wasser verlangen. Jedenfalls hoffte Polly das. Sie sah an sich herunter. Betrachtete ihre bloßen Füße. Die Fersen waren so schwarz, als hätte man sie mit Ruß poliert. Ebenso die Innenflächen ihrer Hände – schwarz wie die Hand einer Bettlerin. Auf Zehenspitzen (da spürte man die Kälte des Fußbodens nicht so) ging Polly zur Tür. Sie hörte, wie jemand auf der anderen Seite der Tür wegrannte.

»Eine ist gerade aufgestanden«, kreischte eine kindliche Stimme. »Zuerst ist sie ans Fenster, dann hat sie gemerkt, dass es da nichts zu sehen gibt. Ich glaub, sie kommt gleich raus.«

Hatte die sie etwa durchs Schlüsselloch beobachtet? Zögernd drückte Polly die Klinke nieder. Und befand sich in einem langen lichtlosen Gang ohne Läufer. Von rechts kam Geruch nach kochendem Hammelfleisch. Eine zerkratzte braune Tür mit Verglasung in der oberen Hälfte war nur angelehnt; aus ihr quoll der Geruch. Außerdem hörte man heftiges Aneinanderstoßen von Geschirr in Wasser, und eine Frau nörgelte oder schimpfte; es ging dabei um eine gewisse Nastja und um irgendwelches Essen, um Mengen und Preise.

»Hörst du nicht, Mama? Eine von denen ist eben aufgestanden«, rief die gellende Kinderstimme dazwischen. »Gleich wird sie kommen und was wollen. Sie ist noch im Hemd!«

»Geh jetzt ins Esszimmer und üb Geige, Dajanka«, war die gereizte Antwort, »und erinnere mich nicht an diese Bagage. Eine blutjunge Schnippdistel mit einem halben Dutzend Kinder im Schlepptau, ohne einen einzigen Koffer oder Reisekorb, zu nachtschlafender Zeit – höchst verdächtig. Wenn das Goldstück nicht gewesen wäre …«

»Zeig's mir, Mamachen, ich will es sehen, ihr Goldstück. Vielleicht haben sie ja jemanden ausgeraubt.«

Polly nahm allen Mut zusammen, bevor sie die Tür aufschob und klopfte.

»Guten Morgen! Könnten wir bitte warmes Waschwasser bekommen?« Die Küchenuhr zeigte auf kurz vor elf. Zwölf Stunden hatten sie geschlafen.

Nebel hatte sie gestern Nacht auf dem Bahnhof von Rostow am Don empfangen. Eiskalte dicke Nebelluft, die nach Kohlenrauch roch.

»Suchen Sie als Erstes die Zimmervermittlung, Klascha, hören Sie!«, rief Madame Byrstowa-Lochwitzkaja. »Fragen Sie nach der Pension Grebeschok. Wir brauchen mindestens fünf Zimmer. Das heißt, ihr müsst ja auch eins haben. Zu dumm, sonst hätten Sie eins mit Zarimbowa teilen können. Also insgesamt sechs, wenn möglich in der gleichen Pension.«

Der Mann vom Zimmernachweis blies in seinen Tee, den man ihm gerade vom Bahnhofsrestaurant gebracht hatte. »Sechs Zimmer? Möglichst zusammenhängend? Tzzz! Warum nicht lieber ein ganzes Palais mieten? In keinem Hotel und keiner Fremdenpension dieser Stadt werden Sie gegenwärtig auch nur eine freie Besenkammer finden, meine Liebe. Wir sind überbevölkert. Nein, wir sind überschwemmt! Im Grand Hotel haben sie sogar das einzige Badezimmer vermietet, hab ich mir sagen lassen, vom Büro des Direktors und den Kammern der Angestellten ganz zu schweigen.«

Der Grund, weshalb die Wahl der Prinzipalin ausgerechnet auf Rostow am Don gefallen war, erwies sich jetzt als Grund dafür, dass sie ohne Logis dastanden. Als Hauptquartier der Weißen quoll die bis dahin unbedeutende Stadt über von Leben, Luxus, Konspirationen und faulen Geschäften. Wie die Neuankömmlinge am nächsten Tag bei Licht sehen konnten, wimmelte es in den Straßen nur so von weißen ordenbehängten Generalsuniformen, von Spekulanten mit dicken Siegelringen, von schönen Abenteurerinnen in schwarzen Seidenstrümpfen, von gerissenen Dieben, die wie Herren aussahen, und von adeligen Flüchtlingen, die sich als Tennislehrer anboten, von Schiebern, die mit längst enteigneten Landgütern handelten und mit wertlosen Aktien spielten. Die Cafés waren voll. Die Juwelierläden boten Stücke aus gehüteten Familienschätzen an. Auch das Bedürfnis nach kultureller Zerstreuung sollte gute Chancen haben – so meinte Madame Byrstowa zuversichtlich, nachdem sie sich erst mal etwas umgesehen hatte. Vorläufig aber schien die Stadt von den Ankömmlingen nichts wissen zu wollen.

»Gar keine Zimmer also?«, fragte Klascha. Sie kaute am Knöchel ihres Zeigefingers und sah aus wie dreizehn.

»Nicht in Pensionen, nein. Tut mir leid.«

Der kleine Mann mit den Ärmelschonern trank seinen Tee, Schlückchen für Schlückchen.

Schließlich erschien Madame Byrstowa selbst auf der Bildfläche, begleitet von den beiden Damen der Truppe.

»Alles in Butter, hier gibt es noch Droschken und sogar Fuhrleute für das Gepäck. Die Herren überwachen das Aufladen. Nun? Wie sieht's aus? Was für Zimmer haben wir?«

Klascha hob hilflos die Arme und schüttelte den Kopf, ein Bild des Jammers. »Er sagt … er sagt, es ist nichts frei …«

»Red keinen Unsinn. Wenn man Kindern schon mal was anvertraut.« Und die Prinzipalin rauschte zum Schreibtisch, sich mit halbem Leib darüber beugend, bis der Teetrinker unwillkürlich zurückwich. Gleich packt sie ihn am Revers wie eine Hausmeisterin einen Bengel von der Straße und schüttelt ihn gehörig durch, dachte Polly.

»Ich benötige sechs Zimmer in Künstlerpensionen«, befahl Madame Byrstowa und stampfte mit dem Absatz auf, dass ihre schwarze Chrysantheme am schwarzen Helm aus Spiegelseide erzitterte. »Wir sind das Ensemble Byrstowa-Lochwitzkaja! Unser Star ist der große Boris Brandukow. Rostow wird uns mit offenen Armen empfangen!«

Der Mann entfaltete ein Taschentuch, schnaubte zimperlich und tupfte sich die Nasenlöcher ab. »Wie ich bereits der jungen Dame hier mitteilte, ist alles belegt. Alles, was gewerbsmäßig vermietet wird, heißt das. Aber um diesem Notstand abzuhelfen, haben sich viele Mitbürger bereit gefunden, private Zimmer anzubieten. Ich weiß von Haushalten, wo die Leute in der Küche schlafen, um in jeder verfügbaren Räumlichkeit Mieter aufzunehmen. Solche Opfer haben natürlich ihren Preis. Die Adressen sind hier zu erfragen, die Mietbedingungen werden individuell an Ort und Stelle abgemacht.«

»Nicht so weit voneinander entfernt, wenn ich bitten darf«, sagte Madame Byrstowa. Sie erkannte immer, wenn eine Situation ausgereizt war. Stumm entrichtete sie die Vermittlungsgebühr und nahm den Zettel mit den Anschriften entgegen. Sie behielt ihn auch, als nur mehr die fünf Apraksins ohne Unterkunft waren.

»Ich muss doch wissen, wo meine Künstler wohnen. Ihr junges Gemüse könnt das gefälligst im Kopf behalten. He, Kutscher, lad die Kinder noch ab! Das kommt mit auf den Gesamtpreis. – Ach ja, Klascha – morgen Mittag erwarte ich Sie hier bei mir.«

»Ich weiß aber doch gar nicht, wie das hier heißt. Und darf ich bitte unsere Quartieradresse noch mal haben?« Klascha, man konnte es hören, stand am Rand eines Tränenausbruchs. Konfus und nervös suchte sie beim trüben Licht im Hausflur den Zettel zu entziffern, flüsterte Straßennamen, Hausnummern und Namen von Vermietern.

Polly las mit, über Klaschas Schulter hinweg. »Ossja – hör zu! Wir müssen in die Golubjatnja siebzehn. Merk dir's. Zu Ptizyn.«

Die Gepäckkarren hatten sich entfernt, nur einer der Iswostschiks stand noch da. Die beiden Wagenlaternen schimmerten verheißungsvoll. Polly musste an die Kutsche denken, die ein Kürbis gewesen war. Das beste Quartier kommt zuletzt, und die Feenkarosse trägt uns dahin.

Der Kutscher fuhr die Kinder gerade mal um zwei Ecken, dann hielt er das Pferd an.

»Was zahlt ihr mir bis zur Golubjatnja?«

»Sie haben Ihr Geld im Voraus erhalten«, sagte Klascha. »Man hatte mit Ihnen eine Pauschale vereinbart.« Polly nickte. Abgesehen vom Eingenähten besaßen sie nur noch einen Bogen Briefmarken und eine kostbare Goldmünze. Der Kutscher würde die garantiert nicht wechseln können. Er würde sie irgendwo in seinem Mantel verschwinden lassen und behaupten, dass es nur ein alter Zarenrubel gewesen sei.

»Dann geht zu Fuß. Was bildet ihr euch ein, was ich bin? Ein städtischer Sprengwagen, wo ihr aus Spaß mitfahren könnt? – Abgesehen davon ist es sowieso nicht mehr weit. Hundert Schritt, dann links abbiegen und geradeaus bis zum Ende der Gasse.«

Als sie merkten, dass es ihm ernst war, stiegen sie kleinlaut aus. Und standen in einer menschenleeren Straße in einer wildfremden Stadt. Die Straßenlaternen waren hier sehr weit voneinander entfernt. Neblige Feuchtigkeit bildete goldene durchsichtige Kugeln um sie herum. Eine Katze oder eine große Ratte rannte dicht an ihnen vorbei. Alle fünf hatten sie mittlerweile Finger wie Eis, kein Gefühl mehr darin. Dillotschka jammerte unablässig auf einem einzigen Ton vor sich hin: »Uu-uu-uu-uu…« Dabei hatte Klascha ihr die Hutschachtel schon abgenommen.

Unvermittelt prallte Polly auf das Decken-und-Kissen-Bündel, denn Ossja und Fedja waren stehen geblieben.

»Siebzehn.« Ossja zeigte auf das ovale weiße Schild über einer Haustür. Dann bückte er sich und rieb stöhnend seine bloßen Knie. Fedja ebenfalls.

Im Hausflur brannte eine sehr schwach gedrehte Gaslampe.

Die Holzstufen waren abgeschabt, in der Mitte hatten sie die rotbraune Farbe bereits verloren.

Es roch irgendwie unangenehm in diesem Haus, fand Polly. Aber gegen den Luxusschlafwagen der Demobilisierten war alles Rosen und Apfelsinen und Ylang-Ylang (Zina Zarimbowas Lieblingsparfüm).

Klascha drehte an der Schelle der Wohnungstür. Ein schnarrendes Geräusch ertönte. Als schliefe selbst die Klingel schon. Erst nach dem sechsten Drehen und Schnarren hörte man innen eilige Füße und halblautes Schimpfen. Jemand musterte sie durch den Spion in der Tür.

»Was wollt ihr? Ihr habt euch wohl in der Adresse geirrt! Hier ist nicht das Nachtasyl, schert euch fort.«

»Wir haben die Adresse auf dem Bahnhof erhalten«, sagte Klascha mit Würde. »Bei der Zimmervermittlung. Wir gehören zu einer …«

»Nicht sagen«, zischte Polly, die an Njanjas und Wera Makarownas Vorurteil gegen reisende Künstler dachte. »Erst mal nicht sagen.«

»… zu einer Familie«, vollendete Klascha. »Der Zug ist so spät eingelaufen, tut uns leid.«

Der Riegel wurde zurückgezogen. Eine pausbäckige junge Frau im Unterrock mit übergeworfenem Wolltuch stierte sie an, die Haare hingen wie vom Wind zersaust; augenscheinlich hatte sie bereits geschlafen.

»Wer ist da, Nastja?«, kam eine wehleidige Stimme aus dem Hintergrund der Wohnung.

»Neue Mieter!«, brüllte Nastja. »Wollen Sie sie aufnehmen oder soll ich sie abweisen, Alida Petrowna? Es ist nach zehn. Sollen sie morgen früh wiederkommen?«

»Was heißt ›sie‹? Wir haben doch nur ein Bett abzugeben, das weißt du. Wie viele sind es denn?«

»Fünf!«, brüllte Nastja.

»Jetzt schrei nicht so, du weckst noch Dajanetschka auf.«

Alida Petrowna – Madame Ptizyna vermutlich – bemühte sich endlich selbst zur Tür, in Morgenrock und Pantoffeln. Ihr Gesicht glänzte fettig.

Sie stellte Klascha Frage um Frage. Das meiste, was sie so hörte, glaubte sie nicht, das ließ sie sich anmerken. Sie kniff dann spöttisch die Lippen zusammen.

»Es ist aber nur ein einziges Bett in dem Zimmer«, sagte sie noch einmal. Lauernd. »Also käme es für euch sowieso nicht in Frage. Denn das sage ich gleich: Zigeunerlager gibt's bei mir nicht. Kein Herumlumpern mit meinen Kissen auf dem Fußboden. Wenn ihr das vorhabt, solltet ihr lieber im Wartesaal übernachten.«

»Wir werden nicht auf den Dielen schlafen«, sagte Klascha schnell. Und fügte hinzu: »Gleich morgen kaufen wir ein Feldbett, Alida Petrowna.«

Klascha wollte zuversichtlich dazu lächeln, aber sie wusste nicht mehr, wie das ging.

»Euer Gepäck ist wohl noch am Bahnhof?«

Scheues Kopfschütteln. Bündel und Tornister, Hutschachtel und Reisetasche wurden vorgewiesen.

»Was denn – ihr zieht herum wie eine Bande von diesen Besprisornye und erwartet von mir, dass ich euch in meine Wohnung lasse?«

Misstrauisch glitten ihre Augen noch einmal über jedes einzelne der Kinder.

»Wahrscheinlich habt ihr Ungeziefer. In diesen überfüllten Zügen soll es von Läusen und Flöhen ja nur so wimmeln. Die übertragen Flecktyphus und Cholera und was weiß ich. In der Zeitung hat man davor gewarnt. Und welche Garantie habe ich, dass ihr nicht eines Tags ausgeflogen seid, mit meinen silbernen Kuchengabeln, meiner Kuckucksuhr und meiner besten Tischwäsche?«

Die Apraksins waren zu beleidigt, um auf so etwas zu antworten.

Die Frau überlegte und sagte dann barsch: »Eine halbe Monatsmiete im Voraus. Und zwar auf der Stelle. Oder ihr bleibt draußen.«

Klascha war so rot wie eine Pfingstrose. Polly, die ihr aufbrausendes Temperament kannte, wunderte sich, wie beherrscht sie blieb. Klascha fuhr mit der Hand in den Blusenausschnitt und holte etwas heraus.

»Reicht das?«

Ihre Geschwister kannten diesen Ton. Er hieß in der Familie »Zarentochter Klara Arkadjewna besucht die Hütte eines Bäuerleins.«

Madame Ptizyna machte mit der Goldmünze einen Schritt zurück, um sie unterm Flurlicht eingehend zu untersuchen.

»Ist von woanders her, das sieht man, aber scheint echtes Gold zu sein. Was meinst du, Nastja?«

Die junge Frau mit den Pausbacken wog das Goldstück auf der flachen Hand. Dann nickte sie ehrfürchtig. »Schweres Gold, Alida Petrowna.«

»Na, meinetwegen. Führ sie in das Zimmer und zeig ihnen, wo der Abtritt ist. Aber, Kinder, das sag ich euch gleich: Das ist nur für den halben Monat. Schließlich nutzt ihr zu fünft mehr ab als eine Person.«

»Könnten wir bitte warmes Waschwasser haben?«

Während Nastja ihr Spülen unterbrach, um eine Emaillekanne am Herd zu füllen, suchte Polly freundliche Blicke mit den beiden anderen Anwesenden zu wechseln. Alida Petrowna rechnete am Küchentisch irgendwelche Zahlen zusammen, wohl ihre Ausgaben, dabei an einer weißen Semmel kauend. Am Tisch lehnte ein Mädchen.

Um nicht gar zu auffällig auf das Brötchen zu starren und dabei den in Strömen fließenden Speichel hinterzuschlucken, sah Polly ausschließlich das Mädchen an. Wie hatte ihre Mutter sie vorhin genannt? Dajanka. Zwölf, schätzte Polly. Es gefiel ihr, mit einem gleichaltrigen Mädchen zusammen zu wohnen. Ich werde ihr alles erzählen und sie wird mir alles erzählen, dachte Polly, vielleicht kann ich in ihre Schule gehen, wir könnten uns bei den Aufgaben helfen.

Dajanka hatte weißblonde Zöpfchen, dünne Dinger mit großen weißen Seidenschleifen am Ende. Auch ihre Brauen und Wimpern waren weißblond, fast unsichtbar. Durch die eng stehenden nackten Augen bekam ihr Blick etwas Stechendes. Ihr Mund war winzig, ein Puppenmund. Sie trug eine weiße Schulschürze überm Kleid, mit steif gebügelten Falbeln an den Trägern.

»In welche Klasse gehst du?«, fragte Polly.

Statt einer Antwort begann Dajanka eine Tschastuschka zu trällern:

»Ne saubere Sippschaft – huch! – sind sie,
waschen dreimal im Jahr sich bis ans Knie
mit einem Kesselchen Wasser – oje!
Und von dem Rest, da kochen sie Tee!«

Nastja platzte heraus, auch Alida Petrowna lächelte.

Polly nahm stumm die Kanne entgegen und drückte sie an die Brust. Schön warm, ein angenehmes Gefühl. In dem Augenblick wurde wieder an die Küchentür geklopft.

Klascha erschien auf der Schwelle. Ausgeschlafen, lächelnd wie Wassilissa die Wunderschöne im Märchen, im Nachthemd mit Hohlsaumstickerei um den Halsausschnitt, Dillotschka an der Hand.

»Guten Morgen …«

Dajanka tat, als müsse sie sich vor Lachen wälzen. Affektiert wiederholte sie: »Guten Mooorgen! Guten Mooorgen! Pffhihi!

Was wird sie wohl heute Abend sagen? Wahrscheinlich gesundes neues Jahr.«

Klascha zog es vor, sie zu ignorieren.

»Ach, du hast schon Wasser, gut«, sagte sie zu Polly. Und zu Madame Ptizyna gewandt: »Ich nehme auch noch einen Krug mit, wenn Sie erlauben. Der Reisestaub muss abgespült werden. Und ich fange heute an zu arbeiten, da möchte ich mir gern vorher die Haare waschen. Darf ich mir das Stück Kernseife hier ausleihen? Wir müssen uns heute erst Seife kaufen, haben unterwegs alles ratzekahl verbraucht.«

»... da möchte ich mir gern vorher die Haare waschen«, äffte Dajanka Klaschas Tonfall nach. Und schaute beifallheischend zu ihrer Mutter. »Was man alles möchte, th! Ich möchte auch dies und jenes. Wirst du ihr unsere Seife geben, Mamachen?«

Alida Petrowna gestattete es. Und gab gleich noch einen guten Rat dazu: »Hören Sie, mein Kind, kaufen Sie solche Sachen auf keinen Fall in den Geschäften. Dort ist alles überteuert, weil sich kaum noch ausländische Handelsschiffe ins Schwarze Meer trauen. Kaufen Sie auf dem Basar. Dort bekommt man die erstaunlichsten Dinge, natürlich darf man nie fragen, wo sie herstammen. Und handeln Sie, unbedingt handeln!«

Klascha nickte eifrig. Sie hätte zu allem genickt. Mit einem Fuß schon im Flur, wandte sie sich nochmals der Küche zu.

»Ach ja – wie steht es mit Frühstück?«

»Frühstück! Hast du das gehört, Mamachen?«

Dajanka erstickte fast in einem neuen Heiterkeitsausbruch. »Sie fragt nach Frühstück, th! Sicher ist sie noch nie im Leben Untermieter gewesen. Keinen Schimmer haben die, das kann ja nett werden.«

Untermieter, so belehrte Alida Petrowna die Mädchen, würden auf Wunsch am warmen Abendessen beteiligt. Frühstück hingegen war Privatangelegenheit. Die meisten Untermieter nahmen ihr Frühstück entweder in einem Café ein oder am Arbeitsplatz.

»Keine Esswaren im Zimmer horten, darauf muss ich bestehen. Höchstens mal Obst oder Pralinen, da bin ich nicht so streng.« Was indes den Abend anging:

»Wir haben jetzt den zehnten, das bedeutet noch zwanzig Tage bis Monatsende ... zwanzig mal fünf macht hundert. Hundert Essen mehr allein für den November! Das kostet ... sagen wir: alles in allem acht von diesen Goldstücken. Eins habt ihr angezahlt, bleiben sieben. Hundert Essen kann ich unmöglich auslegen, das muss im Voraus gezahlt werden.«

Klascha nickte. »Sie kriegen das Geld. Heute Abend. Sie können sich darauf verlassen.«

Sie hatte nicht die blasseste Ahnung, ob die Rechnung in Ordnung war oder ob man sie da haushoch betrog. Aber einmal am Tag sollte der Mensch etwas Warmes in den Magen bekommen, hatte Njanja stets verkündet.

Als sie wieder in ihrem Zimmer waren, sagte Dillotschka: »Ich mag das Mädchen nicht. Sie hat immerzu über uns gelacht. Wieso hat sie gelacht?«

»Ich wette, sie weiß es selber nicht«, sagte Polly. »Warum ist sie eigentlich nicht in der Schule?«

»Vielleicht ist heute Sonntag«, mutmaßte Ossja. Im Zug war ihnen das genaue Datum abhanden gekommen. Immerhin hatten sie jetzt erfahren, dass heute der zehnte November war.

Als Polly von Kopf bis Fuß gewaschen war, nahm sie ihr Kleid und sah sich suchend um. Schließlich kroch sie in die Lücke zwischen Wand und Bett. Dort trennte sie ihren Kleidersaum eine halbe Spanne weit auf.

»Lass nicht sehen, was du machst. Dreh dich wenigstens von der Tür weg«, empfahl sie Klascha. Die beschäftigte sich gerade mit Dillotschkas Matrosenmantel, indem sie die getarnten Knöpfe wieder durch die echten ersetzte – große blanke Messingknöpfe mit aufgeprägtem Anker. (Njanja hatte sie in ein Läppchen gewickelt und in die Hutschachtel getan.)

Klascha runzelte die Stirn. »Ich hab jetzt wirklich keine Lust auf deine Schnurren. Man kann es auch übertreiben!«

Neugierig blickte Ossja von einer Schwester zur anderen. »Wie heißt dieses Spiel?«, wollte er wissen.

»Es heißt« – Polly verstellte ihre Stimme, bis sie schrill und quäkig wurde – »›Mamachen, die eine hat gerade zehn Goldmünzen aus ihrem Kleidersaum herausgeholt! Und die Knöpfe von dem Mantel der Kleinsten sind auch alle aus Gold. Sicher haben sie jemanden ausgeraubt, Mamachen, Ehrenwort!‹«

»Soll das bedeuten, sie spioniert?« Klascha wollte es nicht glauben.

Polly legte die Münzen eine nach der anderen aufs Bett, damit sie nicht klimpern konnten und zeigte zur Tür. Dabei kniff sie ein Auge zu und spähte mit dem anderen durch einen Ring aus Daumen und Zeigefinger.

»Hab sie vorhin dabei ertappt. Als ihr noch alle geschlafen habt.«

Ossja kratzte sofort etwas Kitt vom Fenster, die Scheibe würde schon nicht gleich herausfallen. Damit verkleisterte er das Schlüsselloch.

»Dajanka, du sollst doch Geige üben!«, gellte es aus der Küche.

Fedja hob den Finger – seid mal still! – und alle hörten es: das behutsam auftretende Tipp-tapp, wie es sich von der Tür entfernte. Sie kauerten sich im Kreis und legten die Goldstücke aus Papas Münzensammlung auf den Boden. Zehn aus dem Saum plus acht ehemalige »Knöpfe«. Dann schoben sie sie hin und her wie die Steine beim Mühlespiel. Sieben kamen beiseite, für die Ptizyna. Für das Zimmer und warmes Essen. Blieben elf für alles andere.

»Bald bekomme ich ja meinen Lohn fürs Begleiten«, sagte Klascha.

Polly unkte: »Bis jetzt hast du noch nicht mal dein Eisenbahnbillett abgearbeitet. Lass uns mal so denken: Was ist das Allerdringlichste?«

»Frühstück«, kam es von Fedja.

Kein Widerspruch, von niemandem.

»Und sonst?«

»Du hast der Frau versprochen, dass wir gleich heute ein Feldbett kaufen«, gab Ossja zu bedenken. »Können wir uns das leisten?«

»Papperlapapp, da wusste ich ja noch nichts von dem kleinen Diwan.«

11. Kapitel

Der Nordostwind kam Polly kälter vor als der Wind zu Hause. Er war feuchter und zugleich frostiger. Er biss in Nase und Ohren und Finger und in die bloßen Knie von Ossja und Fedja. Er blies in Klaschas Blusenkragen, sodass sie vergeblich die Revers der Kostümjacke umbog. Als sie aus dem Gewirr der Seitenstraßen heraus waren, gerieten sie bald in hektisches Treiben. Droschken, eilige Fußgänger, fliegende Händler, Müßiggänger, Krankenwagen, gelegentliche Automobile mit Chauffeur und rätselhaften wichtigen Personen im Fond.

Klascha war nervös, weil sie längst bei Madame Byrstowa hätte antreten sollen, um mit den Künstlern ihre Nummern zu üben. Aber: »Erst muss ich sicher sein, dass ihr ein Frühstück hattet.«

»Wieso ihr?«, fragte Polly. »Willst du etwa keins? – Halt, hier ist was.«

Sie verhielten unschlüssig vor der Glastür eines Cafés oder

Speisehauses. Der daheim, unter den Bolschewiken, verpönte »Luxus« der weißen Tischtücher, der Väschen mit Blumen, der Pfeffer- und Salz-Streuer und Servietten verunsicherte sie. Würde es auch nicht zu teuer sein? Im Hintergrund gab es ein Büfett mit einer gläsernen Auswahltheke, voller Angebote.

Eine Dame mit zwei Töchtern ging an ihnen vorbei hinein, einfach so; ein zarter Duft nach Maiglöckchenwasser wehte ihnen hinterher. In ihrem Kielwasser führte Klascha ihre Küken. Stumm vor Scheu setzten sie sich und bestellten. Das hieß, Klascha fragte nach etwas, und wenn der Ober nickte, sagten alle: »Ich auch.«

Der Kellner in weißer Jacke brachte Tee und Warenje, brachte Kringel und Pastetchen mit leckerer Krautfüllung, gekochte Eier und für jeden eine Plinse mit saurer Sahne an den Tisch. Polly schaute ihn genau an – ob er sich nicht gedemütigt und entwürdigt fühlte, weil er »bediente«. So wie Jegor, Galina und Sofja die Familie Apraksin bedient und dann verlassen hatten, weil kein Mensch das einem anderen Menschen zumuten durfte. So hatte Polly es in der Schule erklärt bekommen. Aber er machte eine ganz normale Miene.

Woher will er wissen, dass wir das viele Essen auch bezahlen können?, überlegte sie.

Klascha drehte immer wieder den Kopf nach der Mutter mit den beiden erwachsenen Töchtern, ohne einen Augenblick mit Kauen innezuhalten.

Als sie mit dem Blini die Reste der sauren Sahne aufgetunkt hatte, winkte sie den Geschwistern, mit dem Kopf näher zu kommen. Flüsternd, fanatisch stieß sie hervor:

»Ich brauche unbedingt eine Handtasche.«

»Duuu? Aber wozu denn?«, fragte Polly entgeistert. »Was hast du denn so Wichtiges mit dir herumzutragen? Das ist doch bloß was für Erwachsene.«

Die Jungen grinsten. Nur Dillotschka sagte: »Ich weiß warum, ich weiß warum! Klaschenka will aussehen wie die Damen dort drüben.«

Sofort richteten alle die Blicke zum Tisch in der Nähe des Fensters. Jede der drei Frauen hielt ein elegantes Ledertäschchen geöffnet auf dem Schoß. Die eine entnahm ihrem eine runde Silberdose und bepuschelte sich mit blütenrosa Puder. Die andere ließ ein Etui aufschnappen und steckte eine Zigarette in ein endlos langes Mundstück und dann dies zwischen die Lippen. Die ältere Dame aber zupfte zerknitterte Scheine heraus, die der Kellner eingehend untersuchte, ehe er sie akzeptierte.

»Bis jetzt hatte ich ja auch noch nie Geld zu verwahren«, verteidigte sich Klascha. »Wie sieht das denn aus, wenn ich bezahlen will und muss das Geld aus einem kaputten Strumpf herausfischen, der an meinen Unterrock geknotet ist. Wenn mich nun zufällig jemand dabei beobachtet! Guck, die da, Poljenka, die pfefferkuchenbraune, mit dem Krokodilmuster – so eine MUSS ich haben.«

Im Schutz der Tischkante nestelte sie den »Geldbeutel«, der mal ein Strumpf gewesen war, aus dem Rockbund. Sie winkte nach der Rechnung und hielt die Münze in der Hand verborgen. Der Kellner sollte nicht sehen, dass sie nicht mal ein Portemonnaie hatte. Nachdem sieben der Goldstücke an Madame Ptizyna gegangen waren, hatten sie die verbleibenden elf aufgeteilt, um sie immer bei sich zu tragen. Denn seltsamerweise gab es keinen Schlüssel für das Zimmer. »Im Moment verkramt«, behauptete die Vermieterin, und sie würde ihn suchen.

Fünf hütete Klascha in der bewussten Strumpfbörse, sechs hatte Polly bei sich untergebracht; ihr Gymnasiastinnen-Sommermantel hatte innen im Futter eine Öffnung, die zum Aufbewahren des Reservetaschentuchs vorgesehen war.

Jetzt hingen Klaschas Augen, glänzend vor Verlangen, an den drei Vertreterinnen des absoluten Chics.

Anzüglich trällerte Polly nach einem von Njanjas Liedern:

»Spinn, spinn, spinn, Tochter mein,
so kauf ich dir ein Handtäschlei-hein.
Was soll ich mit ’nem Handtäschlein?
Ich denk nur an den Liebsten mei-hein.«

»Vorhin, auf dem Weg hierher, sind wir an so einem Kommissionsladen vorbeigekommen«, sagte Klascha. »Versteht ihr – Sachen, oft noch ganz gut, aber aus zweiter Hand. Wir sollten lieber erst mal dort nachsehen, ehe wir auf diesen Basar gehen. Aus zweiter Hand ist immer preiswert.«

Der Kellner nannte eine Summe, die ihnen unerhört hoch vorkam. Aber wer wusste schon mit der jeweils geltenden Währung Bescheid. »Glöckchen« vom Don, Sowjetrubel, Zarenrubel, Karbowonzy vom Hetman aus der Ukraine, Kerenskirubel … dazu noch das vor Ort gedruckte Witzgeld, das nirgendwo anders einen Wert besaß.

Zögernd, mit unsicherem Lächeln, reichte Klascha ihm schließlich das Goldstück. Er verzog keine Miene. Er ging durch eine Schwingtür und kam nach einer Weile mit einem Teeglas zurück, getragen auf einem Tablettchen aus Tulasilber. Er brachte es an einen anderen Tisch. Ihr Tisch gehörte nicht mehr in sein Blickfeld.

Nach fünf Minuten stand Polly auf und begab sich zum Büfett, wo der Kellner gerade mit dem Büfettfräulein scherzte.

»Bekommen wir nicht noch was heraus?«

»Nein, hat gerade so gestimmt. Ich hab es Ihnen doch aufgeschrieben, alles schön untereinander.«

»Ja, aber die Rechnung ist in … in anderem Geld. Unseres müsste doch viel mehr wert sein. Das war echtes Gold.«

»Mädchen, ihr habt zu fünft gespeist. Zu fünft! Für eine einzige Münze. Was wollen Sie denn noch alles? Hier, nehmen Sie, spendiere ich gratis, gegen den trockenen Mund.«

Aus seiner Hosentasche zog er ein Tütchen und zählte fünf

Lakritzbonbons ab, die er der verdatterten Polly in die Hand drückte.

Sie empörten sich noch ein bisschen, aber da waren sie bereits draußen in der Kälte. Man konnte nichts machen. Es war so ähnlich, als wenn Gulliver mit einem Goldstück aus dem Lande Brobdingnag bei den Liliputanern versucht hätte, etwas zu kaufen. (Der Vergleich stammte von Polly.) »Sie akzeptieren es, weil es Gold ist, sind aber nicht imstande, es in ihre winzigen ›Sprugs‹ umzurechnen.«

Alle erwarteten eigentlich, dass Klascha jetzt davonstieben würde, bedrückt darüber, weil sie Madame Byrstowa warten ließ. Aber: »Erst muss ich sicher sein, dass wir alle ordentliche Wintersachen haben.« Sie führte die Geschwister im Sturmschritt zu dem Kommissionsladen. Man konnte sich nur wundern, wie die fahrige Klascha den Weg im Gedächtnis behalten hatte. Über zwei ausgetretene Steinstufen gelangte man in den Verkaufsraum. Hinter der Tür hing ein Glockenspiel, das lange bimmelte. Es roch durchdringend nach Naphtalin.

Kleiderstange reihte sich an Kleiderstange. Herrenüberzieher. Damenmäntel, Hausjacken aus schwarzem Lüster. Hosen für den Sommer, für die Jagd, Jacken aus Militärbeständen. Röcke, Kleider, Kostüme, Matrosenanzüge für Kinder. Dann ging es drei Stufen hinab in eine Art Saal, von schwachen Lämpchen erleuchtet. Aufgetürmte Kartons und Regale schufen eine kleine Stadt mit Gassen und Plätzen, die »Einwohner« waren Hüte und Schuhe, Schmuck, Lederhandschuhe, Kopftücher, Gamaschen, Brieftaschen und Zylinder, Kappen und Krawatten, Reise-Necessaires und Abendtäschchen, Schulmappen, Operngläser, auch das eine oder andere Spielzeug.

Wie aus dem Boden gewachsen tauchte ein Mann auf; sie hatten ihn gar nicht kommen hören. Er bohrte mit der Zunge im Mund herum. Dem Geruch nach hatte er gerade geräucherten Fisch und Zwiebeln gegessen. Er trug eine Art Fuhrmannsmütze und war bärtig. Und seine Augen erinnerten Polly an schwarze Oliven in Öl.

Komisch, dass er ihnen nichts aufzuschwatzen versuchte, sehr untypisch für einen Händler gebrauchter Dinge. Nachdem er festgestellt hatte, wie viele sie waren und jeden einmal von oben bis unten betrachtet hatte, hob er beide Hände, die Handflächen nach oben gekehrt.

»Sucht und werdet glücklich.«

Mehr sagte er nicht. Interessierte es ihn gar nicht, woran den Kunden lag? Musste er denn nicht seine Hilfe anbieten, zeigen und preisen? Aber er verschwand so spurlos in all den Gängen, wie er aufgetaucht war.

»Polly, Poljenka, komm mal her, ich muss dir was zeigen!«

Klaschas Jubelruf schallte aus dem oberen Raum. Sie hielt ein bodenlanges schmales Kleid aus schwarzer Seide in der Hand, bei dem die obere Partie und die halblangen Ärmel aus schwarzer Spitze waren.

»Genau das Richtige für Schneeregen und drei Grad unter Null«, sagte Polly.

»Begreifst du denn nicht?« Klascha reagierte empfindlich. »Ich brauche unbedingt ein Abendkleid. Ich kann schließlich nicht in dem Kostüm hier auftreten, mit den Rußflecken und der Wagenschmiere vom Zug überall. Sogar Aschenputtel hatte für den Notfall was Elegantes. Hilf mir noch ein Paar passende Abendschuhe zu suchen, bitte. Ich hab's eilig, du weißt doch warum.«

»Schuhe sind unten«, sagte Polly.

»Und Handtaschen?«

»Auch unten.«

Das Abendkleid überm Arm rannte eine fieberhaft flackernde Klascha in das düstere Magazin, wo man Ossja und Fedja halblaut miteinander reden hörte.

»Dillotschka?«, fragte Polly, denn zwei Gänge weiter ließ

sich Ächzen und Schnaufen vernehmen. Dillotschka hatte ihr Matrosenmäntelchen und die dazugehörige flache Mütze abgelegt und versuchte ganz alleine einen Mantel überzuziehen. Den dazu passenden Hut hatte sie bereits auf dem Kopf. Die ebenfalls dazugehörende Gamaschenhose lag auf dem Fußboden.

Der von ihr ausgesuchte Kindermantel hatte einen angearbeiteten Schulterkragen nach der Mode der Jahrhundertwende und bestand aus billigem glattem Fell, Hund wahrscheinlich. Aber das Ärgste war seine Farbe: mandelblütenrosa. Der Hut war aus Filz, die Gamaschenhose aus gestrickter Wolle. Alles mandelblütenrosa.

Polly überlegte, ob man ihr so etwas im Namen der Familie verbieten könne.

»Poljenka, schnell – wie findest du die hier?«

Rechts schwenkte Klascha eine Handtasche aus mattschwarzem Material mit vergoldetem Knipsverschluss und Haltekettchen. Links hatte sie ein paar schwarze Lacklederpumps bei den Absatzkappen gepackt.

»Klara Arkadjewna Apraksina«, sagte Polly, »ist dir noch bewusst, weshalb wir hier sind?«

»Aber ja, kleine Schwester, nie war mir etwas bewusster. Ich muss Geld verdienen und in entsprechender Kleidung auftreten. Und diese Schuhe hier« – Klascha streckte ihr Bein hoch – »sind ganz und gar nicht entsprechend. Da hilft auch Putzen nicht mehr, so zerschrammt, wie die sind. Außerdem sind sie braun und würden sowieso nicht zu dem schwarzen Kleid passen.«

Leider waren sämtliche in Frage kommenden Damenschuhe sehr ausgetreten.

»Haben die denn Klumpfüße gehabt« murrte Klascha, als sie beim Probegehen ständig mit der Ferse rausschlappte. »Werde Watte in die Spitzen stopfen müssen.«

Polly, die nach Filzstiefeln suchte, fand keine. Vielleicht bekäme man auf diesem Basar welche. Dillotschka präsentierte sich, ferkelrosa, wie ein Kind von einer vorrevolutionären Marzipanschachtel.

»Ja, ja, sehr niedlich«, hörte Polly Klascha sagen. Und sie verstand, dass man mit Klascha nicht mehr rechnen konnte, wenn diese auf dem Kriegspfad in Sachen Damengarderobe war. Rosa Hundefell – »niedlich«! Was für seltsame Gewänder mochten sich die Jungen als Wintermantel ausgewählt haben? Sie spitzte die Ohren, um herauszufinden, wo sie waren, und sie mit einem »Buh!« zu überraschen.

Ossja und Fedja hockten auf den Fersen vor einem Regalfach.

»Das wagst du? Dann pass mal auf, was ich jetzt mache. So. Da guckst du aber, was?«

»Kannst du nicht. Denn dann putz ich deinen Springer mit dem nächsten Zug weg. Geh ausnahmsweise wieder zurück, ich hab nichts gesehen.«

Sie hatten große grellbunte Figuren auf einem Spielbrett in Stellung gebracht. Die eine Seite war als Waräger gestaltet, mit Helmen so zwiebelrund wie Kirchenkuppeln, die andere Seite als Tataren oder Türken.

Polly seufzte. Sie wusste aus Erfahrung, dass die beiden das Spiel nicht unterbrechen würden, ehe nicht höhere Gewalt einschritt oder einer endgültig besiegt war. Sie stöberte den Vorrat an warmen Mänteln durch. Alles nur für Erwachsene oder für jüngere Kinder. Dillotschka hatte übrigens noch nicht mal den allerhässlichsten erwischt. Sie hätte zum Beispiel auch den auf Hermelin gefärbten Plüsch schön finden können. Die Mäntel für Erwachsene strömten starke Gerüche aus, nach Mottenkugeln und Schweiß und aufdringlichem Parfüm. An den Damenmänteln konnte man die Vergänglichkeit der Mode ablesen: Kurbelstickerei und »Schinkenärmel« nach dem Chic von 1890. Auf der nächsten Stange entdeckte Polly so genannte »Halbpelze«. Das waren speckige, schmuddelige Lammfelljacken mit überall aufgeplatzten Nähten. Auf den Dörfern trugen arme Bauernkinder solche roh genähten Kittel ohne Knöpfe, in der Taille mit Gürtelriemen geschnürt.

Auch Klascha kam noch einmal in den oberen Raum. Begleitet wurde sie vom wieder aufgetauchten Inhaber des Kommissionsladens. Glücklich und aufgekratzt über ihre bisher gefundenen Sachen, witzelte sie mit ihm herum.

»Es muss ja nicht gleich ein Zobelmantel sein. Ich würde auch einen aus schwarzem Sealskin nehmen. Aber dann mit einem breiten weißen Polarfuchskragen. Ich hatte ein Foto von der berühmten Mistinguett, darauf trug sie so einen.«

Der Mann brach in wieherndes Lachen aus, das er mit der Hand zudeckte.

»Mistinguett – lop-lop-lop, Casino de Pariii…« Er stemmte eine Hand in die Hüfte und wackelte mit dem Hintern, wobei er ein übertriebenes Hohlkreuz machte. Polly warf ihm einen verachtungsvollen Blick zu. Sie hatte noch nie begriffen, worüber und warum Erwachsene lachten. Klascha hatte das seit kurzem gelernt.

Polly raffte die vier Halbpelze, die ihr immer wieder zu entgleiten drohten, ungeschickt an die Brust. Plötzlich ging ihr auf, dass Klascha niemals so ein schmutziges, plump zusammengenähtes Ding anziehen würde. Lieber würde die sich eine Lungenentzündung anfrieren. Verstohlen ließ sie eine der vier Jacken auf den Boden rutschen.

»Was wäre mit dem hier?«, lockte der Inhaber. »Ein Abendcape aus hochfeinen Kreisen. Ich würde es Ihnen billiger lassen als einen Mantel, weil es keine Ärmel hat. Aber es ist wärmer, als es aussieht, hat ein daunengefülltes Steppfutter, und wenn es schneit, können Sie die Kapuze hochziehen. Eine Kapuze ist immer damenhaft.«

»Ist es nicht schon sehr … nun ja … aus der Mode?«, fragte Klascha.

Polly schielte um die Ecke. Ihre Schwester steckte in einem

schwarzblau changierenden Atlasfutteral, hatte die Arme durch die Armlöcher gesteckt und versuchte sich im Glas des Fensters zu erkennen.

»So was hab ich das letzte Mal in den Illustrationen zu ›Die drei Musketiere‹ gesehen«, bemerkte Polly anzüglich.

»Du hast überhaupt noch nie was gesehen, was nicht in irgendeinem Buch stand«, sagte Klascha herablassend.

»Nein, ich hab's: Das hier ist eher Modell ›Rotunde‹«, fuhr Polly fort. »Du weißt doch – die runden Wartehäuschen aus Blech, zu Hause, an den Straßenbahnhaltestellen. Vorne ein Eingang und rechts und links ein Guckfenster.«

Klascha platzte heraus, gegen ihren Willen. Polly grinste zufrieden. Bei ihren Witzen wusste man wenigstens, worüber man lachte.

»Gut, ich nehme es. Es ist wirklich schön warm, das Ding«, sagte Klascha zu dem Händler, im Bemühen, ihre damenhafte Würde von vorhin wiederzuerlangen. »Wenn Sie versprechen, es billiger zu lassen. Wie viel Uhr haben wir eigentlich?«

Der Mann schaute auf seine Taschenuhr: »Kurz nach zwei Uhr, Gnädigste.«

»O nein, nicht schon so spät! Madame Byrstowa wird toben und ich muss doch erst ihr Haus suchen. Wie war noch die Hausnummer? Polly, Jungs – habt ihr alles? Wir müssen gehen!«

»Geh du ruhig«, sagte Polly. »Wir sind noch nicht so weit. Die Jungen brauchen noch lange Strümpfe und ... na ja, das, wo sie angeknöpft werden.« Sie brachte das Wort »Leibchen« nicht heraus, wenn ein Mann dabeistand und zuhörte.

Vor einem Jahr hatte auch sie ihre langen Strümpfe noch an ein Leibchen mit Strumpfhaltern geknöpft, ab zwölf endlich hatte Njanja ihr erlaubt, Strumpfbänder zu benutzen. Bei Jungen endete die schmähliche Zeit der Leibchen, wenn sie Schuluniformen mit langen Hosen bekamen.

»Würden Sie bitte meinen Brüdern zeigen, wo sie Mützen

und Schals finden?«, wandte Polly sich an den Händler. Als er sich nicht rührte, wiederholte sie: »Mützen und Schals. Wären Sie so freundlich?«

Kaum hörte man seine sich scheinbar entfernenden Schritte, zischte Polly: »Rasch, gib mir den Strumpf. Mach schnell, er soll nicht sehen, dass wir nur Gold zum Bezahlen haben.«

»Aber wieso ... denkst du, deine sechs reichen nicht aus?« Klascha zögerte, die ihr verbliebenen vier Münzen aus dem Gürtel zu wursteln. »Das hier ist unsere allerletzte Reserve, für Frühstück und so weiter.«

»Na ja, du hast ganz schön zugelangt. Dazu Dillotschkas rosa Pracht, drei Halbpelze für uns andere ... Ich hab keinen Schimmer, was man dafür bezahlen muss, selbst wenn es bloß aus zweiter Hand ist. Wir hätten einen Erwachsenen dabeihaben sollen.«

»Wieso – *ich* bin doch erwachsen«, sagte Klascha. »Ich hab den Eindruck, er mag uns. Du nicht? – Liebe Güte, weißt du, was ich vergessen hab? Handschuhe! Mit Frostbeulen an den Fingern kann ich unmöglich Klavier spielen. Sei lieb und such für mich noch Handschuhe, ja? Größe sechseinhalb. Bis heute Abend dann.«

Bereits draußen, steckte sie noch einmal den Kopf durch die Tür: »Du denkst doch an die Seife, Poljenka?«

Am Daumen nagend schaute Polly auf den Stapel, der schließlich und endlich auf den ausgebreiteten Seiten der Zeitschrift »Morjak« zu ihren Füßen lag. Es fehlte nur Dillotschkas Kostümierung. Sie war nicht zu bewegen, ihr rosa Hundefell wieder auszuziehen.

Die Jungen hatten unbedingt noch den Kasten mit dem Schachspiel dazulegen wollen. Aber hier war der Händler selbst eingeschritten.

»Das, meine sehr Verehrten, ist Email-cloisonné-Arbeit. Dafür könnte ich einen Zobelpelz oder eine Schiffspassage nach Konstantinopel verlangen. Das ist nichts für Kinder.«

»Sie sollten uns nicht nach unserem Äußeren beurteilen«, sagte Ossja hochfahrend. »Wir könnten zum Beispiel die Taschen voller Goldstücke haben.«

Polly gab ihm einen Blick. Nur weiter so, du Idiot! Sag ihm auch gleich, wie viele es sind!

Es begann. Die Preisverhandlung. In ihrem Magen rumorte eine unklare Angst. So musste sich eine Maus fühlen, wenn sie gegen eine Katze antrat. Tapfer starrte sie in die öligen schwarzen Olivenaugen.

»Wie viel wollen Sie für alles haben?«

Der Mann starrte zurück. Schmunzelnd, schweigend, amüsiert.

Polly überlegte fieberhaft. Von allen Gestalten ihrer Lieblingsbücher wäre ihr jetzt der gerissene alte Gauner Fagin aus »Oliver Twist« am willkommensten gewesen. Was hätte er ihr geraten? Sie glaubte eine heisere Stimme zu hören: niedrig anfangen.

»Ihnen liegt doch sicher nicht allzu viel an Papierrubeln«, begann sie in hochmütigerem Ton, als ihr zumute war. »Sagen wir – vier Goldstücke.«

Der Händler äußerte sich mit keinem Wort zu dem Angebot. Nur sein Schmunzeln wurde noch etwas amüsierter. Dabei sah er Polly viel sagend in die Augen. Nach einer Weile bückte er sich und nahm die von Klascha ausgesuchten Sachen vom Haufen der übrigen Dinge fort.

Polly schluckte. »Na gut – fünf.«

Die Lederhandschuhe wurden wieder dazu gelegt.

Abermals Schweigen. Lauerndes Grinsen. Abwarten.

Ich halte das nicht durch, dachte Polly in Panik. Muss das so ablaufen? Der wird erst aufgeben, wenn er weiß, dass er alles hat, was ihr habt, sagte Fagin in Pollys Ohr. Glaub mir, ich kenne solche Typen wie mich selber. Ihr hättet besser euren verdammten Mund halten sollen.

Pollys Stimme war kaum zu hören, als sie sagte: »Sechs. Aber das ist unser letztes Wort. Hören Sie, das sind nicht sechs Rubel, das sind sechs Goldmünzen!«

Diesmal kehrten Klaschas Lackpumps zurück. Sie wurden niedergelegt wie ein Sträußchen vorm Hotelzimmer einer Künstlerin.

Ossja und Fedja verfolgten die Preisverhandlung mit finsterer Empörung, aber auch mit sportlichem Interesse.

Dillotschka griff nach der Hand der Schwester. Das brachte Pollys Fass zum Überlaufen. Wenigstens gelang es ihr, lautlos zu weinen.

»Tz, tz, tz, tz«, machte der Händler, »so jung und kann sich so schwer vom Geld trennen.« Ihm jedenfalls machte das Ganze diebischen Spaß.

»Sieb… sieben.«

Klaschas Handtasche war wieder da.

Du wirst doch nicht so dumm sein und ihm tatsächlich alles geben?, tuschelte Fagin. Wolltet ihr nicht noch Filzstiefel kaufen? Auf diesem Basar? Von Seife gar nicht zu reden. Und das Frühstück morgen?

»Mehr als acht haben wir nicht.« Polly brachte es unter Stocken und Nasewischen heraus. »Das ist alles. Kommt, Jungs.« Sie zerrte Dillotschka zum Ausgang.

»Ein Augenblickchen, Verehrteste.« Der Händler beeilte sich, ihnen die Tür zu verstellen. »Wenn aus unserem Geschäft nichts wird, muss die kleine Dame ihre hübschen Kleider leider wieder ausziehen.«

Als Dillotschka aufging, dass sie ihre rosa Pracht einbüßen würde, öffnete sie ihren Mund. Sie konnte ohrenbetäubend heulen, mit langen Atemholpausen zwischen den Brüllern. Sie trampelte mit den Füßen und schwitzte vor Wut.

»Sind das wirkliche Goldmünzen? Tatsächlich?«, erkundigte sich der Händler. Beiläufig, als interessiere es ihn mehr so aus

Neugier. »Nun, so gebt mir in Teufels Namen eure verdammten acht Goldstücke. Ich hatte schon immer ein schandbar weiches Herz. Kann so kleine Leute nicht weinen sehen. Auch wenn ich dabei draufzahle.«

»Thh«, machte Ossja.

»Nur wenn Sie das Abendkleid und das Cape wieder dazutun«, verlangte Polly. Sie fühlte sich erschöpft. Und sie wünschte sich, jemand würde ihr die ganze Verantwortung abnehmen.

Die bewusste heisere Gaunerstimme aber raunte: Nicht schlecht, mein Mädchen, für das allererste Mal gar nicht so schlecht. Natürlich hat er euch viel zu viel abgeknöpft. Aber zwei von euren goldenen Pimperlingen haben wir gerettet. Immerhin.

12. Kapitel

Polly und die Jungen zogen die Halbpelze über ihre Gymnasiastenkleidung. Aber trotz hochgestellter Kragen brannten die Ohren. Die Finger wurden vom scharfen Wind blaurot und gefühllos. Ossja und Fedja blieben alle naselang stehen, um sich die nackten Knie zu rubbeln.

Lange Wollstrümpfe waren nicht im Angebot des Kommissionsladens gewesen. Die haben doch alle Löcher, wenn sie 'ne Weile getragen sind, hatte der Ladeninhaber wegwerfend erklärt. Und gestopfte Strümpfe kaufe einem keiner mehr ab.

Als sie den von der Zimmervermieterin empfohlenen Basar endlich fanden, hatten sie alle vier Nasen wie Radieschen.

»Komisch«, bemerkte Ossja mit vor Kälte lallenden Lippen, »komisch, im Zug haben wir oft den ganzen Tag nichts gegessen, manchmal auch zwei Tage. Und der Magen – er schlief seelenruhig, hat nicht gemuckt. Aber kaum hat man ihm mal was gegönnt, wird er unverschämt und will gleich wieder was. Sollte das nicht eher umgekehrt sein?«

»Sag deinem Magen, er soll gefälligst bis zum Abendessen bei den Ptizyns aushalten«, sagte Polly. »Seht ihr irgendwo einen Stand mit Filzstiefeln?«

Fedja entdeckte ihn als Erster. Die Frau führte auch andere Schuhe. Sie waren aus auffälligen und seltsamen Materialien zusammengesetzt. Etwa: Teile englischer Soldatengamaschen mit Sohlen aus Gummireifen und hohen Absätzen, das Ganze präsentierte sich als Damenschnürstiefel.

»Was kosten fünf von diesen?« Polly deutete auf ein Bündel paarweise zusammengehefteter Filzstiefel der einfachsten Art. »Eine Frauengröße, drei Paar für uns und ein Paar von den kleinsten?«

Die verlangte Summe rauschte ihr am Ohr vorbei. Sie würden ja doch alle das Goldstück nehmen, ohne etwas herauszugeben. Nein, sie wollte es anders versuchen. Sie musste es ganz gerissen anfangen.

»Gut. Und dann möchte ich noch ein Stück ausländische Seife.«

»Ach was? Interessant. Seife beim Schuhmacher – mal ganz was Neues.«

Da die Händlerin nicht sofort die gesamte Umgebung einweihte, um die verrückte Kundin dem Gespött preiszugeben, traute sich Polly weiterzureden.

»Außerdem viermal heißen Tee. Und was dazu. Irgendwas. Ach, und für uns drei Großen lange Wollstrümpfe.«

»Haltet ihr mich für ein Warenhaus?« Die Schustersfrau musterte die Kinder wohlwollend, aber auch spottlustig. Dabei kaute sie Sonnenblumenkerne und spuckte die Schalen hinter sich.

Irgendwie unterschied sie sich von den anderen Händlerinnen auf dem Basar, fand Polly, überhaupt von allen Krämerinnen, die sie bisher kannte. Sie überschüttete einen nicht gleich mit aufdringlichem Preisen ihrer Ware. Es fehlte ihr auch das Schönrednerische, Verschlagene, das Polly bei der Lopuchina aufgefallen war, die Mamas Kleider verhökert hatte. Und sie war die Einzige weit und breit mit einem weißen Kopftuch. Ihre Kleidung wirkte adrett, und man konnte sehen, dass sie eine Figur hatte, trotz der Winterjacke. Ihre Augenbrauen schienen aus kohlschwarzen Aquarellpinselchen zusammengesetzt, ihre Wangen brannten vom Wind und der Ausdruck ihrer Augen hatte etwas von einem Raubvogel: stolz, herrisch furchtlos.

»Bist du sicher, dass du nichts vergessen hast auf deiner Einkaufsliste?«

»Doch, da wär noch was. Wir müssten eigentlich auch Handschuhe haben. Und Kopfbedeckungen, die über die Ohren reichen.«

»Keine Zeit zum Packen gehabt, stimmt's? Aufbruch bei Nacht und Nebel, Flucht durch die Hintertür. Dacht ich mir doch. Schlecht für euch, denn die Luft riecht nach Schnee. Schätze, wenn's kalt bleibt, bekommen wir diese winzigen, gefrorenen Flöckchen, die dir die Haut stechen wie mit Nadeln. Die werden in die Gymnasiastenöhrchen beißen und in die verwöhnten Sticktuchfingerchen, eieiei.« Sie lachte schallend. Weiße Hauchwolken dampften aus ihrem Mund. Ihr Blick funkelte vor Mutwillen, als sie den Kopf zurückwarf.

»Und warum gehst du nicht und kaufst dir wie jeder normale Mensch das eine hier und das andere da?«

»He, Tschuwarenkowa, was gibt's bei dir Lustiges?« Die Frau vom Stand nebenan, die Blechtöpfchen und Eisenwaren verkaufte, beugte sich herüber.

Sie bekam keine Antwort. Denn Polly, die ein unerklärliches Vertrauen zu der Frau mit dem weißen Kopftuch gefasst hatte, legte gerade ein Geständnis ab. Sie sagte so leise, dass nur die Schustersfrau es hören konnte: »Das Einzige und Allerletzte, was wir noch haben, sind zwei Goldstücke. Aber, verstehen Sie – wir können nichts einzeln kaufen! Weil einem niemand auf ein Goldstück Wechselgeld herausgibt. Auch wenn man nur vier Gläser Tee bestellt, kosten die plötzlich ein Goldstück.«

Die Händlerin spähte kurz nach allen Seiten, dann zog sie Polly zwischen ihre »künstlerischen« Schuhmodelle.

»Beweise mir, dass du mich nicht anlügst«, sagte sie ebenso leise. Klaschas alter Strumpf wurde hervorgefummelt.

»Sieht tatsächlich aus wie Gold. Hör zu, die anderen müssen davon nicht unbedingt was mitkriegen. Die reinsten Elstern sind das. Ihr würdet den Basar nicht verlassen, ehe sie euch nicht irgendwelche Schaumlöffel und Kehrbleche aufgeschwatzt hätten. Im Tausch gegen das Gold versteht sich. Kommt morgen Vormittag wieder. Werde versuchen, das, was ihr braucht, aufzutreiben. Mützen, Strümpfe, Handschuhe, Seife. Den heißen Tee und die Kringel spendiere ich heute schon.« Sie reichte Polly die Hand und stellte sich vor: »Tschuwarenkowa, Anisja Jevsejewna. Bin Kosakin. Das Schicksal hat mich aus unserem Dorf weggetragen.«

»Angenehm. Apraksina, Ippolita Arkadjewna«, sagte Polly, die sich geehrt fühlte, dass man sie wie eine Erwachsene behandelte. »Meine Brüder Ossip und Fjodor, meine Schwester Adilia. Uns hat das Schicksal ebenfalls von zu Hause weggetragen. Im September. Und gestern Nacht sind wir dann hier angelangt.«

Sie ließ sich zwei fettige zerknitterte Scheine unauffällig in die Hand drücken. Dafür bekämen sie in der Teestube »Tjotja Motja« – »rechts um die Ecke, nach fünf Minuten in einen Durchgang hinein, so ein großer Hinterhof« – Tee und was dazu. »Sagt, Anisja hat euch geschickt.«

Die Teestube »Tjotja Motja« – Tante Motja – unterschied sich doch sehr von dem Kaffeehaus, in dem sie heute Mittag ihr üppiges Frühstück gegessen hatten. Hier gab es nirgends weiße Tischdecken. Nicht mal bunt gewürfelte. Es existierte auch kein gläsernes Büfett, an dem man auswählen konnte. Die Leute saßen statt auf Thonetstühlen auf hölzernen Schemeln und Bänken und hatten die Ellenbogen auf die geschrubbten Tischplatten gestemmt.

Weil alle einander zu kennen schienen, vermutete Polly, dass dies das Aufwärmlokal der Marktleute sein musste. Alle tranken sie dampfenden Tee. Und alle, ausnahmslos, genehmigten sich dazu einen Schnaps. Gegessen wurde wenig.

Hinter der Theke hantierte eine Frau in geblümter enger Bluse. Ob das Tante Motja war? Oder war der Name nur so eine Erfindung? Sie trug ebenfalls ein weißes Kopftuch, aber nach hinten gebunden und die Zipfel über der Stirn verknotet. Sicher auch eine Kosakin, dachte Polly.

Der Kellner, ein junger ausgemergelter Kerl, dessen Kellnerjacke für seine Arme zu kurz war, wartete stumm an ihrem Tisch. Seine Blicke schienen in Sekundenschnelle die Personenbeschreibung der Kinder zu notieren, wie für einen Polizeibericht (drei in schäbigen Halbpelzen, unter denen sie Gymnasiastenkleidung tragen, ein viertes von Kopf bis Fuß in Rosa, ziemlich »burschuji« …)

»Schönen Gruß von Anisja und Sie möchten uns dafür Tee mit was dazu bringen.« Polly legte gleich von vornherein die beiden Scheine auf den Tisch. Damit es nicht hinterher womöglich Missverständnisse gab.

»Was dazu?« Er grinste und zeigte dabei eine große Zahnlücke. »Wo leben wir denn, Herrschaften! Nicht für die zwei Lappen. Allenfalls ein Süßer könnte rausspringen, ein Likörchen für alle zusammen.«

»Wir meinten ein Gebäck für jeden. Keinen Schnaps.« Polly war rot angelaufen.

Sie sahen, wie die Meldung weitergegeben wurde und wie Tjotja Motja vier Wasserkringel von einem hölzernen Stock herunternahm, auf dem sie aufgereiht waren.

Einträchtig, müde von der scharfen Luft und den vielen neuen Eindrücken, legten alle Apraksins die kalten Hände um das gläserne Öfchen des Teeglases. Der Dampf des heißen Getränks netzte ihre Nasen. Allerdings gab es keinen Zucker und keine Warenje dazu wie im Café.

»Das kostet extra«, hatte der Kellner knapp bemerkt. »Das müsste Anisja aber wissen. Oder wollt ihr das bezahlen?«

Während sie saßen und Brocken der Brezeln eintunkten, tranken und dösten, wurde es draußen dämmrig. Tjotja Motja zündete persönlich zwei von der Decke hängende Gaslampen an. Durch das Fenster sah man auf den Innenhof. Fast alle Erdgeschossräume ringsum waren erleuchtet. Sie hatten breite Fensterfronten ähnlich den Verandas der Sommerhäuser, damit die dahinter liegenden Räumlichkeiten – meist Werkstätten – genug Licht bekämen. Aber das traf wohl nur für die helle Jahreszeit zu. »Kegelbahn« entzifferte Polly eine inzwischen abgeblätterte Schrift. Daneben war ein Büro installiert. In Abständen sah sie einen Mann mit schwarzen Ärmelschonern, wie sie der Buchhalter ihres Vaters, D. D. Olsufjew, getragen hatte. Er wanderte zwischen tief stehenden Lämpchen herum und sammelte Papiere ein. Reckte man den Hals, erblickte man etliche geneigte Stirnen – Frauen, die teils auf Schreibmaschinen einhämmerten, teils mit der Hand eifrig schrieben.

Weitere Einblicke in fremde Arbeitswelten ließen sich durchs Fenster der Teestube nicht gewinnen. Nur erahnen durch helle Vierecke, die in den Hof fielen. Vielleicht hatte ja die Zentropetschatj in Papas Musterzimmer ein ganz ähnliches Büro eingerichtet? Und wie würde es jetzt wohl in ihrem Zimmer aussehen? Was mochten die mit ihren vielen schönen Büchern gemacht haben?

Wie von der Tarantel gestochen fuhr Polly hoch.

»Ossja, Fedja – es ist schon beinah dunkel! Wir sind heute Mittag um so viel Ecken gebogen, das finden wir im Finstern nie.

Einen Iswostschik können wir uns nicht leisten, denn die zwei allerletzten Ihr-wisst-schon bleiben für die Kosakin vom Basar. Wie ich die Ptizyna einschätze, hebt man uns nichts auf, wenn wir zu spät zum Abendessen erscheinen.«

»Ossja hat doch mal blind sein gespielt«, ließ sich Dillotschka vernehmen, »vielleicht führt er uns in die richtige Richtung, wenn er mit geschlossenen Augen geht? Abend und Nacht – das ist doch wie Blindsein, oder?«

»Wenn man in einem Haus, das man in- und auswendig kennt, blind spielt, ist das was anderes, als in einer fremden Stadt einen Rückweg zu finden«, sagte Ossja hastig. »Wir fragen einfach.«

»Das ist aber eine sehr kleine abgelegene Sackgasse«, wandte Fedja ein. »Wenn die jemand kennt, heiß ich Karp Karpowitsch.«

»Es genügt schon die Luftlinie. Damit wir nicht unversehens in der Steppe landen oder im …«

Ossja blieb stehen. Polly war schon stehen geblieben. Sie und Dillotschka waren von dem, was sich hinter den Fenstern der »Kegelbahn« tat, voll und ganz in Anspruch genommen.

Mehrere Kinder zwischen acht und dreizehn, in Gewändern wie die von Elfen in Bilderbüchern (flatternd, ohne Ärmel, wehend, mit einem Band um die Taille) tanzten und sprangen barfüßig quer durch die ausgeräumte einstige Kegelbahn. Angeführt wurden sie von zwei hübschen jungen Frauen, die genauso mit Flattergewändern ausstaffiert waren. Auch sie hatten keine Strümpfe an, tanzten nacktbeinig und schwangen graziös ihre nackten Arme. Ihr Haar war in großen lockeren Knoten aufgesteckt. Das Haar der einen war dunkelrot. Auf einem Turm aus zwei Kisten thronte ein prächtiges großes Grammophon aus Mahagoni, mit einem rosa lackierten Trichter.

Polly kannte das Musikstück von Klaschas Klavierübungen. Es hieß »Aufforderung zum Tanz«.

Dann lief die Schallplatte aus. Die Kinder in den Elfenkostümen stellten ihr Rennen und Hopsen und Armeschwenken ein. Eine der jungen Frauen warf zwei Schaufeln mit irgendeinem Heizmaterial in einen kleinen eisernen Ofen, dessen Rohr sich meterlang an der Decke entlang hinzog. Die andere wechselte die Platte. Dabei fiel ihr Blick zufällig dahin, wo vier neugierige Gesichter hinter der Fensterscheibe sich abzeichneten. Sie lächelte. Sie wedelte nicht etwa ein ungehaltenes »Weg da!«, so wie man Fliegen verscheucht, sie stürmte nicht mit energischen Schritten zur Tür, um die Zaungäste aufzufordern: »Geht nach Hause, marsch! Hier gibt's nichts zu gaffen.« Nein, sie lächelte. Und deutete auf eine Stelle an der übernächsten Fensterscheibe.

Pollys Herz schmolz wie das Blei beim Bleigießen, wenn man den Löffel über der Kerzenflamme erhitzte.

Drinnen lief jetzt die »Marseillaise«. Die Dunkelhaarige erklärte den Kindern etwas und die andere tanzte zur Musik vor. Polly meinte Verrenkungen wie beim Cake Walk zu erkennen. (Ein Tanz, der in der Tanzstunde nicht vorgekommen war. Amerikanische Neger hatten ihn erfunden und es mussten die Knie dabei bis zum Kinn hochgerissen werden, während man sich wild hintenüber bog.) Sie trat an das bezeichnete Fenster, das angeblich etwas Wichtiges offenbarte. Und tatsächlich war dort ein Zettel an die Scheibe geklebt.

RHYTHMISCHER AUSDRUCKSTANZ NACH ISADORA DUNCAN
Lehrerinnen: Germia Lamakina / Saffo Bljumental
Kursdauer: 12 Stunden
Dreimal wöchentlich von 5–7 Uhr
Dienstags nur für Erwachsene

Einen verrückten Augenblick lang stellte Polly sich vor, das Geschäft mit der Kosakin sausen zu lassen und stattdessen zweimal pro Woche hierher zu kommen. Sicher würden die Goldstücke reichen. Hatte sie nicht zu Hause, in der Jelabugaer Straße, manchmal heimlich Papas Grammophon laufen lassen und war dazu auf Strümpfen im Schlafzimmer herumgehüpft? Damals hatte sie noch nicht gewusst, dass das »Rhythmischer Ausdruckstanz« gewesen war. Die berühmte Isadora Duncan kannte sie von Klaschas Künstlerpostkarten her.

»Es hat eben Viertel nach fünf geschlagen«, sagte Fedja. »Und es ist stockfinster.«

Erschrocken, hastig verließen sie den Hinterhof.

Unschlüssig standen sie auf der Straße, drehten die Köpfe bald in diese, bald in jene Richtung. Polly umarmte das in Zeitungspapier gewickelte Paket aus dem Kommissionsladen. Schließlich hielten sie eine ältere Frau an.

»Verzeihung, wie kommt man zur Golubjatnja?«

»Wo soll das denn sein? Welche größere Straße ist da in der Nähe? Eine bestimmte Kirche vielleicht? Oder diese oder jene Apotheke? Das Haupttelegrafenamt? Die Badeanstalt? Ein Museum? Ein bekanntes Restaurant?«

Zuletzt ärgerte sie sich über das viele Schulterzucken, schimpfte und ging weg.

Ein Mädchen in Klaschas Alter schickte sie mit sehr sicherem Ton »runter zum Hafen«. Als sie das schüchtern in Frage stellten, denn ein so großer Strom wie der Don wäre ihnen gestern sicherlich aufgefallen, auch in der Nacht, belferte sie: »Ja, wenn ihr so genau wisst, wo sie nicht ist, müsst ihr eben alleine herausfinden, wo sie ist, eure Golodowka.«

»Golub…«, wollte Ossja richtig stellen, er konnte nicht anders, aber dann schenkte er sich das »jatnja«. Was sollte das schon nützen? Polly fühlte sich schuldig, weil sie früher an all die Schwierigkeiten hätte denken sollen.

»Ich hätte da eine Idee«, sagte Fedja.

Sie warteten. Aber Fedja saß auf seiner Idee, hatte sie vielleicht schon wieder verworfen.

»Na, komm schon, Fedjuschka, spuck's aus. Wir machen alles«, sagte Ossja. »Nur Droschkefahren ist gestrichen.« Wie um Fedjas Idee zur Reife zu bringen, legte er dem Bruder die Hände über die Eiszapfenohren und rubbelte sie.

»Aauuu! Genug! Also … wir müssten wieder zum Bahnhof gehen. Und dann so tun, als ob wir ein Iswostschik wären. Ich hab gestern genau aufgepasst, hab mir bei jeder Abbiegung was gemerkt. Am Tag könnte ich das nicht wiedererkennen, aber jetzt, im Dunkeln, schon. Weil es alles Nachtzeichen sind, versteht ihr?«

Zum Bahnhof zu gelangen, war keine schwierige Aufgabe. Dieses Ziel kannte jeder. Sooft sie fragten, erhielten sie detaillierte Hinweise. Am Droschkenplatz orientierte Fedja sich. Er tat, als sei er ein Droschkengaul, schnoberte, schüttelte den Kopf. Schließlich setzte er sich in Marsch. Von Zeit zu Zeit blieb er stehen und witterte. Aber offenbar erkannte er alle seine Nachtzeichen wieder – Leuchtreklamen, Kandelaber, bestimmte Schaufenster –, und schließlich waren sie dort, wo der Kutscher sie gestern rausgeworfen hatte. Jetzt erinnerten sich auch Polly und Ossja.

Golubjatnja 17. Das ovale weiße Nummernschild. Das Holzpflaster des Bürgersteigs. Der schale Essensgeruch im Treppenhaus. Klingeln. Alles genau so wie gestern Nacht. Nur dass die öffnende Nastjenka diesmal nicht im Unterrock war.

»Da habt ihr aber Glück, dass sie noch beim Essen sitzen. Gleich den ersten Abend zu spät! Mir ist's ja egal. Aber im Vertrauen: Mir wär mein Geld zu schade, als dass ich schon bezahlte Mahlzeiten versäumen täte. Lieber den Magen verrenkt, als dem Wirt was geschenkt, heißt's nicht so?«

Nastjenkas Ratschlag enthielt eine nicht von der Hand zu weisende Wahrheit. Polly nickte reumütig. Sie warfen schnell das Bündel und die Felljacken in ihr Zimmer, dann klopfte sie an die Esszimmertür.

»Guten Abend, Alida Petrowna, guten Abend …« Lächeln.

Zu den zwei fremden Gesichtern hin, auch zu Dajanka. Niemand lächelte zurück. Klascha blickte vielsagend an die Zimmerdecke.

Es gab nur drei freie Stühle. Tuschelnd teilte sich Polly ihren mit Dillotschka.

»Bitte, Alida Petrowna, hier fehlt ein Teller«, meldete sie.

»Seid froh, dass wenigstens acht Teller da sind«, antwortete Dajanka anstelle ihrer Mutter. »Jeder normale Mensch kann sehen, dass dies ein Sechs-Personen-Tisch ist. Wir sitzen schon so eng, dass man sich mit den Ellenbogen ins Gehege kommt. Neun sind zu viel, punktum, schibumm-schibumm.«

Ihre Mutter zuckte die Schultern.

»Tja, das ist nun mal nicht zu ändern. Ich hab euch gleich gesagt, dass es Schwierigkeiten geben wird. Wir sind ein Privathaushalt, kein Hotel. Bring der Kleinen einen Napf, Nastja, sie mag drüben an der Kredenz essen. Allerdings muss sie dann stehen. Wir haben keine neun Stühle.«

»Meine Schwester ist kein Hund, dem man einen Fressnapf in eine Ecke stellt.« Klascha war empört. »Wir haben für sie ebenso bezahlt wie für jeden anderen.«

Sie würde es noch schaffen, dass die Ptizyna sie alle auf die Straße setzte. Polly schnitt ihr eine Lass-das-jetzt-Grimasse.

»Wir werden aus einem Teller essen«, sagte sie, an niemand Bestimmten gerichtet. »Aber bitte zweimal zu servieren, weil uns zwei Portionen zustehen.«

Nastja schöpfte ihnen von dem zerkochten Hammelfleisch auf den Teller und legte zwei Brotenden dazu. »Die großen Scheiben sind schon weg.«

Der Eintopf war bereits lauwarm, was seinem Geschmack nicht unbedingt gut tat. Das Fleisch bestand zumeist aus Sehnen und Fettbrocken. Die anderen bekamen inzwischen den Nachtisch – Griesflammeri mit Dörrpflaumen. »He, so warte doch.« Dajanka hielt Nastja fest, als sie dem Nächsten auftun wollte, und nahm sich noch mehr aus der Schüssel. Dazu sang sie aufreizend:

»Njammnjammnjamm – Zitronenschale, njammnjammnjamm – Zitronenschale ...«

Die beiden anderen Untermieter waren Männer. Einer mit Walrossschnurrbart stieß fortwährend nervöse Geräusche aus. So, als klebe ihm jeder Bissen in der Kehle fest und müsse erst heruntergegrunzt werden.

Der andere war ein jüngerer Mann mit fliehendem Kinn und massenhaft Pockennarben im Gesicht. Beide hatten sich zum Abendessen mit Zelluloidkragen herausgeputzt. D. D. Olsufjew hatte darauf geschworen, erinnerte sich Polly; sie hatten ihn einmal dabei angetroffen, wie er den Kragen mit dem Radiergummi »wusch«, im Büro.

Keiner der beiden Herren stellte sich Polly vor, was sehr kränkend war. Kaum hatten sie den letzten Bissen gegessen, begannen alle beide, ebenso Alida Petrowna, ungeniert mit dem Zahnstocher im Mund herumzufuhrwerken, um die Fleischfasern zu entfernen.

»Ist das jetzt dein Nachtisch, Poljenka, oder meiner?«, erkundigte sich Dillotschka. Denn obwohl Nastja alle Flammeri-Reste aus der Schüssel zusammengekratzt hatte, ließ sich nicht übersehen, dass eine Portion fehlte. Polly zog mit dem Löffel eine Trennlinie durch die Mitte. Sie sagte: »Ein Krokodil war schneller heute, es frisst den Nachtisch andrer Leute. Das nehmen wir krumm, denn das ist dumm. Punktum, schibumm-schibumm.«

Dillotschka kicherte. Sie sah dabei zu dem »Krokodil« hin.

Madame Ptizyna äußerte sich nicht dazu. Polly erkannte, dass sie sie lieber heute als morgen wieder losgeworden wäre. Selbstverständlich ohne das bis Monatsende gezahlte Geld zurückzugeben.

Dajanka, das sah Polly, hatte die Anspielung auf ihr »schibumm-schibumm« sehr wohl mitbekommen. Konnte sein, dass sie es keineswegs giftig aufnahm, dass vielmehr so was wie eine widerwillige Anerkennung in ihren weiß bewimperten Augen zu lesen war? Gab es nicht in den Büchern massenhaft Fälle, wo vermeintliche Feinde sich wunderbarerweise als Freunde entpuppten?

Der Fall Dajanka konnte heute nicht mehr gelöst werden. Momentan war es Pollys dringlichste Aufgabe, an die Zeitung der Ptizyns zu gelangen. In jeder Zeitung auf der Welt gab es eine Rubrik »Vermischtes«, wo Gesuche und Angebote aller Art zu finden waren. Vorläufig jedoch befand das Blatt sich in den Händen des älteren Zimmerherrn, dem Walross, das auch beim Zeitungslesen vor sich hin gnuckste: »Khnn! Khnn!«

»Nun«, fragte Klascha, »habt ihr alles …?«

Polly schnitt ihr das Wort ab. »Nein, wir haben nicht alles, wenn es das war, was du fragen wolltest. Erst morgen sollen wir's kriegen. Aber hör zu und schrei jetzt nicht gleich: Es ist alles draufgegangen. Wir haben nicht mal mehr so viel, um morgen Frühstück zu kaufen. Deshalb ist es ungeheuer wichtig, dass wir ganz schnell eine bezahlte Arbeit finden, ich und die Jungen.«

Polly hatte leise und schnell gesprochen, aber dabei Faxen geschnitten, als erzähle sie etwas ungemein Spaßiges. Denn sie spürte auch ohne hinzuschauen, dass Dajanka sie beide scharf beobachtete.

»Aber … was wird dann aus eurem Schulunterricht?« Klascha wirkte überfordert von diesen neuerlichen schlechten Nachrichten.

»Wird sich finden, sagten die Blinden«, mischte sich Ossja ein. »Hast du ihr schon von Fedjuschas Talent als nächtlicher Pfadfinder erzählt? Meinst du, er könnte sich für Geld vermieten? Er könnte die Hälfte von dem verlangen, was ein Iswostschik kostet. – Äh, Klaschenka, ob die uns hier Papier und Bleistift leihen? Wir wollen Zettel zum Aushängen schreiben.«

»Frag Madama Ptizyna doch selbst.«

Klascha besann sich auf ihre fünfzehn, beinah sechzehn Jahre und übernahm es, ihre Geschwister den beiden anderen Untermietern vorzustellen. Der jüngere hieß Lew Lukitsch Schazki und war kaufmännischer Angestellter bei der Frachtgutabteilung der Dampfschiffahrtslinie Rostow-Kagalnik. Er warf einen gelangweilten Blick auf Polly und die beiden Jungen, gähnte dann hemmungslos und rieb sich die Augen wie ein kleines Kind. Polly konnte es sich nicht verkneifen, Klascha einen Ellenbogenstoß zu geben: Guck dir bloß den Stiesel an!

Das gnucksende Zeitung lesende Walross hieß Wladimir Iljitsch Buzuluki und arbeitete als Buchhalter in einem Feinkostladen.

»Vermischtes ...«, raunte Polly zwischen den Zähnen, Klascha anstoßend.

»Ach, Wladimir Iljitsch« (wenn sie es darauf anlegte, konnte Klascha lächeln wie Mistinguett oder Cléo de Mérode), »dürften wir die Zeitung haben, wenn Sie damit fertig sind?«

Seelöwe Buzuluki faltete sie zusammen und reichte sie ihr, als – »Sie erlauben doch, Wladimir Iljitsch?« – Dajanka blitzschnell die Zeitung schnappte.

»Pardon«, sagte Klascha, »wir hatten eigentlich zuerst gefragt.«

»Mamachen, soll ich dir etwas aus unserer Zeitung vorlesen?«, rief Dajanka. Sie betonte das »unsere«. Klascha und Polly wurden wie Luft behandelt.

Ossjas Bitte um Bleistift und Papier war von Madame Ptizyna mit »Ach, ich mag jetzt nicht aufstehen und danach suchen« abgeschlagen worden. So jonglierten sie stattdessen mit den versteinerten Holzbirnen, die noch vom Zug her in ihren Hosentaschen steckten. Sie zogen mühelos die Aufmerksamkeit der Erwachsenen auf sich, die kindlich erfreute Gesichter machten.

»Mamachen, du hörst mir ja gar nicht zu«, tadelte Dajanka. »Wenn du Angst hast, dass man uns mit herumfliegenden Steinen bewirft, verbiete es doch einfach. Manche Bengel können offensichtlich Straße und Wohnung nicht auseinander halten. –

Soll ich lieber mit der Politik aufhören? Gut, dann lese ich was anderes vor.«

Währenddessen bekam Polly Klaschas Nachmittag erzählt.

Madame Byrstowa sei am Vormittag in Begleitung von Brandukow und Gontscharenko herumgelaufen, um einen Saal zu mieten, notfalls auch bloß ein Podium mit Klavier. Aber überall hatte man sie auf später vertröstet. Zurzeit sei alles ausgebucht, belegt, vermietet. Schließlich sei die Stadt mit Fremden überflutet, und Scharen von Künstlern jeglicher Spezialität würden einander mit ihren Programmen geradezu überbieten.

»Wie ich sie kenne, fällt ihr schon was ein«, sagte Klascha, die großes Vertrauen in die Findigkeit der Prinzipalin setzte. Ja, und dann war sie zusammen mit Madame Byrstowa ins Quartier Boris Brandukows gegangen, wo sich die anderen bereits zusammengefunden hatten. Denn nur dort stand im Wohnzimmer ein Klavier, das sie benutzen durften.

»Und – wie ging's? War's schwierig?«, fragte Polly.

»Nicht besonders.« Klascha zuckte die Schultern. »Nicht, was die Noten anging. Es war nur ermüdend. Ich musste immer wieder von vorne anfangen. Andauernd hieß es: ›Ach nein, das ist vielleicht etwas zu ernst, zu anspruchsvoll, nehmen wir stattdessen lieber dies oder jenes, das kommt bei den weißen Offizieren sicher besser an.‹ Übrigens muss ich auch die Pantomime-Nummern von Mamin und Mamina begleiten. Die anderen sind so lange rausgegangen, spazieren.« Klascha kicherte.»Hör zu: ein Wüstenforscher findet eine Mumie, die dann unter seinen … na ja, seinen Küssen lebendig wird. Oder ein Hund und eine Katze, die sich jagen und dann miteinander … du weißt schon. Alles sehr anzüglich. Würde man nie von ihnen denken.«

»Wir haben auch was gesehen – einen Isadora-Duncan-Tanzkurs«, begann Polly. Und verstummte. Um Himmels willen bloß nicht merken lassen, dass sie sich für das interessierte, was Dajanka gerade aus der Zeitung vorlas. Denn dann würde sie garantiert umblättern und von »Vermischtes« zu den Bauernunruhen an der Wolga übergehen oder zu den Anordnungen der Hygiene-Kommission.

»... Handwerker sucht kleineres Zugtier für Karren. Es muss bereit sein, im Geschirr zu gehen. (Esel, Ziege, auch großer Hund o. Ä.) Tschuwarenko, Uliza Saduri Nummer 7 c.«

Wo hatte sie den Namen schon mal gehört? Tschuwarenkowa! Die Kosakin vom Basar.

13. Kapitel

»Die sind im Zimmer gewesen, während wir fort waren.« Klascha sah sich beim Licht der einzigen Glühbirne (hoch oben am Plafond) um. »Sie haben sich die Seife zurückgeholt. Und alles, was wir ausgewaschen hatten, ist weg. Die Strümpfe und die Unterwäsche und meine andere Bluse, die ich im Zug anhatte.«

Dillotschkas kleines Kopfkissen lag jetzt mit dem großen Kissen zusammen am Kopfende des Bettes, und ihr Petruschka war daran angelehnt. Das Deckenknäuel der Jungen auf der kleinen Ottomane war zusammengelegt. Jedes Nachthemd, die großen wie das kleinste, hatte jemand auf geübte Weise gefaltet und unter dem Kopfpolster deponiert.

»Fehlt außer den Sachen noch etwas?«

Sie kontrollierten Schultornister, Reisetasche, Pilgerbeutel und Hutschachtel. Ossja zählte sämtliche Bestände an Chemikalien, Klascha ihre Künstlerkarten, Polly suchte nach »Alice im Wunderland«.

»Meine Mopstasse ist gar nicht mehr dreckig«, verkündete Dillotschka. Die braunen Ränder, die all die Tees und Suppen während der wochenlangen Zugreise darin zurückgelassen hatten, waren verschwunden.

»Sie haben den Kitt aus dem Schlüsselloch gepult«, sagte Fedja. »Ich hole neuen.«

»Sie hatten kein Recht, uns die Sachen wegzunehmen. Und wenn nasse Teile aufhängen zehnmal verboten ist.« Klascha packte Polly am Arm. »Komm du mit, dann fühle ich mich stärker.«

In der nächtlichen Küche war nur mehr Nastja, die den großen Hammeltopf mit heißem Wasser ausschrubbte.

»Wir vermissen Kleidungsstücke«, begann Klascha erregt.

Nastja deutete gähnend an die Decke. »Hab sie auf den Dachboden gehängt. Sie tropften. Wenn die Gnädige das gesehen hätte, würde sie euch garantiert einen Zehner dafür abknöpfen. Beschädigung von Fußboden und Möbelstücken durch klitschnasse Wäsche.«

»Haben Sie auch das Schlüsselloch wieder freigekratzt?«, fragte Polly.

Nastja hörte auf zu schrubben. Ihr Mund stand offen. »Wie – Schlüsselloch … Hattet ihr das verstopft?« Dann kapierte sie und grinste. »Das kann bloß Dajanetschka gewesen sein. Die schnüffelt zu gerne. Wahrscheinlich war sie das auch, die euren Zimmerschlüssel stibitzt hat. Ihr müsst wissen, das war bis vor einem Jahr ihr Zimmer und sie gönnt es nun mal niemand Fremdem. Sie muss seitdem mit Alida Petrowna im Ehebett schlafen, das passt ihr nicht.«

»Stiehlt sie?«, wollte Polly wissen.

Nastja zuckte die Schultern. »Nicht dass ich wüsste. Aber beschwören würde ich's nicht.«

Die Jungen und Dillotschka schliefen bereits, als sie ins Zimmer zurückkamen. Keine herumliegende Zahnbürste. Das Handtuch war trocken. Klascha und Polly taten nichts, um diesen Zustand der Unberührtheit zu zerstören.

Polly knipste die Deckenlampe aus und streckte sich auf ihrer Betthälfte, bis sie auf die warmen Fußsohlen von Dillotschka gegenüber traf. Das Gefühl war wieder so luxuriös und prinzessinnenhaft wie am Vormittag beim Aufwachen. Das Bett an sich, als Möbelstück, war eine der herrlichsten Erfindungen der Menschheit. Wochenlang auf dem Fußboden eines Eisenbahnwaggons zu schlafen konnte nicht ihre Bestimmung sein.

Die von der Kosakin prophezeiten winzigen harten Schneeflöckchen, die wie mit Nadeln auf Gesicht und Hände einstachen, begleiteten ihren Weg von der Golubjatnja 17 in die überfüllte Innenstadt.

Wie gestern hatten sie wieder bis weit in den Vormittag geschlafen, da niemand sie störte. Es fehlte Njanja, die ans Aufstehen mahnte, mit immer dem gleichen Kinderreim: Hähnchen, Hähnchen früh aufsteht, goldnes Kämmchen, mächtig kräht. Andererseits riss sie aber auch kein Männergeschnarche aus dem Schlaf. Niemand stolperte schlaftrunken, fluchend, über sie, im Bestreben, als Erster den Waschraum und das Loch im Fußboden zu erreichen.

Dennoch war heute nichts wie gestern.

Heute waren sie nicht fünf Wohlhabende mit Goldrubeln in der Tasche, auf der Suche nach einem Restaurant mit leckerem Büfett. Diesmal strebten sie von Anfang an dem Kommissionsladen zu. Klascha (in ihrem daunengefütterten Atlascape, der »Rotunde«, die Kapuze gegen das Flockengeprassel hochgeschlagen) hielt Dillotschkas Matrosenmantel und Pollys Gymnasiasten-Sommermantel zusammengerollt unterm Arm.

»In einem halben Jahr, wenn es wieder warm genug ist, um so was zu tragen, wären sie euch sowieso zu klein geworden. Ihr wachst schließlich noch«, hatte die allgemeine Ansicht gelautet.

»Geht ihr allein da rein. Ich mag ihn nicht sehen, diesen öligen feixenden Gauner«, sagte Polly und hauchte auf ihre Hände.

»Wer weiß, was für gemeine Bedingungen ihm heute einfallen. Der ist schlimmer als der Fuchs im Märchen!«

Die anderen folgten Klascha trotzdem ins Innere des Geschäfts; schon um dem eisigen Gestichel des Schneestiebens zu entgehen. Polly dachte: Ich bin Gulliver, der von den Pfeilen der Liliputaner beschossen wird. Sie trampelte mit den kalten Füßen, deren Sohlen ihr irgendwie feucht vorkamen. Weiße Schneebänkchen sammelten sich an den Stufen zum Eingang und auf den Simsen der beiden Schaufenster, die zur Hälfte mit Grün zugestrichen waren und auf der freien Fläche den Schriftzug »Commissions-Handel« und »Occasionen jeder Art« trugen.

»Er will unbedingt noch Dillotschkas Matrosenmütze haben, weil die angeblich zum Mantel gehört.« Klascha sagte es aufgebracht, als die vier, begleitet vom penetranten Glockenspiel über der Tür, wieder herauskamen. »Jemand muss sie ihm morgen vorbeibringen. Was er mir für die beiden Mäntel gegeben hat, reicht nie und nimmer für das Café von gestern. Es reicht überhaupt für kein Café. Deinen Mantel wollte er erst gar nicht nehmen, wegen des losgetrennten Saumes und der vielen Wagenschmierflecken vom Zug. Er müsste ihn zum Schneider bringen und reinigen lassen, hat er gesagt, alles Extraausgaben. Wir werden uns bei einem Bäcker was kaufen und auf der Straße im Stehen essen.«

»Gehen wir doch einfach wieder zu Tjotja Motja«, schlug Polly vor. »Und dann – auf den Basar, zu der Kosakin. Und dann – suchen wir die Uliza Saduri und diesen Handwerker aus der Annonce.«

Es war gut, zu bekannten Plätzen und Personen zurückzukehren, fand sie. Dann war eine fremde Stadt nicht mehr ganz so schrecklich fremd.

Klascha rümpfte erst etwas die Nase, als sie in den Hinterhof einschwenkten. »Kein feines Viertel, das hier. Sicher sind hier Prügeleien an der Tagesordnung.«

Diesmal war der Kellner mit den aus der Jacke rausgewachsenen Handgelenken im Nu an ihrem Tisch. Und er war auch gar nicht maulfaul. Er nannte Klascha »Mademoiselle«. Wahrscheinlich, weil junge Damen in altmodischen daunengesteppten Abendcapes, mit Lederhandschuhen und Handtasche sonst nicht bei »Tjotja Motja« gesehen wurden. Diese selbst, heute in einer anderen gepunkteten Bluse, polierte Alpakalöffel. Sie schien sie wiederzuerkennen, doch sie blieb reserviert.

Die beiden Mäntel ergaben fünf Schalen Kissel, dampfend, fünf Gläser Tee (diesmal *mit* Zucker) und fünf der schon bekannten Wasserkringel vom Stock. Außerdem wurde ein Tellerchen mit fünf Salzgurken gebracht – Sakuska –, die sie nicht bestellt hatten. Offenbar als Zeichen von Tjotja Motjas Gunst.

»Wir sind Motten«, sagte Ossja kauend. »Wir verzehren Textilien. Und was essen wir morgen? Unsere Nachthemden?«

»Du musst dir was von Madame Byrstowa leihen«, sagte Polly zu Klascha. Doch die schüttelte stur den Kopf.

»Sie wird furchtbar viel für die Saalmiete auslegen müssen. Das heißt, wenn sie überhaupt einen Saal findet. Sie sagte, als sie das letzte Mal in Rostow am Don war, hätte man ihr die Säle förmlich nachgeworfen, für fast umsonst. Und die Leute hätten jeden Eintrittspreis mit Kusshand bezahlt, nur um endlich mal wieder große Kunst zu erleben. Jetzt treten hier sogar Zauberkünstler und Witzeerzähler auf und – wie hat Njanja sie genannt? – Hupfdohlen.«

»Warum mietet sie nicht die Kegelbahn da drüben?« Polly wies mit dem halbrunden Rest ihres Kringels über den Hof. »Man rollt ein Klavier hinein, stellt ein paar Stühle auf und ein Tischchen als Kasse an die Tür. Fertig. Und man hängt jede Menge Zettel überall in den Geschäften und Lokalen aus. Punktum, schibumm-schibumm.«

»Jetzt redest du genau so wie das Mädchen, das unseren Nachtisch gegessen hat«, rief Dillotschka.

»Ein Künstler wie Boris Brandukow hat es nicht nötig, in einer Kegelbahn zu singen«, sagte Klascha.

»Ah bah, Caruso hat sogar auf Ausflugsdampfern gesungen«, verteidigte Polly ihren Vorschlag. »Wichtig ist doch vor allem, dass Leute kommen und Eintritt bezahlen. Ich denke dabei auch an dich, denn sagtest du nicht, sie wollte dich pro Abend entlohnen?«

Auf dem Alten Basar waren vom Schneegraupel alle Waren wie mit Puderzucker bestäubt. Einige Händler hatten große Marktschirme aufgespannt. Nur auf dem Boden zwischen den Ständen verwandelte sich alles, was liegen blieb, umgehend in braunen Matsch.

Die Kosakin Tschuwarenkowa leuchtete wie eine fröhliche Winterkönigin. Sie hatte heute eine Lammfellweste über die Jacke gezogen und über das weiße Kopftuch war ein riesiges Orenburger Tuch geknotet mit den berühmten knalligen Rosen drauf. Wie gestern hatte sie wieder den Mund voller Sonnenblumenkerne und war mit Knacken und Ausspucken beschäftigt.

»Heute zu fünft. Sind das jetzt alle? Oder vermehrt ihr euch pro Tag?« Sie lachte schallend über ihren eigenen Witz.

»Ist sie angetrunken?«, tuschelte Klascha in Pollys Ohr.

»Quatsch«, zischte Polly. »Und wenn schon?«

»Lass dich anschauen, du hübsche große Schwester.« Ungeniert musterte die Kosakin das junge Mädchen. Über das Abendcape und die Handtasche glitt ihr Blick hinunter zu den durchweichten Halbschuhen. »Zu so 'nem Atlasfutteral passen keine Filzstiefel. Dazu musst du fellgefütterte Galoschen tragen. Oder Bojarenstiefelchen.«

»Das ist keine Frage meines persönlichen Geschmacks«, sagte Klascha und lächelte unglücklich.

»Sie will damit sagen, dass sie zu Hause das eine wie das andere besessen hat«, glaubte Polly erklären zu müssen. Klascha hatte manchmal so einen Ton am Leibe, der gelegentlich den Leuten in die falsche Kehle geriet.

»Schon verstanden, Mädchen«, sagte die Kosakin gutmütig. »Hast du's dabei?«

Nachdem Polly ihr die beiden letzten Goldrubel vorgewiesen hatte, bückte die Schustersfrau sich und holte unter ihrem Klapptisch Sachen hervor, die sie auf einem Bett von Bastschuhen zurechtlegte. Dann schnitt sie noch fünf Paar Filzstiefel unterschiedlicher Größe von der Leine und häufte sie daneben.

Erst einmal sagte niemand etwas dazu.

Es fing langsam an, peinlich zu werden. Über irgendwas *muss* ich mich freuen, dachte Polly. Bis Fedja die Situation rettete.

»Guck mal – echte Baschlyks.«

Er hielt einen hoch. Er und Ossja sahen sich an. Eigentlich hatten sie insgeheim mit zünftigen Fellmützen gerechnet. Mit Papachas, wie sie die Kosaken immer so schneidig über ein Ohr zogen, damit auf der anderen Seite Platz war für die Lockentolle. Baschlyks waren auch zünftig: die kaukasischen Reiter banden sich diese Strickkapuzen um, wenn der Frost in die Ohren biss. Aber ohne Pferd und Reitstiefel und Pelzmütze war und blieb ein Baschlyk eben doch nur eine Strickkapuze. Eher was für alte Weiber. Für Polly gab es ein heidekrautfarbenes Kopftuch. Du kannst alles tragen außer Rosa, hatte die Hausschneiderin einmal zu Polly gesagt, Rosa macht dich kränklich.

Dann lagen da noch ein halbes Dutzend aufgerollter gestrickter schwarzer Strümpfe. »Die könnt ihr euch teilen«, empfahl die Kosakin. »Die Füßlinge müssten passen. Mein Grischka war in eurem Alter, als er sie getragen hat.«

»Wie alt ist er jetzt?«, fragte Ossja. »Ist er bei der Armee? Kämpft er gegen die Bolschewiki? Bei General Krasnow?«

»Ist nicht älter geworden als zwölf«, war die Antwort. »So ein dummes Kinderspiel, dabei haben sie ihn zu Tode gedrückt. Er war bei den Großeltern in der Staniza, Sommerferien. Die

Bengel wollten wissen, wie es ist, ohnmächtig zu sein. Immer einer hat sich von allen anderen mit den Fäusten aufs Herz drücken lassen, fiel um und war eine Weile bewusstlos. Sie haben es andauernd gespielt damals. Bei unserem Grischka haben sie wohl das eine Mal zu sehr gedrückt.«

Ossja lauschte, höchst interessiert. Noch nie hatte er von diesem Spiel gehört. Er war schon »blind« gewesen, »taub«, »einarmig« und »beinamputiert«. Dabei lernte man, ohne dies oder ohne das auszukommen. Aber wenn man ohnmächtig war, was hatte man dann von diesem Zustand? Wenn man ihn doch nicht ausnützen konnte?

Zu den Baschlyks, dem Kopftuch und den gestrickten kratzigen Jungenstrümpfen gehörten außerdem etliche Marktfrauenhandschuhe. Das heißt Handschuhe, die die Finger bloß ließen. Sie waren gestopft und verfilzt und garantiert viel zu groß.

Die Kosakin hatte wohl etwas mehr Enthusiasmus erwartet. Ihr breites Lächeln verschwand und sie sagte: »Hab alles besorgt, was ihr wolltet – Strümpfe, Handschuhe, Kopfbedeckungen. Aber ihr wisst ja selber, dass zwischen Abend und Morgen keine Zeit für langes Aussuchen war.«

Polly nickte.

»Ja, ganz vielen Dank auch. Vor allem für die Filzstiefel.«

»Sollte nicht noch ein Stück Seife mit dazugehören?«, erkundigte sich Klascha ein kleines bisschen zu nachdrücklich.

Die Kosakin schlug sich erst an den Kopf und dann legte sie die Hand aufs Herz. »Ihr werdet staunen«, verkündete sie. »Eine Seife für Gräfinnen. Hab sie von einem, der mit den Besatzungen der fremden Schiffe vor den Schwarzmeerhäfen seine Tauschgeschäfte macht.« Sie tastete von oben in die Tiefen ihres Mieders hinein und förderte das Gesuchte zutage, hielt es andächtig unter ihre Nase und präsentierte es sodann auf der flachen Hand.

»Duftet sogar durchs Papier. Bin nie dazu gekommen, sie zu benutzen. Hätte auch keinen Zweck, wo alles um meinen Andron herum nach Schusterpech und -pappe stinkt. Könnt ihr sie lesen, die fremde Schrift?«

Polly griff zu, da Klascha offenbar eine etepetete Anwandlung hatte. Das kleine, in Papier gewickelte Päckchen war noch warm von Anisjas Busen. Auf dem gedruckten Bildchen hielt eine edle Frau einen Blumenstängel, und mit europäischen Buchstaben las man »Scented Soap« und »Lily of the Valley«. Maiglöckchenseife.

Diesmal konnte die Kosakin mit den entzückten Mienen zufrieden sein. Gerade jetzt platzte Ossja mit der Frage heraus: »Sagen Sie, Anisja Jevsejewna, wohnen Sie und Ihr Mann zufällig in der Streithammelstraße? Der Uliza Saduri?«

Er und Fedja hatten die Baschlyks bereits über die Schülermützen drapiert.

Die Händlerin, die gerade die beiden Goldstücke dort unterbrachte, wo zuvor die Maiglöckchenseife gesteckt hatte, erstarrte.

»Ich denke, ihr seid erst vorletzte Nacht hier angekommen? Und vorher niemals in Rostow am Don gewesen? Seid ihr so was wie Hellseher?« Sie stemmte beide Arme in die Hüften und sah streng von einem zum anderen mit ihrem Raubvogelblick. »Raus mit der Sprache!«

Polly räusperte sich. »Handwerker sucht kleineres Zugtier für Karren. Es muss bereit sein, im Geschirr zu gehen. Klammer auf: Esel, Ziege, auch großer Hund oder Ähnliches, Klammer zu. Tschuwarenko, Uliza Saduri 7c.«

Anisja Jevsejewna schrie wie eine Lachmöwe; man konnte die noch ungeknackten Sonnenblumenkerne in ihrem Mund sehen, so weit hatte sie ihn aufgerissen.

»Das Inserat … sie haben das Inserat auswendig gelernt. Nein, was seid ihr doch für Schlauköpfe!«

Als die Kosakin sich die Lachtränen wegwischte und nur noch erschöpft stöhnte über den Spaß, redete Polly weiter. »Wir wollten uns zum Ziehen anbieten – Ossja, Fedja und ich. Zu zweit sind wir genauso gut wie ein Esel oder eine Ziege.«

»Aber nur, wenn ihr dann auch ›Iah!‹ schreit und meckert.« Beim Versuch, selbst die Tierstimmen zu imitieren, erstickte die Kosakin fast, weil sie schon wieder so lachen musste. Urplötzlich war es vorbei und sie fragte ganz sachlich: »War das ernst gemeint?«

Die drei, die es anging, nickten. Klascha allerdings machte keinen Hehl aus ihrer sauren Miene. Sie hatte sich vorgestellt, Polly könne vielleicht irgendwelchen alten Generälen nachmittags aus Turgenjews »Aufzeichnungen eines Jägers« vorlesen und die Jungen für Offiziersgattinnen kleine Botengänge erledigen. Aber in der Zeitung der Ptizyns wurde so etwas nicht verlangt.

»Passt auf, ich zeig's euch.«

Die Tschuwarenkowa nahm einen Knüppel, offenbar zur Selbstverteidigung gegen Randalierer gedacht, und zeichnete in den matschigen Boden, wie die Streithammelstraße und die Werkstatt ihres Mannes zu finden seien.

»Sagt ihm, Anisja schickt euch, sonst denkt er, ihr wollt ihn foppen und jagt euch fort. Sprechende Zugtiere sind bei uns eher selten.«

»Ich komme nicht mit«, sagte Klascha zu den Geschwistern, als sie den Alten Basar verließen. »Ich muss mit Mamin und Mamina ihre Nummern nochmals durchgehen. Und ich hab Boris Borissowitsch zugesagt, dass ich ihm etwas … etwas behilflich bin.«

Polly sah sie scharf an. Jetzt war sie es, die den Mund säuerlich verzog. »Das Erste hast du doch bloß erfunden. Weil das Zweite heißt, dass du dem göttlichen Brandukow irgendwelche Dienste leisten willst. Gib's zu. Wenn du unbedingt Flecken rauswaschen und Säume nachnähen willst, kannst du dich erst mal bei unseren eigenen Sachen austoben.«

Klascha war rot geworden. »Du hast doch keine Ahnung, von nichts hast du eine Ahnung. Also rede nicht über Dinge, von denen du noch nie was gehört hast.«

»Oh, gehört schon«, sagte Polly patzig. »Aber dann nimm Dillotschka mit, sie war jetzt lange genug in der Kälte. Ihre rosa Kombination ist schon ganz nass vom Schnee. Sie hätte besser auch einen Halbpelz haben sollen. Aber dir war das gestern ja ziemlich egal, als ich es dir sagte. Du hattest nur deine Abendschuhe, deine Handtasche und dein Abendkleid im Kopf.«

»He, hört mal, Dillotschka ist weg!« Ossja und Fedja rannten zum Basar zurück. Die beiden zankenden Schwestern vergaßen ihr Gekabbel, um hinterherzulaufen. Sie entdeckten Dillotschkas rosa Pracht an einem Stand für Zuckerstangen, runde Lutschbonbons am Stiel und Türkischen Honig. Nach den bonbonlosen Monaten der roten Regierung und der Zugfahrt war ihr Interesse nur zu begreiflich. Aber die Szene hatte etwas Unbehagliches. Die Händlerin keifte und zwei Nachbarinnen unterstützten sie. Dillotschka selbst weinte beschämt, eine angebissene rotweißgeringelte Pfefferminzstange in der Hand. Als sie ihre Geschwister entdeckte, flüchtete sie zu ihnen.

»Sie hat sie mir selbst gegeben, ich dachte, es ist geschenkt«, schluchzte sie.

Es stellte sich heraus, dass die Händlerin geglaubt hatte, bei einem so auffällig herausgeputzten Kind könne die Mama oder die Njanja nicht weit sein. Und sie hatte Dillotschka die Zuckerstange aufgenötigt im guten Glauben, diese würde anstandslos bezahlt.

Klascha holte die letzten paar Briefmarken aus ihrer Handtasche.

»Entweder Sie nehmen das oder Sie lassen's bleiben. Eigentlich haben Sie sich das selber eingebrockt, das wissen Sie wohl.«

Sie packte Dillotschka am Handgelenk und zerrte sie im Sturmschritt fort, zwischen den Ständen hindurch.

»Wenigstens drei Gläser Tee hätte es dafür gegeben«, konnte sie sich nicht verkneifen zu sagen.

Dillotschka heulte erneut los, fühlte sie sich doch auf unklare Weise schuldig, auch wenn keiner etwas Derartiges sagte. Sie hielt das süße Streitobjekt jedem so lange hin, bis die anderen vier Apraksins sich niederbeugten und abbissen. Nun war die »Schuld« auf alle verteilt, und Dillotschka lutschte tränenverschmiert, aber mit gutem Gewissen, ihren Anteil.

»Mit wem willst du mitgehen – mit Klascha zu Boris Borissowitsch oder mit uns in die Streithammelstraße zum Schuster Tschuwarenko?«, wurde sie gefragt.

»Ich mag nicht mehr draußen rumlaufen, ganz egal wohin«, war die Antwort. »In allen meinen Fingern prickelt es, wie mit Stecknadeln. Und man rutscht andauernd aus.«

»Dann warte auf die Fee, die dir aus 'nem Kürbis einen Iswostschik zaubert«, frotzelte Ossja. »Ich würde an deiner Stelle mit Klascha gehen, denn von A nach B ist immer kürzer als von A über C nach B.«

Klascha wirkte wenig begeistert.

14. Kapitel

Durch eine verwitterte, ursprünglich blaugrüne Haustür gelangten sie in einen zugigen Durchgang. Rechts und links gingen Türen ab, dahinter bildeten Bretterbuden einen Hof. Ein Holzschild mit der Aufschrift »Schuhmacherei« hing an einem Nagel und schlug im Zugwind an die Tür, immer wieder, als flehe es schon seit Stunden um Einlass.

Was den Geruch der Werkstatt betraf, hatte die Kosakin die Wahrheit gesagt. Weder blühende Hyazinthen noch kochender

Kohl hätten eine Chance gehabt, bemerkt zu werden. Der Schuster saß am Fenster, über sich eine wassergefüllte Glaskugel, so groß wie ein Globus, die das spärliche Tageslicht und das Licht einer angezündeten Hängelampe reflektierte und direkt auf seine Arbeit lenkte. Auf seinem Kopf saß ein besticktes Käppchen, eine so genannte Tjubetejka. Sein Schnauzbart war gezwirbelt, sodass die Enden nach oben wiesen. Er trug eine lederne Schürze und schnitt gerade einen alten Teppich oder Bettvorleger vorsichtig auseinander, wobei seine Zunge im Mundwinkel zuckte.

»Sofort«, sagte er, ohne die Augen von seiner heiklen Arbeit zu lösen, »bin gleich für Sie da, meine allergnädigsten Herrschaften.« Als er auf seinem Drehschemel herumwirbelte, wich der Ausdruck höchster Erwartung aus seinem Gesicht. Drei Kinder! Was konnten die schon für große Aufträge bringen.

»Wir … äh, wir haben gerade auf dem Basar mit Ihrer Frau gesprochen«, begann Polly. »Von ihr wissen wir, dass Sie, Herr Tschuwarenko, ein Künstler sind und mit fast jedem Material arbeiten, weil Leder teuer ist, und dass …« Puh – wie kam sie jetzt von der Schmeichelei zum eigentlichen Anliegen?

»Sie tragen Anisjas Kopftuch«, sagte der Schuster. »Und ihr da tragt die Baschlyks meines Sohnes. Ihr müsst die Kinder mit den Goldstücken sein.«

»Jetzt nicht mehr«, bemerkte Ossja vorwitzig.

»Wir sind gekommen«, fuhr Polly fort, »weil wir Ihre Annonce gelesen haben. Wegen des kleineren Zugtiers, das den Karren ziehen soll.«

»Ja?« Mehr sagte er nicht.

Ossja und Fedja ließen ein keckes halblautes Meckern hören. Dann Iah-Rufe. Dann kam noch Gebell.

»Ja?«, sagte Tschuwarenko wiederum. »Und?«

Er will es nicht begreifen, dachte Polly und blickte trübe zum Arbeitstisch hinüber, wo bereits eine halbfertige Damenstiefelette aus Teppichstoff auf dem Leisten steckte. Ossja versuchte es zuletzt mit Pantomime, indem er ein biederes Lächeln aufsetzte und erklärend erst auf sich zeigte, dann auf Fedja und auf Polly.

»Ich bin nicht blöd«, sagte der Schuster. »Ich bin noch dabei, es mir durch den Kopf gehen zu lassen. Ihr seht ziemlich mager aus.«

»Wir würden immer zu zweit ziehen«, sagte Polly eifrig, »der Dritte geht als Reserve mit und wechselt ab.«

»Man müsste statt des Geschirrs Gurte verwenden.« Er sah immer noch skeptisch aus, doch schien er den Vorschlag nicht rundheraus zu verwerfen.

Die Idee, den Kunden auf der Straße entgegenzukommen, statt in der entlegenen Werkstatt darauf zu warten, dass sie den Weg hierher fänden, stammte natürlich von Anisja, seiner Frau. Er selbst hätte es vorgezogen, weiter im Stillen und Verborgenen seine Schuhe aus allen möglichen Materialien zu entwerfen, bekannte Andron Porfirytsch Tschuwarenko ehrlich.

»Ich bin ein Tüftler. Marktschreierei ist meine Sache nicht, darauf versteht sich meine Anisja besser. Aber sie hat Recht – die Stadt ist voll gestopft mit Flüchtlingen, viele besitzen bloß ein einziges Paar Schuhe. Wenn da ein Schuster vors Haus kommt, entschließt man sich, sie schnell besohlen zu lassen. Keiner von denen würde die halbe Stadt abklappern, um mich aufzusuchen. Wir werden auch immer ein paar von meinen billigen Neuanfertigungen mitnehmen.«

Er führte sie zu einem der Schuppen und zeigte ihnen den Wagen mit der langen schweren Deichsel. Über den Seitenbrettern wölbte sich eine Plane aus Segeltuch. Das würde die fahrbare Schusterwerkstatt sein.

»Morgen früh also, sagen wir gegen zehn, dann ist es hell genug, um draußen zu arbeiten.«

Diesmal waren sie beizeiten wieder in der Golubjatnja, noch bei Tageslicht. Der Gedanke an das warme Abendessen zog sie wie mit unsichtbaren Fäden. Zudem wurde der Weg mit jedem Tag bekannter.

Es brannte die Glühbirne oben unter der Decke, aber nur Dillotschka saß mutterseelenallein auf dem Fußboden. Sie spielte »Familienleben« mit bunten Nippesfiguren aus Porzellan: einer Ballerina, einer Haremsdame, einem Husaren mit Kalpak und einem Offizier in weißer Ausgehuniform.

»Wo hast du die denn her?« Polly konnte sich nicht erinnern, sie zuvor im Zimmer gesehen zu haben.

Dillotschka zeigte auf die Kommode. Die hatte einen verschnörkelten Aufbau mit Säulchen und je einer kleinen Tür rechts und links.

»Klascha hat mich nicht mitgenommen zu Brandukow. Ich soll lieber hier bleiben, hat sie gesagt. Er mag keine kleinen Kinder. Und sie hat mir verboten, zu dem Mädchen zu gehen und ihr von uns zu erzählen. Weil ich nicht wusste, was ich spielen sollte, bin ich auf den Stuhl gestiegen und hab dann das hier gefunden.«

»Lieber Himmel, die gehören sicher unserem Fräulein Schibumm-Schibumm«, vermutete Polly. Sie nahm der protestierenden kleinen Schwester die Figurinen fort und schloss sie wieder ein. »Wenn denen was passiert, bringt diese Dajanka ihre Mutter dazu, uns auf die Straße zu setzen.«

Aber weil sie nun schon mal auf dem Stuhl stand, öffnete sie auch das andere Türchen am Kommodenaufbau. Schließlich hatten sie das Zimmer gemietet und besaßen ein Recht, sich umzuschauen.

Bücher! Keine Kinderbücher, das sah Polly gleich. Es handelte sich um chromoxydgrün eingebundene broschierte Bücher. Jedes Bändchen trug auf dem Titelblatt dieselbe Zeichnung eines starr blickenden Frauenkopfes mit einem Wust züngelnder

Schlangen statt Haaren. »Bibliothek Medusa« stand darüber geschrieben.

Die Hefte der »Bibliothek Medusa« enthielten Erzählungen mit Titeln wie »Die Grube und das Pendel«, »Der Doppelmord in der Rue Morgue«, »Rappaccinis Tochter«, »Das Flaschenteufelchen«, »Der Sandmann«, »Das Gespenst von Canterville«, »Wenn wir gestorben sind«, »Huppe-Frosch oder die acht gefesselten Orang-Utans« und noch etliche andere.

Polly schwankte mehrfach, weil sie beim verzückten Blättern und Anlesen vergaß, dass sie nicht auf der Erde, sondern auf dem Sitz eines wackligen Stuhls stand. Immerhin war sie auf die Art der Glühbirne oben am Plafond ein Stück näher. In jedem Buch war auf dem inneren weißen Blatt der Namenszug »Ignati Ptizyn« zu finden.

Vielleicht konnte man Nastja eine Kerze abbetteln? Und dann im Bett lesen?

Draußen auf dem Gang hörte man jetzt männliche Schritte, Schazkis Räuspern und das »Khnn! Khnn!« des Buchhalters Buzuluki. Endlich das Filzstiefeltrappsen einer eiligen Klascha. Wurde ja auch Zeit!

»Na, hast du seine Kragen gestärkt?«, frotzelte Polly.

Klascha lächelte bloß in sich hinein. Ein Lächeln, das Polly fremd vorkam und das ihr deshalb missfiel. Denn es glich überhaupt nicht Klaschas normalen Lächelmienen. Ehe noch hatte es etwas von der trägen Art Zina Zarimbowas.

»Zeigt mir mal eure Hände«, verlangte Klascha milde und mütterlich. »Da draußen gehen sie schon zu Tisch. Es gibt Schtschi, man kann's riechen.« Vorsichtig zupfte sie das Papier des englischen »Lily of the Valley«-Seifenpäckchens auf. »Viel zu schade für solche Maulwurfsklauen.«

Drei, so entschied Klascha, durften sich richtig einseifen. Und die sollten dann den Seifenschaum an den Händen der beiden anderen abstreifen.

Über die glückliche Fügung, dass Polly, Ossja und Fedja ab morgen die Zugtiere für einen ambulanten Schuster sein würden, zeigte sie sich nicht erfreut. »Papa hätte getobt. Und Mama … Mama hätte zuerst furchtbar gelacht. Dann aber hätte sie gesagt: ›So was geht höchstens auf dem Theater. Schlagt euch das aus dem Kopf.‹«

»Njanja hätte es begriffen«, verteidigte Polly sich trotzig. »Ich meine, dass wir irgendwie unser Frühstück verdienen müssen. In die Schule kann man immer noch gehen, Schulen wird es ewig geben.«

Ein Buch aus der »Bibliothek Medusa« klemmte noch immer unter ihrem Arm; es war nicht mit den anderen zusammen verschlossen worden. Kurz entschlossen schob Polly es unter ihr Kopfkissen.

»Du wirst sehen, sie mopst uns sicher wieder den Nachtisch«, flüsterte Dillotschka, als sie, wie gestern, sich mit Polly auf einen Stuhl quetschte. Doch sie irrte sich.

Dajanka war durch irgendetwas tief gekränkt und betrübt. Ihr von Natur aus kleiner Mund wurde durch das schmollende Zusammenziehen noch kleiner und spitzer, fast wie die Öffnung eines Beutels. Ihr privates Problem beschäftigte sie so, dass sie ausnahmsweise nicht daran dachte, die Bemerkungen der fünf Apraksins spöttelnd zu kommentieren.

»Ich schwöre es, Mamachen, mein Hals ist seit heute Nachmittag wieder gerötet und brennt beim Sprechen.«

»Dann schone dich, indem du bis morgen schweigst«, sagte ihre Mutter ungerührt und steckte sich die Serviette oben in den Halsausschnitt. (Die Serviette einer Dame gehört auf ihren Schoß, hatte Serafina Popowa einst im Anstandsunterricht gepredigt.)

»Aber ich habe Beschwerden beim Schlucken. Genauso wie vorige Woche, als es anfing.«

»Der Doktor behauptet, er sieht nichts mehr. Keine Widerrede, mein Täubchen, du gehst morgen wieder zur Schule.« Alida Petrowna sagte es ohne die Stimme groß anzuheben; man merkte, sie hatte diese Art Kampf schon oft hinter sich gebracht. Und gesiegt. »Als Trostpflaster gibt es zum Nachtisch eine Überraschung. Allein für das Hälschen unserer Dajanetschka, schön süß und schön kühl.«

»Ihr schwänzt wohl die Schule auch weiterhin?« Madame Ptizyna ließ die Augen zwischen den Apraksins hin und her rollen.

»Im Moment sind wir leider zu einer Pause gezwungen«, sagte Klascha unverbindlich. »Wir müssen erst unsere Existenz etwas festigen.«

»Ich nehme an, du bist aufs Gymnasium gegangen? Oder hatten die Roten das schon abgeschafft?« Diesmal war Polly gemeint.

»Es sollte nach den großen Ferien anders weitergehen, ja, das stimmt«, gab Polly zu.

»Na, dann kannst du ja Dajanka jeden Tag bei den Hausaufgaben helfen, so verlernst du nicht alles wieder«, sagte Alida Petrowna gnädig.

In panischem Entsetzen starrte Polly zu Dajankas weißblonden Zöpfen hin, zu den gebügelten weißen Schleifenpropellern, zu der weißen Flügelschürze. Dajanka hatte ausnahmsweise nichts zu bemängeln. Der Gedanke schien ihr zu behagen, alle Schulaufgaben auf die Untermieterin abzuwälzen.

Der Nachtisch kam. Pro Nase gab es einen Grießkloß mit einem Klecks klumpig angerührter Soße.

»Siehst du, diesmal hast du einen ganz für dich«, sagte Polly leise zu Dillotschka. »Ist das nicht fein? Ich glaub, die Soße ist fast mit Himbeergeschmack.«

Doch Dillotschkas ganze Aufmerksamkeit galt dem Nachtisch ihres Gegenübers. Vor Dajanka stand eine Glasschale. Und darin häufte sich eine lockere, blasige, dunkelbraune Creme.

»Mousse au chocolat«, trällerte Dajanka, für den Fall, dass jemand ihre Bevorzugung nicht mitbekommen hatte. Aufreizend stippte sie die Zungenspitze in den gefüllten Löffel und ließ sie dann im Mund verschwinden. Jeder neue Löffel voll wurde zu einem ähnlichen Theater. Dajanka aß mit Genuss. Und sie aß vor allem für Dillotschkas Augen.

Polly gelang es, dem Zauber der Schokoladencreme zu entkommen, indem sie Klascha in ein halblautes Gespräch verwickelte.

»Hast du die Byrstowa mal gefragt? Wegen der Kegelbahn? Sicher ist die billig zu mieten. Und wir würden euch die Ankündigungszettel austragen, die Jungen und ich, wir kommen ja jetzt überall herum.«

»Dieser Hinterhof? Ich bitte dich, das hat doch keinen Stil. Was für Publikum würde da schon hingehen. Aber na gut, fragen kann ich sie. Wenn ich sie sehe, heißt das. Heute war keine Gelegenheit.«

»Wieso …? Hat sie denn nicht mit euch geübt?« Polly begriff langsam. »Ah, so ist das!«

»Mamin und Mamina haben auch vorbeigeschaut.« Klascha konnte nicht verhindern, dass sie rot anlief. »Was du gleich wieder denkst.«

»Was denkst du denn, dass ich denke?« Polly klang verletzt und eifersüchtig. »Willst du's wirklich wissen? Ich denke, dass wir für dich erst an zweiter Stelle kommen. Schon eine ganze Weile spüre ich das. Kein Einziger von uns ist dir so wichtig wie dieser … dieser pomadisierte Schmalztenor!«

»Was für ein himmelschreiender Blödsinn!«, zischte Klascha. »Ihr seid meine Familie, ihr werdet immer das Wichtigste für mich sein. Aber das heißt nicht, dass ich alle anderen Leute deshalb vor den Kopf stoße. Ich bin fast sechzehn, ich bin ein erwachsener Mensch, und niemand darf es mir vorwerfen, wenn ich ab und zu auch mal mit anderen Erwachsenen Umgang haben möchte.«

Dillotschka zupfte die Schwestern bittend am Ärmel. Sie reagierte auf Unfrieden unter ihren Geschwistern seit jeher überempfindlich. Außerdem missfiel ihr Dajankas brennendes Interesse am Zank der beiden Mädchen. Die hatte nämlich die Mousse au chocolat mit dem Zeigefinger aus der Glasschüssel herausgewischt und formte mit den Lippen jetzt irgendwelche Sätze, lautlos, wie zur Probe.

Dann, ohne Einleitung, kam eine Tschastuschka. Mit so durchdringender Stimme geplärrt, dass unwillkürlich alles verstummte und ihr zuhörte.

»Sie sind ein Herz und eine Seee-le
und springen sich fast an die Kehle!
Sie lieben sich wie Katz und Hund –
das nennt man einen Schwesternbund!«

Alida Petrowna schüttete sich aus vor Lachen und stieß den neben ihr sitzenden Buchhalter Buzuluki, das »Walross«, mit dem Ellenbogen an.

»Ist sie nicht eine echte Begabung, unsere Dajanetschka? Alles aus dem Kopf, von einer Sekunde zur anderen erfunden. Ich sollte sie im Varieté auftreten lassen.«

Am meisten wieherte Schazki von der Frachtgutabteilung der Dampfschifffahrtslinie Rostow-Kagalnik. Er schabte mit dem einen Zeigefinger über den anderen – die bekannte Spottgeste »Rübchen schaben« –, den Finger auf Klascha und Polly gerichtet. Dazu bleckte er seine vom Tabak verfärbten Zähne.

»Dieser Idiot«, raunte Klascha Polly zu. »Vorhin, als ich mich setzen wollte, hat er mir den Daumen untergehalten. Was das wohl heißen sollte. Ich hab bloß seine dumme Hand beiseite gefegt und gesagt: ›Sie haben Ihre Manieren offenbar in der Lotterie gewonnen, Sie Stoffel.‹«

»Kompletter Esel«, pflichtete Polly bei. »Er hat überhaupt kein Kinn. Siehst du das?«

»Eben nicht«, sagte Klascha. »Das geht von der Unterlippe direkt in den Kragen!«

Sie lehnten die Stirnen aneinander und lachten wie hysterisch, sie konnten einfach nicht aufhören.

Diese Reaktion wurde mit Befremden aufgenommen, fast als seien sie Spielverderber. Nur die anderen drei Apraksins wunderten sich nicht. Dillotschka schmiegte das Gesicht zufrieden an Klaschas Arm. Und Ossja stieß seinen Stuhl zurück (während Fedja eine Maultrommel nachahmte) und sang schmetternd:

»Mamachen, was tut der Hals mir weh!
Doch bloß, wenn ich zur Schule geh.
Denn fällt mir eine Tschastuschka ein,
kann ich wie eine Elster schrei'n!«

Diesmal musste das »Walross« nicht angestoßen werden, er lachte mit vielen »Khnns«. Er war der einzige Nicht-Apraksin, der Ossjas Antwort auf Dajankas Herausforderung lustig fand. Nastja, die die Nachtischteller abservierte, kniff die Lippen ein, um nicht herauszuplatzen. Sie wollte lieber neutral bleiben.

Alida Petrowna sagte etwas säuerlich: »Fängst ja früh an, du schmutziger kleiner Knirps. Was soll das denn werden, wenn's fertig ist? Eine Karriere als Kneipenhanswurst?«

Polly aber glaubte in Dajankas überheblicher Miene, wie gestern Abend schon, etwas Überraschtes zu sehen, einen widerwilligen Anflug von Beifall.

Im Nachthemd schlich Polly sich zur Küche, wo Nastja summend das Geschirr spülte, immer wieder von hemmungslosem Gähnen unterbrochen.

Nastja verdrehte die Augen. »Was ist los? Vermisst ihr etwa wieder was? Hab alles aufs Bett gelegt, was zum Trocknen auf dem Boden hing.«

»Nein, es ist … es ist mein Wahn«, raunte Polly geheimnisvoll. »Es ist wie bei den Trinkern, verstehen Sie? Ich werde wie rasend, wenn ich nicht lesen darf. Tagsüber hat man ja selten Zeit, deshalb lese ich immer im Bett. Könnte ich nicht eine Nachttischlampe haben? Irgendeine Laterne oder ein Leuchter tut es zur Not auch.«

»Die Nachttischlampe, die in euerm Zimmer stand, hat Dajanetschka seinerzeit mitgenommen. Dabei braucht sie die gar nicht, denn zum Ehebett gehört sowieso ein Lämpchen. Mal überlegen ...«

Nastja sah Polly mitfühlend an. »Mein älterer Bruder wurde auch immer verrückt, wenn nichts zu trinken in Reichweite war«, gestand sie. »So ähnlich ist das also bei Ihnen?«

Polly nickte.

»Offenes Licht kommt bei euch nicht in Frage, das hat Alida Petrowna mir extra eingeschärft. Aber warten Sie mal, ich versuch's in Schazkis Zimmer. Der hat eine Lampe auf dem Sofatisch, wozu braucht er die. Der liest nie, der fällt ins Bett und ist weg.«

Sie blieb kaum fünf Minuten fort. Und als sie wiederkam, hatte sie eine kleine Petroleumlampe mit weißem Glasschirm in der Hand.

»Ratzt wie ein Murmeltier, wusste es ja. Wird sie nicht vermissen. Passen Sie aber auf! Nicht dabei einschlafen, sonst ist das Petroleum alle. Und neues muss man bei Alida Petrowna anfordern.«

Polly bedankte sich überschwänglich, ihre Augen leuchteten in Vorfreude.

Nastja schüttelte den Kopf. Was es nicht alles an Krankheiten gab auf der Welt!

Das Zimmer war finster und von gleichmäßigen Atemzügen erfüllt. Bis auf Klascha schliefen schon alle, als Polly ins Zimmer zurückkehrte. Mit immer wieder zugehenden Lidern sah Klascha zu, wie Polly den Stuhl leer fegte, ans Bett rückte und die

Lampe darauf abstellte. Und wie sie das Buch unterm Kopfkissen hervorholte und aufblätterte.

»Wie zu Hause!«, hauchte sie. »Du bist doch verrückt!«

»Immer schon«, bestätigte Polly. »War dir das etwa neu?« Sie lag auf der Seite, stützte sich auf den Ellbogen und begann »Das Gespenst von Canterville«.

Sie hatte die vierzig Seiten nicht bis zu Ende geschafft. Als Dillotschka sie wachrüttelte, war es draußen hell. Die Lampe war bis auf den letzten Tropfen heruntergebrannt. Und im Zimmer hing, fast mit Händen zu greifen, ein penetranter Geruch von Petroleum.

In panischem Entsetzen fuhr Polly aus dem Bett und wetzte zum Fenster, um entgeistert auf eine kleine Metallzunge innerhalb einer Vertiefung zu starren, dort, wo von Rechts wegen eine Drehklinke oder ein Griff zu sein hatte. Offenbar konnte man das Doppelfenster nur mit einem Generalschlüssel öffnen. Vor April war also wohl kaum mit frischer Luft zu rechnen. Oder wann immer der Winter hier zu Ende war.

15. Kapitel

Polly und Fedja, die Gurte quer über der Brust, zogen aus Leibeskräften. Zweimal hielt der Schuster sie davon ab, in eine Straße mit einspurigem Schienenweg einzubiegen.

»Zu riskant, Kinder. Wenn die Trambahn plötzlich angeklingelt kommt, können wir nicht ausweichen. Sie müsste extra wegen uns anhalten und dann hätten wir eine Menge Ärger am Hals.«

Polly pustete weiße Hauchwolken aus Mund und Nasenlöchern. »Wo wollen wir zuerst unser Glück versuchen, Andron

Porfirytsch? Kommen wir zufällig am Basar vorbei, damit wir Anisja, ich meine Ihre Frau, begrüßen können?«

Auf dem Basar gab es Stände mit Esswaren und schon der Anblick solcher Dinge wäre tröstlich gewesen.

»Nichts da, wozu soll das gut sein?« Nein, Andron Porfirytsch wollte auf jeden Fall zuerst in die Große Sadowastraße, in der sich allein vier Hotels befanden und die steil zum Bahnhof abfiel.

»Dann sehen wir weiter. – Habt ihr nicht einen Ruf, um die Leute aufmerksam zu machen? Meine Stimme ist leider zu krächzend, da würde nur gelacht.«

Wie, was – auch noch herumschreien? Nein, das ging zu weit, fand Polly. Erst als sie sich in der Schaufensterscheibe der Konditorei »l'Ours« – Der Bär – sah, verlor sich das. Die Widergespiegelte war nicht Polly Apraksina, Schülerin eines Gymnasiums, gegenwärtig »auf Reisen«, sondern ein fremdes Mädchen. Statt der Schiffchenkappe aus Marderfell und der dazu passenden Pelzboa trug die im Glas sich Abzeichnende ein Wolltuch nach Art von Bäuerinnen. Und sie war in einen schäbigen Halbpelz ohne Knöpfe gekleidet, mit Riemen um den Leib und in viel zu großen Marktfrauenhandschuhen ohne Finger.

»Schuhe besoooohlen! Direkt an Ort und Stelle! Keine langen Wartezeiten!«

Ossja und Fedja kreischten um die Wette: »Der Schuster ist da, der Schuster ist da! Wir flicken die Sohlen! Wieder wie neu! Der Schuster ist hier!«

»Gut macht ihr das!« Andron Porfirytsch strahlte. Aus dem Hotel »Jewropa« näherte sich eilig ein junger Mann mit offenem Pelz, in dünnen Hausschuhen aus Saffian. In der einen Hand hielt er ein paar elegante Stiefeletten, in der anderen Lackschuhe mit hoffnungslos durchgetanzten Sohlen.

»Sie kommen wie gerufen, Meister. Puh, ist das nass und kalt an den Füßen! Wie meinen? Überfüllt? Ich sage Ihnen, Verehrtester, überfüllt ist gar kein Ausdruck! Mein Freund schätzt sich glücklich, in einer fensterlosen Kammer für Besen und Staubwedel untergekommen zu sein. Ich selber hatte den unverdienten Dusel, dass mein Bruder zusammen mit dem Sohn des ehemaligen Duma-Mitglieds Sawelin in der Kadettenanstalt war, und als die Exzellenz erfuhr, dass ein Mitglied meiner Familie quasi auf der Straße lag … kurz und gut, er lässt mich in seinem Waschkabinett übernachten. Die Hotelleitung ist total überfordert, obwohl immer wieder Typhusfälle vorkommen und deren Betten dann frei werden.«

»Wir haben ein ganzes Zimmer für uns«, erzählte Dillotschka. »Bei den Ptizyns. Aber man bekommt nur abends was zu essen. Mit Nachtisch. Vorgestern haben wir in einem Café gefrühstückt, gestern bei Tjotja Motja und heute überhaupt noch nicht.«

»Das interessiert doch den Herrn nicht«, zischte Polly, »halt gefälligst den Mund, das ist ja peinlich.«

Die Kinder saßen nebeneinander auf der Deichsel, während der Schuster oben auf seinem Karren hockte und mit Zangen, Kneif und Hämmerchen werkelte. Eine Papacha aus Karakulfell hing ihm schräg überm Ohr.

»Bei den Ptizyns, so, so. Und sogar mit Nachtisch.« Der junge Mann betrachtete lächelnd Dillotschka, die an ihren frostklammen Fingern lutschte. Aus den Öffnungen der Handschuhe, breit genug, dass jeweils ein Anisjafinger hindurchkonnte, sprossen die dünnen Adiliafinger wie Kartoffelkeime, immer zwei und zwei aus einem Loch.

»Ein Hut wie eine Bohnenblüte, wirklich gediegen.« Mit verstellter Stimme sagte er: »Ich bitte Sie, empfehlen Sie mich Madam Hülse, Ihrer Frau Mutter, und Herrn Bohnenschote, Ihrem Herrn Vater.«

»Geht nicht«, sagte Dillotschka, »denn meine Mutter ist tot und mein Vater ist von der Reise nicht wiedergekommen. Er hieß auch gar nicht Bohnenschote, sondern Arkadi Andrejewitsch Apraksin.«

»Bitte um Vergebung, ich dachte, es wäre Ihre Tochter«, sagte der Kunde zum Schuster und lachte. »Das war übrigens ein Zitat aus Shakespeares ›Sommernachtstraum‹. Wir haben ihn vorm Krieg in einer Liebhaberaufführung gespielt.«

»Und wir haben mal im Gymnasium zwei Einakter von Anton Tschechow gespielt. Das heißt, nur die höheren Klassen.« Polly erinnerte sich. Es schien hundert Jahre her zu sein. »Alle Eltern durften zusehen. Ich dachte damals, wenn ich in der letzten Klasse bin, werde ich auch auftreten, ich verkleide mich gern, wissen Sie. Aber daraus wird wahrscheinlich nichts werden, wie's aussieht. Zur Zeit gehen wir in überhaupt keine Schule.«

Der junge Mann war ernst geworden. »Gehört ihr etwa alle zusammen?«

Nicken.

»Habt ihr noch Verwandte irgendwo?«

Allgemeines Kopfschütteln.

»Und heute kein Frühstück? Aber doch einen heißen Tee oder Kakao?«

Schweigendes Wiegen der Köpfe.

»Das habt ihr mir ja gar nicht gesagt«, brummte Andron Porfirytsch. »Nicht dass ich was gehabt hätte, meine Werkstatt ist eine Werkstatt und keine Speisekammer. Aber irgendwie …«

»Excuse moi, nur zwei Minuten!« Mit großen Sprüngen, um den gefrorenen Pfützen auszuweichen, eilte der junge Mann davon. Sie sahen ihm lachend hinterher, wie er nach seinen Hausschuhen angelte, die niedergetreten waren und ihm fortwährend von den Füßen glitten.

»Können wir nicht ihn als Papa nehmen, wenn der unsrige verquollen ist?«, fragte Dillotschka. Sie war von ihm sehr angetan.

»Er ist verschollen, du Dummbart, nicht verquollen. Außerdem ist der hier höchstens …«, Polly schätzte ihn auf neunzehn, allenfalls zwanzig.

»Er sieht aus wie Aramis auf den Illustrationen in der ›Drei Musketiere‹-Ausgabe«, fand Ossja. »Die langen Haare und der Schnurrbart.«

Als er zurückkam, mehr tanzend als laufend, trug Aramis ein weißes Päckchen. Auf der Verpackung war der Bär der Konditorei »l'Ours« abgebildet.

»Bin leider arg knapp bei Kasse, sonst hätte ich euch zu einem richtigen Frühstück eingeladen, die Erlaubnis des Meisters vorausgesetzt. Aber ich besitze gerade noch so viel, dass ich die Fahrkarte nach Noworossisk bezahlen kann, sobald das Telegramm kommt, dass meine Eltern mit den jüngsten Geschwistern dort eingetroffen sind. Mein Vater ist in Tula verhaftet worden, vom dortigen Sowjet, aber ich hoffe sehr, dass man ihn inzwischen wieder freigelassen hat. Wir wollen per Schiff ins Ausland. Falls die Lage sich in den nächsten Monaten nicht bessert!«

Vier Mohrenköpfe. Ein paar Sekunden lang konnten sie nichts sagen.

»Und ich geb nach Feierabend eine Runde Tee aus.« Andron Porfirytsch wollte nicht zurückstehen. »Den Lohn freilich gibt's erst nach einer Woche Arbeit.«

»Könnten wir dann bitte zu Tjotja Motja gehen?« Polly hatte so eine Ahnung, dass heute wieder die beiden Tanzlehrerinnen in der Kegelbahn Stunden geben würden.

Aramis vertauschte auf der Stelle die durchgeweichten Hausschuhe mit den wieder geflickten Stiefeletten. Dabei stützte er sich mit der einen Hand auf Pollys Schulter. Sie musste verlegen lächeln und wurde rot und hatte auf einmal so ein Gefühl, als könne sie für ihn durchs Feuer gehen, wenn er in Gefahr wäre.

»Was grinst du so?«, wurde sie von dem taktlosen Ossja gefragt. Manchmal waren kleine Brüder so was von fehl am Platz! Zum ersten Mal in ihrem Leben war Polly froh, dass Klascha nicht anwesend war. Denn dann hätte er sich wahrscheinlich, nein, sicher, auf deren Schulter gestützt.

Trotzdem begann sie jetzt überstürzt von Klascha zu erzählen, damit er noch nicht gleich ging, nachdem auch die Lackschuhe repariert waren. Von der Künstlertruppe der Prinzipalin erzählte sie und von Klaschas Talent und dass es ein großes Desaster gäbe, wenn nicht bald ein Saal für den Auftritt gefunden würde.

»Ich kann mich ja mal umhören«, versprach Aramis und stellte seinen Kragen auf, denn er war ohne Schal aus dem Hotel gelaufen.

»Wenn Sie etwas erfahren: Wir heißen Apraksin und unsere Adresse ist bei Ptizyn, Golubjatnja siebzehn.« Eigentlich musste er jetzt aus Anstandsgründen seinen Namen ebenfalls nennen. Aber er lächelte nur und gab Pollys Nase mit seinem Zeigefinger einen blitzschnellen Stups. »À la prochaine, mes amies! Maitre!«

»Komm, kondolieren wir ihr.« Ossja zwinkerte Fedja zu und beide reichten Polly scheinheilig die Hand. »Jetzt hat es auch unsere Poljenka erwischt. Du wirst uns fehlen, Poljenka. Du warst bis jetzt nie so eine Putthenne, du warst wie wir und für alles zu gebrauchen. Jetzt geht es auch bei dir los mit dem Löcher-in-die-Luft-Starren, dem Gesäusel und Ich-muss-ihn-sehen.«

»Glaub nicht«, wagte Fedja dem Bruder zu widersprechen. »Sie hat kein Geld, um Sträußchen zu schicken, wie Klascha das letzten Winter immerzu getan hat. Und sie hat keinen …« Er begann zu kichern und tuschelte Ossja etwas ins Ohr.

»Stimmt«, Ossja kicherte ebenfalls, »da ist bei ihr noch fast nichts. Und Männer sehen da hin. Jegor hat immer gesagt, das ist wichtig.«

»Ihr seid so was von dämlich, ihr seid dümmer, als die Polizei erlaubt!« Polly spürte eine Art Kloß im Hals, der komischerweise auf die Tränendrüse drückte.

Sie zogen ein Stück weiter, vor das »Grand Hotel«. Zum Hotel »Montreux«. Zum Hotel »Rossija«. Dann zum »Bolschaja

Moskowskaja«. Dann zum Taganrogski Prospekt, vor das Hotel »London«. Später auch in weniger belebte Straßen.

»Vielleicht sollten wir eine Glocke haben«, überlegte Ossja, »wie beim Kasperletheater.«

Denn Andron Porfirytsch hatte zwar fast immer etwas zu tun, aber es ließ sich nicht darüber hinwegsehen, dass die Kunden nicht gerade Schlange standen. Einmal baute sich ein sehr abgerissener Mann vor ihnen auf und verfolgte jeden Handgriff des Schusters mit den Blicken eines Menschen, der einer Prüfungskommission angehört. Er war unrasiert und hatte keinen Wintermantel an. Seine Sprache, als er endlich den Mund aufmachte, war von Fuselschwaden begleitet.

»Du weißt nicht, was sie dir antun werden, Bruder, wenn sie erst mal die Herrschaft an sich gerissen haben. Aber ich weiß es. Bin von der Wolga geflüchtet, hatte da eine Werkstatt und eine Bude auf dem Markt. Vier Angestellte. Aber sie haben mich verhaftet als ›Vertreter der Bourgeoisie‹ und mich mit dem Verbot freigelassen, privat weiterzuarbeiten. Was sollte ich machen, Bruder? Ohne mein Handwerk auszuüben? Vierundzwanzig Jahre bin ich nun schon Meister, was soll ich jetzt noch lernen. Gräben ausheben oder den Bauern Saatgut wegnehmen im Namen der roten Regierung? Da bin ich weggegangen von zu Haus. Aber hier klappt's auch nicht so recht. Und das Geld ist futsch.«

»Anisja wird schon was einfallen«, brummte Tschuwarenko in sich hinein. »Wenn's so weit kommt, dass die Bolschewiki auch hier ans Ruder kommen. An meiner Anisja beißen die sich die Zähne aus, das ist sicher.«

Es wurde jeden Tag früher dämmrig. Als es vier Uhr schlug, schloss Andron Porfirytsch den Deckel seiner Handwerkskiste und rief: »Vorwärts, meine Zugtiere! Richtung Tjotja Motja!«

Ossja und Fedja waren mit dem Ziehen dran.

Polly packte Dillotschka am Handgelenk und versuchte die vier plissierten Papiertellerchen von den Mohrenköpfen aus ihren Fingern loszueisen. Seit Stunden hatte sie jeden Quadratzentimeter mit der Zunge immer wieder abgeleckt, in der Hoffnung, eine unbemerkte Schokoladenschleifspur übersehen zu haben. Unter dem »Bohnenblütenhut«, dem auffälligen rosa Ding, sah Dillotschkas Gesicht seltsam ältlich aus, mit einem frostroten Knöpfchen als Nase und mit Lippen ohne jede Farbe.

»Frierst du?«

»M-m-m-m«, schnatterte Dillotschka mit den Zähnen.

Selber schuld, hätte Polly sagen können, denn wer hatte diesen grässlichen rosa Mantel unbedingt haben wollen und war durch keine vernünftigen Argumente zu überzeugen gewesen? Die Halbpelze waren schmuddelig, aber sie hielten warm.

»Gleich gibt's heißen Tee. Hops ein bisschen, lauf hin und her.«

»Mag nicht.«

Polly überlegte, wo man Dillotschka unterbringen könnte, um sie nicht bei dem nasskalten Novemberwetter von früh bis abends mit durch die Stadt zu schleppen, ohne was im Magen. Sie war schließlich erst fünf Jahre alt. Was spräche dagegen, sie zu Hause, im Zimmer zu lassen? Mancherlei. Irgendwann wäre Dillotschka das stundenlange Alleinsein in dem ungeheizten Raum überdrüssig. Und dann war damit zu rechnen, dass sie auf eigene Faust in der fremden Umgebung Rundgänge machte. Sie würde Türen öffnen, ohne anzuklopfen, sie würde Gesellschaft suchen, denn sie ertrug Verlassensein nicht; zu Hause war sie Njanja nie von der Seite gewichen.

Schade, dass Klascha sie nicht bei sich behalten konnte, wenn sie ihre Klavierbegleitungen einstudierte. Ob der göttliche Brandukow tatsächlich etwas gegen Kinder hatte? Oder hatte Klascha das nur erfunden, weil sie lieber mit ihm allein sein wollte? Madame Byrstowa-Lochwitzkaja schien auch nicht gerade ein mütterlicher Typ zu sein. Hatte sie Dillotschka jemals über den Kopf gestreichelt? Einzig Mamina hatte gelegentlich Interesse für die

Fünfjährige mit ihrem Petruschka gezeigt. Aber wenn Polly es recht bedachte, war das nicht unbedingt das Interesse einer Frau für ein Kind gewesen, eher Amüsement am Gebaren eines Äffchens, an dem man sich aus Langeweile ergötzt.

Das Problem musste aufgeschoben werden. Die Einfahrt in den Hinterhof, der fast schon einer Art Passage glich, so viele Niederlassungen gab es dort, war erreicht.

Der große Karren mit der langen Deichsel war ein Fremdkörper in dem Hinterhofbereich. Er störte. »Ach, sollen sich nicht so haben … die Viertelstunde«, meinte Andron Profirytsch. Die Tür der Kneipe durfte natürlich nicht verbarrikadiert werden; Tjotja Motja zu verärgern war das Letzte, was er beabsichtigte. Sie und seine Anisja hielten große Stücke voneinander.

Durch die einzige frei gebliebene Fensterhälfte spähte Polly in die Kegelbahn. Das Licht war schon an und vor dem eisernen Öfchen kauerte die Dunkelhaarige, um die Flammen zu beobachten. Von der Rothaarigen und dem Grammophon war noch keine Spur zu entdecken. War wohl noch nicht fünf Uhr, schätzte Polly, ehe sie den anderen folgte und sich auf eine der Holzbänke niederfallen ließ. Während der Zugreise, wo man oft tagelang nichts anderes tun konnte, als auf seinem Allerwertesten zu hocken, hätte sie nie geglaubt, dass es eine himmlische Belohnung sein könnte, sich endlich hinsetzen zu dürfen. Die drei Zugtiere nippten am heißen Tee und lutschten ihr Zuckerstück mit Andacht. Dillotschkas Tee wurde kalt. Sie hatte den Kopf auf die Tischplatte gelegt und war eingeschlafen.

Andron Porfirytsch hatte ein Paar seiner »künstlerischen« Entwürfe mit hereingebracht. Halbstiefel mit kleinem Absatz, gefertigt aus einem grünen Teppichmaterial mit gelben Ranken, an der Seite englische Gamaschenknöpfe. Tjotja Motja musterte sie unbeeindruckt, während der Schuster scherzhaft auf sie einredete. Schließlich ließ sie sich herab, einen anzuprobieren, hob die Röcke und machte ein paar Tanzschritte. Es endete damit, dass sie die Stiefelchen hinterm Tresen ließ, sie nicht mehr auf den Schanktisch zurückstellte. Sie goss zwei Wodka ein und man besiegelte den Handel.

Geld wurde keins gezahlt, das fiel Polly auf, die ihre Augen herumschweifen ließ. Andron Porfirytsch, der Ärmste, würde sicher warten müssen bis zum Jüngsten Tag. Und irgendwann würde er Anisja schicken, damit sie mahnte.

Draußen hatte eine helle Stimme zu schimpfen angefangen. Rasch trank Polly ihr Teeglas aus, stellte sich ans Fenster und rieb die beschlagene Scheibe mit dem Unterarm blank. Vor der Kegelbahn standen zwei Personen – ein junger Kerl, der das Grammophon mit beiden Armen festhielt, und die Rothaarige. Sie hatte das Plattenalbum unterm Arm und zeterte wie ein Rohrspatz. Voller Zorn, mit langen Schritten ihrer langen Beine kam sie herüber, und im nächsten Augenblick flog die Tür der Kneipe auf. Es wurde still im Raum, einzig die Würfelspieler nahmen keine Notiz von der Erscheinung. Sie sieht aus wie die Tänzerin Saharet auf Klaschas Künstlerpostkarten, dachte Polly hingerissen. Nein, noch viel schöner, denn Saharet hatte keine solche Menge rotgoldener Haare.

»Wem, bitte, gehört der Karren? Ich möchte denjenigen ersuchen, ihn umgehend anderswohin zu schieben. Wir geben in der Kegelbahn Stunden, und es geht nicht, dass wir unsere Kursteilnehmer wieder wegschicken müssen, weil sich die Tür nicht öffnen lässt.«

»Schau, schau, schau, was haben wir denn da?« Andron Porfirytsch versuchte seine Verlegenheit hinter jovialem Männergetue zu verbergen. Er schnalzte wohlgefällig mit der Zunge und stieß sich vom Tresen ab, wo dem Kaufvertrags-Wodka noch mindestens zwei gefolgt waren. »Wir eilen, wir eilen, Ihr Wunsch ist mir Befehl. Zugtiere, mitkommen!«

Draußen erteilte er etliche großspurige Kommandos, die jedoch keine wirklichen Anweisungen enthielten. Polly und die Brüder zerrten den Karren einfach ein Stück weiter. Weil aber der Bürovorsteher sofort das Fenster aufriss und zu brüllen begann, landeten sie zuletzt in hintersten Hofwinkel, wo es finster war und nach Hühnern stank. Während sie mit Schieben und Rangieren beschäftigt waren, hatte eine Schar lärmender Fabrikarbeiterinnen ihren Tisch besetzt. Dillotschka war auf einen Schoß gehoben worden und spähte in Panik nach den vertrauten Gesichtern. Aus ihrem Erschöpfungsschlaf gerissen, wusste sie nicht sofort, wo sie war.

Tschuwarenko winkte die Kinder zum Tresen – »He, pst, kommt mal her, ihr« – und tat geheimnisvoll. »Ich hab mit Motja Grigorjewna hier ausgemacht, dass ihr bei ihr ein Frühstück bekommt, nichts Üppiges, ein Gläschen Tee, ein Brot, was immer sie da hat. Ihr müsst nichts bezahlen, das ist schon geregelt.«

Er hat ihr die Teppichstiefeletten geschenkt, begriff Polly und dachte: unsertwegen. Mitten in den Dank hinein fragte Fedja: »Klascha auch?«

»Na schön, dann eben fünfmal«, sagte der Schuster ergeben. Die Miene der Wirtin verriet nichts, weder Wohlwollen noch Missfallen. »Kommt aber nicht vor neun«, sagte sie nur.

Während Andron Porfirytsch noch blieb, zog es Polly und die Jungen zur Kegelbahn. Einige große Mädchen und junge Frauen saßen bereits auf den Gartenstühlen am Rand des Saals und lauschten der Rothaarigen, die lebhaft sprach. Als die Dunkelhaarige auf das Fenster zukam, an dem die vier Kinder klebten wie Nachtfalter, mit den Händen seitlich das Gesicht abschirmend, wichen sie erschrocken zurück. Aber es geschah ein Wunder: Sie machte lockende Gebärden, doch hereinzukommen.

»Wir haben leider kein Geld, um an dem Kurs teilzunehmen«, sagte Polly, gleich nachdem sie den Raum betreten hatten. Sie war immer für klare Verhältnisse.

»Aber wir könnten Holz nachlegen«, bot Ossja an.

»Und wir können auch mit einem Grammophon umgehen«, ergänzte Polly. »Wir hatten selber eins. Wenn Sie uns dafür zuschauen lassen?«

Die Rothaarige wurde gerufen. Ein kurzes Palaver, Nicken. Man machte sich flüchtig bekannt. Die Dunkle war Germia Lamakina, die Rothaarige hieß Saffo Bljumental.

»Als Erstes, Kinder, müssen die Fenster gegen Neugierige abgeschirmt werden«, bestimmte Bljumental. »Wenn da Zehnjährige umherhüpfen, ist das etwas anderes, aber wenn erwachsene Frauen à la Isadora Duncan tanzen, schlägt die Neugier und die Unreife männlicher Gaffer leider nicht selten ins Randalieren um.«

»Saffo Dawidowna meint, wir sollten nicht unbedingt Zaungäste anlocken«, fasste Lamakina zusammen. »Die letzten Male hatten wir Stühle aufeinander getürmt. Das muss natürlich zu Ende der Stunde wieder aufgeräumt werden. Ich bin froh, dass wir jetzt solche tüchtigen Helfer haben.«

Ossja und Fedja machten sich an die Arbeit. Polly wurde von Bljumental zurückgehalten und über die Kostbarkeit der Schallplatten belehrt.

»In diesen Zeiten ist jede einzelne unersetzlich. Soll ein bestimmtes Musikstück wiederholt werden, so mache ich das Aufsetzen, wenn es ein Stück aus der Mitte ist, lieber selbst. Denn ein einziges ungeschicktes Auftreffen der Nadel genügt – und schon haben wir den Kratzer. Du weißt, was zu tun ist, wenn das Tempo sich verlangsamt und der Ton plötzlich tiefer und tiefer wird?«

»Dann muss man an der Kurbel drehen«, sagte Polly.

»Fein, sehr schön. Ich liebe es, wenn Menschen mitdenken«, sagte die Rothaarige. Es klang wie ein Lob. Polly errötete und fühlte sich gut.

Die jungen Damen hatten im Hintergrund des Saales in einer improvisierten Umkleidekabine aus hochgestellten Tischen ihre winterlichen Straßenkleider mit Fantasiegewändern à la Isadora vertauscht und kamen auf zaghaften nackten Füßen, an die kalten Dielenbretter noch nicht gewöhnt, wieder zum Vorschein. Lose dünne Stoffe, Chiffonschals, Reste einstiger Nachthemden, ließen ihre Waden und Arme frei, wie in der Badeanstalt.

Lamakina und Bljumental, ebenfalls umgezogen, in wunderschönen Tuniken in Seegrün und Rosarot, stellten sich an die Spitze der Schar, bereit, tiefste und enthusiastischste Gefühle durch Bewegung auszudrücken. Jetzt nickten sie zu Polly hin und die legte den Tonarm um und setzte die Nadel geschickt in die äußerste Rille. Auf dem Etikett der Platte stand »Edvard Grieg. Peer Gynt Suite« und darunter, in kleineren Buchstaben: »Morning. Death of Aase«. Auf der Rückseite war noch einmal »Edvard Grieg. Peer Gynt Suite«, aber »Anitra's Dance. In the Hall of the Mountain King«.

»Wir laufen aus dem Haus, indes die Sonne aufgeht«, rief Bljumental beschwörend und öffnete die Arme hingebungsvoll dieser vorgestellten Sonne. »Wir laufen in die Steppe hinaus ... das Gras, es weht in der leichten Morgenbrise, Lerchen trillern hoch über uns ... der Himmel färbt sich rosa ... und jetzt – jetzt rollt eine goldene Woge über den Himmel ... wir stürmen ihm entgegen, dem Licht, um uns ihm anzuverwandeln ... wir sind die beglückte Kreatur!«

Polly versuchte ihre Aufmerksamkeit zwischen dem Grammophon und den Isadora-Duncan-Jüngerinnen zu teilen. Obwohl sie nach den Stunden des Karrenziehens müde war, zuckte in ihren Armen und Beinen dennoch riesengroße Lust, mitzutanzen und sich zu wiegen und zu biegen.

Sie erschrak, als neben ihrem Ohr statt der Musik das »Schrschrschr« der Pause schrammte. Lamakina machte von weitem die Gebärde des Anlupfens und wirbelte dann die Zeigefinger spulenartig umeinander. Polly hob rasch den Tonarm an, ehe das nächste Stück einsetzte. Das wollten sie wohl nicht haben.

Zitternd vor Behutsamkeit drehte sie die Platte um: »Anitra's Dance«.

»Auf der Landstraße, abends, haben Leute ein Feuer angezündet«, begann Bljumental in raunendem Tonfall. »Wir Flammen zucken und lecken am Reisig. Wir brennen. Wir breiten uns aus. Wir steigen und schlagen im Windzug nach der Seite. Jemand bringt frisches Holz, trockenes Birkenlaub. Ha, wie wir das verschlingen, wie es uns stark macht und wild! Wie wir lodern und munter die Funken springen lassen! Und ach – wie rasch ist alles verzehrt, und nach und nach fallen wir in uns zusammen, glühendes Holz nur mehr, mit ein paar züngelnden Flämmchen.«

Sie gab Polly ein gebieterisches Zeichen. Mit vor Achtsamkeit herausgestreckter Zungenspitze waltete die ihres Amtes. Die Jungen saßen neben ihr. Fedja hatte das Kinn auf Ossjas Schulter gelegt, der all die jungen Frauen, ihre herumwabernden nackten Arme und die hin und her tapsenden Füße mit seiner üblichen Lernbegierde verfolgte. Er hatte ja schon manches ausprobiert, aber Ausdruckstanz war ihm neu.

»Ich würde zu der Musik eine Maus tanzen«, flüsterte er den anderen zu, »eine Maus, die nachts in der Küche auftaucht, wo die Katze auf dem Ofen schläft. Eine zierliche, freche, mutige und natürlich siegreiche Maus würde ich darstellen. Mal ehrlich – wär das nicht viel lustiger als das Flammengewedel?«

»Wirst du still sein«, zischte Polly. »Erstens sind wir hier nur geduldet und zweitens wissen Bljumental und Lamakina, was sie da tun. Schließlich haben sie bei Isadora Duncan selbst studiert. Feuer ist außerdem für erwachsene Frauen eleganter als eine herumhuschende Maus.«

»Wo ist die Maus?« Dillotschka hatte nur den Schluss mitbekommen. »Ich hab Angst vor Mäusen. Nimm mich auf den Schoß, Poljenka.«

»Dann kann ich das Grammophon nicht bedienen«, wimmelte Polly sie ab. »Schaut – sind sie nicht wundervoll?« Sie meinte nicht die Schülerinnen des Kurses, sondern die Meisterinnen. Vor allem Bljumental, deren aufgelöste rote Haarsträhnen sie gleich echten Flammen umzüngelten. »Ich werde alles tun, damit sie mich immer dabei sein lassen. Ihr etwa nicht?«

Die Jungen hüllten sich in Schweigen.

Anschließend kam etwas Groteskes und nun wieder ganz nach Ossjas Herzen. Zu »In the Hall of the Mountain King« bewegten sich aufgerichtete Bären mit kurzen schwerfälligen Schritten. Er konnte sich nicht länger beherrschen und imitierte in den neuen Wollstrümpfen, bescheiden im Halbdunkel bleibend, seine private Bärennummer. Dabei war der einzige Bär, den er gesehen hatte, ein Tanzbär an der Kette gewesen, auf dem Ostermarkt, noch vor dem Krieg.

»Halt, wartet, ich glaube, in dieser kleinen Piece steckt viel mehr«, rief Bljumental, als die Plattenseite zu Ende war. »Der Bär als Kreatur gibt alles in allem nicht viel Ausdrucksmöglichkeiten her. Spielen wir das Stück noch einmal.« Auffordernd nickte sie Polly zu; offenbar hatte sie nichts mehr dagegen, dass sie die Nadel auch in der heiklen Plattenmitte aufsetzte. »Nun? Wer hätte einen Vorschlag, welche menschlichen Gefühle, welche Leidenschaften dadurch ausgedrückt werden?«

Polly bemerkte, wie Lamakina betrübt die Lippen zusammenkniff. Die Idee, diese Melodie durch Bären zu interpretieren, war von ihr ausgegangen.

»Ein Brummkreisel, der sich immer schneller dreht und immer lauter summt«, sagte ein etwa vierzehnjähriges Mädchen, das Polly von Anfang an aufgefallen war durch seine Selbstsicherheit.

»Nicht schlecht, Marina, aber ich meinte eher etwas Ideelles. Gefühle, Leidenschaften, wie ich schon sagte.«

Da niemand sich rührte, niemand etwas vorzuschlagen hatte, räusperte sich Polly. Und während ihr Herz oben im Hals hämmerte vor Verlegenheit, deklamierte sie in die Stille hinein:

»Hin und her im Garten des Serails
geht der pflaumenrunde Haremswächter.
Wie soll er's dem großen Khan nur sagen,
wie ihm sagen,
dass die schöne Schaganeh,
das Geschenk des Fürsten Guidon,
ward entführt ihm letzte Nacht.
Sicher wird der Khan ihn köpfen,
wird ihn martern und bestrafen.
Wie soll er es ihm nur sagen,
wie ihm sagen?«

Man hätte eine Haarnadel zu Boden fallen hören können. Polly bereute ihre Tollkühnheit sofort. Wie konnte sie es wagen, sich zu beteiligen, wo sie doch gar nicht dazugehörte. Ihr Gesicht brannte vor Scham. Das hatte man davon, dass einem das Auswendiglernen so leicht fiel. Vergesst es, vergesst es, dachte sie wie eine Beschwörung und leierte, als sei nichts geschehen, ein paar Umdrehungen mit der Kurbel.

Da wurde applaudiert. Eine Person klatschte in die Hände. War das eine Verhöhnung? Pollys Kopf fuhr hoch: wer?

Es war Saffo Bljumental. Und jetzt rief sie sogar noch Bravo. »Sehr originell, Mädchen, wie heißt du?«

»Ippolita«, sagte Polly.

»Nach der Amazonenkönigin, hm, hm. Nun, Ippolita, du hast das innerliche Gefangensein gut herausgehört. Denn einzig Tonart und Tempo wechseln, werden immer wilder, um brodelnde Gefühle zu beschreiben, aber aus der gleichbleibenden Melodie scheint es kein Entrinnen zu geben, so wenig wie aus einem Teufelskreis. Ist das aus einem Poem von Lermontov?«

»Nein, aus ›Die Adlerbraut‹. Von Taras Sokin-Gradow«, sagte Polly.

»Kenn ich nicht. Na, macht nichts. Sei so gut und spiel uns

den Grieg noch mal. Und wir anderen werden versuchen, diese Gewissensqualen im Tanz auszudrücken.«

Ein Dutzend Duncan-Jüngerinnen, die »verzweifelt« gefalteten Hände zum Kinn hochgezogen, wankten in wild bewegter »Gewissensqual« umher und durcheinander und wetzten in rastlosen Sprungschritten »von Mauer zu Mauer«.

Ketzerisch flüsterte Ossja zu Polly hinüber: »Wenn ich nur die Musik höre, sehe ich, was du erzählt hast. Aber die da – nie im Leben sind das Haremswächter. Dicke Männer gehen ganz anders, die watscheln wie Vater Amwrosi.« Vater Amwrosi war der Geistliche an der Kirche zu Hause gewesen, ein stadtbekannter Fettwanst. »Da war das mit den Bären viel besser.«

»Banause«, flüsterte Polly zornig. Sie liebte Bljumental, sie liebte Lamakina. Und sie liebte das, was sie taten. »Hast ewig was zu stänkern.«

Auch Fedja hatte etwas zu flüstern: »Denkt dran, dass um sieben gegessen wird. In spätestens einer Viertelstunde müssen wir gehen, sonst schaffen wir es nicht. Ich hab auf die Schläge draußen gehorcht.«

Jemand rüttelte von außen an der verschlossenen Tür. Da die Fenster verstellt waren, konnte man nicht sehen, wer es war.

Bljumental klatschte in die Hände und beendete die Stunde mit ermunternden Worten, worauf alle hinter die aufgestellten Tische eilten. Polly ließ die Platte wieder in die Albumhülle rutschen. Sie schloss den Grammophondeckel. Den Trichter abzumontieren traute sie sich nicht. Das hatte sie zu Hause nie getan. Währenddessen wurde weiter gepocht und gerufen. Eine männliche Stimme. Sie kam Polly bekannt vor. Außerdem sprachen da noch zwei weibliche Stimmen. Ein tiefer Kontraalt und eine kehlige jugendliche Tonlage. Gonscharenko, Madame Byrstowa und Klascha.

Wir tun nichts Verbotenes, war Pollys erster Gedanke. Wir haben den ganzen Tag gearbeitet und wollen jetzt nur ein bisschen

Spaß haben. Ihr zweiter Gedanke war deutlich sachlicher. Die Kegelbahn – das ist es, sie kommen wegen des Raums für den Auftritt.

Und so war es denn auch.

Fünf Minuten später, als man sie anständigerweise einlassen konnte, begannen die drei mit Feldherrnblicken alles zu begutachten. Gontscharenko prüfte die Akustik, indem er »Oh, du Nacht, dunkle herbstliche Nacht« intonierte. Klascha klappte das Klavier auf (das Polly für eine hochgestellte Tischplatte gehalten hatte) und jammerte: »O nein, Ljudmila Akimowna – total verstimmt! Eine Katastrophe.«

»Wir lassen es stimmen, das ist nicht das Problem«, beruhigte die Prinzipalin. Sie hatte die beiden Tanzlehrerinnen huldvoll begrüßt, mehr aber auch nicht. »Antoscha, wie ist Ihre Meinung? Wie viele Stühle sind das, Klaschenka? Zählen Sie schnell mal durch.«

»Zweiunddreißig«, antwortete Lamakina gefällig. »Ich weiß das, weil wir vier Fenster haben und jeweils acht Stühle benötigen, um ein Fenster zu verstellen.«

»Viel zu wenig«, bestimmte Madame Byrstowa. »Wir dürfen mit hundert Personen rechnen. Bei unseren Namen und unserem gediegenen Programm! Die fehlenden kann Gumiljew organisieren, in so was ist er recht geschickt.«

Pollys Blick hatte sich mit Klaschas Blick gekreuzt. Aber außer einem Hochziehen der Augenbrauen zeigte Klascha keine Überraschung.

»Wir gehen jetzt«, sagte Polly schließlich, nachdem Gontscharenko das Klavier zu verschiedenen Stellen gerollt hatte, damit Klascha ein paar Melodien anschlagen konnte und die beiden anderen den Effekt beurteilten.

»Ja, geht nur«, sagte Klascha geschäftig. »Ich komme etwas später. Macht der Ptizyna klar, dass ich nicht trödle, sondern wegen unseres Auftritts unterwegs bin. Sie soll mir unbedingt meine Portion aufheben.«

»Klaschenka … wie findest du sie?«, druckste Polly, mit leuchtenden Seitenblicken zu Bljumental (die gerade das Grammophon auf die Arme des pünktlich erschienenen Trägers hob) und Lamakina (die zusammen mit Ossja und Fedja Stühle abbaute).

»Wieso, weshalb soll ich sie finden? Ich kenn sie doch überhaupt nicht«, sagte Klascha zerstreut und probierte ein paar Arpeggien. »Wie das klirrt, fürchterlich! Als hätte jemand Seidenpapier auf die Saiten gelegt.«

Auf dem Heimweg ließ Dillotschka ständig die Füße schleifen. Sie war auch nicht durch abenteuerliche Vermutungen, den Nachtisch betreffend, zu erheitern. Von Zeit zu Zeit fröstelte sie und hatte Hände wie aus Eis.

16. Kapitel

Was gibt es?«, fragte Ossja, als sie die Wohnung der Ptizyns betraten.

Fedja schnupperte. »Würde sagen, Makkaroni mit Tomatensoße.«

Sogleich gaben sich alle Apraksins freudigen Vorstellungen hin.

Polly öffnete die Tür ihres Zimmers, um die Mäntel abzulegen. (Alida Petrowna hatte ihnen durch Nastja ausrichten lassen, sie wolle diese verlausten Halbpelze keinesfalls an ihrer Garderobe hängen sehen. »Meinetwegen sollen sie sie im Zimmer in eine Ecke werfen.«) Dicker Petroleumgestank empfing sie. Sie hatte das Malheur der letzten Nacht vollkommen aus dem Gedächtnis verloren gehabt. Die Ursache des Gestanks, die Lampe mit dem weißen Glasschirm, war von irgendjemandem entfernt worden. Dafür hatte Nastja heute keine Betten gemacht. Auch der Eimer mit dem gebrauchten Waschwasser stand immer noch da. Polly schleppte ihn, sehr ernüchtert, hinaus in den Flur des Treppenhauses, wo der Etagenausguss und der Abort sich befanden.

Dillotschka kam ihr nach, ihre Mopstasse in der Hand: »Ich hab so schrecklichen Durst.«

»Kein unabgekochtes Wasser«, wiederholte Polly das Verbot Njanjas. »Davon kriegt man Cholera und Ruhr und Typhus.«

»Typhus nicht. Der wird von den Flöhen übertragen, die ihr aus dem Zug mitgebracht habt.« Dajanka kam aus der Klotür. Sie hatte etwas unter den Arm geklemmt, das wie ein schmales Buch aussah.

»Liest du auch immer auf dem Klosett?«, fragte Polly freundlich. Wenn sie bei unangenehmen Personen plötzlich eine verwandte Neigung entdeckte, war sie sofort bereit, ihre Meinung von den Betreffenden zu ändern.

»Was heißt ›auch‹?«, war die spitze Antwort. »Willst du damit sagen, du kannst lesen? Was für Marmelade nimmt Alice im Fallen aus dem Regal mit?«

»Orangenmarmelade«, sagte Polly wie aus der Pistole geschossen. »Mit welcher Vorschrift redet sich die Weiße Königin heraus, Alice keine Marmelade zu geben?«

»Nur Marmelade morgen und Marmelade gestern, doch nie Marmelade heute«, schrie Dajanka triumphierend. Ihr winziger Mund war vor Vergnügen so weit geöffnet, wie es nur ging. »Und wie isst man Spiegelpasteten?«

»Erst rumreichen, dann klein schneiden.« Polly setzte den Eimer ab. »Was gibt die Rote Königin Alice gegen den Durst?«

»Einen staubtrockenen Keks. Aber aus was besteht eine Süßbelle?«

Polly überlegte fieberhaft. Das betraf Alices Unterhaltung mit der Mücke, die so groß wie ein Küken war. Sie starrte auf die Mäanderkante, die den Anstrich der Treppenhauswand oben abschloss, Schnörkel, die keinen Anfang und kein Ende hatten. »Gib mir einen Anfangsbuchstaben.«

»P«, sagte Dajanka. Ihre weißblonden Wimpern flatterten wie Mottenflügel, sie vollführte kleine leichte Sprünge, bei denen ihre Füße einander an den Knöcheln berührten.

»P, P, P, Pli, Pla, Plu ... ich hab's! Eine Süßbelle besteht aus Plumpudding, ihre Flügel aus Weihnachtsbaumzweigen und ihr Kopf aus einer brennenden Rosine, die mit Weinbrand getränkt ist«, schnurrte Polly herunter.

»Dajanka, zu Tisch!«, tönte aus dem Inneren der Wohnung die Stimme von Alida Petrowna. »Wo zum Teufel steckst du?«

»Aber die Übersetzung von ›Little Women‹ kennst du nicht«, sagte Dajanka, während sie den langen Gang entlanghasteten. Ihr Ton war wieder der alte. Hämisch und spöttisch.

»Jo, Margret, Betty, Amy«, schnatterte Polly, bereits an der Schwelle des Esszimmers. »Betty stirbt, Margret heiratet, Jo veröffentlicht einen Roman und Amy geht mit der alten Tante auf große Reise. Schnippschnapp, Daumen ab, jetzt schwimmt er in der Suppe, schalippe, schaluppe.«

Dafür erntete sie einen Puff in die Magengrube, ehe Dajanka mit dem Ruf »Mir ganz viel, Nastja!« auf ihren Platz stürmte.

Polly genoss es, diesmal einen Stuhl für sich allein zu haben und einen ganzen Teller zum eigenen Gebrauch.

»Na, wie hat die Schule wieder geschmeckt, khnn, khnn, Dajanetschka?«, erkundigte sich Buzuluki, das »Walross«. Er veranstaltete auf seinem Teller eine Häckselei und schnitt seine Makkaroni in kleine Stücke; die ließen sich bequemer aufspießen.

Fedja sagte: »Poljenka, hast du ausgerichtet, dass Klaschas Essen aufgehoben werden soll?«

Nein, das hatte sie vergessen. Und Alida Petrowna meinte ungnädig: »Wir sind kein Wirtshaus, wir haben feste Essenszeit.

Diese einzuhalten ist eine Geste des Anstands. Dajanka, um die Frage von Wladimir Iljitsch aufzugreifen, hast du Hausaufgaben gemacht?«

»Da ist noch eine Französisch-Übersetzung, Mamachen. Du hast doch gesagt, sie wird mir helfen.« Dajanka deutete mit dem Kopf auf Polly.

»Bedaure, ich hatte kein Französisch«, sagte Polly im selbstverständlichsten Ton der Welt.

»Sagtest du nicht, du seist aufs Gymnasium gegangen? Und dann keine Fremdsprachen?«, wunderte sich Madame Ptizyna.

»Wir hatten Englisch«, sagte Polly. »Und … und Deutsch.«

»Wie – trotz des Krieges? Deutschunterricht?« Lew Lukitsch Schazki, der Mann ohne Kinn, tippte sich an die Stirn. Als wollte er sagen: Mich kannst du nicht anschwindeln.

»Ja«, beharrte Polly, die nun nicht mehr zurück konnte und die Flucht nach vorn antrat. »Unsere Lehrerin fand, dass … äh … dass es schade sei, das bisher Gelernte wegzuwerfen.«

»Spiek ssamßing in Inglisch, pliehß.« Schazki, dieses Ekel, sog seine Makkaroni wie Flöten durch die gespitzten Lippen ein, was ein Flutschgeräusch verursachte.

Ich hab Hunger, ich will essen, ich kann kein Englisch und außerdem bin ich wie gerädert, dachte Polly. Warum kann man mich nicht in Frieden lassen? Da öffnete ein rettender Schutzgeist das Türchen ihrer Erinnerung, hinter dem die Eisbahn-Schlager aufbewahrt wurden. Und sie deklamierte das hundertmal Gehörte: »Daisy – Daisy – giff mir jur ahnser du, aim haf kreesi orl for ße laaf off ju. Wi kahnt hääf ä stailisch märriädsch for ai kahnt äfford ä kärriädsch.«

»Mökten Sie mir spreken Deutsch?« Schazki ließ nicht locker. Er fraß und grinste, als habe er sie durchschaut und wolle sie nur zum Spaß ein bisschen quälen.

Ossja hauchte: »Großmama Remisow.« Denn Großmama Remisow war in ihrer Jugend zwei Jahre in einem Internat im

Schwarzwald gewesen und hatte bisweilen deutsche Lieder und Sätze in ihre Rede gestreut, als sie noch lebte.

»Wär uuns getraut, ai sprrichch sag duus. Där Dompfaff där chat uuns getraut. Wär Zeige war, ai sprrichch sag duus. Zwei Stärrchche die klapperten laut. – Mehr kann ich Ihnen leider nicht bieten, Lew Lukitsch, weil ich schon lange keinen Unterricht mehr hatte. Hab alles vergessen.«

Schazki spitzte die Lippen und pfiff eine gefühlvolle Melodie, als hätte Pollys Familiendeutsch bei ihm eine entsprechende Erinnerung geweckt. Dajanka aber bohrte ihren Blick in Pollys Blick. Und ihr winziger Mund formte stumm die Worte: »Du l-ü-g-s-t.«

Klascha tauchte auf, als man schon beim Nachtisch war – einem säuerlichen Kürbiskompott. Dajanka bekam eingemachte Pfirsiche, die von weitem so aussahen, als habe auch sie Kürbis. Dillotschka machte Polly darauf aufmerksam.

»Ich möchte auch lieber Pfirsich, ich mag das andere nicht.« Ihre Nerven waren durch den langen Tag in der Kälte so mitgenommen, dass sie in bittere Tränen ausbrach.

Klascha, die keinen Stuhl für sich fand, nahm sie auf den Schoß.

Ehe Nastja ihr einen Teller hinstellen durfte, wurde Klascha erst noch von der Hausherrin abgekanzelt. Von »Zigeunersitten« war die Rede, von fehlendem Respekt und Mangel an gutem Benehmen. Und das alles wegen einer Portion, die keine Katze satt gemacht hätte und zudem kalt war.

Kaum war sie damit fertig, erhob sich Klascha, als könne sie es nicht erwarten. Sie hatte sich bis jetzt nicht verteidigt. »Nur damit Sie es wissen: Die Prinzipalin der Künstlertruppe Byrstowa, der berühmte Bass Gontscharenko und ich, wir haben einen Saal besichtigt, in dem wir in Kürze auftreten werden. Aber ich erwarte kein Verständnis. Was ich jedoch erwarten darf, ist mein teuer bezahltes – im Voraus bezahltes! – Abendessen. Das steht mir zu.«

»Merkwürdige Säle, die erst nach Eintritt der Dunkelheit besichtigt werden können«, äußerte sich Schazki.

»Was verstehen Sie schon davon«, sagte Klascha, ohne sich zu ihm umzudrehen. »Kommt, Kinder, sagt gute Nacht.«

Polly hatte keineswegs vorgehabt, so bald ins Bett zu gehen. Abgesehen davon war es hier durch den Ofen und die anwesenden Menschen schön warm, wohingegen ihr Zimmer ungeheizt und klamm und obendrein verstänkert war. Und drittens hatte sie die heimliche Hoffnung, das Abfragespiel könnte wieder aufgenommen werden. Spannend war das gewesen, fast wie das Wagenrennen in dem Roman »Ben Hur«. Unter diesen Umständen wäre sie vielleicht sogar bereit, Dajanka ein bisschen bei der Französischaufgabe zu helfen, soweit man mit einer ewigen Drei im Zeugnis dazu imstande war. Dajanka – eine Leseratte! Wer hätte so etwas vermutet.

Polly reihte sich als Letzte in Klaschas Kielwasser ein, denn natürlich konnte man Klascha nicht im Stich lassen, sonst wäre die ganze Wirkung des Abgangs verpufft. An der Tür drehte sie sich noch mal um: bedauerte Dajanka, dass sie schon ging? Ihrem Gesicht ließ sich nichts entnehmen, eher im Gegenteil. Denn das Schmunzeln, das Dajanka nicht zu unterdrücken vermochte, als sie Polly hinterhersah, schien ein Zeichen heimlicher Schadenfreude.

»Lieber Himmel, hat dieser Schuster dich geschlagen?« Klascha schrie auf, als Polly sich das Nachthemd überzog. Mit spitzem Finger fuhr sie über Pollys Schulter und Nacken. »Blaurot, ein Striemen so breit wie ein Gürtel. So wurden früher die Leibeigenen verprügelt.«

»Das kommt vom Karrenziehen«, sagte Polly. »Njanja hätte gewusst, was man dagegen tut. Du, Klaschenka … ich hab heute jemanden kennengelernt. Er kam aus dem Hotel ›Jewropa‹ und ließ sich von Andron Porfirytsch seine Schuhe ausbessern …«

»Diese Kegelbahn ist doch unmöglich«, sagte Klascha. »Für

das Gehüpf mag es ja der richtige Ort sein, diese Weiber mit den nackten Beinen – mon Dieu, war das lächerlich! Aber ich frage dich: Welches ernst zu nehmende Publikum wird schon in diesen Hinterhof kommen …«

»… er hat versprochen, sich nach einem Raum für euch umzuhören«, sagte Polly. »Er muss im Waschkabinett eines ehemaligen Dumamitglieds schlafen und sein Freund haust in einer Besenkammer. Weil das Hotel so überfüllt ist. Ich hab ihm unsere Adresse genannt. Man weiß ja nie – vielleicht erfährt er durch Zufall was …«

»… als ich neulich die Pantomime von Mamin und Mamina begleitete«, sagte Klascha, »hab ich übrigens was Merkwürdiges herausgefunden. Ich weiß gar nicht, ob ich mit dir darüber reden sollte, du bist ja schließlich noch ein Kind. Ich hatte dir doch erzählt, dass sie in der einen Nummer eine Balgerei von Hund und Katze vorführen. Sie tragen dabei Trikots. Und sie kamen sehr nahe am Klavier vorbei, viel näher, als die Zuschauer sie sehen …«

»… aber er hat es nicht für nötig gehalten, mir gleichfalls seinen Namen zu nennen«, sagte Polly, »wie findest du das? Hätte er doch eigentlich tun müssen. Ossja sagt, er würde aussehen wie Aramis auf den Bildern in unserem ›Drei-Musketiere‹-Buch …«

Ein rauer Laut unterbrach die sich kreuzenden Monologe. Dillotschka, die wie ein welker Schneeglöckchenstrauß auf ihrem Platz am Fußende des Bettes gelegen hatte, bäumte sich auf. Ein Lavastrom aus Makkaroni und Tomatensoße ergoss sich auf den Fußboden.

Ossja und Fedja schliefen bereits. Sie hatten sich in den letzten Wochen angewöhnt, sich durch keinerlei Geräusche dabei stören zu lassen. Klascha wusch Dillotschka das Gesicht ab, Polly tappte ins nachtstille Treppenhaus, um in einem Eimer Wasser zu holen.

Auf dem Rückweg schaute sie in die Küche hinein. »Dillotschka hat sich übergeben, wir brauchen …« Keine Nastja zu sehen. Die Küche war leer und aufgeräumt. Wo bewahrte Nastja um Himmels willen das Scheuerzeug auf? Kurzerhand schnappte Polly sich die Geschirrtücher. Zufällig fiel ihr Blick auf einen blechernen Tellerleuchter mit Kerze drin und Zündhölzern daneben. Für den Fall einer Stromsperre gedacht. Wie von selber streckte ihre Hand sich danach aus. In einer Woche, wenn wir den ersten Lohn fürs Karrenziehen erhalten, bezahl ich die lumpige Kerze, sagte Polly sich.

Sie musste noch zweimal zum Ausguss laufen.

»Sie sieht geradezu grün aus«, sagte Klascha. »Aber es war doch ein Essen, bei dem nichts falsch gemacht werden kann. Uns ist doch auch nicht übel geworden. Also, ich kann morgen nicht zu Hause bleiben und Njanja spielen. Ich muss zur Druckerei und die von Ljudmila Akimowna entworfenen Plakate in Auftrag geben. Und anschließend muss ich …«

»Wart's doch erst mal ab«, tröstete Polly. Sie zündete die Kerze an und stellte sie auf den Stuhl neben sich. Dann zupfte sie an ihrem großen Zeh: »Allerbeste Zehe mein, weck mich halb neun, nicht acht soll's sein, nicht neun soll's sein, merk dir's: halb neun.«

Die Kerze war kein Vergleich mit dem hellen Schein der Petroleumlampe. Aber im Bett zu lesen war eine Sucht, sie hatte Nastja gegenüber gar nicht so sehr geschwindelt. Und diese Sucht zu stillen war ein himmlisches Vergnügen. Während Klascha neben ihr bereits tief atmete, langte Polly unter das Kopfkissen, um »Das Gespenst von Canterville« zu Ende zu lesen.

Ihre Hand tastete ins Leere.

Polly drehte sich auf den Bauch und grub mit dem ganzen Arm unter dem Kissen herum. Auch das Gebiet unter Klaschas Kopf wurde abgetastet. Sie leuchtete mit der Kerze unter das Bett: vielleicht war das dünne Büchlein zwischen Matratze und Kopfteil durchgefallen?

Wenn Nastja im Zimmer gewesen wäre, hätte sie mit Sicherheit das Bett gemacht. Wenn sie aber nicht hereingekommen war

– wer hatte dann die Lampe weggeholt? Und woher hatte derjenige (oder diejenige) gewusst, dass unterm Kopfkissen ein Buch steckte? Von einer jähen Ahnung befallen, schlüpfte Polly aus dem Bett und lief zur Kommode. Sie schloss das rechte Fach auf, wo die anderen Bände der »Bibliothek Medusa« gestanden hatten.

Das Fach war leer.

Dajankas Schmunzeln stand ihr vor Augen, die deutliche Schadenfreude.

Nachdem Polly die Kerze ausgeblasen hatte, schluchzte sie, so leise es ging, ins Kissen. Die Enttäuschung war einfach zu groß. Und als es langsam besser wurde, kam die nächste Riesenwelle, um sie umzuwerfen. Der Karren! Sie hatten den Karren nicht, wie vorgesehen, in die Uliza Saduri, die Streithammelstraße, zurückgefahren. Er würde die ganze Nacht unbewacht in jenem Hinterhof stehen. Mit all dem wertvollen Schusterwerkzeug, den Lederresten und Meister Tschuwarenkos künstlerischen Entwürfen.

Polly weinte noch einmal von vorn.

17. Kapitel

Dillotschka fror. Sie schlotterte und zitterte, ihre Zähne schlugen aufeinander. Polly brachte sie zwar dazu, sich auf den Bettrand zu setzen, aber im nächsten Moment ließ sie sich wieder zurückfallen. Ihr kleines Kissen von zu Hause war feucht vom Fieberschweiß der Nacht.

»Sie hat Schüttelfrost. Wir können sie unmöglich mit auf unsere Tour nehmen«, sagte Polly zu Klascha, die sich den gesamten Inhalt des Wasserkrugs in die Waschschüssel gekippt hatte.

Und die sich mit der duftenden englischen Seife »Lily of the Valley« den ganzen Oberkörper einschäumte.

»Dann bleibt sie am besten im Bett«, entschied Klascha. »Hat sie Fieber?«

»Wie eine Herdplatte«, sagte Ossja, der der kleinen Schwester prüfend die Hand auf die Stirn gelegt hatte. »Wenn du sie mit 'nem angeleckten Finger berührst, zischt es.«

»Njanja hat bei hohem Fieber immer Umschläge gemacht«, sagte Polly. »Zuerst ein nasses Badetuch, dann eine Ölhaut, dann wird man in eine Wolldecke gerollt, damit man sich nicht aufdecken kann. Und obenauf kommt ein dickes Federbett. Mindestens eine Stunde lang muss man drin bleiben und schwitzen. Und die Brust muss mit warmer Butter eingerieben werden.«

»Wir können heute Abend die Ptizyna fragen, ob sie eine Guttapercha-Unterlage besitzt. Dann machen wir so einen Umschlag«, bestimmte Klascha. »Aber für einen Doktor haben wir kein Geld. Über Butter lässt sich eventuell mit dieser Nastja verhandeln. Wer bleibt freiwillig hier?«

Niemand meldete sich.

Klascha hatte den Kopf voll mit sehr privaten Dingen, abgesehen von den Vorbereitungen des Gala-Abends. Und die anderen wussten aus der gestrigen Erfahrung, dass zwei allein nicht durchhalten würden, den ganzen Tag lang Zugtier zu spielen, wenn sie nicht von Zeit zu Zeit ausgewechselt wurden.

Alle vier setzten sie sich ans Bett und streichelten die gewichtlose kleine Pfote, das heiß glühende Gesicht, strichen klebrige Haarsträhnen beiseite. »Wir bringen dir von Tjotja Motja dein Frühstück mit, keine Bange«, trösteten sie. »He, du, Petruschka, pass gut auf unsere Dillotschka auf.«

Mit halb geschlossenen Augen, apathisch, lag Dillotschka neben ihrem Petruschka. Ein kaum hörbares Schmatzen des ausgetrockneten Mundes, der nach Flüssigkeit verlangte, war die einzige Reaktion.

Wie immer am frühen Vormittag hockte Alida Petrowna bei Nastja in der Küche, nörgelte an den Einkäufen vom Markt herum, schrieb ihre Ausgaben auf und legte den Speiseplan für das Abendessen fest. Die vier Apraksins, die verlegen um die Küchentür lungerten, hätten lieber nur mit Nastja verhandelt.

»Ob wir bitte eine Kanne mit abgekochtem Wasser bekommen könnten? Dillotschka ist etwas unpässlich, wir lassen sie heute lieber daheim. Hungrig ist sie nicht, aber zu trinken möchte sie haben.«

»Was hat sie?«, fragte Alida Petrowna argwöhnisch. »Doch nicht etwa Flecktyphus? Nach eurer langen Zugreise wäre das kein Wunder, so voll mit Läusen und Flöhen, wie die Züge heutzutage sind. Wusstet ihr, dass sie mit ihren Stichen all die tödlichen Seuchen übertragen? Auf die Weise haben sie uns die Epidemien eingeschleppt, die vielen Fremden. Nein, in dem Fall kann die Kleine unmöglich in der Wohnung bleiben. Dajanka ist so anfällig, eben erst hat sie eine Halsentzündung gehabt.«

»Ich versichere Ihnen, es ist nur eine heftige Erkältung«, beruhigte Klascha sie. »Sie wissen doch, wie das mit kleinen Kindern ist – heute fiebern sie wer weiß wie hoch und morgen sind sie wieder mopsfidel. Trotzdem – wenn Nastja ab und zu mal nach ihr schauen könnte und ihr zu trinken geben, so wäre das sehr gütig. Denn leider müssen wir alle arbeiten gehen.«

Tjotja Motja kam eigens ihretwegen hinter ihrer Theke hervor, in einer engsitzenden türkis geblümten Bluse, im weißen Kopftuch der Kosakenfrauen. Sie sah vorwurfsvoll zu, wie sie sich den heißen Tee und ein Stück Kalatsch gierig einverleibten.

»Schöne Zugtiere seid ihr – lauft eurem Herrn einfach davon. Das Frühstück, das er bezahlt hat, stopft ihr euch rein, aber als er gestern Abend mit dem Karren heim wollte, wart ihr verschwunden.«

Die drei, die es anging, senkten die Köpfe.

Klascha sagte vermittelnd: »Soviel ich weiß, war ihr Arbeitstag mit Eintritt der Dunkelheit zu Ende. Man hätte es ihnen ausdrücklich sagen müssen, wenn sie noch länger bleiben sollten. Sie sind Kinder.«

Tjotja Motja hatte ihr Hinterzimmer zugebaut mit der Werkzeugkiste, den Lederflicken und der Kollektion origineller Damenstiefeletten. »Nur Anisja zuliebe. Andron Porfirytsch hätte das glatt die Nacht über draußen gelassen. War schon in etwas lockerer Stimmung, der Gute. Dann, ihr Satansbraten, hättet ihr heute eure Arbeit in den Wind schießen können und das kostenlose Frühstück gleich mit. – Wo ist das kleine rosa Ding?«

Sie brachte ein Stück Zeitung, damit sie Dillotschkas Weißbrot einwickeln konnten. Klascha wollte das Päckchen nicht in ihre Handtasche stecken. Die sei dafür viel zu klein.

»Außerdem – wie sieht das denn aus! Eine elegante Handtasche, aus der ein Brocken herausragt, eingepackt in den ›Don-Kurier‹ oder wie das hier heißt. Barbarisch. Tu es doch bitte in deine Manteltasche, Poljenka.«

Tjotja Motja, die Arme verschränkt, hörte sich das an, mit amüsiert verzogenen Mundwinkeln.

»Tz, tz, tz, ich lass mich prügeln, wenn das Fräulein nicht läufig ist. Richtig heiß ist sie, ich hab für so was ein Auge! Wenn sie eine Hündin wäre, würde sie sich auf den Rücken werfen. Bei den Katzen ist es wieder anders, die lecken sich öffentlich das betreffende Teilchen. Bei den Menschen erkennt man's am Wolfsglanz im Auge, die Haut schimmert, das Haar knistert, Lippen wie Erdbeeren.«

»Wir sehen uns heute Abend«, sagte Klascha zu den Geschwistern. Und rauschte hinaus, ohne Tjotja Motjas Bemerkung zur Kenntnis zu nehmen. Sie rauschte wirklich, die »Rotunde« aus wattiertem Atlas. Ein Hauch von reichlich verwendeter Maiglöckchenseife wehte hinter ihr her.

Sie schafften es, pünktlich mitsamt voll beladenem Karren vor der Streithammelstraße 7c zu stehen. Wie gestern biss der Nordostwind in alle unverhüllten Körperstellen.

Meister Tschuwarenko zankte nicht. Er kontrollierte nur gründlich die Ladung, ehe er ein stummes Zeichen zum Losziehen gab. Polly hielt sein Schweigen nicht aus und stotterte Entschuldigungen und Erklärungen.

»Lass gut sein. Hab ja selber auch mit Schuld. Anisja hat mir schon den Kopf gewaschen. Hier – das soll ich euch geben.« Er legte ein in ein Tuch geschlagenes Bündel auf den Karren.

»Was ist das?«, fragte Ossja neugierig. »Ist es was zu essen?«

»Unterwäsche. Stammt noch von unserem Grischenka und ist garantiert läusefrei. Habt euch gestern verräterisch gejuckt. Zieht, meine kleinen Esel, zuerst wieder zu den Hotels.«

Pollys Mundwinkel gingen nach oben.

»Der Schuster ist da! Schuhe besooohlen! Reparatur an Ort und Stelle!« Ihre Atemwolken dampften wie bei Lokomotiven. Sie entfernte sich schrittweise vom Karren, bis sie zuletzt direkt vor der pompösen Flügeltür des Hotels »Jewropa« stand. Drinnen in der Halle wimmelte es wie auf einem Bahnhof. Sie gab Meister Tschuwarenko ein Zeichen und betrat das Foyer, bahnte sich einen Weg durch die Menge der Gäste, bis sie vor der Rezeption stand.

»Was willst du«, fuhr der Portier sie an, »hier wird nicht gebettelt. Bleib gefälligst auf der Straße.«

Polly spürte, wie sie rot wurde vor Beschämung. »Wir sind eine ambulante Schusterwerkstatt«, sagte sie und merkte, dass er gar nicht zuhörte. Sie drehte sich um und sprach laut in die Hotelhalle hinein. »Durchgelaufene Schuhsohlen, aufgeplatzte Nähte, Weiten von zu engen Schuhen – direkt vor der Tür! Auf die Reparatur kann gewartet werden. Jeden Tag ab halb elf!«

Man sah sich nach ihr um, dem Kopftuchkind. Etliche Leute amüsierten sich über sie. Aramis war nicht unter ihnen. Ob er etwa noch schlief, oben im Waschkabinett des ehemaligen Duma-Mitglieds? Wahrscheinlich hatte er wieder die ganze Nacht getanzt – so wie seine Lackschuhe ausgesehen hatten.

»Verschwinde, du dreiste Göre.« Der Portier wedelte mit den Händen, als sei Polly ein lästiges Insekt. Aber da interessierte sich zum Glück eine Dame für sie. Obwohl sie eher unauffällig gekleidet war, erkannte Polly, dass sie eine wirkliche Dame war. Man sehe das an der Körperhaltung, am stolzen Hals, an den sparsamen Bewegungen und vor allem an der Freundlichkeit, hatte Wera Makarowna ihnen mal erzählt. »Das nennt man *tenue*. Merkt euch: wirklich große Damen sind selten hochmütig.«

»Stimmt das, mein Kind, ist da draußen tatsächlich ein Schuster?«

Als bejaht wurde, winkte sie einem großen Mädchen, das gerade aus dem Aufzug trat. Es musste unverzüglich wieder hinauffahren und kehrte zurück, die Arme voller Damenschuhe und -stiefelchen. Polly half ihr tragen, hinaus zum Karren. Sieben Paare, das hatte sich gelohnt!

»Gestern hatten wir auch schon einen Kunden, der im ›Jewropa‹ wohnt«, begann Polly das Gespräch.

»Ah ja?« Ein liebenswürdiges, jedoch gänzlich unpersönliches Lächeln.

»Gehören die vielen Schuhe alle der Fürstin?« Polly setzte alles auf eine Karte. Womöglich war die Dame ja bloß eine reich gewesene Kohlengrubenbesitzersgattin oder eine Witwe aus dem Beamtenadel.

»Nein, da sind auch unsere dabei. Woher kennst du meine Mutter?«

»Der junge Mann gestern hat uns von allen berühmten Gästen des Hotels erzählt. Ich hab vergessen, wie er hieß. Er wohnt mit dem ehemaligen Duma-Mitglied Sawelin zusammen. Sicher wissen Sie, wen ich meine. So lange Haare, blond …«

»Das kann bloß dieser Schwätzer Niki gewesen sein, Nikolai

Naryschkin. Unmögliches Benehmen. Hat er wirklich über uns geredet?«

»Kaum«, sagte Polly, die Angst bekam, zu weit gegangen zu sein. Nikolai Naryschkin! Nikolai Naryschkin! Was würde diese Fürstentochter erst sagen, wenn sie wüsste, dass er ihnen Mohrenköpfe spendiert hatte. Wildfremden Kindern – Mohrenköpfe aus der Konditorei »l'Ours«!

Wenn die Plakate für den Auftritt der Truppe fertig waren, würde sie ihm eins ins Hotel bringen. Eine brillante Idee, um Kontakt aufzunehmen. Überhaupt nicht aufdringlich. Nur eine nette Geste. Sie würde ihm in der Kegelbahn einen Stuhl neben sich freihalten, denn dass er kommen würde, daran gab es keinen Zweifel.

Polly, Ossja und Fedja trotteten in der beginnenden Dunkelheit der Golubjatnja zu. Ihre Nasen und Wangen sahen aus, als hätte Ossja sie mit Kaliumpermanganat gefärbt. Das Gefühl, von einem Knüppel durchgeprügelt worden zu sein, saß im ganzen Körper. Wie sollte man das wochenlang aushalten? Die feuchte und eisige Luft des Asow'schen Winters hatte um alle Straßenlaternen runde Heiligenscheine aus goldenem Nebel gewebt.

»Vielleicht hat Dillotschka das Schlimmste schon überwunden.«

»Ich werde den Kalatsch in heißem Wasser aufweichen, dann haben wir eine Krankensuppe wie zu Hause. Nur eben ohne die Butter, ohne Salz und ohne Safran.«

»Und was wird's für uns heute geben?«

»Was schon – kleine Töpfe in großen.«

Zu dieser Tageszeit verdrängte der Gedanke an das bevorstehende Essen alle anderen Gesprächsthemen. In den Korridorgängen der Ptizyr'schen Wohnung hing Geruch nach gekochtem Borstenfleisch.

Im Zimmer war es finster; Nastja hatte wohl lange nicht mehr nachgeschaut, wie es Dillotschka ging. Aber Dillotschka lag gar nicht im Bett. Die trübe Birne unterm Plafond beschien ein glatt gestrichenes Deckbett und aufgeschüttelte Kopfkissen.

Die Mopstasse stand noch auf dem Schemel, wie heute früh. Petruschka war nirgends zu sehen.

»Scheint ihr besser zu gehen«, sagte Polly. »Wahrscheinlich hat sie sich angezogen und sie haben ihr erlaubt, dass sie sich an den Ofen im Esszimmer setzt.«

»Und diese Dajanka spielt mit ihr ›Knöpfchen hüpf‹. Ha, ha. Das glaubst du doch selber nicht.« Ossja pfefferte seinen Halbpelz in den geräumigen Schrank, in dem sonst weiter nichts hing als Klaschas teuer erstandenes Bühnenkleid.

»He, Poljenka, Fedjuscha ...« Entgeistert deutete er darauf hin. Dillotschkas rosa Pracht fehlte.

»Glaubt ihr, Klascha ist da gewesen und hat sie irgendwohin mitgenommen?«

»Ausgeschlossen.« Polly schüttelte entschieden den Kopf. »Heute früh konnte sie noch nicht mal auf dem Bettrand sitzen. So schnell erholt sich keiner. Und außerdem hat unsere Klaschenka ganz anderes vor mit ihrer freien Zeit. Ich glaube, sie hat was mit dem göttlichen Brandukow angefangen. Oder er mit ihr, damit sie seine seidenen Socken wäscht und seine Kragen stärkt. Nein, Dillotschka wird bei Nastja in der Küche sitzen. Im Mantel, weil ihr kalt war.«

Nastja säbelte Fleischstücke von einem gekochten Schweinskopf und warf sie in den großen Suppentopf, dass es platschte. Sie sah nicht auf. Außer ihr war noch Alida Petrowna anwesend, die eigenständig eine rote Grütze aus Pulver anrührte, eine Fruchtgrütze ohne eine einzige Frucht.

Niemand sonst.

Zu verstört, um zu grüßen, rasten die drei jetzt in das Esszimmer, wo schon die üblichen acht Teller aufgedeckt waren. Auf dem Sofa – niemand. In einem der beiden Plüschsessel (der andere war leer) saß Dajanka mit hochgezogenen Knien neben der Lampe. Sie las ein Buch.

»Bitte, wo ist unsere Schwester?«

Polly fühlte urplötzlich einen verzweifelten Drang, zum Abort zu laufen. Ein Kilo Angst drückte auf ihre Därme: Märchen von arglosen kleinen Kindern, die allein zu Hause blieben und von bösen Frauen geschlachtet und gekocht worden waren.

Dajanka klemmte den Zeigefinger zwischen die Seiten. Ihre weißen Wimpern flatterten nervös. Sie wirkte wie ein Hund, der etwas Dummes angestellt hat.

»Man hat sie ins Krankenhaus gebracht. Mama hat gesagt, sie hätte garantiert Flecktyphus. Und wirklich – sie war wie ohnmächtig, ich hab am frühen Nachmittag durch den Türspalt geschaut. Sie sah schrecklich aus. Feuerrot. Und ganz entzündete Augen, der Mund voller weißer Krusten. Auf einmal hat sie angefangen vor sich hin zu brabbeln, ganz schnell, man konnte kein Wort verstehen, wie wenn Babys lallen.«

»Ihr hattet kein Recht, sie ohne uns zu fragen fortzubringen«, sagte Polly tonlos. »Erst hätte ein Arzt sie untersuchen müssen.«

»Ich hab Mama gerufen, weil mir unheimlich war. Und Mama hat entschieden, sie muss auf der Stelle aus dem Haus, ehe wir uns alle angesteckt haben.«

Dajanka schien unter einem Erzählzwang zu stehen. Sie berichtete, dass ihre Mutter die beiden Mieter gepackt habe, sobald sie heimgekommen seien. Einer musste wieder loslaufen, eine Droschke besorgen. Der andere wurde von ihr bestürmt, als Begleitperson das Seuchenkind ins Krankenhaus zu schaffen. Währenddessen musste Nastja Dillotschka das rosa Gamaschenhöschen überstreifen, den rosa Mantel anziehen, den rosa Hut aufsetzen und sie zuletzt in eins der Plaids wickeln. Den Petruschka hatte Nastja von sich aus mit hineingewickelt: »Irgendwas Bekanntes muss das arme Wurm doch bei sich haben, wenn das Fieberdelirium nachlässt.«

»Wer hat sie hingebracht?«

»Wladimir Iljitsch.« Er habe sich heftig geweigert, sagte Dajanka, aber da Schazki schon die Droschke geholt hatte, blieb ihm nichts weiter übrig, als klein beizugeben. »Mama hat gefragt, ob er etwa will, dass sie als schutzlose Frau das übernimmt, wo sie doch für ein unmündiges Kind Sorge tragen muss. Und ob er sich nicht schämt, als Mann so feige zu sein. Und Buzuluki sagte, das wäre nicht der Grund, sondern wir sollten warten, bis die Angehörigen da seien. Irgendwann hat er aufgegeben und ist mir eurer Schwester auf dem Arm die Treppe runter.«

Sie stürzten los, um Buzulukis Zimmer zu suchen.

Das »Walross« trug eine Hausjacke mit Husarenverschnürung. Polly konnte riechen, dass er getrunken hatte, obwohl er sich Mühe gab, akzentuiert zu sprechen.

»Jajja. Ins Krankenhaus. – Nein, keine Besuche. Kinner dürfn da nich rein. Frau'n auch nich. Nich bei Seuchengefahr. – Schlusch jetz, gehen wir essn. Iss Zeit. Husch, seid brav, geht, geht. Iss sicher ball geschund, kleinesch Ding.« Er schob sie über die Schwelle und folgte ihnen.

Klascha, die gerade heimkehrte, wurde von drei Hilferufen empfangen. Seltsamerweise schien sie eher erleichtert. Dass die Verantwortung nunmehr in den Händen kompetenter Erwachsener lag – den von Ärzten und ausgebildeten Schwestern –, versetzte ihr keineswegs den gleichen Schock wie ihren Geschwistern. Der Begriff »Krankenhaus« war für Klascha ein für alle Mal geprägt durch den Aufenthalt anlässlich ihrer Blinddarmoperation: ein stilles Zimmer, viel Weiß, im Nachbarbett eine drollige Mitpatientin, Apfelsinenscheibchen, Cremespeise, streichelnde Hände, gütige Stimmen, Mama hatte sie jeden Tag besucht, reizende kleine Geschenke zum Lohn für ihre Tapferkeit, blaue Nachtlämpchen und der im Dunkeln schimmernde Klingelknopf, bei dessen Berührung augenblicklich jemand kam, Kissen umdrehte, die Stirn fühlte und tröstete.

»Wir werden sie morgen besuchen«, sagte sie und setzte sich mit gutem Gewissen an den Tisch. Dass die Ptizyna nicht gewartet hatte, um ihre Einwilligung einzuholen, störte jedoch ihren Stolz als Familienälteste.

»Wie konnten Sie ein kleines krankes Kind einem Betrunkenen anvertrauen. In diesem Zustand hätte er Dillotschka auch wer weiß wo hinbringen können.«

»Ich versichere Ihnen, er war völlig nüchtern«, verteidigte sich Alida Petrowna empört. »Glauben Sie mir, ich rieche eine Fahne, meine Nase ist äußerst sensibel. Das kann nur auf dem Nachhauseweg passiert sein. Männer sind wie Mimosen. Wenn sie Blut und Verbände und all so was sehen, kippen sie um.«

Als Polly ihr Nachthemd unterm Kopfkissen hervorzog, rutschte noch etwas anderes mit. Ein in Zeitung eingeschlagenes Päckchen. Es enthielt drei Bände der »Bibliothek Medusa«. Mit Rotschrift hatte jemand auf das Zeitungspapier geschrieben: »Aber nur geliehen!«

18. Kapitel

Die Plakate! Der endgültige Beweis, dass der so dringend ersehnte Auftritt der Truppe in greifbare Nähe gerückt war. Sie waren kleiner ausgefallen, als Polly sie sich vorgestellt hatte, dafür aber auf schwefelgelbem Papier gedruckt.

Ossja schwenkte eins und schrie aus Spaß: »Extrablatt! Betreten des Hafengeländes verboten! Von unter Quarantäne stehendem Pestschiff sind Ratten an Land gekommen!« Im Handumdrehen hatte er zwei Interessenten am Hals, die sein Extrablatt kaufen wollten.

»Es stimmt, die Farbe ist ziemlich ordinär«, gab Klascha zu,

»weiß wäre seriöser gewesen. Aber Ljudmila Akimowna wollte es auffällig haben. Sie sollen jedem ins Auge springen, damit möglichst viele Leute es lesen.«

Madame Byrstowa hatte im Voraus bezahlen müssen; der Betrieb hatte schlechte Erfahrungen gemacht mit Kunden, die plötzlich abgereist oder an Typhus gestorben waren. Dazu kam noch ein Zuschlag wegen besonders dringlicher Erledigung binnen vierundzwanzig Stunden.

»Der Abend muss ein Erfolg werden«, sagte Klascha inbrünstig. »Sonst gibt es eine Katastrophe. Für alle. Auch für uns. Ihr übernehmt also die Hotelstraßen und was an Cafés und Geschäften alles auf eurem Weg liegt. Kann ich mich darauf verlassen?«

Sie trennten sich vor der Druckerei. Polly, Ossja und Fedja rannten zu der Uliza Saduri. Wo Klascha ihre Plakate loswerden wollte, wurde nicht erörtert.

Ein halbes Dutzend der knallgelben Blätter überm Arm, spazierte Polly etwa eine Stunde später in das überfüllte Foyer des Hotels »Jewropa« hinein.

»Ich muss dringend zu Naryschkin. Zu Nikolai Naryschkin. Er wartet darauf«, sagte sie im wichtigtuerischen Tonfall eines Boten, der noch viel vorhat.

Der Portier (nicht derselbe wie vorgestern) sagte nachsichtig: »Gib's schon her. Was es auch ist, es hat Gesellschaft.« Und er deutete auf ein bis zum Bersten voll gestopftes Fach hinter sich. »War alles ›dringend‹. Was in vier Wochen nicht abgeholt ist, wird aussortiert.«

»Ich darf es nur persönlich übergeben«, sagte Polly. »Wäre es Ihnen möglich, Herrn Naryschkin rufen zu lassen?« Sie faltete eins der Plakate mehrmals zusammen, bis es die Größe eines Briefes hatte. Mit dem Tintenstift des Portiers schrieb sie in die Mitte hinein etliche spontane Zeilen.

Hinter ihrem Rücken sagte eine männliche Stimme: »Spar dir die Mühe, Mädchen, du kommst zu spät. Gestern Abend erhielt er ein Telegramm und ist heute früh abgereist.«

Enttäuscht, nein, richtig traurig drehte Polly sich um. Der Sprecher konnte keinen Vergleich mit Nikolai Naryschkin aushalten. Weder war er blond noch trug er die Haare lang à la Aramis. Sie waren dunkel und kurz geschoren, und zwischen Unterlippe und Kinn verlief eine Andeutung von Bart, wie von einem rußigen Daumenabdruck stammend. Außerdem war er schon älter. Mindestens 25.

»Nach Noworossisk? Zu seiner Familie?«

»Du bist gut informiert. Darf ich wohl einen Blick in die Nachricht werfen?«, fragte er höflich. »Um festzustellen, ob es sich lohnt, sie ihm eventuell nachzuschicken. Soviel ich weiß, werden die Naryschkins Russland nicht sofort verlassen.«

»Sind Sie der Freund, der in der Besenkammer wohnt?«

»Wie – das hat er dir erzählt?« Der junge Mann verzog den Mund, als habe er in eine Zitrone gebissen. »Das ist wieder typisch Niki. Dieser Schwätzer! Du erlaubst ...«

Er überflog Pollys Botschaft: »Lieber N. Naryschkin, Sie hatten doch Interesse an der großen Gala. Ich besetze einen Platz für Sie. Nicht vergessen: übermorgen, abends um neun. Viele Grüße, Ihre Ippolita Apraksina.

PS. Die Adresse ist eine Kegelbahn, das haben sie auf dem Plakat nicht geschrieben.

PS. II Die kleine Bohnenblüte hat man ins Krankenhaus gebracht, ohne uns zu fragen.«

Dann entfaltete er das gelbe Plakat und ergötzte sich an der Liste der Attraktionen. Polly beobachtete ihn scharf, was er wohl davon hielt. Doch sein Augenfunkeln war schwer zu deuten. Polly kannte es von Erwachsenen, die kurz davor standen, in Gelächter auszubrechen. Es konnte aber auch ein Ausdruck mächtiger Begeisterung sein.

!!! EINMALIGES GASTSPIEL !!!

des renommierten Künstler-Ensembles Byrstowa

Boris Brandukow, Tenor
Glanzvolle Arien aus dem Reich der großen Oper

Anton Gontscharenko, Bass
Klassische Bravour-Arien u. Romanzen

Mme. Ljudmila Byrstowa-Lochwitzkaja
Interpretin beliebter Romanzen

Mlle. Zina Zarimbowa, Koloratursopran
Couplets, Bonbons der Operette

Mamin und Mamina
Pantomime in Vollendung – Fantasievoll! Laszív!

Danilo Gumiljew
Herzerfrischende Gassenhauer – Späße! Witze! Clownerien!

Klavierbegleitung
Klara Apraksina

Polly sah, wie er nochmals einen raschen Blick auf ihr Gekritzel warf und die Namen verglich. »Am Klavier – ist das Ihre Mutter?«

»Nein, meine Schwester.« Mit Genugtuung nahm sie zur Kenntnis, dass er sie jetzt siezte. Trotz Halbpelz und Bauernkopftuch.

»Eine Frage: Ich möchte niemandem zu nahe treten, aber wollte Niki ihretwegen zu der Darbietung gehen? Ich meine, kannte er Ihre Schwester?«

»Nein«, sagte Polly, »er kannte nur Ossja, Fedja, Dillotschka und mich. Und eigentlich hatte er sich noch nicht entschlossen, ob er zum Konzert kommen wollte. Es war alles noch … ziemlich in der Schwebe.«

»Er wäre bestimmt gekommen«, sagte der junge Mann. »Niki hat ungemein viel Herz. Wenn Sie Wert darauf legen, würde ich gern an Nikis statt erscheinen. Ich schwärme für Pantomime. Gestatten Sie, dass ich mich bekannt mache: Anatoli Mansurow.«

Er deutete eine kleine Verbeugung an. Polly ließ die Plakate fallen, und Anatoli hob sie auf und versprach, sie im Hotel zu verteilen. »An Orten, wo sie gewiss auch gelesen werden. – Nur noch eine letzte Frage, aus reiner Neugier: Wer ist die ›kleine Bohnenblüte‹? Etwa auch ein ›Bonbon der Operette‹?«

Zu jeder anderen Zeit hätte Polly gekichert. So aber musste sie sich auf die Zungenspitze beißen, um nicht in Tränen auszubrechen.

»Nein, so hat Herr Naryschkin Dillotschka genannt. Wegen ihres ulkigen rosa Hutes. Sie ist fünf Jahre alt. Und jetzt liegt sie ganz allein im Krankenhaus.« Ihre Unterlippe begann sich zu kräuseln, das Kinn zitterte.

»Allein mit Sicherheit nicht«, sagte Anatoli Mansurow ernst. »Und wenn ich Ihnen einen guten Rat geben darf, so holen Sie sie schnellstens nach Hause.«

Polly musste dem Schusterkarren hinterherrennen. Weil niemand kaputte Schuhe brachte, wollte Meister Tschuwarenko zum nächsten Hotel.

»Keine Mohrenköpfe heute?« Die Jungen waren enttäuscht.

»Wie denn, wo er doch heute früh abgereist ist«, sagte Polly.

»Und wieso siehst du trotzdem so zufrieden aus? Hast du eine andere Bekanntschaft gemacht?« Ossja hatte immer den Daumen drauf, manchmal war er Polly fast unheimlich.

»Ich hab seinen Freund kennengelernt. Der in der Besenkammer wohnt, erinnert ihr euch? Er will unbedingt zur Gala kommen, wegen Mamin und Mamina.«

Ob er Ähnlichkeit mit Aramis hätte, wollten sie wissen. Polly verdrehte über so viel Naivität die Augen. »Wieso das denn, sie sind doch keine Brüder. Denkt euch das genaue Gegenteil, dann wisst ihr, wie er aussieht.«

Ossja, während er schallende Schuster-Rufe schrie, strengte seine Vorstellungskraft an. Kaum hatte er mit Brüllen aufgehört, sagte er: »Wenn er das genaue Gegenteil von Aramis ist, dann kann er nur aussehen wie Napoleon Bonaparte. Und wenn er auch das Gegenteil tut, dann hat er zwar nichts spendiert, aber er hat sich vorgestellt.«

Polly musste zugeben, dass alles stimmte.

»Aber er ist nicht so klein und nicht so prall wie Napoleon.«

Sie hatten sich den Weg zum Krankenhaus von Meister Tschuwarenko erklären lassen. Er wiegte den Kopf mit sorgenvoller Miene. »Man wird euch nicht zu ihr lassen, glaubt mir. Kinder haben dort keinen Zutritt.«

Klascha verspätete sich und entschuldigte sich nicht mal deswegen. Bedrückt sagte sie: »Wir haben nichts, was wir ihr mitbringen.«

»Doch, den Wasserkringel von ihrem Frühstück.« Polly klopfte auf ihre Manteltasche, wo er, in Zeitungspapier gewickelt, steckte. Sie klopfte auf eine leere Stelle. Entsetzt starrte sie an sich herab.

»Jemand hat ihn mir geklaut.«

Das Krankenhaus war ein riesiges Gebäude. Es roch nach Lysol und verdorbenem Fleisch. Im Vestibül empfing sie dämpfige Luft. Sie hatten sich unterwegs zurechtgelegt, wie jeder sich verhalten sollte, wenn man sie am Betreten des Gebäudes hindern würde. Doch war nirgendwo ein Sanitäter oder eine Krankenschwester zu sehen. Monotones Gemurmel schwebte über den Fluren und dem Treppenhaus. Jeder Fußbreit Boden war belegt.

Offenbar war in den Zimmern und Krankensälen kein Platz mehr, deshalb hatte man die eingelieferten Typhusfälle einfach auf Matratzen und Strohsäcke gebettet und diese Notlager in den Korridoren verteilt, eins neben dem anderen. Viele hatten keine Matratze mehr erwischt und lagen auf dem blanken Fußboden. Selbst auf den Treppenstufen lagen sie, in Hemden und halb nackt, ohne Zudecke, allenfalls mit einem Tuchfetzen verhüllt. Alle waren geschoren und hatten seltsam kleine nackte Köpfe. Die Männer erkannte man an den wild sprießenden Bartstoppeln. Nicht wenige fantasierten im Fieberwahn – daher kam das Gemurmel, unheimlich wie ein Geisterchor.

Wie sollten sie Dillotschka hier finden?

»Sicher haben sie die Kinder separat gelegt«, vermutete Klascha. Sie begann die Treppe hinaufzusteigen, und die anderen folgten ihr, hintereinander gehend, quälend langsam und vorsichtig, um nicht auf eine Hand zu treten oder einen Kopf mit ihren Filzstiefeln anzustoßen. In den Korridoren des Oberstocks wiederholten sich die Zustände vom Erdgeschoss.

»Keine Türklinken anfassen«, befahl Klascha. »Nehmt den Ellenbogen.«

Nachdem sie von der Türschwelle aus einen ratlosen Blick in einen Krankensaal geworfen hatten und die Regung verdrängten, auf der Stelle wegzulaufen – aus dem ganzen fürchterlichen Haus –, näherten sie sich den Betten. Niemand hatte eins für sich allein.

Eine laute grobe Stimme erscholl draußen auf dem Flur.

»Runter«, sagte Ossja. Und sie kauerten sich hin, wo sie gerade standen, machten sich niedriger als die Pritschen. Polly fand sich zu ihrem Schreck fast Gesicht an Gesicht mit einer abgezehrten Frau, die sich halb aufgerichtet hatte.

»Holt mir Wasser … die geben einem hier nichts …« Sie krächzte, ihre Lippen schienen aus Leder zu sein, dunkelbraun vertrocknet. Entsetzt und angeekelt drehte Polly den Kopf weg, als sie die Flecken in dem Laken bemerkte, das die Frau statt eines Nachthemds umgewickelt trug.

Zu ihrem Glück ging die laute Stimme vorüber, in irgendein anderes Zimmer hinein. Sie gab Anweisungen und alsbald hörte man ein Schleifen. Als wenn jemand einen Teppich oder eine Zeltbahn den Gang entlangziehen würde, mitsamt einer Last. Dreimal wiederholte sich das Schleifen.

Fedja steckte die Nase in den Korridor. »Los, raus, sie sind weg.«

Sie wurden immer schneller und flüchtiger in ihrer Kontrolle. Sahen sie, dass ein Zimmer überwiegend von Erwachsenen belegt war, betraten sie es gar nicht erst. Polly fand, dass sich die Gesichter mehr und mehr ähnelten, wenn man von den unrasierten, bärtigen Wangen der Männer mal absah. Sie wusste, dass sie von diesen Elendsgestalten träumen würde. Sie würden sie verfolgen, laut stöhnend, schreiend, murmelnd, und dagegen würden die Auftritte des Gespensts von Canterville aus der »Bibliothek Medusa« gar nichts sein.

»Kinder«, sagte Fedja.

Ein riesiger Saal, darin Bett an Bett, in jedem Bett drei junge Patienten zusammengepfercht. Auch hier reihten sich im Mittelgang Matratzenlager auf dem Fußboden. Die Wände waren bis in die Höhe von zwei Metern mit hellgrüner Ölfarbe gestrichen, die Wand darüber war weiß wie die Zimmerdecke. Nur zwei der Lampen brannten, schwaches Licht fiel durch Milchglasglocken.

»Dillotschka?« Sie riefen gedämpft, denn die grobe Stimme war schon wieder unterwegs. »Dillotschka, bist du hier? Antworte, wir sind's.«

Kalkweiße spitze Gesichter in nackten Schädeln sahen im trüben Lampenschein zu ihnen auf, ohne einen Funken von Interesse. Die meisten Kinder schienen zu schlafen oder ohnmächtig zu sein.

»Sie ist nicht dabei«, sagte Klascha mutlos.

»Hierher, das muss sie sein«, rief Fedja. »Da liegt eine mit ihrem Petruschka.«

Dillotschka war kahl, ohne ihre federleichten Naturlocken. Ohne ihre rosa Pracht, jedoch im eigenen Nachthemd, auf der Brust die orangenen Flecken der ausgespienen Makkaroni mit Tomatensoße. Ihr war die Hälfte eines Strohsacks zugestanden worden, die zerlumpte Leinendecke teilte sie mit einem anderen Kind. Beide hatten die Augen halb geschlossen und reagierten nicht.

»Die machen sie hier auf keinen Fall gesund«, sagte Ossja empört. Und Fedja stellte nach einem Rundumblick fest: »Die haben nicht mal Nachttöpfe.«

Polly hockte sich auf den Fußboden und nahm die teilnahmslose kleine Schwester auf den Schoß. Wie eine gelernte Njanja wiegte sie sie hin und her, die anderen streichelten Dillotschka unablässig an allen erreichbaren Körperstellen.

»Nächstes Mal bringen wir dir Tee mit, von Tjotja Motja«, versprach Polly. »Wir müssen nur eine leere Flasche auftreiben. Das ›Walross‹ hat sicher welche im Zimmer.«

Endlich kehrte so etwas wie Bewusstsein in Dillotschkas schlaffen Körper zurück. Langsam schlug sie die Augen auf.

»Besser nicht küssen«, warnte Klascha, »vielleicht hat sie ja doch Typhus, wer weiß.«

»Unsinn, sie hat Lungenentzündung«, sagte Polly. »Hustest du viel, Dillotschka?«

Aber Dillotschka hustete nicht. Sie wollte ihnen offensichtlich etwas anderes, Wichtiges mitteilen und drehte den Kopf zum Strohsack. »Das ist Sina …« Nur ein Hauchen.

»Guten Tag, Sina«, sagte Klascha im herzlich-ermunternden Ton, wie man kleine Kinder begrüßt, die zu einer Geburtstagsfeier kommen. Sinas Augäpfel waren tief eingesunken. Dass sie noch lebte, erkannte man nur am kaum merklichen Zucken ihrer Finger.

»Wir haben dir was mitgebracht«, sagte Fedja zu Dillotschka und grub in seiner Hosentasche. »Dein Erkennungszeichen in der Not, weißt du noch? Aus Papas Musterzimmer. Ich hab's aus deiner Hutschachtel rausgenommen. Aber sonst hab ich nichts angerührt, Ehrenwort.« Er legte das Lämmchen, das auf einem radiergummigroßen grünen Holzrasen stand, in ihre Hand und bog ihr die Finger zu. »Nicht hergeben«, mahnte er dringlich, »da steht dein Name drauf.«

Es ließ sich nicht feststellen, ob seine Worte Dillotschka erreichten. Immerhin öffnete sie die Faust nicht.

»Morgen kommen wir wieder«, sagte Klascha. »Oder übermorgen, mal sehen. Bis dahin treiben wir was Leckeres für dich auf, freu dich schon jetzt. – He, Kinder, was haben die eigentlich mit ihren Sachen gemacht? Wozu hat man ihr das schottische Plaid mitgegeben, wenn sie hier unter einem dünnen Bettlaken liegen muss? Als sie mir den Blinddarm entfernt haben, gehörte zu jedem Bett ein Nachttisch und ein Schrank. Seht ihr irgendwo Schränke?«

»Wir nehmen das Plaid wieder mit und verkaufen es«, schlug Polly vor, »dafür könnten wir ihr Apfelsinen bringen und Makronen und all so was.«

»Ich fürchte, das sehen wir nie mehr wieder.« Klascha klang wie jemand, dem die letzte Illusion geraubt wurde. Bis jetzt hatte sie Krankenhäuser für Orte gehalten, die auch bei äußerlicher Überforderung unbedingt das Gebot »Du sollst nicht stehlen« einhielten.

»Was haltet ihr davon: Wir entführen Dillotschka heimlich«, schlug Ossja vor. »Wir würden einen Iswostschik mieten und jemand müsste die Ptizyns ablenken, während wir Dillotschka ins Zimmer schmuggeln. Kein Mensch würde merken, dass sie wieder zurück ist.«

»Wo diese Dajanka ständig durchs Schlüsselloch guckt? Wenn wir nicht daheim sind, schnüffelt sie sogar unter dem Kopfkissen herum.« Polly schüttelte den Kopf. »Und wovon willst du die Droschke bezahlen?«

Sie hatten die Gummisohlen auf dem Korridor nicht näher kommen hören. Die Tür wurde aufgestoßen und eine hochgewachsene robuste Schwester mit halblangem weißem Schleiertuch marschierte in den Kindersaal. Sie schleppte einen Emaillekübel und holte aus der Schürzentasche eine Blechtasse.

»Der Tee kommt! Wer will trinken?« Die laute Stimme von vorhin.

Die Apraksins verhielten sich mäuschenstill. Da sie am Boden kauerten, neben Dillotschkas Lager, hatte man sie bis jetzt noch nicht entdeckt. Doch der Augenblick kam.

»Heilige Muttergottes von Kasan, ich sehe wohl nicht richtig! Kindern ist der Besuch in Krankenhäusern verboten! Hat euch das keiner gesagt? Das sind mir welche … spielen hier mit den Typhuskindern herum … unerhört! Wissen eure Eltern, was ihr treibt?«

Klascha stand auf und wurde im Handumdrehen zur Zarin Klara Arkadjewna. Sie kämpfte Empörung und Erregung nieder und sprach sachlich, ruhig und »hoheitsvoll«.

»Das ist ja alles sehr traurig«, sagte die Schwester, »aber ihr riskiert, dass ihr in ein paar Tagen selber hier landet. Wenn ihr mit ihr in einem Bett geschlafen habt, ist es wahrscheinlich, dass ihr bereits angesteckt seid. – Von Kleidern und einer Wolldecke weiß ich nichts. In normalen Zeiten hängt an jedem Bett ein Schild mit Namen und Fieberkurve, und außerdem gehört zu jedem Bett ein Nachttisch, in dem persönliche Habe aufbewahrt wird. Gegenwärtig haben wir für Spinde keinen Platz, das seht ihr ja wohl. Und jetzt verschwindet, so schnell euch eure Füße tragen. Raus!«

»Hat sie auch Typhus?«, fragte Ossja und deutete auf Sina.

»Hier haben alle Typhus. Und wer ausnahmsweise was anderes hat, bekommt ihn gratis dazu«, sagte die Schwester. »Das gibt noch ein Drama, wenn die Eltern aufkreuzen. Das arme Wurm wurde von einer Bekannten der Familie behütet, während die Eltern sich nach Petrograd durchschlugen, um die Großeltern zu beerdigen und den Nachlass loszuschlagen. Sie sind verhungert, die Großeltern. In Petrograd hausen die Roten. Zustände wie in der Hölle: Die verfüttern Menschen an die Zootiere, wird erzählt. Plötzlich erkrankte die alte Tante, binnen zwei Tagen war sie tot. Und die Nachbarn brachten uns das ebenfalls erkrankte Dingelchen hier.«

»Vielleicht wird sie inzwischen wieder gesund, bis ihre Eltern kommen«, sagte Ossja.

»Eben. Es muss doch nicht jeder sterben, der Typhus hat«, wurde er von Polly unterstützt.

Die Schwester bückte sich und stützte Sinas Kopf, hielt ihr die kaum halb volle Blechtasse an den Mund. »Wir haben einen Sack Lindenblüten erhalten«, sagte sie. »Sonst hätten wir nur abgekochtes Wasser.« Ein paar Tropfen, denen ein ganzer Schwall folgte, flossen über das Kinn des apathischen kleinen Kahlkopfs. »Sollte mich wundern, wenn sie's bis morgen schafft«, brummte die Schwester.

Dillotschka immerhin öffnete ein wenig die Lippen, schluckte und bekam es in die falsche Kehle. Die Schwester klopfte ihr den Rücken.

»Sie können durch eine männliche Person nachfragen lassen, wie es steht«, sagte sie, an Klascha gerichtet. »Frauen und Kinder haben keinen Zutritt. Wenn Sie etwas bringen wollen, geben Sie das jemandem vom Personal. Und wenn ihr nicht in der nächsten Sekunde verschwunden seid, lasse ich euch durch die Leichenschlepper rausschaffen.«

Erschüttert machten sie sich auf den Heimweg. Keiner sprach. Das Geschehene saß ihnen auf der Seele wie ein Albtraum. Dazwischen drängelten sich alltägliche Überlegungen und banale Gedanken, zumindest bei Polly war es so.

Morgen ist wieder Rhythmischer Tanz bei Bljumental und Lamakina.

Und übermorgen findet die große Gala statt.

Dürfen wir die Mopstasse verkaufen, um für Dillotschka was aus der Konditorei mitzubringen? Nein, sie hängt zu sehr an ihr.

In der Diele der Ptizyn'schen Wohnung roch es widerwärtig. Pansen. Oder Kaldaunen. Aber wenn man anschließend im Bett »Rappaccinis Tochter« lesen konnte, falls die Kerze noch durchhielt, hatte der Tag doch angenehm geendet. Fand Polly.

19. Kapitel

Sie hatten eins der schwefelgelben Plakate zurückbehalten und überreichten es am späten Nachmittag Bljumental und Lamakina.

»Am Klavier – das ist unsere Schwester. Sie haben Sie schon gesehen, sie war neulich mit den anderen hier, um zu prüfen, ob der Raum geeignet ist.«

»Haben wir morgen was vor, Germia?« Bljumental tat zerstreut.

»Nichts, was sich nicht verschieben ließe«, sagte Lamakina.

Polly nahm wieder ihren Platz neben dem Grammophon ein, und die Jungen verbauten wieder das Fenster mit Stühlen. Sie hatten die Filzstiefel ausgezogen und sprangen auf ihren gestrickten Strumpfsohlen über den Bretterboden wie Grashüpfer.

Hätte man Polly in diesem Augenblick nach ihrem sehnlichsten Wunsch gefragt, hätte sie wie aus der Pistole geschossen geantwortet: Ich möchte hier unentbehrlich sein. Ich möchte, dass sie mich nie mehr wegschicken. Sie sollen mich gern haben.

An Dillotschka dachte sie nicht. Niemand konnte mit seinen Gedanken unablässig in dem verseuchten Krankenhaus sein.

Saffo Bljumental wählte für den heutigen Kurs eine Musik aus, deren Titel lautete: »Hector Berlioz: Sinfonie fantastique. Valse«. Sie sollten sich vorstellen, Sylphiden zu sein, die in einer Mainacht sich der Lust des Schwebens und Tanzens überlassen.

»Sagen wir, auf einer Waldlichtung. Der Grasboden, den ihr berührt, ist weiß von Blumen … es ist Vollmond, ein magisches Licht liegt über allem … Nachtschwalben schreien, Käuzchen rufen, der Duft der Pflanzen macht euch sehnsüchtig und benommen. – Ich nehme nicht an, dass jemand von euch das berühmte Ballett ›Les Sylphides‹ gesehen hat? Gut, sehr gut, dann kann euch nichts beeinflussen. Die Choreografie klassischer Ballette geht uns nicht an.«

Der vielen ratlosen Blicke wegen reichte Lamakina die Erklärung nach, Sylphiden seien Elementarwesen der heidnischen Mythologie. »Weibliche Luftgeister. So wie zum Beispiel Nixen weibliche Wassergeister sind.«

Wenn sie sprach, sprachen gleichzeitig ihre Hände mit und untermalten ihre Rede. Germia Lamakina hatte bei allem, was sie sagte und tat, etwas an sich, das Polly bezauberte. Dass es Charme war, ein Geschenk der Götter und daher nicht erlernbar, konnte Polly nicht wissen. Bljumental war ohne Frage die Schönere von beiden, aber sie war überhaupt nicht liebenswürdig, eher streng, wie eine Lehrerin.

»Nein, nein, halt, bitte, halt!«

Protestierend ließ Bljumental alles abbrechen, das »Schweben« und den Berlioz. »Schaut einfach Germia Moissejewna und mir zu. Dann wird euch aufgehen, was ich meine.«

Heute ließen die beiden Isadora-Duncan-Jüngerinnen den Unterricht etwas früher enden. Sie hatten eine wichtige Mitteilung auf dem Herzen.

»Wir werden keinen neuen Kurs mehr geben«, verkündete

Bljumental feierlich. »Wir werden Rostow am Don verlassen und zwar für immer.«

Polly entfuhr ein Stöhnen. Erst Aramis und nun auch diese beiden! Das Einzige, worauf sie sich endlich wieder hatte freuen können, seit sie das Apraksin-Haus verlassen mussten!

Denn, so erzählte Lamakina weiter, Saffo Dawidowna habe erfahren, dass sie ein Haus geerbt hatte. Ihre Großtante sei verstorben, schon vor einer ganzen Weile, aber die Post habe die einzige Hinterbliebene erst jetzt ausfindig gemacht.

»Ich selbst habe das Haus nie gesehen«, sagte Bljumental, »aber ich kenne Fotografien und meine, es müsste groß genug sein. Deshalb haben wir, Germia Moissejewna und ich, uns entschlossen, unseren Traum Wirklichkeit werden zu lassen – eine Internatsschule für Ausdruckstanz auf der Krim. Natürlich werden dort auch noch andere Fächer unterrichtet, Geschichte und Literatur und Arithmetik und so weiter. Unter den vielen Flüchtlingen auf der Krim werden wir sicher Leute finden, die derlei Kenntnisse besitzen und weitergeben können.« Sie standen nebeneinander und ihre Gesichter leuchteten um die Wette.

»Wir werden eine kleine Abschiedsfeier geben, für alle drei Kurse zusammen. Nächste Woche. Mit Darbietungen natürlich.«

Eins der Mädchen wollte wissen, wo auf der Krim diese Schule sein würde. »In Jewpatoria? Dort war ich schon zweimal, weil meine Mutter die heißen Schlammbäder gebrauchte. Und einmal waren wir in Koktebel, dort gab es aber nur Felsen und Adler und sengende Sonne.«

»Nein, es liegt irgendwo bei Jalta«, sagte Bljumental. »Ein Tatarendorf muss in der Nähe sein. Kuru-Ssu oder Agar-Ssu oder so ähnlich.«

»Viel Glück.« Polly lächelte scheu, als sie beiden die Hand hinstreckte. »Und … viel Erfolg. Ja, dann … adieu.«

»Wieso adieu, kommt ihr denn nicht zu unserem Fest?«, fragte Lamakina.

»Und ob wir kommen«, rief Ossja. »Wird es auch Gebäck geben? Mohrenköpfe und dergleichen?«

Polly schnaufte vor Verzweiflung über diesen peinlichen Bruder.

»Ich verspreche nichts«, Lamakina lachte, selbst Bljumental verzog amüsiert den Mund. »Aber etwas zu essen gibt es bestimmt.«

Nach dem Abendessen bei den Ptizyns hatte Polly es diesmal eilig, alle Geschwister zurück ins Zimmer zu lotsen.

»Was ist los?« Klascha runzelte die Stirn. »Ich wäre lieber noch eine Weile im warmen Esszimmer geblieben, statt schon ins Bett zu kriechen wie eine Vierjährige.«

»Es betrifft das, was wir Dillotschka übermorgen mitbringen wollen«, sagte Polly. »Wir sind uns doch alle einig, dass es nicht bloß mit einem Salzkringel von Tjotja Motja getan ist. Wir müssen etwas besorgen, das ihr das Wasser im Munde zusammenlaufen lässt. Sie muss Lust kriegen, es zu essen. Ihr habt selbst gesehen, was für ein Gerippchen aus ihr geworden ist. Ich schlage vor, wir sollten etwas aus dieser Konditorei holen, egal was es kostet.«

Klascha sagte genervt, es hätte sich ja wohl herumgesprochen, dass sie keine einzige Kopeke mehr besäßen. »Oder hat euch euer Meister aus der Streithammelstraße schon bezahlt?«

»Mal abgesehen vom Geld. Es gibt jemanden unter uns, der etwas ziemlich Kostbares bis jetzt zurückgehalten hat. Man könnte es überall verkaufen. Nicht bei diesem Schuft von Trödler, sondern in richtigen anständigen Geschäften.«

»Soll ich meine Chemieröhrchen zu einem Apotheker tragen? Ist es das, was du meinst?« Ossja bot sich hoffnungsvoll an.

»Unsinn, die sind doch nichts wert«, sagte Polly wegwerfend. »Ich spreche von Klaschas Medaillon. Selbst wenn es das Letzte ist, was wir für Dillotschka tun können – ich finde, dafür solltest du es opfern.«

Drei Paar Augen richteten sich auf Klascha. Klascha schwieg. Sie war rot geworden und fühlte sich sichtlich unbehaglich. »Ich habe es nicht mehr«, sagte sie endlich. »Tut mir leid.«

»Dürfen wir, deine Familie, erfahren, wofür du es ausgegeben hast? Es ist schließlich keine Glasperlenkette vom Jahrmarkt gewesen. Das Maiglöckchen vorn drauf war aus Smaragd- und Brillantsplittern. Und die Kapsel aus Gold. Als wir von zu Hause geflohen sind, hätte ich geschworen, dass wir es halten wie die drei Musketiere: Einer für alle und alle für einen. Los, sag's uns! Welche affigen Handtaschen und Abendkleider und Lackschuhe hast du dir noch gekauft? Unterwäsche mit Spitzen vielleicht? Seidenstrümpfe? Während deine Geschwister rumlaufen wie arme Dorfwaisen? Oder im Krankenhaus verhungern und verdursten?«

Man hätte Pollys Ton als inquisitorisch bezeichnen können. Der schallende Ton eines hochnotpeinlichen Verhörs.

»Ich hab es nicht verkauft. Nur zum Pfandleiher gebracht«, sagte Klascha leise, aber durchaus nicht zerknirscht. »Und ich hab das Geld auch nicht für mich verwendet. Na ja – ein Paar Seidenstrümpfe musste ich haben. Aber das war schon alles. Ich habe es jemandem … geliehen.«

»Preisfrage, Jungs!«, rief Polly in künstlicher Munterkeit. »Wer könnte wohl derjenige sein, der Zarentochter Klara Arkadjewna die Kronjuwelen abgeluchst hat? Naaa …?«

»Der göttliche Brandukow, wer sonst«, antworteten Ossja und Fedja wie aus einem Munde.

Klascha blickte stumm auf einen Punkt an der Wand. Sie bestritt es nicht. Aber sie gab es auch nicht zu.

Polly, außer sich, packte Dillotschkas gestreifte Hutschachtel und schüttete ihren ärmlichen Inhalt auf den Bettvorleger.

»Guck her! Das ist alles, was ihr geblieben ist«, schrie sie. »Sie hat nicht mal mehr einen Mantel, um auf die Straße zu gehen. Und wenn wir weiterreisen, hat sie auch kein Plaid mehr, um sich unterwegs zuzudecken. Boris Borissowitsch hingegen hat einen riesengroßen Schrankkoffer, zwei Handkoffer und noch einen Haufen kleine Gepäckstücke – alles voll gestopft mit seinem persönlichen Besitz. Sag mir eins, Klaschenka! Warum unterstützt du ihn und nicht deine Familie? Kannst du uns das erklären?«

Doch es wurde von Seiten Klaschas kein Versuch unternommen. Sie hatte lautlos zu weinen begonnen. Urplötzlich warf sie sich quer über das Bett und schlug mit den Fäusten auf die Bettdecke ein, und aus dem Weinen wurde ein wildes, unglückliches hemmungsloses Schluchzen.

Polly wandelte im Nachthemd zur Küche, um der Gläser polierenden Nastja eine neue Talgkerze abzubetteln.

»Wieder diese Sucht, he? Dieses Lesen in Büchern?« Teilnahmsvoll schnitt Nastja eine Grimasse. »Sie wissen, dass Alida Petrowna verboten hat, euch offenes Feuer im Zimmer zu gestatten. Was, wenn Sie wieder einschlafen, wie neulich, und die Kerze fällt um? Bis die Feuerwehr kommt, steht alles in Flammen.«

Als Polly zurück ins Zimmer kam, hatte Klascha sich ausgezogen. Sie lag im Bett, auf dem Rücken, einen angewinkelten Arm überm Gesicht.

»Hör zu, morgen sagst du ihm Folgendes.« Polly pflanzte sich vorm Bett auf. »Sag ihm, er soll ins ›l'Ours‹ gehen und mindestens drei Stück Gebäck kaufen, vom Feinsten, was sie haben. Das ist er uns schuldig. Die nehmen wir dann übermorgen nach der Schustertour mit ins Krankenhaus.«

»Ich soll euch auch was sagen«, kam es von Klascha in gleichgültigem Ton. »Ljudmila Akimowna rechnet morgen Abend mit eurer Unterstützung. Eintrittsgeld kassieren, das macht sie lieber selbst, aber ihr könntet zum Beispiel Mamin und Mamina beim Kostümwechsel helfen; ihre beiden Nummern liegen hintereinander. Oder der Zarimbowa das Kleid hinten zuhaken und Gumiljew Requisiten zureichen und dergleichen.«

Polly brummte bloß. Sie langte unters Kopfkissen. Heute Morgen hatte sie aufs Geratewohl eine Botschaft auf das Zeitungspapier gekritzelt, mit dem die drei Hefte der »Bibliothek Medusa« eingeschlagen waren.

Sind ausgelesen. Danke!
Frage: Wie heißt die Feerie, zu der Jo und Gretchen von Theodor eingeladen werden?
Und wie rächt sich Amy, weil sie nicht mitgehen darf?

Das Päckchen war ausgetauscht worden. Im Zeitungspapier fand Polly drei weitere Hefte, darunter »Das Flaschenteufelchen« und »Hass« (bei dem es um ein schreckliches menschenfressendes Wesen ging, das Empuse hieß und neben einem einsamen Ferienhaus im Schuppen lauerte). Oben auf dem Zeitungspapier stand:

1) Die sieben Schlösser vom Diamantensee
2) Sie verbrennt das Buch, in das Jo immer ihre erfundenen Geschichten schreibt.
Frage: Wo sitzt der Pate Drosselmeier, als Marie in der Nacht allein mit dem Nussknacker spielt?
Wie heißt die Zaubernuss, durch die der Nussknacker erlöst werden kann?

Polly lächelte. Natürlich hatte sie »Nussknacker und Mausekönig« von E. T. A. Hoffmann gelesen! Sie fummelte ihren Bleistift aus der Reisetasche und schrieb:

1) Auf der Standuhr
2) Krakatuk
Frage: Wie gelangt man auf dem kürzesten Weg in Nussknackers Reich?
Wie heißt das Wort, vor dem dort alle Angst haben?

Die große Galavorstellung brachte schon nach dem Aufwachen eine Stimmung von freudiger Erregung hervor. Zugleich machte sie aber eine Menge Notwendigkeiten klar. Polly setzte mit Heftstichen im Halsausschnitt ihres Gymnasiastenkleides einen der mitgenommenen Reservekragen ein. Das Kleid war schmutzig wie Aschenputtels Lumpen, aber wenigstens mit einem weißen sauberen Kragen.

Sie gingen abwechselnd warmes Wasser holen, so oft, bis Alida Petrowna schimpfte, dies sei keine Badeanstalt.

»Sie kommen doch auch heute Abend zum Konzert dieser berühmten Sänger?«, versuchte Polly sie zu besänftigen. Sie hatten eins der Plakate unten im Hausflur angebracht.

»Berühmt – dass ich nicht lache«, war die abfällige Antwort. »Das ist kein Saal, den ich kenne. Und ich kenne jeden, den eine Dame besuchen kann, ohne sich was zu vergeben. Allenfalls wegen der Romanzen würde ich gehen. Aber Beginn erst neun Uhr – nein! Das ist zu spät für Dajanetschka.«

Dajanka drängte sich mit einem gemeinen Ellbogenpuff an Polly vorbei. »Nastja, ist meine Schokolade fertig?«

Duft nach zerriebenen Kakaobohnen breitete sich in der Küche aus.

»Mamachen, ich möchte den Witzeerzähler hören«, sagte Dajanka in quengelndem Ton. »Sicher bringt er auch Tschastuschki. Ich wette, ich bin besser als er.«

»Wir entscheiden das heute Abend nach dem Essen«, bog ihre Mutter die Sache ab. »Erst mal sehen, wie das Wetter ist. Womöglich noch eine Droschke nehmen, was?«

»Au ja, fein!« Dajanka legte mit den Fingern eine rosarote Scheibe gekochten Schinken auf ein butterbestrichenes Franzosenweißbrot. »Und ganz zufällig überholen wir die da, die ganze Sippe, trabtrabtrab« (sie imitierte die zu Fuß gehenden Apraksins), »und unsere Droschke fährt aus Versehen durch eine Pfütze – ffscht! So ein Pech – von oben bis unten voll gesaut, das überkandidelte Spitzenkleid der Klavierspielerin. Hast du es schon gesehen, Mamachen? Hängt im Schrank.«

»Das tut jetzt nichts zur Sache«, sagte Alida Petrowna diplomatisch. »Außerdem hat sie sowieso dieses lächerliche Atlas-Cape darüber.«

Polly begriff sie nicht – diese zwei Dajankas. Sie schienen nichts voneinander zu wissen. Bereits auf dem Korridor, hörte sie Nastja sagen: »Vielleicht geh ich auch. Bin noch nie bei so was gewesen. Ich weiß übrigens, wo das ist: im gleichen Hof wie die Kneipe ›Tjotja Motja‹. Wenn Sie keine Lust haben, Alida Petrowna, könnte Dajanetschka ja mit mir gehen.«

»Wie – du willst abends weg? Und was soll mit dem Abwasch werden?« Die Ptizyna schien nicht erbaut.

»Steh ich eben morgen früh eher auf«, erwiderte Nastja, »was soll's.«

Alida Petrowna murmelte etwas von »bolschewistischen Verhältnissen«, die langsam, aber sicher Sitte und Anstand untergraben würden. »Und dazu zähle ich auch erwachsene Frauen, die mit kurzgeschnittenen Haaren herumlaufen, wie die Älteste von denen da. Mannweib!«

Gleich nach dem letzten Löffel Nachtisch (geriffelte Rote Beete, Dillotschkas meistgehasstes Kompott) brachen die Apraksins gemeinsam auf. Ein feiner, kaum sichtbarer Schneeschleier wehte ihnen ins Gesicht. Aber auch das hatte sein Gutes, denn es vertrieb die schwere Müdigkeit nach dem Abendessen. Allerdings nicht den Muskelkater vom Ziehen der Schusterkarre.

Klascha trug ihre Abendschuhe unterm Arm, eingewickelt in das Zeitungspapier von Pollys Lektüre. Polly hatte –»He, warte mal, das brauch ich noch« – ein ganz bestimmtes Stück abgerissen. Darauf hatte jemand während ihrer Abwesenheit mit Kopierstift geschrieben:

1) durch einen Mantelärmel
2) Konditor – Konditor – Konditor!
Frage: In »Steppe« von Anton Pawlowitsch Tschechow reist Jegoruschka in eine Stadt, um dort zur Schule zu gehen. Um welche Stadt handelt es sich?

Nach intensivem Grübeln musste Polly sich eingestehen, dass sie diese Frage nicht beantworten konnte.

Aber wenigstens hatte dem göttlichen Brandukow das Gewissen geschlagen. Denn Klascha war tatsächlich mit einem kleinen Karton heimgekommen. Außen drauf war die Zeichnung eines Bären, und innen lagen in plissiertem Pergamentpapier ein Mohrenkopf, eine Zitronencreme-Roulade und ein rosa überzogenes Petit-Four. Außerdem ein knisterndes Zellophantütchen voller Geleefrüchte.

»Man sollte vielleicht ein Stück von denen probieren, um sicherzugehen, dass sie nicht bitter sind oder zäh wie Gummi«, schlug Ossja vor. »Man darf Kranken nur leicht Verdauliches mitbringen.«

»Kommt nicht in Frage«, sagte Polly. »Wenn wir ein Stück anrühren, können wir nicht mehr aufhören.«

»Wie Marder im Blutrausch«, Fedja grinste. Sie grinsten alle. Sie kannten einander. Deshalb schloss Polly den Karton im Schrankfach der Kommode ein. Oben, wo die Porzellanfiguren gewesen waren. Den Schlüssel zog sie ab und ließ ihn in ihren Strumpf fallen.

Madame Byrstowa-Lochwitzkaja saß an einem Tischchen gleich neben der Tür, eine Zigarrenkiste vor sich – die Kasse. Gegen die Zugluft trug sie eine Schulterpelerine über ihrem Bühnenkleid. Ihre Stirn wurde von einem Diadem umspannt, das vor Strasssteinen funkelte. Und von ihrem Hinterkopf ragten zwei weiße Federn steil in die Höhe. Polly hatte sie noch nie erlebt, wenn sie für die Bühne geschminkt war, und starrte entgeistert auf all die schwarzen Kohlestriche, die pflaumenblauen Lider, das blutrote Rouge auf den schmalen Lippen und das etwas hellere auf den Wangenknochen.

»Ich habe nichts«, flüsterte Klascha ihr zu und tippte sich auf die Lippen und Augen. »Ob Sie mir wohl etwas Schminke leihen würden, Ljudmila Akimowna? Nur ein klein wenig, bitte!«

»Gehen Sie hinter die Bühne, Kind; Zarimbowa wird Ihnen zeigen, wo mein Necessaire ist«, war die großzügige Antwort. »Halt! Erst spucken.« Und Klascha umfasste die Schulterpelerine und machte »toi-toi-toi«.

»Los, ihr auch, Kinder, spucken.«

Die von Madame Byrstowa zusätzlich gemieteten Stühle füllten die Kegelbahn in mehreren Reihen. Ein Teil des Saals war der Bühne vorbehalten; das Bindeglied zwischen beiden Sphären war das Klavier. Leider konnte man die Beleuchtung nur anlassen oder ganz ausmachen. Es erwies sich als unmöglich, den Zuschauerraum zu verdunkeln und nur die »Bühne« anzustrahlen.

Eine spanische Wand, die eigentlich Mamins und Maminas Pantomime als Kulisse diente, schirmte die »Künstlergarderobe« ab. Darauf abgebildet waren Sanddünen, ägyptische Pyramiden und Palmen.

»Endlich«, rief die Zarimbowa, »noch später ging's wohl nicht. Was ist? Komm schon, komm her! Einer muss mir unbedingt den Spiegel halten. Nicht mal einen lumpigen Tisch gibt es hier, wo man was draufstellen kann. Was für eine Scheune! Ein Glück, dass ich das Schönmachen schon im Quartier erledigt habe.«

Sie ließ ihren Morgenrock fallen – »Na, so heb ihn doch auf, Mädchen, häng ihn über eine Stuhllehne« – und stieg ungeniert, nur in Rüschenhöschen und dem sehr tief dekolletierten Korsett, in eins ihrer Auftrittskostüme. »Zuhaken. Aber nicht so zaghaft. Wehe, du zerreißt mir was!«

Polly hauchte auf ihre eisigen Finger, um bei der Berührung mit dem warmen gepuderten Rücken nicht gleich wieder angebrüllt zu werden. Der Rock war kreisrund und steif und bedeckte, vorne heruntergeklappt, gerade mal den Schritt, während er hinten hochging und die Rüschenhöschen entblößte. Zina Zarimbowa probierte dieses »Vorne runter – hinten hoch – hinten runter – vorne hoch« einige Male. Ihre Strumpfhalter waren mit lila Veilchen besetzt, auch die Pumps waren lila und der Kopfputz mit den Puscheln ebenfalls.

Ich würde sterben, wenn ich so vor die Leute treten müsste, dachte Polly. Doch die Zarimbowa war die Ruhe selbst, mehr als zufrieden mit sich und summte heiter.

Ossja half Gontscharenko, den Kummerbund um seine massige Taille zu wickeln, damit die Frackhosen besser saßen. Fedja wiederum wurde von Gumiljew in Beschlag genommen und über das Zureichen dieser und jener Requisite instruiert.

»Wenn ich dir ein Zeichen gebe, so –«, er schnipste mit den Fingern –, »robbst du auf dem Bauch vorsichtig nach draußen und platzierst die Schuhe ungefähr hier.«

»Puh, sind die schwer«, wunderte sich Fedja, der die riesigen Latschen probeweise hochhob. »Wollen Sie die etwa anziehen?«

»Ach woher«, Gumiljew lachte, »die sind doch mit Eisenbolzen ausgestopft, damit sie nicht gleich durch die Gegend fliegen, wenn ich immer mal wieder darüber stolpere.«

Mamin und Mamina halfen sich gegenseitig. Sie steckten schon in ihren Trikots als Hund und Katze. Der Busen der Katze kam Polly viel üppiger vor, als Maminas eher flache Brust hätte ahnen lassen. Sie musste wohl zu auffällig hingestarrt haben. Denn die beiden, bereits vom Übermut der Hund-und-Katze-Pantomime erfasst, nahmen sie jetzt in die Mache, neckten, zupften und kitzelten an ihr herum.

»Hilft die liebe Polly mir nachher, mich raschrasch aus einer Katze in eine Mumie zu verwandeln?«, schmeichelte die Katze.

»Nein, mir, hauhau, mir hilft sie, aus einem Hund zum Pyramidenforscher Howard Carter zu werden«, kläffte der Hund.

»Hör nicht auf den Köter, kleine Polly, der kann seinen Tropenhelm auch alleine aufsetzen. Ich aber muss unter der Mumie noch eine Pharaonen-Prinzessin anziehen. Und zwar blitzschnell, miaauu.«

Polly lachte vergnügt. »Erst Mamina«, entschied sie und genoss das Gefühl ihrer Wichtigkeit.

»Nichts da, zuerst stehst du gefälligst mit meinem Pierrette-Kleid parat«, kam es von der Zarimbowa. »Ich bin nämlich eher dran als ihr.«

Klascha beteiligte sich nicht an dem überdrehten Auftrittstaumel. Nachdem sie sich schüchtern an Madames Schminkkoffer zu schaffen gemacht hatte, zog sie sich ans Klavier zurück. Sie hatte wieder diese Odaliskenaugen wie damals in der Küche, als Njanja das von der Hupfdohle gesagt hatte. Und nur ein bisschen Rosa auf den Lippen. Das Abendkleid vom Trödler war etwas zu weit und bedeckte die Arme bis zum Ellenbogen. Es wirkte neben all den Pailletten und Chenille-Bommeln und atlassenen Achselträgern der anderen Damen fast ein wenig grotesk. Und rührend. Endlich erschien auch Boris Brandukow. In perfekt sitzendem Frack. Mit pomadisierter Frisur und Vaseline auf den Augenlidern. Durch Klascha fuhr ein Ruck, Pollys scharfem Blick entging es nicht.

Zugleich mit ihm waren auch Bljumental und Lamakina eingetreten. Der göttliche Brandukow erwies ihnen die Ehre, ihnen einen speziellen Seitenblick zu schenken, verbunden mit dem mehrfachen Heben und Senken seiner berühmten Wimpern.

Nach und nach stellte sich noch mehr zahlendes Publikum ein. Darunter Anisja, die Schustersfrau, und die Wirtin von »Tjotja Motja«, beide im Schmuck zahlreicher Halsketten – Korallen, Bernstein, grünes Glas – und seidener Kopftücher, zwei schmucke Kosakinnen. Adron Porfirytsch war nicht mitgekommen.

Madame Ptizyna und Dajanka steuerten schnurstracks die zweite Reihe an. Sie belegten mit ihren Mänteln, Tüchern, Schirmen und Proviantpäckchen mehrere Plätze um sich herum. Dajanka, in blauem Samt, naschte aus einer Tüte gebrannte Mandeln. Polly hörte es zwischen ihren Zähnen krachen, wenn sie wieder eine zerbiss. Nastja hielt Abstand und setzte sich in die vorletzte Reihe.

Endlich – in einer Pelzkappe, die garantiert Zobel war –, amüsiert um sich schauend –, jemand, der in der dritten Reihe Platz nahm und die Beine übereinander schlug.

»Ist er das? Dein Napoleon?«, fragte Ossja. »Ja, das ist er. Du grinst wie die Katze aus Cheshire.«

»Klascha gefällt ihm«, sagte Fedja hinter ihnen. »Er sieht andauernd zu ihr hin.«

»Wo sollte er denn sonst hingucken?« Polly spürte einen leisen Stich der Eifersucht. »Etwa zu Dajanka und ihrer Mutter?«

Mit Genugtuung zählte sie die ihr bekannten Gesichter im Saal: sechs Leute. Für jemanden, der erst eine Woche in der Stadt war, eine ganze Menge.

Zwanzig Minuten nach neun wurde Ossja zum Türhüter ernannt. Sollte doch noch jemand kommen, wurde Ossja ermächtigt, das Eintrittsgeld herabzusetzen. Madame Byrstowa verstaute die »Kasse« in ihrem Beutel, und Polly sah, wie sie aus einem Taschenflakon einen langen Schluck nahm.

»Meine Lieben, auch auf der ›Titanic‹ spielte die Kapelle bis zum Schluss«, sagte sie ermunternd. »Los geht's. Wir sinken, aber wir geben unser Bestes.«

Polly roch ihren Cognac-Atem. Über die Hälfte der hundert Stühle war leer geblieben. Wir sinken …? Ein unbehagliches Gefühl beschlich sie. Sie verjagte es. Denn Ljudmila Akimowna begann mit der überschäumenden, strahlend gelaunten und preisenden Ansage ihrer Künstler.

Obwohl sie wochenlang mit der Truppe gereist war, hatte

Polly noch keinen einzigen Bühnenauftritt miterlebt. Hinter der gemalten Wüste versteckt, hörte sie Klaschas Klaviervorspiel. Dann setzte Boris Brandukow ein mit »Eine heimliche Träne« aus der Oper »L'Elisir d'amore« von Donizetti. Weich wie Seide und süß wie Honig, mühelos wie eine Amsel, die auf der Dachrinne singt, kamen die Töne aus seiner Kehle. Er war und blieb ein Fatzke, der Klascha ausnützte und dem sein kleinster polierter Fingernagel wichtiger war als Klaschas Geschwister. Doch – Polly sah es ein – einer solchen Stimme musste manches nachgesehen werden.

Madame hatte die Nummern in bewährter Routine gemischt. Sie erlaubte dem Publikum keine Langeweile. Entzücken sollte es empfinden, immer von etwas Neuem, wieder ganz anderem unterhalten.

Zum Beispiel von Zarimbowas Soubrettengezwitscher und von ihrem Anblick – bunt und lecker wie das Schaufenster einer Konditorei.

Von Gontscharenkos brunnentiefem Bass, beinah so gut wie Schaljapin und ein ebensolcher Riese wie dieser.

Ihre eigenen Lieder, schwermütige und theatralische Romanzen, die sie mit rauer Altstimme herausschluchzte, ernteten besonders bei den Frauen im Publikum schallenden Applaus.

»Liebe, der ich mich ergab,
dauert ewig, bis ans Grab,
meine Kraft nahm sie dahin,
an ihrer Glut verblüht ich bin.«

Polly, der es anfangs ziemlich lächerlich vorkam, wie eine ältliche Dame in übertriebenem Aufputz und mit Hautsäcken unter den Augen von Liebe sang – Polly sah verwundert, wie Anisja und Tjotja Motja sich Tränen der Rührung wegwischten und wie selbst Frau Ptizyn bewegt schien.

»Weißt du, was ihr Geheimnis ist?«, flüsterte Gumiljew an

Pollys Ohr. »Sobald sie die Hand aufs Herz legt und den Blick nach oben schmeißt, hat sie sie in der Tasche. Immer. Frag mich nicht, wieso.«

Er war als Letzter vorgesehen. Umsichtig griff er ein, als sich herausstellte, dass die spanische Wand die falsche Seite zum Publikum hin zeigte. Die Wüste kam erst in der zweiten Pantomime vor; für das Techtelmechtel zwischen Hund und Katze brauchte man nächtliche Gassen und Mülleimer.

Mamin und Mamina kabbelten sich, lauerten einander auf, schlugen Flic-Flacs, mal jagte der Hund die Katze, mal reizte die Katze den Hund auf die perfideste Weise. Sie verspotteten sich, tanzten einander auf der Nase herum, rochen aneinander, um mit einem Salto des Abscheus zurückzufahren. Mamina, die rotgestromte Katze, probierte immer frechere und intimere Griffe, um den täppischen Mamin mit den Schlappohren zu ärgern. Wahrscheinlich, überlegte Polly, bekam man durch diese Art von Akrobatik solche langen muskulösen Beine, wie Mamina sie hatte. Man konnte fast denken … Aber das war natürlich Unsinn.

Klascha begleitete sie mit einem Potpourri verschiedener Musikstücke.

Polly suchte ein bestimmtes Gesicht in der dritten Reihe. Wo er doch Pantomime angeblich so liebte. O ja, Anatoli Mansurow schien auf seine Kosten zu kommen. Hingegen runzelte Alida Petrowna indigniert die Stirn und versuchte Dajanka abzulenken, indem sie ihr eine weitere Tüte Naschzeug aufdrängte. Die Gesichter von Bljumental und Lamakina konnte Polly nicht erkennen; sie saßen im Schatten.

»Bravo!« Pollys »Napoleon« war aufgesprungen und applaudierte mit Macht.

Gumiljew und die Jungen wendeten geschickt den Paravent, wobei Gumiljew, scheinbar aus dem Stegreif, eine Tschastuschka losließ, in der es um Hitze, Sand und ein Kamel ging, aber natürlich war das Kamel in Wirklichkeit ein Mann. Am schrillsten von allen quietschte Alida Petrowna. Auf Witze sprach sie immer an. Dajanka lächelte gnädig: ganz gut, nicht schlecht, du solltest mich mal hören.

»Rasch, Polly, rasch, rasch, hilf mir aus der Katze!« Mamina keuchte.

Polly zerrte beflissen an den Trikothosenbeinen. Inzwischen hakte Mamina sich den Katzenbüstenhalter auf, hängte ihn an die Stuhllehne und schnappte sich das entsprechende Teil des Pharaonenkostüms. Es bestand aus durchbrochenem Goldblech, und in jeder Schnörkelschale lag ein hautfarbener Schwamm. Maminas Brust war glatt wie die Brust der jungen Burschen, die immer in der Nähe des Sommerhauses im Fluss gebadet hatten.

»Machst du ihn mir zu?«

Polly fühlte, wie sie rot wurde. Sie wusste nicht, wo sie hinschauen sollte. Sie knibbelte am Verschluss, bekam die Haken nicht in die Ösen. Mamina band sich derweil flink und geübt eine lange schmale Schürze um die Hüften, bestehend aus Goldbändern, an einen Gürtel geheftet.

»Keine Schuhe, ich bleibe barfuß ... Aber den Kopfputz da brauche ich.«

Eine schmale Krone mit über der Stirn sich aufbäumender Schlange. Wenigstens Maminas Haar war echt: aufgelöst hing es dicht und glatt wie Rabenfedern bis auf die Schultern.

Die »Mumie« war ein schmutzig weißer Sack mit Abnähern, in den die Pharaonenprinzessin hineinschlüpfte und den Polly an der Seite zunestelte. Jetzt hatte Mamina weder Hand noch Fuß frei, weshalb Gumiljew, der Mann für alles, sie über der Schulter hinaustrug wie eine Teppichrolle. Mamin, im Tropenanzug, nickte zu Klascha hinüber. Die spielte in Ermangelung passender Wüstenmusik ein paar kleine Ballettpiecen von Tschaikowski, bei denen es ebenfalls um orientalische Prinzessinnen ging.

Das Publikum unterließ jetzt alles Hüsteln und Schwatzen und Kichern. Einzig von Dajanka kam Geraspel, wer weiß, was sie kaute. Polly hätte ihr am liebsten das Erstbeste an den Kopf geworfen. Anatoli Mansurow hingegen war ganz Auge und Ohr. Vor allem, als der »Forscher Howard Carter« die Mumie bewunderte und beschwor und schließlich erreichte, dass ihr Inhalt sich für kurze Zeit wieder manifestierte. Vielleicht sollte es ja auch bloß ein Traum sein. Ein sehr intimer Traum.

Alida Petrowna warf irgendwann einen Schal über Dajankas Gesicht. »Pornografie ist das«, zischte sie, »man sollte die Sittenpolizei informieren. Wollt ihr wohl Abstand halten, ihr Unzüchtigen? Es sind Kinder im Publikum.«

»Ach, schweigen Sie doch, Sie Banausin«, sagte »Napoleon« hinter ihr.

Madame Byrstowa-Lochwitzkaja wusste solche Klippen zu umschiffen. »Aber, meine Herrschaften – Sie würden es sich nie verzeihen, wenn Sie sich selbst um den anschließenden Auftritt Danilo Gumiljews brächten! Ich verspreche Ihnen, Sie werden Tränen lachen!«

Und das taten sie denn auch. Kunststolpern, lernte Polly, war in der Tat eine Kunst. Eine hohe Schule der perfekt gesetzten Pointe.

Als Polly mit ihren Garderobiere-Diensten fertig war, hatten sich die Zuschauer längst verlaufen. Irgendwie hatte sie gehofft, dass Anatoli Mansurow draußen vor der Kegelbahn warten würde, um sich zu verabschieden. Ob ihm bewusst war, dass er sie sonst nie wiedersehen würde? Denn was für einen Grund gäbe es für sie jetzt noch, im Hotel Botschaften zu hinterlassen?

Über den Künstlern lag eine Stimmung von Galgenhumor. Madame Byrstowa hatte die Summe der Einnahme verkündet. Wenn man die Saalmiete und die Gebühr für die Gartenlokal-Stühle abzog, kam auf jeden kaum genug, um das Quartier zu bezahlen.

»Morgen Mittag halten wir Krisensitzung. Um eins in meinem Zimmer.«

20. Kapitel

Es war Mitternacht geworden, bis sie in der Golubjatnja und schließlich im Bett waren. Ossja und Fedja fielen auf ihren Diwan zwischen die Plaids und – schwupp – schon schliefen sie, als hätte sie ein Zauberstab berührt.

Klascha und Polly räkelten sich Seite an Seite und gähnten wie die Raubtiere. Polly war sogar zu müde, einen neuen Band der »Bibliothek Medusa« zu beginnen. Sie löschte das Licht freiwillig. Klascha gab ein schläfriges, lautloses Lachen von sich.

»Kannst du dir vorstellen, dass mir einer aus dem Publikum vorhin ein Briefchen zugesteckt hat?«

»Nein!! Wer?!« Polly WUSSTE es. »Zeig's mir! Ein Verehrer aus Rostow am Don, wie aufregend.«

Klascha tat gleichgültig. »Irgend so ein junger Herr. Es ging alles so schnell – ein Handkuss, ein tiefer Blick, eine Verbeugung, schon hatte ich das Briefchen in den Fingern und er verschwand. Guck mal in meine Handtasche.«

Das Licht wurde wieder angemacht. Und Polly las, was da auf der Rückseite einer Visitenkarte stand, mit Bleistift geschrieben: »Sie sind viel zu gut für diese Sommerbühnentruppe. Darf ich Sie übermorgen zu einer Tasse Schokolade einladen? Um fünf im ›l'Ours‹? Danke.« Und auf der Namensseite:

Anatoli Mansurow
Student der Physik
St. Petersburg und Mansurowo (Paraschino)

Mechanisch stand sie auf, um zum Schalter zu gehen. Aus. Ausmachen.

»Poljenka? Was ist, Poljenka, was hast du?« Klascha stützte sich im Dunkeln auf die Ellenbogen und berührte tastend, was neben ihr ins Kissen wimmerte und schluchzte. »So sag doch um

Himmels willen, weshalb du weinst! Eben warst du doch ganz fidel?«

»Ich weiß es doch selber nicht«, brachte Polly heraus. Sie wusste es tatsächlich nicht. Es hatte sie überwältigt. Ein bitterer Schmerz, ein Wasserfall aus Unglücklichsein, Kummer darüber, erst zwölf Jahre alt zu sein. Die Pein der Eifersucht. Und als nichts mehr kam, fühlte sie sich wunderbar matt und erleichtert. Ihr Gesicht lag an Klaschas Hals.

»Wirst du hingehen?«, fragte Polly heiser.

»... fehlte noch«, murmelte Klascha, die Zunge bereits träge vom Schlaf, »... kenn ihn doch überhaupt nicht.«

Polly kam gerade aus dem Klosett, als Dajanka mit Schulmappe und Pelz-Barett die Wohnung verließ.

»Die Stadt wird in der Erzählung überhaupt nicht genannt«, sagte Polly ohne Einleitung.

»Stimmt«, sagte Dajanka ebenso knapp. »Aber welche könnte Tschechow gemeint haben?« Sie setzte ihre Mappe ab, um sich die Nase zu schnauben. Offensichtlich hatte sie sich gestern Abend erkältet.

»Na, seine Geburtsstadt, ist doch klar. Die Nähe der Steppe, der breite Fluss, die Lastkähne, die Handelshöfe, die Lokomotiven ... Ich sage Taganrog.«

Dajanka grinste, als habe Polly einen tüchtigen Bock geschossen. Dann schnappte sie ihre Schultasche und warf, schon im Weggehen, hin: »Du bist nicht übel. Hier, fass!«

Der unterste Rest einer Tüte, deren gebrannte Mandeln zu einer steinernen Masse zusammengebacken waren, traf Polly empfindlich am Wangenknochen.

»Hast du das Kuchenpaket dabei?«

Sie schrien Klascha entgegen, als sie am späten Nachmittag mit den Geschwistern zusammentraf. Die Laternen brannten schon. Sie hatte es, und sie sah so käsig aus, dass es sogar den Jungen auffiel.

»Geht der Typhus jetzt auch bei dir los? Wie es uns die Krankenschwester angedroht hat?« Misstrauisch, ängstlich standen sie vor ihr.

»Nein, es ist was anderes. Ich hab vorhin etwas erfahren. Ljudmila Akimowna hatte uns doch zu sich bestellt, die ganze Truppe. Und als ich wieder auf der Straße war, nach dem Schock, musste ich mich übergeben. Das war mein Glück, sonst wäre ich jetzt wahrscheinlich betrunken. Wir haben eine ganze Flasche Wodka geleert. Zum Abschied. Ich hatte nichts im Magen, deshalb wurde mir schlecht.«

»Und wo geht die Tournee jetzt hin?«, erkundigte Ossja sich neugierig.

»Die Truppe löst sich auf«, sagte Klascha tonlos. »Einige wollen nach Kiew; dort soll man noch so leben wie in alten Zeiten, wird behauptet. Mamin und Mamina wollen nach Odessa und von dort auf ein Schiff, über die Türkei nach Paris. Und der Rest will versuchen, sich nach Moskau durchzuschlagen.«

»Und was machen wir?«, fragte Fedja. »Wer nimmt uns mit?«

»Niemand«, sagte Klascha. »Warum sollte uns jemand mitnehmen? Es sind nicht unsere Verwandten. O Gott, ich werde verrückt, wenn ich mein Leben in diesem Rostow am Don verbringen muss! Eher geh ich ins Wasser.«

Polly löste die Kordel des Päckchens und nahm die Tüte mit den Geleefrüchten heraus. Es knisterte, als alle vier hineinlangten. Stumm. Immer wieder. Bis die Tüte leer war. Sie trösteten sich mit gelben (die nach Ananas schmeckten), mit grünen (Waldmeister) und zweierlei roten (Kirsch- und Himbeergeschmack).

Zuckerkrümel auf den Lippen, betraten sie das Vestibül des Krankenhauses. Es kam ihnen vor, als habe sich die Zahl der auf Fußboden und Treppen liegenden Schwerkranken und Sterbenden noch vermehrt.

Diesmal wurden sie schon vorm Treppenaufgang von einem Sanitäter abgefangen.

»Weg da, raus, seht ihr denn nicht, was hier los ist? Kinder dürfen sich hier nicht aufhalten. Seuchengefahr.«

Fedja schlug vor, nach einem Hintereingang zu suchen. Es musste einer existieren. »Glaubt ihr, dass sie all die vielen Toten vorne rausschaffen? Da können sie ja gar nicht treten, und dann noch mit den Tragbahren.«

»Vielleicht lassen sie sie nachts aus dem Fenster runter«, überlegte Ossja. »So wie man in den Bergen die Verunglückten abseilt.«

Es gab eine Hintertreppe. Unbewacht und unverschlossen. Niemand, der sie aufhielt. Die Schwester mit der Feldwebelstimme war nirgends zu hören. Nur das Murmeln, Stöhnen und Ächzen der im Fieber Fantasierenden erfüllte das ganze riesige Treppenhaus.

»Sie ist fort!« Ossja und Fedja huschten von Bettstelle zu Bettstelle, von Matratze zu Strohsack.

»Gibt's doch nicht. Wir sind bloß im falschen Saal«, sagte Polly nervös.

»Es ist derselbe Saal.« Klascha deutete auf einen Wasserfleck oben an der Wand. Er sah aus wie Skandinavien auf der Landkarte. »Den hab ich mir gemerkt.«

Noch einmal kontrollierten sie jedes der spitzen glatzköpfigen kleinen Gesichter. Konnte ja sein, Dillotschka hatte sich in den beiden vergangenen Tagen noch mehr verändert.

»Dillotschka? Dillotschka … bist du hier? Wir sind's. Wir! Wir haben dir Kuchen mitgebracht.«

Als die Tür aufgerissen wurde, duckten sie sich wie beim letzten Mal. Ein Mann brachte den Kübel mit dem Abendessen. Er verteilte etwas, das wie Haferschleim aussah. Fast niemand wollte schlucken. Das Zeug lief über Kinne und Hälse und hinterließ Flecken auf bereits verkrusteten Hemden.

Die Blechtasse schepperte zu Boden, als er die kauernden Apraksins entdeckte. »Dass mir die Augen platzen, was rennen denn hier für welche rum?«

Klascha versuchte Autorität auszustrahlen, als sie ihm ihr Problem erklärte. Er hilft uns, dachte Polly. Der Sanitäter hatte etwas von einem dicken weichen Sohn, der bei seiner Mamotschka lebt. Die weiße Leinwandkappe ließ ihn tölpisch aussehen.

»Onkelchen«, begann sie schmeichelnd. Die Geschwister wendeten ihr interessiert die Köpfe zu. Den falschen Ton der Rollenspiele kannten sie nur zu gut. »Onkelchen, so sag uns doch, wo ihr unsere Dillotschka hingebracht habt. Wir geben ihr bloß den Kuchen hier und verschwinden auf der Stelle, Ehrenwort.«

»Wen meint ihr? Die sehen doch alle gleich aus, wenn sie geschoren sind.«

Gewonnen! Polly triumphierte innerlich. Er ließ sich auf ein Gespräch ein, statt sie umgehend an die Luft zu setzen.

»Sie hatte immer ihre Puppe im Arm«, sagte Klascha, »einen Petruschka.«

»Und sie lag hier, wo jetzt die hier liegen.« Ossja deutete auf den Strohsack.

»Habt ihr schon in den Betten nachgeschaut? Gestern und vorgestern sind ein paar Plätze frei geworden. Vielleicht hat man sie befördert?«

Energisches Kopfschütteln. Keine Dillotschka, kein Petruschka, nirgends, in keinem Bett.

»Ja, dann …« Der Sanitäter schnaufte und sah sehr unbehaglich aus. Er machte einen Diener vor Klascha. »Mein Beileid, Fräulein. Mein Beileid, Kinder.«

»Nein!!!« Sie schrien alle vier auf einmal.

Er zuckte die Achseln und machte sich wieder an das Kinder-Begießen mit Haferschleim. »Sie sterben wie die Fliegen. Das Fieber schafft sie. Ich weiß nicht, ob es eure war, aber gestern früh haben wir eine rausgeschafft. Die andere, neben ihr, wurde von einem Ehepaar abgeholt. Die Eltern vermutlich. Waren wohl eben erst von einer Reise zurückgekehrt, wussten von nichts.«

»Wir wollen unsere Schwester sehen. Erst dann glauben wir es. Und wenn es stimmen sollte, werden wir sie beerdigen. Also – wo ist sie aufgebahrt?« Klaschas Stimme klang zittrig.

Typhustote, erfuhren sie, wurden in Massengräbern beigesetzt. Anordnung der Hygienebehörde, um die Verbreitung der Seuche möglichst einzuschränken. Keiner wurde gewaschen und hergerichtet. Dreimal täglich Abtransport.

»Aber es ging ihr viel besser als dem Mädchen neben ihr.« Polly wollte noch streiten und Recht haben, wollte, dass sich alles als Irrtum herausstellte. »Die andere, die mit den Eltern, würde die Nacht nicht überleben, das hat jedenfalls die Schwester gesagt. Dillotschka dagegen hat Tee geschluckt und hat uns erzählt, dass das Mädchen neben ihr Sina hieße und sie hat das mitgebrachte Lämmchen ganz fest mit der Faust umkrallt. Wissen Sie was?« Polly erhob die Stimme zum Brüllen. »Ich bin sicher, sie hatte überhaupt keinen Typhus. Wir sind wochenlang mit den Demobilisierten im Zug gefahren, dort haben wir uns mit den Läusen angefreundet, die das übertragen. Etliche von den Soldaten sind krank gewesen und wurden an den Bahnhöfen ausgeladen. Dillotschka hatte sich nur erkältet. Sie hatte ganz einfach eine Lungenentzündung. Geben Sie sie uns!« Sie begann laut zu weinen.

»Psch, psch, psch«, der Sanitäter horchte zum Korridor hin.

Jetzt schluchzten auch Klascha und die Jungen. Sie umarmten einander. Ohne Widerstand ließen sie sich zur Hintertreppe schieben und schlurften abwärts, mit sonderbar wackligen Beinen.

Auf der Golubjatnja, deren Pfützen gefroren waren, auf der Golubjatnja mit den großen Abständen zwischen Laterne und Laterne, auf der Golubjatnja blieben sie stehen und öffneten das Päckchen.

»Sie war ganz verrückt nach Mohrenköpfen«, sagte Polly und kaute andächtig. »Als Aramis uns welche gekauft hat, hat Dilotschka den ganzen Tag das Papierchen abgelutscht.«

»Ich schätze, das hier hätte sie noch viel mehr gemocht.« Klascha hielt den Rest des Petit four hoch. »Rosa war ihre Lieblingsfarbe. Rosa Kuchen – den hätte sie angebetet.«

Ossja wälzte einen Gedanken. »Wenn man wüsste, wo die Eltern dieser Sina … ach, ist doch sowieso Quatsch. Aber die Zitronencreme – mmhm! Was, Fedjuscha?«

Fedja nickte. Er hatte, seit sie es erfahren hatten, noch kein Wort gesprochen.

Sie waren übereingekommen, der Ptizyna vorläufig noch nichts davon zu sagen. Ein paar Tage sollte es ihnen allein gehören. Nur ihnen.

Nicht verhindern ließ sich, dass Polly sich beim Anblick des Nachtischs (Grießpudding mit einem Klecks Himbeersirup) in Tränen auflöste. Und dass auch Klascha, Ossja und Fedja das Kinn auf die Brust senkten und mit schmerzlichen Grimassen dagegen ankämpften, Pollys Beispiel zu folgen.

»Geht's dem – khnn, khnn – dem kleinen Ding schlechter?«, erkundigte sich Buzuluki.

»Hätten Sie sie nicht weggeschleppt, würde sie noch leben!« Polly schrie ihn an, stürmte vom Tisch und aus dem Zimmer.

Sie schliefen diese Nacht zu viert in dem Bett. Als die Jungen leise schnorchelnd atmeten, ein Zeichen, dass sie fest schliefen, sagte Klascha überraschend: »Hör zu, Poljenka, vielleicht solltest du wissen, dass wir eine Tante haben.«

Njanja hatte es Klascha mitgeteilt, in der allerletzten Nacht zu Hause. Nur deshalb, weil es die letzte Nacht war. Und nur der »Vollständigkeit« halber, wie sie es ausgedrückt hatte.

»Erinnerst du dich noch an den Krawall, als ich mir die Augen mit Kohle umrandet hatte?«

Polly nickte. »Sie sah dich schon als verkommene ›Hupfdohle‹ in einem Café chantant enden. Wir haben uns noch gefragt, woher Njanja weiß, wie es an solchen Orten zugeht.«

»Sie hat es mit eigenen Augen gesehen«, sagte Klascha. »Unsere brave prüde Njanja ist tatsächlich in so ein Etablissement gegangen. Auf Veranlassung – jetzt halt dich fest – von Mama. Was sagst du dazu?«

Polly sagte gar nichts. Sie war baff.

Nämlich Großvater Remisow hatte vor seiner Verehelichung eine Tochter gezeugt. Mit »so einer«. Genauer hatte Njanja es nicht bezeichnet. Großmama Remisow war darüber informiert, auch dass die gezahlten Geldsummen von der Frau nicht dafür verwendet worden waren, das Mädchen »etwas Anständiges« lernen zu lassen. Durch reinen Zufall hatte Mama von dieser Halbschwester Wind bekommen und wollte sie partout kennen lernen. Sie hatte gerade über die illegitimen Töchter Jerome Bonapartes gelesen, die auch erst als Erwachsene voneinander erfuhren. Die eine war Nonne in einem Pariser Kloster, die andere war die im Hause Goethes ein und aus gehende Jenny von Pappenheim. Und auf keinen Fall wollte sie so kaltherzig sein wie die rechtmäßige Tochter, Prinzessin Mathilde Bonaparte, die diese Schwestern zeit ihres Lebens ignoriert hatte.

Durch listiges Ausfragen hatte sie nähere Angaben über die Tätigkeit dieser Schwester aus Großmama Remisow herausgeholt. Und dann hatte sie Njanja so lange zugesetzt, bis die sich überwand und den Kundschafter spielte, ehe das Treffen zustande kam. Hinter dem Rücken der Eltern.

»Mama war siebzehn damals«, erzählte Klascha, »und die andere war Anfang zwanzig. Aber Njanja sagte, sie habe ausgesehen wie dreißig. Ihr Name war Dunja Ljubimowa. Als Erstes pumpte sie Mama an, und die gab ihr sofort alles, was sie bei sich hatte.«

»Und sie war tatsächlich eine ›Hupfdohle‹? Eine, die in Unterhosen auf dem Tisch tanzt?«

»Damals ja«, sagte Klascha. »Sie fing an, Mama Zettel zu

schreiben und immer wieder Geld von ihr zu verlangen. Sie lauerte ihr auf, wenn sie ausging, und belästigte sie, noch dazu in angesäuseltem Zustand, auf offener Straße. Das wurde Großpapa Remisow hinterbracht und er hat veranlasst, dass sie schließlich die Stadt verließ. Einmal hat sie Mama noch eine Neujahrskarte geschickt. Njanja sagte, es war eine Karte, die konnte man niemandem zeigen. Ein Foto, wo eine fast nackte Frau auf dem Schoß eines Mannes sitzt, beide schwenken Sektgläser.«

»Dunja Ljubimowa«, Polly wiederholte den Namen. »Meinst du, Klaschenka, wir könnten sie vielleicht finden?«

»Liebe Güte, Poljenka, woher soll ich das wissen. Ich weiß ja noch nicht mal, was morgen sein wird, denn ...« Klascha brach mitten im Satz ab, als hielte ihr jemand den Mund zu.

Am nächsten Tag, während sie den Schusterkarren durch die Straßen zogen, berichtete Polly den Brüdern von dieser neu aufgetauchten Tante, einer echten Blutsverwandten.

»Prägt euch den Namen ein, für alle Fälle. Dunja Ljubimowa.«

Den ganzen Tag verschworen sich die Leute, sie zum Weinen zu bringen. Tjotja Motja, die sich erkundigte: »Geht's dem kleinen rosa Ding schon besser?« Andron Porfirytsch, der im Auftrag Anisjas fragte, ob Dillotschka noch immer im Krankenhaus sei.

Dann musste man antworten: »Nein, sie haben uns gesagt, sie sei gestorben.« Oder: »Nein, sie ist tot.« Und schon schwamm man in Tränen.

Polly stellte sich Dillotschkas Seele vor, wie sie durch eine seltsame halbdunkle Zwischenwelt trabte, mit wieder nachgewachsenen Haaren und in der rosa Garnitur. Sie hatte ihren Petruschka im Arm und hielt in der anderen Hand das Lämmchen aus Papas Musterzimmer. Ganz allein stiefelte die Dillotschka-Seele dahin, ohne irgendeine Begleitung, sah nicht rechts, sah nicht links, vor sich hin flennend: i-i-i-i...

Vor Mitleid zerriss es Polly das Herz.

Auf dem Nachhauseweg druckste sie herum. Sie hatte den Wochenlohn in Verwahrung. »Lasst uns mal zu dieser Konditorei gehen. Nur so, aus Spaß.«

»Du meinst, wir sollen alles auf einmal ausgeben?«, fragte Fedja. »Denk dran, dass Klascha ab jetzt nichts mehr verdient.«

»Klascha hat sowieso nie was verdient«, sagte Polly. »Ich wette, die haben ihr gestern nichts ausbezahlt. Sie hätte sowieso viel weniger gekriegt als die Künstler. – Nein, ich will nur draußen stehen und sehen, wer hineingeht.«

Sie warteten und traten von einem Fuß auf den anderen. Sie hauchten auf die Fingerspitzen. Die Jungen murrten bereits. Bis Ossja, der die flinksten Augen hatte, Fedja mit der Schulter anstieß. In dem Augenblick hatte auch Polly ihn entdeckt. Er hatte ein kleines Bukett in der Hand und musterte die Passanten, die weiblichen, heißt das, mit dem ihm eigenen intensiven Blick. Er wartete höchstens zehn Minuten. Dann betrat er die Konditorei, um sich drinnen umzuschauen.

Ossja machte Miene, die Straße zu überqueren. »Soll ich für dich ausspionieren, mit wem er sich trifft, dein Napoleon?«

»Ich weiß schon, mit wem«, sagte Polly. »Ich will bloß gucken, ob sie auch kommt. Oder ob sie ihn versetzt. Sie haben sich vorgestern Abend das erste Mal gesehen und er hat sich sofort in sie verknallt.«

»Vorgestern Abend?«, sagte Ossja. »Dann kann es nur Saffo Dawidowna sein.« Die schönste lebende Frau, die er kannte.

»Falsch geraten. Da – da ist er wieder.«

Sie verfolgten, wie Anatoli Mansurow unschlüssig vor dem »l'Ours« auf und ab marschierte, sich eine Zigarette anzündete und schließlich mit entschlossenen Schritten die große Sadowaja überquerte. Direkt auf sie zu kam er. Polly hatte sich unsichtbar geglaubt auf der anderen Seite der breiten Straße und mit dem regen Verkehr dazwischen.

»Hier, geben Sie ihr das. Und sagen Sie ihr, wenn sie mich braucht, ich werde noch mindestens drei Wochen im ›Jewropa‹ wohnen.«

Verdutzt hielt Polly die teuren Treibhausveilchen in der Hand.

»Wer ist ›sie‹? So sag schon, Poljenka, wen meint er?« Ossja und Fedja platzten bald vor Neugier.

»Na, Klascha, wen sonst. Los, kommt, gehen wir heim.«

Polly öffnete die Zimmertür einen Spalt und schob allein die Hand mit den Veilchen hindurch. »Rate, von wem das kommt.«

Keine Reaktion. Finster. Niemand zu Hause. Polly ärgerte sich.

»Wo steckt sie denn jetzt schon wieder? Gibt doch nichts mehr zu üben und einzustudieren. Gestern haben sie angeblich Abschied gefeiert. Da haben wir nun einen von uns verloren, sind nur noch zu viert – und sie benimmt sich, als wären es für ihren Geschmack noch immer zu viele.«

Um sich die Zeit bis zum Abendessen zu verkürzen, setzte sie sich mit dem letzten Heft der »Bibliothek Medusa« (»Wenn wir gestorben sind« von Frédéric Boutet über das lustige geheime Treiben der Skelette auf einem Friedhof in der Nacht) direkt unter die hohe Lampe. Als sie es aufschlug, fiel ihr eins der wohlbekannten Plakate entgegen, das heißt, nur ein abgerissenes Stück davon. Auf der unbedruckten Rückseite stand in Klaschas Handschrift:

Liebe Poljenka, lieber Ossja, lieber Fedja,
verzeiht mir, wenn ihr könnt. Ich gehe mit Boris Borissowitsch fort. Ich liebe ihn. Natürlich liebe ich euch auch, aber das ist eine andere Liebe. Wir fahren zuerst nach Kiew. Ich habe ihn angefleht, dass ich euch mitnehmen darf, wo wir jetzt nur noch zu viert sind. Aber er meinte, mit Personen

unter sechzehn reist er nicht (ich habe ihm gesagt, ich sei sechzehn, aber das bin ich in vier Wochen ja sowieso.)

Falls ihr Dillotschkas Hutschachtel sucht, die habe ich statt der Pilgertasche genommen. Sie sieht annehmbarer aus als der Leinwandbeutel. Denn wenn ich von jetzt ab mit B. B. reise, muss ich ›ein gewisses Dekorum‹ wahren, wie er es nennt.

Ich lasse euch etwas zurück (kein Geld, tut mir leid), es liegt unterm Kopfkissen. Ich muss andauernd weinen, wenn ich an euch denke, wie ihr diesen Brief findet. Aber meine Entscheidung ist gefallen. Ich umarme euch, jeden einzeln – dich, Poljenka, dich, Ossja, und dich, Fedja.

Klascha

Polly las das Schreiben mehrmals. Wie benommen stand sie schließlich auf und suchte im Bett nach. Unterm Kopfkissen war der Lakenzipfel zusammengeknüllt. In ihm versteckt fanden sich der Pfandschein für das Medaillon, eine auf Pappe gezogene Fotografie zweier junger Leute und der kleine hölzerne Esel aus Papas Musterzimmer.

»Sie will nicht mehr zu uns gehören …«

Die Rückgabe des Erinnerungsgegenstands, des Letzten, das alle vier gemeinsam mit dem Haus in der Jelabugaer Straße verband, brachte Pollys Schmerz zum Überlaufen.

»Wer sind die da?« Die Jungen musterten die Fotografie. Sie erkannten weder das neunzehnjährige Mädchen im modischen Reformkittel noch den jungen Mann mit den bis über die Ohren reichenden Haaren. Sie saß auf einer Schaukel, er stand dahinter und zog an den Seilen.

»Das Verlobungsfoto von Mama und Papa. Warum hat sie das wohl eingesteckt? Und warum will sie es jetzt nicht mehr haben?« Polly rätselte. Doch im Innersten glaubte sie die Antwort zu kennen.

»Wie – das soll Papa sein?« Ohne Zwicker, weder Schnurrbart noch Kinnbart, kein Jackett, nur im ukrainischen Hemd.

»Du Schaf, das ist vor achtzehn Jahren aufgenommen worden. – Was machen wir jetzt? Die Ptizyna darf es nicht erfahren. Die wäre imstande und alarmiert irgendeine Behörde, damit sie das Zimmer ein zweites Mal vermieten kann. Und uns steckt man ins Waisenhaus. Wie bei der Tscheka. Zum Teufel, warum bin ich nicht drei Jahre älter!«

»Wir wohnen erst mal so lange hier, wie die Miete gezahlt ist«, schlug Ossja vor. »Das sind beinah noch zwei Wochen. Wir sagen einfach, dass Klascha mit der Truppe eine Tournee macht. Nach … nach … auf die Krim!«

21. Kapitel

Polly hatte Albträume. Beinah jede Nacht. Sie handelten davon, wie sie entdecken musste, dass nun auch Ossja und Fedja fort waren. Sie versuchte im Traum verzweifelt, Alida Petrowna etwas vorzumachen, und erfand immer neue und immer aberwitzigere Gründe, weshalb alle im Moment gerade nicht anwesend waren. Es musste sogar für Dillotschkas Abwesenheit ein Alibi gefunden werden, denn im Traum lebte sie wieder.

Ein Versuch in der Wirklichkeit, von Madame Ptizyna die nicht mehr beanspruchten zwei Mahlzeiten pro Abend erstattet zu bekommen, scheiterte. Es habe sich um eine Pauschalsumme gehandelt, hieß es. Unmöglich, den Einzelpreis im Nachhinein festzusetzen.

»Nastja, gib den jungen Herrschaften eine zweite Portion, wenn noch was übrig ist.« Das kam allerdings selten vor, dafür sorgten schon die beiden Zimmerherren, Buzuluki und Schazki.

Einmal schlug Dajanka an ihr Glas, als wolle sie einen Trinkspruch ausbringen. Sie wartete, bis alle sich ihr zuwendeten und rückte mit einer nagelneuen Tschastuschka heraus.

»Es kamen fünf Apraksins, einst –
jetzt sind sie nur noch drei.
Nanu, Mamachen, sag mir, was
geschah mit eins und zwei?
Die eine holte der bleiche Tod,
die andere floh im Abendrot.
Wie wird's den letzten drei ergehen?
Hab in der Stadt sie betteln sehn!«

»Nicht doch, Dajanetschka«, sagte Alida Petrowna nachsichtig. »Darüber spottet man nicht. Und wieso denn geflohen? Ich denke, sie ist auf einer Tournee mit diesen Sängern und diesem unsittlichen Abschaum, den Pantomimen.«

»Bühnenreif, Dajanetschka! Alles was Recht ist.« Schazki applaudierte übertrieben.

Bei aller Verletztheit über das Liedchen hätte Polly zu gern gewusst, woher Dajanka immer ihre Informationen bezog. Selbst wenn sie Klaschas Weggehen beobachtet hatte, konnte sie doch unmöglich wissen, dass sie für immer gegangen war. Wahrscheinlich flüsterte ihr das der Teufel ein.

Dajanka warf einen triumphierenden Blick zu Ossja hinüber. Das letzte Mal hatte er ihr mit einer eigenen Tschastuschka geantwortet, ein richtiges Duell. Doch Ossja wirkte heute stumpf und wie abwesend. Man konnte meinen, er habe gedöst und gar nichts mitbekommen. Er zog den Kuchenkarton aus der Jacke; auf die andere Seite hatte er Quadrate gezeichnet. Er und Fedja sammelten überall die Kerne der Backpflaumen ein, damit sie Dame spielen konnten.

Polly, die ihren Bruder kannte, wusste, dass er die Schlafmütze nur mimte. Besser konnte er Dajanka nicht ärgern. Ihr selber gelang es leider nicht, durch das Biest hindurchzusehen, als sei es Luft. Sehr unreine Luft.

Die ausgelesenen Bände der »Bibliothek Medusa« waren entfernt worden, und unterm Kopfkissen hatte ein Buch gelegen mit dem Titel »Der Giftmischer der Königin«. Jemand hatte auf das Einwickelpapier geschrieben:

Nicht so gut wie »Steppe« oder »Little Women«, aber hat man einmal angefangen, denkt man nicht mehr an die Gegenwart. Die Personen haben alle wirklich gelebt, und diese Bartholomäusnacht ist wirklich passiert.
Frage: Wo kommt ein von seinem Herrn heißgeliebtes Hündchen vor, das am Schluss der Erzählung von ihm selbst ertränkt wird?
(Der Name des Hündchens ist der Titel.)

Polly hatte spontan »Kaschtanka« schreiben wollen. Jedes lesende Schulkind in Russland kannte diese rührende Geschichte Tschechows. Doch dann war ihr eingefallen, dass Kaschtanka am Ende der Geschichte ja wieder glücklich mit ihrem Herrn vereint war. Überhaupt – wie sie Dajanka kannte, wäre die Frage viel zu leicht.

In der Hoffnung, dass ihr die Lösung über Nacht einfallen würde, hatte Polly sich erst mal auf den »Giftmischer der Königin« gestürzt und war bis zum Essen schon an den ersten Mord gelangt – die vergifteten Handschuhe für Jeanne d'Albret, die Mutter Heinrichs von Navarra, ein Geschenk anlässlich der Verlobungsfeier. Es stimmte tatsächlich: Sie hatte die ganze Zeit nicht mehr an die Schicksalsschläge der letzten Tage gedacht.

Als sie jetzt im gehässigen Feixen der sichtbar anwesenden Dajanka nach Spuren der anderen suchte, die im Zimmer der Fremden heimlich Bücher hinterließ, bot sich nicht der kleinste Anhalt, dass es sich um ein und dieselbe Person handelte. Irgendwann werde ich ihr sagen, dass sie mit diesen weißen Wimpern keine weißen Haarschleifen tragen sollte, dachte Polly.

Nachdem die Zimmerherren ihre Zigaretten geraucht hatten und die Runde sich auflöste, fragte Polly im Vorbeigehen halblaut: »Ist es von einem russischen Schriftsteller?«

»Mhmmh. Ist es. Und es ist nicht Kaschtanka, ätsch! Ich seh schon, du kriegst es nie raus. Ich werde dir noch eine Hilfe geben, das ist dann die Idiotenstufe. Pass auf: Der Autor hat eine Geschichte geschrieben, wo der Held sich in eine italienische Zuckerbäckertochter verliebt.«

»Turgenjew!«, entfuhr es Polly, die sich im selben Moment ärgerte, dass sie so prompt antwortete. Als wäre Dajanka eine Lehrerin.

»Ich hab ja gesagt, dann ist es idiotenleicht.« Dajanka lachte verächtlich.

»So macht es keinen Spaß!« Polly brach in Tränen aus. Mittlerweile wurde das zur Gewohnheit – losweinen und aus dem Zimmer stürzen. Ach was, mochten sie doch alle denken, was sie wollten. Ich hab weiß Gott Grund genug, Tag und Nacht zu weinen, dachte Polly, als sie die Kerze neben dem Bett anzündete und in die französischen Hofintrigen des Jahres 1575 einstieg.

Nach zwei Stunden, Ossja und Fedja schliefen längst wie die Steine, heulte draußen in der Nacht ein ferner Hund. Und plötzlich lag die Lösung vor Polly, als würde sie sie ablesen. Mumu. So hatte der Taubstumme seinen Hund genannt, weil das der einzige Laut war, den er zustande brachte. Sie schrieb »Mumu« auf den Zeitungsrand. Und darunter:

Frage: Wer sagt zu wem: »Gib dir niemals den Anschein, anders zu sein, als du für die anderen zu sein scheinst, damit das, was du bist oder dem Anschein nach sein könntest, nicht anders ist als das, was du zu sein vorgibst.«

Das passte zu Dajanka, als wäre es eigens für sie geschrieben worden. Wie gut, dass sie das nicht aus dem Gedächtnis zitieren musste. Sie streichelte über das kleine dicke gelbe Buch. Dillotschka hatte es ausgesucht. »Dich gebe ich nie weg«, sagte Polly und stopfte es wieder tief in die Reisetasche, bis ganz unten.

Die Kegelbahn duftete nach den mitgebrachten Herbstblumen. Es gab kalten Früchtepunsch und kleine gefüllte Piroggen und Hefetaschen mit süßem Quark.

»Ihr Lieben … niemand hat Geburtstag«, wehrte Lamakina lachend ab, als die Teilnehmer aller drei Kurse Abschiedsgeschenk auf Abschiedsgeschenk überreichten. Aquarelle, gehäkelte Spitzendeckchen, gestickte Buchzeichen, Briefpapier, Visitenkartenschächtelchen, Serviettentaschen.

Bljumental und Lamakina tanzten einmal allein – nach Art ihres großen Vorbilds Isadora Duncan. Ansonsten durften die Gäste des Festes sich heute auch profanen, das heißt Gesellschaftstänzen hingeben: zwei der Tanzschülerinnen lösten sich am Klavier ab.

Polly zögerte den Abschied hinaus. Sie und die Jungen blieben, bis alle anderen gegangen waren.

»Das ist von uns, Saffo Dawidowna, von uns allen dreien, Germia Moissejewna. Wir können es sowieso niemals auslösen. Es wird Ihnen beiden gefallen, es ist ein Maiglöckchen drauf, weiß und grün.«

»Und innen hinein kann man eine Fotografie tun. Oder eine Haarlocke«, ergänzte Ossja. »Klascha hatte den göttlichen Brandukow darin aufbewahrt, ehe sie mit ihm auf und davon ist.«

Reichlich ratlos hielt Bljumental den Pfandschein. »Aber Kinder, was soll das, solche Geschenke macht man nicht. Sicher wird eure Schwester es irgendwann wieder einlösen wollen.«

Lamakina, die besser zugehört hatte, fragte: »Stimmt das? Sie hat euch allein gelassen? Und das, nachdem ihr gerade erst eure kleine Schwester verloren hattet?«

Die drei schauten auf ihre Schuhspitzen.

»Sprechen wir von dem jungen Mädchen, das neulich beim Auftritt der Künstler die Klavierbegleitung machte?« Bljumental fragte zur Sicherheit noch einmal nach. »Und von – wie stand es auf dem Programmzettel – dem ›Träger des Ogonskij-Ringes‹? Jenem Tenor, bei dem Verstand der Stimme und ansonsten Kretinismus eine gut funktionierende Ehe eingegangen sind?«

»Besser kann man es nicht ausdrücken«, sagte Lamakina.

»Und wovon gedenkt ihr jetzt euren Unterhalt zu bestreiten?« Saffo Dawidowna Bljumental, groß, schön, rothaarig, streitbar und stets zu Taten und Entschlüssen geneigt, sah die drei Kinder streng an.

»Wir sind die Zugtiere für Tschuwarenko, den Schuster aus der Uliza Saduri.« Fedja sagte es. Nicht ohne Stolz.

Doch Polly verriet: »Aber es lässt sich nicht so gut an, wie er sich das gedacht hatte. Ich schätze, er wird wohl bald damit aufhören. Wird lieber wieder in der Werkstatt hocken, wie vorher.«

Und Ossja sagte: »In acht Tagen ist die Miete für das Zimmer abgelaufen. Die hatten wir im Voraus bezahlt. Mit echten Goldstücken. Wir hatten damit gerechnet, dass Klascha eine Menge verdient, wenn sie mit der Truppe auftritt. Aber die Truppe ist aufgelöst worden. Und Klascha hat uns nur diesen Pfandzettel dagelassen. Deshalb ist er jetzt unser Eigentum und wir können ihn verschenken, an wen wir wollen.«

»Kinder, tut uns einen Gefallen und esst die Reste auf, ja?« Lamakina hatte etwas in der Stimme. Sie fasste Bljumental beim Ärmel und zog sie ein Stück weg. Schließlich setzten sie sich, weil die Unterredung sich hinzog.

»Wir werden zu spät zum Abendessen kommen«, sagte Fedja.

»Na, wenn schon.« Polly tupfte die Krümel auf der leeren

Piroggenplatte mit dem angeleckten Finger auf. »Eine Viertelstunde mit ihnen ist mir zehn Ptizyn-Essen wert.«

»Sie hecken was aus«, sagte Ossja, der immer die Flöhe husten hörte. »Etwas, das mit uns zu tun hat. Ob sie vielleicht das Medaillon einlösen und verkaufen und uns die Miete für Dezember spendieren?«

»Du meinst, Klaschas Anhänger ist einen Monat Miete wert?«, fragte Fedja ungläubig.

»Na ja, vielleicht nicht ganz.« Ossja machte einen Rückzieher.

»Wenn die Smaragdsplitter echte Smaragden sind und die Brillantsplitter echte Brillanten, dann doch«, hielt Polly dagegen.

»Kommt bitte mal her. Alle drei.« Lamakina winkte ihnen. »Setzt euch. Habt ihr einen gesetzlichen Vormund?«

Sie schauten einander an. Zuckten die Achseln.

»Wie lange braucht ihr, um eure Sachen zu packen?«

»Zehn Minuten«, sagte Polly.

»Fünf Minuten«, sagten Ossja und Fedja wie aus einem Mund.

»Seid ihr der Vermieterin noch etwas schuldig?«

»Umgekehrt – sie uns.« Und Polly versuchte, das mit der Pauschalsumme für fünf Essen drei Wochen lang zu erklären, aber Bljumental winkte ab.

»Bitte, Ippolita, wir wollen doch keine Korinthen zählen. – Also, Germia Moissejewna und ich haben beschlossen, dass ihr die ersten Zöglinge unserer zukünftigen Isadora-Duncan-Schule sein werdet. Wir treffen uns übermorgen früh gegen acht unten am Hafen. Es ist uns gelungen, zwei Plätze auf einem Frachter zu bekommen; die Passagierschifffahrt ist ja bekanntlich eingestellt. Bringt Decken mit, denn es gibt keine Kabinen, ja nicht einmal Bänke. Und versorgt euch mit reichlich Proviant, an Deck bekommt man nichts außer abgekochtem Wasser.«

»Wir haben einen Teekessel, sollen wir den mitnehmen?«

Polly warf augenblicklich die Verantwortung ab wie eine zu schwere und zu steife Hülle. Ihre Dankbarkeit wuchs ins Gigantische. Und während die überschäumende Freude bei Ossja eine lang vergessene Geste in Erinnerung brachte und er den beiden die Hand küsste, was Fedja ihm eilig nachmachte, schwor sich Polly: Ich werde für sie sterben. Sie würde ihr Leben für sie hergeben und sie würden es nie erfahren. Oder lieber doch. Denn sonst wüssten sie ja nichts von ihrem Opfer.

»Darf ich Sie umarmen?«

»Du kleiner Schmutzfink, wenn wir erst dort sind, wird aber regelmäßig gebadet«, sagte Bljumental und fuhr Polly durch das strähnig hängende Haar. »Hat so einen wunderschönen Namen und solche Hände! Schau dir das an, Germia – was ist das?«

»Krätze«, sagte Lamakina.

»Klascha hat unsere Seife mitgenommen.« Eine bessere Entschuldigung fiel Polly nicht ein. Krätze. Deshalb also juckte es so zwischen den Fingern.

»Hab nichts dagegen einzuwenden, dass ihr euch was anderes sucht«, sagte Alida Petrowna und versuchte ihre freudige Überraschung zu verbergen. »Aber bei mir gibt's nur Kündigung zum Ablauf des vollen Monats. Wenn ihr eine Woche vorher auszieht, ist das euer eigener Schaden. Es wird nichts rausgegeben. Und was soll ich eurer großen Schwester sagen, wenn sie von der Tournee zurückkommt? Wo findet sie euch?«

»Niemand wird nach uns fragen, beruhigen Sie sich, Alida Petrowna«, sagte Polly.

Ein pfiffiger Ausdruck trat in Frau Ptizyns Gesicht. »Ah, so ist das. Sie hat sich heimlich davongemacht, das feine Fräulein. Dajanetschka hat also richtig vermutet.«

Dajanka schien die Stimmung ihrer Mutter nicht zu teilen. Was passt ihr denn schon wieder nicht, dachte Polly, als sie die finstere, geradezu beleidigte Miene wahrnahm. Sollte doch hochbeglückt sein, dass die ihr verhasste Bande endlich verschwand.

Anderen Leuten zu erzählen, dass man fortzieht und sie zurücklässt, hatte etwas Erhebendes, fand Polly. Wer am Ort verblieb, mochte es ihm auch besser gehen als dem, der den Ort verließ, befand sich unweigerlich in der Position des Benachteiligten. Denn nichts konnte sich mit jenem anderen, neuen Ort messen, den bislang nur die Fantasie kannte und ihn ausschmückte, bis er das Wunderland schlechthin war.

Tjotja Motja blieb zurück und mit ihr alle nicht eingelösten Frühstückskringel und Gläser Tee.

Auch Andron Porfirytsch würde in Rostow am Don abwarten, wie die Fronten der Weißen und Roten sich verschoben. Er schenkte ihnen zum Abschied Sandalen mit Sohlen aus geflochtenen Strohseilen, von ihm selbst entworfen.

»Soll doch auch im Winter warm sein, auf der Krim, sagt man. Bin selber nie hingekommen, obwohl du von uns, vom Kuban, eine gerade Linie ziehen konntest, übers Meer bis zur Krim. – Ihr vergesst doch nicht, bei Anisja vorbeizugehen?«

»Wie – ich hätte sie gesehen? Saßen sie vor mir oder hinter mir?« Anisja Jevsejewna, die Kosakin, fand das Ganze ein herrliches Abenteuer. »Eine Rothaarige und eine Dunkle? Junge Damen?« Ja, die waren ihr und Tjotja Motja gleich aufgefallen. Sind gekommen, um die Sänger anzuhimmeln, hatten sie sich gedacht. Und die nahmen drei Kinder mit beim Aufbruch ins neue Leben? Wahre Heilige!

»Ihr solltet den Boden küssen, über den sie gehen – eure beiden Mamachen.«

Sie legte den Kopf in den Nacken und lachte wie eine Lachmöwe. »Diese Mamachen, diese jungen schönen … passt bloß gut auf sie auf.« Dann kaufte Anisja jedem noch einen Honigkuchen am Stand der Frau, die damals Dillotschka mit der vermeintlich geschenkten Zuckerstange so hereingelegt hatte. Und nachdem sie alle Sonnenblumenkerne hintergekaut und alle Schalen ausgespuckt hatte, küsste sie Polly, Ossja und Fedja auf Wangen und Stirn.

»Zieht ja die Filzstiefel an auf der Reise! Könnte sein, das Meer ist zugefroren und ihr müsst übers Eis laufen.«

Sie lachten alle darüber, Anisja selbst am lautesten.

»Nur die nördlichen Meere frieren zu«, sagte Ossja etwas überheblich. Aber er sagte es erst, als sie schon auf dem Heimweg waren.

Die Ptizyns, Mutter und Tochter, kamen zum Verabschieden noch vor dem Abendessen. Sie klopften, warteten aber das Herein nicht ab. Polly, Ossja und Fedja hatten ihre Tornister und die Reisetasche auf dem zerschlissenen Teppich ausgeschüttet und waren gerade damit fertig, alles so ordentlich und platzsparend wie möglich wieder darin zu verstauen.

Nastja gesellte sich dazu, etwas Weißes, Verkrumpeltes in der Hand. »Das hing noch auf dem Boden, hätt's fast vergessen.«

»Danke.« Polly wurde rot, als Dajanka die drei Unterhosen mit entsprechendem Grinsen bedachte. Ohne Seife konnte man sie nun mal nicht richtig sauber kriegen. Sie hatten erst vorhin, auf dem Heimweg, von Meister Tschuwarenkos Lohn ein Stück Kernseife gekauft.

Frau Ptizyn ließ ihre Blicke im Zimmer herumflitzen.

»Muss doch aufpassen, dass ihr nicht aus Versehen was mitgehen heißt.« Das sollte wohl scherzhaft sein, denn sie kicherte dazu durch die Nase.

Auf dem Stuhl neben dem Bett lag der in den »Don-Kurier« gewickelte »Giftmischer der Königin«. Dajanka näherte sich dem Päckchen wie nebenbei, nahm es hoch wie nebenbei und las das Zitat – Pollys für sie ausgesuchte Frage.

An niemanden gerichtet trällerte sie: »Das sagt die Herzogin zu Alice, und zwar während des Krocketspiels. Das weiß doch jedes Schaf, und zwar im Schlaf und wär es noch so dumm, tschibumm, tschibumm.«

Sie legte das Zeitungspapierpäckchen wieder zurück und berührte ihre Mutter am Arm. »Mamachen, erinnerst du dich noch an die Porzellanfiguren, die ich früher hier in meinem Zimmer hatte? Weil drüben kein Platz ist, hatte ich sie da oben in dem Fach eingeschlossen.« Flüsternd fuhr sie fort: »Schau doch spaßeshalber mal nach, Mamachen.«

Alida Petrowna ging zur Kommode und schloss die Türen des Aufsatzteils auf. Eine nach der anderen.

»Was habt ihr mit den Porzellanfiguren gemacht? Unersetzliche Andenken sind das. Raus mit der Sprache!«

Polly und die Jungen sahen aus wie hypnotisiert. Ihre Augen waren offen, aber leer, ohne irgendeinen Ausdruck. Schließlich versuchte Polly ein Lächeln.

»Dillotschka hat ein einziges Mal damit gespielt. Danach haben wir sie wieder eingeschlossen. Eines Abends waren sie weg und auch die Bücher im Fach daneben.«

»Dass sie weg sind, sehe ich selber«, sagte Alida Petrowna barsch. »Und da sie nicht laufen können, muss ihnen jemand dabei geholfen haben. Ich lasse euch nicht eher aus dem Haus, als bis ich ein Geständnis habe. Bei wem habt ihr mein Eigentum verhökert? Wolltet wohl eure Reisekasse damit aufbessern, was?« Sie deutete auf die drei Gepäckstücke. »Ausschütten, sofort. Und jedes Teil brav hochhalten.«

Stumm, ohne sich zu wehren, wie im Traum, leerten die drei Apraksins Reisetasche und Tornister ein zweites Mal aus.

Als sie nichts fand, was wie Geld aussah, nichts, das knisterte oder klimperte, verlangte Frau Ptizyn, dass sie sich ausziehen sollten. »Auch die Strümpfe und die Hemden. Womöglich habt ihr es auf den Leib gebunden.«

»Meister Tschuwarenko hat uns fürs Zugtier-Sein bezahlt.«

Fedja sagte es mit der Empörung einer aufrechten Seele. »Davon haben wir Seife gekauft und Proviant für die Schifffahrt. Und was noch übrig ist, dürfen Sie uns nicht wegnehmen.«

»Sag du mir nicht, was ich darf, du Früchtchen«, schrillte es ihm entgegen. »Hörte ich Schifffahrt? Sieh an, sieh an. Man zieht also nicht bloß um, man verlegt sogar den Wohnsitz.«

»Du musst sie in Hausarrest nehmen, Mamachen«, sagte Dajanka. »So lange, bis du weißt, was aus unserem Porzellan geworden ist.« Sie kaute an einem ihrer dünnen weißblonden Zöpfe und in ihren wasserhellen Augen flimmerte Genugtuung.

Die Tür, die halb offen geblieben war, wurde von einem Pantoffeltritt aufgestoßen. Nastja brachte schon wieder etwas, das offenbar übersehen worden war. Diesmal einen großen gusseisernen Kochtopf.

»Entschuldigen Sie, Alida Petrowna, ich wollte Dajanetschka den Spaß nicht verderben, deshalb hab ich erst mal nichts gesagt. Aber ich finde, nun ist es kein Spaß mehr. Ab jetzt ohne mich.«

Nastja setzte den Topf ab und zog etwas daraus hervor, das im Schlauch eines weißen Wadenstrumpfs für Mädchen steckte. Sie zupfte behutsam an der Hülle, bis ein Kopf mit kleinem Gesichtsschleier, ein Oberkörper im engen Jäckchen und Beine in bunten Pluderhosen und Pantoffeln zum Vorschein kamen. Eine Haremsdame, ohne Zweifel. Und aus Porzellan.

»Sind noch drei von der Sorte im Topf. Wenn Sie sich überzeugen wollen?«

Frau Ptizyn wollte sich nicht überzeugen. Sie gab ihrer Tochter einen Klaps aufs Hinterteil.

»Dajanka! Ich muss mich doch sehr wundern über deinen seltsamen Humor. Das hättest du mir wirklich ersparen können. Wie steht man denn jetzt da! Nichts für ungut, Kinder. Eure drei Läppchen sind ja schnell wieder eingeräumt.«

Schwerfällig trabte sie hinaus.

Dajanka fehlte beim Essen. Das heißt, sie erschien wohl, aber erst, als alle schon fast aufgegessen hatten.

Buzuluki schüttelte den Apraksins die Hände wie Erwachsenen.

»Na, dann, meine Verehrten, viel – khnn, khnn – Glück für die Zukunft.«

Schazki begnügte sich mit herablassendem Lächeln (als glaube er nicht, dass die Reise über Kagalnik hinaus machbar wäre) und dem Rat, man möge nicht vergessen, Schlittschuhe einzupacken.

»Unsere letzte Nacht, Bett.« Polly klopfte auf Kissen und Zudecke. »Die nächste Zeit wird's erst mal hart werden, schätze ich. Buchstäblich. Blankes Holz! Tu ich dir nicht leid, Bett?« Dass »Der Giftmischer der Königin« nicht mehr dalag, war zu erwarten gewesen. Dass aber unterm Kopfkissen schon wieder zwei Bücher steckten – wie sollte einer das verstehen? Nach der Szene vorhin? Dabei ein Zettel:

Such dir eins aus. Pour souvenir. *Auf Schiffen langweilt man sich ohne Buch tot.*
Frage: »Oh, Tigerlilie«, sagte Alice, denn eine dieser Blumen wiegte sich auf dem Beet anmutig im Wind. »Wenn du doch sprechen könntest!«
»Ich kann ja sprechen«, antwortete die Tigerlilie. »Vorausgesetzt, es ist jemand da, mit dem sich eine Unterhaltung lohnt.«
(Für wen steht die Tigerlilie und für wen steht Alice?)

Natürlich wählte man in so einem Fall das dickere Buch. Das andere hatte nur 140 Seiten. »Herrn Arnes Schatz« hieß das dünne Buch und war von derselben Schriftstellerin, die auch »Die wundersame Reise des kleinen Nils Holgersson mit den Wildgänsen« geschrieben hatte. Beim Durchblättern sah Polly gleich, dass die Handlung gut in die »Bibliothek Medusa« gepasst hätte. Mord und Verhängnis und jede Menge Blut, alles in alten Zeiten spielend.

Das andere, das mit den 471 Seiten, waren Erzählungen von Lew Tolstoi, darunter »Die Kosaken« und »Familienglück«, alles Polly bislang unbekannt. Sie beschloss, sich nicht mit Aussuchen aufzuhalten und einfach alle beide zu nehmen. Dajanka gegenüber deswegen ein schlechtes Gewissen zu haben, wäre nach alledem zum Lachen.

»Zehengewächs, weck mich um sechs! Nicht früher, nicht später weck mich als sechs.« Zur Sicherheit zupfte Polly sowohl am rechten wie am linken großen Zeh.

Es war noch nicht hell, aber auch nicht mehr stockdunkel, als sie in aufgeregter Reisestimmung die Wohnungstür hinter sich zuklinkten. Als hätte sie auf diesen Augenblick gewartet, ging die Klotür auf und Dajanka, im Morgenrock, kam heraus. Sie sah unausgeschlafen aus und verfroren, wie jemand, der seit einer Stunde im eisigen Abort lauert. Unterm Arm ein Buch.

Sie ignorierte Ossja und Fedja, hatte nur Augen für Polly.

»Na? Rausgekriegt?«

Polly setzte die Reisetasche und Klaschas hinterlassenen Pilgerbeutel ab. »War nicht schwer.«

»Und – was denkst du: wer ist wer?«

»Die Tigerlilie, das bist du. Und Alice bin dann wohl ich.«

»Mhm.«

Polly wartete ein paar Sekunden, aber Dajanka sagte weiter nichts. Weder äußerte sie Lob noch schmähte sie. So nahm Polly ihr Gepäck wieder auf und sagte in beinah mitleidigem Ton (weil Dajanka zu den Zurückbleibenden gehörte): »Eins solltest du wissen, Ptizyna, und schreib's dir hinter deine Ohren: Nimm keine weißen Zopfschleifen mehr. Wenn man so blass ist, so helle Haare hat und solche Ziegenwimpern, sieht man mit allem, was weiß ist, erst recht aus wie Schafskäse.«

22. Kapitel

Selbst für jemanden, der so wenig Ahnung von Schiffen hatte wie Polly, sah die »Massandra« reichlich nach Schiffsfriedhof aus. Als wäre sie dort ausgegraben und wieder zusammengenietet worden. Das Laden war beendet, nun durften die Passagiere an Bord. Hamsterfahrer mit Säcken waren darunter und Männer in seltsamen Zivilkleidern, die argwöhnisch wirkten und wahrscheinlich Anschluss an den weißen Bandengeneral Schkuro suchten. Polly warf vor allem interessierte Blicke auf etliche große Jungen, sechzehn oder siebzehn, in Marineuniformen und mit kleinen Koffern, Angehörige des Freiwilligenverbands der Flotte, wie sich später herausstellte.

Bljumental und Lamakina hatten ihr kostbares Grammophon, in einer Kiste voll Holzwolle verpackt, als wichtigstes Gepäckstück dabei. Sie blinzelten hochgestimmt zum grauen Himmel hinauf. Die scharfe Luft machte ihre Augen leuchten, während sie die Gesichter bis an die Nase in ihre Pelzboas vergruben.

Sie hatten den Kindern eingeschärft, sie sollten ein für alle Mal behaupten, die kleinen Geschwister von Lamakina zu sein.

»Bei mir würde man sich wundern, dass nicht wenigstens eins von euch ebenfalls rothaarig ist«, erklärte Bljumental. »Wenn euch jemand nach Fahrkarten fragt, schickt ihn zu uns. Wir haben eine Art Sammelfahrschein für alle drei. Aber ihr seid auf unseren Papieren nicht eingetragen. Falls man uns also bei irgendeiner Kontrolle für rote Spioninnen hält und festnimmt, müsst ihr selbst sehen, wie ihr weiterkommt.«

Sie lächelten zwar über die Möglichkeit einer solchen Verdächtigung. Aber andererseits konnte alles passieren. Hatten sie nicht in der Zeitung darüber gelesen, wie die aufgebrachte Bevölkerung Kiews eine Jagd auf rothaarige Frauen anzettelte, in der Einbildung, jede von ihnen könnte die verhasste »Tschekistin

Rosa« sein, die nach dem plötzlichen Rückzug der Roten Armee nicht mehr hatte fliehen können. Einige der Opfer hatte die wütende Menge buchstäblich in Stücke gerissen, hieß es. Nein, heutzutage genügte es nicht mehr, ein reines Gewissen zu haben. Und Recht und Gesetz waren nur mehr Chamäleons in den Händen der Willkür und wechselten nach jeweiligen Ideologien und Launen bereitwillig die Farbe.

Die beiden jungen Frauen teilten sich die Grammophonkiste als Sitzgelegenheit, Polly und die Jungen saßen auf den Planken. Kein Gedanke daran, herumzurennen und alles auf dem Schiff in Augenschein zu nehmen. Plätze, die verlassen wurden, waren kurz darauf nicht mehr wiederzufinden, falls nicht jemand sie inzwischen mit Zähnen und Klauen verteidigt hatte.

»Um Himmels willen, kommen die mit uns mit?« Lamakina starrte entsetzt auf die Pferdefuhrwerke voller elender Gestalten, die am Pier anlangten.

»Typhuskranke«, sagte jemand in ihrer Nähe und spuckte angewidert aus. »Die haben uns gerade noch gefehlt. Aber das Krankenhaus ist wohl überfüllt.«

Sie wurden über den Landungssteg in den Laderaum hinuntergebracht.

»Wir haben Treibminen geladen«, schimpfte jemand anders, »was, wenn die in ihrem Fieberwahn damit herumspielen?«

Zuletzt lag die »Massandra« leicht auf der Seite. Sie machte sich zum Ablegen fertig und ließ aus allen möglichen Öffnungen Dampf entweichen. Geruch nach kochender Wäsche, dachte Polly. Oder nach Schwitzbad.

»Können wir nicht was essen?« Ossja und Fedja waren sehr für Frühstück. Sie nahmen den Teekessel und suchten das versprochene heiße Wasser. »Jedem steht nur ein Liter pro Tag zu.« Mit dieser Auskunft kamen sie zurück.

»Das bedeutet, dass wir uns tagelang nicht waschen können«, sagte Bljumental trocken. Sie und Lamakina banden sich große

Schaltücher über ihre schief sitzenden Fuchspelzkappen, um sie nicht von der nächsten Windbö über Bord fegen zu lassen.

Polly bekam die Tasse als Letzte. Sie nippte an dem heißen Wasser, das Lamakina mit etwas Essenz aus der Apotheke auf Tee gefärbt hatte, und betrachtete den Mops auf seinem rosa Kissen. Plötzlich verzog sich ihr Gesicht. Sie weinte und trank, trank und weinte, ohne ein Geräusch zu machen.

»Fährst du so ungern von Rostow weg?« Bljumental wunderte sich.

»Es ist wegen der Mopstasse«, sagte Fedja. »Dillotschkas Lieblingsmopstasse.«

Lamakina langte hinüber und versuchte Mitgefühl auszudrücken, indem sie Pollys Arm oder ihre Hand berühren oder streicheln wollte. Gerade in jenem Augenblick aber gerieten sie aus der Mündung des Don ins Asow'sche Meer. Die Dünung machte sich bemerkbar, die »Massandra« begann zu schlingern. Und die gutgemeinte Geste kippte den Inhalt der Tasse in Pollys Schoß.

»Macht nichts, überhaupt nichts«, sagte Polly schnell und wartete darauf, dass die Berührung wiederholt würde. Aber wahrscheinlich bekam man so etwas nur einmal, und wenn es danebenging, wie eben jetzt, hatte man Pech gehabt.

Nieselnder Nebel verwehrte ihnen seit Stunden die Sicht auf die »endlosen Weiten des Meeres«. Die feuchte Kälte ließ nach und nach alles absterben: Sie machte die Lippen gefühllos und die Finger steif, wie aus Lehm gebacken. Den Wellen ging es wohl ähnlich, denn man hörte nur das leise Klatschen unmittelbar am Schiffsrumpf. Da draußen, im Nebel, schien aller Seegang bis auf ein Minimum erloschen zu sein. Die »Massandra« drosselte ihre Geschwindigkeit. Aber warum? Wieso?

»Entweder die haben vergessen, Kohle zu laden«, überlegte Fedja, »und die Maschine bleibt gleich stehen, oder …«

»Oder wir müssen so schleichen, um nicht irgendwelche Minen zum Explodieren zu bringen«, schlug Ossja vor.

»Hier im Asowmeer wohl kaum«, sagte Bljumental. »Unter Umständen könnte die Schwarzmeerküste zwischen Odessa und Bessarabien vermint sein, aber dorthin fahren wir nicht. Ich befürchte eher etwas anderes.«

Sie tauschte einen Blick mit Lamakina.

Die sagte ausdruckslos: »Wenn es das ist, Saffik, dann müssen wir wohl oder übel zu den Typhuskranken unter Deck. Dann können wir auf keinen Fall hier oben ausharren. Erfrieren soll zwar schmerzlos sein, aber ich würde doch vorher gerne noch den Frühling und den Sommer auf der Krim erleben.«

Im Gänsemarsch kletterten sie die sehr enge steile Treppe hinab, behindert durch die sperrigen Gepäckstücke, und befanden sich dann auf einem schmalen Schiffskorridor. Die Kiste hatten sie oben stehen lassen müssen. Sie waren nicht die Ersten, denen es an Deck zu frisch geworden war. Vor allem die Hamsterer lagerten hier, die Frauen in unzähligen winterlich übereinander gezogenen Röcken aufgeplusterten Glucken ähnelnd. Nur den Platz vor der Ladeluke hatten sie instinktiv ausgespart. Trotz des Maschinenlärms konnte man es hören, das Jammern und Stöhnen unten im Laderaum.

Trübe Lampen aus dickem Glas erhellten in Abständen den Gang.

Lamakina verteilte zum Abendessen geschälte Walnüsse, von denen sie einen Vorrat mitgenommen hatte. »Sie sättigen sehr. So strecken wir unseren Proviant. Lieber noch etwas aufheben, man weiß nie.«

»Möchten Sie Kissen haben, Saffo Dawidowna? Germia Moissejewna?« Polly hielt ihnen die kleinen Polster hin. »Wir haben zwei übrig, denn Dillotschka und Klascha haben nur die Plaids mitgenommen.«

Bljumental machte eine undurchsichtige Miene angesichts der seit Wochen und Monaten nie gewaschenen Bezüge. Doch Lamakina stieß sie an: »Jetzt sei nicht etepetete und setz dich drauf.«

Gar nicht etepetete war Bljumental hingegen, als Polly sich mit »Herrn Arnes Schatz«, Dajankas Abschiedsgabe, direkt unter die eine Lampe lehnte.

»Möchtest du uns vorlesen, Ippolita? Uns bis zum Einschlafen die Zeit ein wenig verkürzen?«

Nichts, was Polly lieber getan hätte. Laut begann sie: »Zur Zeit, als König Friedrich II. von Dänemark über Bohuslän regierte, wohnte in Marstrand ein armer Fischkrämer, der Torarin hieß …«

»Drei Namen allein im ersten Satz.« Ossja murrte leise. »Wer soll sich das alles auf einmal merken?«

»… Sowohl in Kunghäll als in Kareby sagten sie mir, dass das Meer zugefroren sei«, las Polly, nachdem sie umgeblättert hatte. »Es soll nicht nur in den Buchten und Sunden zugefroren sein, sondern weit hinaus ins Kattegatt. Es gibt jetzt zwischen den Schären keinen Weg für Boote und Schiffe, da ist überall nur starkes, hartes Eis und man kann nun mit Schlitten und Pferd bis hinaus nach Marstrand und zur Paternosterschäre fahren.‹«

Als wolle sie von dem Bild des zugefrorenen Meeres ablenken, unterbrach Lamakina und fragte, zu welcher Zeit die Geschichte denn spiele. »Wenn man wüsste, wer damals hier bei uns in Russland regiert hat, könnte man sich die Personen anhand der Kleidung viel besser vorstellen.«

Ein bärenhafter Passagier mit Vollbart, der sich eine Trittspur durch die hockenden Hamsterleute Richtung Treppe bahnte, blieb stehen.

»Wenn Ihnen damit ein Gefallen getan werden kann, Gnädigste: Friedrich II. von Dänemark entspricht zeitgemäß in etwa unserem Iwan dem Schrecklichen. Da sich aber Russland in seiner Kleidermode Europa nicht angepasst hatte, müssen Sie sich in Dänemark eher Ausläufer der spanischen Hoftracht denken. Also Pluderhosen und Halskrause, Wams mit auswattiertem Bauch und kleine Mäntelchen über den Schultern.«

»Sie haben mit der Bühne zu tun, hab ich Recht?« Bljumental wirkte brennend interessiert. »Kostümbildner? Oder Sie malen akademische Genrebilder in Öl.«

Weder noch; der Hüne, den Polly bei sich den »Waräger« nannte, schon wegen seines altmodischen wallenden Bartes, bezeichnete sich selbst als »Privatgelehrten«. Man hatte ihn in Moskau aus seiner Wohnung rausgeworfen, erfuhren sie, und jetzt wollte er zu einem guten Freund, der ständig auf der Krim lebte, in Koktebel.

»Wenn es Sie interessiert, wie die Geschichte weitergeht, bleiben Sie doch hier«, bot Ossja ihm an.

Der »Waräger« schien nicht abgeneigt, das Angebot anzunehmen. Aber selbst wenn er seine Bärengestalt so weit es ging zusammenfalten würde, mit den Füßen beinah in der Ladeluke, wage er es doch nicht, sein Gepäck über Nacht da oben allein zu lassen, sagte er bedauernd.

Die Grammophonkiste wurde als Gegenbeispiel angeführt. Ganz offensichtlich lag den beiden jungen Frauen daran, ihn in ihrer Nähe zu haben.

»Ja, eine Kiste! Das ist etwas anderes. Aber zwei Koffer? Und noch ein Korb …«

Unwillkürlich richteten alle ihre Aufmerksamkeit auf die Koffer von Bljumental und Lamakina, zusammengewürfelte Stücke aus Rohrplatten, Schweinsleder und Segeltuch. Lamakina, in ihrer findigen Art, hatte die beiden stabilsten aufeinander getürmt und die beiden weicheren dahinter gestellt, hochkant, sozusagen als Rückenlehne für das improvisierte Sofa.

»Ich weiß, wie wir Ihre Koffer noch unterbringen«, sagte Ossja. »Fedja und ich könnten ja darauf sitzen.« Ohne allzu viel Respekt machten sie sich dann auf ihrem neuen »Bett« lang, die Schultornister als Kopfkissen, und fielen in ihren plötzlichen Schlaf.

Polly hatte aufstehen müssen, da die hingelegten Koffer des

Neuankömmlings mehr Platz beanspruchten, als Ossjas und Fedjas Sitzfläche hergab. Und nun kam sie von der Latrine und sah sich ausgebootet. Das Hinterteil des »Warägers« hatte sich neben die beiden Frauen gequetscht. Ihr blieb nichts, als sich rittlings auf ihre Reisetasche zu hocken und ihr Plaid über sich zu ziehen wie ein Zelt. Sie wartete, ob jemand sagte, dass sie weiter vorlesen solle, aber niemand schien Wert darauf zu legen. Allein unter der Ganglampe zu stehen und zu lesen hatte sie keine Lust.

»Und Sie kennen tatsächlich Leon Bakst persönlich? Valentin Serow auch?« Bljumental war ganz Ohr für die Moskauer Vorkriegsgeschichten, für Anekdoten aus dem Milieu aller möglichen Künstler. Unter anderen Umständen hätte Polly sich eventuell auch dafür interessieren können, selbst wenn keiner der Namen ihr etwas sagte.

»Erinnern Sie sich an Baksts Kostümentwürfe für das Ballett ›Narziss‹, Sawwa Todorowitsch?« Lamakina beugte sich vor. »Waren sie nicht hinreißend?«

Aha, man hatte sich bekannt gemacht, während sie vor der bewussten Tür Schlange gestanden hatte. Wie er wohl weiter hieß? Polly beschloss, aus irgendwelchen Gründen tief gekränkt, ihnen allen eine Lektion in guten Manieren zu erteilen. Sie erhob sich von der Reisetasche mit den gestickten Eichhörnchen und baute sich vor dem »Waräger« auf.

»Entschuldigen Sie, mein Name ist Ippolita Arkadjewna Apraksina. Und das sind meine Brüder Ossip und Fjodor.«

Verdutzt sah der Angesprochene zu ihr hoch. Dann aber, wie vor einer wirklichen Dame, rappelte er sich auf alle viere, stand auf und reichte Polly mit einer netten Verbeugung die Hand.

»Bajadarow, Sawwa Todorowitsch. Wenn sich hier jemand zu entschuldigen hat, dann selbstverständlich ich. Ich fürchte, ich sitze obendrein auf Ihrem Platz. Unverzeihlich. Kommen Sie, kommen Sie …«

Polly fand sich unter seinem Arm wieder, an seine warme

Seite gequetscht, innerhalb seines Mantels mit Biberfutter, während der »Waräger« sie festhielt, an sich drückte, selbstverständlich nur aus Platzgründen. Aber es reichte, um einzuschlafen wie ein Kängurukind im Beutel seiner Kängurumutter.

Als sie wach wurde, war es schon Morgen. Sawwa Todorowitsch schlief noch fest, einen dampfenden und geräuschvollen Schlaf. Ossja und Fedja reckten sich und gähnten wie junge Löwen.

Lamakina stakste durch die halb sitzenden, halb zusammengekrümmt Liegenden. Ihr Gesicht hatte den Ausdruck von Fassungslosigkeit. Sie brachte einen Hauch von Winter an den Kleidern mit.

»Was ist, was hast du?« Bljumental war sofort alarmiert.

Lamakina setzte zum Sprechen an. »Es ist passiert! Es hat … es ist … alles zugefroren, das ganze Meer eine einzige Eiswüste!«

Während sie das Gepäck bewachte, kletterten die anderen hinauf auf Deck. So weit das Auge reichte, war das Meer seltsam grau. Wie auf eine Theaterkulisse gemalt. Ohne alle Lebendigkeit.

Doch Bajadarow machte sie auf einige schwarze Linien aufmerksam, die sich dazwischen schlängelten.

»Es ist noch keine völlig geschlossene Eisdecke«, beruhigte er sich und die anderen. »Während des Tages steigt die Temperatur sicher noch um ein paar Grad, wir haben erst November. Wenn sie vorsichtig manövriert, sollte die ›Massandra‹ es bis zur Landenge von Kertsch schaffen. Dann wechseln wir hinüber ins Schwarze Meer. Das hält im Winter auch allerhand Tücken bereit, aber wenigstens nicht jene, die der englische Dichter Coleridge in seiner berühmten Ballade vom ›Alten Seefahrer‹ beschreibt.«

Er stellte den Mantelkragen auf, denn er hatte seine auffällige Bojarenmütze unten vergessen. Dann sah er Polly, Ossja und Fedja und besonders Bljumental bannend in die Augen, seine eigenen theatralisch aufgerissen, und deklamierte:

»Und nun kam Schnee und Nebel auf,
Und grausam ward es kalt:
Und Eis, masthoch, vorüberzog,
So grün wie Emerald.
Das Eis war hier, das Eis war dort,
Das Eis war überall.
Es kracht und stöhnt und kreischt und höhnt,
Wie einer Ohnmacht Schall.«

»Malen Sie den Teufel nicht an die Wand, Sawwa Todorowitsch«, sagte Bljumental. »Aber was für eine bizarre Szenerie … diese Totenstille ringsum …«

Ein Mann in zerrissenem weißem Uniformrock und Fetzen da, wo die Epauletten gesessen hatten, mischte sich ins Gespräch: »Es dürfte Ihnen sicher bekannt sein, dass unser alter Seelenverkäufer, die ›Massandra‹, nicht auf Passagiere eingerichtet ist. Das heißt, es gibt keinerlei Verpflegung für uns, falls wir festsitzen sollten. Dann bleibt uns nur eins: aufs Geratewohl über Eis kriechen, auf allen vieren. Weiß der Himmel, wie weit die Küste entfernt ist.«

Bljumental zog es vor, ihn zu ignorieren.

»Sagen Sie, Onkelchen, wieso kommt es, dass ein Meer so weit im Süden überhaupt zufriert?« Ossja hatte sich zwar an Bajadarow gewandt, doch Antwort kam wieder von dem Militär.

»Das Asowmeer ist ein Schelfmeer. Ungewöhnlich flach. Vor Taganrog, früher mal ein belebter Handelshafen, mussten die Schiffe draußen auf der Reede ankern. Zum Löschen und Beladen fuhr man mit Pferdekarren. Oder die Hafenarbeiter wateten zwischen Ufer und Schiff hin und her und lenkten die in Fässern verstauten schwimmenden Waren mit den Händen. Den Pferden reichte das Wasser bis an den Bauch, den Menschen bis unter die Achseln. Selbst an seiner tiefsten Stelle soll das Asowmeer kaum sieben Sashen erreichen, hab ich mal gehört. Und deswegen, weil es so flach ist, friert das Asowmeer jeden Winter zu, obwohl es geografisch gesehen auf der Höhe von Wien und Straßburg liegt.«

»Aber sobald wir im Schwarzen Meer sind, sind wir gerettet. Nicht?«

Wenn Fedja gegen seine Gewohnheit einen Wildfremden ansprach, musste ihm viel an der Antwort liegen.

Bajadarow brummte beruhigend. Doch der Offizier sah keinen Anlass, jemanden zu schonen.

»Dort kann uns um diese Jahreszeit immer noch die Gottesgeißel erwischen. So nennen die Fischer die Bora, einen gefürchteten Nordostwind. Man sagt, er dauert mindestens drei Tage. Aber ich hab es erlebt, dass er auch neun Tage getobt hat.«

»Wenn Sie nichts dagegen haben, Saffo Dawidowna, dann würde ich es vorziehen, wieder nach unten zu gehen. Ich kann Defätismus auf nüchternen Magen schlecht vertragen«, sagte Bajadarow.

Vom Reiseproviant der Apraksins waren gerade noch drei Piroggen übrig und drei Äpfel. Niemand hatte ihnen gesagt, dass sie länger als einen Tag auf dem Schiff sein würden. Auf der Landkarte sah es aus, als wäre die Entfernung zwischen der Donmündung und der Krimküste eine Sache von wenigen Stunden.

Bljumental und Lamakina hatten etwas reichlicher vorgesorgt, aber man konnte sehen, dass ihnen Essen nicht so wichtig war. Es musste sättigen und preiswert sein und bestand aus schlichten und soliden Dingen sowie einigen Extravaganzen für Ausnahmefälle, wie die schon erwähnten Walnüsse, zwei Tafeln Schokolade, eine kleine Flasche Obstschnaps, die vor allem gegen Seekrankheit angeschafft worden war, und etwas Zwieback für die Zeit danach.

Bajadarows Proviantkorb verriet, sobald der Deckel abgenommen war, eine Menge über die Vorlieben und die Schwächen seines Herrn. Allein schon den daraus aufsteigenden Duft einzuatmen, war eine Bevorzugung. Fand Polly. Schweizer Käse und Räucheraal, eine Kette Kolbaska, Schinken und kaltes Hühnchen! Ein weißes Brot mit goldblonder Kruste verlor seinen Duft bereits. Umso mehr dufteten einige Orangen. Nicht gerechnet all die duftlosen Delikatessen wie ein Glas Konfitüre, ein anderes Glas mit Gewürzgürkchen, zwei Flaschen Wein und eine Packung Butterkekse.

Ossja und Fedja grinsten, beglückt von der bloßen Nähe solcher märchenhafter Üppigkeiten. Auch die beiden jungen Frauen lachten, leicht geniert, dass in solchen Zeiten jemand derart unverhohlen wie einst zu leben versuchte.

»Ich bin ein Lukullus, ich kann es nicht leugnen«, sagte Bajadarow. »All dies ist der Gegenwert einer leider völlig unessbaren goldenen Uhr. Was darf ich Ihnen anbieten, Germia Moissejewna? Saffo Dawidowna? Kinder, einigt euch am besten mit euren Tanten, was sie euch gestatten.«

Die »Massandra« schlich dahin. Sie schien sich nicht zuzutrauen, das Eis mit Volldampf beiseite zu pflügen, auch wenn die Eisdecke noch nicht geschlossen war.

Alles stand an der Reling und beobachtete den Weg, der noch vor ihnen lag, so weit er im Dunst erkennbar war. Die Schätzungen, wann man an der Meerenge sein würde, reichten von vierundzwanzig Stunden über drei Tage bis zu einer Woche.

Immer mehr Menschen wollten gegen Abend unter Deck, drängelten und fluchten, wenn sie keinen Platz fanden. Beide Frauen hatten den Kindern nahe gelegt, sich nur für allernotwendigste Fälle zu entfernen. Aber Polly musste sich einfach von Zeit zu Zeit mit eigenen Augen vergewissern, dass sie noch nicht festsaßen. Denn wenn, dann würde es garantiert nachts passieren. Sie würden alle in schwärzester Finsternis auf der Eiswüste des zugefrorenen Meeres herumtappen, ohne Orientierung. Und falls einer überlebte und die Küste erreichte – »Wo bin ich hier?« – wäre er vielleicht statt auf der Krim auf dem Festland gegenüber gelandet, in den kubanischen Sümpfen, wo es keine Städte gab.

Zufällig stand sie in der Nähe von drei dieser sympathischen großen Jungen in Marineuniformen. Sie rauchten und froren erbärmlich.

»Wisst ihr, wen ich gesehen hab, als ich vorhin mal nach unten musste? Den dicken Bajadarow. Fraß wie ein Schwein, der Schinken hing ihm aus dem Mundwinkel. Will sich sicher absetzen, ins Ausland.«

»Wer ist das? Ein Schauspieler oder Theaterleiter? Oder ein Abgeordneter der Sozialrevolutionäre?«, fragte einer, der sich damit als Nicht-Moskauer zu erkennen gab.

»Er ist von allem ein bisschen«, sagte ein anderer. »Ich meine, er hat tatsächlich schon mal in einem Stück mitgespielt zum eigenen Spaß, er hat Aufführungen protegiert, hat Geld dafür aufgetrieben, er hat Malern ein Auslandsstipendium ermöglicht, soll, soviel ich weiß, selbst mit dem Pinsel gekleckst haben. Nicht, dass ich je Bilder von ihm gesehen hätte. Stimme hat er angeblich ebenfalls, spielt jedes Instrument, von der Querflöte bis zur Geige. Aber bei Licht besehen ist er eigentlich gar nichts. Kein Schauspieler, kein Maler, kein Sänger, kein Musiker. Nicht mal ein Mäzen, denn dafür ist er nicht reich genug gewesen.«

»Klingt, als würdest du ihn näher kennen.«

»Nah wäre zu viel gesagt. Er verkehrte bei meiner Schwester Daisy. Ihr Schwager Murow ist beim Künstlertheater.«

Polly wollte nicht noch mehr hören. Schnösel. Zornrot drehte sie sich zu den Kindersoldaten um. »Wenn Sawwa Todorowitsch in Ihren Augen eigentlich gar nichts ist, was sind dann Sie? Darf man das fragen?«

»Wir verteidigen Russland«, sagte der Nicht-Moskauer kühl. »Während es gewissen Tierchen näher liegt, in prekärer Situation das Schiff, will sagen: das Land zu verlassen.«

»Dummes Zeug«, sagte Polly so arrogant sie konnte. »Sawwa Todorowitsch fährt zu einem Freund in Koktebel. Man hat ihm nämlich seine Wohnung weggenommen. Und damit Sie es alle wissen: Er ist sehr wohl etwas. Er ist ein Privatgelehrter!«

»Fürst Bajadarows Schwertkämpfer, sieh an.«

Die Jungen brachen in albernes Gelächter aus und husteten, weil sie sich beim Lachen am Rauch ihrer Papyrossi verschluckten. Polly zerbrach sich den Kopf nach einem letzten Satz, bei dem ihnen das Gewieher im Hals stecken bleiben würde. Einen Satz, bei dem sie nicht wussten, was er bedeutete und der deshalb umso vernichtender wäre.

»Schlessär die in Monnde liegän brinn-gän Kuumär liebär Schaatz.«

Großmama Remisow hatte wieder mal herhalten müssen. Schnell und eisig gesprochen klang es wie eine Beleidigung. Und nach dem letzten Wort mit hoch erhobenem Kopf davongehen.

Bei Einbruch der zweiten Nacht trieb die feuchte Kälte noch mehr Passagiere unter Deck. Die Matrosen schoben die Luke beiseite, die hinunter in den Laderaum führte. Zwischen den Möglichkeiten, unter freiem Himmel entweder zu erfrieren, sich wenigstens eine Lungenentzündung zu holen oder sich bei den Kranken im Laderaum mit Typhus anzustecken, wählten erstaunlich viele das Letztere.

Ein ganzer Trupp verfrorener Jungen in Marineuniformen quetschte sich an dem Lagerplatz von Pollys neuer Familie vorbei. Auch ihre drei Bekannten waren darunter. Die beiden Moskauer grüßten Bajadarow. Nicht gerade überschwänglich: ohne Lächeln. Wie Siebzehnjährige eben Leute aus dem Freundeskreis älterer Schwestern grüßen.

Der »Waräger« stutzte. Dann rief er: »Borja? Borja Komnatinin? Der Bruder von Daisy Murowa?«

Der Betreffende nickte knapp. Seine Freunde blieben ebenfalls stehen. Neugierig betrachteten sie den vorher so barsch Abgeurteilten und die Personen seiner unmittelbaren Umgebung. Polly glaubte ihre Gedanken zu lesen: Der hat's vielleicht gut – der! Reist mit gleich zwei jungen Frauen, noch dazu aparte Schönheiten. Was die wohl an ihm finden?

»Nach Sewastopol?«, erkundigte sich Bajadarow väterlich.

Dreifaches Nicken. Wohin wohl sonst.

»Aber in Ihrem Alter wird man doch wohl nicht in Gefechten eingesetzt? Oder doch?«

»Wir werden die Funkerschule besuchen«, sagte der andere Moskauer, der den Vergleich mit dem fressenden Schwein gebraucht hatte. »Dann geht's wahrscheinlich auf ein Handelsschiff, um Verpflegungsnachschub für die Armee zu beschaffen. Südamerika.«

»Apropos ...« Bajadarow sah von einem Jungen zum anderen. »Wie sieht es diesbezüglich bei Ihnen aus? Hat man Ihnen ausreichend mitgegeben? Bis Sewastopol ist es noch ein ziemliches Stück.«

»Wir steigen in Feodossia um«, war die verhaltene Antwort.

Bajadarow griff in seinen Ali-Baba-Korb, erwischte die restlichen Kolbaska, schnappte das Konfitürenglas dazu.

»Bitte schön, Borja. Für Sie und Ihre Freunde. Ich fürchte, Sie müssen die Marmelade mit den Fingern essen. Und jetzt eilen Sie, sonst finden Sie nicht mal mehr da unten einen Platz.«

»Sawwa Todorowitsch, das können wir nicht annehmen. Sie sind doch bestimmt viel länger unterwegs als wir. Paris, schätze ich?«

»Koktebel«, sagte Bajadarow. »Nur nach Koktebel. Einen Freund heimsuchen.«

23. Kapitel

Polly konnte spüren, wie die »Massandra« ächzend im Wasser versank und sich schlecht und recht wieder aufrichtete. Sie selbst purzelte über Ossja und Fedja hinweg und wurde derb gegen eine fremde Hamsterfrau geworfen. Als ob jemand Unsichtbares mit ihr Ball spielte. Und nicht nur mit ihr. Geruch nach Erbrochenem breitete sich aus.

Dabei hatte es doch gestern so ausgesehen, als wären sie alle mit einem blauen Auge davongekommen. Am Vormittag hatte die »Massandra« endlich die Meerenge von Kertsch erreicht, ohne vorher im Asow-Eis festzufrieren. Sie war zwischen den Landnasen hindurchgeschlüpft und befand sich jetzt auf einem größeren, einem richtigen tiefen Meer.

»Die Griechen nannten es Pontos Euxeinos, als sie vor mehreren tausend Jahren hier mit ihren Trieren angerudert kamen«, sagte Bajadarow und hielt die Hand über die Augen. Denn nach Tagen voller Nebel und totem Grau leuchtete über dem Schwarzen Meer ein blauer Himmel. So tief und so satt war dieses Blau, dass Polly sich wunderte, warum die Sonne zwar blendete, doch nicht wärmte. Denn glich nicht alles einem Sommertag?

Die »Massandra« stampfte tüchtig voran, als sei sie bemüht, das Kriechen der letzten Tage wettzumachen. Und sie schlingerte nur gerade so viel, wie ein Schiff, dessen Bauart fürs Asowmeer typisch war, im Schwarzen Meer notgedrungen schlingern musste.

Nachmittags war die Dünung stärker geworden. Wolken zogen auf, eine tintenblaue Wand näherte sich.

Während Polly das heiße Wasser für den Tee holte, fiel ihr die Unruhe der Besatzung auf. Statt sich darüber zu freuen, dass die »Massandra« die nächste Zeit nichts weiter zu tun hatte, als eine südliche Küste entlang zu tuckern und ab und zu einen malerischen Hafen anzusteuern, verschraubten sie mit affenartiger Geschwindigkeit alles, was sich verschrauben ließ, sicherten die Bullaugen und drängten die Passagiere, nach unten zu gehen.

Natürlich richtete sich niemand danach. Jeder war froh, den starken frischen Salzgeruch einzuatmen. Vor allem diejenigen, die die letzten Stunden im Laderaum bei den Typhuskranken hatten zubringen müssen.

Polly entdeckte Borja Komnatinin und seine Freunde. Sie wirkten guter Laune, hatten sie doch ihre erste Etappe so gut wie geschafft. Denn nach Kertsch kam Feodossia, wo ein Schiff der alliierten Flotte sie aufnehmen und nach Sewastopol bringen würde. Sewastopol war Kriegshafen; zivile Schiffe durften ihn nicht ansteuern.

Sie entdeckte auch jenen Offizier, der so penetrant in der Nähe von Bljumental und Lamakina geklebt hatte und ihnen hatte imponieren wollen mit seinen Gräuelmärchen vom Kriechen übers Eis. Schon wieder pirschte er sich wie unabsichtlich näher und näher an die Gruppe heran. Plötzlich glaubte Polly zu wissen, woher die Risse in seiner weißen Litewka kamen: Er musste in Gefangenschaft der Tscheka gewesen sein, wo man ihm seine Orden abgerissen hatte. Ob er auch gefoltert worden war?

Lamakina streute ihre Tee-Essenz in den Wasserkessel und gab Sacharin dazu in Ermangelung von Zucker. Wieder ging die Mopstasse von Hand zu Hand, nur Sawwa Todorowitsch hatte einen versilberten Becher. Einen Patent-Reisebecher, der aus mehreren ineinander passenden Segmenten bestand und – zusammengelegt – in die Brusttasche passte, nicht größer als eine Pillenschachtel.

»Ich liebe Erfindungen, die einem das alltägliche Leben erleichtern«, sagte Bajadarow und lächelte sein Lächeln eines bärtigen Kindes.

Aufkommender heftiger Wind riss an den Haaren, schlug den Leuten Schals und Tücher um die Ohren. Man musste seinen

Tee sofort austrinken, andernfalls blies der Wind einem die Tasse leer. Bajadarow deutete auf den Streifen Küste, der sich steuerbords abzeichnete.

»Stellt euch vor, wir wären die Fremden, die vor nicht ganz dreitausend Jahren hier an Land gingen. Zuerst kamen die Griechen. Sie bauten, weithin sichtbar, auf dem Berg Mitridat eine Akropolis. Nach ihnen kamen die Römer. Und die Byzantiner, wenn ich mich recht erinnere. Und dann – die Hunnen.« Er wandte sich an Ossja und Fedja: »Was taten Hunnen stets am liebsten?«

»Zerstören!«, rief Ossja.

»Sehr richtig. Sie zerstörten so gründlich, dass es Hunderte von Jahren dauerte, bis die Stadt wieder eine Stadt war. Jetzt nahmen die Tataren sie in Besitz, die achthundert Jahre später von den Genuesern abgelöst wurden. Ach, ich liebe sie, die schlauen, heiteren, kühnen Genueser! Leider wurden sie im 15. Jahrhundert von den Türken vertrieben. Die fielen damals überall in Europa ein und besetzten auch diese Stadt. Um die Meerenge zu kontrollieren, denke ich mir. Hoffentlich legen wir noch bei Tageslicht an, damit ihr einen ersten Blick auf die wunderbare Krim werfen könnt.«

»Begraben Sie diese Hoffnung besser«, schaltete sich hier der »Defätist« ein. Er wies auf die dunkle Wolkenwand, die beängstigend schnell auf sie zu wanderte. »Die Bora! Sie wird uns herumwerfen und uns drei Tage und drei Nächte keine Ruhe gönnen. Wenn es bei diesen gnädigen drei Tagen bleibt. Nein, vergessen Sie Kertsch. Wenn wir jetzt noch versuchten, auf Landkurs zu bleiben, könnte es sein, dass die Bora uns an die Küste schleudert. Und wie ich die ›Massandra‹ einschätze, würde sie bei dem Anprall in ihre Bestandteile zerfallen.«

»Germotschka, hast du den Schnaps in der Nähe?« Bljumental war grünlich bleich geworden und zwängte sich zur Reling durch.

»Nein, Saffik, der ist unten, beim Proviant. Aber warte, ich hab hier Kölnisch Wasser.« Lamakina begann in ihrer Handtasche zu kramen. »Vielleicht, wenn du daran riechst?«

»Darf ich dem gnädigen Fräulein damit aushelfen?« Der »Defätist« holte ein Reisefläschchen aus dem Uniformmantel und machte Anstalten, es Bljumental aufzunötigen.

»Oh, mon Dieu … Bosche moi …« Sie stöhnte. »Verschwinden Sie, um Himmels willen, seien Sie nicht so taktlos. Sehen Sie denn nicht?«

»Alkohol hilft in solchen Fällen leider nur denjenigen, die ohnehin seefest sind«, sagte Bajadarow. Auch er hatte ein Reiseflakon aus einer der Innentaschen seines Wintermantels hervorgezaubert.

Lamakina riss es ihm fast aus den Fingern. »Keine Ahnung, ob ich's bin. Aber besser vorgesorgt als nachgetrauert.«

Polly hatte auf einmal Mitleid mit dem »Defätisten«, der noch immer dastand, mitsamt seinem verschmähten Angebot. »Was ist es?«, fragte sie und tat, als kenne sie sich aus mit in solcher Situation angebrachten Medizin.

»Cognac«, sagte er. »Und zwar guter. Von einem französischen Schiff.«

»Darf ich?« Ohne die Antwort abzuwarten, nahm Polly ihm das Fläschchen aus der Hand. Es brannte wie Feuer im Magen und auf der Zunge blieb ein Geschmack nach Seife.

»Dürfen wir auch?« Ossja und Fedja griffen nach dem Flakon im abgewetzten Lederfutteral, als enthielte es ein Zauberelixier. Was so eklig schmeckte, musste eigentlich wirksam sein.

»Saffik, komm«, Lamakina zerrte die Freundin von der Reling fort. Und Bajadarow sagte: »Was immer Sie tun müssen, Saffo Dawidowna, tun sie es unter Deck. Sie brauchen sich nicht zu genieren, denn Sie werden auf keinen Fall die Einzige sein.«

Die Wellentäler wurden immer tiefer und die Wellenberge immer höher. Die »Massandra« schlingerte nicht länger. Sie machte eine Verbeugung nach der anderen und wurde nach jeder

Verbeugung geohrfeigt. So jedenfalls empfand Polly den krachenden Anprall gegen den Schiffsrumpf. Eine wilde Flucht unter Deck setzte ein. Mit der Folge, dass der enge Einstieg die panisch Drängenden staute. Eine schwarzgraue Wellentatze bäumte sich auf und klatschte auf die »Massandra«. Die Menschen kreischten vor Schreck und Angst. Lauter aber brüllte über ihnen die Bora, die »Gottesgeißel«, der fürchterliche Nordost.

Dann dauerte es wieder eine Weile, bis die nächste Sturzwelle genügend Anlauf genommen hatte. Der Wasserberg wuchs zusehends, während er wanderte. Näher und näher und näher. Die Grundsee kippte das Heck der »Massandra« an, und strudelnd schoss das Wasser der ungeheuren Woge über die schräg stehenden Deckplanken. Starr vor Entsetzen sah Polly, wie die Wucht zwei Passagiere, die in jenem Augenblick nichts zum Festhalten gefunden hatten, vor sich herspülte. Einem gelang es in letzter Sekunde, sich an die Reling zu klammern.

Erst unter Deck, in Sicherheit, fiel Polly ein, dass sie Dillotschkas Mopstasse auf einer der Aufbauten hatte stehen lassen. Ein Glück, dass wenigstens Fedja an den Teekessel gedacht hatte. Sie wagte nicht, den anderen den Verlust zu gestehen.

Alle hatten Gesichter, als seien sie verbrüht worden. Auf ihren Koffer-Sofas hatten sich inzwischen andere breit gemacht. Unmöglich, sie zu vertreiben. Wohin denn? Nur unter Mühe und Gewaltanwendung Bajadarows konnten sie sich die kleineren Gepäckstücke erkämpfen und mit hinunter in den Laderaum nehmen.

Denn nur dort, unmittelbar neben den Stöhnenden, Ohnmächtigen, womöglich schon Toten, fanden sich noch freie Stellen zum Hinhocken.

»Wie dick ist die Schiffswand?«, fragte Ossja.

Er bekam keine Antwort. Aber die Frage genügte, dass Pollys Fantasie ein ums andere Mal das grässliche Geräusch von berstenden Holzplanken erzeugte. Und ein ums andere Mal dunkles salziges Wasser und weiße Gischt hereinschießen ließ. Wir befinden uns unterm Wasserspiegel, dachte sie. Oben hatte man vielleicht die Chance, beim Zerschellen der »Massandra« irgendein Teil zu erwischen, um sich daran zu klammern. In den Büchern waren es meist Mastbäume. Aber die »Massandra« besaß keinen Mast, nur einen Schornstein. Hier, im untersten Teil des Schiffsbauches, würden sie alle ersaufen wie die Ratten. Angeblich verließen die das sinkende Schiff immer rechtzeitig. Aber wohin flüchtete eine Ratte, wenn das Unglück auf hoher See passierte?

Ein Matrose kletterte zu ihnen hinunter, zündete einige Sturmlaternen an und hängte sie an Haken auf. Er war mit Ölzeug bekleidet.

»Sagen Sie, mein Guter, wie lange dauert so ein Sturm erfahrungsgemäß?«, wandte sich Bajadarow an ihn.

»Drei, sieben oder schlimmstenfalls elf Tage«, hieß es.

»Wäre es nicht sinnvoll, Anker zu lassen? So wäre das Schiff doch etwas … etwas ›geerdet‹, wenn der Ausdruck nicht zu falsch ist.«

»Wenn das auch nur den geringsten Sinn hätte, wäre es geschehen«, sagte der Matrose. Es klang herablassend. »Der einzige Effekt wäre, dass wir unsere Ankerkette einbüßten. Glauben Sie mir, Väterchen, ins offene Meer verschwinden, so weit weg von der Küste wie möglich, ist das Einzige, was wir versuchen können.«

»Und wie wäre es mit SOS funken?« Bajadarow schien noch immer der Ansicht, als sei der Kapitän der »Massandra« sich nicht im Klaren darüber, was er seinen Passagieren schuldig war. Immerhin war er sonst nur für Warenladungen verantwortlich.

»Wir haben an alles gedacht, Väterchen, es ist uns ja nichts Neues. Aber bei Windstärke zehn – wer fährt da schon raus? Und glauben Sie nicht, die an Land würden verschont. Die Bora wirft beladene Güterzüge von den Gleisen, knickt Telegrafenmaste und drückt Fensterscheiben ein, wenn sie es darauf anlegt.«

Ein widerwärtiges Schwindelgefühl erfasste Pollys Kopf. Sie

war sicher gewesen, durch den Cognac von der Seekrankheit verschont zu bleiben. Lamakina saß aufrecht. Bljumental, die nicht ansprechbar war, hatte den Kopf auf Lamakinas Knie gebettet. Polly suchte nach einer ebensolchen Liegegelegenheit. Ossja? Nein, der sah auch schon verdächtig aus, direkt geisterhaft. Jeden Moment würde er anfangen zu würgen. Willenlos ließ Polly sich gegen Bajadarow fallen. Eine Übelkeit zum Sterben überwältigte ihren Kopf, ihren Magen, ihre Glieder.

Die Wellen krachten gleich Kanonenschüssen an die Bordwand. Stunde um Stunde. Waren die verfluchten drei Tage und Nächte nicht endlich um? Die »Massandra« knirschte in allen Fugen. Polly nahm es wahr, wenn sie sich zum Wahrnehmen aufraffte. Bis das Übelsein sie wieder überwältigte.

Bajadarow hatte angefangen zu rauchen. Er rauchte anscheinend unablässig. Wann immer Polly mit den bleischweren Augenlidern blinzelte, sah sie über sich den Zigarillo und die Rauchwölkchen. Wahrscheinlich konnte er den Gestank um sich herum anders nicht aushalten.

Die Hamsterfahrerfrauen beteten nuschelnde Litaneien. Manche flennten laut. Egoistisches Geheule, dachte Polly, können die uns nicht damit verschonen, wo einem so schon der Kopf zerplatzt.

Taumelnd machte sich Bajadarow, den ebenso taumelnden Fedja am Mantelzipfel hängend, zweimal am Tag auf, um im Teekessel Wasser zu holen.

»Wir haben in der Kombüse durch das Bullauge geguckt«, hörte Polly Fedja zu Ossja sagen. »Alle Taue sind vereist. Und auf dem Meer dampft es wie der Pulverdampf auf dem Bild der Schlacht von Borodino. Man hat uns gesagt, das kommt, wenn so eisige Stürme wie diese Bora mit den warmen Meeresströmungen zusammentreffen. Fantastisch, was, Ossja?«

Ossja grunzte wehleidig. »Hör auf mit Meer, Meer und Stürme, Stürme, reich mir das Wasser. Brr, das ist ja kalt.«

In der Kombüse, berichtete Fedja, durfte wegen des Sturms kein Feuer gemacht werden. Kein heißes Wasser also, kein Tee. Seine muntere Unternehmungslust reizte Ossja.

»Wieso hast du es nicht auch? Hast du einen Trick gefunden, dass dir nicht schlecht wird?«

Fedja verwahrte sich gegen diesen Vorwurf. »Dann hätte ich natürlich dich und Poljenka eingeweiht. Und Saffo Dawidowna auch. Ich kann wirklich nichts dafür.«

Am dritten Tag ließ der Kapitän einen Sack mit Graupen aufbinden, der zur Versorgung der Krim bestimmt war. Wer essen konnte, sollte sich eine Hand voll dieser ungekochten Graupen holen. Denn inzwischen besaß niemand mehr eigene Vorräte. Lamakina und Fedja knusperten sie roh, wie Sonnenblumenkerne, und spuckten die Spelzen aus. Bajadarow konnte sich nicht dazu durchringen.

»Ich hab kein Talent, den Robinson Crusoe zu spielen«, sagte er. »Ich ziehe es vor, vom eigenen Fett zu zehren wie ein Bär im Winter.«

»Haben Sie noch eine Orange übrig, Sawwa Todorowitsch?«, fragte Polly heiser krächzend. Ihre Zunge lag im Mund wie ein Fremdkörper. »Ein einziges Scheibchen vielleicht?«

Bajadarow wiegte bedauernd den Kopf mit dem Bartgestrüpp.

Fedja sagte: »Die hatten wir doch schon auf dem Asowmeer aufgegessen. Weißt du's nicht mehr?« Erst jetzt, wo Ossja gezwungenermaßen den Mund hielt, fiel es einem auf, dass Fedja weder blöd noch stumm war. »Warte, ich geb dir etwas Wasser. Wo ist eigentlich unsere Mopstasse hingekommen?«

»Die ist auf dem Weg nach Konstantinopel«, sagte Polly. »Wenn sie nicht vorher ein Delfin verschluckt. Was soll's. In dem Haus von Saffo Dawidownas Großtante wird es sicher Hunderte von Tassen geben.«

»Aber keine, die Dillotschkas Lieblingstasse war«, ließ sich Ossja vernehmen, Vorwurf in der Stimme.

Sie unterhielten sich wieder, sprachen ganze Sätze und dachten wieder normale Gedanken. Das konnte nur bedeuten, dass das Schwarze Meer dabei war, sich zu beruhigen und mit ihm ihre Mägen.

Bljumentals Lebensgeister erwachten ebenfalls; sie war von den drei Befallenen am ärgsten seekrank gewesen. Sie setzte sich sehr langsam auf und lehnte den Rücken an einen der Pfeiler. Wie die anderen trank sie aus der Tülle des Teekessels das unabgekochte Wasser, schüttete sich etwas in die Hände und wischte sich damit übers Gesicht. Plötzlich erschreckte sie die Umsitzenden durch einen hohen Schrei. Einen Schrei voller Entsetzen.

»Germia! Germotschka! Das Grammophon!« Etwas gedämpfter: »Und all unsere Schallplatten.«

Wen sie mit bestürzt aufgerissenen Augen anblickte, der wich ihrem Blick aus. Denn was hätte man ihr zum Trost sagen sollen. Alles, was auf Deck geblieben war an Reisegepäck, hatte die »Massandra« dem Schwarzen Meer geopfert.

»Das war unsere Existenzgrundlage.«

»Patati, patata«, sagte Lamakina, »unsere Existenzgrundlage, das sind wir und was wir bei Isadora Duncan gelernt haben. Es wird sich schon Ersatz finden, notfalls beauftragen wir einen Kommissionshändler damit. Und wenn nicht, dann treiben wir jemanden auf, der Klavier spielen kann. Ich gehe davon aus, dass deine Großtante ein Klavier im Hause hatte.«

Polly, die sich schon als unentbehrliche Platten-Auflegerin gesehen hatte, trauerte ebenfalls um das Grammophon. Der edle Mahagonikasten … der rosa Trichter, einer weit geöffneten Windenblüte gleich.

Ein Klingeln schrillte, hörbar in jedem Winkel der »Massandra«. Dreimal wurde dieses Zeichen gegeben.

»Das kommt von der Kommandobrücke«, sagte Bajadarow. »Ich wage mich mal an die Luft; vielleicht lassen sie mich.«

Der Sturm hatte die »Massandra« ziemlich weit abgetrieben,

sie waren schon über die Halbinsel Kertsch hinaus. Das war die Neuigkeit, die er mit herunterbrachte. Zu spät, so hatte der Kapitän befunden, um noch einmal die Strecke zurückzufahren, zudem ohne Verpflegung an Bord. Sie befanden sich gegenwärtig auf Kurs nach Feodossia.

»Und wie weit haben wir es bis Jalta noch?« Das war alles, was Lamakina interessierte.

Das war schwer zu sagen. »Ich muss gestehen, ich habe noch nie einen Fuß auf die Krim gesetzt«, bekannte Bajadarow und lachte verlegen. »Ich habe meine Sommer entweder in Finnland oder in Biarritz verbracht und den Frühling auch schon mal in Abbazia oder Amalfi. Ich kann nur schätzen. Sicher nicht länger als einen Tag. Oder sagen wir 24 Stunden. Aber heute Abend, meine Freunde, werden wir erst einmal in Feodossia an Land gehen. So Poseidon es gestattet, heißt das. Wir werden in geräucherten Fischen und frischem Brot schwelgen und Trauben essen – wie die Griechen vor tausend Jahren.«

24. Kapitel

Der Weg nach Kuru-Ssu, zum Haus der Großtante, jetzt das Haus von Saffo Dawidowna, führte über eine Chaussee steil aufwärts, aus der Stadt hinaus. In und um Jalta schien es nur steile Straßen zu geben. Rechter Hand konnte man durch die Wipfel immergrüner Pinien und Zedern hindurch das Meer liegen sehen. Schlosspark reihte sich an Zaubergarten, Zaubergarten an Botanischen Garten. In einem Vierteljahr, dachte Polly schwärmerisch, würde hier das Paradies erblühen.

Von mindestens zehn Werst war die Rede gewesen, als sie die Wirtin befragt hatten, zwei Stunden auf jeden Fall. Einige Male rasteten sie und setzten sich auf die niedrige Einfassungsmauer der Straße. Zögernd verließen sie irgendwann die Chaussee und stiegen auf sandigen Wegen weiter den Berg hinauf, vorbei an Weinbergen, immer begleitet vom Duft der Nadelhölzer. Versteckt musste es hier und da kleine Dörfer geben oder auch nur Güter, denn die Luft trug ihnen Hundegebell und das Krähen von Hähnen zu. Ebenfalls unsichtbar blieb über ihnen das Jaila-Gebirge mit seinen Felskuppen. Nur vom Meer aus, von weitem, hatten sie eine Ahnung davon bekommen.

Vorgestern Abend hatten sie endlich wieder festen Boden betreten – die lange Mole von Jalta. Im Schutz der weiten Bucht waren ihnen Winterwind und spätes Tageslicht mild und fast lau vorgekommen. Palmen hatten im Wind gewedelt, entlang der Uferpromenade, Palmen! Hier war der Süden, endlich!

Eine Droschke mit weißem Verdeck war mit ihnen über steile Serpentinen den Darsanowskiberg hinaufgezockelt. Und gleich beim ersten Versuch hatten sie anderthalb freie Zimmer gefunden. Ein Zufallsglück, wie die Wirtin mehrmals betonte, weil gerade jemand abgereist war. Und sie hatte eine vage Gebärde in die Richtung gemacht, wo das Meer lag.

Sie war selbst nur Mieterin der Wohnung, vermietete jede Kammer und schlief in der Küche. Ihre Klage über die sich verändernde Zeit schallte von früh bis spät.

»Früher verschwanden die Kurgäste Ende September, sie hatten viel ausgegeben, man hat an ihnen verdienen können. Jetzt sitzen diese Flüchtlinge das ganze Jahr hier herum, blockieren die Quartiere und geben ansonsten nichts aus, verpflegen sich lieber selbst. Wie soll man da existieren, frage ich Sie?« Bei ihr, das sei von vornherein Bedingung: entweder mit Vollpension oder gar nicht.

Polly gab ihr gleich nach dem Frühstück den Spitznamen »Barbariche«. Weil sie – wie die Muhme Barbariche in Puschkins Märchen vom Zaren Saltan – nichts gelten ließ, was andere zu erzählen hatten. Jedes Ereignis, wie fantastisch, wie schrecklich auch immer, wurde von ihr augenblicklich durch ein tausendmal fantastischeres, tausendmal schrecklicheres aus ihrem eigenen Erfahrungsschatz übertrumpft.

»Ich glaube, das ist es.« Bljumental verhielt den Schritt. Mit ihr blieben auch die anderen stehen. Am Rand eines Wäldchens, im Schutz des Berghangs, war plötzlich ein Haus aufgetaucht. Sechs Säulen trugen das Vordach mit dem dreieckigen Giebelfeld – vier vor der Hausfront, zwei seitlich. Neun Stufen, kaum zu sehen zwischen uraltem Unkraut, führten zu der Veranda hinauf. Im Giebel faszinierte ein seltsames geschnitztes Emblem, das allem Anschein nach früher mal golden gewesen war; der Hintergrund wies noch Reste himmelblauer Farbe auf wie auch das geschnitzte Geländer zwischen den Säulen.

Die neue Besitzerin gab sich einen Ruck und ging mutig auf ihre zukünftige Isadora-Duncan-Schule zu. Die Haustür war nicht abgeschlossen. Drinnen zog es; offenbar war irgendwo eine Fensterscheibe kaputt. Die Räume des Erdgeschosses waren für eine Familie von Riesen gebaut, die Wände sämtlich in ein und demselben Farbton gestrichen, den Lamakina als Pompejanischrot bezeichnete. Ansonsten gab es nur noch Weiß – Fensterrahmen, Türrahmen, Türflügel, Zimmerdecken und Stuckornamente. Und mit Laken zugehängte Möbel.

Um nur irgendetwas zu tun, riss Bljumental die weißen Tücher von einigen Bildern. In einem Raum hingen Seestücke in der Manier von Ajwasowski, in einem anderen Waldstücke à la Schischkin, im dritten lauter Porträts à la Serow, alle tüchtig nachgedunkelt. Lamakina trug zwei ins Licht.

»Die könnten die Anfangskosten tragen, wenn sie echt sind.«

Sie waren es nicht. Die Signatur war bei allen gleich: Gagarin.

Polly sah die Blicke ihrer Brüder über die Bilder schweifen und wusste, dass sie das Gleiche dachten: Wie wunderbar hätte sich hier »Engländer in der Galerie« spielen lassen! Aber es würde nie wieder stattfinden, dieses Spiel. Nicht ohne Dillotschka, die immer so schallend darüber gelacht hatte. Nicht ohne Klascha, den besten »Engländer«, den es je gegeben hatte.

Die Schlaf- und Gästezimmer im ersten Stock waren zum Teil noch mit mächtigen Himmelbetten ausgerüstet. Hier waren die Decken im Gegensatz zum Erdgeschoss so niedrig, dass man das Gefühl haben konnte, in einer Schachtel eingesperrt zu sein. Und in jedem Raum hingen Girlanden mit tausend auf Schnüre gefädelter gelbbrauner Blätter.

»Ich schätze, das war das Zimmer von Tante Betsy«, sagte Bljumental. Denn die Wände waren mit Ikonen förmlich bestückt – Heiligenbildchen in edelsteinbesetzten vergoldeten Rahmen.

»Ich kann nirgends einen Schalter entdecken«, sagte Polly. »Wo macht man hier Licht?«

»Ich fürchte, es liegt zu weit ab von Jalta, um elektrischen Strom zu haben«, sagte Bljumental. »Wir werden mit Petroleum leben müssen.«

»Da ist jemand im Haus«, meldete Fedja.

Sie lauschten. Tatsächlich – Schritte. Zwei Personen. Dann wurde mit einem Ruck die nur angelehnte Tür aufgetreten und sie blickten in zwei finstere Gesichter. Der Mann hatte eine Schrotflinte in den Händen. Die Frau stand mit vorgerecktem Hals da wie eine Gans, die gleich loszischen will.

»Was suchen Sie hier? Das ist ein Privathaus.«

»Ich weiß«, sagte Bljumental. »Der private Eigentümer bin nämlich ich. Sie müssen die Schestjorkins sein, von denen der Anwalt meiner Tante mir geschrieben hat.«

»Wenn Sie Bescheid gegeben hätten, dass Sie es besichtigen kommen, Saffo Dawidowna, hätte ich doch die Tücher von den Möbeln genommen«, sagte die Frau. »Damit Sie wenigstens alles mal gesehen haben. Denn wohnen kann man in diesen Zeiten hier nicht.«

»Nicht als junge Frau in Ihrem Alter«, fügte ihr Mann hinzu. »Sie haben sicher davon gehört, dass sich im Gebirge Banden der Grünen herumtreiben. Desertierte und anderes Gesindel.«

Bljumental und Lamakina sahen sich an. Die Blicke ersetzten ein ganzes Gespräch. Angst kam nicht darin vor.

»Oh, ich habe geschrieben«, sagte Bljumental trocken. »Und ich bin sicher, dass Sie den Brief auch erhalten haben. Woher wissen Sie sonst meinen Namen und dass ich die Absicht habe, mich hier niederzulassen? Ich möchte Sie beide bitten, im Haus für etwas mehr Wohnlichkeit zu sorgen. Würden drei, vier Tage reichen? Soweit ich unterrichtet bin, hat meine Tante Ihnen das Verwalterhäuschen überlassen unter der Bedingung, dass sie gelegentliche Hausmeisterpflichten übernehmen. Und außerdem Gartenland zur eigenen Bewirtschaftung. Dafür versorgen Sie das Haus mit Naturalien, so lautete die Absprache. Da im letzten halben Jahr niemand darauf Anspruch erhoben hat, werden sicher genügend Vorräte übrig sein, um uns einen kleinen Imbiss zu servieren. Wir haben einen anstrengenden Weg hinter uns.«

Jetzt war es das Ehepaar Schestjorkin, das Blicke wechselte. Die Frau fasste sich als Erste. Man möge ihr eine halbe Stunde Zeit lassen und dann die Güte haben, hinüberzukommen, in ihr Haus.

Sie ließ sich nicht lumpen. Als wolle sie jede mögliche nachteilige Meinung über sich und ihren Mann im Keim ersticken, hatte sie Plinsen gebacken, gefüllte Eier auf einem Teller angeordnet, Gläser mit Milch, Speckscheiben, Äpfel hingestellt. Und das beste Brot, das Polly seit einem Jahr gegessen hatte.

»Saffo Dawidowna, würden Sie uns gestatten, ein Schwein zu halten?«, fragte der Mann rundheraus. Er wie auch seine Frau setzten sich nicht. Beide lehnten am Büfett. Sie knüllte ihre Schürze, er hatte die Daumen herrisch im Gürtel verhakt.

»Nein, tut mir leid«, antwortete Bljumental. »Ich nehme an, dass meine Tante auch etwas dagegen hatte.«

»In ihrem hohen Alter war von ihr keine Einsicht in die Notwendigkeit mehr zu erwarten. Kaum, dass sie die Umwälzungen im ganzen Land zur Kenntnis nahm. Aber Sie sollten doch Verstand genug besitzen … es würde Ihr Schaden nicht sein, Saffo Dawidowna. Würstchen, Speck, mal ein Stück Schinken!«

»Nein, ausgeschlossen.« Bljumental lächelte. Aber es wurde nicht zurückgelächelt. »Wer würde seine Kinder in eine Schule geben, wo es wie in einer Schweinemastanstalt stinkt?«

»Schule?« Die Schestjorkins fragten gleichzeitig nach, als hätten sie sich verhört.

Bljumental nickte, machte aber keine Anstalten, ihnen ihren Plan zu erläutern und zu begründen. Aus den Augenwinkeln erhaschte Polly, wie der Mann sich abwandte und viel sagend an die Schläfe tippte. Seine Frau kniff bloß die Lippen zusammen. Die aufrichtigen Komplimente für die Mahlzeit zwangen sie zu einem sekundenlang heiteren Gesichtsausdruck.

»Haben Sie Wünsche, das Haus betreffend, Saffo Dawidowna? Außer Fegen und Staubwischen«, fragte sie.

Ja. Bljumental hatte. Ob es möglich wäre, die Betten zu beziehen?

»Eins? Oder zwei?«

»Alle.«

Nachdem sie bei zwei örtlichen Zeitungen Inserate »Schule sucht Lehrer« aufgegeben hatten, machten sie sich auf die Suche nach der ehemaligen Köchin von Bljumentals Tante, einer gewissen Glafira.

»Da deine Tante sie so geschätzt hat, muss sie gut sein. Vielleicht sollten wir sie bitten, dass sie für uns weiterarbeitet«, meinte Lamakina. Aber wie sie finden im Gewirr der Straßen, Gässchen und Sackgassen?

Polly überlegte. Sie hatte in einem nicht schaukelnden Bett geschlafen, hatte gefrühstückt und wusste nicht, wohin mit ihrer

Bereitwilligkeit, alles Mögliche zu tun. Wieder einmal kam ein rettender Tipp von Großmama Remisow, das heißt, ihr überladener Nachttisch erschien vor Pollys innerem Auge.

»Wenn Ihre Tante eine so steinalte Dame war, dann wird man sie sicher in der Apotheke als Kundin kennen. Diese Glafira hat ihr bestimmt Schlafpulver und Ischiassalbe und Pepsinwein holen müssen. Vielleicht erinnern sie sich dort noch an sie.«

Tatsächlich war in der Apotheke der Name Tante Betsys (Jelisaweta Wischnjakowa) ein Begriff, und das seit über vierzig Jahren. Und Glafira Timofejewna? Soviel man wusste, war sie nach dem Tod der alten Dame »irgendwo auf die Saretschje« gezogen.

Saretschje, so erfuhren sie, war die dem Darsanowskiberg gegenüberliegende Hälfte Jaltas, ebenso steil, wenn nicht noch steiler. Als sie sie endlich fanden, begruben sie die Idee, sie für die Isadora-Duncan-Schule als Köchin zu engagieren. Glafira Timofejewna war mindestens achtzig, dürr und krumm wie die Bába Jagá höchstpersönlich. In ihrem Dachzimmer gab es nur zwei Sitzplätze. Sie selbst wuselte herum, munter wie ein Spatz, zerteilte die beiden Äpfel, die auf einem Teller lagen, und verlangte, dass die Gäste sie verzehrten. Sie hielt Saffo Dawidownas Hände und tätschelte sie. »Hier, mein Täubchen, hier ist der Schlüssel. Nehmen Sie ihn und verlieren Sie ihn nicht. Wollte ihn nicht stecken lassen. Diese Schestjorkina ist mir zu neugierig.«

Bljumental sah ratlos auf das mit einer grünen Kordel gekennzeichnete Schlüsselchen. »Wofür ist der, Glafira Timofejewna?«

»Für den großen Schrank auf dem oberen Flur.« Die alte Frau tat mächtig geheimnisvoll.

»Der Schrank mit den Schätzen«, sagte Ossja vorlaut.

Doch die alte Glafira ignorierte ihn; sie konnte sich nur auf ihr persönliches Anliegen konzentrieren.

»Hab die wertvollsten Sachen da eingeschlossen. Die Nähmaschine. Und das Ding mit dem Maul wie ein Wasserspeier. Und die schwarzen Scheiben, in die die Musik eingekratzt ist. Ihr Tantchen, meine Liebe, war verrückt nach Musik. Als sie steife Finger bekam und nicht mehr Klavier spielen konnte, hat sie das Klavier abholen lassen und durch einen dieser neumodischen Apparate ersetzt.«

Bljumental und Lamakina kreischten auf. Sie lachten vor Freude und umarmten sich.

Polly, Ossja und Fedja strahlten ebenfalls. Wie hatte Njanja immer gesagt: was Recht ist, kommt wieder. Der Wassergott des Schwarzen Meeres hat ein schlechtes Gewissen, dachte Polly. Er wusste, dass das Opfer kein freiwilliges war.

»Wollte die Ikonen zuerst auch einschließen«, fuhr die Alte fort. »Aber dann dachte ich mir: Wer wird so gottlos sein und sich an Heiligenbildern vergreifen? Sie müssen wissen, Liebes, das sind nicht irgendwelche Glasbröckchen auf den Rahmen und keine Wachsperlen, sondern alles Juwelen. Was wollte ich noch sagen? Ach ja: Einer der beiden Esel im Stall der Schestjorkins gehört uns. Ich meine, er gehört Ihnen. Ihr Tantchen hatte ihn Kokotka genannt, denn er …«, sie kicherte, ein verschämtes Greisenlachen, »denn er arbeitet nur gegen Vorkasse. Das heißt, wenn Sie ihn einspannen, um damit hinunter nach Jalta zu kutschieren, müssen Sie ihm unbedingt erst etwas Leckeres geben. Sonst rührt er sich nicht von der Stelle. Der Esel der Schestjorkins ist nicht so raffiniert, aber er ist auch viel älter und schafft die Tour bergauf mit der Karre nicht mehr.«

Direkt zu dem Verwalterehepaar befragt, gab sie unbestimmte Laute von sich. Nein, nachzuweisen sei ihnen nichts Unrechtes.

»Aber ich lass mich nicht davon abbringen – das sind solche, die mit dem Teufel paktieren, um einen Vorteil herauszuschlagen. Die haben Ehrgeiz.« Sie sprach es aus, als handle es sich um eine Art von Ungeziefer.

Eine Köchin? Könnte sein, dass sie jemanden wüsste. Bis übermorgen solle man ihr Zeit lassen. Es gebe da eine junge Fischerswitwe aus Balaklava, zur Zeit arbeite sie in der Pension »Quisiana«.

Für übermorgen war auch der Termin angesetzt, an dem sich die Interessenten mit Lehrerfähigkeiten in allen möglichen Fächern vorstellen sollten.

Bljumental und Lamakina empfingen sie im Esszimmer, denn »Muhme Barbariche«, als man sie über die gleich eintreffenden Kandidaten informierte, hatte darauf bestanden.

»Im Schlafzimmer, womöglich auf dem Bett hockend – wie wollen Sie da später von den Leuten Respekt erwarten. Nein, setzen Sie sich da hinein. Ich werde Sorge tragen, dass die anderen Mieter Sie nicht stören.«

Sie selbst jedoch kam alle naselang durch, betont auf Zehenspitzen gehend und den Finger vor den Lippen. Dabei schnitt sie bedeutungsvolle Grimassen, die entweder abrieten oder Wohlwollen signalisierten.

Auch Polly, Ossja und Fedja saßen still im Hintergrund, um zur späteren Entscheidung mit beizutragen. Das war die Idee von Lamakina gewesen.

»Kinder haben meist einen guten Instinkt, was Menschen betrifft.«

Von den siebenundzwanzig Bewerbern – allesamt Flüchtlinge, bedürftig, mit ungewisser Zukunft und gutem Willen – hatte kein Einziger jemals wirklich im Lehrerberuf gearbeitet. Dennoch schien jeder und jede der Ansicht, Kindern etwas beizubringen sei im Grunde keine Kunst, vergleichbar dem Füllen einer Flasche mit Hilfe eines Trichters. Bei der Mehrzahl handelte es sich um ältere Personen, die teils unterwürfig alles versprachen und angeblich alles beherrschten, teils eine so hohe Meinung von sich selbst besaßen, dass sie auf gewisse präzise Fragen nur mit einem Schnauben antworteten, als sei ihnen damit zu nahe getreten worden.

Wer zugab, von Isadora Duncan noch nie gehört zu haben oder sie mit Mata Hari verwechselte oder Ausdruckstanz von vornherein abfällig beurteilte, hatte sowieso schlechte Karten. Einige sprangen von selber ab, als sie hörten, dass sie völlig isoliert am Waldrand oben in den Bergen leben müssten.

Erschöpft trank die Prüfungskommission gegen Abend ihren Tee.

»Sie nehmen am besten die große strenge Person mit dem Muttermal«, bestimmte »Muhme Barbariche« im Tonfall einer, die sich auf ihre Menschenkenntnis verlassen kann. »Die wird keine Disziplinlosigkeiten dulden. Was waren noch ihre Fächer, für die sie sich angeboten hat?«

Lamakina sah auf ihre Liste. »Handarbeiten, Volkstanz und Buchstabieren«, sagte sie müde. »Das ist zu wenig. Davon abgesehen ist Tanz unsere Domäne, die von Saffo Dawidowna und mir.«

»Sie ist auch viel zu korpulent für Volkstanz«, sagte Polly. »Sie hat ein Hinterteil wie ein Bär.«

Auch Ossja hatte Einwände: »Als sie sagte, bei ihr würde garantiert kein Kind aufsässig sein, hat sie ein paarmal mit der Faust gefuchtelt. So, als hielte sie ein Lineal in der Hand und haute damit auf hingehaltene Fingerknöchel.«

»Sie werden sich doch nicht von den Kindern was einreden lassen!« »Muhme Barbariche« stemmte die Fäuste in die Seiten. »Auf jeden Fall aber sollten Sie den reizenden alten Professor nehmen, die Gelehrsamkeit selbst. Nicht mal ich hab alles verstanden, und dabei bin ich sonst nicht auf den Kopf gefallen.«

»Ja, er schnurrte ab wie ein Uhrwerk«, sagte Bljumental und gähnte. »Ließ einen gar nicht zu Worte kommen. Worum es allerdings bei seiner Suada ging, ist mir auch nicht klar geworden. Für welche Fächer glaubte er sich zuständig, weißt du es noch, Germotschka?«

Lamakina lächelte verlegen und sah die Kinder fragend an. »Habt ihr es vielleicht mitgekriegt?«

»Er hat was von Akustik erzählt«, erinnerte sich Polly. »Und von einer Kadettenanstalt. Ansonsten hieß es immer nur: sagte der und der zu mir. Irgendwelche Fachkollegen und ein früherer Minister haben mit ihm geredet und das trägt er wie einen Orden herum. Er hätte auch Anspruch auf einen echten Orden gehabt, wenn die Revolution nicht dazwischengekommen wäre, sagte er.«

»Na, ist das nichts? Soll er doch Akustik lehren!« »Muhme Barbariche« war Feuer und Flamme. »Was ist das überhaupt?«

»Ein Spezialfach der höheren Physik«, sagte Bljumental. »Genau das Richtige für Kinder, die ein Opernhaus bauen wollen.«

»Wer hat euch denn am besten gefallen?« Lamakina wandte sich an die drei Apraksins. Die Antwort kam postwendend und einstimmig.

»Die Wassiltschikows!« (Ossja)

»Der Bruder und die Schwester!« (Polly)

»Der Mann, der gesagt hat, er will mit uns Landkarten zeichnen und dann alles über die Geschichte des Landes erzählen.« (Fedja)

»Eindeutiger geht es nicht«, sagte Bljumental. »Ich glaube, das ist so was wie ein Zeichen. Oder, Germia?«

Nur »Muhme Barbariche« schüttelte abwertend den Kopf. »Die beiden würde ich an Ihrer Stelle auf keinen Fall nehmen. Der Bruder lässt die Schultern hängen und die Schwester hat einen Schnurrbart wie ein Fähnrich. Das ist so ein Zukauf. Sie wissen schon – man kriegt das eine nur, wenn man etwas Überflüssiges mit dazu nimmt. Was hat die Schwester behauptet, das sie angeblich kann?«

»Deutsch und Englisch«, wusste Polly noch. »Sie sagte, ihr Französisch wäre nicht gut genug, nur ›Wo ist der Eiffelturm?‹ und alles, was man essen und trinken kann.«

So wurden Iwonna und Bogus Wassiltschikow von der Mehrheit der Anwesenden (mit einer Gegenstimme) als zukünftige Lehrer gewählt.

Gegen Abend, als die Untermieter gerade beim Essen saßen, wurde »eine von den Damen aus Kuru-Ssu« verlangt.

»Nun haben wir auch eine Köchin. Was wollen wir mehr?« Lamakina kehrte zurück und breitete ihre Serviette wieder über den Schoß. »Mal abgesehen von den Schülern.«

»Wo steckt der Pferdefuß?« Bljumental konnte im Gesicht ihrer Freundin lesen wie in einem offenen Buch.

Lamakina gab ein kurzes Lachen von sich. »Sie ist hochschwanger. Aber Glafira Timofejewna würde sie nicht empfehlen, wenn sie nichts vom Kochen verstünde.«

25. Kapitel

Der Duft empfing Polly, sobald sie aus dem Haus getreten war. Sonnenheiße Pinienkronen. Harzige Kiefernstämme.

Millionen Zikaden schrillten und zirpten seit Tagesanbruch. Auf jedem Baum saßen sie. Ihr hohes »Simm-simm-simm« würde den Tag bis zur Dunkelheit begleiten. Sie waren nicht zu verwechseln mit den riesigen grasgrünen Heuschrecken in den Weinbergen, die gar keine Heuschrecken waren, sondern »Gottesanbeterinnen« heißen und ihre Männchen fressen (wie Bogus Gratianytsch behauptete). Vor den Äskulapnattern musste man keine Angst haben, denn auf der Krim gab es nur eine einzige giftige Schlangenart, die Schwarze Viper, weit weg in den Steppengebieten.

Die Sonne umgab einen wie eine heiße Glasglocke, auch früh am Morgen schon. Selbst im Schatten war es lau. Krimkiefern breiteten ihre zottigen Dächer aus, Zypressen ragten fast schwarz hier und da in die Landschaft; die ließen sich gut zeichnen. Etwas weiter weg gackerten die Hühner der Schestjorkins.

Stand man eine Weile in der Sonne, glühte der Boden und verströmte Thymian- und Pfefferminzaroma.

Der Sommer in Kuru-Ssu überwältigte Polly jeden Tag aufs Neue. Sie legte den Kopf in den Nacken und breitete die Arme aus für eine Umarmung. Sie trug wie alle Kinder der Schule das aus Bettlaken geschneiderte weiße Kleid, wegen dem man ihnen unten in der Stadt hinterhersah. Bei den Mädchen bestand es aus Rock und ärmellosem Oberteil, mit Matrosenkragen, bei den Jungen aus Shorts und Hemdbluse ähnlich der Boy-Scouts-Uniform. An den Füßen hatte sie die Strohsandalen, die Meister Tschuwarenko ihr und den Brüdern zum Abschied geschenkt hatte. Ein halbes Jahr war das nun her.

Sie drehte sich langsam um sich selbst und summte. Gleich würden sie alle ans Meer gehen zum Baden, ein langer beschwerlicher Abstieg.

Aus der Haustür stürzte Krestik und warf sich Polly voller Begeisterung an die Brust, als hätten sie sich wer weiß wie lange nicht gesehen. Nasse Hundeküsse trafen ihre Wangen, ohrenbetäubendes Gebell verkündete seine Freude.

Als sie ihn damals im Winter gefunden hatten, voller Flöhe und kaum entwöhnt, bloß noch Haut und Knochen, hatten ihn alle für einen Setter gehalten. Das kastanienbraune Fell und seine Hängeohren deuteten darauf hin. Aber man konnte zusehen, wie er wuchs. Schon jetzt, gerade mal ein halbes Jahr, hatte er die normale Settergröße überschritten.

»Reinrassig ist er auf keinen Fall«, sagte Bljumental. »Das seht ihr zum Beispiel an diesem komischen weißen Kreuzzeichen auf der Stirn. Da wird wohl einer der vielen herrenlosen Hunde den Stammbaum durcheinander gebracht haben.«

Wegen dieses Zeichens nannte ihn bald die ganze Schule

Krestik – Kreuzchen. Die Erwachsenen vermuteten, man habe ihn von irgendeinem weit entfernten Gut hier in der wenig besiedelten Gegend ausgesetzt. Die Kinder der Schule aber waren insgeheim der Meinung, Krestiks reinrassige Mutter müsse einem von den »Grünen« gehört haben, der den Bastard nicht haben wollte und einfach bei vier Grad über Null seinem Schicksal überließ. Sie sprachen oft über die Grünen, aber eher wie über einen ausgedachten Indianerstamm, denn gesehen hatte sie noch keiner von ihnen. Die Schestjorkina allerdings ließ keine Gelegenheit aus, ihnen die allerneuesten Gerüchte von den Übergriffen dieser Banden so drastisch sie nur konnte zu schildern.

Die Schestjorkins gehörten zu den Personen, die Krestiks lärmende und überschwängliche Art nicht leiden konnten. Sie besaßen einen alten und trägen Kettenhund und waren Umarmungen großer Hunde nicht gewöhnt. Polly und Tata Khutumian gaben sich alle Mühe, Krestik etwas mehr Zurückhaltung beizubringen. Er sah sie bei solchen Standpauken stets aufmerksam und sehr einsichtsvoll an, als verstünde er Wort für Wort und wolle es sich zu Herzen nehmen. Mittlerweile kam er, sobald es dunkel wurde, von selbst ins Haus, ohne dass man ihn rufen musste. Nur seine Anspringerei (wie die Schestjorkins die Umarmungen nannten) konnte man ihm einfach nicht abgewöhnen.

Krestik, Tata und Polly waren ein Dreierbund. Keiner hätte angezweifelt, dass Krestik vor allem ihr Hund war und dann erst der Hund von allen, die zur Isadora-Duncan-Schule gehörten. Denn schließlich waren es Polly und Tata, die ihn entdeckt und gerettet hatten.

Tata Khutumian und ihr jüngerer Bruder Stiwa waren die ersten Kinder gewesen, die man auf Grund der Annonce der Schule anvertraut hatte. Ihre Eltern waren sehr erleichtert, dass jemand auf sie aufpasste. Denn der Sieg der Weißen Armee über die Bolschewiki und mit ihm die ersehnte Rückkehr zu ihrem

Landsitz und der Fabrik bei Ufa verzögerte sich, trotz des angeblichen Beistands der Alliierten. Inzwischen warteten sie in einem Hotel am Seeboulevard ab und lebten von verkauften Schmuckstücken.

Tata Khutumian würde in Kürze vierzehn sein. Polly, die vor sechs Wochen, am 30. April, ihren dreizehnten Geburtstag gefeiert hatte, hätte viel darum gegeben, mit Tata gleich alt zu sein.

Sie war vom ersten Augenblick an von Tata Khutumian geblendet. Tata trug ihr Haar wie die Zarentöchter und war geheimnisvoll und hatte schon Eleganz. Trotzdem war sie überhaupt nicht eingebildet. Im Gegenteil – sie vertraute Polly jede Menge Geheimnisse aus ihrem Leben an. Obwohl unter den nach und nach eintrudelnden Schülern noch vier weitere Mädchen waren, blieb Polly bei ihrer Vorliebe für Tata und achtete darauf, dass sich keins der anderen Mädchen in ihren Freundschaftsbund hineindrängte. Dass sie Krestik gemeinsam fanden, war ein Glücksfall, denn es schmiedete sie noch enger zusammen. Für ewig.

Ansonsten war in Pollys Augen höchstens noch Walentina Dshalalowa erwähnenswert, die zwei Geschwister mitgebracht hatte – Lawrenti und Swjeta, die aber nur Pupsik genannt wurde.

Auch eine wohlhabende Tatarenfamilie, die in der Nähe der Schule wohnte, wollte ihren vier Kindern die Chance bieten, all das zu lernen, was die Isadora-Duncan-Schule an Kenntnissen zu bieten hatte. Omer, Iskander, Timur und Dshanike waren Mohammedaner und aßen weder Speck noch Schinken. Dshanike lernte wie besessen. Als könnten ihr der Unterricht und die Schule jeden Tag wieder genommen werden. Sie hatten überhaupt keine Tatarenschlitzaugen und sahen eher aus wie die Prinzen und Prinzessinnen auf den Bildern zu »Tausendundeiner Nacht«. Die Krimtataren, so erklärte Bogus Gratianytsch, seien nicht mit den Tataren hinter Kasan zu vergleichen.

Eine ganz andere Kulturstufe sei hier, im Süden, erreicht

worden, stark geprägt durch die Oberherrschaft des Osmanischen Reiches. Und später, ab 1783, war das Krimkhanat von Russland annektiert worden.

»Ihr müsst das verstehen«, sagte Bogus Gratianytsch, »dieses riesige Russland – und kein Zugang zum Schwarzen Meer! Wie sollte man da Handel treiben. Die Türken hatten genug eigene Häfen, und der Khan der Krim machte nicht viel aus seiner Chance. Man einigte sich. Das heißt, die Zarin Jekaterina die Zweite bestimmte, dass die Krim Teil des neuen russischen Gouvernements Taurien sein sollte – eine der schönsten Perlen in ihrer Krone. Aber die Tataren, um darauf zurückzukommen, waren vor uns da. Das darf nicht vergessen werden.«

»Wir vergessen es nicht«, sagte Omer. Die anderen lachten. Omer ärgerte sich, dass sie lachten.

»Sie waren aber nicht die Ersten«, stellte der große ernste Ruslan Awilow richtig. »Neulich haben Sie uns erzählt, dass die meisten Städte schon von den Griechen und den Skythen, den Venetianern und den Genuesern angelegt worden sind.«

»Die Skythen hatten nichts mit den Küstenstädten zu tun«, korrigierte Dshanike. Sie merkte sich alles, was Bogus Gratianytsch jemals gesagt hatte. »Die Skythen haben sich nur in der Steppenregion, nördlich des Krimgebirges, angesiedelt.«

»Die Skythen – waren das nicht die mit dem berühmten sagenhaften Goldschatz?« Tata, die sonst eher geheimnisvolles Schweigen vorzog, schien interessiert.

»Nein, das waren die Kolcher, die besaßen das Goldene Vlies. Du bringst alles durcheinander«, sagte Ruslan und verdrehte die Augen. »Die Kolcher hatten nie etwas mit der Krim zu tun. Ihr Reich, die Kolchis, lag viel weiter südöstlich.«

»Wenn ihr mit dem Schiff nach Poti fahrt, steuert ihr das einstige Land der Kolcher an.« Bogus Gratianytsch nickte begeistert. Er schätzte es, wenn sich seine so unterschiedlich alten Schüler Streitgespräche über den Lehrstoff lieferten.

Doch Tata hatte das Interesse schon wieder verloren. Sie hatte keine Ahnung, wo dieses Poti lag. Und deswegen die Karte absuchen? Ph!

Krestik war die Speerspitze gewesen, die Vorhut, der vorauseilende Trommler. Nun strömten vierzehn Kinder, Handtuch unterm Arm, aus der Haustür. Begleitet wurden sie von Bljumental und Lamakina, die bei der Hitze und so weit von fremden Blicken entfernt fast immer nur in ihre wehenden Tuniken à la Isadora Duncan gekleidet waren. Auch Bogus Gratianytsch kam mit zum Baden.

Seine Schwester, Iwonna Gratianowna, wollte heute nicht mitgehen. Auf ihrem Programm standen, so sagte sie, Haarewaschen und Aquarellmalen. Sie hielt nichts von luftigen Tuniken, deshalb glänzten trotz des frühen Vormittags schon Schweißtröpfchen in ihrem »Fähnrichs«-Schnurrbart. Im Englischunterricht hatte sie mit dem englischen Alphabet begonnen und als Beispiel ihre eigenen Initialen angeführt: »Auf meiner Schreibmappe steht I. W. Ein Engländer würde das Ai Wi lesen.« Damit war ihr Spitzname geboren: Miss Aiwi.

Ansonsten war das Haus leer bis auf die junge Köchin Marfa und ihren Säugling. Abgesehen von diversen Lebewesen in den Terrarien auf den Fensterbrettern: zwei Äskulapnattern in einem Kasten, ein paar Eidechsen, ihre Essenration, in einem anderen.

Bogus Gratianytsch kam noch einmal zurück. Er lief jedoch am Haus vorüber und stürmte auf den Stall der Schestjorkins zu, wo eine Kuh in Gesellschaft der beiden Esel stand. »Natürlich. Da hätte ich drauf wetten können!«

Raffail Schorobnik, dessen ganzes Herz Kokotka gehörte, kraulte selbstvergessen dessen Hals und Stirnhaare. Raffail verbrachte jede freie Minute mit dem Esel der Schule. Er war das einzige Einzelkind. Er war klein für seine zehn Jahre, pummlig und konnte weder rennen noch klettern. Er mochte weder

Schlangen noch Eidechsen noch Zikaden anfassen. Er tat sich aber auch im Unterricht nicht hervor. In keinem einzigen Fach. Bogus Gratianytsch nahm ihn oft dran und gab sich alle Mühe, Raffails Vorzüge ans Licht zu holen. Bis jetzt hatte er noch nichts gefunden.

»Auch dir, Raffail, steht ein Bad im Meer zu, ob du willst oder nicht«, sagte er jetzt energisch. »Deine Knie sehen aus wie zwei schmierige Butterpilze.«

Raffail küsste Kokotka und trottete ergeben hinter dem Lehrer her. Bis ihm einfiel, dass er sein Handtuch im Stall hatte liegen lassen.

»Siwka-Burka, erhaben und weise,
Grauschimmel, Goldschimmel, dreh dich im Kreise!
Herbei geschwind wie ein Blatt im Wind!«

rief Bogus Gratianytsch und klatschte ungeduldig in die Hände. Nach ein paar Schritten stieß er auf die nächsten Trödler.

»Was ist mit euch? Wartet ihr etwa auf eine Seilbahn?«

»Tata hat mir nur etwas Wichtiges vorgelesen«, sagte Polly, während Tata die Zeitung rasch in ihrem Handtuch versteckte. Es handelte sich nämlich um die von den beiden Wassiltschikows abonnierte Zeitung. Tata hatte sie ohne zu fragen an sich genommen.

Bogus Gratianytsch zog amüsiert die buschigen Augenbrauen hoch, als sei er überrascht, von Tatas Leselust zu hören. Denn zu Pollys geheimem Kummer konnte man mit Tata nicht über Bücher reden. Sie hatte nie etwas gelesen und las auch jetzt nichts. Das heißt, bei Zeitungen machte sie eine Ausnahme. Was Tata diesmal entdeckt hatte, war die Ankündigung eines reisenden Kinovorführers.

»Ich war schon hundert Jahre in keinem Kinematographen mehr. Ich will da hin und muss da hin! Sag, was du willst, aber es gibt keine größere Kunst. Im Theater stehen sie immer nur auf der blöden Bühne herum, ein Film jedoch zeigt einem die Welt. Eine Szene spielt in einem Salon, die nächste in einem Eisenbahnabteil, die dritte in einer Gondel in Venedig. Ich sterbe, wenn ich das nicht sehen darf. Du musst mir dabei helfen, sag ja, Poljenka!«

»Wir könnten bei der nächsten Einkaufsfahrt als Begleiter mitgehen«, schlug Polly vor.

Tata verwarf die Idee. »Da wären wir nicht frei genug. Da müssen wir die ganze Zeit auf Kokotka und den Karren aufpassen. Ich weiß was Besseres: Wir bitten darum, im Nikitski-Garten die Post holen zu dürfen. Aber wir gehen nicht gleich wieder zurück nach Kuru-Ssu, sondern laufen stattdessen hinunter nach Jalta.«

Zweimal die Woche nämlich spazierte Bogus Gratianytsch bis zum Nikitski-Garten, wo die Chaussee vorbeilief, um im Haus des Direktors des Botanischen Gartens die dort lagernde Post sowie Zeitungen für die Schule abzuholen.

Polly sagte nichts. Über neun Werst! Warten, bis der Vorführer genug Publikum zusammenhatte, um eine Vorstellung zu beginnen. Alle Filme ansehen, die er im Programm hatte. Und dann, ohne Erfrischung, wieder neun Werst zurück. Bergauf.

»Wir haben kein Geld«, wandte sie dann ein.

»Du hast doch diese zwei Bücher ...« Tata sah sie schmeichelnd an.

»Komm schon, Poljenka. Gelesen hast du sie, also was soll's? Man liest ein Buch doch nicht mehrmals. Bringen wir sie einem Trödler.«

Polly hätte ein Dutzend Bücher anführen können, die sie dreimal und sogar viermal gelesen hatte. Aber Tata würde das nie verstehen. »Herrn Arnes Schatz« und die Erzählungen von Tolstoi. Dajankas Geschenke. Sie würde sie für Tata opfern.

Der Pfad wurde enger und unebener. Sie mussten hintereinander gehen. Von den anderen hörte man bloß Stimmen, schon ziemlich weit voraus. Anderthalb Stunden ging es durch Olivenhaine und Korkeichenwäldchen hinab, Büsche und Bäume bildeten eine dichte Macchia rechts und links, schwere Gerüche stiegen aus Blättern, Nadeln, Rinden, Blüten, Fruchtständen.

Endlich das Meer! Blendend hell und vergissmeinnichtblau lag es vor ihnen, ohne die leiseste Regung. Der Strand bestand aus Steinen und Felsbrocken und das Wasser wurde rasch tief. Das schrille Gekreisch der Badenden zerflatterte in der Weite.

Bljumental gab den Kleinen, Pupsik und Inna, der Schwester von Ruslan, Schwimmunterricht. Und Bogus Gratianytsch ließ nichts unversucht, Raffail so viel Zutrauen einzuflößen, dass er auch sein zweites Bein vom sicheren Boden löste.

»Es ist Salzwasser. Es trägt dich!«

»Sie vielleicht«, sagte Raffail. »Mich nicht.«

Lamakina hatte Tomaten und Pfirsiche und Brot mitgenommen. Es war nie genug. An den Badetagen hätte jeder das Dreifache essen können. Bogus Gratianytsch pflegte zum allseitigen Vergnügen zuletzt die Krümel vom Tuch in seinen Mund zu schütteln und zitierte dazu den wohl bekannten Märchenschluss, in den alle einfielen:

»Auch ich war hier, trank Met und Bier,
doch nass ward nur der Schnauzbart mir.«

Während die Kinder sich sonnen- und wassermüde einen Platz im Schatten suchten, um zu dösen, wateten Bljumental und Lamakina, von Felsen gedeckt, ins Wasser, um lange zu schwimmen.

Auf dem Heimweg wurde gesungen, um von der Mühsal der Steigung abzulenken.

»Es lebten einst zwölf Räuber
Und unter ihnen der Ataman Kudejar.
Viel ehrlicher Christen Blut
Haben die Räuber vergossen.«

Vorm Haus empfing sie Iwonna Gratianowna mit rutschender Frisur. Nach dem Waschen wollten die Kämmchen nicht halten.

»Es war äußerst merkwürdig«, erzählte sie. »Ich bin ein bisschen herumgewandert, habe an zwei Stellen Aquarelle gemalt. Und die ganze Zeit über hatte ich das Gefühl, jemand beobachtet mich.«

»Vielleicht ein heimlicher Verehrer, der jetzt erst Ihren Aufenthaltsort herausgefunden hat«, schlug Tata vor.

Doch Iwonna Gratianowna ließ sich kein Lächeln entlocken. Ihr war es ernst. Sie hatte in der ersten Erregung den Fehler gemacht und der Schestjorkina davon erzählt. Worauf der übliche Vortrag über die Gräueltaten der Grünen losgegangen war. »Ich an Ihrer Stelle würde lieber heute als morgen verschwinden«, hatte sie noch empfohlen.

Sie aßen wie üblich im Freien, an der langen Tafel (auf Böcke gelegte Bretter) unter Bäumen. An der Tischecke, wo die Jungen saßen, gab es aufgeregtes Getuschel. Polly wusste, dass Ossja, Fedja, Iskander und Stiwa in den Weinbergen eine Waffe gefunden hatten, als sie kürzlich wieder einmal Nahrung für die beiden Scheltopusiks, die Äskulapnattern, suchten. Eine Pistole. Geladen. Sie hatten es den Erwachsenen nicht gemeldet. Polly sah Ossja und Fedja außerhalb der Unterrichtsstunden kaum mehr. Sie schliefen in einem Jungenzimmer und Polly mit Tata und Walentina Dshalalowa in einem der Riesenhimmelbetten. Krestik hatte seinen Platz auf einer Matte neben dem Bett.

In dieser Nacht fuhr Krestik plötzlich auf. Walentina wurde wach, zündete die Kerze an und rüttelte die anderen beiden. Krestik saß steil aufgerichtet und starrte in Richtung des offenen Fensters. Polly pustete das Licht aus und schaute in das warme Dunkel. Tiefe Stille. Weit entfernt ein paar Nachtvogelrufe. Nichts Außergewöhnliches. Auf einmal rannte Krestik ebenfalls zum Fenster, gebärdete sich, als wollte er aus dem ersten Stock springen und begann wild zu bellen.

Auch der Hund des Verwalters bellte ein paarmal.

»Ich hätte geschworen, Miss Aiwi hat sich nur was eingebildet«, sagte Tata. »Aber am Ende ist da tatsächlich jemand, der ihr nachstellt. Was denkt ihr?«

»Zum ersten Punkt: nein. Zum zweiten: ebenfalls nein«, sagte Walentina. »Es war jemand in der Nähe. Aber es galt nicht ihr allein.«

»Huch, wir werden ausspioniert«, sagte Polly theatralisch. Sie wollte einen Jux machen. Doch von Walentina kam im Finstern ein »Du glaubst das also auch«.

»Aber wir sind bloß eine Schule, ein Internat für Kinder«, sagte Tata entrüstet. »Hier ist nichts, was zu rauben sich lohnt. Ich könnte es noch verstehen, wenn wir der Woronzow-Palast in Alupka wären oder der Palast von Liwadia oder der von Massandra. Nein, Unsinn, ihr müsst euch irren. Vielleicht ist es ja bloß ein Tier. Ein Fuchs oder etwas Ähnliches, der es auf die Hühner der Schestjorkina abgesehen hat.«

Endlich beruhigte Krestik sich. Er schnaufte etliche Male und tat, als wenn er wer weiß wen in die Flucht geschlagen hätte. Es pochte leise an die Tür: Lamakina und Bljumental wollten wissen, was los gewesen sei.

»Es scheint, unsere Miss Aiwi war nicht die Einzige, auch Krestik spürte etwas Fremdes, das nicht hierher gehört«, sagte Bljumental. Es sollte locker klingen, aber man konnte ihre Nervosität hören.

»Nun, wer auch immer ums Haus geschlichen ist – jetzt ist er fort. Schlaft rasch wieder ein.« Lamakina streichelte Krestik, der ihr hingebungsvoll die Hand leckte.

In der nächsten und übernächsten Nacht wiederholte sich der Vorgang. Und nie war etwas zu hören oder zu sehen – keine brennende Zigarette, kein Pfiff, kein Rascheln, kein knackender Zweig.

26. Kapitel

Im Nikitski-Garten, einer über hundert Jahre alten botanischen Anlage, standen die Rosen in voller Blüte. Duftwellen wehten vom Rosarium aus durch das riesige Gelände. Palmen bewegten die Fächer über weißen Balustraden. Akazien wateten im Geriesel ihrer abgefallenen Blüten. Zedern und Pinien und Mammutbäume bildeten Säulenhallen, Feigenbäume und Lorbeer, Myrte und Orchideenbäume warfen Schattenspiele auf die verschlungenen Wege. Nichts davon berührte Tata und Polly, die das Postbündel abgeholt hatten und überlegten, ob sie es in einem Gebüsch verstecken sollten. Aber da sie nicht wussten, ob der Garten vielleicht abgeschlossen wäre, wenn sie zurückkämen, behielten sie die wenigen Briefe und Zeitungen doch lieber bei sich.

»Wie kann man eine Tolstoi-Erstausgabe freiwillig weggeben«, tadelte der Buchhändler. Polly wurde rot. Sie ärgerte sich, dass sie für eine so lächerlich kleine Summe das zunichte machte, was der Grundstein einer neuen Bibliothek hätte werden können. Jetzt besaß sie wieder nur den einen einzigen Band ihrer »Alice«.

Sie fanden das schäbige Kinozelt am Rand des Erlangen-Parks. Ein gemaltes Transparent über der zurückgeschlagenen Eingangsplane trug die Aufschrift »PHANAGORIA – MAGISCHE TRÄUME«. Unter den rohen hölzernen Bänken im Innern waren blanke Erde und Grashalme.

»Wann fängt es an?«, fragte Tata erregt den Mann, der ihnen das Geld abnahm.

»Sobald meine Frau da ist«, lautete die Antwort.

Die Frau kam, lud ein Paket, das nach Fisch roch, und ein Netz mit Zwiebeln und Brot hinter der aufgespannten Leinwand ab und verwandelte sich, indem sie sich drei Stoffblumen in die Frisur steckte und einen roten Fransenschal über die Schultern hängte. Dann setzte sie sich breitbeinig auf einen eisernen Gartenstuhl und nahm ein Zimbal auf die Knie.

Mit unbewegter Stimme sprach sie die notwendigen Zwischentexte. Dazu ließ sie die Hämmerchen über die Saiten des Instruments tremolieren, hüpfen und dröhnen, je nachdem, wie die Handlung es brauchte.

Im ersten Film, »Andalusische Nächte« betitelt, ging es um eine raffinierte spanische Zigeunerin, die alle Männer in sich verliebt machte: Zollbeamte, Polizisten, Schmuggler und Stierkämpfer. Sie selbst aber liebte jeden nur kurze Zeit, dann wurde es ihr zu langweilig. Bis einer es vor Eifersucht nicht mehr aushielt und sie erstach.

Der zweite Film, »Im Schatten der Guillotine«, zeigte das lockere Leben am Hofe Ludwigs XVI. von Frankreich und dann das aufregende Leben während der Revolution, als alle Adeligen geköpft wurden und der junge Sansculotte sein heimlich verehrtes Adelsfräulein nicht mehr schützen konnte.

Tata war benommen. Polly musste sie am Arm aus dem Zelt zerren, sonst wäre sie sitzen geblieben, um alles noch einmal zu erleben. Es war inzwischen nach sechs. Vor acht Uhr würden sie nicht in Kuru-Ssu sein. Endlich hatte Tata die Verzauberung so weit abgeschüttelt, dass sie wieder reden konnte. Während sie die sich hinziehende Straße hinauftrotteten, sprach sie ausschließlich von dem, was sie eben gesehen hatten.

»Warum hat sie nicht rechtzeitig die Flucht vorbereitet und ist mit ihm außer Landes, als noch Zeit war? Sagen wir, nach … sagen wir dahin, wo ›Kleopatras Geheimnis‹ spielt oder ›Das Grabmal der Maharani‹!«

»Du meinst, nach Ägypten oder nach Indien«, sagte Polly. »Bei dir hört sich das an, als wenn sie bloß von einem Film in den anderen zu flüchten brauchten.« Jetzt, wo die Faszination des Leinwandgeflimmers nicht mehr wirkte, tat es ihr wieder leid um ihre Bücher.

Tata merkte die Spitze überhaupt nicht, so tief steckte sie in der Handlung der Filme.

»Sie hätten beide wunderbar weiterleben können, mit eingeborenen Dienern und großen Fruchtkörben zum Frühstück. Ihm hätten die Gewänder eines Scheichs oder Maharadschas hinreißend gestanden. Und eine echte Dame wird überall respektiert, sagt meine Mutter. Diese Carmen in dem anderen Film, das war eindeutig keine Dame, sondern bloß ein Flittchen. Ich an ihrer Stelle hätte den Torero geheiratet. Das wäre ihre Chance gewesen, aus dem miesen Milieu herauszukommen. Und wenn der ehemalige Liebhaber mit dem Messer in der Tasche an der Tür schellt, sagt der Hausdiener: ›Meine Herrin empfängt Sie nicht.‹«

»Das hätte aber niemand verfilmen wollen«, sagte Polly.

Dort, wo sie von der Straße abzweigen mussten und wo der Weg nach Kuru-Ssu begann, saß jemand auf der niedrigen Einfassungsmauer am Straßenrand. Zuallererst, noch etwas entfernt, hatten sie ihn für jemanden von der Schule gehalten, für einen der beiden Wassiltschikows oder sogar für Schestjorkin, den Verwalter. Jemand, der ausgeschickt war, um nach ihrem Verbleib zu sehen. Bljumental oder Lamakina wären niemals so ruhig sitzen geblieben, so abwartend. Die wären aufgesprungen und hätten schon von weitem mit Gebärden gesprochen, hätten erleichtert gelacht über den ausgestandenen Schrecken.

Der Mann trug Uniform, allerdings ohne Achselstücke oder sonst etwas, das ihn zu einem Regiment gehörend auswies. Er hatte sich gerade eine Papyrossa gedreht.

»Habt ihr Feuer? Na, macht nichts.« Er fummelte ein Streichholz heraus und strich es an der Stiefelsohle an. »Gehört ihr zu denen da oben? Zu denen ohne Ärmel?«

Ohne die Antwort abzuwarten, stand er auf und imitierte, Zigarette im Mundwinkel, etwas, das entfernt an die Improvisationen zur »Kamarinskaja« von Glinka erinnerte. Vor wenigen

Tagen erst hatten sie hinterm Haus zu dieser Schallplatte getanzt, im Sinne von Isadora Duncan selbstverständlich.

»Was wollen Sie?«, fragte Polly mit dünner Stimme.

»Heute – nichts.« Er kicherte lautlos in sich hinein.

Sie waren noch immer käsebleich unter der Sonnenbräune, als ihnen kurz vorm Haus Bljumental und Bogus Gratianytsch entgegenkamen.

»Wir hatten vor, im Nikitski-Garten über die Mauer zu klettern und nachzusehen, ob ihr euch vielleicht wie Daphne in Lorbeerbäume verwandelt habt«, sagte Bogus Gratianytsch.

»Dort sind wir nur ganz kurz gewesen«, gestand Polly.

»Das hatten wir uns schon gedacht.« Bljumental nahm beide Mädchen um die Schultern und schob sie vor sich her. »Erst mal nach Hause. Reden könnt ihr später. Ihr seht aus, als wärt ihr seekrank.«

Sie wollten nur trinken.

»Wie Kamele nach Durchquerung der Wüste«, spöttelte Ossja, der sich mit Fedja an der Tür herumdrückte. »Ich wollte Krestik schon dein Nachthemd zu riechen geben, damit er Witterung aufnimmt.«

Weil Tata den Mund nicht aufmachte, blieb es an Polly hängen, alles zu erklären. Und als herauskam, dass das Geld für den Besuch des Kinematographen allein von ihr aufgebracht worden war, merkte sie, dass sie plötzlich in einem schiefen Licht dastand.

»Und?« Lamakina roch an einem Zweig Rosmarin, den sie während des Suchens und Rufens draußen abgerissen hatte. »War es die Bücher wert?«

Stumm und bedrückt schüttelte Polly den Kopf.

»O doch, es war einfach himmlisch!« Mit einem mal fand Tata die Sprache wieder. »Und es war auch lehrreich, glauben Sie mir. Andalusien und die Französische Revolution, was hab ich denn vorher darüber gewusst? Nichts.«

»Wir sind gegenüber den Eltern Verpflichtungen eingegangen.« Bljumental klang jetzt schroff. »Eine davon ist die Aufsichtspflicht. Kleine Exkursionen in der Nähe der Schule sind erlaubt, nicht aber willkürliches und vorsätzliches Entfernen hinunter in die Stadt. Schon gar nicht unter den gegenwärtigen Verhältnissen. Ich will den Teufel nicht extra an die Wand malen, ihr wisst alle, was ich damit meine.«

»Seid ihr auf dem Weg hierher jemandem begegnet?«, fragte Lamakina.

Mit stockender Stimme, einander ins Wort fallend, berichteten sie. Gehört ihr zu denen ohne Ärmel? Die Parodie ihres rhythmischen Ausdruckstanzes im Freien. Und zuletzt das lautlose Kichern: heute nichts.

»Ich hatte so gehofft, es wäre eine bloße Einbildung von mir gewesen«, sagte Iwonna Gratianowna. »Könnte es sein, dass sie planen, uns aus dem Haus zu ekeln, um sich hier einzunisten?«

»Nach dem, was man über die Grünen hört, bevorzugen sie Verstecke, also Höhlen oder einsame Jagdhütten«, sagte ihr Bruder. »Oben in den Bergen, weit entfernt vom Zugriff von Polizei oder Militär. Sind ja zum großen Teil selber Angehörige dieser oder jener Armee gewesen.«

»Aber die Schestjorkina hat gesagt …« Man erfuhr nicht, was diese von sich gegeben hatte, wusste doch jeder, dass sie ständig etwas Neues erfand, um wieder Alleinherrscherin hier zu sein.

In dieser Nacht bellte Krestik nicht.

»Wir sollten Palisaden bauen und uns dahinter verschanzen«, schlug Stiwa Khutumian vor, als sie am nächsten Vormittag eine von Bogus Gratianytschs seltsamen vielfältigen Stunden hatten.

»Kleine Aufgabe«, sagte der Lehrer. »Wenn zwei Mann zwei Stunden brauchen, um zwei Bäume zu fällen, zwei Stunden, um sie vom Astwerk zu befreien, zwei Stunden, um sie mit Äxten anzuspitzen, und zwei Stunden, um ein Loch zu graben und die Pfähle darin zu versenken – wie lange brauchen sie für eine Palisade von vierhundert Stämmen?«

Der Einzige, der ein Ergebnis herausbekam, war Ruslan Awilow.

»Wenn sie pausenlos durcharbeiten würden, Tag und Nacht, bräuchten sie etwas mehr als zwei Monate. Wenn sie nur zwölf Stunden am Tag arbeiten, würden sie viereinhalb Monate brauchen.«

»Die Schule bekäme niemals die Erlaubnis, vierhundert Bäume zu schlagen«, sagte Omer sehr entschieden. Er nahm immer alles wörtlich.

»Und außerdem würden die Banditen bestimmt nicht bis November ruhig zusehen, wie die Palisade errichtet wird«, rief Ossja.

»Ich stimme jedem von euch zu«, sagte Bogus Gratianytsch. »Hat vielleicht jemand einen besseren Vorschlag als Stiwa?«

»Ja«, sagte Ruslan. Seine Stimme war vor kurzem ins Tiefe umgeschlagen, seitdem hörte er sich gerne reden. »Das Dorf Nikita sollte eine Polizeistelle einrichten. Die von Jalta ist zu weit weg.«

»Ich hätte auch einen Vorschlag: Endlich von was anderem reden«, mischte sich Tata ein. »Bitte, Bogus Gratianytsch, könnten wir Frankreich drannehmen? Die Zeit der Revolution!«

Polly staunte. Tata hatte bisher nie Interesse für die Fächer von Bogus Gratianytsch gezeigt. Gern machte sie nur beim Ausdruckstanz und der Gymnastik mit und lernte wie ein Papagei jene englischen und deutschen Redewendungen, die Miss Aiwi als »sehr hilfreich für Auslandsaufenthalte« hinstellte. Zum Beispiel: »Was koostet ain Schtiek Mandelmilchsaiffe?« oder »Pließ, put sammor Niegäß in mai Drinkingglass, wudd bie so naiß.«

Der Lehrer war ebenfalls etwas verdutzt. Aber auch erfreut, dass er Tata offensichtlich falsch eingeschätzt hatte.

»Frankreich ... warum nicht? Allerdings können wir nicht einfach mit dem 14. Juli 1789 beginnen. Auf keinen Fall sollte der hundertjährige Krieg mit England unter den Tisch fallen, den erst das Eingreifen eines Bauernmädchens, Jeanne d'Arc, mehr oder weniger beendete. Sehr wichtig auch die Bartholomäusnacht … der Sonnenkönig, l'état c'est moi … Nein, Tata, auf die Revolution musst du noch warten. Wir können nicht mit dem Resultat beginnen, ohne die Gründe, die dazu führten, zu beleuchten.«

Tata maulte und verdrehte die Augen.

Bogus Gratianytsch zog einige vage Schlängellinien durch ein skizziertes Frankreich, schrieb »Seine«, »Loire« und »Rhone« daneben und setzte mit schief gelegtem Kopf einen dicken Punkt in die obere Mitte. »Das ist Paris.«

Da sie keine Wandtafel besaßen, hatte Bogus Gratianytsch vom Dachboden alte Tapetenrollen heruntergebracht und sie an Wänden und Schränken befestigt. Auf die ungemusterten Rückseiten zeichnete er mit einem Stück Holzkohle die Umrisse europäischer Staaten. Die übrige Welt käme erst später dran, versprach er. Die einzelnen Länder sahen alle sehr rechteckig aus. War eins durchgenommen, hatte der Lehrer seinen Schülern alles, was er über die Geschichte und die Bodenschätze des Landes wusste, beigebracht, durften sie das Land bunt ausmalen.

Freilich fielen ganze Epochen und mit ihnen Kriege und Könige unter den Tisch, weil Bogus Gratianytsch sich damit nicht auskannte. Schließlich war er früher nicht Lehrer für alles gewesen, sondern hatte im Ressort einer Zeitschrift gearbeitet. Weil ihm sein Frankreich wohl doch etwas kahl vorkam, traute er sich noch zwei Hafenstädte zu – Marseille und Calais.

»Und Saint Malo«, rief Polly, »das ist doch der Heimathafen des Grafen von Monte Christo.«

»Gut, meinetwegen«, Bogus Gratianytsch entsprach ihrem Wunsch. Und er begann zu erzählen: »An der östlichen Grenze Frankreichs, im Dorf Domremy, wurde so zwischen 1408 und 1412 ein Bauernmädchen geboren, Jeanne d'Arc.

Seit mehreren Menschenaltern herrschte Krieg zwischen Frankreich und England (wenn wir davon ausgehen, dass damals ein Menschenleben ungefähr dreißig Jahre dauerte). Dieser Krieg spielte sich ausschließlich in Frankreich ab. Warum der Krieg? Ja, nun ... warum werden Kriege geführt? Die Könige von England hatten angeblich Anrecht auf den französischen Thron, was natürlich Unsinn war, aber das ist im Moment nicht unser Thema. Andererseits waren die Könige von Frankreich in jener Zeit keine würdigen und intelligenten Personen, ein bisschen frisches Blut hätte nicht geschadet. Karl VI. gehörte von Rechts wegen in eine psychiatrische Anstalt. Und sein Sohn, der Dauphin, war, wie die Bilder zeigen, ein hässlicher Waschlappen mit Tränensäcken und einer Knollennase. Er besaß ungefähr so viel Tatkraft wie eine überfahrene Taube. Da ein beträchtlicher Teil der französischen Adeligen, des Klerus und auch etliche Städte für die englische Herrschaft Partei nahmen, hatte der Dauphin so viel zu sagen wie ein Saucenkoch. Er durfte sich nicht mal krönen lassen.

Eines Tages nun hatte das Bauernmädchen Jeanne zu Hause im Garten eine Erscheinung. Sie behauptete, es sei der Erzengel Michael gewesen. Und er forderte von ihr, dem Krieg ein Ende zu bereiten, indem sie die französischen Soldaten anführte und ihnen etwas Patriotismus einheizte. Sie war damals, als ihre große Zeit begann, gerade mal so alt wie ihr« – er deutete auf Tata und auf Walentina Dshalalowa. »Vierzehn, höchstens fünfzehn. An der Spitze von sechstausend bis siebentausend Mann rettete sie als Erstes die belagerte Stadt Orleans. Man bedenke: Sie hat keine Ahnung vom Kriegshandwerk gehabt.«

Als zwei Stunden später Pupsik und Inna (die bei Miss Aiwi Diktat geschrieben hatten) zum Mittagessen riefen, wunderten sie sich. Alle vier großen Mädchen kämpften mit den Tränen. Und die Jungen sahen aus, als seien sie um eine Stunde zu spät gekommen, um Jeanne d'Arcs Scheiterhaufen zu löschen und sie zu retten.

»Meinen Sie, es gibt einen Film über sie?«, fragte Tata mit heiserer Stimme.

»Mehrere, da würde ich wetten«, sagte Bogus Gratianytsch.

»Wenn sie in dem Zelt da unten einen Jeanne-d'Arc-Film zeigen, gehe ich über Leichen, das schwöre ich dir«, flüsterte Tata Polly zu. »Aber wie erfährt man das? Noch lieber würde ich sie selber spielen. In zwei Jahren wäre ich wahrscheinlich zu alt für die Rolle. Ach, das Leben ist so ungerecht!«

Auch in dieser Nacht blieb alles ruhig.

Ebenso in den folgenden.

Schnell und erleichtert vergaßen die Kinder die Angst vor den Grünen. Schließlich war man nicht der Massandra-Palast, der schon äußerlich wie ein Königsschloss aussah. Viel interessanter für Räuber als eine Holzhaus-Schule.

»Ist morgen wieder Badetag?«, vergewisserte sich Raffail Schorobnik. Iwonna Gratianowna bestätigte es.

»Dann will ich jetzt noch was Leckeres für Kokotka suchen, weil ich ihn doch den ganzen Tag allein lassen muss.«

27. Kapitel

Sie lehnten an ihrem bevorzugten Felsbrocken, die Füße gegen einen anderen gestützt. Kleine Wellchen schwappten träge an den Strand.

»Du solltest dringend was gegen die Sommersprossen tun.« Tata musterte Polly. »Und deine Augenbrauen sind fast weiß geworden.«

Polly zuckte gleichgültig die Achseln. »Ach, das kommt nur von der grellen Sonne. Gibt sich bestimmt alles wieder, wenn der Sommer vorbei ist. Stört mich nicht. Tut ja nicht weh.«

»Also, mich würde es stören«, beharrte Tata. Flüsternd verriet sie Polly das große Geheimnis: dass sie jeden Morgen ihre Brauen mit Holzkohle schwärzte. Ihre Gesichtshaut brauchte nicht korrigiert zu werden; die ganze Tata Khutumian hatte die Farbe von Zimtzucker angenommen, der mit zerlassener Butter verrührt wurde. Während sich bei Polly die Schultern und der Nacken schälten wie eine Landkarte.

»Findest du nicht, dass ich eine ähnliche Stimme habe wie sie?«, fragte Tata hoffnungsvoll. »Er hat uns doch gesagt, in den Gerichtsprotokollen von damals sei eigens betont worden, dass sie eine helle, durchdringende, angenehme, fast kindliche Stimme gehabt hätte.«

»Was meinst du – ob ich noch mal ins Wasser gehe?« Polly legte die Hand über die Augen gegen das Gleißen und Glitzern auf dem Meer. Die einzige Methode, die Freundin von ihrem ewigen Thema Jeanne d'Arc abzubringen, war, zu tun, als habe man nicht zugehört.

Tata seufzte. Sie begab sich zum Liegeplatz der beiden Wassiltschikows, um aus Bogus Gratianytsch noch mehr über ihre Heldin herauszuquetschen.

Auf dem langen steilen Heimweg in Kiefernduft und Hitze, beim Schrillen der Zikaden, begann sie voranzuschreiten, als habe sie hinter sich ein französisches Heer aus berittenen Bogenschützen und Gewappneten zu Fuß, nicht eine gemächliche Truppe aus vier Erwachsenen und 14 Kindern.

Sogar Krestik lief an ihrer Seite, als würde er mitspielen. Polly lockte und rief ihn und er kam auch sofort. Er umschlang mit den Pfoten ihre Hüften, als wollte er sagen: Ja, dich liebe ich natürlich auch. Und schon war er wieder neben Tata. Besessen, dachte Polly, wenn das keine Besessenheit ist, weiß ich nicht. Sie musste ein paar Schritte rennen, um Tata und Krestik einzuholen, damit sie nebeneinander gehen konnten, wie es sich gehörte.

Hinter ihnen wurde gesungen. Denn jetzt kam die steilste und beschwerlichste Wegstrecke, und Gesang lenkte ab, wie die Erwachsenen wussten.

»Stand ein Birkenbaum am grünen Raine,
Stand so einsam dort, so ganz alleine,
ach ja ja, so ganz alleine.
Und so will ich auf das Feld nun gehen,
will mal nach dem Birkenbaume sehen,
ach ja ja, dem Baume sehen ...«

Urplötzlich begann Krestik das Unterholz anzubellen; wahrscheinlich hausten dort irgendwelche Tiere. Im nächsten Augenblick sprangen drei Männer in Militärblusen zwischen den Bäumen hervor.

»Hände hoch! Alle!«

Zwei von ihnen hielten Gewehre im Anschlag.

Krestik, der noch nicht gelernt hatte, zwischen Freund und Feind zu unterscheiden, stürzte auf den Dritten zu, um sich ihm herzhaft bellend zur Begrüßung an den Hals zu werfen, wie es seine Art war. Sogleich schrien Polly und Tata wie die Verrückten.

»Krestik, hierher! Pfui! Hierher, pfui!!«

»Lass das, Krestik, bei Fuß, bei Fuß, hörst du?«

Ohne sich aufzuregen, ganz beiläufig, zog der Grüne seinen Revolver aus dem Halfter und schoss Krestik in den Kopf. Das übermütige »Hauhauhau« brach ab. Krestik winselte nicht einmal mehr. Er sackte zu Boden.

Polly begann krampfhaft zu schluchzen und kauerte sich neben ihn, ohne an die erhobenen Hände zu denken. Tatas Blick sprühte Feuer. Zwar hob sie wie befohlen die Hände, aber nur eine. Hoch in die Luft streckte sie die Faust, als würde darin eine französische Standarte flattern. Gellend rief sie: »Wir sind neunzehn und die da bloß zu dritt! Lasst euch nicht einschüchtern, meine Braven, überwältigen wir sie! Wir können sie besiegen, wenn wir zusammenstehen!«

Ein Gewehrschloss klickte und Polly warf sich mit einem erstickten Schrei auf die Freundin. An Tatas halb getrockneten Haaren vorbei pfiff eine Kugel in die Büsche. »Hör sofort mit dem Blödsinn auf, Khutumian! Du bist nicht Jeanne d'Arc. Reicht dir ein Toter nicht?«

»Im Gänsemarsch gehen. Nicht umdrehen«, befahl der, der Krestik erschossen hatte. »Lasst den Kadaver liegen. Euer Pech, dass ihr zu früh zurückkommt.«

Während sie das letzte Wegstück hinter sich brachten, hörten sie mehrere Male das Klicken, mit dem die Waffen entsichert und dann wieder gesichert wurden. Geschah das zum Spaß, zögerten sie die Schüsse hinaus oder waren sie bloß auf Einschüchterung aus? Pupsik und Inna machten sich vor Angst in die Hose. Die Erwachsenen hatten keinen anderen Trost als ein geflüstertes »Macht alles so, wie sie es sagen, dann passiert uns nichts«.

Iwonna Gratianowna, »Miss Aiwi«, umklammerte den Arm ihres Bruders, ob aus Sorge um sich oder um ihn, war nicht ganz ersichtlich. Polly fiel ein, was dieser unlängst im Gespräch mit Lamakina und Bljumental erwähnt hatte. Über die Wesensart von Banditen. Dass sie unberechenbar seien, oft hysterisch reagierten und dass ihnen jegliche normalen ethischen Maßstäbe abhanden gekommen seien. Die meisten von ihnen könne man als Psychopathen bezeichnen.

Im Haus war die Plünderung noch in vollem Gange. Sie mussten sich im größten Zimmer entlang der Wand aufstellen, die Erwachsenen mit auf dem Kopf gefalteten Händen.

»Ganz ruhig bleiben, in Ihrem eigenen Interesse«, sagte einer, offensichtlich der Anführer des Raubzugs, an Bogus Gratianytsch gewandt. Der äußerte sich nicht dazu.

Polly sah, wie Ossja mit Fedja Blicke wechselte und mit dem Mund stumm ein Wort formte: Pistole. Pistole. Wieso unternahm Fedja nichts dagegen? Weshalb hielt er Ossja nicht zurück? War Fedja im paradiesischen Kuru-Ssu aus der Übung gekommen, Ossja ständig vor sich selbst behüten zu müssen?

Ossjas Versuch, im Durcheinander des Ausräumens und Plünderns irgendwie in den ersten Stock zu gelangen, wurde bereits nach wenigen »unverfänglichen« Schritten vereitelt.

»Hier bleiben«, knurrte einer der Grünen und hielt ihm das Bajonett vor die Brust. »Oder willst du unbedingt als Spanferkel enden, du Schlaukopf? Piss gefälligst in die Stube.«

Polly war abgelenkt gewesen und stellte fest, dass Tata verschwunden war. Während der Bewacher sich mit Ossja beschäftigte, musste sie es fertig gebracht haben, sich hinter den Schaukelstuhl zu ducken, um dann, auf allen vieren, durch die Tapetentür zu verschwinden. Die führte zum hinteren Ausgang und zur Küche. Ein verräterischer Luftzug wehte durch den Spalt. Weit entfernt (nicht aus der Küche) hörte man das Geschrei des Säuglings der Köchin.

Was würde Tata unternehmen? Hatte sie einen Plan oder folgte sie nur ihrem Drang nach Heldentum? Polly sah sich um; niemand hatte Tatas kühnen Alleingang bemerkt, alle hatten sie auf Ossja geschaut.

»Hören Sie, das hier ist eine Schule«, sagte jetzt Bljumental gereizt. »Nirgendwo befinden sich Reichtümer, nicht einmal die Gemälde sind echt.«

Die Masse ihrer offenen roten Haare knisterte förmlich, so zornig war sie. Sie und Lamakina trugen ihre griechischen Tuniken à la Isadora Duncan. Polly entging nicht, dass einige der Grünen darüber grinsten. »Müssen Sie uns unbedingt die gesamte Bettwäsche fortnehmen? Haben Sie etwa ein Hotel aufgemacht?«

Denn Stapel auf Stapel verschwanden die schweren Leinenlaken, die Kopfkissen mit den Stickerei-Einsätzen, die Bezüge, Handtücher, Tischdecken und Servietten mit Monogramm von Bljumentals Großtante Betsy in den Säcken der Grünen.

»Brauchen wir alles, Madamchen, zum Verbinden der Verwundeten«, erhielt sie zur Antwort. »Wird bald hart auf hart gehen. Denikin hat verschissen, hat schon die Ukraine hergeben müssen, und Koltschak hat die Unterstützung der Franzosen verloren. Die Roten holen auf, so sieht's aus. Schlecht steht's. Die fremden Schiffe verschwinden. Untrügliches Zeichen. Noch nicht bemerkt, Madamchen? – Davon abgesehen lassen sich aus euren Tischdecken jede Menge Fußlappen machen. In Betten« – er lachte höhnisch –, »in Betten schläft bei uns keiner.«

So etwas wie Begeisterung erhob sich, als sie die juwelenbesetzten, goldumrandeten Ikonen aus dem Schlafzimmer der Großtante einsackten. »Die bringen allerhand, mir sollen die Augen platzen. Besser als Bargeld ist das, das sag ich euch!«

Trotzdem verschmähten sie auch dieses nicht. Sie leerten die Dose mit dem Elterngeld, rissen die privaten Börsen auf, sammelten die wenigen Schmuckstücke der Frauen in ihren schwarzen Handflächen.

Besonders leid tat es Polly um Klaschas Medaillon. Das mit dem Maiglöckchen aus Brillant- und Smaragdsplittern. Dessen Pfandschein sie verschenkt hatten, um die Reisekosten auf der »Massandra« zu erstatten. Sie hatte nicht gewusst, dass Bljumental und Lamakina es tatsächlich eingelöst hatten.

Der Anführer ließ sich alles bringen und grunzte dazu oder nickte anerkennend. Manchmal spuckte er auch verächtlich aus. Zuletzt befahl er all die falschen Ajwasowskis, die falschen Schischkins, Serows und Jukowskis abzuhängen und ebenfalls in Säcke zu stopfen.

»So, das wär's«, er wandte sich wieder an Bogus Gratianytsch. »In Ihrem eigenen Interesse möchte ich Sie ersuchen, vierundzwanzig Stunden keine Anzeige zu erstatten. Ich mache Sie darauf aufmerksam, dass ich einige meiner Leute an der Straße nach Jalta postieren werde. Falls Sie meiner Warnung nicht nachkommen, werden sie zu Maßnahmen greifen, die nicht wieder rückgängig gemacht werden können. Sie haben uns sehr geholfen, adieu allerseits.«

Sie zogen ab, die Tür wurde mit dem Absatz von draußen ins Schloss geschmettert. Dann, wie zum Abschied, Tumult und brüllendes Gelächter. Polly spitzte angstvoll die Ohren. Diese spitzen Schreie – war das etwa Tata? Oder vielleicht die Köchin? Was es auch war, es dauerte nicht lange an, der Lärm legte sich, und man hörte nur mehr die Zikaden durch die offenen Fenster: »Zirp-zirp-zirp.«

»Wir werden auf dem Markt geschnitzte Holzlöffel kaufen müssen«, bemerkte Lamakina und klappte die leeren Besteckkästen zu. Die scharlachroten Rechtecke auf den ansonsten blassroten nackten Wänden hätten etwas von einem Bühnenbild futuristischer Künstler, fand Bogus Gratianytsch.

»Nein, es ist einfach nur ein trauriger Anblick, sonst nichts«, widersprach seine Schwester.

Überall offene Kommoden, offene Schränke und offene Koffer, der Inhalt durchwühlt oder mitgenommen oder auf dem Fußboden verstreut.

»Unterschrift: Nach dem Durchzug der Jazygen«, sagte Ruslan Awilow und sah sich um, ob jemand diesen brillanten Vergleich mitgehört hatte.

Unter anderen Umständen hätte Polly sich nach diesen Jazygen erkundigt, jetzt aber machte sie sich Sorgen um Tata. Zusammen mit Walentina Dshalalowa rief sie rings ums Haus nach Tata. Doch die blieb verschwunden. Die Köchin hatte nichts gesehen; sie war mit ihrem Säugling auf den Abtritt geflüchtet und erst wieder herausgekommen, als alles vorbei war.

»Meinen Sie, sie ist vor Angst durchgedreht und hält sich in den Weinbergen versteckt?«, fragte Polly.

Doch Lamakina schüttelte skeptisch den Kopf. »Das würde sich nicht mit ihrer Rolle als Jeanne d'Arc vertragen. Ich denke eher, sie hat sich eine dumme ›Heldentat‹ einfallen lassen.«

»Etwas absolut Hirnverbranntes, Unüberlegtes«, ergänzte Bljumental. »Die Kleinen bleiben mit Iwonna Gratianowna im Haus, alle anderen zerstreuen sich paarweise und suchen. Wenn wir sie nach einer Stunde nicht gefunden haben, melde ich es morgen früh, sobald es hell geworden ist, der Polizei in Jalta.«

Sie wehrte die Bedenken ab, ehe sie ausgesprochen wurden: »Ich denke, das mit den Posten an der Chaussee ist nur Theaterdonner. Banditen bleiben nie an einem ausgeplünderten Ort. Eine alte Erfahrung.«

Nach neun kehrten alle unverrichteter Dinge zurück.

»Wenn sie sie erschossen hätten, wären wir längst auf sie gestoßen«, meinte Bogus Gratianytsch. »Solche Typen wie diese Grünen reagieren spontan und nervös, die exekutieren nicht an verstohlenen Plätzen.«

Polly fragte Ossja und Fedja, ob sie mitkämen, Krestik zu holen. »Er kann doch nicht über Nacht so auf dem Weg herumliegen.«

Doch die Erwachsenen verboten es ihr auf das Bestimmteste. »Es ist so gut wie finster. Ihr werdet nirgendwohin gehen! Und schon gar nicht ohne Begleitung. Das ist nicht herzlos, sondern vernünftig.«

Sie aßen ihr Abendbrot mit den Fingern, schlürften die Suppe aus Teetassen »nach Art der Chinesen«, wie die Erwachsenen behaupteten. »Eine interessante Erfahrung. Wenn auch auf Dauer nicht zu empfehlen, seit wir keine Servietten mehr besitzen.«

»Darf ich mal rüber zum Stall gehen, Kokotka gute Nacht sagen?«, erkundigte sich Raffail Schorobnik. »Er kann sonst nicht einschlafen, wissen Sie.«

»Soll das heißen, Raffik, dass sie uns unseren Esel gelassen haben?« Bogus Gratianytsch konnte es nicht glauben.

Raffail nickte glücklich. »Ich bin gleich nachgucken gegangen, als sie weg waren. Man hat die Schestjorkins vergessen zu überfallen. Wie gut, dass Kokotka nicht hier im Haus war.«

»Vergessen? Sieht eher so aus, als ob da jemand dran gedreht hätte. Oder bin ich zu voreingenommen?«, sagte Bljumental.

»Aber wie soll man es ihnen beweisen?«, fragte Lamakina. »Das wird schwer sein.«

»Ich hab den Schestjorkins ja allerhand zugetraut, aber nicht etwas so Hinterhältiges!« Iwonna Gratianowna ballte die Fäuste. »Ich dachte, mittlerweile hätten sie sich an uns gewöhnt.«

»Sie wollen wieder für sich sein«, ihr Bruder nickte, als hätte er es schon immer gewusst. »Sie wollen ihr Obst und Gemüse nicht mehr laut Pachtvertrag mit uns teilen müssen.«

Der blaugrüne Himmel, überschwemmt von unzähligen Sternbildern, schien Polly fremd und feindlich. Sonst waren sie immer noch ein wenig herumpromeniert, Tata und sie, eng zusammen gehend, schwärmend, was sie in ein oder zwei Jahren sein würden, was sie dann erreicht hätten an wunderbaren Zielen. Jetzt schienen die Sterne auf einen toten Krestik, der verlassen auf dem Weg unter den Korkeichen lag. Und vielleicht auf Tata, irgendwo draußen in der Finsternis, mit einem gebrochenen Bein oder einer Gehirnerschütterung.

Denn natürlich lebte sie noch! Andere Gedanken ließ Polly nicht zu.

Fast rennend kam Raffail auf seinen kurzen dicken Beinen dahergeschusselt. Als er Polly allein stehen sah, machte er bei ihr Halt. »Da drüben ist was. Es macht immer so.« Und Raffail gab mit geschlossenem Mund Laute von sich.

»Sicher eine Kröte. Oder meinetwegen Frösche«, beruhigte Polly ihn. »Dort in der Nähe ist doch der Tümpel vom Garten der Schestjorkins.«

Aber Raffail ließ sich durch die Erklärung nicht beruhigen. Seine Ängste waren hartnäckig und nicht zu stillen, so wenig wie seine Liebe zum Esel Kokotka. Er suchte die Veranda auf, wo die Erwachsenen saßen und Pfefferminztee tranken. Seufzend stand schließlich Bogus Gratianytsch auf, nahm den Quälgeist bei der

Hand und ließ sich von ihm an den Ort der seltsamen Laute führen.

Nach einer Weile erschallte der Ruf »Laterne, schnell!« durch das warme Dunkel.

Angestrahlt von vier Lichtern, sahen die zu Hilfe Geeilten einen Kopf aus der Erde ragen. Das heißt, Erde war es nicht. Die Banditen hatten die Abdeckung der Jauchengrube etwas beiseite geschoben und jemanden hineingestellt. Tata war mit einem Lumpen geknebelt worden. Sie hatte stundenlang auf den Zehen gestanden, sonst hätte ihr die Brühe über die Nase gereicht.

Was sie angestellt hatte, um die Grünen zu so einer Maßnahme zu veranlassen, erzählte Tata nicht. Mit niemandem, nicht einmal mit Polly, wollte sie darüber reden. Sie war nicht mehr dieselbe. Entweder hörte sie nicht zu oder es quollen ihr Tränen aus den Augen, ohne dass man hätte sagen können, weshalb. Wie ein anderer Mensch, fand Polly insgeheim.

28. Kapitel

Nach dem Frühstück, ehe die Sonne zu stechen begann, brachen sie nach Jalta auf – Bljumental und Miss Aiwi sowie Kokotka mit dem Karren. Als Begleiter Polly, die vielzöpfige Dshanike und Lawrenti Dshalalow, der zu Ossjas Clique gehörte. Bljumental wollte bei den Eltern das Schuldgeld für den neuen Monat kassieren und außerdem mussten dringend Holzlöffel, blecherne Messer und Gabeln, Roggenmehl, Zucker, Essig und Öl gekauft werden. Und Fisch, unbedingt Fisch!

Polly passte auf, sobald man einen Blick auf den Hafen hatte. Der Grüne hatte nicht gelogen: die schönen großen Schiffe lagen nicht mehr da. Weg war die riesige »Emperor of India«, weg der

Minenträger »Montrose« und alle anderen. Engländer und Franzosen, die »Alliierten«, mit denen sich ein gutgehender Schwarzhandel eingespielt hatte, hatten sich über die reglose hellblaue Fläche des Meeres davongemacht.

Aber noch waren die Reede und der Hafen nicht leer. Noch lagen da bunte türkische Feluken, vorsintflutliche Raddampfer, an denen die Farbe abblätterte, Schleppkähne, Frachter, wie die »Massandra« einer gewesen war, Kutter. Wenn man Geduld hatte und scharfe Augen, sah man auch schon mal eine Rauchfahne am Horizont entlangkriechen, die nur einem ausländischen Kreuzer gehören konnte. Nach links – Polly versuchte sich die Karte vorzustellen – das konnte heißen, er steuerte Noworossisk an. Bedeutete das nun, dass er denen dort Waffen brachte für eine neue Offensive? Oder bedeutete es, dass er die Reste der weißen Freiwilligenarmee zur Krim herüberholte?

Auf dem Markt, am Hafen, in den steilen Straßen, vor allem auf der langen Meerespromenade mit den weißen Häusern und den Kandelabern wurde viel geredet, gemutmaßt, Unsinn verbreitet und Wahres als Unsinn verlacht. Polly hörte eine Menge mit an, während sie Kokotka am Zügel hielt, denn Miss Aiwi hoffte hier fangfrische Fische billiger zu bekommen als auf dem Markt. Lawrenti lief herum, um vielleicht etwas Interessantes zu finden, das er den Freunden mitbringen konnte. Dshanike stand Miss Aiwi bei, damit sie sich keinen Fisch von gestern andrehen ließ.

Deprimiert kehrte Bljumental zum Treffpunkt zurück. Sie sprach gedämpft, damit Dshanike es nicht hören sollte. Polly, die im Schatten des Wagens hockte, bemerkte sie nicht.

Die Khutumians hätten angeordnet, dass man ihnen Tata und Stiwa bringen solle, am besten heute noch. Spätestens morgen. Mitsamt ihrem Gepäck. Sie hatten die Hoffnung aufgegeben, jemals wieder unter »normalen« Verhältnissen heimkehren zu können in ihr Haus und ihre Fabrik bei Ufa.

»Es fehlte nicht viel, und sie hätten mir, das heißt der Schule die Schuld gegeben, dass sie nicht mehr mit einem der englischen Schiffe weggekommen sind«, sagte Bljumental empört zu Iwonna Gratianowna. »Weil wir kein Telefon haben. Auf die Idee, sich einen Iswostschik zu mieten und ihre Kinder selbst zu holen, wenn es denn so pressierte, sind sie offenbar nicht gekommen.«

Auch die Schorobniks, die Eltern von Raffail, wollten das Land verlassen. Sie besaßen Verwandte in Triest. Raffail wurden höchstens noch zwei Wochen zugestanden.

Und Madame Awilowa, deren Mann unter Admiral Koltschak in Sibirien gefallen war, sei nur noch ein Nervenbündel. Weil das Geld dahinschmolz und sie nicht wusste, ob es für drei der überteuerten Schiffspassagen reichen würde. Zu schweigen von einem Neuanfang irgendwo in Europa.

»Sie will nach Paris«, berichtete Bljumental, »hat aber nicht die geringste Vorstellung, wovon sie sich und die beiden Kinder dort ernähren soll. Sie faselte was von Russischstunden geben oder Häkelblumen für Hutgeschäfte. Jedenfalls könne sie uns kein Schulgeld mehr zahlen, wir sollten Ruslan und Inna zurückschicken. Dass die klapprigen Schiffchen sie bestenfalls bis Konstantinopel bringen und dass es von der Türkei bis Paris noch ein weiter Weg ist, schien ihr noch nicht aufgegangen zu sein. Ich fürchte, Ruslan wird mit seinen vierzehn Jahren den verlorenen Familienvorstand ersetzen müssen.«

Die Einzigen, die wie sonst bezahlt hatten, waren die Dshalalows gewesen. Herr Dshalalow war Angestellter der weißen Regionalregierung, deren Ende sich abzeichnete.

»›Außerhalb von Russland gibt es kein Leben für mich‹, hat er mich wissen lassen, als ich nach seinen Plänen fragte. ›Und was die Bolschewiken mit Russland machen, kommt der Vernichtung all dessen gleich, was ich liebe. Für uns gibt es nur eine Lösung. Meine Frau schließt sich mir an.‹ – ›Aber Ihre Kinder, denken Sie nicht an Ihre drei Kinder?‹, habe ich gefragt«, erzählte Bljumental weiter.

»O mon Dieu«, flüsterte Iwonna Gratianowna, »o mon Dieu, soll das bedeuten, dass er …? Will er sie im Schlaf erschießen? Oder wollen sie Gift nehmen?«

»Er antwortete, er sei sich noch nicht im Klaren, ob er das Recht besitzt, seine Kinder mitzunehmen, um ihnen das Schicksal von Waisen unter den Bolschewiken zu ersparen. Bei ihrer bürgerlichen Herkunft haben sie jedenfalls keinerlei Chance, zu studieren, so viel weiß man inzwischen über die Doktrin der neuen Herren Russlands. Sie würden in Fabriken landen oder in Gefängnissen. Er sagte auch, es könnte bald eine Situation eintreten, bei der keine Zeit mehr für Überlegungen bliebe.«

Wir sind auch Waisen, Ossja, Fedja und ich, dachte Polly. Und wir sind ebenfalls bürgerlicher Herkunft. Soll das etwa heißen, wenn die Roten auch die Krim eingenommen haben, hätte keiner von uns eine Chance, später, wenn wir älter sind? Dürfen wir dann wirklich nur Schwitzbadgehilfe, Fabrikarbeiterin oder Elefantenmistwegräumer im Zirkus werden? Nur weil Papa Waren verkauft hat und Angestellte beschäftigte?

Sie beschloss, vorläufig sich nicht den Kopf damit zu belasten. Noch waren sie dreizehn, elf und zehn Jahre alt, es war glühender herrlicher Sommer im Süden, sie hatten regelmäßig zu essen und wurden von wunderbaren Menschen behütet.

»Wir sollten die Fische aus der Sonne bringen«, unterbrach Dshanike das Gespräch der beiden Frauen.

»Lawrenti! Wir gehen!«, rief Bljumental.

Walentinas und Pupsiks Bruder löste sich nur ungern aus dem Hafengetümmel. Polly sah sein ulkiges Schäfchenhaar und seine kleine Schnabelnase – wie ein Raubvogel – plötzlich mit ganz anderen Augen. Er sprang neben dem Karren her, er platzte förmlich vor Leben und hatte keinen Schimmer, dass diese gedankenlose Lebenslust insgeheim bedroht war. War es jetzt ihre Pflicht, ihn und seine beiden Schwestern zu warnen? Wenn eure Eltern euch etwas zu trinken geben, trinkt es nicht, wenn sie euch gute Nacht sagen, schließt hinterher die Tür ab …

Da spürte sie eine Hand auf ihrer bloßen Schulter.

»Polly, hast du etwa alles gehört?«, flüsterte Bljumental.

»Ja, Saffo Dawidowna«, flüsterte Polly zurück.

»Ich nehme dir den heiligen Schwur ab, dass du zu niemandem ein Wort sagst.« Bljumental, heute in weißer Mullbluse, weißem Leinenrock und weißem Reisstrohhütchen, bannte Pollys Augen mit einem bohrenden Blick. »Was Walentinas Vater angedeutet hat, war in einem Moment großer Verzweiflung gesprochen. Sicher ist er schon morgen wieder bei Vernunft.«

»Und morgen also werde ich Tata verlieren! Morgen schon, ist das wirklich wahr, Saffo Dawidowna?« Erst jetzt wurde Polly die ganze Tragweite des Gehörten bewusst. »Alles, was ich liebe, verlässt mich«, sagte sie wehleidig. »Mama, Papa, Njanja, dann Klascha und Dillotschka, Krestik und nun auch noch Tata!«

»Denk mal nicht an dich, denk an Tata«, sagte Bljumental. »Sie wird den Schock besser überwinden, wenn sie in eine gänzlich andere Umgebung kommt. Sie wird neue Leute auf dem Schiff kennenlernen, wird das Leben in fremden Ländern aufregend finden, sie wird ihre Abgestumpftheit verlieren und wieder neugierig werden. Gleichgültigkeit, Polly, ist der schlimmste Feind für die Seele.«

Polly nickte, einsichtig, aber dennoch nicht getröstet.

Die Aussicht auf so umwerfende, alles verändernde Ereignisse riss Tata aus ihrer tagelangen Lethargie. Fast wurde sie wieder die Alte. Ihr Bruder Stiwa trug weit schwerer am bevorstehenden Abschied von Kuru-Ssu und seinen Freunden Ossja, Fedja, Iskander und Lawrenti.

Die gesamte Schule begleitete die beiden Khutumians bis zum Abzweig an der Chaussee. Lamakina lenkte das Eselsgespann mit den Koffern. Stiwa weinte verbissen in sich hinein. Tata winkte, sie lächelte seit Tagen das erste Mal.

Eine Woche später holte Madame Awilowa ihre beiden Kinder ab. Obwohl nicht so gut betucht wie die Khutumians, hatte sie eine Droschke gemietet und kam persönlich. Inna und Pupsik, die beiden Jüngsten der Schule, hingen schluchzend aneinander. »Mama, kann sie nicht mit uns kommen?« Ruslan gab Polly beim Adieusagen einen verschlossenen Brief.

»Lies ihn erst heute Abend. Es ... es sind Verse. Von mir verfasst, nichts Besonderes. Also ... dann ...«

»Also dann ...«, sagte Polly verlegen.

Es war nicht dasselbe flirrende Gefühl wie damals für Niki Naryschkin, ihren »Aramis«. Und erst recht kein Vergleich mit der brennenden Eifersucht und dem überschnappenden Glück während der Tage, als sie in Anatoli Mansurow verliebt gewesen war. Aber ein Freund – ja, das hätte Ruslan werden können.

Abends im Bett ließ sie Walentina das Gedicht lesen. »Wie findest du das?«

»Er hat bei Lermontows ›Einsamem Segel‹ abgekupfert«, stellte Walentina stirnrunzelnd fest. »Und der Rhythmus stammt einwandfrei von Genrich Gejne. Aber für sein Alter nicht übel, sehr begabt.«

Raffail wusste noch nichts davon, dass ihm demnächst der Abschied von Kokotka drohte. Doch die Tage vergingen, und die Frist der zwei Wochen war herum, ohne dass seine Eltern sich sehen ließen, um ihn abzuholen oder sonst eine verbindliche Botschaft schickten.

Auch die Dshalalows forderten ihre Kinder nicht an. Polly musste sich nicht länger vorstellen, wie Walentina, Lawrenti und Pupsik leblos nebeneinander lagen, ähnlich den drei am Blumenduft gestorbenen Schwestern in der »Schneekönigin« von Andersen. Eltern sollten gefälligst vernünftig sein und nicht so herumreden wie überspannte Schauspieler auf der Bühne.

Eines Abends, als die meisten hinterm Haus Pingpong spielten (mit Bällen aus zusammengeknülltem Stanniolpapier und Schlägern aus uralten Kartons vom Dachboden), trat Timur zu ihnen. Er wirkte prallvoll mit erlauschten Geheimnissen.

»Geh du mal zu Kokotka, der beißt sich mit dem Esel der Schestjorkins«, wandte er sich an Raffail.

»Tut er nicht«, sagte Raffail. »Außerdem warst du gar nicht im Stall.«

»Dann geh und wasch deine dicken Knie. Die sehen aus, als wärst du auf ihnen durch die Weinberge gerutscht.«

»Tun sie nicht«, verwahrte sich Raffail, nachdem er sich gebückt und das kontrolliert hatte.

»Na schön, muss ich deutlich werden. Ich will was erzählen, das nicht für deine Ohren bestimmt ist. Klar?«

Raffail sagte nichts mehr. Wortlos trottete er aus dem Gesichtsfeld der Spielenden.

Timur legte los: Er sei gerade im Unterrichtszimmer gewesen, in jeder Hand eine Maus schlenkernd, frisch aus der Falle, um den beiden Äskulapnattern, Aladin und Ali Baba, ihr Abendbrot zu bringen.

»Durch die offenen Fenster hörte ich, wie sie auf der Veranda redeten. Saffo Dawidowna und Germia Moissejewna waren doch heute zusammen unten in Jalta, die Behörden aufsuchen, um sie zu überzeugen, dass die Schule eine ge-mein-nützige Insti-sti-tu…tion ist und dass sie somit unterstützungs…äh…würdig ist. Außerdem wollten sie zu Schorobniks Eltern, die haben angeblich nur den halben Monat bezahlt. Jetzt passt auf: weg! Alle beide! Mit einem Schlag.«

»Willst du damit sagen, sie hätten Raffik im Stich gelassen? Ihr eigen Fleisch und Blut? Wie Kuckuckseltern?« Polly tippte sich an die Stirn.

Auch Walentina meinte, er habe da sicher was missverstanden. Dass Kinder ihre Eltern verließen, sei normal, wenn sie auf

Internatsschulen kämen zum Beispiel. Oder wenn sie studierten. Aber umgekehrt – das sei schlicht undenkbar.

»Sie haben es vom Hauswirt erfahren«, beharrte Timur. »Schorobniks Mutter soll angeblich ein Liebesverhältnis gehabt haben, hinter dem Rücken von Schorobniks Vater. Und eines schönen Tags ist da ein Junge gekommen mit einem Brief von ihr. Direkt vom Hafen. Sie ist mit diesem anderen auf und davon, er soll ihr das Schiffsbillett bezahlt haben. Sie habe sich noch einmal ›jung gefühlt‹, soll im Brief gestanden haben, und sie fange ein neues Leben an. Sie wünsche ihm, dem alten Schorobnik, und Raffail alles Gute für die Zukunft in Triest. Sie selber würde Amerika vorziehen. Daraufhin, so sagte Saffo Dawidowna, hätte der alte Schorobnik an dieses ›Gute‹ und an die ›Zukunft‹ nicht mehr glauben mögen und hat sich umgebracht. Einfach einen verdorbenen Fisch in einen frischen getan, als Füllsel. Und dann gegessen.«

»Hat er nicht«, sagte eine weinerliche Stimme hinter dem Treppengeländer der Veranda. »Ich gehe jetzt zu Bogus Gratianytsch und frag ihn, ob das wahr ist. Ihr wollt mich doch bloß ärgern.«

»Am Anfang ist es schwer zu begreifen«, sagte Ossja. »Wir haben lange gebraucht, ehe wir's für wahr hielten, dass Papa nie wiederkommt. Stimmt's, Fedjuscha?«

Fedja nickte. »Aber wir waren immerhin zu fünft. Und wir hatten Njanja. Raffik hat niemanden.«

Raffail kam an diesem Abend nicht mehr heraus. Irgendjemand musste ihn zu Bett gebracht haben.

»Hast du auch gehört, wie die Sache bei den Behörden ausgegangen ist?«, wollte Polly von Timur wissen. »Haben sie uns Unterstützung bewilligt?«

Timur nickte. »Das ja. Aber gegeben haben sie nur einen kleinen Sack Maismehl.«

In den Wochen des späten Sommers und des Septembers grub sich manche Veränderung in den Alltag der Schule ein. Statt Grütze am Morgen und Marfas selbst gebackenem Roggenbrot gab es oft nur Kleie. Die Schestjorkins behaupteten, ohne rot zu werden, die gesamte Apfelernte und fast alle Pflaumen seien über Nacht von Dieben gestohlen worden. Die Jungen suchten heimlich die Umgebung ab nach Verstecken, aber wenn es denn eins gab, so blieb es ihnen verborgen.

Auch auf dem Markt machte sich das Abgeschnittensein bemerkbar. Die Tauschwaren von den ausländischen Schiffen fehlten. Viele Leute horteten zudem, aus Furcht vor der sich immer deutlicher abzeichnenden Katastrophe. Denikin hatte den Oberbefehl über alle verfügbaren weißen Truppen des Südens in die Hände Wrangels gelegt. Konnte das noch eine Wende zum Guten bewirken? Andererseits stand in der Zeitung, wie Bogus Gratianytsch vorlas, dass die Alliierten nicht bloß aufgehört hatten, die Freiwilligenarmee zu unterstützen. Sie hatten auch aufgehört, den von Bolschewiken beherrschten Teil Russlands mit ihrer Blockade in Schach zu halten.

»Sie haben uns aufgegeben«, sagte er bitter.

Die drei Frauen sahen stumpf vor sich hin.

Der Vater der Tatarenkinder brachte das Schulgeld, wie vereinbart, in Form von Wildkaninchen, Honig und mehrerer Melonen. Aber das konnte nicht vier Erwachsene (mit der Köchin sogar fünf) und elf Kinder satt machen.

»Wir können noch nicht mal einen Zug über die Dörfer machen und Tauschwaren anbieten, denn die Grünen haben uns ja alles abgenommen, was einigermaßen von Wert war«, stellte Lamakina fest.

Bljumental machte mit Dshanike einen Rundgang von Zimmer zu Zimmer.

»Du kennst den tatarischen Geschmack. Haben wir noch etwas, das jemanden interessieren könnte?«

Dshanike deutete auf ein halbes Dutzend Zierdeckchen, die sich weder für Fußlappen noch für Verbände tauglich gezeigt hatten. Sie waren mit Vergissmeinnicht bestickt. Dann die brokatenen Bettvorhänge im einstigen Schlafzimmer der Großtante. Etliche samtene Kissenüberzüge. Gewirkte weiße Fenstergardinen zum Auswechseln. Übertöpfe für nicht mehr vorhandene Blumenkübel, bunte Majolika-Ungetüme.

»Sie müssen versuchen, nur mit den Frauen zu verhandeln«, riet Dshanike, »Männer haben für so Hausrat nichts übrig.«

Sie selbst lehnte allerdings ab, die Fuhre sozusagen als Vermittlerin zu begleiten. Sie errötete vor Verlegenheit, als sie den Frauen klar machte, dass eine Tatarin nicht herumfuhr und hausierte. »Die sehen mir doch die Tatarin an, auch wenn ich die weißen Sachen der Schuluniform trage.«

Lamakina und Bljumental nahmen kurz entschlossen die drei Apraksins mit.

Polly bewahrte Erinnerungen an die drei Tage dieser Tour: lauter innen und außen weiß gekalkte Häuser, weiße Minarette, von denen bisweilen Rufe herunterschallten, und der überall gleiche Duft nach Obst und trocknenden Tabakblättern. Zwei Nächte verbrachten sie in solchen Häuschen auf dem Fußboden.

Sie wurden alles los und beluden Kokotkas Karren mit zwei Hühnern, Eiern und etwas Mehl, mit Obst, gesäuerten grünen Tomaten und Gurken und sogar mit etwas Fleisch. Und aufgefädelten Tabakblättern, die sie auf dem Dachboden weiter trocknen lassen wollten. Zum Tauschen war Tabak immer gut.

Die Weintrauben fingen schon an zu reifen. Gelegentlich hielten sie an, gönnten sich eine Rast und probierten.

Die Morgenstunden waren von wunderbarer Frische, der Himmel blieb den ganzen Tag blau und wolkenlos, alles roch und duftete über die Maßen. Viele Bäume hatten sich golden und rot gefärbt. Erhaschten sie hier und da einen Blick auf das Meer, so wirkte es wie im Juni, Juli oder August, nichts deutete darauf hin, dass das Wasser sich schon abgekühlt hatte. Auf der letzten Strecke, nicht mehr weit von Kuru-Ssu, unterhielten sie sich mit Singen. Lamakina stimmte ein Scherzlied an, das alle kannten:

»Oj, Tantchen Tanja, wen werd ich heiraten? Sag!
Oj, weiß der Kuckuck! – Dann ich den Kuckuck frag.
Kuckuck, Kuckuck, sag mir an,
Ist's Kusma? Oder ist's Demjan?
Kuckerucku-ku-ku-ku, kuckerucku-ku-ku-ku!
Ku-ku, hörst du's auch? – Ku-kuuu!«

Als sie unter die Pinien einbogen, mit ihrer Hamsterfahrt zufrieden, übermütig und laut singend, stand mitten auf dem Weg eine hochgewachsene Gestalt im weißen Anzug und mit Warägerbart.

»Sawwa Todorowitsch!«

Die drei Apraksins brüllten und jauchzten, Lamakina und Bljumental kreischten in ungenierter Freude.

»Sawwa Todorowitsch! Wie sind Sie hierher gekommen? Was für eine herrliche Überraschung!«

29. Kapitel

Polly, Ossja und Fedja wurden an die breite Brust in der Lüsterweste gedrückt und auf beide Wangen geschmatzt. Erst danach, als er den beiden jungen Frauen die Hände küsste und Polly ihn mit inniger Begeisterung betrachtete, fiel ihr etwas auf. Sein Lächeln war herzlich, keine Frage. Aber es wirkte, als quäle er es sich ab.

Es stellte sich heraus, dass er nicht bloß eine Reisetasche dabeihatte, sondern sein gesamtes Gepäck, wie auf der »Massandra«.

Er hatte sich einen der sündteuren Einspänner gemietet, einen mit gestreiftem Markisenverdeck und gehäkelten Ohrenschützern für den Gaul.

Der Kutscher saß bei Marfa in der Küche und lenkte sie vom Abendessenmachen ab.

Für den hochwillkommenen Gast wurde all das, was man während der letzten drei Tage mühselig ertauscht hatte, auf den Tisch gebracht. Der »Waräger« tat auch allem Ehre an, er hatte sichtlich Hunger. Dennoch – Polly ließ sich nicht täuschen –, er hatte etwas auf der Seele, das ihm die Ruhe nahm. Das Gemächliche, Wohlgefällige, mit dem er auf der »Massandra« dies und das ausführlich erzählt hatte, fehlte heute. Er sah einige Male auf die Uhr, wenn er glaubte, jedermann sei abgelenkt. Dabei verschwand das breite Lächeln aus seinem Gesicht, wurde aber schnell wieder aufgesetzt, wenn er über den Tisch in die Runde blickte.

Polly hatte heute Spüldienst, mit Dshanike und Fedja.

»Er ist so verändert, findest du nicht?«, fragte Fedja in der Küche, als sie abtrockneten.

»Vielleicht kann ihn sein Freund in Koktebel nicht mehr bei sich wohnen lassen«, überlegte Polly. »Und er weiß jetzt nicht wohin.«

»Na, dann bleibt er einfach hier, in Kuru-Ssu«, sagte Fedja freudig. »So viel, wie er weiß – da kann er sich doch den Unterricht mit Bogus Gratianytsch teilen.«

Ossja gesellte sich zu ihnen, heftig am Daumennagel knuspernd.

»Da ist was faul, ich riech das. Sie haben sich eingeschlossen. Nicht richtig, nicht den Schlüssel umgedreht, aber von uns darf keiner dabei sein. Unter keinen Umständen stören, haben sie gesagt.«

Polly sortierte die neuen Blechbestecke in die Schublade. »Wer – sie? Alle? Oder bloß Sawwa Todorowitsch und unsere beiden?«

»Alle fünf«, sagte Ossja düster. »Wenn sie auf der Veranda wären, könnte man sie aus dem Unterrichtszimmer belauschen. Aber sie sind im Salon. Trinken Pfefferminztee.«

Fast grob drängte Polly alle beiseite, die von der geschlossenen Doppeltür zum Salon herumlungerten. Ohne Scham drückte sie das Ohr an die Tür.

»Jemand hat angefangen zu weinen«, gab sie weiter. »Ich glaube, es ist Miss Aiwi.«

Sie konnte sich weder Bljumental noch Lamakina flennend vorstellen. Es musste Miss Aiwi sein. Aber wenn dem »Waräger« etwas schief gelaufen war – was ging das Miss Aiwi an? Die kannte ihn doch gar nicht näher.

Jetzt Bljumentals Stimme, laut und verzweifelt: »Aber ich bitte Sie – wer hätte etwas davon, wenn Frauen wie Germia und ich uns der ›Eigeninitiative der Massen‹ oder wie das nun heißt unterwerfen? Was sollten wir an einer Drehbank oder auf dem Lande, Rüben verziehend? Wir könnten doch viel nützlicher sein, wenn man uns das tun lässt, was wir gelernt haben!«

»Saffo Dawidowna, so begreifen Sie doch«, dröhnte Bajadarow beschwörend, »die Herrschaft des Proletariats, wie die das nennen, hat nicht das Geringste mit Logik zu tun. Ich könnte Ihnen haarsträubende Beispiele erzählen, erlebt am eigenen Leibe. Ich bin schließlich nicht als Kurgast auf die Krim gekommen, sondern weil mir das rote Welttheater zu sehr auf Dantes Inferno hinauslief. Es mag durchaus ein paar intelligente Leute in diesem oder jenem Komitee oder diesem oder jenem Volkswirtschaftsrat geben, auch wenn idiotische Abkürzungen wie OMKOM-PROM et tutti quanti das Gegenteil glauben lassen. Aber was nützt das, wenn der Bolschewiken-Staat als Ganzes so viel dümmer ist als die Einzelpersonen?«

»Mal abgesehen vom verwaltungsmäßigen Chaos«, sagte Bljumental, »was ist dran an diesen Verhaftungswellen, von denen man sogar hier in der Zeitung hat lesen können?«

»Sie setzen den Terror gezielt ein«, sagte Bajadarow, »er gehört zum Programm der Regierung. Sie brauchen Angst und Unsicherheit, um blinden Gehorsam zu erzielen. Sie verhaften grundlos, töten wahllos, morden kaltblütig, ohne Grund. Wir hatten Flüchtlinge in Koktebel, die haben uns Unglaubliches erzählt. Die Tscheka jeder Region hat ihre speziellen Foltermethoden und hält sich an sie, so, wie jede Region früher für ihre Erzeugnisse berühmt war. In Charkow bevorzugt man die ›Handschuhmethode‹, bei der die Hände des Opfers mit kochendem Wasser überbrüht werden, bis sich die Haut abziehen lässt. In Woronesch steckt man die Opfer nackt in nagelgespickte Fässer, wie im Märchen, und rollt sie. In Odessa …«

»Hören Sie auf, das ist ja widerlich!« Bogus Gratianytsch schrie ihn an.

»Das waren nur die harmlosen Spielarten, ich versichere es Ihnen.« Die Stimme des »Warägers« wurde beschwörend: »Wenn Sie mir doch glauben würden! Russland wird nicht mehr Russland sein unter der roten Räteregierung und ihrer Furie, der Tscheka.«

»Es gibt eine Stelle bei dem lateinischen Gelehrten Plutarch«, sagte Bogus Gratianytsch. »Da lässt er einen römischen Soldaten sprechen. Es geht etwa so: ›Nachts in der Einöde, weit entfernt von Rom, schlug ich meine Zelte auf, und mein Zelt war Rom.‹ Mit Russland wird es ebenso sein, wenn wir dableiben und es bewahren.«

»Ihr schönes Zitat spricht ebenso gut für mich und mein Argument. Denn überall, wo wir sein werden, Saffo Dawidowna, Germia Moissejewna, ob in Paris, in Berlin, in Nizza oder Mailand – wo wir unsere Zelte aufschlagen, wird Russland sein. Denn *wir* sind Russland, wir nehmen es mit! Und zugleich werden Sie die freien Individuen bleiben, die Sie bis jetzt immer gewesen sind. Sie beide sind von Kultur abhängig, von Erziehung und Bildung. Binnen kurzem wird es hier kein Lächeln mehr geben, wenn sich Fremde grüßen. Niemand wird sich mehr für etwas entschuldigen. Stupide Gehirne werden Ihnen vorschreiben, was Sie lesen dürfen beziehungsweise was nicht. Sie werden ab sofort nirgends mehr hinfahren dürfen, ohne erst einen Antrag auf Genehmigung zu stellen. Erlaubnisscheine und Kontrollpapiere werden Ihr Leben fortan begleiten. – Germia Moissejewna, so sagen Sie doch auch etwas, ich flehe Sie an!«

Lamakinas Entgegnung kam so leise, dass sie nicht zu verstehen war.

Pollys Miene wurde immer finsterer. Ossja rüttelte sie am Arm, quengelte: »Worum geht es denn? So spuck's schon aus, Poljenka.« Doch sie schüttelte bloß den Kopf. Es ließ sich nicht in Worte fassen.

Diesmal – sie ahnte es, nein, sie wusste es – würde man sie und die Jungen nicht mit auf die Flucht nehmen.

Niemand kümmerte sich darum, dass längst Schlafenszeit war. Raffail schlief mit auf den Esstisch gelegten Armen. Zweimal musste neuer Tee bereitet werden. Es wurde Mitternacht. Käuzchen riefen durch die offene Verandatür. Wilde Hunde kläfften oben in den Bergen. Bis Omer und Dshanike herumgingen und alle Türen verriegelten. Sonst tat das Bogus Gratianytsch.

Polly lauschte und lauschte, ohne Hoffnung.

»Morgen kann es schon zu spät sein«, sagte Bajadarow. »Die Front verschiebt sich stündlich. Außerdem ist gar nicht sicher, dass die lächerlichen Ausflugsdampferchen, die ich da an der Mole liegen sah, die Flüchtlinge der letzten Stunde werden fassen können.«

»Die Kapitäne werden für jeden Stehplatz absurde Preise verlangen«, hörte Polly Bljumental sagen. »Damit ist es entschieden. Sawwa Todorowitsch, Lieber, Bester, Ihr Opfer, Ihr schon gebuchtes Schiff wegen uns in Jalta zu verlassen, ist leider umsonst gewesen. Wir wurden unlängst von den Grünen überfallen und besitzen buchstäblich nichts außer ein paar abgetragenen Kleidern.«

»Lassen Sie mich Ihnen helfen«, flehte Bajadarow. »Ich habe etwas verkauft, an einen englischen Zahlmeister in Feodossia, eine meiner letzten Antiquitäten.«

Es kam kein Protest, zumindest hörte die besessen lauschende Polly nichts dergleichen. Im Gegenteil; Lamakina erkundigte sich in eindeutig hoffnungsvollem Ton:

»Was meinen Sie, Bogus Gratianytsch, würden Sie und Ihre Schwester allein hier bleiben können? Es sind ja nur noch elf Kinder.«

»Acht«, erwiderte Bogus Gratianytsch knapp.

Und Iwonna Gratianowna ergänzte mit tränenerstickter Stimme: »Die Dschalalows haben heute Mittag Walentina, Lawrenti und Pupsik abgeholt. Wollen Sie sagen, es ist Ihnen noch gar nicht aufgefallen?« Das klang vorwurfsvoll.

»Abgeholt?«, wiederholte Lamakina. »Bedeutet das etwa, dass …?«

Bogus Gratianytsch beruhigte sie. »Nein, *diese* Lösung wurde gottlob verworfen. Sie dürften zur Zeit bereits halbwegs in der Türkei sein.«

Mir ist es auch nicht aufgefallen, dachte Polly und schämte sich. Da fehlten drei und niemandem schien es was auszumachen!

Unverhofft erhielt sie einen harten Schlag gegen die Stirn und kippte aus ihrer knienden Lauschhaltung. Sie lag flach auf dem Boden in lächerlicher Stellung, während die fünf Erwachsenen hintereinander aus dem Salon traten. Doch keiner interessierte sich auch nur im Geringsten für Polly. Ja, man konnte den Eindruck gewinnen, sie hätten sie nicht einmal wahrgenommen.

Eine halbe Stunde später brachten Bljumental und Lamakina ihre Koffer die Treppe herunter in die Diele. Mit dem Grammophon der Tante belasteten sie sich nicht.

»Ich schenke Ihnen hiermit das Haus«, Bljumental nahm die Hand von Bogus Gratianytsch. Es sollte wohl ein theatralischer Versuch sein, ihn irgendwie zu versöhnen. Sie sah unglücklich aus, das Lächeln verschwand in Sekundenschnelle. »Möglicherweise bereue ich diesen wahnsinnigen Entschluss demnächst. Aber gegenwärtig scheint er mir vernünftig und einleuchtend.«

»Sobald sich die rote Obrigkeit installiert hat, gehen Sie nach Jalta und lassen die Schule als staatliche Institution eintragen«, riet Bajadarow. »Denn das Eigentumsrecht auf Immobilien wurde von denen bereits vor einem Jahr abgeschafft. Verlangen Sie von den Behörden Essen und Kleidung für die Kinder. Lassen Sie sich nicht abweisen.«

Dann half er den beiden Frauen, ihr Gepäck mit auf seinem Einspänner zu verstauen. Außer dem Kutscher konnte nun niemand mehr sitzen. Sie würden nebenher laufen müssen.

Miss Aiwi blieb da und hütete das Haus und den schlafenden Raffail. Sie weinte in ein winziges Taschentuch. Sie sah die beiden Gründerinnen der Schule aber dabei nicht an. Jeder konnte es ihr anmerken, dass sie sich verraten und schmählich im Stich gelassen vorkam.

»Finden Sie es richtig, dass die Kinder mitten in der Nacht draußen herumschwirren?«, fragte Bajadarow besorgt. »Man weiß nicht, wie nah die roten Truppen schon sind. Sie werden auf alles schießen, was sich bewegt. Die Grünen werden ebenfalls schießen, aus dem Hinterhalt. Denn ihre Tage sind gezählt, das macht sie nervös.«

»Sie nehmen den Kindern ihre geliebten Lehrerinnen fort, da werden Sie schon gestatten, dass sie diese wenigstens bis zum Hafen begleiten«, sagte Bogus Gratianytsch.

Die Kutschlaternen reichten nicht weit. Mehrmals war der

Einspänner auf dem schmalen, ausgefahrenen Weg drauf und dran, umzukippen, ehe sie die Chaussee erreicht hatten.

»Oh, Ippolita, meine kleine tapfere Leseratte«, sagte Bljumental leise und schlang im Gehen den Arm um Pollys Schultern. Lamakina machte es ebenso bei Ossja und Fedja.

»Wie gern würden wir euch auch auf diese Reise mitnehmen, wie gern! Ihr seid so einzigartig und liebenswert. Aber wir können nicht mal für uns selbst bezahlen. So hatten wir uns das alles nicht gedacht, als wir gemeinsam Rostow am Don verließen. Nie hätte ich geglaubt, dass die Freiwilligenarmee sich Russland Stück für Stück abjagen lässt. Über hunderttausend Mann! Und dann – dies … Aber ich rede und rede und wollte eigentlich nur sagen, dass …«

Sie drückte Polly, dass es weh tat. Und Polly warf beide Arme um Saffo Dawidowna. Sie konnte nicht sprechen, sie wollte nur weinen.

Als sie den Hafen erreichten, war der Himmel schon lichter geworden. In den schlafenden Parks ließen sich die ersten Vögel hören. Auf den Schiffen, den erbärmlichen, waren Lampen angesteckt, auch die großen Kandelaber auf der Promenade, dem berühmten Seeboulevard, brannten noch. Der freie Platz, von dem die lange Jaltaer Mole abging, wimmelte trotz der ungewöhnlichen Stunde von Menschen. Zorniges Kreischen, Gebrüll, Quieken, Kindergeheul lag über der unheimlichen Masse und ihrem Drängen und Schubsen. Eine Schwadron Soldaten kam angeprescht und saß ab, überließ die Pferde sich selbst, da kein Weiterkommen war.

»Die bringen gleich Ordnung hinein«, sagte Omer zuversichtlich.

»Ich fürchte, mein Junge, du irrst dich«, sagte Bajadarow. »Die wollen ebenso fliehen wie wir alle.«

»Nie und nimmer kriegen wir den Wagen mit dem Gepäck auf die Mole.«

Lamakina hob einen ihrer beiden Koffer heraus, nach kurzem Zögern auch die Hutschachtel, und versuchte, sich in den Strom einsaugen zu lassen. »Verteile, was im anderen ist, Polly! Na los, Saffik! Kommen Sie, Sawwa Todorowitsch, und vergessen Sie um Himmels willen die Reisekasse nicht.«

Polly machte sich zunutze, dass der Kutscher mit offenem Mund auf das Treiben blickte, und kletterte auf den Wagen. Mit den Füßen stand sie auf dem Kissen der Sitzbank. Umgehend folgten ihr die Brüder und die drei Tatarenjungen.

Aber obwohl der Himmel zunehmend heller und rosiger wurde, gelang es ihnen nicht, in dem Gedränge und Gewoge die Köpfe von Bljumental, Lamakina und Bajadarow herauszufinden. Über eine Stunde standen sie so und warteten. Schließlich versuchten die klapprigen Dampfer, Frachtschiffe und Feluken abzulegen. Doch die immer noch unabsehbare wütende Menge der Fluchtwilligen ließ es nicht zu. Ohrenbetäubendes Schreien erhob sich.

Gepäckstücke fielen ins Wasser und verteilten sich schaukelnd oder wurden an Land einfach zertreten. Hände krallten sich an die Geländer der Laufstege, umkrampften die Reling, hingen daran wie Sandsäcke an einem Heißluftballon. Personen, die es fast an Bord geschafft hatten, das Deck mit einem Fuß berührten, wurden von den Händen der Benachteiligten hinter ihnen festgehalten. Matrosen versuchten die Stege einzuziehen, gingen zu Boden, niedergetrampelt wie von Furien.

Endlich hatte eins der Schiffe einfach die Leinen gekappt und stieß ab, ohne den Laufsteg einzuholen. Schwer und schief lag es im Wasser, über die Zulässigkeit beladen. Der Steg glitt ab und sank mit allen, die drauf gestanden hatten, in das Hafenwasser. Die an die Reling Geklammerten gaben nach einer Weile auf und ließen los, gingen unter oder zappelten in Panik.

Weinen, Flüche, Schreie. Schüsse durchdrehender Soldaten, die um keinen Preis den Roten in die Hände fallen wollten.

»Die … die drücken sich ja tot«, sagte Ossja. In einem Ton, als wolle er es nicht glauben und hoffe auf Bestätigung, dass es nur so aussehe.

»Dann schon lieber ins Wasser fallen«, sagte Iskander. »Da kann man immer noch zurück an die Mole schwimmen und um Hilfe rufen.«

»Du glaubst doch nicht, dass irgendjemand da unten darauf achtet, ob einer gerettet werden möchte«, sagte Timur.

»Ich glaube, wir haben genug gesehen«, bemerkte Bogus Gratianytsch tonlos. »Lasst uns nach Hause gehen, Kinder.«

»Und was wird aus dem Gepäck hier?«, wollte der Kutscher wissen. »Ausladen und stehen lassen oder wieder retour damit? Sie müssen's nur sagen.«

Der Lehrer seufzte. »Ich fürchte, ich muss die unnütze Ausgabe auf mich nehmen. Die andere Lösung wäre doch sehr pietätlos.«

»Ich kann noch nicht weggehen«, sagte Polly, als der Einspänner wendete und das Häufchen Kinder sich langsam in Bewegung setzte. »Ich rühre mich nicht von hier fort, ehe nicht das allerletzte Schiff draußen auf dem Meer schwimmt.«

»Will sich persönlich überzeugen, ob sie vielleicht unter den Totgequetschten sind«, verkündete Omer. »Oder ob sie im Wasser treiben, von den anderen Verrückten nach unten gezerrt, ertrunken und wieder hochgekommen.«

»Ossja, Fedja – bringt ihn für mich um«, sagte Polly.

»Du kannst doch hier nicht allein herumstehen. Und was ist, wenn plötzlich die Roten von den Bergen herunterstürmen? Ich habe die Verantwortung für euch alle.« Bogus Gratianytsch klang unwillig und erschöpft.

»Niemand wird Sie zur Verantwortung ziehen, wenn mir was passiert«, beruhigte ihn Polly. »Da ist niemand mehr, haben Sie das vergessen?«

Inzwischen hatte es auch der letzte Dampfer geschafft, die

Mole zu verlassen, zum Bersten überfüllt. Trauben von Menschen hingen noch an ihm. Die Zurückbleibenden gellten, als hätte man sie zum Fegefeuer verdammt.

Die Schornsteine sämtlicher Schiffe qualmten schwarzen Rauch aus, der sich zu unheilvollem Gewölk über dem Hafen ballte. Schwer arbeiteten die Maschinen. Dann setzte allgemeines Heulen der Dampfsirenen ein, dunkles wehklagendes »Tuu … uut … tuuuut …« Es dauerte lange.

»Adieu, Saffo Dawidowna«, flüsterte Polly für sich. »Adieu, Germia Moissejewna. Adieu, Sawwa Todorowitsch, ich wünschte, Sie wären nicht gekommen. Wir waren hier glücklich. Sie haben alles kaputtgemacht, Sawwa Todorowitsch.«

Sie suchte bis zum Mittag. Zweimal musste sie sich übergeben. Die, nach denen sie Ausschau hielt, fand sie nicht. Nicht bei den an Land Zurückgebliebenen, nicht bei den Erdrückten und Zertrampelten, nicht – soweit sie das sehen konnte – unter jenen, deren Hüte und Oberbekleidung auf dem leicht dümpelnden Hafenwasser schwammen und die erst nach Stunden angeschwemmt würden.

Mit total ausgetrocknetem Mund machte sie sich auf den langen Rückweg nach Kuru-Ssu.

Zu Pollys Missvergnügen überwachte Miss Aiwi die Aufteilung der zurückgelassenen Kofferinhalte.

»Germia Moissejewna hat aber als Letztes gerufen, *ich* soll das machen«, beschwerte sich Polly. »Bitte, kann ich die Strickjacke von Saffo Dawidowna haben? Und einen ihrer Wollröcke? Ich hab nämlich nicht das Geringste, wenn die Zeit für ärmellose Kleider vorbei ist.«

Um die Sachen zu bekommen, schreckte sie vor einem grässlich sentimentalen Winseln und Betteln nicht zurück. Bei Miss Aiwi hatte sie keine Skrupel. »Das sind nämlich die Kleider, in denen wir sie in Rostow am Don kennengelernt haben, verstehen

Sie? Als sie die Tanzstunde gab. Und auch von Germia Moissejewna brauche ich auf jeden Fall ein Andenken. Ich möchte gerne ihren japanischen Kimono, darf ich?«

»Was du möchtest, Kind, ist unerheblich. Was du dringend brauchst, ist Unterwäsche«, lautete die Entscheidung.

30. Kapitel

Eine merkwürdige, unnatürliche Ruhe herrschte in den nächsten Tagen. Als würde den Hunden in den Gehöften die Schnauzen zugehalten. Von nirgendwo Stimmen. Weder Rufe noch Pfiffe. Einzig die Zikaden schrillten wie immer.

Gelangte man spazierenderweise zur Chaussee von Jalta nach Gursuf, konnte man von morgens bis abends warten, ohne dass ein Reiter, ein Eselskarren, ein Radfahrer, ein Einspänner daherkam. Kein einziger Fußgänger weit und breit.

Die Tatarenfamilie hatte Omer, Iskander, Timur und Dshanike nach Hause geholt.

Das Meer lag vollkommen leer da. Nicht mal ein Fischerboot segelte auf Fang. Keine Rauchfahne am Horizont. Dabei hochsommerliches Wetter, Herbst hin, Herbst her – still, heiß, schön. Nur abends wurde es kühl. Sie verfeuerten Wacholderzweige im Schulzimmer und ließen sich von Bogus Gratianytsch aus Gontscharows »Fregatte Pallas« vorlesen. Die Köchin Marfa schlachtete das letzte Kaninchen, das der Schule zustand. Ansonsten gab es Maismehlfladen. Nur für wie lange noch? Die Apraksins fanden, sie seien hungriger als damals in Rostow, denn da hatte es wenigstens am Abend eine reichliche warme Mahlzeit gegeben.

»Wir sollten eins der Pferde einfangen, die die Soldaten am

Hafen zurückgelassen haben«, überlegte Ossja. »Ich würde es kurz und schmerzlos mit der gefundenen Pistole töten. Pferdefleisch soll gar nicht so übel sein.«

»Denkst du, die warten noch immer brav darauf, dass Ossip Apraksin kommt?«, spottete Polly. »Die sind längst in festen Händen. Gehen wir lieber in die Weinberge; vielleicht sind die Wächter betrunken und schlafen gerade.«

Fedja hatte auch einen Vorschlag. »Ossja oder ich könnten versuchen, auf die Pinien zu klettern und Zapfen runterzuschmeißen. Da sind essbare Kerne drin.«

»Wenn man einen Bootshaken ans Ende von einem Strick bindet, könnte man ihn vielleicht hochschleudern, dass er hängen bleibt«, sagte Raffail Schorobnik. »Ohne Strick ist der Stamm zu glatt, um bis zum ersten Ast zu kommen.«

»Abgemacht«, Ossja lachte. »Du beschaffst diesen Haken und wir klettern, einverstanden?«

Im tragischen Gefühl, seinen Teil der Aufgabe nie im Leben erfüllen zu können, ließ Raffail den Kopf sinken. Gleich darauf hob er ihn wieder, die kirschgroßen, ständig ernst blickenden Augen vor Angst geweitet.

»Sie kommen! Sie sind da!«

»Was du immer alles hörst. Könntest dich glatt als Hund vermieten.«

Doch dann ließ ein Motorengeräusch sie erstarren. Von dorther, wo Gursuf lag, näherte sich ein Lastwagen, auf der Ladefläche lauter Soldaten. Einer feuerte in die Luft und der Wagen bremste. Die Kinder wurden herangewinkt.

»Woher seid ihr?«

»Wir gehören zu einer Schule. Wir wohnen da, es ist ein Internat.«

»Und wieso lauft ihr draußen herum? Lernt nicht?«

»Wir haben gerade große Pause«, sagte Ossja, der wieder mal seine Unschuldsmiene aufgesetzt hatte, als könne er nicht bis drei zählen. Als einer eine Papyrossa herunterreichte, steckte Ossja sie ohne weiteres zwischen die Lippen und ließ sich Feuer geben. Aber er reichte sie nach zwei Zügen an Fedja weiter, nachdem Polly sie nicht hatte haben wollen.

»Wie alt bist du?«, wurde er gefragt. »Was, schon elf? Und kannst noch nicht rauchen?« Ein Spaßvogel machte sein Husten nach: Ächä-ächä-ächä. »He, Kinder, habt ihr Schnaps? Oder wenigstens Wein?«

»Nein«, sagte Polly, der es unbehaglich wurde, als einige der Rotarmisten Miene machten, vom Lastwagen herunterzuspringen.

»Und das soll eine Schule sein!« Unter lautem Spottgelächter fuhren sie weiter, hinunter nach Jalta.

Bogus Gratianytsch beschloss mit dem Mut der Verzweiflung, das zu tun, was ihm Bajadarow geraten hatte: die Schule unter die Herrschaft und Verwaltung der neuen Macht zu stellen.

»Sie werden uns Kinder zuweisen, die können wir uns nicht aussuchen«, meinte Miss Aiwi. »Andererseits müssen sie uns dann auch Nahrung und Kleidung zuteilen. Irgendetwas jedenfalls muss sich ändern, so oder so. Wir können nicht länger abwarten und herumsitzen und an den Pfoten saugen wie ein zu früh aus dem Winterschlaf erwachter Bär.«

Das Gespräch fand in der Nähe des Stalls statt, in der Nähe auch des neugierig horchenden Schestjorkin, der in jenen Tagen unermüdlich seine Vorratskammer und sein Gartenland umkreiste. Eine geladene Jagdflinte umgehängt, erwartete er Marodeure und Plünderer, um sie gebührend zu empfangen.

»Ich werde versuchen, gleich zum Hauptkommissariat zu gelangen«, sagte Bogus Gratianytsch. »Zu jemandem, der ganz oben sitzt.«

»Ja, das solltest du«, seine Schwester nickte volles Einverständnis. »Alle unteren Verwaltungspersonen spielen sich bloß auf. Das war unter dem Zaren so und wird noch immer so sein. Auch die Roten werden die Bürokratie nicht besiegen.«

»Mit Verlaub«, mischte sich Schestjorkin ein, »gehen Sie um Himmels willen nicht zu denen, die die ›Regierung‹ vertreten. War neulich unten auf dem Markt, was verkaufen, und hab Sachen gehört, dass sich einem die Haare sträuben. Man nennt sie ›die Troika‹, weil es drei Personen sind. Überall kleben Plakate mit Hammer und Sichel und dem roten Stern, das sind deren Zeichen. Darauf steht, alle Einwohner Jaltas und alle Bürger der Umgegend, die älter als vierzehn sind, sollten sich auf dem Kommissariat melden. Wer so dumm ist, tatsächlich hinzugehen, bei dem finden sie im Handumdrehen was.«

»Was meinen Sie mit ›finden‹?«, fragte Polly interessiert. »Untersuchen die, was man in der Tasche hat?«

»Nein, viel schlimmer. Sie finden irgendwas, äh ... Reaktionäres. Was gegen die Revolution ist. Einen bürgerlichen Großvater, eine bestimmte Schule, die man besucht hat. Sogar eine Krawatte kann denen genügen oder ein steifer Kragen. Ganz schlimm ist es, wenn man Eigentümer von Grund und Boden ist, ein Häuschen besitzt.« Er deutete mit dem Kopf zu seinem Wohnsitz hinüber.

Wieso – das gehört ihm doch gar nicht, dachte Polly. Er ist doch nur der Pächter. Alles ist, nein, war das Geerbte von Saffo Dawidowna. Und wenn sie enteignet ist, schluckt es der neue rote Staat. Aber sie hielt den Mund.

»... was immer man sagt – sie drehen einem einen Strick draus, glauben Sie's mir. Die wollen liquidieren. Die sind verrückt auf Erschießungen. Sie, diese ›Troika‹, sind immer, äh ... im Schumm. Man sollte ihnen nie übern Weg laufen, nie.«

»Was meinen Sie mit ›im Schumm‹?«, fragte Iwonna Gratianowna verwirrt. »Meinen Sie, dass sie ständig betrunken sind?«

Schestjorkin wand sich verlegen. »Das auch, Madamchen, das auch. Aber das ist ja normal. Nein, sie haben ... sie nehmen so

Pulver … davon wird man süchtig. Nimmt man's einmal, kann man nicht mehr davon lassen.«

»Meinen Sie, sie schnupfen Kokain?«, fragte Bogus Gratianytsch.

»Ja, so ähnlich heißt es wohl.«

»Die Droge der sittlich Unzuverlässigen«, sagte Iwonna Gratianowna abfällig. »Das Rauschgift der Dekadenz und derjenigen, die mit dem Leben nicht klarkommen. Dass Menschen, die die Arbeiter-und-Bauern-Regierung repräsentieren, solche Aufputschmittel brauchen?«

»Sie brauchen es nicht. Sie gönnen es sich«, sagte ihr Bruder. »Früher war das nur was für Offiziere, Kinder reicher Leute, Künstler aus zwielichtigem Milieu und so weiter. Heute stopft sich damit voll, wer an der Macht ist.«

Immerhin beherzigte er die Warnung und fragte sich unten in Jalta zu einem nüchternen, überarbeiteten Kommissar durch. Währenddessen hüteten die vier Kinder das Wägelchen. Bogus Gratianytsch hatte dem Esel die Peitsche geben müssen, damit er endlich losfuhr. Es hatte sich leider kein Leckerbissen auftreiben lassen; Schestjorkin bewachte seinen Garten und sein Gemüse argwöhnisch. Raffail hatte schmutzige Tränenspuren im Gesicht, so hatte er mit seinem Liebling gelitten.

Ossja und Fedja tuschelten. »Wir haben was zu erledigen«, wurde Polly mitgeteilt. »Sind bald wieder hier.«

»Die wollen betteln gehen. An die Häuser klopfen«, verriet Raffail Polly, als die Jungen weg waren. Er besaß das Gehör einer Eule.

Wie Polly noch überlegte, ob sie hinterherrennen sollte und die Schande verhindern oder ob es sowieso nicht mehr drauf ankam, wurde das Portal des Hauses, in dem das Kommissariat untergebracht war, aufgestoßen. Durch die aufgehaltenen Türflügel schritten eilig, zügig drei Personen.

Ein Matrose mit gestreiftem Leibchen im weiten Ausschnitt

der Matrosenjacke und mit dicken Patronengurten kreuz und quer über der Brust. Eine Frau in lederner Kommissarinnenjoppe, die kurz geschnittenen Haare zu Löckchen gebrannt. Sie grinste mit meerschaumfarbenen Zähnen und hatte einen Nagan umgeschnallt. Sie warf Blicke nach allen Seiten, scharfe Raubvogelblicke, die lachten.

Der Dritte war ein Junge, höchstens vierzehn Jahre, blondhaarig und schwitzend. Strähnen klebten ihm an Stirn und Schläfen. Er blinzelte schläfrig und kicherte albern über etwas, das die Frau gerade gesagt hatte. Das Kichern kam immer wieder, wie ein Schluckauf. Dabei spielte er mit nervösen Fingern am Revolver.

Alle drei waren mit roten Bändern behängt. Sie wehten von der Matrosenmütze, waren zu Schleifen geschlungen, flatterten an Revers und Brusttaschen. Rot war die Farbe der neuen Macht. Mehrere Untergebene wieselten um sie herum, öffneten Autotüren, schlossen sie.

»Jetzt fahren sie wieder zum Morden«, sagte Raffail ehrfürchtig.

»Was du dir so einbildest. Das kann sonst wer gewesen sein.« Aber insgeheim, tief drinnen, wusste Polly, dass sie soeben die »Troika« gesehen hatten.

Auf dem sonnenverbrannten Gesicht von Bogus Gratianytsch standen erbsengroße Schweißtropfen, sein leicht angegrautes Haar sah aus wie nach dem Baden im Meer. Er trocknete sich mit seinem rotgeblümten Taschentuch ab, dann zog er, wie ein Zauberer das Kaninchen aus dem Zylinder, seine flache karierte Reisemütze aus der Innentasche des Jacketts und bedeckte sich.

»Sie haben es mir gegeben, das Mandat«, sagte er abgekämpft. »Wir sind ab sofort die ›Erste Schule des Volkes der Südlichen Krim‹. Mit dem Mandat gehen wir gleich da- und dorthin und sie werden uns ›das Notwendigste‹ geben. So hat es geheißen.«

»Und die Kinder?«, fragte Polly.

»Ja, leider konnte ich keine Beschränkung durchsetzen. Ich

fürchte sehr, dass sie unsere Räumlichkeiten überschätzen. Warten wir's ab und hoffen das Beste. Immerhin hat man mir Unterstützung versprochen, als ich sagte, wir hätten leider zwei Lehrkräfte eingebüßt.«

Gerade als Bogus Gratianytsch nach Ossja und Fedja fragte, weil man doch noch weiter wollte, tauchten sie auf. Sie waren aufgekratzt und trugen ihr schlechtes Gewissen deutlich in den harmlosen Gesichtern. Sie kauten, taten aber krampfhaft so, als würden sie nur mit der Zunge in den Zähnen bohren.

Zischend vor Zorn herrschte Polly die Brüder an: »Ich weiß, was ihr gemacht habt! Wir sind ab jetzt Angehörige der ›Ersten Schule des Volkes der Südlichen Krim‹. Wenn sich herumspricht, dass die Schule ihre Kinder zum Betteln anhält, wird Bogus Gratianytsch entlassen und von der ›Troika‹ hingerichtet.«

»War doch bloß bisschen Tomate und Schafskäse«, versuchte Ossja abzuwiegeln.

»Du vergisst das hier«, und Fedja holte ein Tütchen süße Mandeln aus der Hosentasche, bereits geknackt. Er gab es Polly als Wiedergutmachung. Polly teilte sie mit Raffail, Raffail teilte sie mit Kokotka.

Die beiden Stellen, zu denen man Bogus Gratianytsch mit seinem »Mandat« geschickt hatte, lieferten nach umständlichen Verhören in der Tat einen Sack Mehl an sie aus sowie einen Sack Kartoffeln. Auf der zweiten Stelle erhielten sie Äpfel und eine Speckseite. Heim kehrten sie mit der Allüre von Kundschaftern, die das Gelobte Land entdeckt haben und Kostproben seiner Üppigkeit mit sich führen.

Am Abend erschien die Schestjorkina, eine freiwillige Spende auf den Armen tragend – einen riesenhaften Kürbis. Es war offensichtlich, dass sie als Gegenleistung alles über den Besuch bei der roten Behörde wissen wollte.

»Wird eine schöne Horde von Gaunern und Taugenichtsen sein, die man uns schickt, da wette ich drauf. Die haben uns hier oben gerade noch gefehlt. Wie wollen Sie mit denen fertig werden? Nur zu zweit?«

Verächtlich schnaubend schlurfte sie davon.

Es waren noch keine vierundzwanzig Stunden um, da brachte ein Milizionär die ersten acht Kinder, angetrieben wie eine Gänseherde. Sie waren vagabundierend aufgegriffen worden, konnten oder wollten niemand nennen, zu dem sie gehörten.

»Kommen noch allerhand mehr«, versprach der Mann. »Die aus den entfernten Orten hat man auch bald eingefangen. Na dann – bringt ihnen was bei, spart nicht mit der Karbatsche. Das sind alles Besprisornye, die sind Schöntun nicht gewohnt. Verstehst du, Bürger, was ich meine? Denen muss alles eingebläut werden, sonst begreifen sie nicht, was du willst. Auf bitte und danke reagieren die nicht.«

Nicht lange nach ihm traf ein übelgelaunter Kutscher mit seinem Einspänner ein. Man hatte ihn ohne viel Federlesen beschlagnahmt – tu dies, geh dahin, wenn nicht, wirst du's bereuen –; er betonte es mehrmals. Die Behörde hatte ihm Stapel von Säcken und Strohballen aufgehalst. Mehrmals würde er fahren müssen, beschwerte er sich, denn von dieser Ladung käme noch mehr auf sie zu.

»Bosche moi! Schau dir das an! Die sind ja alle miteinander verlaust, es wimmelt nur so!« Iwonna Gratianowna ließ den entgeisterten Blick über die verfilzten Haarschöpfe der neuen »Schüler« gleiten. »Was sollen wir tun? Die herkömmliche Methode – Petroleum – können wir uns nicht leisten. Die Tage werden rasch kürzer und das bisschen, was wir haben, muss für die Lampen bleiben.«

»Tja, dann muss man sie scheren. Wie Typhuskranke oder Sträflinge. Was anderes fällt mir auch nicht ein.«

Während die Wassiltschikows mit Marfas Unterstützung sich dem Baden und Kahlscheren der Neuen widmeten, mühten Polly, Ossja, Fedja und Raffail sich ab, die widerspenstigen Halme in die Säcke zu stopfen. Auf dem freien Platz unter den Pinien, hinterm Haus, wo sonst immer die Ausübungen der »plastischen Tanzkunst nach Isadora Duncan« stattgefunden hatten, lag jetzt alles voller Stroh. Aufgewirbelter Strohstaub und die Dreckschwaden, die bei jeder Berührung aus den Säcken quollen, standen wie ein Sandsturm über der Stelle.

»Irgendjemand muss es machen«, tröstete Bogus Gratianytsch, als er die vier bepudert und unkenntlich vorfand. »Stellt euch vor, ihr wärt ein Stamm von Tuaregs, die in einen Samum geraten sind.«

Noch reichten die Schlafstellen, wenn man, wie schon zuvor, zu mehreren in den riesigen alten Himmelbetten schlief oder sich auf diversen kleinen Diwanen zusammenrollte. Aber die Strohlieferung an sich war ein drohender Hinweis darauf, dass die Behörde der ›Ersten Schule des Volkes der Südlichen Krim‹ ganze Heerscharen verwilderter Kinder zu schicken gedachte.

Polly fürchtete sich etwas vor der ihr zugewiesenen neuen Bettkameradin. Die sieben anderen waren alles Jungen. Fürchten traf es nicht ganz; es war mehr eine starke Voreingenommenheit. Beim Abendessen, während Bogus Gratianytsch eine kleine Rede hielt (»Willkommen hier in Kuru-Ssu … gemeinsam leben und lernen … niemand unter uns, der nicht ebenfalls ein schlimmes Schicksal …« etc. etc.), hatte sie sich äußerst merkwürdig betragen. Ähnlich einem aufgezogenen mechanischen Spielzeug hatte das Mädchen den Kopf bewegt, hierhin und dahin gedreht, ruckartig. Als könne jeden Augenblick aus jeder Richtung etwas hervorbrechen. Bisher hatte sie keine Anzeichen erkennen lassen, dass sie verstand, was man zu ihr sprach.

Sie war ein wenig größer als Polly, aber zum Skelett abgemagert. Man hatte ihr Tatas hinterlassenes Betttuchkleid aus Rock und ärmelloser Bluse gegeben und gegen die Abendkühle ein damenhaftes Ripsjäckchen aus Germia Moissejewnas Koffer. Auch das Nachthemd stammte daher.

Ablehnend betrachtete Polly die spitzen Schulterknochen und dachte an Tatas zimtgoldene runde Schulter im selben Kleid. Ohne sich auszuziehen, legte das Streunermädchen sich auf das Bett. Sie hatte keinen Blick für das Zimmer, keinen für ihre Bettgenossin, betastete nicht mal ihren Stoppelschädel, was doch eine natürliche Reaktion gewesen wäre.

»Soll ich dir zeigen, wo der Abtritt ist? Wie du willst. – Möchtest du dir nicht deine Zähne spülen? Normalerweise nimmt man eine Bürste, aber die verborgt man nicht, sicher bekommst du eine eigene, wenn wir wieder nach Jalta fahren, zum Markt.«

Als wenn man mit einem Tier redet, dachte Polly ratlos. Aber sie wollte noch nicht aufgeben.

»Hör zu, ich schlaf nicht gern mit jemandem in einem Bett, von dem ich nicht mal den Namen weiß. Vor dir haben dort Tata Khutumian und Walentina Dshalalowa geschlafen. Tata war meine beste Freundin. Beide sind leider mit ihren Familien ins Ausland geflüchtet, mit dem Schiff. Ich bin Ippolita Apraksina, heiße aber nur Polly. Und wie heißt du?«

Keine Reaktion.

Polly begann sich zu ärgern. »Apraksina, deine Rede ist wie Fliegengesumm in meinen Ohren«, antwortete sie sich selbst mit verstellter Stimme. »Meine Ohren öffnen sich nur dem Großen Geist Manitu, wenn er spricht mit der Zunge der Gefallenen von Little Big Horn.«

Tata hätte gelacht. Ein Lachen wie Taubengurren. Die hier – nichts.

»Gut, dann gebe ich dir einen Namen. Ich werde dich … werde dich … wie gefällt dir Katja? Oder lieber Nadja? Mussja? Olja! Möchtest du Olja heißen? Nein, ich weiß noch was Besseres, das wird dir gefallen: Glafira oder Praskowja, schöne altrussische Namen von Bäuerinnen und Heiligen.«

Der lange dürre Spargel in Tatas Kleid sprach. Er sprach seltsam heiser. Kaum vernehmbar.

»Viola Oserskaja.«

»Oh«, sagte Polly. Und genierte sich auf einmal fürchterlich. Praskowja … Glafira… Namen von Dorftrampeln! »Bist du vielleicht mit dem berühmten Erfinder Oserski verwandt?«

»War mein Großonkel.«

»Und dein Papa? Auch Wissenschaftler? Meiner war Kaufmann; Spielzeug und so weiter.«

Mürrisch, eintönig, heiser wurde geantwortet: »Oberst. In Koltschaks Armee. Sibirien.«

»Aber Koltschaks Armee hat doch …« Polly zögerte. Hat doch schlappgemacht, wollte sie sagen. »Ist doch verraten worden«, fuhr sie fort. »Die hat man doch alle an die Roten ausgeliefert. Wo ist dein Vater jetzt?«

»Wo schon? Füsiliert.«

»Warst du das einzige Kind?«

Kopfschütteln. »Zwei Brüder.«

»Wie ich«, sagte Polly freudig, als sei die Übereinstimmung bereits ein Grund, Freundschaft zu schließen.

»Aber deine leben.«

Nach Violas Mutter fragte Polly gar nicht erst. Die Antwort lag auf der Hand. Um das nächtliche Gespräch mit einer banalen freundlichen Frage abzuschließen, erkundigte sie sich zuletzt nach der Ursache für Violas tonlose heisere Stimme.

»Du solltest morgen mit Kaliumpermanganat gurgeln. Sicher wird dir Miss Aiwi, das ist Iwonna Gratianowna, ein Halstuch besorgen.«

Aber Viola stieß nur ein verächtliches »Ph!« aus. Ihre Mutter, so holte Polly in Stichworten aus ihr heraus, hatte nach Erhalt der Nachricht ein »Totenmahl« veranstaltet. Nur für sich und ihre drei Kinder. »Mir ist schlecht geworden. Bin aufgewacht. Hab's wieder ausgebrochen. Hab überlebt. Nur ich.«

Seitdem aber gab Violas verätzte Kehle nur mehr Hauchen und Flüstern von sich.

»Du darfst gerne meine Zahnbürste benützen«, sagte Polly. Aber sie hatte das unklare Gefühl, dass kein Opfer Viola etwas bedeuten würde. Ihr war alles egal. Alles.

31. Kapitel

Wohin man auch ging, sie waren schon da. Sie waren einfach überall. Lümmelten in allen möglichen Stellungen auf Treppen, auf Türschwellen, ritten auf Sofalehnen, kippelten mit Stühlen, fielen um und irgendetwas zerbrach garantiert dabei. Sie rauchten und kokelten alles an. Sie rasten, einander verfolgend, wie wilde Hunde durch die Zimmer, die Korridore, treppauf, treppab, über die Veranda, um schließlich keuchend und brüllend übereinander herzufallen. Trat man aus dem Haus, hockten sie in Trauben auf den Stufen, tuschelten, heckten irgendwas aus, lachten schadenfroh im Voraus.

Manchmal kamen sie Polly vor wie ein über Kuru-Ssu hereingebrochener Schwarm von Schädlingen. Elf von ihnen trugen die Bettlakenkleidung der abgereisten Kinder. Die übrigen dreizehn waren schlecht und recht mit aus Gardinen genähten Blusen ausgestattet worden. Und wie Motten hinterließ die Mehrzahl der neuen Zöglinge Zerstörtes, Unrat, Schaden.

Die beiden Wassiltschikows waren vollkommen überfordert. Bisher hatte die Behörde die dringend erbetene pädagogisch erfahrene Kraft noch nicht gefunden.

Obwohl sich herausgestellt hatte, dass über die Hälfte der Kinder weder lesen noch schreiben konnte, waren nach den ersten Probestunden bloß noch die Kleineren bereit, sich beides von Iwonna Gratianowna beibringen zu lassen. Wahrscheinlich, dachte Polly, genierten sich die Großen, weil ihnen das ungewohnte Aufmerken, das Malen von Strichlein und Kurven und das laute gemeinsame Buchstabieren nicht auf Anhieb leichter fiel als den Jüngeren. Unter normalen Umständen hätten sie sich an diesen gerächt, durch Vermöbeln und Quälen. So schwänzten sie bloß und lungerten herum, rauchten irgendwelche Kräuter und schwärmten aus – in die Weinberge, bis in die Nähe der benachbarten Gutshöfe.

Rund ums Hauses musste man jetzt immer Acht geben, wo man hintrat. Alle Besprisornye waren es gewohnt, ihre Bedürfnisse dort zu verrichten, wo sie sich gerade aufhielten. Es war ihnen einfach nicht beizubringen, dafür ins Haus zu gehen. Vor allem nicht, seit der Riegel der Abtritttür den kämpferischen Belagerungen zwischen drinnen und draußen nicht standgehalten hatte.

Polly und Viola Oserskaja hatten das Himmelbett längst nicht mehr für sich. Zwei jüngere Mädchen, Sojka und Walja, schliefen am Fußende. Während der ersten Woche hatte es fast so ausgesehen, als könne es Polly gelingen, Viola nach und nach aufzutauen. Sie hatte von Tata und von Krestik erzählt, vom Überfall der Grünen und von den Badetagen, für die das Meer inzwischen zu kalt geworden war. Kann sein, sie hatte ein bisschen zu viel von Tata erzählt.

Aber Viola schien sich gern in Pollys Nähe aufzuhalten. Ob sie zuhörte, wusste man nie, immerhin reagierte sie auf die meisten Fragen. Entweder mit einem Achselzucken, einem »Ph!« oder einem heiseren Wort. Entschieden ein Fortschritt, wenn man an die ersten Tage dachte, wo sie in einer weiten öden Leere zu hausen schien. Die Ankunft des zweiten Schwarms vagabundierender Kinder jedoch und ihre lärmende angriffslustige Inbesitznahme des Hauses ließ Viola wieder in ihr altes Wesen zurückfallen. Die »Bande«, eine Gruppe erfahrener Straßenjungen, hatte ihr den Spitznamen »Gespenst« verliehen. Sie selbst redeten einander ebenfalls ausschließlich mit Spitznamen an. Sie waren selten offen aufsässig. Sie wirkten verschlagen und ausgekocht und erwiesen Bogus Gratianytsch nach einer aus reiner Neugier besuchten Unterrichtsstunde nicht die Ehre, noch weitere Stunden zu stören.

»Wen interessiert solcher Schwachsinn«, war ihr Urteil über die Plaudereien, die wie eh und je von Geografie zu Geschichte und von Geschichte zu Literatur sprangen. Etliche Jungen folgten dem Beispiel der Bande, um ja nicht in deren Augen als kriecherisch zu erscheinen. »Guckt mal – Wowa will Professor werden!« Das wollte sich niemand nachsagen lassen. Meistens kamen nur Polly und in ihrem Schlepptau Viola, der Knirps Raffail, der ergeben und anhänglich dasaß, sowie Ossja und Fedja. Obwohl – Polly beobachtete voller Argwohn, wie es Ossja zu den Unternehmungen der »Bande« hinzog. Wie er von denen fasziniert war.

Der, auf den alle anderen hörten, wurde Kolokol gerufen. Den Namen – Glocke – hatte er seiner lauten und metallisch klingenden Stimme zu verdanken. Er fasste das »Ziegenbeinchen« beim Rauchen mit Daumen und Zeigefinger; nur Damen und Offiziere hielten die Papyrossa zwischen Zeige- und Mittelfinger. Außer Kolokol gehörten noch Schut, Bumerang und Naljewo zu den Rädelsführern.

Schut kasperte gerne herum. Er spielte die Rolle des Hofnarren.

Bumerang war Kolokols Bote. Er wurde ausgesandt und kehrte immer wieder zurück. »Schleicht die Ratte wieder mit dem Gewehr herum?« Die Ratte war Schestjorkin. »Schau mal nach, ob die Nüsse schon so weit sind.«

Und Naljewo hatte einen leicht nach links gedrehten Fuß. Den hatte er sich vor Jahren bei einem Sturz gebrochen. Mangels Schonung und Pflege war er schief wieder zusammengewachsen.

Größere Mädchen gab es unter den Neuen außer Viola nur drei. Zwei hingen fast immer bei Marfa in der Küche, naschten ohne Skrupel von den Portionen der anderen und tändelten mit dem Säugling. Die dritte, Frossja, war von allen die freundlichste und zutunlichste. Iwonna Gratianowna bezeichnete Frossja als »Glücksfall«.

Bis man dahinterkam, dass Frossja die Kleider der Lehrerin anzog, und auch sonst stahl wie eine Elster. Da es nichts Wertvolles mehr im Haus gab, begnügte Frossja sich mit allem, was ihr vor die Finger kam. Man konnte auch Diebstähle bei ihr in Auftrag geben. Es ging ihr offenbar vor allem um den Nervenkitzel, den atemberaubenden Moment. Nicht alles jedoch fand man in ihrem Zimmer wieder.

Iwonna Gratianowna brach zusammen und weinte, als eines Tages die Wasserfarben fort waren, der große hölzerne Kasten, der mit ihr überallhin gereist war. Mit Einsatzboden, wie eine Pralinenschachtel. Dazu Pinsel in sechs verschiedenen Stärken.

In diese Szene hinein platzte die Ankunft einer korpulenten Frau im blauen Kostüm. Polly verglich sie gleich mit einem Ringer, wie sie im Zirkus auftraten. Denn wie diese ließ auch die Frau ihre kurzen kräftigen Arme leicht abgespreizt hängen, nachdem sie ihr Gepäck abgesetzt hatte. Einen Moment lang wartete Polly darauf, dass sie den rechten Arm anwinkeln würde, um mit der linken Hand sich selbst auf den Bizeps zu hauen. Aber sie musterte nur verächtlich die schluchzende Miss Aiwi mit ihrem nassen Taschentüchlein und sagte dann barsch: »Marmeladowa. Und wer sind Sie?«

Polly musste die Neuigkeit sofort weitergeben. Auf der Suche nach den Brüdern wurde sie bis zum Garten der Schestjorkins gewiesen. Der Pächter und Hausmeister (der seit Ankunft der Besprisornye keinen Fuß mehr ins Haus gesetzt hatte) fuchtelte mit der Flinte herum. Einige Jungen waren wohl schon eingedrungen, denn er schwenkte die Waffe bald nach hinten, zu den Bäumen, bald dahin, wo Kolokol und die seinen sich vor Lachen bogen.

»Du darfst nicht auf uns schießen, Onkelchen!«, johlte Schut. »Wir sind Mündel der Regierung. Wir sind alle gezählt.«

Kolokol spürte, dass jemand in seinem Rücken stand. Als er sah, dass es Polly war, begann er umgehend sich aufzuspielen. Er hob die Hand, als hielte er einen Säbel und rief: »Angriff auf Sewastopol!« Im Nu umklammerten vier der kahlköpfigen Jungen Arme und Beine des vor Weißglut brüllenden Schestjorkin. Weitere zwei – Kolokol höchstselbst und Bumerang – fesselten ihn an die Pumpe.

»Komm näher, Mädchen«, Kolokol winkte gönnerhaft, »na los, hab keine Angst, die Ratte hat heute ihren Spendiertag. Jetzt geht's an die Nüsse. Darfst dir auflesen, so viel du kannst. Wenn du die Schale knackst, ist ein weißer Kern drin. Schmeckt wie Konfekt.«

»Ich weiß, wie Nüsse schmecken«, sagte Polly abweisend. »Aber weißt du, wie Konfekt schmeckt? Das sollte mich sehr wundern.«

Kolokol wieherte entzückt. Er schien schnippische Mädchen den sanften, ängstlichen vorzuziehen.

Polly sagte nicht ja, aber auch nicht nein. Der Gedanke an Nusskerne war verlockend. Kolokol packte sie um die Mitte und schwang sie in hohem Bogen über den niedrigen Flechtzaun.

»Das wird angezeigt! Das melde ich der Polizei! Ich lasse euch von der ›Troika‹ abholen, dann landen eure Kadaver im Erlangen-Park!« Schestjorkin schäumte.

Bei den Nussbäumen hatte man längst per Räuberleiter die untersten Äste erklommen. Mindestens drei Jungen standen auf jedem Baum und begannen auf Kolokols Zeichen hin zu rütteln und zu schütteln. Prasseln setzte ein. Es regnete grün umhüllte Nüsse, Blätter, Zweige, Nüsse mit bereits matschiger Schale und nackte, braune, eben geborene, die nur noch geknackt zu werden brauchten.

Polly zog die Strickjacke von Saffo Dawidowna aus und

knotete die Ärmel zu, um die Schläuche zu füllen. Dreimal traf eine Nuss sie am Kopf. Als ob es gezielte Würfe wären.

Empört suchte sie den Werfer im Laubwerk zu erkennen. Sie musste nicht lange Ausschau halten. Ossjas üppig wuchernder Wuschelkopf war unter den geschorenen Schädeln leicht auszumachen. Er grinste breit.

Fedja war wohl nur mit dabei, um Ossja nicht allein zu lassen. Ihn erkannte Polly auf einem anderen Baum, ohne dass er winkte oder rief. Ossja ein Bandenmitglied! Und offenbar hell begeistert, es zu sein!

Als sie über den Zaun zurückkletterten, befahl Kolokol: »Lasst die Ratte ruhig angebunden. Seine Alte kommt sicher am Abend Wasser holen, da findet sie ihn dann schon.«

»Das werdet ihr mir büßen! Ihr werdet wünschen, nie geboren worden zu sein«, schwor der Gefesselte. Auf seinen Lippen stand Schaum.

»Sie haben etwas vergessen, Bürger Schestjorkin«, sagte Polly, der leicht mulmig zumute war. »Der Pachtvertrag geht so, dass der Eigentümer der Villa Anspruch auf die Hälfte von allem hat, was Sie ernten. Wir haben uns also lediglich genommen, was der Schule von Rechts wegen zusteht.«

»Die Eigentümerin ist über alle Berge«, zischte Schestjorkin. »Seitdem gibt es keinen Vertrag mehr. Und alles, was ich erzeuge, gehört mir allein.«

»Irrtum, die Schule ist nicht über alle Berge«, übertrumpfte ihn Polly. »Sie untersteht der neuen Regierung. Das heißt, Sie sind jetzt Pächter von Regierungseigentum.«

»Bah!« Kolokol puffte sie anerkennend. »An dir ist glatt ein Advokat verloren gegangen, Mädchen.«

»Nenn mich nicht immerzu Mädchen«, sagte Polly, als die ganze Bande im Schutz eines abgeernteten Weinbergs hockte und mit Feldsteinen eine Nuss nach der anderen zerklopfte. »Ich heiße Ippolita. Oder Polly. Oder Poljenka.«

Kolokol, den Mund voll weißer breiig zerkauter Nusskerne, erklärte geduldig: »Jeder, der zu uns gehört, muss einen Bandennamen haben. Sonst bleibst du irgendwer, verstehst du? Irgendso eine blöde Lussja oder Mussja.«

»Und was ist mit Viola?«, fragte Polly.

»Mit dem Gespenst? Tja, das ist eine dritte Abteilung. Leute, die nicht irgendwer sind und nicht die unsrigen. Typen, die man hasst, wie die Ratte da drüben. Oder die man unangenehm findet, wie diese Scheche mit der Geisterstimme.«

Polly hatte auf der Zunge, dass sie nicht im Mindesten darauf Wert lege, in die Bande aufgenommen zu werden. Tief innen fühlte sie sich aber doch geschmeichelt, da sonst keins der Mädchen bisher aufgefordert worden war.

»Und wie würde ich heißen? Wenn ihr mir was Idiotisches aussucht, verzichte ich lieber.«

Kolokol winkte seiner engsten Gefolgschaft näher zu kommen. Dann wurden auch noch Ossja und Fedja mit gekrümmtem Finger heranbefohlen. Es wurde getuschelt. Schut haute sich auf die Schenkel. Naljewo quiekte vor Lachen. Ossja jedoch schüttelte den Kopf.

»Da kannst du sie gleich vergessen. Polly hat eine Menge Stolz.«

»Mit Stolz kannst du heutzutage verrecken«, sagte Bumerang. »Mir kannst du auf die Pirogge kacken, ich ess am Rand weiter. Auf Stolz ist geschissen.«

»He, wie wär das?« Kolokol hatte einen neuen Vorschlag. Ossja nickte. Selbst Fedja schien einverstanden.

»Du bist ab jetzt Wesnuschka.«

Breit grienend und noch immer unsicher sah Kolokol Polly in die Augen. Die zuckte die Achseln. Sommersprosse – nicht gerade originell.

»Von mir aus. Im Winter sind die sowieso wieder weg. Wie nennst du mich dann?«

»Simnuschka. Wintersprosse. Was ist dein Einstand, Wesnuschka?«

Polly fiel wieder ein, weshalb sie die Brüder gesucht hatte. »Etwas, das noch keiner von euch weiß: Eine neue Erzieherin ist gekommen. Sie heißt Marmeladowa.«

»Vergleich sie mit einem Tier«, verlangte Kolokol. »Damit wir gleich wissen, was sie für'n Typ ist.«

»Preisbulle«, kam es wie aus der Pistole geschossen.

Ein Pfiff gellte vom Haus her. Er wurde wiederholt. Polly sah Viola Oserskaja in ihrer üblichen langsamen, schlenkernden Weise näher kommen.

»Warst *du* das? Hast du gepfiffen?«

Kaum merkliches Kopfnicken. »Die Neue«, krächzte Viola mit ihrer tonlosen Stimme. »Appell. Alle ins Haus. Will die Zimmer filzen.«

»Was ist denn das für eine neue Erfindung?« Ossja empörte sich; er dachte an seine Pistole und an die kostbaren Inhalte seiner Glasröhrchen aus dem Chemiekasten. »Weißt du zufällig warum?«

»Miss Aiwi«, röchelte Viola.

Polly musste es den anderen erklären, die von dem Verschwinden des Farbkastens noch nichts wussten.

Dass am hellen Nachmittag alle 28 Kinder sich im Speiseraum einfanden, war noch nie da gewesen. Polly hatte das unklare Gefühl, dass Kolokol nur ihretwegen mitgekommen war. Unter normalen Umständen hätte ihn solch ein »Befehl« nur zum Lachen gebracht. Und ihm wiederum waren die anderen gefolgt, die auf ihn hörten.

»Mein Name ist Akilina Antonowna Marmeladowa«, sagte die Neue. Sie stand fest und breitbeinig vor ihnen, die Daumen in die Taschen ihrer Kostümjacke gehakt. »Man hat mich hierher beordert, damit ich helfe, euch zu neuen Menschen zu erziehen, zu Stützen der Sowjetmacht. Diebe werde ich nicht dulden. Wenn derjenige, der den Farbkasten der Lehrerin Wassiltschikowa gestohlen hat, diesen binnen fünf Minuten herbeischafft, wird es nur eine leichte Strafe geben. Immerhin bin ich gerade erst angekommen und noch nicht in der richtigen Stimmung, um in aller Härte durchzugreifen.«

Sie zog eine auffallend zierliche Taschenuhr aus dem Kostüm. »Fünf Minuten.«

Unwillkürlich wandten sich aller Augen Frossja zu. Wer sonst sollte etwas so Hirnrissiges getan haben? Miss Aiwis Aquarellfarben klauen! Die Blicke der Geschwister Wassiltschikow allerdings trafen sich in unverhohlenem Entsetzen, wie Polly bemerkte.

»Noch vier Sekunden.«

Laut winselnd warf sich Frossja vor dem blauen Kostümrock auf die Knie, grapschte sich die Hand der neuen Erzieherin und begann sie mit einer Flut demütiger Küsse zu bedecken.

»Lass gefälligst dieses Zigeunergetue. Kniefall und Handkuss sind ein für alle Mal abgeschafft, denn sie sind ein Zeichen falscher Unterwürfigkeit. Wie heißt du?«

»Panowa, Jefrossinja«, sagte Frossja sachlich und heulte dann weiter wie ein Klageweib. »Erbarmen, allergnädigste Lehrerin, ich kann nichts dafür ... es ist wie eine Krankheit.«

»In dem Fall wirst du in eine Anstalt für Debile und Geisteskranke kommen. Hatte ich nicht gerade eben angeordnet, jegliche Burschuji-Sitten zu unterlassen? Dazu gehört schmeichlerische Anrede. – Jetzt aber raus mit der Sprache, Panowa! Was hast du mit dem Aquarellkasten angestellt? Zerstört? Weggeworfen? Oder schon zu Geld gemacht?«

Frossja war zwar eine raffinierte Diebin, doch um sich ebenso raffinierte Lügen auszudenken, fehlte es ihr an Schlauheit. »Hatte noch keine Gelegenheit, Genossin Marmeladowa. Beim nächsten Einkaufstag wollte ich mich als Begleitung melden und das Ding unten in Jalta losschlagen. Gibt Kommissionshändler genug da.«

Ein schuldbewusster Seitenblick glitt zu Iwonna Gratianowna.

»Ich habe sie mal ausprobiert, die Farbsteinchen. Hab's genau so gemacht, wie Sie's immer machen, hab Wasser in eine Konservendose getan und mit den Pinseln getuscht. Bilder in einem Buch hab ich ausgemalt.«

»Du besitzt eigene Bücher?«, wunderte sich die Marmeladowa.

Frossja wand sich wie ein Aal. »Hab mir das von Poljenka genommen ... Wollte es heute Abend zurückgeben, ehrlich. Die Augen sollen mir platzen, wenn ich lüge.«

»Wie, was – meine ›Alice im Wunderland‹?«, schrie Polly. »Das Einzige, das mir von all meinen Büchern noch geblieben ist, hast du verschandelt? Oh, ich bring dich um! Und vorher koch ich dich in siedendem Öl.« Sie brach in hemmungsloses Schluchzen aus.

Viola Oserskaja stand mit leerem Blick daneben. Was sie denken mochte, war in etwa: Wie kann man um ein paar geheftete Seiten Papier Tränen vergießen.

Auch Kolokol begriff diesen Kummer nicht. Schut brummte, man solle lieber die neue Erzieherin in Öl kochen, dann hätte man endlich mal wieder Fleisch zum Essen.

Bis zum Abend hatte die Marmeladowa eine Besenkammer räumen lassen. Nichts durfte darin zurückbleiben. Nicht mal die Leiste mit den Haken, an denen man dies und das aufhängen konnte.

»Das wird ab sofort der Karzer sein«, verkündete sie.

»Was heißt das bitte, Akilina Antonowna?«, fragte Ossja interessiert.

»Sie können das sicher umfassender erklären als ich.« Die Marmeladowa wandte sich an Bogus Gratianytsch, der bis jetzt noch kein Wort von sich gegeben hatte, ebenso wenig wie seine Schwester.

»Karzer kommt vom lateinischen Wort carceri. Das waren die römischen Staatsgefängnisse.«

»Wunderbar gesagt, Boris Gregorjewitsch«, lobte die neue Kollegin. »Und da hinein werden auch wir unsere Missetäter sperren. Die Strafen werden von einer Stunde bis zu einer Woche reichen, je nach Schwere des Vergehens. Die Panowa wird unseren Karzer einweihen. Diebstahl von Lehrereigentum, das ist drei Tage wert. – Ja, du da? Was willst du?«

Raffail Schorobnik hatte sich gemeldet. »Er heißt Bogus Gratianytsch«, sagte er in die unheilvolle Stille hinein.

»Ja, und? Was soll das jetzt?«

»Sie haben ihn Boris Gregorjewitsch genannt«, erklärte Raffail mit seiner ewig bekümmerten Stimme.

»Oh, Raffik, Raffik«, murmelte der, um den es ging. »Mein treuer Paladin. – Sagen Sie, ist das wirklich notwendig? Ein Gefängnis einzurichten, für Schüler? Wir sind hier doch nicht bei der Tscheka. Als Nächstes kommt womöglich das Foltern dran. Nein, ich protestiere ganz entschieden gegen diese Maßnahme und meine Schwester auch.«

»Wie weit Sie mit Ihrer Nachgiebigkeit gekommen sind, habe ich gesehen«, war die Antwort. Es schwang Hohn mit. »Ich habe Vollmachten, den Abschaum zu vollwertigen Sowjetbürgern umzuerziehen, Boleg Gawrilowitsch.«

Raffail öffnete den Mund. Und schloss ihn dann wieder. Er hatte gelernt, abzuschätzen, wann Protest Sinn hatte und wann nicht.

Frossja, von der man erwartet hätte, dass sie sich laut lamentierend und flennend gegen den Arrest sträuben würde, war wie benommen. Sie ging in das ausgeräumte Kabuff hinein und hockte sich auf den nackten Fußboden. Sie sah niemanden an.

»Man muss ihr doch wenigstens eine Decke geben«, versuchte Iwonna Gratianowna zu protestieren. »Die Nächte sind schon kühl. Und eine Laterne oder eine Kerze. Dunkelheit ist grausam.«

»Das soll keine Sommerfrische sein, meine Beste. Je gefürchteter der Karzer ist, umso weniger werden die anderen Kinder versuchen, es darauf ankommen zu lassen. Zum Beispiel durch Herumstreunen in der Nacht, wie es bis jetzt offensichtlich erlaubt war. Neun Uhr ist ab heute Bettgehzeit. Ich werde das kontrollieren.«

Polly dachte an ihre langen Spaziergänge mit Tata und Krestik an den lauen Sommerabenden, wenn sie den Wachtelkönigen aus den Weinbergen zuhörten und sich ein übervoller Sternenhimmel über ihnen spannte, während die vier Erwachsenen Tee trinkend auf der Veranda saßen und leise plauderten und lachten.

Dann hätten wir uns auch gleich in die Kabanicha sperren lassen können, sagte sie sich bitter. Was nützt mir das Paradies, wenn einem bei jedem Vergehen Dunkelhaft droht?

Der Farbkasten und das Buch lagen offen auf dem Fensterbrett in Frossjas Zimmer. Auch die verbeulte Konservendose mit schmutzigem Wasser stand noch da. Frossja hatte die Holzstiche in der »Alice« wie ein Kind von sechs Jahren ausgetuscht. Goldgelbe Haare, blaues Kleid, rote Backen, gelbe Kronen, rote Schachfiguren. Sie hatte nichts verschmiert, aber die Farbe hatte durchgesuppt. Man sah jetzt auf den Rückseiten der Bilder dunkle Stellen, was die Leserlichkeit beeinträchtigte.

Als Frossjas drei Tage um waren, kam eine andere aus dem Karzer. Das Charmante, das Herzliche, die Lebenslust, eben das »Zigeunergetue«, waren gänzlich dahin. War die Marmeladowa in der Nähe, verhielt sich Frossja wie ein von der Schlange hypnotisiertes Kaninchen, reglos und verstört. Ansonsten saß sie apathisch herum, tat, was ihr aufgetragen wurde, stumpf und leer.

32. Kapitel

»Hör zu, Wesnuschka«, verriet Kolokol während einer Unterrichtsstunde (denn jetzt musste jeder daran teilnehmen oder wenigstens seine Zeit absitzen, wenn er sich schon nicht aktiv beteiligte, sonst drohte Entzug der Mahlzeiten), »hör zu – wir hauen ab. Mir und den Jungs gefällt das hier nicht mehr, seit die Neue sich als Zarin aufspielt. Wir brauchen Freiheit, verstehst du? Wollt ihr mitkommen, du, der Pfiffikus und der Jongleur?« Unter diesen Namen waren Ossja und Fedja in die Bande aufgenommen worden.

»Falls ihr die Absicht habt, eure geliebte Freiheit hier auf der Krim zu genießen, dann sage ich euch schon jetzt, dass man euch in ein paar Wochen wieder aufgegriffen hat. Dabei mitzumachen wäre mehr als dumm. Du solltest dein Gehirn ankurbeln, ehe du anfängst zu denken«, sagte Polly überheblich.

»Wir brauchen ja nicht auf der Krim zu bleiben«, bot Kolokol entgegenkommend an. »Wir können ebenso gut nach … nach … nach Moskau«, schloss er. Die einzige große Stadt, die ihm einfiel.

»Fein«, sagte Polly. »Wir kaufen uns Fahrkarten für ein Erste-Klasse-Abteil von Simferopol bis Moskau, niemand wird uns nach Ausweisen oder Mandaten fragen, auf jedem größeren Bahnhof gehen wir in den Speisesaal. Und in Moskau ziehen wir uns unsere Pelze an, denn dort wird es schon kalt sein, und lassen uns mit einem Iswostschik in ein Hotel kutschieren.«

»Klingt, als wärst du schon viel gereist«, sagte Kolokol vorsichtig.

»Ja, allerdings, das bin ich.« Polly warf ihm einen Blick zu wie eine große Dame einem kleinen Jungen. »Wochenlang sind wir in diesen verfluchten Zügen mit diesen verfluchten Demobilisierten gereist, zusammen mit Flöhen und Läusen und Typhuskranken. Das war vor einem Jahr. Und seither ist es bestimmt noch schlimmer geworden.«

Sie erzählte all das Schaurige, was sie seinerzeit auf der »Massandra« von Sawwa Todorowitsch gehört hatte, der sich ja von Moskau nach Rostow am Don durchgeschlagen hatte. Viele Eisenbahnlinien waren zerstört. Ständig gab es Überfälle verschiedener Banden, wenn der Zug durch »wilde« Territorien musste. Denn bis jetzt hatte die neue Regierung mit dem Krieg vollauf zu tun gehabt und sich noch nicht mit diesem Gesindel beschäftigen können. Brücken waren gesprengt, sodass die Züge Umleitungen fahren mussten. Einer war des anderen Feind, wenn es um Plätze in den offenen Güterwagen ging. Kommissare kontrollierten nach Gesichtern, die ihnen missfielen: nach Kadettengesichtern, Gutsbesitzergesichtern, auffällig jüdischen Gesichtern, Fürstinnengesichtern oder auch nur vergeistigten Gelehrtengesichtern. Ihre Schläger holten Reisende heraus und man hörte hinter abgestellten Waggons die Salven der Schüsse.

»Und selbst wenn wir es schaffen *würden* – kennst du jemanden in Moskau?«, vollendete Polly. »Im Winter – denn wenn wir ankämen, wäre es Winter – kann kein Mensch in einem Park übernachten. Wir würden morgens aufwachen und wären erfroren. – Was ist daran so komisch?«

Kolokol bog sich vor harmlosem Lachen. »Würden morgens aufwachen und wären erfroren. Guter Witz, könnte von Schut sein. – Im Ernst, Wesnuschka – irgendwohin hauen wir ab. Das schwör ich dir bei meinem Blut.«

»Wenn die Taten Iwans des Schrecklichen euch so wenig interessieren, dann übt wenigstens Rücksicht den anderen gegenüber, die noch nie davon gehört haben.« Bogus Gratianytsch wirkte gekränkt.

Die Marmeladowa war nicht nur äußerlich das Gegenteil der beiden Frauen, die sie ersetzen sollte, sie hatte auch nicht das Geringste für Tanz oder rhythmische Bewegung übrig. Ihre bevorzugte Übung war Dauerlauf, den sie ironisch als »Kosakenpatrouille« ankündigte. Und immer lief sie selbst mit, sodass man nie machen konnte, was man wollte – gemütlich ausschwärmen oder hinsetzen. Sie rannte nicht schnell, aber ausdauernd, und zog dazu Tennisschuhe an, während die Kinder bestenfalls Strohsandalen hatten.

Eines Tags ließ sie unter den Pinien halten und redete lang und breit über deren Früchte, die Pinienzapfen, in denen essbare Kerne säßen, wahre Leckerbissen.

»Ob sich wohl unter uns ein geschickter Kletterer befindet? Für zwei Zapfen zahle ich eine Kopeke. Ihr könnt sie natürlich auch selbst essen. Na, wer wagt es?«

Schut zog die Sandalen aus und rannte den Stamm hoch. Er schien geradezu an ihm zu kleben, als besäße er Krallen wie Jungeulen, die auf ähnliche Art ins Nest zurückklettern, wenn sie aus Versehen hinausgefallen sind.

»Scheiße, das Holz ist kalt wie'n Eisblock«, brüllte Schut.

Er hockte rittlings auf einer Astgabel. Zapfen auf Zapfen schmiss er herunter. Alle stürzten sich drauf, man riss sie einander aus den Fingern. Jeder wollte diese berühmten Pinienkerne probieren.

»Nüsse sind besser«, bemerkte Kolokol. Denn Schuts affenartige Geschicklichkeit drohte dem Ruhm seines Raubzugs in den Garten der Schestjorkins den Rang abzulaufen.

Etwas verdrießlich wartete die Marmeladowa, dass ihr endlich einige Zapfen – reife, schwere, voller Pinienkerne – abgeliefert würden. Sie musste sich schließlich selbst ins Getümmel wagen und sich selbst danach bücken.

Ossja häufte leer gegessene Zapfen auf Fedjas Arme und grapschte auch selbst so viel er fassen konnte. Ihm war eine Idee gekommen. Keuchend und schwitzend drängte er sich an Polly heran, neben der Kolokol ging.

»Ich weiß, wie wir ein Vermögen verdienen können. Auf dem Markt in Jalta werden sie es uns aus den Händen reißen. Soll ich euch sagen, was ich vorhabe?«

Doch die beiden Großen hörten kaum zu. Etwas gänzlich anderes schien sie vollauf zu beschäftigen. Ossja, beleidigt und hellhörig, ließ die Augen zwischen ihnen hin- und herflitzen.

»Ungelogen, Wesnuschka – Moskau rückt näher. Irgendwann dieser Tage werde ich mich mal in Jalta umhören. Hab noch immer 'ne Menge Beziehungen da. Kannst dich auf mich verlassen.« Kolokol hatte seine klingende Stimme gedämpft.

»Was habt ihr vor?«, fragte Ossja im Verhörton. »Wollt ihr etwa aus Kuru-Ssu abhauen?«

»Unser Pfiffikus ... die reinste Wahrsagerin, und ganz ohne Karten zu legen.« Kolokol frotzelte. Seine drei engsten Kumpane feixten, hielten jedoch den Mund. Es schien ernst zu sein. Auch Polly hüllte sich in Schweigen. Ossja fühlte sich beiseite geschoben, nicht für voll genommen – eine Stelle, wo er empfindlich war.

»Und wovon wollt ihr die Fahrkarten bezahlen?«, schrie er.

»Pscht«, machte Fedja.

Doch so leicht ließ sich Ossja nicht beruhigen. »Wenn ihr mich anpumpen wollt, falls mein Experiment mich reich macht, dann kratzt euch schon jetzt am Hintern.«

Polly, die ahnte, was Ossja quälte, sagte: »Natürlich würde ich nie ohne euch von hier verschwinden. Ich bin nicht Klascha. Und jetzt kein Wort mehr davon. Die Marmeladowa interessiert sich schon für uns.«

Neugierig fragte Kolokol: »Wer zum Teufel ist Klascha?«

»Unsere älteste Schwester«, sagte Fedja.

Nach dem Kalender war noch immer Herbst. Winter ist erst, wenn man nicht mehr draußen sitzen kann, hatte die Köchin Marfa behauptet. Noch konnte man das. Noch blies die Bora nicht. Der Himmel war blau und schien noch nie so hoch gewesen zu sein.

Die Nächte waren schwarz und schweigsam. Alles roch stärker als vordem. Die Bäume in Gold und Purpur im Nikitski-Garten prunkten wie die Gewänder eines Metropoliten zu hohen Festtagen.

Bogus Gratianytsch brachte vom Postholen eine Neuigkeit mit: Die »Troika« hatte aus Versehen zwei wichtige Genossen erschießen lassen, deren Namen sogar in Petrograd und im Kreml bekannt waren. Daraufhin war eine andere »Troika« aufgetaucht und hatte die alte liquidiert.

»Diesmal sind es zwei Matrosen und eine Frau. Man sagt, sie treiben es genauso wüst wie die erste. Kokain und rote Bänder und keine langen Fisimatenten, wenn's um Hinrichten geht.«

Und noch etwas hatte er erfahren: Im Dorf Nikita hatte man endlich eine Polizeistelle eingerichtet. Denn außer den Grünen trieben sich jede Menge Versprengte der Weißen Freiwilligenarmee in den Bergen herum. Sie hatten sich nicht mehr rechtzeitig absetzen können und kämen angeblich bei Nacht in die Nähe der Häuser, sogar bis in die Stadt, den Finger am Abzug, in verzweifelter Lage. Man solle sich unter keinen Umständen nach Einbruch der Dunkelheit draußen bewegen. Denn der elektrische Strom sei rationiert und es gebe für längere Zeit keine Straßenbeleuchtung.

»Kann mich nicht kratzen«, sagte Kolokol zu seinen Getreuen. »Ich kenne alle Gassen Jaltas auch im Finstern.« Denn die richtigen Leute, das war kein Geheimnis, traf man nicht am Tage. Deshalb würde es nötig sein, das Haus erst zu verlassen, nachdem die Marmeladowa ihre Nachtrunde beendet hatte. Sie war gerissen, ließ sich nicht durch Tricks täuschen, etwa durch präparierte »Schläfer«. Sie fasste jeden Kopf an, schlug auch rasch mal eine Decke zurück.

»Du und der Jongleur – ihr bleibt hier«, sagte Kolokol, als er

Ossjas Abenteuerlust bemerkte. »Kann nur Erwachsene gebrauchen.«

»Pah, wie alt seid ihr denn schon«, maulte Ossja. »Vierzehn? Fünfzehn? Höchstens, da wette ich. Und Poljenka ist sogar erst dreizehneinhalb.«

»Wesnuschka wird auch nicht mitgenommen. Also kudere nicht wie ein Truthahn vor Eifersucht.« Schut lachte. »Nur wir vier Tiger schleichen uns hinunter in die Stadt.«

Vorläufig schlichen sie erst mal ins Schulzimmer hinein, wo Iwonna Gratianowna für die Älteren, die gerade das Alphabet gelernt hatten, Diktat abhielt. Auf Befehl der Marmeladowa. Polly fand die zugemuteten Worte und Sätze unter ihrer Würde und beschloss trotzig, nicht mitzumachen. Auch Kolokol, Schut, Bumerang und Naljewo sowie einige andere rührten die Tintenstifte nicht an. Jedenfalls nicht zum Schreiben, weil sie ihre Niederlage voraussahen. Sie malten sich Tätowierungen damit, indem sie die Minen vorher anleckten.

Ossja und Fedja hatten arglos zu schreiben begonnen, bis Ossja die Bandenmitglieder gemächlich malen sah: Anker, Adler und Herzen. Augenblicklich legte auch er seinen Stift nieder.

»Soll das ein Boykott sein?« Iwonna Gratianowna, die in letzter Zeit sowieso ständig mit den Nerven herunter war, schien gleich in Tränen ausbrechen zu wollen. »Polly, dass du dich von solchem Benehmen anstecken lässt, enttäuscht mich tief.«

Polly lief rot an und schielte zu Viola Oserskaja, die ohne eine Miene zu verziehen »Nina nimmt den Koffer und geht aus dem Zimmer« schrieb. Seit Polly so viel mit der Bande zusammenhockte, hatte Viola sich wieder völlig in sich zurückgezogen.

Nach einem einzigen harschen Klopfen, ohne auf das Herein zu warten, marschierte die Marmeladowa ins Zimmer, gefolgt von der verlegenen Köchin.

»Marfa sagt mir, seit einiger Zeit vermisst sie eine große

Emaillekasserolle«, begann die Erzieherin ohne Umschweife. »Einer von euch muss sie gestohlen haben. Schade, ich hoffte, Frossjas Beispiel hätte euch solche Sitten ausgetrieben. Nun, da wir die Kasserolle dringend brauchen, denn Schestjorkin hat uns Quitten gebracht zum Geleekochen, muss ich Zimmerkontrolle anordnen. Begebt euch auf eure Zimmer, augenblicklich. Entschuldigung … äh … Isolda Gawrilowna, tut mir leid um Ihre Stunde, aber bei Diebstahl kenne ich kein Pardon. – Was ist, Apraksin, brauchst du eine Sondervorladung?«

Ossja war als Einziger am Tisch sitzen geblieben. Langsam setzte sich Fedja ebenfalls wieder hin, neben den Bruder.

»Heißt das, unser Pfiffikus hat sich die Pfanne untern Nagel gerissen?«, tuschelte Naljewo. »Völlig idiotisch. Hat doch keinen Wert, so'n Ding. Ja, wenn's eine aus Kupfer wäre, dann …«

»Ich vermute, er hat sie für was gebraucht.« Polly sah besorgt aus.

Die Marmeladowa demonstrierte ihre bullige Kraft, indem sie Ossja am Kragen hochriss. Halb stieß sie ihn, halb trug sie ihn. Niemand begab sich in sein eigenes Zimmer, alle drängten sich, soweit der Platz es zuließ, in den Raum hinein, wo Ossja, Fedja, Raffail und noch zwei andere Jungen schliefen – auf ein großes Bett und einen Diwan verteilt.

»Nun, Apraksin der Jüngere – da dein Bruder so stur ist, sag du es mir: Wo ist die Pfanne? Sie muss hier sein. Denn befände sie sich außerhalb des Hauses, hätte er sich kaum geweigert, sein Zimmer durchsuchen zu lassen.«

Fedja blickte sie nur an. Nicht feindselig. Aufmerksam und mit stillem Tadel. Eben wie man eine Erwachsene ansieht, die sich unwürdig aufführt.

»Aha, man spielt den Getreuen«, sagte die Erzieherin voller Spott. »Wird euch auch nichts helfen.« Sie packte Raffail und stemmte ihn hoch in die Luft: »Taste mal auf dem Schrank herum, Schorobnik.«

Doch da war nichts außer dickem Staub und einer uralten Mausefalle.

»Jetzt geh auf die Knie, Schorobnik, und angle unters Bett.«

Raffail rutschte auf seinen dicken Knien und angelte.

»Spiel mir nicht den Dummen vor. Mehr links! Da ist doch was. Ich kann hören, dass du was verrückt hast.« Und Raffail brachte den Stiel einer riesigen Kasserolle zum Vorschein.

Auf allen vieren bleibend, wühlte er sich zwischen den Beinen der Neugierigen hindurch, bis er draußen auf dem Gang angelangt war. Niemand hielt ihn fest. Hatte man doch jetzt das Corpus Delicti. Ein graublau emailliertes Gefäß, aus dem Flüssigkeit schwappte, als die Marmeladowa es vollends unter den hängenden Betttüchern hervorzerrte.

Weiß bereift, glitzernd, besetzt mit Tausenden von Kristallen, aus denen diamantene Blitze sprühten, lagen die verwandelten Pinienzapfen vor aller Augen. Wie frisch im Winterwald geerntet. Entzücktes »Ah!« und »Oh!« wehte durch den Raum. Selbst die Marmeladowa schien beeindruckt.

»Wie hast du das hingekriegt, Apraksin?«

»In Alaunlösung gekocht. Und dann stehen lassen.«

»Wo hast du das Alaun her? Irgendwelche Gaunertricks in der Apotheke veranstaltet, was? Zwei lenken ab und einer klaut? Wer waren deine Komplizen?«

Böse sagte Ossja: »Ich hab schon früher, zu Hause, massenhaft chemische Experimente gemacht. Und alles, was ich noch an Chemikalien besitze, stammt von da. Wenn Sie mir das nicht glauben, kann ich's auch nicht ändern.«

Die Marmeladowa ritt nicht länger darauf herum, ein Zeichen, dass sie ihm Glauben schenkte. »Könnte der große Erfinder vielleicht auch Schießpulver herstellen?«

Ossja blinzelte verunsichert. Sollte das eine Prüfung seiner Kenntnisse sein oder war es bloß Spott? Er nickte kaum merklich.

»Ich hab es noch nie ausprobiert. Man braucht Salpeter, also Kaliumnitrat und … und Schwefel und Holzkohle. Aber ich weiß nicht, in welchem Verhältnis man es mischen müsste. Auch mit Glyzerin kann man Explosionen machen.«

»Interessantes Wissen in einem elfjährigen Kopf. Zu gefährlich. Wir werden alle deine Chemikalien beschlagnahmen müssen, im Interesse der Schule. Nicht, dass wir eines Nachts alle in Flammen aufgehen, weil unseren Schwarzkünstler, den großen Ossip, wieder mal die Experimentierlust gepackt hat. – Marfa!«

Unglücklich, weil sie mit ihrem Suchen nach der vermaledeiten Kasserolle das alles ausgelöst hatte, trat die Köchin vor.

»Nehmen Sie ein Tuch, am besten dieses Plaid hier, und packen Sie die Zapfen hinein. – Gut so, geben Sie her. – Dann leeren Sie die beiden Schultornister aus. – Ah, da haben wir's ja. Alle diese giftigen Ingredienzien nehmen Sie mit, Marfa, und kippen sie fort. Und vergessen Sie nicht, die Pfanne gründlich zu scheuern, bevor Sie …«

»Das dürfen Sie nicht!«, schrie Ossja. »Ich hab nichts gestohlen, die Pfanne ist bloß ausgeliehen. Und alles andere ist mein persönlicher Besitz.«

»Belehre mich nicht, was ich darf oder nicht darf«, kam es scharf zurück. »Und gewöhne dir ab, Erwachsenen in die Rede zu fallen. Davon abgesehen, kommst du noch glimpflich davon. Diebstahl eines Gegenstands, der der Allgemeinheit gehört, ist nicht so verwerflich wie der von Privateigentum. Also wirst du nur zwei Tage Karzer absitzen statt drei.«

»Wie?! Was?!«

»Das ist ungerecht!«

»Das dürfen Sie nicht!«

Alle drei Apraksins schrien durcheinander.

»Und was ist das, was Sie gerade eben mit meinem Weihnachtsbaumschmuck machen?« Ossja war außer sich. »Wieso wird dieser Diebstahl nicht auch bestraft?«

Fedja rannte zu der Lehrerin und versuchte ihr das Plaidbündel aus den Händen zu reißen. »Geben – Sie – das – her! Das – ist – Ossjas – Kunstwerk!«

An der Tür entstand Bewegung. Bogus Gratianytsch, gefolgt von seiner Schwester (und Raffail), kämpfte sich durch das Gedränge.

»Darf ich erfahren, was hier vor sich geht? Ich wollte nicht glauben, was man mir soeben berichtete. Ossja ist kein Dieb, ich lege persönlich meine Hand für ihn und seine Geschwister ins Feuer.«

»Dann hätten Sie sich jetzt verbrannt«, war die triumphierende Antwort. Ein knapper Bericht wurde gegeben.

»Kann man diese zauberhaften Gebilde nicht einfach in ein anderes Gefäß umschütten, samt der Brühe?«, erkundigte sich Iwonna Gratianowna diplomatisch.

»Eben nicht. Es geht ums Prinzipielle«, schmetterte die Marmeladowa. »Man kann eine Heimschule mit verwahrlosten Kindern nicht führen, ohne absolutes Befolgen der für alle geltenden Regeln. Disziplin, Inna Grigorjewna, nicht Ihr ... Ihr comme ci comme ça. Von Rechts wegen müsste auch der Bruder Karzer bekommen für seine Renitenz. Aber da wir vorläufig bloß diesen einen Karzer haben, wird Apraksin der Jüngere nur auf seine beiden nächsten Mahlzeiten verzichten müssen. Und jetzt will ich mich nicht länger damit herumärgern. Marfa, kippen Sie die Brühe zum Fenster hinaus. Alle zurück in die Klasse oder woher ihr sonst gekommen seid. Apraksin, du kommst mit mir.«

Sie stieß Ossja grob vor sich her. Er wehrte sich nur schwach, weil er seine ganze Kraft darauf verwandte, nicht loszuweinen. Es ging ihm nicht um den Dunkelarrest, Polly kannte ihn gut genug. Er trauerte um sein vereiteltes Experiment. Und um die zerstörte Möglichkeit, damit den erhofften großen Gewinn zu machen, genug, dass es für Fahrkarten nach Moskau gereicht hätte.

»Einen Moment noch, Akilina Antonowna ...« Bogus Gratianytsch vertrat der Kollegin den Weg. An der Hand hielt er Raffail Schorobnik, als sei der sein Talisman.

»Bitte beantragen Sie bei der Behörde neue Lehrkräfte. Wir, meine Schwester und ich, werden diese Schule verlassen. Sagen wir, zum dreißigsten November. Gehalt haben wir ja seit Monaten ohnehin keins bekommen. Doch das ist nicht der Grund, weshalb wir es hier nicht mehr aushalten. Wir haben einfach gänzlich anders geartete Prinzipien als Sie. Ich würde einen Schüler, der sich schöpferisch betätigt, nicht mit Arrest bestrafen, sondern ich würde ihn loben und mich über ihn freuen.«

»Ja«, bestätigte Iwonna Gratianowna nachdrücklich.

33. Kapitel

Fedja hockte auf dem Boden vor der abgeschlossenen Besenkammer. Auf den Knien hatte er einen Zettel liegen, den hatte ihm Bogus Gratianytsch beschriftet. Striche und Punkte waren darauf gemalt.

»Pass auf!« Fedja klopfte dreimal langsam an die Tür. »Lang-lang-lang ist O. Hast du's? Jetzt kurz-kurz-kurz für S. Noch ein S. Dann kurz-kurz für I. Und kurz-lang-lang-kurz für P. Wiederhole.«

Aus dem Innern des Karzers antwortete das Echo. Lang-lang-lang. Kurz-kurz-kurz. Kurz-kurz-kurz. Kurz-kurz. Kurz-lang-lang-kurz.

OSSIP.

Polly kam und kraulte Fedjas dichtes Haar, glatt wie Otterfell. Dann schlug sie mit der flachen Hand an die Tür: »Ich bin's, Ossjenka! Eine Preisfrage: Was ist das?« Sie lehnte sich mit der

Stirn an das Holz und fuhr damit von oben bis unten. Es rumpelte und ratterte und dröhnte.

»Kohlenwagen«, kam es von drinnen. Ein uraltes Spiel aus der Zeit, als sie alle noch klein und leicht zu unterhalten gewesen waren. Auch Ossja machte innen den Kohlenwagen: rumpumpelrumpumpelrumpumpel. Er rief: »He, hör mal, ich kann morsen!« Und er klopfte kurz-lang-lang-kurz: P. Dann lang-lang-lang: O.

»Fedjuscha, wie geht das L?«

»Kurz-lang-kurz-kurz«, antwortete Fedja. Aber Polly war bereits wieder fort.

Kolokol und seine drei Kumpane hatten ihr etwas Außerordentliches versprochen. Nicht mit Sicherheit, denn das Jahr war schon ziemlich fortgeschritten. Sie schwänzten die Rechenstunde, die Bogus Gratianytsch ebenso ungern abhielt, wie seine Schüler sie besuchten.

»Was kann schon passieren«, hatte Schut gemeint. »Entweder sie steckt uns alle in die Besenkammer, dann machen wir da drinnen einen Lärm wie die Marder auf dem Dachboden. Oder sie streicht uns das Essen, dann brechen wir nachts in die Küche ein.«

Sie hatten einen eigenbrötlerischen Jungen dabei, angeblich sollte er Tatar sein. Er war niemandes enger Freund und fing mit der Hand Tiere, die sonst keiner zu berühren wagte. Er rühmte sich dessen nie, aber es verschaffte ihm Respekt.

»Habt ihr das Wachs und den Faden?«, fragte der Junge. Sein spitzes kleines Schrumpfgesicht mit den wimpernlosen Augen hatte selbst etwas von einem Insekt.

Bumerang zog es aus der Hosentasche: am Faden baumelte das weich geknetete Wachskügelchen wie ein Pendel.

»Die Flasche?«

Bumerang hatte auch die beschafft: eine leere Weinflasche (sie stammte noch von Bajadarows kurzem Besuch). Der Junge packte sie und schlug am nächstbesten Stein den Hals ab.

»Durch den Hals bekommt man sie nicht hindurch. Versteht ihr?«

Ohne weitere Worte trabte er los, ohne sich darum zu kümmern, ob man ihm nachfolgte. Die Bandenmitglieder mussten sich sputen, um bei seinem raschen leichten Schritt nicht zurückzubleiben. Als sie einen der abgeernteten Weinberge erreicht hatten, musterte der Junge hier und da die sandigen Erdschollen, scharrte mit dem Fuß und schüttelte den Kopf. »Wir müssen woanders hin. Hier sind keine.«

Eine geschlagene Viertelstunde rannten sie hinter ihm her.

»Was suchen wir eigentlich?«, flüsterte Polly an Kolokols Ohr.

»Eine Tarantel.«

Polly verzog das Gesicht vor Ekel.

»Wart's nur ab, die wird uns noch sehr nützlich sein!« Schut lachte sein hohes Lachen. »Hat sich Kolokol ausgedacht. Alles für dich, Wesnuschka. Na ja, auch für uns mit.«

Plötzlich ging der Junge auf die Knie und kroch, die Augen dicht überm Boden. Mit einem Stöckchen fegte er behutsam die lockere warme Erde beiseite. »Das Pendel.«

Bumerang reichte es ihm. Zentimeter für Zentimeter ließ er das Wachskügelchen in eine Art Loch oder Erdgang hinab. Zog es blitzschnell zurück. Wieder hinein. Und wieder heraus. Als wolle er jemanden reizen oder ärgern.

»Die Flasche her, schnell …«

Als er jetzt den Faden einholte, sah Polly am Ende eine große fette braunweiß gescheckte Spinne baumeln, die sich in das Wachs verbissen hatte. Auch ihre starken haarigen Beine klebten daran fest. Mit einem Ästchen trennte der Junge die Tarantel von ihrem vermeintlichen »Feind« und beförderte sie geschickt in die abgebrochene Flasche hinein.

»He, Tatar, hast du keinen Schiss, dass sie dich beißt?«, fragte Kolokol interessiert.

»Die hiesigen sind nicht besonders giftig«, wurde er beruhigt. »Wenn es eine aus der Wüste Karakum wäre, ja dann ... So ein Biss heilt nie mehr, die Wunde fault und schwärt, solange du lebst. Und ich bin Usbeke.«

»Die Hauptsache ist, dass gewisse Leute sie für giftig halten«, brachte Bumerang die Sache auf den Punkt. »Zumindest die Leute, denen wir sie als Abschiedsgeschenk ins Nachthemd setzen.«

Sie rieben sich in Vorfreude die Hände. »Ob du noch eine findest? Dann könnten wir einen hübschen Zweikampf veranstalten.«

»Kenne ich nur mit Ratten«, sagte Naljewo. »Bekämpfen Taranteln sich auch?«

»Wirst du gleich sehen.« Der Junge schmiss mit einer geschickten blitzschnellen Gebärde auch noch eine zweite Tarantel in die Flasche. Umgehend warfen sich die fünf Jungen in den Sand, die Augen so dicht als möglich an dem runden Glasgefängnis.

»Los, Wesnuschka«, Kolokol winkte ungeduldig, »das darfst du dir nicht entgehen lassen. Siehst du nie wieder in deinem Leben.«

Polly musste ihm Recht geben. Auf dem Boden der Weinflasche tobte ein erbitterter Kampf. Schon flogen die ersten abgerissenen Beine davon. Aus den eiförmigen Rümpfen quollen dickflüssige weißliche Tropfen. Beide Taranteln hatten sich auf die Hinterbeine gestellt und umklammerten sich mit den verbliebenen Vorderbeinen. Jede bemühte sich, den Gegner mit den Zangen der Kiefer in den Kopf zu beißen.

Endlich war eine der Spinnen getötet. Die Überlebende saugte sie unverzüglich leer. Bis nur die morsche Körperhülle übrig war.

»Kannst du uns noch eine suchen? Die da ist ja jetzt 'n Invalide.«

Nachdem die Marmeladowa ihre Abendrunde absolviert hatte und in ihrem Zimmer verschwunden war, knisterte das alte hölzerne Haus vor heimlichen Tritten und Bewegungen.

Fedja und Polly schoben auf dem unbeleuchteten Gang ein Zeitungsblatt nach dem anderen unter der Tür des Karzers hindurch. »Stopf dich damit aus«, flüsterten sie. »Kolokol hat gesagt, das hält einen warm, auch ohne Decke.«

Als Nächstes führte Fedja einen Strohhalm durchs Schlüsselloch, dessen anderes Ende in einem angekippten Krug mit Marfas Erdbeerblättertee steckte. »Versuch mal zu ziehen, Ossjenka. Aber Vorsicht, ich glaub, es ist noch heiß.«

»Ich hab in die Ecke gepinkelt«, kam es betreten von drinnen. »Die hat mir keinen Nachttopf reingestellt.«

Fedja wurde von einem hysterischen Lachanfall gebeutelt; Polly musste ihm den Mund zuhalten.

»He, wie viel Zeit ist schon um?«, wollte der Eingesperrte wissen. »Wie spät ist es?«

»Gleich elf«, tuschelte Polly. »Elf in der Nacht«, fügte sie hinzu. Denn im Karzer ohne Fenster wusste man das wohl nicht. »So, ich geh dann mal. Hab noch eine Verabredung.«

Fedja verkroch sich unter seinem alten Plaid. Er richtete sich auf eine Nacht vor der Karzertür ein.

Im Schulzimmer wurde währenddessen das niedrige Fenster zur Veranda aufgeriegelt. (Den Haustürschlüssel verwahrte die Marmeladowa persönlich.) Ein kalter, fast frostiger Hauch wehte herein.

Kolokol hielt eine letzte Lagebesprechung ab. »Also, Jungs: während wir unter freiem Himmel sind, nicht rauchen, nicht räuspern, nicht niesen oder husten, nicht sprechen, keine lauten Bewegungen. Habt ihr alle die Schuhe ausgezogen?«

Es wurde genickt; alle vier hatten sich Fußlappen umgewickelt.

»Wir halten uns unter den Bäumen, gehen dicht an Mauern

entlang. Kapiert? Wenn ich stehen bleibe und horche, bleibt ihr wie angenagelt stehen. Bloß nicht stolpern. Denkt daran, dass man in der Nacht sogar hört, wenn sich einer umdreht.«

»Nein! Tatsächlich?«, frotzelte Schut. »Das ist uns aber ganz neu. Wir waren ja noch nie nachts draußen. Haben immer schön brav im Kinderzimmer gepennt.«

Naljewo beugte sich zum Fenster hinaus, hielt sich ein Nasenloch zu und rotzte auf die Veranda.

»Was ziehst du hoch? Hast du Schnupfen?«, fragte Kolokol argwöhnisch.

»I wo«, sagte Naljewo hastig, »das hab ich doch immer. Ist angeboren.«

»Lass mich für ihn mitgehen«, erbot sich Polly. »Ich sehe nachts wie eine Eule, Ehrenwort. Und ich brauche auch keine Schuhe, hab Fußsohlen aus reinem Horn, bin den ganzen Sommer barfuß gelaufen.«

»Andermal, heute Nacht nicht«, sagte Kolokol ausweichend und intonierte, halb gehaucht, ein bekanntes Scherzliedchen: »Jetzt wein nicht, Wesnuschka, nun wein nicht, Wesnuschka, du bleibst doch mein Schatz.« (Im Original ging es allerdings um eine gewisse Marussja.)

Einer nach dem anderen stieg über das Fensterbrett auf die Veranda und tauchte in die Schwärze der Herbstnacht ein. Ein langer Weg lag vor ihnen. Aber die Länge war bei weitem nicht das Unangenehmste.

Zum Frühstück – Spelzengrütze, mit etwas abgeschmeckt, das die großen Jungen »Gewehrfett« nannten – waren sie wieder da. Verfroren und mit Händen und Knien, als seien sie auf der Erde gekrochen.

»Alles gut gegangen?«, raunte Polly. Sie zählte nur drei. Naljewo fehlte.

Kolokol schmatzte gierig und redete mit übervollem Mund.

»Wasch Moschkau betrifft – Konfekt mit Schucker. Allesch beschtensch. Hatte ja gesagt, wenn ich das in die Hand nehme, geht das in Ordnung. Ansonsten: Naljewo hat's erwischt. Streifschuss. Mussten ihn unten lassen, er konnte ja nicht laufen, ohne zu jammern.«

Polly zerrte Kolokol in die Küche, wo sie sich und ihn zum Zerteilen der Quitten anbot, eine harte Arbeit an steinharten Früchten. Wer Küchendienst tat, war vom Unterricht befreit.

»Erzähl …«

Doch ehe er anfangen konnte, wurde sie selbst von Fedja gesucht.

»Ossja ist sehr melancholisch. Er sagt, er kommt sich vor, als würde er schon eine ganze Woche im Finstern sitzen. Und er hat Hunger. Eichelkaffee mit Strohhalm genügt ihm nicht. Ich glaube, er weint.«

»Sag ihm … sag ihm …« Polly überlegte nervös.

»Kannst ihm sagen, der Iswostschik zur Eisenbahn nach Moskau ist schon so gut wie bestellt«, fiel Kolokol ihr in die Rede. »Und wir hauen nicht ab, ohne der Alten eins zu verpassen, das sag ihm auch.«

Fedja wetzte davon, selbst von den Neuigkeiten in gehobene Stimmung versetzt.

Hinunter nach Jalta waren sie ohne Zwischenfälle gelangt, berichtete Kolokol. Schleichend und geräuschlos, ohne ein einziges Ziegenbeinchen zu paffen, ohne auszuspucken, ohne zu stolpern. Es sei schon merkwürdig gewesen, die Stadt wie ausgelöscht zu finden. Noch vor wenigen Wochen hatten die pompösen Kandelaber auf der Meerespromenade das Gewimmel der Flüchtlinge beleuchtet, Lampen hinter allen Fenstern, Straßenlaternen auf Schritt und Tritt. Jetzt hatte nur am Hafentor eine trübe Petroleumfunzel gebaumelt, bewacht von einem Veteran mit Flinte, falls sich Plünderer auf die Mole wagen sollten.

»Ich geb's zu, ich hatte Schiss«, sagte Kolokol. »Ein paarmal wusste ich, dass da jemand war, ganz in der Nähe. So ein Gefühl, mehr nicht. Und er muss uns auch gespürt haben. Keiner wusste, was er vom andern zu halten hatte. Die Jungs hielten zum Glück 's Maul. Bis wir endlich an der Hoftür von Mitja Schiefauge waren.«

Früher sei der ein Hehler gewesen, aber seit die Flüchtlinge nach Jalta kamen, nannte sich Mitja Schiefauge »Kommissionshändler«.

»Er ist mir noch 'nen Gefallen schuldig«, sagte Kolokol, ohne dies näher zu erläutern. »Er meint, wir sollten besser nicht in Sewastopol auf den Zug warten. Und auch nicht in Simferopol, weil das die Gouvernementshauptstadt ist. Für den Fall, dass die Marmeladowa uns mit dem Telegrafen suchen lässt. Wir werden zwischendrin zusteigen, in Bachtschisarai. Dort vermutet uns kein Aas, dort wohnen fast nur Tataren. Mitja Schiefauge wird uns mit seinem eigenen Wagen übers Gebirge kutschieren. Na, wie hab ich das hingekriegt?«

Kolokol wollte gelobt werden. Seine von der schlaflosen Nacht eingesunkenen Augen bettelten um Anerkennung. »Was ist los, Wesnuschka? Passt dir was nicht?«

»Weiß er, dass wir keine Kopeke besitzen?«, fragte Polly.

»Ja, weiß er. Er nimmt auch Sachen. Habt ihr noch Schuhe? Die sind zur Zeit sehr gesucht. Gibt kein Leder.«

Polly nickte erleichtert. Ossja und Fedja waren aus ihren Schnürstiefeln herausgewachsen. Ihre eigenen passten allerdings noch; mit dreizehneinhalb wuchs der Fuß wohl nicht mehr. Mit den Lederschuhen, wie abgeschabt sie auch waren, würden sie das letzte Merkmal einer respektablen Existenz einbüßen.

»Ach, und ich hab ihm auch von Ossjas glitzernden Diamantenzapfen erzählt. Auf die ist er ganz scharf. Die müssen wir vorher von der Marmeladowa zurückholen.«

Bis dahin war alles nach Wunsch gegangen. Aber als sie sich auf den Rückweg wagten, so gegen drei, hatten sie ein Frösteln und Bibbern und Zähneschnattern gekriegt. Mit dem lautlosen Huschen von vorher war es nichts mehr. Als sie die Brücke über das ausgetrocknete Flüsschen Utschan-Ssu überquerten, wurde die Ahnung, dass jemand sie belauerte, von allen vieren gespürt. Immer, wenn der Wind in den Bäumen rauschte, waren sie zusammengezuckt. Kaum zu atmen wagte man mehr, berichtete Kolokol. Und machte es vor.

Pollys Blicke hingen an ihm und er spielte nur für sie.

»Tja, und dann ist Naljewo doch über die Abflussrinne neben dem Fußweg gestolpert. Ist richtig in die Plempe reingepatscht. Schon ballerte es; aus einem Fenster oder von einem Balkon. Dachten sicher, wir wären Banditen. Oder Weiße.«

Als sei das die Eröffnung gewesen, wurde plötzlich an mehreren Stellen geschossen. Auf der Chaussee nach Autka flackerte Gewehrfeuer auf und noch weiter oben, fast schon in den Bergen, flammte es wie Wetterleuchten. Sie hatten den verwundeten Freund bis zum Erlangen-Park geschleift und ihn dort hingesetzt, verborgen hinter Büschen.

»Wir wussten ja, dass heute wieder der Tag der Versorgungstour ist. Du musst unbedingt zusehen, dass du zur Begleitung gehörst, Wesnuschka«, sagte Kolokol bestimmend. »Das bist du uns schuldig. Während Bogus Gratianytsch auf der Behörde sitzt und auf unsere Zuteilung wartet, musst du Naljewo aufsammeln und zum Karren schaffen. Ich brauch erst mal 'ne Hucke voll Schlaf.«

Polly nickte, aber wohl war ihr dabei nicht. Im Erlangen-Park – fanden dort nicht immer die Exekutionen der »Troika« statt?

Der Himmel hatte sich bezogen, unangenehm kalter Wind blies unter die dünnen Röcke, als die »Karawane«, wie Bogus Gratianytsch es nannte, aufbrach. Viola Oserskaja hatte blaue Lippen und sie zog die Schultern noch verkrampfter hoch als sonst. Neben ihr trabte Polly, die Hände in den Ärmeln der

Strickjacke verborgen, die sie aus dem Koffer Saffo Dawidownas »geerbt« hatte.

Der Lehrer schwieg mürrisch, denn vor ihm lagen Stunden der Bittgänge, des endlosen Wartens bei der Behörde. Und was man dann bekam, um die Schüler zu ernähren und zu kleiden, war oft seltsam und irritierend. Das letzte Mal war es ein größerer Posten Sonnenhütchen gewesen, in Anbetracht des vor der Tür stehenden Winters sehr praktisch.

»Wir haben gerade 800 Stück davon zugeteilt bekommen«, hatte es geheißen. Die kommunistische Wirtschaft schien alles nur waggonweise zu verschicken und die Zielorte für die jeweiligen Lieferungen blind mit der Bleistiftspitze aus der Landkarte herauszupicken.

»Lassen Sie sich nicht abspeisen«, hatte die Marmeladowa ihm nahe gelegt. »Machen Sie ihnen unsere prekäre Situation recht dramatisch klar, fallen Sie auf die Knie wie ein Schmierenschauspieler. Mit Bescheidenheit kann man nichts gewinnen.«

»Du musst allein auf Kokotka und den Karren aufpassen«, sagte Polly zu Viola. »Ein paar von den Großen waren letzte Nacht unterwegs, dabei hat es Naljewo erwischt. Muss ihn suchen und herbringen, denn er kann nicht gehen.«

Violas ausdruckslose Miene bekam einen Anflug von Interesse, als Polly einen aus der Küche entwendeten Schrubber vom Wagen nahm.

»Als Krücke«, erklärte Polly und machte es vor, indem sie sich das breite Borstenteil unter die Achsel schob und auf einem Bein hüpfte. »Seh ich nicht aus wie Long John Silver aus der ›Schatzinsel‹?«

Suchend lief sie durch die Alleen des Erlangen-Parks. Feuchte Büsche machten ihr den Rock nass, von den Bäumen fielen Tropfen von Nebel oder Tau.

»Naljewo? Nal-je-wo!«

Die aufgeweichten Wege verschmierten ihr die Schuhe, die

sie genau genommen gar nicht mehr hätte anziehen dürfen. Wenn Mitja Schiefauge sie nun beanstandete?

Naljewo meldete sich nicht. Und er lag auch nirgendwo bewusstlos. Bloß ein Streifschuss, hatte Kolokol gesagt. Ob er am Ende auf eigene Faust losgehumpelt war? Dann aber gewiss nicht Richtung Kuru-Ssu, denn dann hätten sie ihm begegnen müssen.

Mittlerweile war es Polly reichlich ungemütlich. Sie streifte durch das hügelige Gelände, den Kopf wendend wie ein Metronom, als ihr unversehens ein übler Geruch in die Nase stieg. Wie eine Abdeckerei roch das. Sie stand vor einer großen Grube, die nachlässig mit Erde beworfen war. Noch deutlich erkennbar lagen darin menschliche Körper, nackt und bloß. An den Beinen waren blutig rote Streifen eingeschnitten, ähnlich denen, die Husaren auf ihren Hosen trugen. Auch die Schultern zeigten Wundmale; dort hatte man Nägel hineingetrieben. Die sollten wahrscheinlich die drei Sterne auf den Achselklappen darstellen.

Sie hatte die Stelle entdeckt, wohin die »Troika« ihre Folteropfer bringen ließ.

Polly drehte sich hastig weg und übergab sich. Kein Wunder, dass Naljewo abgehauen war. Nach dem Hellwerden musste er erkannt haben, in wessen Nähe er da geraten war.

»Tot?«, fragte Viola Oserskaja, als Polly mit elendem grünbleichem Gesicht zurückkam.

»M-mm. Er nicht. Aber …« So wenig wie möglich darüber reden müssen. Es reichte, dass man es nicht aus dem Kopf bekam.

Bogus Gratianytsch wenigstens hatte ein Erfolgserlebnis. Diesmal entfielen auf die ›Erste Schule des Volkes der Südlichen Krim‹ drei Pud Mais, zwar abgekernt, aber noch nicht gemahlen, ein lebendes Karnickelpaar, das sich hoffentlich vermehren würde, ein Sack Kamelwolle, noch ungesponnen, mehrere Kärtchen mit Druckknöpfen und ein Sack Äpfel, mit Zweigen und Blättern, offenbar nicht gepflückt, sondern heruntergeschlagen. Immerhin.

Ach, und Brotkarten hatte man ausgegeben. Leider konnte der Bäcker die verlangte Menge nicht liefern. »Wenn's leer ist, ist es leer, Bürger. Stell mich auf den Kopf, es wird doch kein Brot rausfallen.«

Bogus Gratianytsch verteilte als spätes Mittagessen an jeden einen Kanten des lang entbehrten Nahrungsmittels. Polly lehnte ab; ihr hatte es noch immer den Appetit verschlagen.

»Total verbrannt«, stellte der Lehrer kauend fest. »Will ein Bäcker sein und bringt nur schwarze Krusten zustande. Außerdem scheint mir Hopfen im Teig zu sein. Und was in aller Welt ist das?!«

Polly reckte neugierig den Kopf; sie dachte an einen versehentlich eingebackenen Goldring. Nein – zwischen der verkohlten Rinde und der Krume war ein Hohlraum, in dem sich eine Art Saft gesammelt hatte.

Der sei besser zu meiden, empfahl Bogus Gratianytsch später, als das Brot zum Abendessen gierig verschlungen wurde. »Man bekommt davon fürchterliches Sodbrennen.«

Polly brannte es eher in den Bronchien, denn sie hatte sich herabgelassen, einmal an Kolokols Selbstgedrehter zu ziehen. Sie standen auf der Veranda; man konnte den Atem sehen, so frisch war es geworden.

»Also, wenn ihr mich fragt, ist er wahrscheinlich zu Mitja Schiefauge zurück. Humpeln konnte er ja ganz gut«, meinte Schut.

Kolokol schnitt eine Grimasse des Zweifels. »Schiefauge ist nicht der Typ, der barmherziger Samariter spielt. Er kümmert sich nur um Sachen. Nicht um Personen, von denen nichts zu holen ist. Ich sage, Naljewo hockt am Hafen und bequasselt einen

Fischer, der vielleicht auf Hausenfang rauswill, ihn aufs Boot zu nehmen.«

»Hierher jedenfalls kommt er bestimmt nicht zurück, wetten wir?«, fasste Bumerang die Mutmaßungen zusammen.

34. Kapitel

Das robuste zottige Pferdchen trabte seit Stunden die zahlreichen Windungen der Straße entlang. Mittlerweile waren sie auf den Höhen des Jaila-Gebirges, auf einer kahlen Hochfläche. Vor kurzem hatten sie noch einmal einen Blick auf die Küste und das Meer gehabt. Hier oben blies es scharf und kalt, zudem war auf den Bergen Schnee gefallen. Keine dichte Decke, nur weißer Flaum.

Wir sehen genauso aus wie vor einem Jahr, als wir mit der »Massandra« ankamen, dachte Polly. Als ob es die dazwischen liegende Zeit gar nicht gegeben hätte. Oder als hätte sie alles nur geträumt. Geträumt den Frühling, der einen hier schon im Februar überraschte, die rosa Flut der Mandelbäume, der gelbe Watteflaum der Mimosen, geträumt die innige Freundschaft mit Tata, geträumt den Sommer, heiß und regungslos mit seiner duftenden Luft – duftend nach Pinien und tausend Blüten –, geträumt die Badetage mit der Schule, den Tanggeruch, die salzig schmeckende Brise am Meer. Geträumt am Ende auch den Herbst, das Nüsseschlagen, all die Umwälzungen und schweren Verluste.

Sie und die Brüder trugen wieder die speckigen Halbpelze und die Filzstiefel aus Rostow am Don und hatten die Ohren in Kopftuch und Baschlyks eingehüllt. Kolokol, Schut und Bumerang besaßen weder das eine noch das andere. Dennoch beklagten sie sich nicht. Es jammern immer nur diejenigen, die erwarten, dass ihnen dann geholfen wird, überlegte Polly. Die drei von der »Bande« erwarteten keine Hilfe, von niemandem.

Sie knüpfte die Bindfäden der Plaidrolle auf und verteilte die Wolldecken.

»Wie 'ne Babuschka«, witzelte Schut und mimte eine zahnlose Alte, während er seinen bloßen Kopf und die mantellosen Schultern darin einhüllte.

»Aber nur geliehen«, machte Polly klar. »Bis Moskau. Verstanden?«

Bumerang hockte neben Mitja Schiefauge vorn auf dem Kutschbock, die anderen quetschten sich zu viert auf die Polsterbank für Fahrgäste, und einer musste auf dem Boden sitzen, zusammen mit den Gepäckstücken der Apraksins.

Kolokol hatte sich gleich nach dem Einsteigen neben Polly fallen lassen und den Arm um sie gelegt wie um ein Eigentum.

»Frag mich erst mal, ob ich das will«, hatte sie ihn angeschnauzt. »Tust, als wär ich deine Braut. So was!«

»Bloß bis Bachtschisaraj«, war sie beruhigt worden.

»Wieso ... Hast du's ihr ...«, setzte Schut an. Doch Kolokol schnitt ihm grob die Rede ab: »Schnauze.«

Kolokol, der immer für alle plante, hatte die Flucht auf den Abreisetag der Wassiltschikows gelegt. »Könnte nicht günstiger sein: hin und her, Händeschütteln, der Iswostschik kommt, flucht, muss Gepäck aufladen. Kein Aas wird sich darum kümmern, dass wir fehlen. Wir sind dann schon unten in der Stadt. Gegen Morgen schleichen auch die Grünen und die weißen Versprengten nicht mehr herum, den Finger am Abzug. Mitja Schiefauge erwartet uns, ehe es hell wird. Könnt ihr euch auf die in euren Zimmern verlassen? Wird das Gespenst nicht zur Marmeladowa laufen?«

»Niemals«, sagte Polly sofort. »Violka hält dicht, für die leg ich meine Hand ins Feuer. Die beiden anderen haben einen Schlaf wie Murmeltiere.«

»Wie findet ihr das – Bogus Gratianytsch und Miss Aiwi wollen Raffail mitnehmen. Ihn später richtig adoptieren.« Ossjas Tonfall hatte sich noch nicht zwischen Eifersucht und Erheiterung entschieden. »Aber Raffik will nicht ohne Kokotka gehen. Ist das nicht zum Totlachen?«

Die zwei Tage und Nächte im Karzer, ohne Licht und ohne Essen, hatten ihm doch mehr zugesetzt, als jemand vermutete. Denn obgleich Fedja (und manchmal auch Polly) ständig auf der anderen Seite der Tür gesessen und ihn mit Reden abgelenkt hatte, gab es in Ossjas Augen einen neuen Ausdruck: den Urschrecken.

Eins war ihnen allen dreien klar: dass der Arrest sich nicht wiederholen durfte. Deshalb blieb nur Flucht.

Früh, vor fünf, in schwärzester Nacht, hatte es im Haus wieder sehr geknarrt und geächzt. Raffail Schorobnik war der Einzige, der die sechs Ausreißer aus dem Verandafenster klettern sah. Ehe er selbst sich in Richtung Stall davonmachte, um tränenreichen Abschied zu nehmen. Er sollte mit seiner neuen Familie auf einem notdürftig zusammengeflickten Salzkahn nach Sewastopol, um dort den Zug zu besteigen, von dem niemand wusste, wann er überhaupt fahren würde.

»Ich werde wieder fürchterlich seekrank werden«, teilte Raffail ihnen düster und ergeben mit. »Wo wollt ihr denn hin?«

»Landeinwärts«, sagte Ossja. Kolokol sah ihn warnend an.

Mitja Schiefauge war ganz anders als das Bild, das Polly sich von ihm gemacht hatte. Gar nicht schmierig, verschlagen, voll falscher Schmeicheleien, unrasiert oder mit auf die Brust hängendem Bartgestrüpp. Sicher, das eine Auge schaute nach rechts außen ins Leere, daher der Name. Ansonsten fand Polly nicht viel auszusetzen. Er war einer jener unauffälligen Typen, die nur eine neue Mütze brauchen, um sich in eine gänzlich andere Person zu verwandeln.

Er hatte die drei Paar Schnürstiefelchen zwar sehr eingehend geprüft, aber nicht versucht, die Ware schlecht zu machen, wie es die Art der meisten Kommissionshändler war. Und als Ossja das bewusste Bündel vorsichtig in eine leere Futterkrippe kippte, war im gesunden Auge des Hehlers helle Begeisterung aufgeflammt. Nein, mehr: echte Bewunderung.

»Jammerschade, dass ihr wegzieht, Bürschchen. Wir hätten sonst eine nette kleine Fabrikation auf die Beine gestellt. Ich hätte dir eine Gartenlaube als Laboratorium besorgt, Pinienzapfen, Kiefernzapfen, so viel du brauchst, und natürlich die chinesischen Pülverchen eimerweise.«

Vier der diamantglitzernden Wunderwerke hatten sie stillschweigend behalten. Drei für sich selbst und eins als Bezahlung für Frossja. Denn Bumerang hatte es fertig gebracht, sie zu überreden, noch ein allerletztes Mal …

»Das ist kein Klauen, Frossitschka! Du holst nur ein beschlagnahmtes Eigentum wieder zurück. Das ist was ganz anderes. Wenn die Marmeladowa es merkt, wird sie denken, dass die Apraksins es waren. Niemand wird dich verdächtigen.«

Frossja, von Bumerang besabbelt und umschmeichelt, hatte gefragt: »Was gebt ihr mir dafür?«

Bumerang, der mit Küsserei rechnete, hatte scheinheilig zurückgefragt: »Was willst du?«

Aber Frossja wollte niemandes Küsse. »Gebt mir eins von diesen Glitzerdingern, so einen Weihnachtsbaumschmuck. Wenn nicht, macht es selber.« Leider war man auf Frossjas Universalhaarnadel angewiesen, die das Türschloss der Marmeladowa öffnete wie ein stilles Abrakadabra.

»Du musst nicht denken, dass Mitja Schiefauge die lange Fahrt bloß für eure drei Paar Schuhe macht, auch nicht wegen des Gefallens, den er mir noch schuldig ist«, tuschelte Kolokol in Pollys Ohr. Er deutete mit dem Daumen hinter sich, auf den wachstuchbezogenen Kasten an der Rückseite des Kutschwagens, einst dazu bestimmt, die Gepäckstücke der Ausflügler aufzunehmen: Regenschirme, Kissen, Picknickkörbe, Klappstühle. »Ich lasse mich hängen, wenn er dahinten nicht alles vollgestopft hat mit Sachen, die anderswo dringend erwartet werden. Wir sind ihm eine gute Tarnung. Eine Fuhre voller armseliger Bälger, die ihren Papa begleiten.«

»Wird gleich wärmer werden«, brüllte Mitja Schiefauge über die Schulter nach hinten. Seine Nase glühte violett, ebenso seine rasierten Wangen. Der Schnauzbart triefte; dort taute der Reif bereits. Und tatsächlich tauchten sie bald in Buchenwälder ein, die Räder rollten über dicke Matten aus abgefallenem Herbstlaub. In Kehren ging es immer deutlicher abwärts, hinunter ins Tal des Kuru-Usen.

In einem Tatarendorf unterwegs pochte Schiefauge an eins der weiß gekalkten Häuschen. Etwas Eingewickeltes ging von einer Hand in die andere. Es wurde heißer Tee für die ganze Gesellschaft gekocht. Girlanden aus Tabakblättern hingen überall unter der Decke. Als sie weiterfuhren, entdeckte Polly, dass die drei von der Bande sich je mit einem Packen solcher trocknender Blätter eingedeckt hatten.

»Und du? Nichts? Gar nichts? Wozu hab ich dich die letzten Wochen üben lassen!« Kolokol blickte Ossja mit leichter Geringschätzung an.

»Mein Arm reichte nicht bis ran«, verteidigte Ossja sich und wurde rot. »Außerdem hab ich nicht daran gedacht, weil ich nicht rauche.«

Kolokol wiegte den Kopf wie ein betrübter Großvater, der seinen missratenen Enkel tadelt. »Wie willst du auf diese Weise dich und deine Familie durchbringen, wenn ihr in Moskau seid? Du musst dir einbläuen, Pfiffikus, dass man grundsätzlich alles gebrauchen kann. Alles!«

Polly hatte schon den Mund geöffnet, um ihre entrüstete

Meinung zu äußern. Aber sie machte ihn wieder zu. Eine bittere Ahnung sagte ihr, dass solche »Fingerfertigkeit« Ossja tatsächlich irgendwann von Nutzen sein konnte. Und somit auch ihr und Fedja. Sie schüttelte auch nicht mehr den Kopf, wenn Kolokol sie an seinem Ziegenbeinchen aus Tatarentabak ziehen ließ und musste auch kaum noch husten. Es gehörte nun einmal dazu.

»Hab dem Pfiffikus 'ne Menge beigebracht. Er macht sich gar nicht übel«, informierte Kolokol sie als das Oberhaupt der Familie Apraksin. »Gar nicht übel, muss man sagen. Aber der Jongleur« – er sah Fedja an –, »der ist eine wahre Spinne. Fingerchen so flink und leise, dass ich nichts gespürt habe, ehrlich, die Augen sollen mir platzen! Er hatte mich ausgeräumt, es war eine Pracht. Leider ist bei ihm hier drinnen die Uhr falsch gestellt.« Und Kolokol tippte sich an die Schläfe. »Hemmungen. Verstehst du, Wesnuschka? Solange es nur Sport ist, ist er die Kanone. Wenn's ernst wird, kommen ihm die Hemmungen dazwischen und er greift wie ein Anfänger. Jammerschade, bei so einer Naturbegabung!«

Fedja sah finster hinaus in die Landschaft. Ossja stieß ihn an und kicherte: »Fjodor Apraksin, der Gentlemanverbrecher.«

Es ging jetzt durch das Flusstal des Belbék, hinein in flammendes Abendrot. Bis sie bei zunehmender Dunkelheit auf die von Sewastopol kommende Straße trafen. Mitja Schiefauge fluchte erleichtert. Jetzt hatte man Bachtschisaraj so gut wie in der Tasche.

Heute würde der Zug wohl kaum mehr kommen. Der Bahnhof – ein überdachter Bahnsteig –, ebenso das abgeschlossene Büro des Stationsvorstehers waren unbeleuchtet und wirkten wie aufgegeben.

Die alte Tatarenstadt mit dem einst berühmten und von Puschkin besungenen Khanpalast lag weitab.

»Die Basarnaja.« Mitja Schiefauge deutete auf die schwarzen Häuserfronten der mindestens zwei Werst langen Straße, die das

Pferdchen entlangtrottete. »Die haben keine Fenster. Die Vorderwände der Häuser bestehen aus hölzernen Klappen. Ihr werdet es morgen ja sehen. Die unteren Klappen bilden die Ladentische, aufgeschlagen nach draußen, die oberen werden hochgeklappt. Dahinter ist der Laden. Oder man kann den Handwerkern bei der Arbeit zusehen. Bei Sonnenuntergang ist Schluss. Ab da ist Feierabend.«

In der Nähe des leer stehenden Palastes gab es mehrere tatarische Kaffeehäuser, dort wurde Malzkaffee samt Satz in winzigen Stielkännchen serviert. In eines ging Mitja Schiefauge mit einem weißen Säckchen unterm Arm hinein. Die Kinder warteten draußen.

»Fühlte sich an wie Erbsen.« Bumerang gähnte.

»Erbsen?« Kolokol boxte sich aus Langeweile mit Schut. »Ich schätze, das sind grüne Kaffeebohnen gewesen. Seit wir die Roten haben, ist mit einem Schlag alles verschwunden. Jede Wette, irgendwann wird auch in der Wüste der Sand knapp. Mitja Schiefauge aber beschafft dir alles.«

Als der so Gelobte wieder herauskam, roch sein Atem nach Hammelschaschlik. Er war sehr aufgeräumt und kutschierte sie in eine der Vorstädte zu einer Karawanserei.

In dem unübersichtlichen, kaum beleuchteten Saal, einer Art Halle mit niedriger Decke, suchten sie sich eine Nische, und der Hehler mietete ein Kohlenbecken. Allerdings musste man auf dem nackten Boden schlafen, sofern man nicht selbst seine Decken mitgebracht hatte.

»Hört zu, ihr großen Reisenden, ihr Marco Polos – die Übernachtung ist nicht im Fahrpreis inbegriffen«, sagte Mitja Schiefauge. »Ich bin nicht das Rote Kreuz.«

Langsam, wie kalt angehaucht, erhoben sie sich, angelten nach den Gepäckstücken.

»He … tz, tz, tz … Seid doch nicht gleich eingeschnappt.« Er feixte amüsiert. »Wer hat gesagt, dass ihr weggehen müsst? Ich bin großzügig. Wollte nur, dass ihr das wisst. Bleibt schon. Los, setzt euch wieder hin, esst euren Proviant und dann erzählt mir was. In einer Karawanserei muss am Feuer erzählt werden, das gehört sich so.«

»Was hab ich mir da für Bettler aufgehalst«, spöttelte er, nachdem er sie eine Weile betrachtet hatte. »Lauter Gottesnarren, einfältig bis dahinaus. Wollen nach Moskau und stecken sich weder Brot noch Tomaten ein, nicht mal eine Hand voll Oliven. Ist euch klar, dass die Reise Wochen dauern kann? Heiliges Mütterchen, so viel Erbärmlichkeit greift einem ans Herz. Hier, langer Lulatsch, lauf in eins der Cafés und hol euch ein paar Tschebureki ...« Er fummelte einen zerknitterten Geldschein aus dem Mützenfutter und hielt ihn Schut hin.

Polly nahm den Teekessel und machte sich wieder einmal auf die Suche nach heißem Wasser. Sie fröstelte und gähnte und hatte einen schwindligen, leeren Kopf. Die Tschebureki trieften vor Fett und schmeckten nach fremden Gewürzen. Sie war nicht sicher, ob ihr Magen sie behalten wollte, aber zum Glück fand er sich schließlich damit ab.

Mitja Schiefauge sah ihnen gönnerhaft beim Schlingen zu. Er hatte eine Flasche Schnaps neben sich auf dem Boden stehen und wurde mit jedem Schluck, den er nahm, redseliger.

»Wieso wollt ihr ausgerechnet im Winter nach Moskau? Ins rote Moskau der Tscheka, wo man das Essen nur auf Berechtigungsschein abgibt. Und die Scheine bekommt man nur, wenn man Arbeit nachweisen kann! Nach Moskau, wo es ab Neujahr zwanzig Grad kalt wird! Nein, im Winter bekämen mich keine zehn Pferde nach Moskau. Nicht solange der Flecktyphus noch immer grassiert. Aber macht, was ihr wollt, erfrieren soll ja ein schmerzloser Tod sein. – Nicht, dass ihr jetzt denkt, ich wäre nie woanders gewesen. Bin auch ganz hübsch herumgekommen. Bis nach Bessarabien bin ich gereist und quer durch den Kaukasus. Sogar hinter dem Ural hab ich Geschäfte gemacht.«

Er erwärmte sich sichtlich an seinen eigenen Erinnerungen.

»Einmal, in Turkmenien, ist der Zug ohne mich weitergefahren. Da stand ich nun, zwischen den Stationen Aschchabad und Tschardschuj, und rechts und links der Bahnstrecke nur Sandhügel. Bärtige Kerle, die Chalat und Turban trugen, musterten mich finster. Esel schrien, Kamele brüllten. Nass vor Angstschweiß marschierte ich immer auf dem Bahndamm entlang, um nicht irgendwo in der Wüste zu landen. Die Sonne ging unter und im Handumdrehen wurde es Nacht. Ich fühlte mich wie Robinson Crusoe, immer gewärtig, auf einen Skorpion zu treten oder auf eine Tarantel. Gegen Morgen erreichte ich die nächste Station. Ich ging in die Teestube, als wäre nichts weiter geschehen. Und stieg in den nächsten Zug, der die Gnade hatte, dort zu halten.«

»Wir haben auch Taranteln gefunden«, unterbrach ihn Ossja. »Wir haben sie gegeneinander kämpfen lassen, ein richtiges Turnier, wie Ritter.«

»Lass das doch jetzt.« Fedja stieß ihn an. Erfahrungsgemäß wollten Erwachsene immer nur selbst erzählen, wollten Zuhörer haben, aber nie Zuhörer sein. Doch Mitja Schiefauge machte eine Ausnahme.

»Erzähl«, sagte er und vollführte eine große Geste mit der Hand, als sei er ein Khan und Ossja ein Gast aus der Fremde.

Am Nachmittag vor der Fluchtnacht, als sie Ossjas kristallisierte Pinienzapfen aus dem Zimmer der Marmeladowa zurückholten, hatten sie die Tarantel dort ausgesetzt. In ihrem Nachthemd. Man wusste, dass sie nie lange Licht brennen ließ. Sie gehörte offensichtlich zu den beneidenswerten Menschen, zu denen der Schlaf augenblicklich kommt.

Sie schlichen ihr nach und warteten auf der Treppe, dann sogar oben auf dem Flur. Auf einen gellenden Schrei des Ekels und des Grauens lauerten sie. Stattdessen – nichts. Als sie selbst schon fast eingenickt waren, wurde drinnen im Zimmer ein Streichholz angestrichen, man sah den Lichtstreif unter der Tür aufflackern. Dann – ein kurzer Knall, wie wenn jemand mit dem Schuh auf Holzdielen schlägt. Einmal nur. Und ein gebrummtes: »Na, warte, du kleine Kanaille, das wirst du mir büßen.«

Dass damit nicht die Tarantel gemeint war, stand außer Zweifel. Dann erlosch der Lichtstreif wieder.

»Ist eben keine normale Frau«, fasste Kolokol die allgemeine Enttäuschung zusammen. »Bei einer Spinne von der Größe und mit solchen haarigen Beinen kreischt sonst jede.«

Eine Geschichte ohne Pointe, eine schwache Geschichte. Kein Wunder, dass Mitja Schiefauges Gedanken sich längst anderen Dingen zugewandt hatten. Sie schienen wieder um Moskau zu kreisen.

»Ehe ich auf der Krim hängen blieb, kannte ich mal eine. Sie behauptete, sie sei Tänzerin, na ja, irgendwas muss man ja sagen. Wir hatten eine Zeit lang eine gutgehende Geschäftsbeziehung. Sie machte sich an so Tölpel aus der Provinz ran, Geschäftsleute, Bürovorsteher, Kulaken, die was erleben wollten. Sie streute denen was in den Tee oder Kwass oder Schampus, und sobald sie schnarchten, tauchte ich auf und räumte ihnen die Taschen aus. Wir ließen immer nur so viel drin, dass sie am nächsten Morgen das Zimmer bezahlen konnten. Das waren wir dem Wirt schuldig.

Eines schönen Tages setzte meine Dunja sich in den Kopf, sie bräuchte bloß in Moskau aufzukreuzen und schon würde sie Karriere machen. Hatte da was gelesen über eine gewisse Isadora Sowieso. ›Was diese Amerikanerin mit ihren nackten Beinen kann, kann ich auch‹, behauptete sie. Die wäre schon über dreißig und dennoch würden die Leute die Theater stürmen, nur um sie hopsen zu sehen. Sogar einen Künstlernamen hatte sie sich schon ausgetüftelt; Dunja war ihr nicht gut genug.«

Mitja Schiefauge lachte behaglich, während er erzählte.

»Iduna wollte sie sich fortan nennen. Iduna Ljubimowa. Sie

lag mir mit dem Unsinn so lange in den Ohren, bis mir der Kragen platzte und ich sie anschrie: ›Zum Teufel, dann geh doch in dein Moskau! Geh und lande in der Gosse! Aber bilde dir bloß nicht ein, dass ich mitkomme und deinen Dings … Dingsda … spiele.‹ Wie heißt das bei Künstlern?«

»Meinen Sie Zuhälter, Dmitrij Gaponowitsch?«, bot Bumerang eifrig an.

»Beschützer«, verbesserte ihn Kolokol und gab ihm einen warnenden Blick.

»Impresario«, sagte Polly.

»Das meinte ich. Und was soll ich euch sagen – sie ist tatsächlich in den Zug gestiegen. Ich musste ihr noch einen neuen Hut und eine Boa spendieren. ›Wenn von mir die ersten Plakate gedruckt werden, Mitja, mein Lieber‹, sagte sie, ›dann schick ich dir eins mit Kurierpost. Und meine kleine Schwester Gilda kriegt auch eins.‹ Ist nie was gekommen. Oder die Post hat meine wechselnden Adressen nicht gefunden. Hab jedenfalls nie etwas von einer Künstlerin Iduna Ljubimowa gehört. Wenn ihr mich fragt – es gibt einfach zu viele Menschen in Moskau. Schwimmt eine Fliege in der Sauermilch, fischt man sie raus, zwölf lässt man ersaufen; lohnt die Mühe nicht. Ihr werdet dort ebenso verschwinden wie meine Dunja.«

Polly ließ Schiefauges Reden an ihrem Ohr vorbeiplätschern; sekundenweise übermannte sie der Schlaf. Doch jetzt regierte etwas in ihrem Unterbewusstsein.

»Iduna Ljubimowa? Sagten Sie Iduna Ljubimowa? Habt ihr das auch so verstanden, Ossja? Fedja?«

Die Apraksins plinkerten einander an, überrascht, ja heiter. Die Tante Hupfdohle – die uneheliche Schwester von Gilda Remisowa, ihrer Mutter! In Moskau? Die würden sie ausfindig machen. Sicher könnten sie fürs Erste bei ihr unterkommen.

Polly träumte, sie säße bereits im Zug, aber diesmal hatten sie oben aufs Dach klettern müssen. Sie wurde entsetzlich gerüttelt und hin und her geschleudert und bebte vor Angst, bei der nächsten Kurve herunterzurutschen.

»Poljenka, los, wach auf! Es sind drei Werst bis zum Bahnhof, wir müssen los.« Fedja kniete neben ihr.

Ossja ließ sich den letzten Schluck Wasser aus der Kannentülle in den Mund laufen. Von den drei anderen war nichts zu sehen. Wahrscheinlich bereits zum Bahnhof vorausgegangen, was Polly kränkte. Vor allem von Kolokol hätte man das nicht gedacht. Außerdem hatten sie sich das eine Plaid angeeignet. Auch Mitja Schiefauge war längst auf dem Rückweg nach Jalta.

Das Wetter war mild. Über die hohen Mauern der Gärten, die den Khanpalast umgaben, ragten die Wipfel von Pinien und Zypressen. Entlaubte Spitzen von Pappeln bildeten filigrane Türmchen vor blassblauem Hintergrund.

Auf der Basarnaja waren tatsächlich die hölzernen Klappen aufgeschlagen, das Geschäftsleben wurrlte und wimmelte von einem Kaufladen zum anderen, von einem Gewerbeladen zum anderen, endlos zog sich das hin. Es war die einzige Straße zum Einkaufen, die Bachtschisaraj aufzuweisen hatte. Ossja und Fedja begannen im Laufen die Minarette zu zählen, die über den niedrigen Dächern in den Himmel spießten. Sie schwankten zwischen 25 und 30. Manchmal irrten sie sich und es war bloß einer der unzähligen hohen Schornsteine gewesen, die angespitzten Bleistiften ähnelten.

Zweimal kam es Polly vor, als habe sie Kolokol gesehen, ein anderes Mal Schut. Nur sekundenlang, im Gedränge, zwischen den Verkaufsständen. Aber es war vermutlich nur der leere Magen, der ihr da was vorgaukelte.

Bumerang saß bereits auf dem Bahnsteig und drehte sich ein Ziegenbeinchen. »Wird Zeit, dass ihr kommt. Seht ihr, was hier los ist?«

Der gestern Nacht so ausgestorbene dürftige kleine Bahnhof war gesteckt voll mit Gepäckstücken und geduldig Wartenden.

Erst kurz nach Mittag geruhte er einzutreffen, der Zug aus Sewastopol. Ein einziger Abteilwagen, alles andere Güterwagen. Kolokol dirigierte die Bande mit Pfiffen und deutendem Zeigefinger. Bumerang schlüpfte wie eine zielstrebige Ratte hier hinein, wieder heraus, in den nächsten Waggon. Ein dreimaliges gellendes Trillern – der Bandenpfiff.

»In den da!« Kolokol packte Pollys beide Taschen.

Er bohrte sich mit Anlauf zwischen die bereits im Wageninnern etablierten Fahrgäste. Eine Pritsche war nicht mehr frei. Aber in der Nähe des Kanonenöfchens in der Mitte des Wagens auf dem Fußboden zu hocken, war auch nicht zu verachten. Das heißt, wenn man an den Haltestellen genug Feuerholz erbeutete.

Schut schleppte ein Bündel an – das vermisste Plaid.

»Gib her«, Kolokol winkte gebieterisch. »Hier, Wesnuschka, wir haben ein bisschen Wegzehrung für euch aufgetrieben. Na ja, nur was fürs Erste …« Er verstummte verlegen.

Pollys Speicheldrüsen arbeiteten wie aufgedrehte Wasserhähne; sie und die Brüder spähten neugierig hinein. Einzelne Äpfel und Birnen, ein paar zusammengeklebte Datteln, eine leicht beschädigte Gurke, diverse Tomaten, prall und weithin duftend, ein Batzen weißgelblicher orientalischer Süßigkeit, Chalwa genannt, mandarinenähnliche goldene Bällchen, die vielleicht sogar Mandarinen waren, Stücke Fladenbrot mit seltsamen Abrissstellen, ein sehr nasser Brocken Schafskäse.

Plötzlich richtete Polly sich steil auf. »Moment mal: Was soll das heißen – ›für euch‹? Wieso nicht ›für uns‹?«

Kolokol machte ein Gesicht wie ein kleiner Junge, den man bei einem dummen Streich ertappt hat. Er fuhr Polly mit der Außenseite der Finger ungeschickt über die Wange, dann über die Nase, über das zerzauste Haar.

»Gar nicht mehr so viele Sommersprossen. Muss wohl jetzt Simnuschka sagen, was?«

Bumerang, der den Zug entlanggerannt war, schrie von draußen: »Bogus Gratianytsch und Miss Aiwi sind im Abteilwagen untergekommen. Raffik ist auch dabei, allerdings ohne Kokotka. Ich hab ihnen Bescheid gesagt, dass ihr im Zug seid. Die sind vielleicht platt. Wussten noch nicht mal, dass ihr vor ihnen aus Kuru-Ssu weg seid.«

Polly boxte Kolokol vor die Brust: »Los, rede, was soll das heißen?«

»Wir kommen nicht mit nach Moskau«, sagte Kolokol und sah sie endlich offen an. »Was sollen wir da? Hier, auf der Krim, kennen wir uns aus. Hier schlagen wir uns durch, auch ohne ›Erste Schule des Volkes der Südlichen Krim‹. Konnt's dir nicht eher sagen. Sonst hättet ihr euch nie aufgerafft, von da abzuhauen.«

»Verräter, hundsgemeiner Verräter ...« Polly fuhr sich mit dem Ärmel unter der schniefenden Nase lang. Sie biss die Zähne zusammen, dass es knirschte, und hatte rote Augen. »Wer braucht euch schon? Ihr wärt ja doch bloß eine Last gewesen. Wir haben eine Tante in Moskau und wir werden arbeiten. Was soll's. Haut schon ab, verdammte gottverfluchte Hunde ihr.«

Ossja und Fedja standen da mit hängenden Armen und herabgezogenen Mundwinkeln. Ihre großen Vorbilder – die Schestjorkin auf der Nase herumtanzten, seine Nüsse ernteten, die Taranteln ins Nachthemd der Lehrerin setzten und nachts in die Stadt schlichen, obwohl Grüne und Weiße dort herumpirschten, den Finger am Abzug –, jetzt kapitulierten sie vor dem fernen Moskau. Weil sie es nicht kannten.

Kolokol und Schut waren die Letzten, die absprangen und auf dem Bahnsteig von Bachtschisaraj zurückblieben. Gewinkt wurde nicht.

35. Kapitel

Der Zug hatte es nicht eilig. Er schlich, stand, zockelte, und nur selten tat er, als müsse er unbedingt alle versäumte Zeit aufholen. Manchmal dauerte der Aufenthalt an einer Station mehrere Tage. Man konnte sich entfernen, bis in den Ort gehen und versuchen, etwas Essbares aufzutreiben. Und natürlich musste Holz gesammelt werden. Für die Lokomotive, die gelegentlich hohe Schreie ausstieß, mal munter, mal kläglich. Und für die Feuerung des Öfchens im Wagen.

Fast nie machte jemand den drei Apraksins das Vorrecht streitig, in der offenen Tür des Viehwaggons zu sitzen und mit den Beinen zu baumeln. Regnete es allerdings, bestanden die anderen Fahrgäste auf Zumachen. Dann war es nahezu finster im Waggon. Bloß durch das Luftloch rund um das Ofenrohr drang etwas Tageslicht herein.

Trotz der Eintönigkeit der Landschaft wurde Polly doch nie müde, zuzuschauen, wie das hohe braune Steppengras wehte und wogte. Als führe man durch ein künstliches Meer. Raubvögel kreisten darüber und gelegentlich stießen sie nieder und erbeuteten Zieselmäuse.

Anfangs hatten sie einander aufmerksam gemacht, wenn einer zuerst einen Kurgan gesehen hatte, eins dieser vorgeschichtlichen Häuptlingsgräber, angeblich voller Goldschätze. Aber man gewöhnte sich schnell daran und erwähnte sie nicht mehr. Telegrafendrähte liefen wie leere Notenlinien entlang der Strecke.

Nachdem einer jener lästigen Spaßvögel sie aufgezogen hatte: »Und was macht ihr, wenn der Zug plötzlich schneller fährt und der Fahrtwind euch – pffth! – die Filzstiefel wegzieht?«, wurden sie vorsichtiger. Denn ohne die Filzstiefel wären sie nicht besser dran als das arme Mädchen mit den Schwefelhölzern aus Andersens Märchen.

Je weiter man nach Norden fuhr, desto »bleihaltiger« wurde die Luft – ebenfalls ein Ausdruck jenes Witzboldes. Einige Male war der Zug beschossen worden, ohne Angriff allerdings. Wahrscheinlich wollten Dorfbanden nur verhindern, dass die Passagiere bettelnd, stehlend und feilschend in die Häuser und Vorratsschuppen vordrangen. Unter den Fahrgästen selbst ging außer der Nahrungsbeschaffung noch eine andere Sorge um.

»Mögen uns die Heiligen behüten, dass unser Zug nicht den Banditen ins Auge sticht! In der Ukraine wimmelt's davon. Alles Verrückte!«

Polly fand die Angst der Erwachsenen insgeheim übertrieben. Sie lamentierten, dabei war, wenn man nachfragte, noch keiner mit einer der Banden persönlich in Berührung gekommen. Die Namen der Anführer allerdings kannte jeder. Sie ließen sich Väterchen nennen, operierten auf einsamen Landstraßen, überfielen abgelegene Dörfer, erschlugen mit Gewehrkolben und schlachteten mit der Klinge ab, um die kostbare Munition zu sparen. Seit neuestem hätten sie sich dem Fortschritt angepasst, hieß es, und führten angeblich sogar Maschinengewehre auf Tatschankas – leichten Pferdewagen – mit sich. Und sie seien mit Waffen behängt wie ein wandernder Hausierer mit Sieben, Reiben und Mausefallen.

»Ich hab aus sicherer Quelle gehört«, ließ sich ein ruhiger Mann mit Kneifer vernehmen, »dass sie jetzt dazu übergegangen sind, ganze Züge zu requirieren. Damit sausen sie durchs Land und lassen sich überall freie Fahrt geben. Wozu sind die Roten nütze, wenn sie uns nicht von diesen Teufeln befreien?«

Die Gefürchtetsten waren: Angel, Sabolotny, Seljony, Marusska Nikifora, »General« Maj-Majewski, der für seine viehischen Pogrome berüchtigt war, und der Schlimmste von allen: Väterchen Machno.

Wenn sie ehrlich war, machten Polly die Kontrollen auf den

Bahnstationen wesentlich mehr Sorgen. Es ging um gestempelte Mandate, Ausweispapiere und irgendwelche Berechtigungsscheine, die das Dabeihaben praller Säcke und Kopfkissenbezüge, von Hamsterkisten und -körben erlaubten. Etliche Male waren Leute abgeführt worden. Keiner von ihnen kehrte zurück, um weiterzureisen.

Sie und die Brüder hatten sich für derartige Fälle eine besondere Mimik zugelegt: treuherziges, etwas dümmliches Gaffen, das außer Neugier keine Regung verriet. Weder schlechtes Gewissen noch Furcht. Oder sie machten sich klein, abgemagert wie sie waren, kauerten sich zu einem Haufen zusammen, dösten wie ein Wurf junger Hunde, jeder den Kopf auf den Körper des anderen gebettet.

Bis jetzt hatten sie damit Erfolg gehabt, waren nicht interessant genug gewesen für Nachfragen, zu wem sie gehörten. Auf der anderen Seite kümmerte sich aber auch niemand der Reisenden im Viehwagen um sie. Polly dachte an die raubeinige grobschlächtige Fürsorge der Demobilisierten im Herbst davor. Wenn die gestohlen und geplündert hatten, dann für das ganze Abteil. Sie spürte bisweilen eine merkwürdige Gewichtlosigkeit. Als wenn nicht mehr viel fehlen könnte, und sie hätte das Geheimnis der Levitation für sich entdeckt. Die Fähigkeit, frei schweben zu können, elfenleicht, grashüpferleicht.

Der Zug erreichte den Eisenbahnknotenpunkt Losowaja mitten in der Nacht. Als früh die ersten Schläfer erwachten und die Schiebetüren aufstießen, um ihr Wasser abzuschlagen, entdeckte Fedja, der unter diesen Ersten war, dass sie auf einem Abstellgleis gelandet waren. Von der Lokomotive war nichts zu sehen. Er rüttelte Polly und Ossja wach.

»He, guckt mal, sie haben uns die Lok geklaut.«

Das sah wieder nach einem längeren Aufenthalt aus. Sie sprangen auf die Schlacke und tapsten durch rußiges Unkraut, das dort

Wurzeln geschlagen hatte. Frühnebel dampfte um die Bahnhofsgebäude.

An der Hinterseite wurde ein Fenster geöffnet, ein gähnendes Mädchen hielt das Gesicht hinaus. Polly beobachtete sie wie verzaubert. Ein braunhaariges Mädchen in Klaschas Alter, die hier wohnte und ein normales Leben führte. Die gerade aus einem Bett voller Matratzen und Kissen aufgestanden war. Die sich jetzt wahrscheinlich gleich Frühstück schmecken ließ.

Vorläufig jedoch schielte das Mädchen prüfend nach dem Himmel, schlang sich dabei ein weißes Kopftuch um und verknotete die Zipfel hinten im Nacken.

»Frauen mit weißem Kopftuch bringen meistens Glück.« Polly sagte es hoffnungsvoll. Ossja und Fedja hielten es nicht für nötig, diese Behauptung anzuzweifeln. In ihren geschwärzten Gesichtern zeichneten sich rund um die Augen hellere Kreise ab, wo sie sich mit den Fäusten gerieben hatten. »Na ja, denkt doch mal an Anisja … und an Tjotja Motja.«

»Glaubst du, sie würde uns was geben, wenn wir sie anbetteln?«, fragte Ossja.

»Nicht ausgeschlossen.« Polly strich sich die zottligen Haarsträhnen hinter die Ohren. Doch als die Gelegenheit da war, hatte sie plötzlich Hemmungen, den Bettelspruch aufzusagen. Ossja, der wartete, dass sie anfinge, ließ zu viel Zeit verstreichen. Mit Fedja war in dieser Hinsicht nicht zu rechnen. Und so verpassten sie die Chance.

Unerwartet war nämlich die Hintertür aufgeflogen und heraus stürmte das Mädchen vom Fenster. Sie kaute mit vollen Backen an einem Bissen und hatte die Ärmel der Bluse aufgekrempelt. Nach vier, fünf raschen Schritten auf ein etwas entfernt liegendes Steinhäuschen zu, machte sie ebenso rasch auf dem Absatz kehrt und kam wieder zurück.

»Seid ihr aus dem Zug Sewastopol-Charkow? Der auf dem Ausweichgleis steht?«

Sie nickten. »Wissen Sie, man hat uns die Lokomotive gestohlen.«

Das Mädchen schien das nicht im mindesten schlimm zu finden; sie grinste bloß. »Was soll's? Irgendwann gibt man euch eine andere. Inzwischen könnt ihr mir helfen. Bekommt dafür ein Frühstück. Na? Wie ist's?«

Raissa – »ihr könnt aber Raja sagen« – wollte Wäsche aufgehangen haben. Das schien den Apraksins eine harmlose Gegenleistung; für das versprochene Frühstück hätten sie auch ganz anderes auf sich genommen. Ein paar Tischdecken und Taschentücher anklammern – wenn's weiter nichts war.

Aber in dem Steinhäuschen wartete nicht etwa eine Zinkwanne mit bereits ausgewundenen Wäschestücken auf sie. Finster und kalt wie in einer Grotte war es. Und in zwei gemauerten Bottichen, jeder so groß wie ein Nichtschwimmerbecken und randvoll mit Gletscherwasser, bewegten sich Laken und Bezüge und Hemden, Unterhosen und Kopfkissen, Handtücher und Gardinen. Sie kamen Polly vor wie große tote Fische, die mit dem weißen Bauch nach oben schwimmen.

»Eigentlich sollte das Zeug längst flattern«, sagte Raja, »aber gestern hat es von früh bis abends geregnet. Und heute hab ich niemanden zum Helfen. Ihr kommt wie gerufen. Äh … die Mäntel zieht ihr besser aus, die könnten sonst nass werden.«

Der Bezug, an dem Polly zerrte, hatte das Gewicht einer toten Kuh. Raja machte es vor, wie man die großen Stücke zu zweit bewältigte und auswrang.

Zwischendurch mussten die Körbe zu einem eingezäunten Platz getragen werden. Aufhängen. Wieder zurück zu den Bottichen. Bis die Hände aussahen wie rohes Fleisch und die Finger steif waren wie von Eishauch angeblasen. Ihre Kleider klebten klitschnass an Brust und Bauch.

Raja hatte sichtlich ein schlechtes Gewissen. Sie winkte ihnen mitzukommen, tat geheimnisvoll. »Sprecht niemanden an. Tut so, als wärt ihr unsichtbar.« Sie führte sie in das Seitengebäude, aus dem sie vorhin gekommen war. Durch eine Diele voller Mäntel und Stiefel und Galoschen, durch ein Zimmer mit Sofa und Blumenstöcken und purpurner Tischdecke. Hinein in eine Küche, wo ein Mann, eine junge Frau und zwei kleinere Kinder saßen und Grütze löffelten. Mit offenen Mündern, aber stumm, hielten sie inne, um zu staunen.

»Nur weiter, noch ein paar Schritte, gleich sind wir da«, flüsterte Raja, die offensichtlich keine Lust hatte, den Leuten etwas erklären zu müssen. »Durch die Tür hinterm Ofen. Die Stiege hinauf.«

Das Zimmer, in dem sie endlich bleiben und die nassen Sachen ausziehen durften, verblüffte sie dermaßen, dass ihnen keine einzige Bemerkung dazu einfiel. Nicht in Rajas Gegenwart jedenfalls.

»Ich hänge es unten auf den Ofen. Wird in einer halben Stunde trocken sein. Kriecht so lange in mein Bett.«

Es war äußerst taktvoll von Raja, das anzubieten, nachdem sie die kohlschwarzen Füße und Knie und das graugelbe Unterzeug gesehen hatte. An ihr selbst war alles adrett und sauber – die Leinenbluse, der Rock, die Telogrejka – eine ärmellose Weste, mit Kaninchenfell gefüttert –, die Gesichtshaut aus Milchweiß und Rosarot. Und natürlich das Kopftuch.

Sie zögerte einige Augenblicke, ehe sie ging. Als erwarte sie etwas. Sie ließ den Blick hin und her gleiten, als mache sie ihre Einrichtung und die Gäste miteinander bekannt. Na …?, sagte der Blick und hob ein Gläschen mit künstlichen Mimosen ins Licht. Oder: Schon mal so eine herzförmige Glasschale gesehen? Geht doch glatt für Kristall durch, stimmt's?

Es half nichts. Sie konnte den drei Besuchern keine spontane Bewunderung entlocken.

»Raja, sagen Sie, wird der Zug womöglich ohne uns abfahren? Wir haben noch Gepäck im Waggon.«

»Keine Bange, unter zwei, drei Tagen passiert da nichts. Stakanow, der Stationsvorsteher, nebenbei gesagt mein Schwager, muss erst wegen der neuen Lok herumtelegrafieren. Wollt ihr nicht lieber umsteigen in den nach Kiew? Oder nach Rostow am Don? Die wären demnächst fällig. Euch kann's doch egal sein.«

»Nein«, sagten drei Stimmen sehr entschieden. »Moskau. Unbedingt Moskau.«

Erst als Raja mit den nassen Kleidungsstücken die Treppe hinuntergepoltert war, begannen die Einquartierten sich mit der persönlichen Note des Zimmers zu befassen. Abgesehen vom Bett gab es eigentlich keinen Quadratzentimeter, auf dem nicht irgendetwas Platz gefunden hätte. An der weiß gekalkten Wand, auf der weißen Tischdecke sowie auf den weißen Borden und Regalbrettern (mit angezweckten Bordüren aus Zwirnspitze garniert) reihten sich Vasen und Väschen in Gestalt von Kindern und Kätzchen, Amphoren aus Tulasilber, Schälchen mit Reklamebildchen, leere Parfumflakons aus buntem Glas, japanische Papierfächer, drei Pfauenfedern, veilchenbemalte Untertassen, Milchkännchen mit Vergissmeinnicht, Fotorähmchen aus Muscheln, gestickte Landschaften hinter Glas, Flaschenstöpsel in Form von Soldatenköpfen, Glaskugeln mit unterklebten Ansichten von Staraja Russa und Mineralnoje Woda. Auf einem Stuhl häuften sich Sofakissen in rosenbestickten Bezügen (die vermutlich sonst auf dem gemachten Bett ihren Platz hatten). Die Gardine vorm Fenster, die jedem Brautschleier Konkurrenz gemacht hätte, wurde von mächtigen Seidenschleifen in Feuerlilienorange gerafft.

Polly hatte sich als Erste eine Meinung gebildet.

»Ich schätze mal, sie hat einen Bräutigam, der der beste Schütze des ganzen Kreises ist. Der auf jedem Jahrmarkt die Schießbuden belagert und die Hauptgewinne abräumt. Und dann schenkt er ihr alles, weil er nicht weiß, was er damit anfangen soll.«

»Nein, wisst ihr, woran mich das hier erinnert?«, sagte Ossja. »An das Schaufenster von Slasti & Likjorni, dem Süßwarenladen auf dem Alexander-Prospekt zu Hause.«

»Stimmt.« Fedja nickte. »An die seidenen Schleifen und Attrappen, an die weißen Torten aus Gips und die Gipspralinen in Silberpapier.«

Der versprochene Lohn für die Schufterei im Waschhaus entpuppte sich als ein Topf mit Buchweizengrütze, gerade noch halb voll, drei Stücke grobes Brot, ein Klacks Pflaumenmus und ein Kessel mit heißem Tee. Während sie ausgehungert schlangen, fast ohne zu kauen, rühmte Raja ihre Deckchen und Väschen, ihre Kissen mit Falbeln.

»Zwei Jahre hab ich dazu gebraucht. Einiges stammt sogar aus der Kreisstadt. Das gibt einen Salon – da könnte man ohne sich zu schämen einer Durchlauchtigen Platz anbieten. Wenn die nicht abgeschafft wären, heißt das. Mein Semjon lässt mir mit der Einrichtung freie Hand. Wir werden heiraten, sobald er zurückkommt. Man hat ihn kürzlich eingezogen, nach Norden haben sie ihn geschickt, ins Baltikum, um denen die Sowjetmacht zu bringen.«

Das Nächste, was Polly hörte, waren Rangiergeräusche, die durchs halb offene Fenster drangen. Puffer, die aneinander gongten, gebrüllte Befehle. Ossja und Fedja schliefen noch. Sie musste ebenfalls eingeschlafen sein, nach der schweren Arbeit und dem ungewohnten Essen.

»Jungs, he, ich glaube, unser Zug wird wieder angespannt.«

In Hemden und löchrigen Unterhosen rasten sie hinunter in die Wohnräume des Bahnhofsvorstands. Nervös versuchten sie das Problem klar zu machen, als sie in der Küche auf die Kraut schneidende junge Frau stießen, die Rajas Schwester sein musste. Die deutete mit dem Messer auf den Ofen. Stöhnend vor Eile zogen sie sich an.

»Wissen Sie, unser Zug fährt gerade weg, die Lok ist angekoppelt worden … Könnten Sie Ihrem Mann nicht ein Zeichen geben, damit man wartet?«

»Der nach Charkow? Der auf dem Ausweichgleis? Der steht noch 'ne Weile. Was da rumpelt, ist ein Propagandazug. Da war ein Salonwagen angehängt, der wartet auf eine Gelegenheit nach Moskau. Nussja, du sollst nicht mit dem Hintern auf dem Boden herumrutschen! Und du, Pawlik, hör auf, die Katze zu quälen!«

Im Windfang schnappten sie sich ihre Halbpelze und trödelten, nun beruhigt, um das Gebäude herum, zum Bahnsteig, wo, wie es sich anhörte, laute und bedeutende Dinge vor sich gingen. Der Propagandazug – umgebaute Viehwagen – zeigte auf beiden Seiten ins Auge springende Gemälde.

Ein riesenhafter Bauer in gegürteter Bluse und Bastschuhen stemmte ein weißes Herrenhaus mit Säulen in die Höhe. Seinem grimmigen Gesichtsausdruck war abzulesen, dass er das verhasste Symbol gleich zerschmettern würde. »KRIEG DEN PALÄSTEN«, entzifferte Ossja die ungleich großen Buchstaben. Die Farben leuchteten weithin, sie schrien geradezu auf den Beschauer ein.

Einen Waggon weiter war das Gesundheitswesen an der Reihe. »JEDE LAUS, DIE DU ZERQUETSCHST, KANN DEINE FAMILIE RETTEN«, wurde dem Betrachter eindringlich nahe gelegt. Über drei Särgen – groß, mittel, Kindersarg – schwebten Wolken mit drohender Aufklärung, was einem sonst bevorstand: BAUCHTYPHUS, CHOLERA, FLECKFIEBER. Und drei infame Läuse, so groß wie Ratten, wurden von drei gewaltigen Daumen zerquetscht.

»RELIGION IST OPIUM FÜR DAS VOLK« verkündete die Breitseite des dritten Wagens, auf der ein Pope, schwarz, finster, dämonisch, mit einem Bart so lang und dünn wie ein Regenwurm, zwei Bauern die Augen zuhielt.

Geschäftige junge Leute rannten herum, von ihrer wichtigen Aufgabe, das Volk aufzuklären, fröhlich durchdrungen. Die Mädchen holten heißes Wasser, die jungen Männer belagerten den Stationsvorsteher in seinem Büro. Ossja drängte sich zwischen sie. Ihre Selbstsicherheit, ihre großspurigen Gesten gefielen ihm.

»Die spielen auch Theaterstücke«, berichtete er wenig später aufgeregt. »Dazu können sie die Wände von einem Waggon runterklappen, schon ist's 'ne Bühne. Toll, was? Da kommt ein Denkmal vor, das heißt ›Das Proletariat zerreißt seine Ketten‹. Dieses Denkmal ist aus Ton. Und durch das Geschuckel vom vielen Fahren hat es jetzt Risse bekommen. Die dürfen aber nicht größer werden. Sie verlangen einen Schmied, der es mit ein paar Fassreifen wieder zusammenklammert.«

Die Überredungsgewalt der Agitatoren schien unwiderlegbar zu sein. Denn das Außerordentliche geschah: Stakanow, der Bahnhofsvorsteher, verließ seinen ihm anvertrauten Bahnhof und stiefelte mit drei der jungen Leute davon. Zurück blieb allein Raja, um den Telegrafen zu überwachen und eventuelle Züge zu empfangen. Zum Glück war es ruhig und die Tauben begannen wieder auf der Strecke herumzuspazieren.

»Das ist ungesetzlich«, schimpfte Raja, als die Apraksins zu ihr ins Büro hineinspähten. »Sie haben gedroht, ihn zu verhaften, wenn er sie nicht unterstützt. Haben ihm eine Pistole vorgehalten. Nur wegen einem lächerlichen Tonklumpen! Dass er seine Stelle verliert, wenn in seiner Abwesenheit was passiert, interessiert die nicht.«

Polly und die Jungen schlenderten zum Ausweichgleis, um sich wieder mal sehen zu lassen. Damit niemand auf die Idee käme, ihr Eigentum als Hinterlassenschaft an sich zu nehmen. Denn so lange waren sie bisher noch nie weggeblieben. Die Reisetasche stand auf der untersten Pritsche zwischen den zwei Hamsterweibern, die den Inhalt durchwühlten und alles befingerten.

»Täubchen, Herzchen, hat man euch freigelassen? Wir haben gemeint, man hat euch hopsgenommen und in ein Kinderheim gebracht. Wo ihr doch weder Fahrkarten noch Papiere habt.«

»Sieh dir seinen Mund an, Krassnowa!« Die eine Frau machte die andere auf Ossjas Lippen aufmerksam. Tatsächlich zog sich rund um die Lippenränder ein dunkler Pflaumenmusrand. »Die haben gegessen. Von wegen kein Geld, arme Bettelkinder. Mir macht ihr nichts vor, mir nicht!«

Ohne sich zu verteidigen griff Polly nach ihren Habseligkeiten. Ossja und Fedja beluden sich mit ihren Schultornistern und dem Deckenbündel. Ab jetzt musste man wohl besser alles bei sich behalten.

»Eine halbe Stunde später – und sie hätten behauptet, die Katze hätte unser Zeug gefressen. Das hätten wir bei Onkel Kitai nie fürchten müssen.«

Niedergeschlagen über so viel Gemeinheit wanderten sie am abgestellten Zug entlang, bis dahin, wo die Lokomotive hätte sein sollen.

»Oooh …« Ossja blieb stehen und stöhnte ergriffen. Da bemerkten die beiden anderen es auch: Auf einem weiteren Nebengleis, mit ihrem durch eine Art Weiche verbunden, stand ein Salonwagen. Ein Prachtstück, mahagonibraun, vor allen Fenstern zugezogene Gardinen. Der Perron – der reinste Balkon, mit Gitterstäben und überdacht. An den Flanken des Wagens helle Ornamente. Hier war augenscheinlich etwas abmontiert worden.

»Da war ein Zarenadler dran«, flüsterte Ossja. »Das muss mal zu einem Sonderzug der Zarenfamilie gehört haben. Uuuh, Kinder! Ob der bewohnt ist?«

»War der nicht an den Propagandazug angehängt gewesen?« Polly erinnerte sich, was die Frau des Stationsvorstehers gesagt hatte. »Der will auch nach Moskau. Wie wir.«

Sie schraken zusammen, als eine der Türen aufglitt und ein Mann auf den Perron trat. Sich lässig auf das Geländer stützte.

Armeemantel bis zum Boden, auf dem Kopf ein Stoffhelm – mit spitzem Zipfel oben und mitten auf der Stirn einem roten Stern, so groß wie ein Handteller. Er rauchte und befummelte dabei mit der anderen Hand bald die Revolvertasche aus gelbem Leder, bald den umgehängten Feldstecher.

Dann ging die Tür ein zweites Mal auf. Und ebenso langsam öffnete sich Pollys Mund. In namenlosem Staunen darüber, dass so etwas möglich war.

Lederstiefel, geschmeidig und eng anliegend wie eine zweite Haut.

Eine Litewka, so eng gegürtet, dass man sich unwillkürlich ein Korsett darunter vorstellte.

Eine weich zusammenfallende Papacha aus Karakulfell, über ein Ohr gezogen, auf der anderen Seite ein Tuff schwarzer Locken, glänzend wie chinesischer Lack.

Augenbrauen – wie mit dem Tuschpinsel aufgetragen.

Ein Schnurrbart – feinste Millimeterarbeit, ein Härchen auf dem anderen, bis über die Mundwinkel.

Das Kinn einer Statue, herausstehend, wie gemeißelt. Mit einem Grübchen.

Eine Nase – zu groß eigentlich, um schön zu sein, fleischig und kühn.

Dunkler Teint. Bleich-braun; sagte man da nicht, überlegte Polly, olivenfarben dazu?

Schwere Lider mit drei Zentimeter langen Wimpern, halb heruntergelassen über ernsten Augen, dunkel wie Kaffeesatz. Die Augen eines schwermütigen Prinzen, der die Hauptrolle im »Schwanensee«-Ballett verkörpert.

»Was glotzt ihr?«, fragte der mit dem Stoffhelm belustigt. »Habt ihr noch nie einen echten Georgier gesehen?«

36. Kapitel

Sie warten auch auf Anschluss nach Moskau?« Ossja begann sogleich eine unbefangene Unterhaltung unter Männern. »Wir sind bisher mit dem da gereist«, er deutete auf den nebenan abgestellten Charkower Zug. »Aber wer weiß, wann der wieder eine Lokomotive erhält. Und ob wir von Charkow direkt nach Moskau kommen, ist auch noch nicht raus.«

»Hab schon verstanden, Junge«, der mit dem roten Stern auf dem Stoffhelm grinste belustigt. »Aber wir stehen nicht zur Verfügung. Wir haben ein außerordentliches Mandat für das Hotel ›Metropol‹ in Moskau. Unverzüglicher Sondertransport. Keine Passagiere.«

Der Georgier ignorierte die Kinder. Er machte seinen Fahrtgenossen auf den Propagandazug aufmerksam. Denn dort, auf dem Bahnsteig, hielt ein Pferdegespann, aus dem drei leichtfüßige Agitatoren sprangen. Etwas schwerfälliger kletterte der Stationsvorsteher hinterher, gefolgt von einem Mann mit Lederschurz, vermutlich der Schmied.

»Knöpfen Sie ihn sich noch mal vor und machen ihm in aller Deutlichkeit klar, für wen wir unterwegs sind. Für uns darf es keinen Aufenthalt geben.«

»Wie Sie wünschen, Genosse Gulía.«

»Nein, warten Sie.« Der Georgier verschwand im Salonwagen. Als er wieder auftauchte, hatte er ein Säckchen in der Hand. »Bestechen Sie ihn lieber. Wenn nichts helfen sollte, nehmen Sie meinetwegen den Nagan und fuchteln ein bisschen damit herum.« Er wischte sich die Hände an einem Taschentuch ab. Dann tauchte er wieder in das – sicher wundervolle und luxuriöse – Innere des Waggons zurück.

Polly atmete tief aus. Sie hatte gar nicht gemerkt, dass sie so lange die Luft angehalten hatte.

Wie selbstverständlich schlossen sich Ossja und Fedja dem Mann mit der Rotarmistenuniform an. Polly trödelte ihnen hinterher, um nicht herumzustehen wie Romeo vor dem Balkon Julias und darauf zu warten, dass der Georgier wieder erschiene.

»Was haben Georgier für Namen?«, fragte sie sehr diplomatisch, wie sie meinte.

»Wenn du ihn meinst – er heißt Rustam Gulía. Hat er dein Herz schon geknickt?«

Polly spürte, wie sie feuerrot wurde.

»Gib dich keinen Hoffnungen hin, Aschenbrödel. Ich habe die georgischen Frauen gesehen. Jede eine orientalische Prinzessin. Manche allerdings mit Schnurrbart. Wie alt bist du?«

Polly gab keine Antwort. Ossja verriet es: »Sie ist unsere Schwester und erst dreizehneinhalb.«

»In Georgien wäre das alt genug, um Braut zu sein«, sagte der Mann.

»Haben Sie auch einen georgischen Namen?«, wollte Fedja wissen.

»Ich? Wieso … Nein, ich stamme nicht von da. Panas Panassowitsch Petuchow, wenn ihr gestattet. Sekretär und Politoffizier.«

Beim Gehen merkte man, was der bodenlange Militärmantel sonst verbarg: P. P. Petuchow hatte einen schlingernden Gang, da seine Beine rachitisch verformt waren. »Übers Fass gebügelt« hatten das früher, in der Jelabugaer Straße, die Hausmädchen genannt.

In den einen Güterwagen des Propagandazugs konnte man hineinsehen. Sie blieben unwillkürlich stehen, um einen Blick auf die so wichtige gefährdete Statue zu werfen. Die Figur hatte den Kopf tief zwischen den Schultern stecken und blickte mit aufgerissenem Mund nach oben. Beide Arme waren angewinkelt, die Tonklumpenfäuste geballt. Echte geschmiedete Gefangenenketten steckten in ihnen fest.

»Sieht aus wie der Wassermann im Märchen. Wenn er an Land festgehalten wird und nach Luft schnappt«, sagte Ossja kritisch.

Polly konnte sich nicht halten und lachte schrill.

Zwei der Agitatorenmädchen blickten böse von der Plattform herunter.

Petuchow packte den Stationsvorsteher am Ärmel. »Bürger … im Namen Moskaus, das heißt im Namen der Versorgung der hauptstädtischen Tscheka, fordere ich die unverzügliche, außerordentliche Ankopplung unseres Waggons. Unverzüglich! Außerordentlich! Ist das deutlich genug?«

Mit der einen Hand hielt er ihm das Säckchen unter die Nase, mit der anderen nestelte er am Pistolenfutteral.

»Sie haben die Wahl – das oder das.«

»Was wäre das?« Raja war hinter ihren Schwager getreten und langte nach dem Säckchen, beschnüffelte es.

»Kaukasische Rosinen.«

»Jermotschka, das kannst du nicht ausschlagen, denk an deine Kinder.«

Unbehaglich und gereizt sagte der Stationsvorsteher: »Ich habe es Ihnen vorhin doch schon gesagt, Genosse, ich kann mir die Züge nach Moskau nicht aus den Rippen schneiden. Morgen, übermorgen, wir werden sehen. Der Telegraf wird's uns wissen lassen.«

»Ach ja, das ist vorhin gekommen, während du unterwegs warst.« Raja zog einen zerknitterten Papierstreifen aus der Weste.

»Na, vielleicht ist das schon Ihre Ankopplung, Genosse.« Der Stationsvorsteher griff nach dem Streifen und begab sich damit in sein Büro. Als sei es nicht zulässig, Dienstliches unter freiem Himmel zu studieren.

»Haben Sie noch mehr davon?« Raja schnipste gegen das Säckchen, das der Rotarmist noch nicht aus der Hand gegeben hatte.

»Könnte sein«, war die Antwort.

Träumerisch hingen auch die Augen der drei Apraksins an dem Leinenbeutel. Feuchte Flecke begannen sich auf dessen Unterseite abzuzeichnen. Polly schluckte den Speichel hinunter. Rosinen … aus dem Süden … das Süßeste vom Süßen, was es gab …

Plötzlich schrie Raja auf. »Jermotschka! Was hast du?«

Der Stationsvorsteher war im Türrahmen seines Büros aufgetaucht, den Papierstreifen vom Telegrafen noch immer zwischen den Fingern. Er war graubleich im Gesicht, die Augen aufgerissen, als sei ihm ein Gespenst erschienen.

»Die Machnobande kommt hier durch. Morgen früh. Sie haben drei Züge requiriert und verlangen freie Durchfahrt. Das heißt, die Strecke muss geräumt sein. Ich werde sie durchwinken müssen. Sie werden auf mich schießen. Die schießen nur so, zum Spaß, sobald sie jemanden sehen. Lisaweta wird zur Witwe, Nussja und Pawlik werden ohne Vater aufwachsen.«

Niemand sagte etwas Tröstendes. Was hätte man schon sagen können.

Nachdem er telegrafiert hatte, die Nachricht weitergegeben, ging der Stationsvorsteher mit bleischweren Schritten zum Nebengleis. Er blieb vor jedem einzelnen Güterwagen stehen und empfahl, ab sieben Uhr morgens, besser schon ab sechs, die Schiebetüren unbedingt geschlossen zu halten, damit der Zug leer wirke. »Kein bewegliches Ziel bieten.«

Er klopfte auch an die Tür des Salonwagens. »Sie haben Glück, Genosse, dass der abgestellte Zug Sie verdeckt. Sie und Ihr Luxuswägelchen wären ein gefundenes Fressen für die.«

Zuletzt baute er sich vor dem Propagandazug auf. »Machno kommt hier durch. Hab's eben erfahren. Ab Mitternacht wird die Strecke freigehalten. Dann hängt ihr hier fest.«

Die jungen Agitatoren blieben kaltblütig. Jeder, auch die Mädchen, steckte sich erst mal ein Ziegenbeinchen an. »Genügt es nicht, wenn wir rangieren und nur das Hauptgleis freimachen?«

»Nicht mit diesen Gemälden da.« Der Stationsvorsteher wies auf den Paläste zertrümmernden Bauern, auf die Läuse zerquetschenden Daumen und den dämonischen Popen. »Die haben genug Waffen bei sich, um einen eigenen Krieg zu führen. Ich würde es an eurer Stelle nicht drauf ankommen lassen.«

Plötzlich hatten die Agitatoren es sehr eilig. Die Tonfigur musste mit einem einzigen Eisenreifen auskommen. Die Türen knallten zu und die altertümliche Lokomotive zerrte den Propagandazug davon. Dahin, wo die Weiche einer wenig befahrenen Ortsstrecke sie aus dem Schussfeld vorüberfahrender Banditen bringen würde.

Die junge Frau des Stationsvorstehers belud einen Kinderwagen mit Hausrat. Sie setzte Nussja oben drauf und packte Pawlik bei der Hand, ließ alles los, um zurückzustürzen, ihren Mann zu umarmen, ihre Schwester, und beide abzuküssen, ehe sie, wie kopflos, mit Wagen und Kindern fortstürmte.

»Wieso reißt sie aus?«, erkundigte Polly sich bei Raja. »Ich denke, die fahren bloß durch.«

»Weiß man's? Die sind schließlich nicht wie normale Menschen. Wenn es sie überkommt, lassen sie hier stoppen und hinterlassen rauchende Ruinen. Und auf alles, was sich bewegt, veranstalten sie ein Tontaubenschießen.«

»Werden Sie auch flüchten, Raja?«

Das junge Mädchen schüttelte den Kopf. »Jeder schützt das, was er liebt. Lisaweta bringt ihre Kinder in Sicherheit. Ich rühre mich nicht von meiner Mitgift weg. Zwei Jahre hab ich dafür gebraucht, alles zusammenzutragen, und jetzt lass ich es im Stich? Kommt nicht in Frage.«

»Raja«, begann Ossja und legte ihr schmeichelnd die Hand auf den Arm, »Raja, dürfen wir Ihnen was vorschlagen?«

Polly und Fedja bissen erwartungsvoll auf ihren Lippen

herum. Ossja konnte, wenn er wollte, fast jeden um den Finger wickeln. Und jetzt wollte er. Er lächelte mit seinen naturweißen schief stehenden Zähnen und spielte den Verlegenen.

»Wir möchten Ihnen ein Stück für Ihren Salon anbieten.«

»Ihr?! Was denn?« Raja steckte ihre Finger in Ossjas lange nicht geschnittenen lockigen Haare, die um sein Gesicht hingen wie bei Hirtenknaben auf alten Bildern.

Ossja gab Polly ein Zeichen, und Polly öffnete die Reisetasche. Sie nahm einen der drei verbliebenen Pinienzapfen heraus.

»Wenn die Sonne drauf scheint oder wenn Sie es unter die Lampe halten, glitzert es wie Diamanten. Und es taut nicht, denn es ist weder Schnee noch Raureif«, sagte Ossja im singenden Ton eines Märchenerzählers.

»Lass mich mal anfassen. Das ist doch nicht etwa Strass? Na, so gib schon her. Was wollt ihr dafür haben?«

Polly lächelte. Fedja lächelte. Ossja strahlte überirdisch. »Wir möchten die Nächte nicht in dem Güterwagen bleiben. Könnten wir … jetzt, wo Ihre Schwester sowieso fort ist … Vielleicht in der Küche, auf dem Ofen? Decken und Kissen haben wir selbst. Wir passen jeden Tag auf, ob auch ja keine Läuse drauf sind, ganz ehrlich, Raja Michailowna. Wir haben nämlich schon eine Schwester wegen Typhus verloren.«

»Nun, dann kommt, in Gottes Namen.«

Der funkelnde Pinienzapfen fand einen Ehrenplatz inmitten Rajas anderer Trophäen. Auf einem Deckchen aus Papierspitze.

»Man könnte denken, ich hätte es aus dem Schaufenster von diesem berühmten Juwelier, bei dem der Zar immer die Geschenke für die Zarin kaufte. So ein französischer Name, komm jetzt nicht drauf. Ich werde allen sagen, es ist Strass. Vielleicht stecke ich es in meine Brautkrone. Wenn Semjon wieder da ist.«

Die Nacht war unruhig. Stakanow, der unglückselige Bahnhofsvorsteher, saß in Uniformhose und Unterhemd am Küchentisch und trank, bis Raja ihm ungehalten die Flasche entriss. »Willst du morgen früh torkeln, wenn du die Durchfahrt abnimmst?« Alle Stunde kam sie aus ihrem Zimmer herunter, in Pantoffeln und Nachthemd, um nach ihrem Schwager zu sehen. Sie unterhielten sich in verzweifeltem Flüsterton. Manchmal wurde Polly auf dem Ofen davon wach, blinzelte ängstlich und schlief wieder ein.

Sie schreckte erst richtig in die Höhe, als Raja zeterte und brüllte und an ihrem Schwager herumrüttelte. Die Uhr zeigte auf kurz vor sechs. Der Stationsvorsteher hatte es fertig gebracht, nachdem Raja seinen Wodka versteckt hatte, eine Flasche Haushaltsspiritus zu leeren. Er lag mit halbem Leib über dem Tisch und war nicht ansprechbar. Raja zog seine Lider hoch, ohne eine nennenswerte Reaktion zu erreichen. Sie goss einen Eimer Wasser über seinem Kopf aus. Nichts.

»Zieh dich an«, sagte sie zu Polly. »Jemand muss im Büro auf den Telegrafen achten. Die Station vor uns gibt Bescheid, sobald sie dort vorbeigekommen sind. Jungs, ihr müsst mir helfen, ihn wach zu kriegen.«

Ossja und Fedja schliefen noch fest, ineinander verknäuelt wie immer. Polly neigte sich zu ihren Ohren: »Moskau! Moskau! Alles aussteigen!«

Raja grapschte den Büroschlüssel vom Haken neben der Tür und hielt ihn ihr ungeduldig hin. »Nimm die Laterne mit, es ist dunkel draußen.«

Fröstelnd, noch nicht fähig, irgendeinen klaren Gedanken zu denken, saß Polly in dem winzigen Kabuff und belauerte den Telegrafen wie eine gefährliche Höllenmaschine. Immer wieder wanderten ihre Augen zur großen Uhr, an der die Zeiger unerbittlich vorwärts rückten. Fedja tauchte auf und brachte ihr einen Napf Buchweizengrütze.

»Wo bleibt er denn? Ich warte und warte«, sagte sie tadelnd.

»Wieso – wünschst du dir Machnos Erscheinen?« Fedja sah sie verständnislos an.

»Unsinn. Ich meine Stakanow, den Bahnhofsvorsteher. Er sollte langsam hier seines Amtes walten.«

»Das wird wohl nichts.« Fedja zog die Mundwinkel abschätzig nach unten. »Raja ohrfeigt ihn und Ossja macht ›Stecknadeln‹ an seinem Unterarm. Aber er stöhnt höchstens. Vor heute Abend ist mit dem nicht zu rechnen. Raja sagt, er hat sich aus Angst so betrunken. Normalerweise säuft er nicht, sagt sie.«

Kurz nach acht galoppierte Polly zur Wohnung hinüber. »Raja Michailowna! Eben ist die Nachricht gekommen! Gegen neun Uhr werden die Machno-Züge hier durchfahren. Was wollen Sie unternehmen?«

»Was schon? Die Ehre der Familie retten. Immerhin ist er mein Schwager.«

Raja schickte die Jungen aus der Küche. Sie wusch sich von Kopf bis Fuß, putzte sich wie eine Katze. Polly durfte ihr die Haare flechten. Über Rock und weiße Bluse zog Raja die Uniformjacke, die noch immer über der Stuhllehne des besinnungslos Betrunkenen hing. Sie ließ sich über der Brust nicht richtig zuknöpfen, sodass das junge Mädchen schließlich den dicken langen Tuchmantel drüberzog, der für krachende Fröste gedacht war. Zuletzt kam die Bahnwärterkappe.

»Haben Sie denn was gefrühstückt?«, wollte Polly wissen. Denn Rajas rote Backen hatten auffallender Blässe Platz gemacht.

»Kann nichts hinunterbringen. Hab nur Tee getrunken. Hör zu: Wenn sie durch sind, die Machnos, schnappen wir uns die kaukasischen Rosinen. Lisaweta wird mir verzeihen oder nicht, soll sie mich ohrfeigen. Jetzt lauft und versteckt euch in eurem Viehwagen.«

Polly wartete, bis die Brüder davongewetzt waren, ehe sie sagte: »Ich möchte sie sehen, die Banditen. Kann ich nicht im Büro durch die Gardine spähen?«

»Damit sie deinen Schatten im erleuchteten Fenster bemerken? Nein, ich weiß was Besseres. Rasch!« Raja brachte sie zu einer schmutzverklebten Glastür. Welkes Laub war in die Ecken des Türrahmens geweht. Die Tür klemmte, war aber nicht abgeschlossen.

»Früher, vor der Revolution, war das das Restaurant des Wartesaals. Lass die Fenster zu und vor allem: mach kein Licht.«

Polly unterschied im Dämmergrau der vom Ruß geschwärzten Fenster einige lange Tische, die aufeinander gestapelt waren. Stühle fehlten; die waren wohl längst verheizt worden. Ein gellender Lokomotivenpfiff, nicht mehr allzu weit entfernt, zerriss die Morgenstille.

Raja packte Polly, küsste sie auf die Wangen wie bei einem Abschied und bekreuzigte sich. Sie umkrampfte das zusammengerollte grüne Fähnchen, während sie hinaustrat, auf den Bahnsteig, und sich vor dem Büro aufstellte. Als der erste Banditenzug in Sicht kam, hob sie gelassen die Fahne.

37. Kapitel

Ohne abzubremsen raste die erste Lokomotive durch den Bahnhof, gefolgt von einer Kette geschlossener und offener Güterwagen. Auf den Stellflächen der Letzteren stand Tatschanka an Tatschanka, Deichseln in die Höhe. Durch die Türen der Viehwagen erblickte Polly Pferde, die unruhig mit den Köpfen wackelten. Die Fahrer oder Kutscher saßen in den Öffnungen der Schiebetüren und ließen die Beine nach draußen baumeln: Beine in Reit- und Kosakenstiefeln, in englischen Wickelgamaschen und hellen Halbschuhen für Stutzer, in Schnürstiefeln und Fußlappen aus buntem Zeug, bunt wie Frauenkleider. Die Pferde trugen prächtige Decken, die verdächtige Ähnlichkeit mit liturgischen Festgewändern von Priestern hatten.

Nach den Pferden und den Tatschankas füllte Machnos »Heer« die Wagen. Manche der Banditen hatten die Hemden bis zum Bauch aufgerissen. Andere hatten sich Damenpelzboas um den Hals gewickelt, waren kostümiert wie Personen in einem Theaterstück, und jeder hatte sich mit einer anderen Kopfbedeckung geschmückt. Polly sah steife Hüte, so genannte »Melonen«, Zylinder und Studentenmützen, Pelzkappen unterschiedlichster Herkunft und Gondoliere-Strohhüte, Turbane aus Tüllgardinen und französische Stahlhelme. Und auf allen wehten schwarze Schleifen oder Bänder. Schwarze Weiberröcke, an Lanzen gebunden, sollten vermutlich Standarten darstellen. Schwarz war die Farbe der Banditen, wie Rot die Farbe der Bolschewiki war.

Der zweite Zug, fast unmittelbar hinter dem ersten. Dampfschwaden wölkten auf den Bahnsteig nieder.

Auch hier herausgeputzte Subjekte, bis an die Zähne mit Waffen behängt: Krummsäbel, Marinedolche, Colts, Jagdflinten, alte Duellpistolen, Pallasche und aufgebockte Maschinengewehre. Frauen gab es auch unter den Banditen, junge Weiber in Reithosen und Pelzjäckchen, zierliche Coltfutterale um die Hüften geschnallt.

Beinah jeder Wagen zeigte der Station Losowaja, wie schneidig, wie lustig, wie beneidenswert das Banditenleben sei. Denn überall wurde gegrölt, gejohlt, gesungen, wurden Ziehharmonikas malträtiert und tönte das Näseln von Grammophonen.

Sie alle kamen Polly wie Figuren aus einem jener wüsten Träume vor, die man bei hohem Fieber hat. Das Gefolge des Teufels, ihm allein gehorchend, aus Ratten und Iltissen, Füchsen und Frettchen, vorübergehend in Menschen verwandelt.

Plötzlich verlangsamte der zweite Zug das Tempo.

Heiß schoss die Angst in Polly: Würden die etwa anhalten? Wollten sie Wasser tanken? Brennbares requirieren? Würden die Banditen ausschwärmen und »Tontaubenschießen« auf alles, was sie sahen, veranstalten? Aber der Zug hielt nicht an, rollte nur bedächtiger. Als solle etwas vorgeführt werden.

Auf einem der offenen Rungenwagen des dritten Zuges wurde ein schwarzer spiegelnder Kutschwagen mit halbem Verdeck transportiert; am Schlag prangte ein vergoldetes großfürstliches Wappen. Das Innere war mit siegellackrotem Leder bezogen. Auf diesem Leder räkelte sich ein spilleriges Männchen. Es hatte die Stiefel auf den Kutschbock gelegt und ließ eine Pistole um den Finger wirbeln. Es trug einen Kosakenrock mit Schnüren und einen schwarzen weichen Herrenhut der Art, wie ihn Kurgäste auf der Promenade von Nizza vor ihren Damenbekanntschaften lüfteten. Davon abgesehen war nichts Draufgängerisches an ihm. Er glich, fand Polly, jenem Schauspieler, der einmal in einem Stück den verrückten Postmeister gegeben hatte – der gleiche irre Blick mit boshaftem Funkeln, die gleiche fettige Haarsträhne in der Stirn und der Teint ebenso gelb.

Die Prachtkutsche und ihr Insasse wurden von vier Maschinengewehren bewacht, hinter denen vier Männer saßen.

Das musste Machno sein.

Für einen Augenblick hielt er mit dem Herumwirbeln der Pistole inne und schoss. Nach rechts, ohne das Ziel groß ins Auge zu fassen. Polly sah, wie die grüne Fahne am erhobenen Arm sich senkte.

Und Polly sah – alles dauerte nur Sekunden –, wie Machno ein Zeichen gab, einen Wink. Ein Feuerstoß fuhr aus einem der Maschinengewehre. Raja sank zusammen, ohne noch einen Laut von sich zu geben. Die grüne Fahne auf dem Boden zappelte noch eine Weile im Fahrtwind.

Ohne an Vorsicht zu denken, stürzte Polly hinaus. Neben Raja kauernd, die Augen voller Tränen, den Mund im Weinen verzogen, blickte sie auf. Ein Mädchen mit Motorradkappe, einen Luchspelz um die Schultern gehängt, machte vergnügt ihre Grimasse nach und zielte mit dem Colt auf Polly. Ein riesiger Kerl, angezogen wie ein Metropolit, schlug ihr die Hand beiseite. Die Kugel krachte auf das Stationsschild »Losowaja«, ein blechernes Geräusch. Polly würde das Scheppern ewig im Ohr haben.

Mittlerweile hatte der dritte und letzte Zug Machnos den Bahnhof passiert.

Polly lag auf den Knien und hielt Rajas Kopf. Als ob das noch etwas nützte. Sie konnte nicht aufhören mit Schluchzen. Langsam näherten sich Passagiere aus ihrem Zug, um zu sehen, ob die Luft rein war. Man schaute in das leere Büro und rief nach dem Stationsvorsteher. Schließlich holte Petuchow den Georgier aus dem Salonwagen.

Rustam Gulía nahm Raja auf die Arme. Man bettete sie, da man sonst nicht wusste wohin, auf einen der langen Tische im ehemaligen Restaurant.

»Hast du alles gesehen?« Ossja klang fast ein wenig neidisch. »Als du nicht kamst, wollten wir auch wieder raus. Aber man hat uns festgehalten. Was haben die Banditen mit Raja gemacht?«

»Jetzt hör schon auf damit«, sagte Fedja. »Du siehst doch selber, was sie mit ihr gemacht haben. Jemand sollte in die Stadt laufen und einen Doktor holen. Als Erstes muss die Kugel entfernt werden.«

»Kugel, Kugel, war für eine Kugel denn?«, schrie Polly ihn an. »Es war ein Maschinengewehr. Sie haben sie regelrecht zerfetzt, aus allernächster Nähe. Für nichts.« Sie fiel wieder in sich zusammen, bis ihre Stirn die Knie berührte. Sie hatte keine Ahnung, wie lange sie so dahockte. Die Beine waren ihr eingeschlafen und eiskalt. Irgendwann kamen einfach keine Tränen mehr. Währenddessen hatten die Brüder das Gepäck aus der Wohnung des Stationsvorstehers geholt.

»Er fängt an zu lallen«, sagte Ossja. »Wird langsam wieder Mensch. Und sicher kommt nun auch die Frau mit den Kindern wieder. Glaube kaum, dass die uns noch eine Nacht in ihrer Küche beherbergen. Von Rechts wegen sollten wir uns den Pinienzapfen zurückholen.« Er trödelte davon und ließ Polly und Fedja mit dem Gepäck allein. Langsam schleppten sie alles wieder über die Gleise zum Güterzug, als abermals ein Lokomotivenpfiff das Nahen eines Zuges verkündete.

Kam Machno etwa zurück? Oder die Agitatoren mit ihrem zerfallenden Proletarier aus Ton?

Wie sich bald herausstellte, handelte es sich um den seit Tagen erwarteten Zug Mineralnye Wody – Moskau. Stumm betrachteten Polly und Fedja die Reisenden auf dem Dach. Sogar auf den Puffern balancierten einige Beherzte. Total überfüllt. Wie sollten sie hier Platz finden?

Ein Mann in Eisenbahneruniform sprang aus dem Kabuff des Zugführers. Er hatte einen Rucksack umgeschnallt und überdies ein in Jute eingenähtes größeres Bündel dabei. Schnurstracks stapfte er zum Büro, laut rufend: »Bin wieder da! He, Stakanow – was ist los? Wieso nimmst du nicht den Zug ab?«

Man führte ihn in das einstige Restaurant. Fassungslos starrte er die aufgebahrte Raja an, den riesigen schwarzroten Fleck auf dem Stationsvorstehermantel. Nur um etwas zu tun, nahm er ihren wie ein Seil herunterbaumelnden Zopf und legte ihn scheu über ihre Brust und stopfte das Ende zwischen ihre Finger.

»Und was haben sie mit Jermotschka gemacht? Ich meine, mit dem Bahnhofsvorstand? Wer zur Hölle war das?«

»Machno ist durchgefahren«, sagte Ossja, der plötzlich wieder auf der Bildfläche erschienen war. »Machno. Drei Züge.« Als erklärte das alles. »Sind Sie etwa Semjon? Rajas Bräutigam?«

Kopfschütteln. »Ich bin Stakanows Stellvertreter. War ’ne Woche unterwegs, bisschen hamstern. Wo ist er? Wieso liegt die Fahne hier bei Raja?«

»Er ist drüben in seiner Wohnung«, informierte ihn Ossja. »Aber Sie können noch nicht mit ihm reden. Er hat Brennspiritus gekippt. Aus lauter Angst vor den Banditen. So ist Raja statt seiner angetreten. Weil Machno sonst alles kurz und klein geschossen hätte, wenn keiner mit der Fahne auf dem Bahnsteig gewesen wäre.«

Mit der Gleichmütigkeit von Leuten, die sowieso keine Chance sehen, schauten die Kinder ihm hinterher, wie er zur Wohnung der Stakanows stiefelte. Als sie jedoch quer über die Schwellen und Schienen Petuchow sich nähern sahen, mit seinem schlingernden Gang und den wehenden bodenlangen Mantelschößen, zeichnete sich etwas wie Interesse in ihren Gesichtern ab. Dieses Mal hatte Petuchow kein »Entweder-oder« dabei. Ihm ging wohl die Geduld aus.

Gefällig deuteten sie die Richtung an, wo er suchen musste. Dankend tippte er an den Stoffhelm und schwenkte ums Haus herum, Richtung Privatwohnung.

»Was meint ihr, wird man sie an den Moskauer ankoppeln? *Unverzüglich, außerordentlich?*«, fragte Ossja. Als weder Fedja noch Polly sich zu einer Meinung durchrangen und das Schweigen zu drückend wurde, griff Ossja in die Tasche seines verdreckten Halbpelzes. Auf der flachen Hand bot er ihnen ein Häufchen Rosinen an. Große gelbe und braune klebrig saftige kaukasische Rosinen.

Sie kauten eine Handvoll nach der anderen und sahen zu, wie die Reisenden aus dem Moskauer Zug mit Teekesseln nach heißem Wasser liefen. Und wie einige Männer die Tische aus dem Restaurant zerrten, hin zur Lokomotive, wo man ihnen mit einer Axt zu Leibe ging. Bis auf einen. Den hatten sie stehen lassen müssen.

Als Petuchow wieder angestiefelt kam, wandten sie ihm ihre Aufmerksamkeit zu. »Und?«

Er machte die Pantomime eines Boxchampions: die Linke

vorm Gesicht, die Rechte fährt aus. »Musste erst ein paar schlagende Argumente anbringen. Noch heute Abend heißt's adieu, Losowaja. Und was ist mit euch? Wolltet ihr nicht auch nach Moskau? Wieso sucht ihr euch keinen Platz?«

»Auf dem Dach?«, fragte Ossja.

»Auf den Puffern?«, sagte Fedja gleichzeitig.

Polly sagte gar nichts. Als sei ihr ohnehin alles einerlei, spuckte sie ein vertrocknetes Stückchen Stiel aus, das an einer Rosine geklebt hatte.

»Wir werden wohl wieder in den Charkower einsteigen.« Ossja zuckte die Achseln. »Falls es nicht vorher noch Mord und Totschlag um die Lokomotive gibt. Gutwillig rückt der Moskauer Zug sie sicher nicht raus.«

»Wir sind Sonderbevollmächtigte mit ungeheuer wichtigem Mandat«, sagte Petuchow. »Würde niemandem raten, unsere unverzügliche und außerordentliche Weiterreise zu behindern.« Viel sagend klopfte er an seine lederne Pistolentasche.

Am späten Nachmittag betrat Polly allein noch einmal die frühere Gaststube. Fast erschrak sie, als sie die Veränderung sah, die mit Raja vorgegangen war. Die Stakanowa war zurückgekehrt und hatte, mit Hilfe einiger Frauen aus der Nachbarschaft, ihrer Schwester einen weißen Rock und eine weiße steife Bluse mit Spitzen angezogen. Ob das vielleicht die Brautkleider waren? Hatte Raja nicht von baldiger Hochzeit geredet? Dafür sprach der grüne Kranz mit künstlichen Orangenblüten, mit dem man sie jetzt geschmückt hatte.

»Darf ich ihr das geben?« Schüchtern zeigte Polly den Pinienzapfen vor.

Ossja hatte ohne besondere Gewissensbisse gestanden, dass er ihn wiedergeholt hatte. »Aber sonst habe ich nichts angerührt. Bis auf die Rosinen.«

Man hatte Raja die Hände auf der Brust gefaltet; zwischen sie steckte Polly das glitzernde Geschenk. Als zwei Totenkerzen angezündet wurden, sprühte es diamantene Funken. Sie spürte, wie es mit dem Weinen wieder losging, und wandte sich zum Gehen.

Verblüfft musste Polly feststellen, dass Ossja seinem Ruf als Familien-Genie wieder mal alle Ehre gemacht hatte. Er hatte es doch tatsächlich auf den Perron des Salonwagens geschafft! Denn dort saß Petuchow, ohne seinen spitzzipfligen Tuchhelm, auf einem Schemel. Und hinter ihm stand Ossja, der ihm mit einem Haarschneideapparat den Nacken ausrasierte. Als hätte er seit Monaten nichts anderes getan. Zu Füßen der Eisentreppe hockte Fedja und bewachte ihr Gepäck.

»Lass dich mal anschauen, Petuch … nun, das ist doch ganz annehmbar.«

Der kleine, nicht unangenehme Schreck, den Polly mittlerweile kannte, durchfuhr sie, als jetzt Rustam Gulía herauskam und den Platz seines Politoffiziers einnahm. Wie ein schwacher elektrischer Schlag war das. Bei Niki Naryschkin hatte es angefangen. Und war noch heftiger geworden bei Anatoli Mansurow.

»Nur den Nacken, Freundchen. Haben wir uns verstanden?«

Ossja nickte. Vor Konzentration zuckte seine Zungenspitze im Mundwinkel, als er den kleinen Scherapparat ansetzte.

»Erzähl mir von euch. Wo kommt ihr her und wieso reist ihr allein?«

»Bitte, können Sie sich von Polly oder Fedja antworten lassen?« Ossja runzelte die Stirn. »Ich kann nicht gleichzeitig reden und Friseur sein.«

Die Frage wurde wiederholt; diesmal an Fedja gerichtet. Polly erinnerte sich dunkel, mal in einem Schmöker gelesen zu haben, dass die Werteskala der Kaukasusvölker folgendermaßen aussähe: Mann – Pferd – Sohn – Kuh (bzw. Schafe oder Ziegen) – Weib. Man konnte vom Schicksal nicht zu viel verlangen. Ihn anzuschauen und sprechen zu hören war schon eine Menge.

»Könnt ihr Domino spielen?«

Fedja bejahte.

»Was könnt ihr noch? An Unterhaltungen, meine ich.«

»Haben Sie drei runde Sachen?«

Petuchow, der seinen spärlich behaarten Kopf wieder unter dem Tuchhelm verborgen hatte, verschwand im Wageninnern und kam mit drei goldroten Bällchen zurück, die aromatisch dufteten.

Fedja begann zu jonglieren.

Es wurde applaudiert. Aber noch immer hieß es: »Und außerdem?«

»Na ja, Ossja kann Tschastuschki singen. Und wir alle können Ausdruckstanz nach Art von Isadora Duncan.«

Zu den Tschastuschki wurde genickt. Von einer Frau diesen Namens jedoch hatte der Georgier noch nie gehört. »Meint ihr Tänze wie eine Tschetschotka?«

Bedauerndes Kopfschütteln. Nein, etwas so Schwieriges hatten sie noch niemals geübt. Die Technik der verschiedenen Trippelschritte, des Hackenstoßens und so weiter beherrschten nur Experten.

»Habt ihr eine Ahnung vom Schachspielen?«

»Ja«, sagte Fedja, »haben wir.«

»Mhm. Und kann deine Schwester Wäsche waschen und Knöpfe annähen, kochen und heizen?«

»Nein«, antwortete Polly an Fedjas Stelle. »Das heißt, Knöpfe schon, doch das andere nicht. Aber ich kann genauso gut Schach spielen wie meine Brüder. Außerdem kann ich den Inhalt von Büchern erzählen oder Gedichte aufsagen. Und falls Sie mich persönlich anreden möchten: Mein Name ist Ippolita Arkadjewna Apraksina.«

Rustam Gulías Belustigung äußerte sich darin, dass sein Schnurrbart die Flügel spreizte. Seine kaffeesatzschwarzen Augen bekamen etwas Weiches, Flüssiges, Feuchtes. Er wechselte einen Blick mit Petuchow.

»Gib ihnen das zweite Coupé, Petuch. Und sag ihnen, falls einer klaut, fliegen alle raus. Egal, ob der Zug steht oder fährt. Und in Moskau verschwinden sie, sobald wir halten. Ich will keinen Ärger mit der Kommission.«

»Möchten Sie die hier wiederhaben? Oder dürfen wir das essen?« Fedja hielt die goldroten Bällchen hoch.

»Die Mandarinen? Von mir aus, esst sie. Aber nicht reinbeißen, erst die Schale abmachen, ihr Schlauköpfe!«

Hingerissen betrachtete Polly das Bild »Lachender Georgier«, als ein heftiger Anprall den Waggon erschütterte. Petuchow sprang auf den Schotter und reckte den Kopf. »Man holt uns zum Ankoppeln. Wollte ich ihm auch geraten haben!«

Der erste Blick Pollys in den Salonwagen der Romanows enttäuschte alle Erwartungen. Als hätten Jungen versucht, ein Labyrinth anzulegen, musste man sich an Gänge halten, musste sich zwischen Mauern aus Säcken, Ballen, Körben, Kisten und Fässchen schlängeln, bis sich ein freier Raum auftat.

Nur dort war es so wie erwartet: saffianverkleidete Wände mit weißen Kugellämpchen, üppige Sofas, Mahagonitischchen und lautlose Teppichböden.

»Damit ihr nicht vor lauter Neugierde auf dumme Gedanken kommt, verrate ich euch hiermit, was wir alles transportieren«, sagte Petuchow. »Vor allem Rosinen, aber das wisst ihr ja bereits. Außerdem Dörraprikosen, Reis, Mehl und Salz. Mandarinen, den Wintertrost des Südens, weiße Bucharaseide, hausgemachte Konfitüren und ein paar Ballen Tabak. Alles exklusiv für das Hotel ›Metropol‹. Man erwartet uns voller Sehnsucht. – Hoppla! Sei gegrüßt, Zug nach Moskau.«

Die Rangiermaschine stieß den Waggon an etwas Massives und Feststehendes, worauf Geschrei und Befehle losgingen.

»Sollten wir uns an diesem Bürgerkrieg da draußen beteiligen, Petuch?«

Rustam Gulía hatte am Rollo vorbei nach draußen gespäht. Auch Polly lugte hinaus, beständig in Sorge, alles, was sich so wunderbar entwickelt hatte, könnte sich im letzten Augenblick zerschlagen.

Der Lokomotivführer des Moskauer Zuges und ein Rudel Sympathisanten hatten offensichtlich etwas dagegen, dass ihre sowieso schon überbelastete Lok einen weiteren Wagen ziehen sollte. Und vom Charkower Zug war ein Haufen Reisender herübergekommen, um nach dem Recht der Reihenfolge nunmehr die anderen um ihre Lokomotive zu erleichtern. Die dritte Partei wurde vom schrecklich aussehenden, wieder zu sich gekommenen Stationsvorsteher Stakanow und seinem Stellvertreter gebildet.

»Man sollte vielleicht … nur ein kleiner Denkzettel, Genosse Gulía«, meinte Petuchow. »Sonst kommen wir heute nicht mehr fort.«

Mit der Geschmeidigkeit eines Berglöwen turnte der Georgier in seinen weichen Stiefeln vom Perron aus eine Eisenleiter hinauf, aufs Dach. Wo er sich, auf dem Bauch liegend, entlangschob. Polly hörte es mehrmals scharf knallen und sah Mützen von den dazugehörigen Köpfen herunterkollern. Sechs, acht, zehn, dreizehn Stück. Bis das Handgemenge sich auflöste. Der Lärm von hin und her gerütteltem Stahl und Eisen meldete den Vollzug des Ankopplungsmanövers.

Petuchow öffnete den Kindern das zweite Coupé, in dem er bisher gehaust hatte. Auch hier hatte man jeden Fußbreit Boden mit Säcken und Körben vollgetürmt. Bloß der Weg zu den Klappbetten war frei gelassen. Es roch nach Mandarinen und Geräuchertem, nach Stiefelwichse und Fußlappen.

»Solange wir irgendwo halten, bleibt das Fenster zu«, sagte Petuchow. »Wir haben schon erlebt, dass Kinderbanden ihren Dünnsten durch den Spalt gezwängt hatten, der munter dabei war, alles Mögliche nach draußen zu werfen, bis ich dazukam.«

Das Luxuriöseste jedoch war, nach Pollys Ansicht, der Waschraum der einstigen Großfürsten. Marmorbecken und die Wasserhähne wie Schwanenhälse, sicher vergoldet. Teppiche aus Derbent sogar an diesem Ort, weißleinene, allerdings ziemlich dreckige Handtücher. Und ein Mahagonideckel auf dem Klosett!

Unvermittelt, es kam so über sie, ging Polly auf den wieder vom Dach heruntergekletterten Georgier zu, fasste seine bräunliche Hand und küsste sie, ging dann zu Petuchow und küsste auch dessen behaarten Handrücken in heißer Dankbarkeit. Ossja und Fedja folgten eilfertig ihrem Beispiel.

Als der Moskauer Zug die Station Losowaja verließ, schaute niemand von ihnen aus dem Fenster. Der Gedanke an die aufgebahrte Raja wurde vorläufig verdrängt, kam indessen öfter wieder, als Polly lieb war.

38. Kapitel

Wenn Rustam Gulía aufgestanden war, widmete er sich ungezwungen, bei offener Tür und sich dabei unterhaltend, seinen Körperfunktionen. Dann, während er sich kämmte und rasierte, sang er in einer unverständlichen Sprache schallende Gesänge oder Brüll-Gebete. Angeblich ging es darin um so bedeutende Dinge wie die Abwehr von Feinden, um Heilen und Genesung, um das Ehren versammelter Freunde oder das Lob der grusinischen Trauben.

Während er solcherart das Leben feierte, beeilten sich Petuchow und die Apraksins, ihre kleine Abpack-Fabrik von den beiden Tischen zu entfernen. Denn Rustam Gulía legte nun eine ausgehängte Tür von einem Tisch zum anderen, sodass sich eine Festtafel ergab. Ein Romanow'sches Damasttuch flog darüber, bunt marmoriert von Flecken aller Art. Es folgten Gläsergarnituren – Gläser für Wasser, für Schnaps, für Wein und Teller mit prahlerischem Wappen, Servietten und Tranchiermesser.

Wie es schien, kannte er keine Einteilungen wie Frühstück, zweites Frühstück, Mittagessen, Teezeit, Abendbrot. Für ihn gab es nur eine einzige Mahlzeit. Polly und die Jungen nannten sie unter sich »das Gelage der hundert Dschigiten«.

»Was liefert die Küche heute, Petuch?«

»Immer sachte«, sagte Petuchow nüchtern. »Wir müssen die nächste Haltestelle abwarten. Und wir müssen dort lange genug halten, um ein paar Bäuerinnen oder sonst jemanden zu finden, mit dem wir handeln können.«

Zwar hatten er und Rustam Gulía allerhand Geräuchertes und kiloweise Schafskäse aus Georgien mitgenommen, aber das ließ der Letztere nur als Sakuski gelten. Er wollte unbedingt frisch Gebratenes, wollte Huhn und Hammel, Schwein und Rindfleisch für Schaschlik. Kaninchen hasste er. Pferd hätte er als Beleidigung des edelsten Tieres der Welt angesehen. Hunde oder Krähen auf freier Strecke zu erlegen, kam erst recht nicht in Betracht.

Am anderen Ende des Waggons gab es einen schmalen Verschlag mit Durchreiche. Dort war ein Petroleumkocher installiert, dort gab es ein Kohlenbecken, in dem der Mokka im Messingkännchen mit langem Stiel vor sich hin köchelte, der das »Gelage der hundert Dschigiten« abzuschließen pflegte.

Dort befand sich auch der Eimer, in dem Polly die Unterwäsche und die Socken aller Anwesenden mit Schmierseife auswusch. Zu protestieren wagte sie nicht. Denn: reisten sie nicht Luxusklasse geradewegs nach Moskau? Wurden sie nicht alle drei in die tägliche Verpflegung der beiden Sonderbevollmächtigten einbezogen? Schliefen sie nicht auf Zarenmatratzen unter Zarensteppdecken? Trotzdem hätte sie es vorgezogen, nichts von den Unterhosen Rustam Gulías zu wissen.

Hatte der gerissene Petuchow an einer Station das »Bonzensalz« oder die »Bonzenrosinen« tatsächlich in Schweinebauch, ein Paar Hühner oder eine Hammelschulter verwandeln können, verwandelte Rustam Gulía seinerseits das Getauschte in Schaschliks. Er brutzelte sie am offenen Feuer, das auf einer Eisenplatte loderte, welche wiederum auf einem umgedrehten Hocker ruhte.

Das Gelage pflegte Stunden zu dauern. Der Gastgeber brachte poetische Trinksprüche aus: Auf die wunderbaren georgischen Dichter Jaschwili und Tabidse! Auf das Lächeln der Mädchen auf dem Rustaweli-Prospekt! Auf die Reben am Kloster Anarur! Auf den ewigen Schnee der Berge Elbrus und Kasbek! Auf die Sternbilder über den Lichtern von Sololak!

Die Apraksins verdünnten das ihnen Eingegossene mit Wasser. Von den Weinen, mit deren berühmten Namen Kwareli und Teliani sie nichts anfangen konnten, wurden reichlich Flaschen mitgeführt. Petuchow berichtete, wie wild die Grenzkontrolleure auf der sowjetischen Seite alle gewöhnlichen Reisenden filzten, um Georgiens Stolz gnadenlos zu beschlagnahmen, ob das nun rechtens war oder nicht.

Zwischen den Trinksprüchen kam die Unterhaltung dran: lustige Geschichten, Erlebnisse, Witze, alles war willkommen. Ossja erzählte vom Seesturm auf der »Massandra«, vom Überfall der Grünen, wie man Schestjorkin übertölpelt hatte. Er imitierte – »khnn, khnn« – Buzuluki, und wie Schazki immer in seinen Ohren gebohrt hatte. Fedja ergänzte wichtige Details, sein Gedächtnis war absolut verlässlich.

Ich sollte nicht so dumm und stumm dasitzen, dachte Polly bisweilen. Er wird mich für blöde halten. Bei allen anderen Leuten rede ich frei und geradeheraus. Hab ich nicht sogar den Mut gehabt und im Tanzkurs die »Adlerbraut« aufgesagt? Dabei kannte ich damals Saffo Dawidowna und Germia Moissejewna überhaupt noch nicht.

Oft war es spät am Nachmittag und draußen bereits dunkel, wenn so ein Gelage sein Ende fand. Deshalb weckte Petuchow die Kinder rechtzeitig, um wenigstens in den Morgenstunden von den freien Tischen zu profitieren. Sie füllten nach seiner Anweisung Salz in gefaltete Tütchen aus Zeitungspapier. Jeweils ein »Schiffchen« voll, das hieß das Unterteil einer Streichholzschachtel. Mit diesen Tütchen war man den Händlerinnen an den Stationen immer willkommen. Salz war teuer und selten und wurde immer teurer.

»Was wir unterwegs nicht loskriegen, reißt man mir in Moskau aus den Fingern«, meinte Petuchow.

Auch von den Rosinen, den Dörraprikosen oder vom Reis füllte er immer mal wieder Portionen ab.

»Was soll's – wir müssen schließlich auch von irgendwas leben. Die in Moskau dürften kaum erwarten, dass wir die volle Menge abliefern. Die sind glücklich, wenn wir überhaupt was über die lange Strecke gerettet haben. Es könnten ja Banditen uns überfallen haben. Sind wir etwa nicht Machno begegnet? Von alledem mal abgesehen – ich war bereits zweimal in der Lubjanka. Ohne das Geringste auf dem Kerbholz zu haben. Wenn man mich also wieder mal abholt, dann lieber aus Gründen, die ich kenne. Man ist gleich viel gelassener, wenn man sich mit dieser Grübelei – wofür? Was soll ich hier im Gefängnis? – nicht mehr herumschlägt.«

»Man hatte Sie verhaftet, Panas Panassowitsch?« Ossjas Interesse war ungeheuchelt. »Und wie sind Sie wieder freigekommen?«

»Beziehungen, Jungchen. Du musst jemanden haben, der dich dringend braucht oder dich mag. Unschuldig oder nicht hat in der Lubjanka nichts zu sagen. Und dieser Jemand muss jemanden kennen, der Macht hat. Mein Retter war Rodion Kisli. Ganz recht – der berühmte Schriftsteller Kisli. Wenn ich nicht wie jetzt in Sachen Mangelwaren unterwegs bin, mache ich mich nämlich als Zwischenhändler für Kunstgegenstände nützlich. Kisli ist Sammler. Außerdem ist er ein Freund von Lenin. Länger als vier, fünf Tage habe ich nie brummen müssen.«

»Aber Rustam Gulía darf die Tscheka doch nicht verhaften?«, wollte Polly wissen. »Er ist doch kein Bürger von Sowjetrussland. Er ist ein Vertreter des freien unabhängigen Georgiens.«

»Die Tscheka darf grundsätzlich alles«, belehrte Petuchow sie. »Hm, ich überlege gerade, wer sich notfalls für ihn verwenden könnte. Der Hauptkommissar für Nationalitätenfragen ist gebürtiger Georgier. Aber diese Herren sind launisch, man weiß nie … Aha, er ist aufgestanden.«

An ihrem ersten Morgen im Zarenwagen war Polly am Waschraum vorbeigegangen und die Tür hatte offen gestanden. Nicht angelehnt – nein, richtig weit offen. Und Rustam Gulía hatte im Unterzeug auf dem Klosett gehockt, während er sich ungeniert mit Petuchow unterhielt. Sie selbst war nicht zur Kenntnis genommen worden, Ossja und Fedja aber, die ebenfalls zurückwichen, wurden leutselig und jovial angesprochen.

»Panas Panassowitsch«, begann Polly verlegen, »können Sie mir sagen, ob das gegen mich gerichtet ist, wenn er« – sie deutete dahin, wo Plätschern zu hören war und kurz darauf ein Grunzen, als würde etwas Schweres gehoben –, »… wenn er immer die Tür offen stehen lässt?«

»Gegen dich?« Petuchow lachte gutmütig. »Ich glaube kaum, dass sich seine Gedanken viel mit dir beschäftigen. Nein, das ist Georgien. Sie haben dort eine recht freie Einstellung zu diesen Vorgängen. In der Hauptstadt, in Tbilissi, kam ich von einem dieser endlosen Gastmähler, hatte gegessen und gegessen, getrunken und getrunken, denn wenn sie am Tisch in der Überzahl sind, muss man alles so machen wie sie, sonst werden sie böse. Also, mein unterernährter russischer Magen und Darm wollten was loswerden, dringend.«

Er horchte und sprach leiser weiter: »Man wies mich hinunter zur Kura, das ist ein Fluss. Dort war eine öffentliche Bedürfnisanstalt für Männer. Ob ihr es glaubt oder nicht – die kennen keine Kabinen. Ein großer offener Raum und auf der einen Seite ein Donnerbalken mit Sitz an Sitz. Und genau gegenüber, sozusagen Auge in Auge, eine Pinkelrinne. Während der Verrichtung wurde auf das Ungezwungendste miteinander parliert. Vorbeigehende wurden angesprochen, man schiss und fragte gleichzeitig nach dem Befinden der werten Familie. Sie leben da unten noch wie die Hirten in der Bibel – in Eintracht mit der Natur. Wie es die Frauen halten, kann ich nicht sagen.«

Ossja und Fedja lagen mit dem Oberkörper auf dem Tisch. Sie schluchzten vor Lachen. Kam einer halbwegs wieder zur Vernunft, brauchte er nur in die vor Lachtränen schwimmenden Augen des anderen zu blicken, und es ging wieder los.

Polly lachte nicht. Nicht ein bisschen. Sie war dunkelrot im Gesicht.

»Genosse Gulía, gut, dass Sie kommen. Wir nähern uns Belgorod«, sagte Petuchow harmlos, als der Georgier durch die Gasse zwischen den Säcken und Kisten trat. Schön wie ein Bild und so schwermütig wie der Held einer Ballade. »Das wird sicher ein längerer Aufenthalt. Wir werden unsere Fleischbestände wieder etwas anreichern.«

Leider gab es jedoch am Bahnhof Belgorod nichts Verzehrbares außer Wasserkringeln und uralten hartgekochten Eiern, die frierende Großmütter an die Reisenden verkauften. Petuchow blieb nichts anderes übrig, als in die Stadt zu gehen und einen Schwarzmarkt zu suchen. Er hatte Ossja und Fedja mitgenommen, um die kostbaren Tauschwaren auf so viel Personen zu verteilen wie möglich.

»Wenn die Polizei sich eine Razzia einfallen lässt, läuft jeder für sich allein zurück zum Zug. Kapiert?«

Währenddessen versuchte Polly im Salonwagen mit Mehl und Salz und Wasser Brotfladen auf einem heißen Blech zu backen. Sie hatte keine Ahnung von den Mengen, die man jeweils nehmen musste. Sie wünschte sich, dass Njanja unsichtbar neben ihr stünde und ihr alles klipp und klar vorsagte. Das geringschätzige Interesse, mit dem Rustam Gulía ihr von Zeit zu Zeit auf die Finger sah, machte sie nervös.

»Hat Ihnen das Ihre Mutter nie gezeigt?«

Er sprach sie fast nie persönlich an, wenn aber, dann siezte er sie.

»Mama hat unser Brot nicht selbst gebacken«, sagte Polly. »In Russland ist es üblich, Brot beim Bäcker zu kaufen. Mama hat nur manchmal den Nachtisch persönlich zubereitet.«

Sie wollte gerade diese wundervollen Nachtische einzeln aufzählen, als sie zufällig sein Gesicht sah. Rustam Gulía war überhaupt nicht erpicht auf eine Liste mittelrussischer Desserts. Ihm lag einzig und allein am Gelingen der Fladen für sein »Gelage der hundert Dschigiten«.

»Kennen Sie Moskau bereits?«, versuchte sie ein anderes Thema. »Wissen Sie schon, wo Sie wohnen werden?«

»Was? Nein. Ich nehme an, dass Petuch das organisiert. Wahrscheinlich wird man eine Schlafstelle im ›Metropol‹ für uns haben. Sollten Sie nicht noch etwas mehr Wasser zugeben? Flacher, flacher! Fladen müssen dünn wie Papier sein.«

Im Märchen passierten die Entzauberungen immer zur freudigen Überraschung der Hauptpersonen. Polly allerdings entdeckte, dass sie um ein aufregendes Gefühl ärmer war. Eben noch Flügelschlagen im Magen, beschwingt und selig, stand sie von einem Augenblick zum anderen auf der Erde.

»Was schauen Sie so?« Rustam Gulías kaffeesatzbraune Augen wurden fragend aufgerissen. Sein marmornes Kinn eines Heerführers hob sich. »Haben Sie etwas entdeckt an mir?«

»M-m«, sagte Polly. »Ich dachte, ich hätte etwas entdeckt gehabt. Aber es war wohl ein Irrtum. Da ist nichts, gar nichts.«

Petuchow und die Jungen trafen außer Atem ein. Ein Stück

Hammel, nicht vom besten, und zwei ausgemergelte Hähnchen. Das aber auch nur, weil sie mit Reis und Rosinen auftrumpfen konnten. Sie waren nahe daran gewesen, von weniger begünstigten Bürgern verprügelt zu werden, der Verkäufer der Fleischstücke gleich mit, weil er die Fremden bevorzugt hatte.

»Kaum waren wir ein Stück weg, hörten wir die Trillerpfeife«, erzählte Ossja und hauchte auf seine kalten Finger.

An den Stiefeln der drei klebte pappiger Schnee. Man war im Winter angekommen.

Rustam Gulía entschied, dass es Pilaw geben sollte, ein Reis-und-Hammel-Gericht. Zu Pollys Befremden wurde von dem ekligen Hammelfett reichlich hineingetan, außerdem eingeweichte Aprikosen, die Leber der Hähnchen und ihr Fleisch, Rosinen, gedünstete Mandarinen – alles rein in den Hammelreis. Der Georgier beklagte das Fehlen von Pfeffer und Safran und Honig. Honig und Hammelfett? Polly war heilfroh, dass das nicht möglich war.

Sie aß mit Zurückhaltung, aber mit besserem Appetit als in der letzten Zeit. Die Verliebtheit, die bisher wie ein Kloß im Magen gedrückt hatte, war verschwunden. Und mit ihr auch die Andacht, mit der sie bisher die unzähligen Trinksprüche respektiert hatte. Während Rustam Gulía »Auf das Weintrinken in den Gärten von Weri, während sich rote und gelbe Lichter in den Wellen der Kura spiegeln!« anstieß, fragte Polly Petuchow nach Moskau aus. Langsam wurde es höchste Zeit, sich Gedanken zu machen. Wie verhielt man sich, wenn man fremd war und ein Zimmer suchte, aber nicht im Voraus zahlen konnte?

»Wieso, ich denke, ihr habt eine Tante in Moskau, bei der ihr willkommen seid? Oder hab ich da was falsch verstanden?«

Polly musste zugeben, dass die erwähnte Tante nicht eigentlich zur Familie gehört hatte. Und dass sie sie noch nie gesehen hatten. Ob sie sich überhaupt noch in Moskau aufhielt, wohin sie vor dem Krieg aufgebrochen war?

»Ach, ihr … ihr schrecklichen Waisen. Immer macht ihr einem Sorgen!« Petuchow kratzte sich den Schädel. »Wisst ihr wenigstens, wie sie heißt?«

Der Name schien bei ihm eine Erinnerung zu wecken. »Iduna Ljubimowa … Iduna Ljubimowa … wo hab ich den schon gehört? Jedenfalls – ohne Tante sieht's schlecht aus für euch. Denn ohne Arbeitsbestätigung kriegst du keine Lebensmittel-Gutscheine, Poljenka, verflucht noch mal. Nix, Ossja.« (Ossja hatte eine international bekannte Gebärde gemacht), »zappzerapp ist auch nicht ohne Risiko. Wenn man euch erwischt, wandert ihr in Jugendgewahrsam zusammen mit Messerstechern und Schiebern. Falls ihr aber an was kommt, das sich verkaufen lässt, so geht zur Sucharewka. Merkt euch die Straße: Sucharewka.«

Je näher Moskau rückte, um so gereizter wurde die Laune von Rustam Gulía und seinem treuen »Politoffizier« Petuchow. Polly ertappte sich selbst dabei, dass sie fast so etwas wie Angst empfand. Angst vor dem unbekannten Moskau. Immer waren Erwachsene bei ihnen gewesen, wenn sie in fremden Städten angekommen waren – in Rostow am Don, in Jalta. Nicht, dass sie sich selbst für dümmer hielt als zum Beispiel Madame Byrstowa-Lochwitzkaja. Aber was diese ihr gegenüber voraushatte, war Erfahrung. Das Wissen, was man in welcher Situation am besten tat. Und wie man mit den Leuten umging, dass sie machten, was man wollte.

Schneetreiben verhüllte die Landschaft. Man sah weder Ortschaften noch Kirchtürme, weder Telegrafenstangen noch Kiefernwäldchen. Nur quirliges weißes Gewirbel. Die Fensterscheiben des Salonwagens waren beschlagen, doch wenn man es wegwischen wollte, merkte man, dass es sich auf der Außenseite befand. Eine hauchdünne Eisschicht.

Halblaut, mehr über die Schulter gesprochen, quasi nebenher, sagte Petuchow: »Hören Sie, Gulía, wenn wir angekommen sind, schlage ich vor, dass wir uns vierundzwanzig Stunden Zeit lassen, ehe wir unsere Ankunft melden. Ich habe da zwei Bekannte, die würden es mir höchst verübeln, wenn sie von unseren kaukasischen Delikatessen nichts abbekämen. Sagen wir … von allem sechs Pud? Einverstanden? Der Erlös wird geteilt, Ehrensache.«

»Petuch, Petuch, Sie werden uns garantiert noch in die Lubjanka bringen, tztztz … Ich weiß von nichts, das ist das Äußerste, was ich für Sie tun kann. Ossja, Fedja, los – eine letzte Partie Schach!«

»Hör mal«, urplötzlich wandte sich Petuchow an Polly, »diese Tante von euch – was hat sie so gemacht? Ich meine, vor der Revolution?«

Vorlaut rief Ossja von den weißen Figuren herüber (Rustam Gulía spielte ausschließlich mit den roten): »Sie war eine Hupfdohle! Sie hat im Café chantant auf dem Tisch getanzt, im Unterzeug, Njanja hat es selbst gesehen.«

Polly erinnerte sich an das, was Mitja Schiefauge ihnen erzählt hatte, und ergänzte: »Später hat sie mit einem Mann zusammen Kaufleute betrunken gemacht, ihnen Schlafmittel gegeben und sie dann bestohlen. Das heißt, er hat sie bestohlen. Die Tante war bloß der Lockvogel.«

Petuchow hörte aufmerksam zu. Er schien höchst belustigt.

»Dann kann sie unmöglich die Iduna Ljubimowa sein, die ich meine«, sagte er im Ton falscher Ehrfurcht. »Es ist mir nämlich eingefallen, dass Kisli – ihr wisst ja, der berühmte Schriftsteller – vorm Krieg mal eine Geliebte am Hals hatte, die so hieß. Als er dann durch die Revolution beinahe ein Heiliger wurde und als Freund von Lenin als ziemlich einflussreich galt, fing sie an, ihn zu erpressen. Um ihr ein für alle Mal den Mund zu stopfen, hat er ihr deshalb ein Mandat zugeschanzt. Für ihn eine Kleinigkeit. Die Iduna Ljubimowa, die ich meine, ist jetzt Volkskommissarin für Zirkus und Kindertheater.«

»Da kann Fedjuscha endlich richtig als Jongleur auftreten«, schrie Ossja begeistert. Er machte halbherzig einen Zug und biss sich gleich darauf auf die Lippe. »Oh, bitte, kann ich das zurücknehmen?«

»Du spielst heute so kopflos wie ein Huhn, das über die Straße rennt«, sagte Rustam Gulía finster. »Steh auf und überlass die Partie deinem Bruder.«

Das Schneetreiben war vorüber. Der Himmel glühte in brandroten Sonnenuntergangsfarben.

»Kommt mal her, Kinder! Sie auch, Gulía!«

Petuchow, der in Abständen immer wieder die Fensterscheibe heruntergelassen hatte, um nach etwas Ausschau zu halten, wedelte auffordernd mit dem Arm. »Man kann schon die Erlöser-Kathedrale sehen.«

Polly sprangen von der scharfen Luft und dem Fahrtwind die Tränen aus den Augen. Fern am Horizont, hinter weiß beschneiten Wäldern, blinkte, vom allerletzten Strahl der Wintersonne getroffen, eine goldene Kuppel. Ein goldenes Radieschen.

39. Kapitel

Das Einzige, was die schwarze, lichtlose Stadt vor ihnen erhellte, war der Schnee. Weder brannten Straßenlaternen noch waren irgendwo erleuchtete Fenster zu sehen. Ossjas Plan, bis zum Hellwerden einfach schwarz mit der Straßenbahn zu fahren, immer rund um Moskau herum, platzte wie eine Seifenblase. Es kam keine. Es warteten auch keine Iswostschiks oder Schlitten vorm Bahnhof für den Fall, sie hätten das Fahrgeld besessen und ein Fahrtziel nennen können. Dafür war jede freie Fläche, jede

Wand im Bahnhof, jede Mauer außerhalb mit Plakaten und Aufrufen beklebt. Polly hatte im Vorbeigehen Blicke darauf geworfen, denn sie waren seit Wochen das Erste, was ihr an Gedrucktem unter die Augen kam.

»Die Benutzung elektrischer Heizöfen ist verboten und wird als Verbrechen an der Revolution mit Gefängnis bestraft.«

»Das rote Banner der Sowjetmacht flattert über Baku. Die Stunde naht, da es auch über Tbilissi gehisst wird!«

»Unterstütze die Zukunft des russischen Volkes durch deine Teilnahme am Subbotnik … stärke die Wirtschaft durch freiwilligen Arbeitseinsatz am Samstag!«

»… hiermit verfügt, die Stromversorgung in Moskau ab 20 Uhr zu unterbrechen.«

»… Straßenbahnen der Stadt Moskau nur noch bis zum Jahresende …«

»… des Weiteren ab sofort Einstellung der Gasbeleuchtung der Stadt Moskau …«

Es war alles so ganz anders als die Ankunft seinerzeit auf dem Bahnhof von Rostow am Don. Hatte einem dort das wahnsinnige Gedränge beinah den Kopf verwirrt – all die wartenden, rufenden, konfusen Menschen, die Angekommenen, die Gepäckträger, die Taschendiebe und Bauernfänger, die schrecklich anzusehenden Typhuskranken auf dem blanken Boden, so verwirrte hier das Gegenteil. Die Ausgestiegenen schienen von der Dunkelheit verschluckt zu werden.

Ziellos schlenderten sie ein paar Schritte in das ausgestorbene finstere Moskau hinein. Sie trabten zögernd drauflos, wie angeschubste mechanische Spielzeuge, rutschten auf dem schneeglatten Pflaster. Ab und zu bogen sie um eine Ecke, schauten an Hausfassaden hinauf, deren Schattenschwärze endlos schien wie Türme.

»Puh, hat man schon mal so viele Stockwerke gesehen.«

»Neun«, sagte Fedja, der nachts besser sah als die anderen.

Einmal löste sich von der gegenüberliegenden Straßenseite eine Gestalt, kam auf sie zu und strich ein Streichholz an.

»Alles abliefern, keine Fisimatenten! Oder ihr werdet dem Mamachen als Suppenhühner auf die Schwelle gelegt.«

»Wissen Sie, wo die Volkskommissarin für Zirkus Iduna Ljubimowa wohnt?«, fragte Ossja, ohne mit der Wimper zu zucken. »Wir sind gerade mit dem Zug angekommen. Wir sind nämlich Waisen und wollen uns im Zirkus Arbeit suchen. Wenn wir Geld gehabt hätten, Onkelchen, dann hätten wir nicht die Hälfte der Strecke auf dem Dach reisen müssen. Bis es zu kalt wurde und wir im Viehwagen unterkriechen durften.«

»Wer hat was von Geld gesagt?« Ein zweites Streichholz wurde angestrichen. »Aufmachen, das da!« Ein knochiger Zeigefinger wies auf Reisetaschen und Schultornister.

Übertrieben umständlich schnallten die Jungen die verräterisch schweren Ranzen ab. Ossja schniefte und tat untröstlich, indem er die wenigen verbliebenen obenauf liegenden Glasröhrchen herausholte: »Ich kann damit Schießpulver herstellen, Onkelchen. Schwefel ist das und Holzkohle und Kaliumsalpeter. Fedja hat den Rest. Gib's ihm, Fedjuscha.«

Noch ein Streichholz und noch eins. Der Mann grapschte die Gläschen und stopfte sie sich in die Manteltaschen.

»Und du? Komm schon rüber mit der Hamsterware. Jede Wette, dass ihr hamstern wart. Was hast du gekriegt? Mehl? Speck? Hast du auch Zucker?«

Wortlos begann Polly ihr Nachthemd aus der Reisetasche zu zerren. Dann das graue Handtuch. Dann die Nachthemden der Jungen. Alles andere hatten sie auf den Leib gezogen, um Platz zu schaffen.

»Weiter, weiter, nicht so träge. Soll ich mir wegen dir die Finger verbrennen?«

Polly lehnte sich an die Hauswand und ließ sich langsam zu Boden gleiten, schwach stöhnend.

»Sie fällt immer in Ohnmacht, weil wir seit vier Tagen nichts zu essen hatten«, jammerte Ossja im Kleinkinderton. Sie hatten den Fall noch nie durchgespielt, aber Ossja schaltete schnell. »Bitte, Onkelchen, zünden Sie noch eins an! Sie stirbt uns, bitte, Onkelchen, leuchten Sie!«

»Noch eins, noch eins ... Wisst ihr, was Steichhölzer wert sind? Vierzig Leninrubel oder ein Kilo Kartoffeln die Schachtel, unter der Hand. Auf Abschnitt einundzwanzig der Lebensmittelkarten hat's neulich eine Schachtel pro Nase gegeben. Unsereiner muss sie sich mühsam beschaffen. Wer ersetzt mir das? Und überhaupt wollt ihr mich bloß anschmieren. Solche wie euch kenne ich zur Genüge. Die Tasche hier riecht nach was. Bin direkt neugierig.«

Sein Schuh, ein vorn klaffender Stiefel, zog Pollys Tasche zu sich heran.

Deutlich hörbar in der Stille der Nacht knirschten weiter oben in der Straße Schritte im festgestampften Schnee.

»Herr Milizionär!«, schrie Ossja. Eilig tuend und betont ungeschickt »stolperte« er gegen den Ganoven und rempelte ihn in Fedjas Richtung. Mit einem Fluch, den sie noch nie gehört hatten, machte sich der Mann davon. Auch die Schritte waren verstummt.

»Heutzutage kommt keiner mehr, wenn man um Hilfe ruft«, sagte Polly und ließ sich beim Aufstehen helfen. »Hat Kolokol immer gesagt. Und? Ist wer gekommen? Los, Jungs, verschwinden wir. Keine engen Straßen mehr, bleiben wir lieber auf den Plätzen.«

Sie rollte die in den Dreck getretenen Wäschestücke zusammen und stopfte sie wieder in die Reisetasche. Die war verräterisch schwer. Jeder Dumme konnte das sehen. Immer öfter musste Polly sie von einer Hand in die andere wechseln. Auch Ossja und Fedja schnauften unter der ungewöhnlichen Last ihrer Tornister. Petuchow und Rustam Gulía waren nicht kleinlich gewesen.

»Hast du's?«, fragte Ossja erwartungsvoll den Bruder.

»Mhm.« Fedja ließ die Streichholzschachtel auf der Handfläche hüpfen. »Hat nichts gemerkt. Hätt nie gedacht, dass ich's fertig bringe. Aber wenn man auf jemanden Wut hat, macht es einem nicht so viel aus, komisch.«

Nachdem das überstanden war, hielten sie sich für ungemein erfahren und gewitzt. Wer die Apraksins übertölpeln und ausnehmen wollte, der musste früh aufstehen. Sie trotteten immer langsamer. Ihre Nasen liefen und wurden mit dem Mantelärmel abgewischt. Eine Uhr schlug viele Male. Sie hätten sich nun doch gern irgendwo niedergelassen.

»He, guckt mal …«

Auf der anderen Seite eines Platzes loderte ein Feuer. Ungefähr ein Dutzend Kinder standen drum herum und wärmten sich.

»Die verbrennen Bücher! Ich fass es nicht.« Außer den Büchern verzehrten die Flammen auch Teile von geschnitzten Fensterrahmen und Treppengeländern, aber Polly sah nur die Bücher. Die Kinder trugen seltsame Erwachsenenkleidungsstücke und übergroße Mützen. Alles andere als freundlich starrten sie den Fremdlingen entgegen. Dennoch scheuchte niemand sie weg. Man ließ sie ans Feuer treten und die vor Frost stechenden Finger auftauen.

Ossja versuchte es auf seine übliche zutrauliche Art, als gehörten sie schon ewig dazu. Statt zu warten, bis man sie des Interesses würdigte, gefragt zu werden, plauderte er drauflos. Er lobte das Feuer und erkundigte sich nach der Herkunft des Brennmaterials.

Den kargen Antworten konnte man entnehmen, dass die Arbeiter der nationalisierten Druckerei Soundso sich geweigert hatten, in solcher Kälte zu arbeiten. Minusgrade in den Hallen – nein, Genossen, nicht mit uns. Worauf der Bezirkssowjet ihnen erlaubt hatte, das historische Blockhaus des geflohenen Delikatessenhändlers Soundso zu Brennholz zu zerlegen.

»Sobald die Drucker dort weg sind, sind wir da. Nur: ohne Beil bist du angeschmiert. Musst nehmen, was du wegtragen kannst, auch so Scharteken hier.« Ein Tritt gegen die rauchenden Ledereinbände.

»Aber wieso im Freien? Das sind doch sicher minus zehn Grad. In einem geschlossenen Raum könnte sich die Wärme ganz anders entfalten.«

»Weißte einen, Professor Neunmalklug?«

Polly hatte sich hingekauert und versuchte einige noch nicht lichterloh brennende Bücher zu sich heranzuziehen, um ihre Titel zu entziffern. »S. T. Aksakow: Die Kinderjahre von Bagrow dem Enkel« ... »Stendhal: Rome, Naples et Florence en 1817« ... »Die Erinnerungen der Malerin Elisabeth Louise Vigée-Le Brun. Von der Königlichen Akademie zu Paris nach Rom und Arkadien, Sankt Petersburg und Berlin.«

Sachte, um nicht unliebsam aufzufallen, fasste sie mit zwei Fingern nach »Bagrow dem Enkel«. Dann noch nach Madame Vigée-Le Brun. Und zog sie Zentimeter für Zentimeter aus dem Bereich der Flammen. Es waren kleine Bändchen; sie passten in ihre Mantelärmel. Als sie sich wieder aufrichtete, merkte sie, dass die Reisetasche mit dem gestickten Eichhörnchen verschwunden war. Fünf Minuten hatte sie nicht darauf Acht gegeben.

»Ossja!«, schrie Polly, »Fedja! Unsere Tasche!«

Doch beide standen nicht mehr am Feuer. Fedja lag ein Stück entfernt auf einem fremden Jungen, ohne auf ihn einzuhauen. Er war kein Schläger, er hatte ihn lediglich mit einem Hechtsprung im rechten Moment zu Fall gebracht. Ossja hatte das Eigentum der Apraksins an den Henkeln gepackt und klemmte es sich zwischen die Waden.

»Verdammt, ist das Ding schwer«, sagte der, der geklaut hatte, fast freundschaftlich zu Fedja.

»Wir sammeln Pflastersteine«, sagte Ossja. Es wurde ein bisschen gegrient. Die Atmosphäre schien sich entspannt zu haben.

»Du hast ’nen Satz gemacht wie’n Tiger«, sagte ein anderer, ebenfalls an den schweigsamen Fedja gerichtet. »Kannste auch Salto? Bist du’n Akrobat oder so was?«

Fedja schüttelte den Kopf und Ossja sagte: »Er ist Jongleur. Und ich bin Tierimitator. Im Ernst, wir suchen die Volkskommissarin für Zirkus. Ist ’ne Verwandte von uns. Weiß jemand, wo man sie findet?«

Eisiges Schweigen. Sie schienen zu denken, Ossja wolle sich auf ihre Kosten lustig machen. Irgendwie kam Fedjas Art hier besser an.

Zwei der Jungen tuschelten auf einen dritten ein, er schien der Älteste zu sein, eine Art Anführer. Ein Knirps mit einem ähnlichen Stoffhelm wie Petuchow, nur ohne roten Stern, glotzte die Apraksins mit erregter Schadenfreude an. Als ob er wüsste, dass es ihnen gleich »gezeigt« werden würde.

»Ihr müsst abhauen«, flüsterte eine Stimme direkt hinter ihnen. Die Stimme klang verschnupft. »Kommt mir hinterher. Aber so, dass man’s nicht merkt. Ich hab ’ne Bleibe. Die da wissen davon nichts.«

Es hatte zu schneien begonnen. Das brachte Aufruhr, denn das Feuer durfte nicht ausgehen. Nach zwanzig Schritten war der weiße Vorhang undurchdringlich geworden. Die Apraksins hatten Mühe, die kleine Gestalt in der viel zu großen Matrosenjoppe, dem kurzen steifen Schal und der Hundefellmütze nicht aus den Augen zu verlieren.

»He, renn nicht so, wir haben zu tragen. Außerdem verfolgt uns niemand.«

»Weißt du das?«, kam es zurück. »Ich kenne die besser als ihr. Wir machen lieber einen Umweg.« Er schlug seltsame Haken, wartete hinter vorspringenden Hausecken und hob die Ohrenklappe seiner Mütze, angestrengt horchend. Endlich blieb er stehen, rotzte ausgiebig in den Schnee und sagte: »Wir sind da.« Doch er machte keine Anstalten, das große Portal aufzustoßen oder einen Hausschlüssel hervorzukramen. Vielmehr bückte er sich und hebelte mit dem Fuß einen halbrunden Laden beiseite, der in Fußbodenhöhe eine Art Kellerluke verdeckte. »Wir müssen unten durch.«

»Wieso das denn? Was ist das für ein Haus? Wohnen da überhaupt Leute?«

Polly kamen die Fenster im Schneedämmer übermäßig groß und gewölbt vor, gar nicht wie bei einem Wohnhaus.

»Tagsüber sind schon welche da«, sagte der Junge, »aber sie haben keinen Nachtwächter. Sie nennen's Servatorjum.«

»Konservatorium?«

»Sag ich doch. Was ist jetzt? Wollt ihr erfrieren oder bei mir übernachten?« Er schob die Beine in das Loch und sie hörten es gleich darauf plumpsen.

Sie hatten keine andere Wahl. Fedja folgte als Erster und nahm das Gepäck entgegen. Dann zündete er die Streichhölzer des Ganoven an, um nicht gegen die Wände zu rennen. Die Situation erinnerte Polly entfernt an die Nacht im Stadttheater. Ihre erste Nacht, nachdem sie die Jelabugaer Straße verlassen hatten. Nur waren dort keine Ratten herumgelaufen.

Aus dem Keller gelangten sie ins herrschaftliche Treppenhaus, wo es möglicherweise noch kälter war als draußen. Der Junge steuerte eine Tür im Parterre an. Aus einem Versteck fummelte er eine erst halb abgebrannte Kerze.

»Hol mir immer Nachschub von oben. Sie haben nämlich an den Klavieren Lichter stecken, sonst sehen sie nichts. So, hier wohne ich.«

Bevor sie ihr Nachtquartier in Augenschein nahmen, interessierten sich die Gäste zuallererst für den Eigenbrötler, der im Konservatorium hauste. Unter seiner Mütze schienen Bindfäden zu wachsen, dichte Büschel aus filzigen Stricken. Sein Gesicht war blass, fast blauweiß, mit einem scharlachroten Knöpfchen als Nase. Um die Mundwinkel waren tiefe grämliche Falten eingegraben. Er konnte nicht älter sein als zwölf. Und sein Schal war ein blassblauer Streifen aus dünnem Filz, bestickt mit einer Blumenranke. Ein Tastenschoner für Klaviere.

Der Raum wurde von Holzregalen in Gassen unterteilt. Jedes Regal trug mehrere Bretter, voll gestopft mit unzähligen schmalen Heften und Büchern. Es roch nach Staub und nach Mäusen. An einer freien Stelle stand ein langer Tisch, darüber baumelten zwei Hängelampen ohne Glühbirnen.

Das Notenarchiv oder etwas Ähnliches, vermutete Polly. Sie fragte noch einmal, weil sie es nicht glauben konnte: »Und von den Musikern, die da tagsüber kommen und üben, merkt keiner, dass du hier untergekrochen bist? Kein Hausmeister?«

Er habe ein paarmal, ehe er vormittags verschwand, einen Stapel Hefte auf den Fußboden geschmissen, sagte der Junge. »Falls einer in den Raum gekommen wäre, hätte er sie entweder aufgehoben oder er hätte Sohlenabdrücke drauf hinterlassen.«

»Machen wir uns endlich bekannt«, sagte Ossja herzlich. »Apraksin, Ossip. Ich muss dringend wohin.« Und er tänzelte mit zusammengekniffenen Beinen.

Der Name ihres Gastgebers war Benja Murawinin. »Aber so nennt mich nie jemand. Alle sagen Murawej. Der Abort ist im ersten Stock, gleich rechts von der Treppe. Aber kein Licht anknipsen, falls der Strom wieder da sein sollte, denn wenn mitten in der Nacht im Servatorium Licht brennt, alarmiert womöglich einer die Miliz. Oder er steckt es am nächsten Tag dem alten Großvater, der die Böden fegt.«

Murawejs Schlafstätte war ein Haufen Säcke auf einer rutschenden Matratze aus Notenheften. Er half Polly und den Jungen, in den benachbarten Gängen ähnliche »Betten« anzuhäufen. Jeder hatte durch die Regalwände quasi ein eigenes Schlafzimmer. Das heißt, Ossja und Fedja richteten sich, wie immer, gemeinsam ein. Murawej – die »Ameise« – befingerte stumm die vor Dreck starrenden Wollplaids und die Ohrenkissen.

»Ihr seid anders als die vom Feuer«, stellte er dann fest. Er versuchte, sich genauer auszudrücken, doch die Worte, die er suchte, waren in seinem Wortschatz offenbar nicht vorhanden. Um aber zu beweisen, dass auch er selber nicht ohne Grips und Schlauheit war, leuchtete er unter den Tisch. »Meine Fabrik.«

Stolz erläuterte er seine Erfindung: Wie er aus all den Partituren und Klavierauszügen die leeren weißen Vorder- und Rückseiten heraustrennte. Und wie er sie mit einer Sacknadel und grobem Zwirn zu Schreibheften zusammennähte.

»Die verkauf ich dann auf der Sucharewka. Zwölf Blätter pro Heft. Bis zum Abend hab ich alles los. Habt ihr vielleicht was zu essen dabei? Konnte heute nicht auf den Basar gehen. Hat zu sehr geschneit, das tut dem Papier nicht gut.«

Murawejs »Küche« bestand aus einem verbeulten Blechkochtopf und mehreren leeren Konservendosen. Die Apraksins spendierten für das Mitternachtsmahl die hausgemachte Konfitüre, die Petuchow ihnen aus den »Staatsbeständen« gegeben hatte. Beim Schein der tropfenden Klavierkerze (und einer zweiten, die Murawej, durch das dunkle Gebäude flitzend, wie eine echte Ameise durch ihren Bau, vorsorglich oben entwendete), löffelten sie die goldgelb schimmernde Fruchtmasse. Murawej, der kein Besteck besaß, hantierte steif mit Fedjas geliehener Gabel.

»Die haben an Sacharin nicht gespart, verflucht noch mal, das ist besser als … besser als …« Ihm fiel nichts ein, das mit dem hier auch nur entfernt zu vergleichen wäre. Er schmatzte hemmungslos, ließ bald die Gabel und benutzte die Finger.

»Von wegen Sacharin«, sagte Ossja. »Aprikosenkonfitüre, mit echtem Zucker gekocht. Aus Georgien. Hat ’ne weite Reise hinter sich, wie wir.«

Ehe sie als Letzte die Kerzen ausblies, blätterte Polly noch ein bisschen in den beiden geretteten Büchern. Was für herrliche Zufallsfunde! Und nur ganz wenig angekokelt, die Ledereinbände etwas verschmort, na, wenn schon.

Ein Freund, ein Unterschlupf, zwei neue Bücher – beides gleich in der ersten Nacht. In Moskau schien es sich leben zu lassen. Mal abgesehen von der Kälte.

40. Kapitel

»Man muss Acht geben«, warnte Murawej seine drei Untermieter auf dem Weg zu Moskaus populärstem und berüchtigstem Basar. »Hab selber gesehen, wie man einer Frau den Mantel am Rücken mit 'ner Rasierklinge aufgeschlitzt hat. Die hatte da so einen Wulst und der Kerl dachte sich, was sie so schlau am Leibe trägt, muss was Besonderes sein. War aber bloß ihre Strickjacke, die hatte sich zusammengeschoben.«

Er hatte die Schätze seiner neuen Freunde begutachtet, gekostet und stirnrunzelnd überlegt, was sie für den Anfang am besten mitnehmen könnten. Und was lieber erst später, wenn sie der Sucharewka gewachsen wären.

»Gebt das, was ihr verkaufen wollt, nie aus der Hand. Erst wenn der Handel perfekt ist. Eigentlich ist es normal, dass der Käufer alles betatscht, aber da sind die Händler alte gewiefte Geier. Die riechen es, wenn einer grapschen und abhauen will. Euch wird man anmerken, dass ihr Frischlinge seid. Kommen allerhand in letzter Zeit, die eigentlich nicht auf die Sucharewka gehören. Meistens haben sie nur ein einziges Ding, das sie verkaufen wollen. Und sie rufen nicht, sie bieten nicht an, haben keine Ahnung, wie man handelt. Stehen bloß rum und warten. Schon am Gesicht siehst du's – ehemalige Madams oder Hochwohlgeborene. Denen braucht ihr nichts anbieten, denn bei denen werdet ihr nichts los.«

Er hatte ihnen nach reiflichem Bedenken erlaubt, mit zwei

Bechern Rosinen und zwei Bechern Dörraprikosen anzufangen. Die Gefäße – seine Konservendosen – sollten sie aber nur ausleeren, nicht mitverkaufen.

»Die brauchen wir als Öfen, wenn's noch kälter wird. – Erzählt nicht herum, dass ihr Mehl zu Hause habt. Mehl ist wie Gold. Ein Pfund Mehl, dafür gibt's drei Liter Kerosin. Oder einen Mantel. Oder drei Pfund Tabak. Oder sieben Pfund Kartoffeln. Oder fünf Schachteln Streichhölzer. Ach ja, falls Razzia ist: nicht auffällig rennen. Am besten unsichtbar machen.«

Langsam bekam Polly das Gefühl, auf die Sucharewka zu gehen, sei nicht viel anders, als ein Lager voller Machno-Banditen zu durchqueren. Obendrein war ihr flau im Magen. Sie wünschte sich Tjotja Motjas Kneipe her und mit ihr das Arrangement, den Apraksin-Kindern jeden Morgen heißen Tee und Brot zu geben. Nüchtern eine Hand voll Rosinen zu essen, ohne einen Schluck zu trinken, machte entsetzlichen Durst.

»Sag mal, Murawej, wenn es angeblich so gefährlich und riskant ist, sich auf der Sucharewka herumzutreiben, wieso gehst du dann jeden Tag hin?«, wollte Ossja wissen.

»Wieso, wieso. Es ist wie Palmwochenmarkt und Neujahrsnacht und Weihnachtsbasar zusammen. Alles verboten jetzt, weil das angeblich Speck… Spekulantentum ist. Wird nie langweilig, ständig ist irgendwas los. Und außerdem findest du auf der Sucharewka alles. Was du auch haben willst. Na ja, vielleicht nicht genau das, was man sich vorgestellt hat. Aber das Zweitbeste, garantiert. Manchmal muss man wochenlang suchen und ganz zufällig liegt es eines Tages da. Wichtig ist auch: du bist nie einsam. Sie brüllen und leben und fassen einen an. Außerdem: Leute, die Papier kaufen, betrügen einen fast nie, Dichter, Großmütter, die für die Enkel 'n Schulheft brauchen … solche eben.«

»Findet man auch Leute, die man sucht, auf der Sucharewka?«, fragte Fedja.

Murawej sah ihn verdutzt und erfreut an. »Du redest ja doch. Ich hab gedacht, du hörst zwar normal, kannst aber nicht sprechen. Klar trifft man hier Hinz und Kunz. Ich glaube, es gibt keinen Moskauer, der nicht schon mal hier war. – So, wir sind da.«

Auf dem unebenen Pflaster mit seinen gebuckelten Steinen wurde auf einmal der Schnee dünn, wie weggefegt oder von vielen Füßen zertreten. Am Straßenrand sah Polly Fässer aufgereiht, auf denen Männer saßen und sich rasieren ließen. Es ging los! Verkäufer, die keinen festen Platz auf dem eigentlichen Markt hatten, hatten Gegenstände auf dem Boden ausgebreitet – auf Zeitungspapier, auf Sackleinwand oder einfach auf der Erde.

Murawej wies auf einen Turm aus rosaroten Ziegeln direkt vor ihnen. »Wer abgedrängt wird und sich nicht mehr zurechtfindet, kann dort am Sucharew-Turm warten. Den sieht man von überall. Er ist schon furchtbar alt, Zar Peter hat ihn bauen lassen.«

Je weiter die Kinder in die Sucharewka vordrangen, desto mehr überwältigte sie das Getöse, das Keifen, gellende Rufe der Marktschreier, aufdringliche Gerüche und kampflustige Ellenbogen. Die Masse aus Leibern floss an manchen Stellen träge und staute sich bisweilen, sodass man nur mit rücksichtslosen Püffen vorwärts kam. Polly hielt Murawejs Ärmel fest gepackt. Eine Stunde in diesem Hexenkessel und sie würde verrückt.

Es gab fünf oder sogar sechs Budengassen, die sich mehrere hundert Meter lang erstreckten, bis zum Platzen mit Menschen gefüllt. Überall schien man kurz davor, sich zu prügeln oder einander in Grund und Boden zu quatschen. Polly fühlte sich wie in einem Labyrinth. Nie würde sie sich jemals hier zurechtfinden können. Vielleicht waren Murawejs Kunden ja wirklich nett und passten zu dem unauffälligen kleinen Schreibheftverkäufer. Aber sonst …?

Die Hökerweiber, die Schwarzmarktkönige, die Krämersfrauen, die Gelegenheitsdiebe, die Schleichhändler kamen ihr vor wie Dummheit und Bosheit in Person. Verkniffene Münder, niedrige Stirnen, aufgestülpte Nasen, wulstige Lippen, zottige Schnauzbärte, stechende oder herumflitzende arglistige Augen. Und diese Stimmen! Nein, mit denen zu verhandeln traute sie sich nicht zu. Heute nicht und niemals.

Ohne dass sie es wollte, prägten sich ihr doch allerhand der angebotenen Waren ein. Als wenn all die Dinge riefen: Suchst du vielleicht mich?

Geschnitzte Esszimmerstühle, kreuz und quer beisammen stehend. Auseinander genommene Bettgestelle, fleckige Matratzen. Ein bis zum Boden reichender Spiegel mit Mahagonirahmen, der ihr ein staunendes Gesicht im rosa Wollkopftuch zeigte. Aufgezogene Grammophone plärrten »Ein jeder kennt die Lieb auf Erden, ein jeder muss ihr Sklave werden« und nebenan den Cancan aus »Orpheus in der Unterwelt«. Teppichrollen wurden von Burschen gehalten, während Verkäufer Märchen über ihre Herkunft herunterrasselten. Zierliche Sofas mit vergoldeten Beinchen schienen zu zittern wie verwahrloste Schoßhunde.

»Ich muss was abliefern. Hab da jemandem was versprochen«, brummelte Murawej und versuchte Pollys krallende Hand von seinem Ärmel loszumachen. »Wir treffen uns nachher beim Suppenkoch. Man nennt ihn Ljoschka Frag-mich-nicht, jeder kennt ihn.«

»Du darfst mich nicht allein lassen«, flehte Polly in Panik. »Wir haben Ossja und Fedja verloren.«

Sie war sich insgeheim fast sicher, dass Ossja, entzückt von dem Tohuwabohu, irgendwo hängen geblieben war und einem wüsten Rededuell fasziniert lauscht. Von der Lokomotive Murawej gezogen, die Pilgertasche mit dem freien Arm an die Brust drückend, angerempelt und selbst rempelnd, speicherte Polly im Vorbeigehen wundersame Dinge, die darauf warteten, von jemandem gesucht und gefunden zu werden:

Primuskocher und Spitzenkrägelchen. Vogelkäfige und gebrauchte Zahnbürsten. Lederkoffer ohne Verschluss und angebissene Zuckerstückchen. In Samt gebundene Fotoalben mit den Porträts fremder Leute und Glacéhandschuhe mit kaputten Fingerspitzen. Heiligenlämpchen und Herrenstrohhüte mit ausgezacktem Rand. Abgeschnittene Frauenzöpfe und Puppenschlitten. Samoware und krümelnde türkische Zigaretten in offenen Blechschachteln. Feuersteine für nicht vorhandene Feuerzeuge und einzelne Ärmel von Pelzjacken. Ölbilder und halb volle Puderdosen. Gestopfte Strümpfe und französische Romane, teilweise noch nicht aufgeschnitten.

Langsam gingen Polly die Augen über und nahmen nichts mehr auf.

»So, ich red jetzt mit ihm, mit Tambourer«, sagte Murawej und blieb endlich stehen. »Tu so, als gehörtest du nicht zu mir. Sonst kriegt er raus, dass du was anzubieten hast und im Handumdrehen hat er's dir abgeluchst. Für'n Appel und 'n Ei. Er macht's mit der Väterchen-Tour, verstehst du? Dreh dich einfach weg. Guck woandershin.«

»Und wieso machst du dann mit dem Geschäfte? Wenn er so ein Betrüger ist?«

»Er hat gehört, dass ich eine Papierquelle hab. Hat mich rufen lassen. Einem wie Tambourer schlägt man nichts ab, wenn man weiterhin auf der Sucharewka bleiben will. Verstehst du?« Er konnte einen gewissen Stolz nicht unterdrücken. »Und er zahlt auch dafür, weil er das Papier braucht. Kennst du die zusammengefalteten Tütchen für Kopfwehpulver aus der Apotheke?«

Polly nickte; Wera Makarowna, die Haushälterin in der Jelabugaer Straße, war eine Großverbraucherin von Kopfwehpulver gewesen.

»Solche Tütchen macht er aus meinem Notenpapier. Für sein anderes Pulver. Sie ziehen's mit der Nase ein, so ähnlich wie Schnupftabak oder Niespulver.«

»Verstehe«, sagte Polly mit wissender Miene. Sofort fiel ihr alles wieder ein, was seinerzeit Schestjorkin, der Hausmeister der Schule in Kuru-Ssu, über dieses Pulver erzählt hatte. Sie dachte an die Begegnung mit der »Troika«, damals in Jalta, an die irren, funkelnden, gutgelaunten Blicke, an die schweißglänzenden Gesichter und wie sie sich gebogen hatten vor albernem Lachen. Das kam von solchem Pulver.

Murawej holte einen Packen Notenhefte aus dem Ausschnitt seiner Matrosenjacke. Er trug einen Lederriemen um den Bauch, in den er alles steckte, was nicht gleich jeder sehen sollte. Polly erhaschte einen flüchtigen Blick auf das oberste Heft; »Rachmaninow« stand in verschnörkelten Buchstaben auf dem blassgrünen Deckblatt.

Bescheiden stellte sich die kleine Gestalt mit der Hundefellmütze und dem Tastenschoner-Schal neben einen massigen Mann, der sich freundlich und wie ein alter Bekannter mit einem jungen Kamelhaarmanteltypen unterhielt. Er schien nichts Eindeutiges zu verkaufen. Immerhin war da ein Bügelbrett, über zwei hölzerne Böcke gelegt, auf dem sich dies und das türmte, bewacht von einem stumpf blickenden Burschen und einer Frau mit kessem Pelzhütchen. Ihre kreisrunden, schwarzen Augen sahen ALLES, sie hatten in Sekundenschnelle auch Polly wahrgenommen. Hatten sie durchschaut und aufgespießt wie einen Schmetterling auf eine Nadel.

Polly brauchte auf der Stelle einen Trost und grub mit einer Hand im Pilgerbeutel nach einer Dörraprikose.

»Also Käse, Wildgeflügel, egal welches, Ölsardinen, Mehl für die Pasteten, süßes Dessert und anständige Spirituosen«, zählte der massige Mann auf und notierte etwas mit einem Drehbleistift. »Ich tue mein Bestes. Mit den Süßigkeiten allerdings sieht es trübe aus, sagen Sie das unserem geschätzten Volksdichter Kisli.«

»Sie liefern doch wie immer, Tambourer? Frei Haus? Und denken Sie dran, es ist sein fünfzigster Geburtstag, nicht irgendein Essen.«

Der massige Mann streichelte ihm die Schulter und lächelte väterlich. Sein Gehpelz stand offen; er schien viel überflüssige Hitze zu haben. Er trug auch weder eine Pelzmütze noch wenigstens eine Schirmmütze nach Art der Kommissare, sondern lediglich ein besticktes tadshikisches Käppchen.

Schon wendete er sich dem Nächsten zu: »Da ist ja mein braver Murawej! Bringt er? Ja, er bringt.«

Er hatte etwas von einem Märchenzaren, der inkognito auf dem Palmwochenmarkt ist und gnädige kleine Geschenke macht, fand Polly. Sie betrachtete scheinbar die Waren am Nachbarstand und drehte immer mal wieder den Kopf, um zu sehen, wie nebenan die Dinge liefen. Streifte ihr Blick die junge Frau, begegnete er deren unverwandt aufgerissenen schwarzen Augen. Als könnten jene alle ihre Gedanken lesen.

Tambourers Wachhündin musste ihm wohl etwas zugeflüstert haben. Denn unerwartet spürte Polly, wie ihre Schultern umfasst wurden. Im einen Arm Murawej, im anderen sie, lächelte Tambourer abwechselnd auf sie nieder wie auf geliebte Familienmitglieder. Bis er den Jungen losließ. »Gib ihm sein Geld«, sagte er zu der wachsamen »Assistentin«. »Und bring mehr, mein Junge, ja?« Mit beiden Händen hielt der Märchenzar Polly hoch und brachte seine Nase dicht vor ihren Mund. »Wie heißt denn die kleine Genossin?«

Polly antwortete nicht. Empörend, wie eine Dreijährige behandelt zu werden! Plötzlich bohrten sich die Daumen der Männerhände grob unter ihre Achseln. »Auu! Lassen Sie mich gefälligst runter!«

»Du hattest Recht. Riecht wie Rosinen oder getrocknete Früchte.« Tambourer nickte der Frau zu. »Die willst du doch sicher gern an Onkel Tambourer verkaufen.« Polly stand wieder auf der Erde und eine große warme Hand tastete ihren Pilgerbeutel ab.

»Vier Konservendosen. Nicht gerade viel. Aber vielleicht ist dort, wo sie herkommt, noch mehr. Zehn Rubel pro Büchse, Mädchen? Einverstanden? Braves Kind.«

Polly, die überrumpelt von dem rasanten Gebaren die Tasche an sich presste, sah Murawej hinter der rundäugigen jungen Frau stehen, sodass diese sein Gesicht nicht sehen konnte. Er kniff sekundenlang die Augen zusammen und bewegte den Kopf unmerklich hin und her.

»Nein!«, brüllte Polly. »Nicht gegen Rubel. Was sind die schon wert!«

»Ach, hier seid ihr«, sagte jemand aufgekratzt. Nie zuvor hatte Ossjas helle Stimme bei Polly solche Erleichterung ausgelöst. »Hör zu, Poljenka, wir haben ein Mittagessen für uns vier ausgemacht, heute, morgen und übermorgen. Sie regelt das mit dem Suppenkoch. Außerdem kriegen wir noch Strümpfe und Handschuhe. Bist du einverstanden?«

Ossja und Fedja auf den Fersen folgte eine zu allem entschlossene Frau um die fünfzig, im Halbpelz und mit zwei Kopftüchern. Ihre Nase war aufgebogen wie der Schnabel einer Ente und ihr Mund ein vor Angriffslust gespannter Strich.

»Ist schon alles unter Dach und Fach, Tambourer, nützt dir nichts, dass du das Mädchen drangsalierst. Siehst du nicht, dass sie vor dir Angst hat? Komm weg da, Mädchen, halt deine Ware fest. Drei Tage warmes Essen und warme Füße und warme Hände den ganzen Winter über – das kriegt ihr alles von der Pikulina, nicht von dem da. Der hat denselben Trick drauf wie der Teufel Rasputin. Schaut ihm nie in die Augen, Kinder, sonst frisst er euch allen eigenen Willen aus der Seele.«

»Was für ein blühender Unsinn, Pikulina«, sagte der massige Mann ruhig. »Zehn Rubel pro Glas ist kein schlechtes Angebot. Hast du die Waren denn gesehen? Ich hab sie gesehen. Ist jetzt schon Schimmel drauf.«

»Das ist nicht wahr. Alles kommt ganz frisch aus Georgien!« Fedja konnte Verunglimpfungen nicht auf sich sitzen lassen.

Alles, was die Händlerin Pikulina verkaufte, war aus zweiter und dritter Hand, war geleimt, gestopft, gelötet oder gekittet. Aber das wurde mehr als wettgemacht durch einen Blickfang, der fast jeden zum Stehenbleiben oder wenigstens zum Hingucken brachte. Wassjka Pikulin, ihr Mann, hatte meist eine große Handpuppe über seine Rechte gestülpt und laberte damit die Vorübergehenden voll. Die Puppe hatte ein freches Bubengesicht und eine karierte Sportmütze auf den feuerroten Haaren. Ihr Name war »Taratorka«, die Quasselstrippe. Taratorka beschimpfte die Leute, machte sich über sie lustig oder bewunderte sie übertrieben.

In einer Quasselpause, während der alte Pikulin ein Ziegenbeinchen rauchte, waren Fedja die sorgfältig gestopften Strümpfe und Handschuhe am Stand aufgefallen. Seine eigenen und die der Geschwister hatten an Zehen und Fersen solche Löcher, dass es sich eigentlich nur mehr um Knöchelwärmer handelte.

Ossja wiederum war der über drei Budengassen herüberziehende Geruch nach warmem Essen in die Nase gestiegen. Ohne lange nachzudenken, hatte er der Puppe ein spaßhaftes Angebot zugerufen.

»He, Taratorka! Frag deine Herrschaft, ob sie ein gutes Geschäft machen will! Zuckersüße Weinbeeren, direkt vom Zug aus dem Süden. Fast umsonst, nur gegen einen Schlag Suppe für mich und meine Geschwister. Heute, morgen und übermorgen. Wär das was für euch?«

Und Fedja (den seine sonstige Scheu beim Anreden einer Puppe nicht hemmte) hatte hinzugesetzt: »He, Taratorka, frag sie auch wegen Aprikosen, saftig, das reinste Gelee, aus demselben Zug. Gegen dreimal Strümpfe. Und Handschuhe.«

Wie ein Stoßvogel hatte die Pikulina sich auf sie gestürzt. »Ich glaub euch Bengels kein Wort. Erst mal herzeigen. Wo soll das Zeug denn stecken? Unter der Mütze? Oder seid ihr vielleicht Wiederkäuer?« Sie ließ die beiden Jungen keine Sekunde mehr aus den Augen und war ihnen wie ein Beschatter gefolgt, als sie Polly suchen gingen.

Zu hungrig und leer im Kopf, um über Vor- oder Nachteile des Handels nachzudenken, schüttete Polly den Inhalt ihrer Konservendosen in die Wachstuchtasche der Marktfrau Pikulina. In einer Nebenstraße wechselten sie auf der Stelle das Alte gegen das Neue, traten tollpatschig mit den nackten Füßen in den Schnee.

»Nein, nicht wegwerfen. Wir brauchen Lumpen für die Konservenbüchsen.« Murawej hob die Mehr-Loch-als-Strumpf-Reste auf. »Habt ihr 'ne Ahnung, wie das wärmt.«

Der Garkoch, von der Pikulina tuschelnd bezahlt, beantwortete jegliche Frage nach dem Inhalt seines Kessels mit derselben Auskunft: »Frag mich nicht. Iss oder iss nicht, mir doch egal.«

Murawej kicherte. »Es heißt, Ljoschka Frag-mich-nicht tut auch schon mal Hunde in seine Suppe. Oder Krähen. Was soll's, ist schließlich alles Fleisch. – Aber Tambourer, der lässt euch nicht so schnell aus den Klauen. Glaubt mir, der wird sich euch noch mal vorknöpfen.«

Sie schlürften aus den Blechnäpfen und angelten die Brocken mit den Fingern in den Mund.

Während die warme Suppe Pollys Magen füllte, hatte sie nicht aufgeblickt. Erst danach kam das Interesse für die restliche Welt wieder. Schräg gegenüber von Ljoschkas fahrbarem Kessel saß eine Frau auf einem zusammenklappbaren Hocker, wie man ihn mitnimmt, wenn man im Freien malen will. Nein – Polly berichtigte sich sogleich –, keine Frau, eine Dame. Eine alte Dame. Ihr Barett und der Tuchmantel waren von bester Qualität und altmodischem Schick. Darüber aber trug sie eine Djellaba mit Kapuze, ein Kleidungsstück, das Polly von Abbildungen in Büchern mit morgenländischen Märchen kannte. Wo sie das wohl herhatte? Warum zog sie nicht besser einen Pelzmantel an? Ihr Gesicht war grau, die Lippen ebenfalls. Nur die Spitze der Nase hatte sich rosarot gefärbt. Über ihren Knien lagen mehrere Seidenkleider, deren Rocksäume im scharfen Windhauch flatterten. Niemand blieb bei ihr stehen. Sie schaute Polly beim Essen zu. Als sie sich dabei ertappt sah, wandte sie die Augen ab.

»Habt ihr auch so 'nen furchtbaren Durst?«, erkundigte Ossja sich. »Weiß nicht, was in dem Essen war. Der muss das Salz pudweise reingetan haben.«

Ljoschka Frag-mich-nicht griff die Kritik beleidigt auf. »Sagtest du Salz? Schön wär's. Schaff mir Salz her und ihr dürft den ganzen Winter bei mir essen. Sicher, ein ausgebuffter Koch findet immer was, womit er salzen kann. Aber echtes Salz ist eben doch nicht zu ersetzen.«

»Und womit salzt du, Onkelchen?«

Ljoschka Frag-mich-nicht ließ die Augen vorsorglich nach rechts und links flitzen, ehe er sich herabließ, sein Geheimnis zu verraten. »Schießpulver.«

»Wir besorgen dir Salz, Onkelchen«, versprach Polly. »War das ernst gemeint eben, das mit dem Essen den ganzen Winter über?«

»Wollt ihr mich auf den Arm nehmen? Ihr könntet Salz besorgen? Glaub ich erst, wenn ich's sehe. Tambourer hat mir gesagt, das sei ganz ausgeschlossen. Wahrscheinlich, weil ich nichts habe, was ihn seinerseits interessiert. Geld ist derzeit nichts wert und meine Suppe ist dem Herrn Schieber-Fürsten nicht lecker genug.«

»Salz aus den Salinen Georgiens«, sagte Ossja großartig. »Von uns. Morgen.« Er streckte die Hand aus. Ljoschka Frag-mich-nicht schlug ein. »Ein Napf Essen pro Nase. Bis zum Eisgang.«

»Was heißt das?«

»Wenn das Eis auf der Moskwa bricht und kracht und sich in Bewegung setzt. Dann ist der Winter so gut wie vorüber.«

Am Nachmittag, als die Sonne bereits tief stand und der Schnee im Schatten der Häuser sich veilchenblau färbte, erscholl auf einmal belustigtes Geschrei, Quieken und Lachen. Polly, Fedja und Murawej rannten in die Richtung, wo augenscheinlich etwas los war. Ossja hatte den alten Pikulin so lange beschwatzt, bis der ihm Taratorka zum Üben überließ. Gerade probierte Ossja mit der Puppe eine Tschastuschka.

»Von Ljoschka Frag-mich-nicht die Soße
schmeckt haargenau wie Unterhose,
so pissig-schmissig, alt und breit
wie Hammel aus der Zarenzeit!«

Doch dann brach er mitten im Singen ab und stürzte hinter den anderen her.

»So geht man nicht mit Taratorka um, du Lausebengel!«, krähte der Alte empört.

Wo eine der größeren Straßen in die Sucharewka mündete, stand wahrhaftig ein Kamel. Es war vor einen Schlitten gespannt. Und oben auf dem Bock saß eine Frau. Gerade überreichte sie den Zügel einem jungen Burschen und ließ sich herunterhelfen. Ihre Art, sich zu geben, war die Art und Weise einer Person, die es gewöhnt ist, Respekt zu genießen. Nicht so wie bei Madame Byrstowa-Lochwitzkaja: mit düsterer Miene und ständig gekränkt, weil dieser oder jener ihr nicht die schuldige Ehrerbietung erwiesen hatte. Die hier war sich ihres Wertes so sicher, dass sie es sich leisten konnte, die Gnade einer wohlgelaunten Königin zu verbreiten. Sie nickte nach allen Seiten als Erwiderung auf grüßende Zurufe, verweilte jedoch nirgends.

Offensichtlich war sie nicht gekommen, um etwas zu suchen, sondern um etwas in Empfang zu nehmen, und es würde nicht ratsam sein, sie zu enttäuschen. Das alles verrieten ihr energischer Schritt und der auf Kampf gerüstete Mund. Ein Mund mit vollen Lippen; unten war eins dieser kleinen weiblichen Geschwüre im Abklingen. Galina, die Köchin aus der Jelabugaer Straße, hatte stets behauptet, so etwas käme vom Küssen. Aber diese Frau hier war wesentlich älter als Galina, mindestens vierzig, und küsste sicher nicht mehr.

Vom Fahrtwind waren ihre Wangen flammend rot wie Hahnenkämme. Unter den Augen lagen gelblich getönte Schatten, auch die Lider hatten etwas Buntes. Doch war es keine Schminke, eher fehlender Schlaf.

»Kennen wir uns?«, fragte die Frau ohne stehen zu bleiben.

Polly schüttelte den Kopf. »Ich bin erst gestern hier angekommen.«

»Warum läufst du dann neben mir her und tust, als wenn du ein Anliegen hättest?«

Beim Sprechen bewegten sich ihre Wangen, vom fest umgewickelten Kopftuch eingepresst. Über dem Kopftuch saß außerdem noch eine Sealkappe.

»Lachst du mich etwa aus?«

»Nein«, sagte Polly erschrocken. Ganz selbstvergessen hatte sie gelächelt. Denn auch Gilda Apraksina, obwohl viel jünger als diese Frau, hatte solche ganz leicht nach unten sackenden Hamsterbäckchen gehabt. Mama. Wie lange hatte sie nicht mehr an sie gedacht. Aber sonst war nicht die mindeste Ähnlichkeit vorhanden und also gar kein Grund, dass einem Tränen in die Augen stiegen.

»Liebste verehrteste Dunja Dmitrjewna! Um Sie herum weht förmlich ein Aroma der Lebensfreude!«

Polly schrak zusammen, als sie die Bassstimme Tambourers vernahm. Glücklicherweise hatte dieser nur Augen für die Frau im schwarzen Sealjäckchen.

»Schenja, zeig Dunja Dmitrjewna die Stoffe für die Kostüme.«

Die kreisrund aufgerissenen Augen der »Assistentin« schienen vor Dienstwilligkeit aus den Höhlen platzen zu wollen. Sie entfernte die Sackverpackung und enthüllte auf dem Bügelbrett drei Ballen mit heidelbeerfarbenem Stoff.

»Das Stück heißt ›Hasen aller Länder, vereinigt euch!‹. Hasen!!! Haben Sie schon mal blaue Hasen gesehen, Tambourer? Ich hatte an Plüsch oder Velvet gedacht. Wenigstens aber sollten die Kostüme braun sein.«

»Ich bin schon froh, dass ich überhaupt etwas bekommen habe«, sagte Tambourer. Falls er gekränkt war, verbarg er es. »Das stammt aus einer Zuteilung für Saratow.«

»Na, schön. Sagen wir also, blaue Hasen sind unser Ausdruck der Verachtung einer herkömmlichen naturalistischen Ausstattung. Vielleicht passt das sogar ganz gut zum Bühnenbild. Das macht uns einer dieser jungen Künstler von ›Proletkult‹. Nur Kreise und Vierecke, sehr progressiv, mit ein paar Losungen dazwischen.«

41. Kapitel

Die Kälte nahm zu. Man konnte kein Eisengeländer mit bloßer Hand mehr anfassen, ohne dass es einem die Handfläche verbrannt hätte. Der Bezirkssowjet hatte noch ein paar historische Holzhäuser geopfert und gemeinnützige Straßenfeuer erlaubt. Wenn die Apraksins und Murawej aus dem Konservatorium krochen, liefen sie von einem brennenden Holzstoß zum anderen, um sich aufzuwärmen.

Jeder hatte eines von Murawejs Konservendosen-Öfchen in der Manteltasche. Mit einem kostbaren Streichholz wurden die alten Strumpflumpen angezündet. Sie schwelten dann vor sich hin und erwärmten das Dosenblech. Immer mal wieder musste man hineinpusten, damit das Kokeln nicht ausging.

Noch floss das Wasser in der einstigen Teeküche, in der schon lange kein Tee mehr gekocht wurde. Aber nicht nur die Jungen, auch Polly verzichtete darauf, sich allmorgendlich im oberen Stock Gesicht und Hände zu waschen. Denn das Wasser war wie der Kuss der Schneekönigin – man fühlte sich an der benässten Stelle augenblicklich zu Eis werden.

»Waschen ist nicht so wichtig«, sagte Murawej weise. »Schlimmer wird's, wenn der Abort einfriert. Dann müssen wir im Keller in eine Ecke pinkeln, da unten merkt's keiner.«

Trotz alledem marschierten sie jeden Morgen quer durch die Stadt zur Sucharewka. Denn Polly, Ossja und Fedja waren ganz Murawejs Meinung: Wenn man schon kein Zuhause hatte, war die Sucharewka das Zweitbeste. Nicht nur wegen Ljoschka Frag-mich-nichts geheimnisvollen Tagessuppen.

Die Übergabe der acht Pfund Salz war Tambourer hinterbracht worden. Nichts auf dem Basar schien irgendjemandem verborgen zu bleiben.

Tambourer hatte sie gestellt, als sie gerade ihr tägliches Essen löffelten.

»Es ist sehr undankbar von euch, Murawejs Freunde, dass ihr mich, den großzügigen Förderer kluger junger Leute, so einfach übergangen habt.«

»Wofür sollten wir Ihnen dankbar sein?«, fragte Ossja. Murawej puffte ihn verstohlen: »Vorsicht.«

»Ihr hättet manchen Vorteil von mir haben können. Das zu verscherzen, ist recht unklug. Falls ihr zum Beispiel eine neue Bleibe sucht, hätte ich euch leicht dabei helfen können. Oder bei der Beschaffung einer ganz speziellen Arbeitsbescheinigung, die einen berechtigt, eine kostenlose Mahlzeit zu erhalten. Wenn ihr euch stattdessen von diesen Blechnäpfen lieber Typhus oder Cholera holen wollt … Tagtäglich besabbert und beschleckt von unzähligen Mäulern, zwischendurch bisschen in schmutzigem Spülwasser geschwenkt.« Angeekelt musterte er das betreffende

Gefäß. Ljoschka Frag-mich-nicht, der sonst so leicht hochging, hielt den Mund.

»Darf ich, mein Junge? Nur eine Sekunde.« Tambourer nahm Fedja den Löffel fort und studierte eingehend die Rückseite des Löffelstiels. »Tatsächlich gestempelt, tz, tz. Ich staune. Und ein eingraviertes F A, ist es zu glauben! Filimon Adamskoy? Fjodor Aksjonow?«

»Fjodor Apraksin«, sagte Fedja.

Mit einer Bewegung, so flink, dass sogar Kolokol noch etwas davon hätte lernen können, entführte Tambourer auch den beiden anderen ihre Silberlöffel. Murawej schien Luft zu sein.

»I A … Inna Apraksina? Nein – Irina. Stimmt's?«

»Ippolita«, sagte Polly. »Und damit Sie sich die dritte Frage sparen: er da heißt Ossip. Würden Sie uns bitte unsere Löffel zurückgeben?«

Der Händler ließ diese stattdessen – Mulde in Mulde – Stakkato klappern.

»Was haltet ihr davon: ihr bekommt von mir tadellose Edelstahlbestecke mit Horngriffen, von Elfenbein fast nicht zu unterscheiden. Und obendrein etwas ganz Besonderes.« Er legte eine Kunstpause ein. »Ich könnte eventuell bei meiner geschätzten Freundin Iduna Ljubimowa ein gutes Wort einfließen lassen, sodass sie einen von euch, oder auch alle drei, in ihrem Kindertheater mitspielen lässt. Soviel ich hörte, sucht sie noch Darsteller für das Stück ›Hasen aller Länder, vereinigt euch!‹. Naaa? Wäre das nicht viel mehr wert als eine Hand voll Messer und Gabeln?«

Iduna Ljubimowa? Überrascht und hoffnungsvoll starrten die drei Apraksins einander an.

»War das die Bürgerin neulich mit dem Kamel?«, erkundigte sich Polly.

»Ganz recht, Mädchen, das war sie. Eine bemerkenswerte Persönlichkeit. Sie ist Volkskommissarin für die Sektionen Zirkus und Kindertheater. Ich lese ihr alle Wünsche von den Augen ab, also wäre sie mir einen Gefallen schuldig.«

»Vielleicht ist sie uns ja auch einen Gefallen schuldig?« Ossja und seine flinke Zunge. Er würde sicherlich alles verraten. Und Tambourer würde die ganze Angelegenheit zu seiner Privatsache machen, bei der er der Vermittler wäre, der alles arrangierte. Und der schließlich jeden in der Hand hätte und berechtigt wäre, alles Mögliche von einem zu verlangen. Man musste Ossja zum Schweigen bringen. Früher, vor einem Jahr, pflegte Fedja sich in brenzligen Situationen auf ihn zu werfen. Wieso tat er das eigentlich nicht mehr?, fragte sich Polly. Waren sie zu alt dafür?

»Ihr bringt mir also morgen die restlichen Besteckteile mit und dann mache ich euch mit der Ljubimowa bekannt«, sagte Tambourer abschließend, ehe er die Löffel in seiner Manteltasche verschwinden ließ.

Polly warf Fedja einen Blick zu: Jetzt tu was!, ehe sie sich auf Ossja stürzte. Denn prahlerisch hatte der gerade angefangen, vor Tambourer aufzutrumpfen: »Da werden Sie staunen! Die Frau mit dem Kamel ist unsere … nngg, mmbggh …«

Er taumelte unter Polly Attacke, die ihm die Hand auf den Mund presste. Sie stolperten beide und wälzten sich im braunen Schneematsch. Die Essnäpfe schepperten, Reste von Suppe spritzten heraus. »Das ist doch unsere Privatsache, das geht ihn überhaupt nichts an. Dass du es nicht begreifst, du … du hirnloser Einzeller!«, fauchte Polly.

Im Herumkugeln prallte sie an etwas Hartes. Aus den Augenwinkeln sah sie, wie eine Hand im bestickten Handschuh über den Boden tastete, nach dem Blechnapf langte und ihn aufhob. Das Harte waren die Schienbeine der alten Dame gewesen, die wie jeden Tag blau gefroren und zitternd auf ihrem Klapphocker saß. Heute hatte sie keine Seidenkleider auf den Knien liegen. Heute bot sie ein achteckiges Gefäß aus gelbem Messing an, mit durchbrochenen Wänden, sodass man nichts darin aufbewahren konnte. Die Löcher hatten die Form von Vögeln und Halbmonden und Blütenzweigen.

Polly ließ von Ossja ab und rappelte sich aus dem Dreck. Ossja schmollte. Was war inzwischen geschehen? Denn Tambourer applaudierte und lachte. Doch es klang nicht, als hätte es ihn wirklich belustigt. Ljoschka Frag-mich-nichts Vergnügen dagegen war unverstellt.

»Kannst du das wiederholen?«, fragte Tambourer lauernd. »Gib mir die Löffel noch mal und zeig mir, wie du das gemacht hast. Du bist talentiert, Fedja Apraksin. Und so was isst mit silbernem Besteck! Burschuj-Bälger, die klauen können wie Zigeuner – erstaunlich. Na, komm schon, zier dich nicht so.«

Fedja schüttelte bloß den Kopf. Er sah betreten auf seine Filzstiefel hinunter.

»Schade, dass ihr nicht seht, wo eure Chancen liegen.« Tambourers Stimme klang bedauernd, fast wehmütig. »Ihr ahnt nicht, was ihr ausschlagt. Denn ich mag euch, Ippolita, Ossip, Fjodor. Ihr hättet auf mich hören sollen, euch ein Beispiel am braven Murawej nehmen.«

Ljoschka Frag-mich-nicht wartete, bis er ein Stück weg war, und spuckte dann aus. »Dieser Tambourer – der ist wie eine Fischvergiftung. Lange spürst du gar nichts. Und plötzlich merkst du, dass du nicht mehr zu retten bist.«

Die alte Dame wollte Polly den aufgehobenen Essnapf reichen. Aber dann zog sie den Handschuh aus, krümmte den langen dürren Zeigefinger, wischte die Innenseite der Schüssel mit dem Finger aus und zog diesen durch den Mund. Mehrmals.

»Verzeihung«, sagte sie mit leiser, eingerosteter Stimme. »Ich bitte um Verzeihung. Es ist so über mich gekommen.«

»Sag, Großmütterchen, was ist das für ein Gefäß da auf deinem Schoß?«, fragte Ossja.

»Eine Laterne aus den Ländern von Tausendundeiner Nacht. Man kann sie aufhängen, oben an diesem Ring. Oder man stellt sie einfach irgendwohin. Sie eignet sich besonders als Nachtlicht in einem Kinderschlafzimmer.« Die Fäustlingshände streichelten das Gehäuse. »Ihr könnt sie kaufen für ein wenig Essen. Oder etwas Petroleum. Oder Kerzen? Wäre das möglich? Es ist schrecklich, wenn man in seinen vier Wänden die Hand nicht vor Augen sehen kann, und die Nacht ist so lang.«

»Warum nicht gleich ein ganzes Bündel Holz? Immer üppig, immer nobel«, brummelte der Mann, neben dessen Utensilien die Alte ihren Klappstuhl stehen hatte. »Anspruchsvoll ist sie gar nicht, das Madamchen.«

»Holz … ach ja, aber in dem Haus, wo ich wohne, gibt es leider bloß Zentralheizung«, sagte die alte Dame, der die Ironie der Bemerkung verborgen blieb. »Bei mir ist es so kalt, dass die Eskimos ihre helle Freude daran hätten.« Sie versuchte zu lächeln. Hoffnungsvoll sah sie von einem zum anderen.

Bestimmt das allererste Mal, dass sich jemand nach ihrem Angebot erkundigt, dachte Polly.

»Für euer Kinderzimmer«, fing die Alte noch mal an. »Es ist wunderhübsch, wenn die kleinen Vögel aus Licht nachts über der Tapete schweben.«

»Wir haben kein Kinderzimmer«, antwortete Ossja. »Und wir haben leider auch kein Essen, das wir tauschen könnten, und kein Petroleum. Höchstens eine Kerze, aber das ist zu wenig. Ich könnte dir aber morgen ungeschnittenen Tabak mitbringen, Großmutter. Mit gefällt deine Laterne sehr.«

Die alte Dame ließ den Blick enttäuscht sinken. »Für Tabak habe ich keine Verwendung, schade.«

»Du brauchst ihn doch nur anzubieten, Bürgerin«, versuchte Polly ihr klar zu machen. »Tabak ist leichter an den Mann zu bringen als so ein Laternengehäuse, verstehst du, Großmütterchen? Man macht das so: Laterne gegen Tabak, Tabak gegen … sagen wir, gegen Streichhölzer, Streichhölzer gegen ein paar Kerzen, die Kerzen gegen eine Tüte Kichererbsen …«

»Du meinst es gut, mein Kind, aber ich bin zu alt, um das noch zu lernen.« Resigniert sank die seltsame alte Dame wieder in sich zusammen. Ihre kältestarren Finger versuchten die Laterne zu halten, doch der Gegenstand drohte ihrem Griff zu entschlüpfen.

»Hört mal, wie viel Tabak habt ihr?«, mischte sich Ljoschka Frag-mich-nicht ein. »Zwei Hände voll? Das ist zu viel für die Laterne ohne Licht. Da sollte sie noch etwas anderes mitbringen, das Madamchen. Und für den Tabak spendiere ich ihr drei Näpfe Suppe. Alle auf einmal oder pro Tag, ganz nach Belieben. Schlag ein, Großmutter!«

Verunsichert lächelte die alte Dame.

»Sie begreift's noch immer nicht«, sagte Ossja. Er kauerte sich vor sie hin, zeigte von sich zu Ljoschka und von dem Garkoch zu ihr, von der Laterne auf sich selbst. »Und jetzt musst du mir und Ljoschka die Hand darauf geben, dass du einverstanden bist. So macht man das auf dem Basar.«

Er zog ihr den Handschuh aus, packte die schmale knochige Hand und schrie: »Puh! Das ist ja, wie wenn man ein Eisengeländer anfasst!«

Er holte sein Konservendosen-Öfchen aus der Manteltasche. »Hier, wärm dir die Finger, Großmutter. Ich lass es dir bis morgen. Immer pusten, damit es schwelt. Nicht ausgehen lassen. Und – du hast es ja gehört – du musst noch was drauflegen.«

Die alte Dame hielt den Taschenofen Marke Murawej, wie man eine Reliquie hält. »Ich vertraue euch. Du darfst meine Laterne heute schon haben.«

Ljoschka Frag-mich-nicht wollte nicht zurückstehen, wo alle so großzügig zueinander waren. »Von mir aus, Großmutter, kannst du deine erste Schüssel auch schon heute kriegen.«

Polly riet ab. »Wart lieber bis morgen, Großmutter. Heute ist bloß noch ein Rest Suppe im Kessel, halb kalt und alle Fleischbrocken sind längst rausgefischt.«

»Das ist mir gleich, mein Kind. Vorgestern hab ich das Mehl aus einer alten Diwanpuppe herausgetrennt und mit Wasser angerührt. Nur um etwas im Magen zu haben.«

In der Vorfreude, wie die morgenländische Laterne das Notenarchiv verzaubern würde, und bei der Diskussion, ob man, um den Effekt zu steigern, noch eine zweite Klavierkerze entwenden könne, achteten sie kaum darauf, dass ihnen ein kräftiger junger Bursche folgte.

Wilde Feuerfarben loderten am Westhimmel, wo die Sonne untergegangen war. Als die vier Kinder vorm Konservatorium anlangten und sich wie jeden Tag umschauten und absicherten, war niemand zu sehen. Tiefblaue Schatten nahmen den Schneewehen ihr Schimmern und vertieften die zunehmende Düsternis. Ein Winterabend wie jeder andere. Das Thermometer zeigte achtzehn Grad unter null.

»Wir sollten uns eine Burschujka organisieren«, überlegte Murawej, als sie alle vier unter ihren Plaids und Säcken lagen, in Mantel und mit Kopfbedeckung, mit Stiefeln und Handschuhen an, auf einem Haufen Clementi, Beethoven, Czerni, Chopin, Schumann und Rachmaninow. Sie hatten die »Einzelzimmer« aufgegeben; ohne die Wärme der anderen hätte keiner einschlafen können. Sie hatten den langen Tisch mit der Platte gegen das Fenster gekippt und lagerten in seinem Schutz, um der eisigen Zugluft zu entgehen. Murawej hatte ohne Protest seine Fabrik geräumt.

»Aber eine Burschujka aufzutreiben ist so gut wie aussichtslos. Ich hab gehört, wie jemand siebzigtausend Leninrubel geboten hat. Hat nichts genützt. Und die Ofenrohre, um den Rauch aus dem Fenster zu leiten, sind sicher genauso teuer. Wenn wir Tambourer das da geben und für ihn arbeiten, ließe sich vielleicht was erreichen. Oder?«

›Das da‹ war das kostbare Mehl, das Pollys Reisetasche so

beschwert hatte. Bis jetzt hatten sie es noch aufgeschoben, diese allerletzte Reserve zu opfern. Solange sie die noch besaßen, war es ein beliebtes Abendspiel, über die Erfüllung ausgefallener und luxuriöser Wünsche zu reden. Erst wenn das Mehl eingetauscht war, waren sie wirklich arm.

»Ich bin dagegen, Geschäfte mit Tambourer zu machen«, sagte Fedja. »Ich hab Angst vor ihm. Meinetwegen lacht mich aus.«

Ossja prustete denn auch. »Was kann der uns schon antun? Wir sind mit den Pikulins befreundet, viele auf der Sucharewka haben mich schon als Taratorka erlebt, und Ljoschka Frag-mich-nicht haben wir Salz besorgt, das wissen alle. Sie würden uns helfen.«

»Er macht es hinten herum«, sagte Murawej ernst. »Fedjuscha hat Recht, man muss vor ihm Angst haben. Je weniger er von einem weiß, desto weniger kann er einem antun. – Mal was anderes: Was sollte das heute Mittag – die Balgerei? Warum wollte Poljenka nicht, dass Ossja weiterredete? Hatte das mit der Frau zu tun, die den Schlitten mit dem Kamel fuhr?«

Sie weihten ihn ein. Erzählten ihm alles haarklein. Von Iduna Ljubimowa, ihrer Hupfdohlen-Vergangenheit, der Lockvogelzeit mit Mitja Schiefauge, ihrer Sehnsucht »Nach Moskau!« und vom Techtelmechtel mit dem großen Volksdichter Kisli, der ihr schließlich den jetzigen Posten zugeschanzt hatte.

Murawejs Augen leuchteten begeistert. »Dann können wir auf Tambourer pfeifen. Wozu für seine Vermittlung mit Silberbestecken zahlen? Ihr könnt selber zu dieser Tante gehen und sagen, wer ihr seid. Schließlich hat eure Mama sie damals auch unterstützt.«

Womit aber wollten sie beweisen, dass sie die Kinder von Gilda Apraksina geborene Remisowa wären?

»Wir haben nur das Verlobungsfoto, das Klascha dagelassen hat«, sagte Polly.

»Reicht.« Murawej war zuversichtlich. »Ich finde raus, wo diese Sektionen Zirkus und Kindertheater sich befinden. Wenn ich Tambourer die nächste Lieferung Papier bringe, quetsche ich's aus Schenja heraus. Ich kann mich prima dumm stellen.«

»Wir brauchen nicht unbedingt eine Burschujka«, sagte Fedja, der die ganze Zeit gegrübelt hatte. »Paar Ziegelsteine, ein Kuchenblech – das kriegen wir auf der Sucharewka nachgeschmissen. Dann könnten wir die Regale hier nach und nach verfeuern.«

Erschöpft und gähnend verstummten sie; das kam stets mit einem Mal. Schläfrig ließen die vier ihre Blicke auf der Decke ruhen und auf dem Stück Wand, das sie von ihrem Liegeplatz aus sehen konnten. Die zuckende Flamme im Innern der Laterne warf goldene Flecke auf jede Fläche, ließ Irrlichter schweben, versprühte Mondsicheln und rankende Blüten, ließ schmale Vögel mit langen Hälsen dahinsegeln.

Niemand mochte aufstehen, um die kostbare Kerze auszublasen. Mochte sie herunterbrennen.

42. Kapitel

Seit dicke weiße Eisblumen die beiden Fenster des Notenarchivs bedeckten, blieb es drinnen auch am Tage dämmrig. Wie unter Wasser oder wie eingefroren in einen Eisblock. Früh wollten sie so schnell wie möglich raus, ins Freie; am Morgen hatten sie noch zu allem Möglichen Lust. Während sie abends eigentlich bloß aus der Kälte wollten.

Am Vortag hatten sie mitten in der Stadt Ziegelsteine erbeutet. Die Trümmerstätten preisgegebener Häuser lockten alle möglichen Leute an, sogar Damen, die dort nach Heizbarem suchten. Jetzt fehlte nur noch ein Kuchenblech als Herdplatte. Die Pikulina hatte versprochen, sich umzuhören.

»Ne halbe Konservendose von dem da müsste genügen«, veranschlagte Murawej, ernst wie ein Familienvater. »Was sind Kuchenbleche schon wert, backt ja kein Aas mehr. Wie viel Streichhölzer haben wir noch?«

»Drei«, sagte Fedja.

Also noch etwas Mehl abfüllen. Streichhölzer durften nicht ausgehen.

»Drecksviecher, verfluchte!« Ossja zeigte den anderen das Loch, das über Nacht in der Reisetasche entstanden war, und die Spuren von herausgerieseltem Mehl. »Dann lieber alles auf die Sucharewka tragen. Ob das Ratten waren?«

Vor Ratten hatten sie alle Angst. Denn die, das war bekannt, fraßen einem in der Nacht Zehen, Finger und Nasen an, wenn sie der Hunger richtig verrückt gemacht hatte.

»Wir dürfen es nicht mehr hier lassen. Wir müssen es abwechselnd schleppen«, bestimmte Murawej und verteilte das Kostbarste und Letzte der georgischen Schätze auf die beiden Tornister. Polly hängte sich nur die Pilgertasche um. Darin befanden sich Sachen, die sie jederzeit bei sich haben wollte: das Verlobungsfoto ihrer Eltern, die kleinen hölzernen Figuren aus Papas Musterzimmer, »Alice im Wunderland«, die Bestecke und den Kamm aus imitiertem Elfenbein von zu Hause.

Sie warf einen letzten Kontrollblick auf das zerwühlte Bett aus Notenheften, Säcken, Wolldecken und kleinen schwarzgrauen Kopfkissen.

Auf die Laterne, die Ossja die »Wunderlampe« nannte, nach dem Märchen von Aladin.

Auf die »Küche« – Kochtopf, Teekessel, leere Konservendosen und vier Sockel aus Ziegelsteinen.

Auf die angenagte Reisetasche, in der drei uralte Zahnbürsten steckten, ein paar Lumpen, denen man die Handtücher kaum mehr ansah, und die nun vom wirklichen Winter übertrumpften glitzernden Pinienzapfen von Kuru-Ssu.

Sie tat das jeden Morgen beim Weggehen. Damit man beim Nachhausekommen gleich sehen konnte, ob eventuell etwas verändert worden war. Ob jemand den Raum betreten hatte.

Draußen prickelte der harsche Frost in den Nasenlöchern. Und die grelle Wintersonne wurde vom Gold der ungezählten Kirchenkuppeln zurückgeworfen, sodass es einem beinah die Augen ausstach. Am schönsten fand Polly die Basiliuskathedrale beim Kreml. Jeder Turm trug einen anderen Helm: der da geformt wie eine Ananas, mit goldfarbigen Rhomben besetzt, dieser eine verdrehte Zwiebel aus gelb und grünen Korkenzieherwülsten. Jener hatte Warzen wie ein Stachelschwein, ein anderer schmückte sich mit einem Turban. Wieder anderswo gab es welche mit Zacken wie ein Basilisk. Weiße Pilze mit silbernen Ornamenten. Hauben, himmelblau, voller goldener Sterne oder ganz und gar goldgleißend. Und auf allen Türmen ragten große goldene Kreuze, die mit goldenen Filigranketten befestigt waren. Die Augen tränten einem von all dem Gold in der niedrigen Sonne, sodass man die rote Fahne daneben, im Kreml, beinah übersehen konnte.

»Habt ihr was Hübsches zu erzählen?« Ljoschka blies in das Holzfeuerchen unter seinem Kessel.

»Auf der Petrowka ist ein Pferd umgefallen, es konnte die Droschke nicht mehr ziehen«, berichtete Ossja, noch atemlos vor Entrüstung und Kummer. »Und denk dir, Onkelchen, kaum lag es, fielen zwei Hunde drüber her, sie verbissen sich wie tollwütig in das Pferd, und es lebte doch noch! Es lebte und schrie und verdrehte die Augen.«

»Ja, und dann stürzten Hunderte von Dohlen aus dem Himmel, aber die Hunde haben sich nicht stören lassen. Die Dohlen hatten im Nu dem Pferd die Augen ausgepickt und man sah, wie es am Bauch noch zuckte und wie es dampfte.« Polly musste sich auf die Lippen beißen, um nicht loszuweinen.

»Auf der Petrowka, sagt ihr? Wo auf der Petrowka?« Ljoschka Frag-mich-nicht vergewisserte sich, dass er im Stiefelschaft sein langes Messer stecken hatte. »Zwischen Strastnoj und Petrowskij-Boulevard? ... Poljenka, verkauf du inzwischen. Nicht mehr als zwei Kellen pro Schale, weißt ja, was es kostet.«

Fort war er.

Die alte Dame fehlte. Vielleicht war sie ja auch gestürzt, dachte Polly besorgt. Alte Leute waren auf dem eisglatten Pflaster so wackelig auf den Beinen. Als sie dann doch noch kam, stützte sie sich auf einen Krückstock, der sogleich von Ossja betastet und bewundert wurde. Der Griff war aus getriebenem Silber und setzte sich aus vielen ineinander verflochtenen Frauenleibern zusammen.

»Du solltest bei solcher Kälte nicht hierher kommen, Großmutter«, tadelte Polly. Sie wollte hinzufügen »bleib lieber im Warmen«, als ihr einfiel, dass die Alte von der nutzlosen Zentralheizung erzählt hatte und von den Nordpoltemperaturen in ihrem Zimmer. Was wollte sie denn heute verkaufen? Ein großes Schleiertuch, das an die Ausrüstung von Urwaldforschern erinnerte, die so was gegen Tsetsefliegen und Anophelesmücken umbanden.

»Damit schützt man die Hüte vor herumfliegendem Staub«, erläuterte die Alte. »Vor einer Fahrt im offenen Automobil sollte jede Dame sich damit einhüllen.«

»Großmütterchen, niemand trägt mehr solche Hüte. Und keinem Menschen nützt bei fünfzehn Grad unter Null ein Schleier«, sagte Polly herablassend. »Wo ist denn dein Hocker heute? Willst du so lange stehen?«

Verwirrt starrte die alte Dame Polly an. Als wenn sie das Kind wäre und ich eine erwachsene Person, dachte Polly. Sie winkte die den Tränen nahe Greisin mit dem Zeigefinger heran. Ohne lange zu zögern, kippte sie nicht zwei, sondern drei Kellen in eine der Blechschüsseln.

»Iss es schnell, Großmutter, ich berechne dir nichts dafür. Du hast ja noch nichts eingenommen. Und dann geh wieder nach Hause. Bedank dich um Himmels willen nicht bei Ljoschka, verstanden? Er darf das nicht wissen.«

Ausgerechnet jetzt tauchte Tambourers »Assistentin« auf. Sie fragte nach Murawej, doch der war unterwegs. Er hätte wieder eine Ladung Papier abliefern sollen. Dringend. »Hat er das etwa vergessen?«

Polly zuckte die Achseln. Murawej hatte nichts extra eingesteckt, das wusste sie. Urplötzlich änderte sich ihr mürrischer Gesichtsausdruck; eine Idee war ihr gekommen. Sie setzte ein Lächeln auf und stotterte kindisch-bettelnd: »Genossin Schenja, hören Sie, diese Frau neulich, die mit dem Kamel vorm Schlitten – wo findet dieses Theater statt? Ist es ein richtiges Theater mit Bühne und Sitzen und Vorhang und allem? Und werden diese Hasen im Stück dressierte Tiere sein?«

»Wo sie es aufführen werden, weiß noch niemand«, sagte Schenja. »Aber soweit ich weiß, proben sie zeitweilig im Club am Taganskij-Platz. Durow, der Dresseur, wollte anfangs tatsächlich mit abgerichteten Hasen arbeiten. Doch Iduna Ljubimowa hat gesagt, Kinder sind zuverlässiger. Aber was plaudere ich hier herum. Du weißt also nicht, wo er ist?«

Erneutes Kopfschütteln, Achselzucken Pollys. Die Jungen waren wahrscheinlich am Stand der Pikulina. Bestimmt ließ Ossja gerade die Handpuppe Taratorka seine allerneueste Tschastuschka plärren:

»Ich kenn einen Fuchs mit Kasachenkäppchen,
der steckt sich dein Silber ein bloß für ein Läppchen.
gestempelte Löffel, von feinster Sorte,
für einen Mund voll leerer Worte!«

Murawej hatte davor gewarnt, Tambourer durch den Kakao zu ziehen. »Der rächt sich, du wirst's seh'n. Oj, was hab ich mir da für Läuse in den Pelz gesetzt! Bevor ich euch getroffen hab, hatte ich nie Schwierigkeiten mit ihm.«

Ljoschka traf ein, die Schürze blutbesudelt. In den Armen einen Riesenklumpen, der durch den Sack tropfte und eine rote Spur hinterließ.

Sofort wurde gewitzelt.

»He, Ljoschka, ist das deine Suppeneinlage für die nächsten Tage?«

»Frag mich nicht. Wirst's schon merken.«

Auch Murawej und Fedja kamen kurz vorbei, um Polly das Kuchenblech zu zeigen. »Was meinst du? Sollen wir's kaufen? Gegen 'ne halbe Dose von ›dem da‹?«

Es war verkrustet und von verkohlten Resten überzogen. Egal, sie wollten ja nicht darauf backen. »Dreht es mal um. Hm, kaufen wir's. Heute Abend will ich's warm haben. Dann können wir uns endlich wieder mal ausziehen und die Läuse aus den Kleidern ablesen.«

Da erspähte sie eine junge Frau in Begleitung einer älteren. Die Junge mit Riesenbauch, über dem der Mantel nicht zuging.

»Bürgerin, suchen Sie einen Wiegenvorhang für Ihr Kleines?«, rief Polly sie an und erwischte sie beim Ärmel. Das war das Erste, was man auf der Sucharewka lernte: keine Scheu haben, die Leute zu packen, sie festzuhalten, vollzuquatschen und ihnen das, was sie kaufen sollten, als die vom Himmel geschickte Gelegenheit einzureden. »Sehen Sie, Bürgerin –«, und Polly warf das Tüllgewebe in die Luft, wo es sich blähte wie eine tief geratene Schneewolke. »Da kommt keine Fliege durch, keine Wespe, sogar die Ratten werden abgehalten, weil dieser Stoff von Rattenmägen nicht verdaut wird.«

»Verzeihung, aber das ist eigentlich ein Hutschleier«, sagte die alte Dame. Polly gab ihr einen sachten Puff.

»Lass mich machen, Großmutter, du weißt nicht, wie man handelt.«

Triumphierend schwenkte sie schließlich die erhaltenen Rubelscheine. So machte man das. Sie war sehr zufrieden mit sich und erwartete Lobesworte und Dank. Nicht gefasst war Polly darauf, dass man sie in die Arme schloss und auf die Stirn küsste.

Das letzte Mal, dass jemand das getan hatte, war am Hafen von Jalta gewesen. Beim Abschied von Bljumental und Lamakina. Wenn man es lange nicht gehabt hatte, konnte man es ganz gut verschmerzen. Aber wehe, wenn jemand wieder damit anfing. Dann erst merkte man, dass es einem fehlte, ganz furchtbar fehlte.

Die Jungen hatten ›das da‹ noch immer im Tornister. Eine Ware von solchem Handelswert konnte man nicht einfach so verschleudern. Am nächsten Tag hätte man dann etwas ganz wahnsinnig Herrliches dafür bekommen können und ärgerte sich grün und blau.

»Gehen wir nach Hause, mir ist kalt«, sagte Murawej, der keinen Halbpelz besaß. Er hatte die Aufschläge der Matrosenjacke mit einer Sicherheitsnadel vorn zusammengesteckt und sich einen zweiten Tastenschoner um den Hals geschlungen. Als Polly Tambourers Mahnung übermittelte, schien alles Blut aus Murawejs Gesicht zu schwinden. Blankes Entsetzen stand in seinen Augen: »Vergessen.«

»Da ist sie schon wieder. Los, hauen wir ab.« Doch Schenja, mit ihrem Adlerauge, holte sie am Sucharewka-Turm ein.

Strafend sagte sie: »Tambourer ist böse auf dich. Wenn er sagt ›heute‹, dann hat er seine Gründe.«

»Wieso … was für Gründe?«, stammelte Murawej. »Und wenn ich dafür morgen das Doppelte liefere?«

»Lass dir doch nicht solche Angst einjagen.« Fedja ignorierte Schenja. »Das ist doch kein Schulaufsatz, der heute fällig war. Du kriegst keine schlechte Zensur deswegen.«

Fedja balancierte das Backblech auf dem Kopf. Auf dem Weg zum Konservatorium wurde nur über das bevorstehende Feuer geredet. Erst zerknülltes Papier, dann Späne. Wie machte man Späne, ohne ein Beil? Mit einem Messer herumschnitzeln?

Polly summte vor sich hin. »Feuer, Feuer, für wen brennst du? Feuer, Feuer, für dich brenn ich.« Eine der Romanzen von Madame Byrstowa-Lochwitzkaja. Wo Klascha jetzt wohl steckte? Sicher war sie längst nicht mehr mit dem göttlichen Brandukow zusammen. Irgendwann erlosch jede Liebe, wenn nicht zurückgeliebt wurde. Polly hatte das oft genug selber erlebt. Am leichtesten war es mit Rustam Gulía gewesen. Wenn sie hingegen an Anatoli Mansurow dachte, war noch immer ein kleiner Rest Liebe übrig, der sich sehnte.

Die Tür zum Notenarchiv ließ sich nicht öffnen.

»Hä … was ist das denn?« Murawej hatte die Kerze unter der Treppe hervorgeholt und leuchtete. An der Tür klebte ein Schild.

ZWEITER AUTOREN-BUCHLADEN
DES STADTSOWJETS
VERKAUF UND DICHTERLESUNGEN

»Woher haben die den Schlüssel? Hat noch nie einen Schlüssel gegeben, seit ich hier wohne.« Murawej versetzte der Tür einen Tritt, der seiner Stiefelsohle den Rest gab. Sie löste sich vom Oberleder.

»Hat wer eine Haarnadel, ein Taschenmesser oder ein Stück Draht?« Fedja, so ungern er es auch zugab, war Kolokols bester Schüler gewesen. Nur Frossja hatte sie alle noch übertroffen.

Alles, was sie am Morgen zurückgelassen hatten, war fort. Fort das Gemeinschaftsbett aus Klavierauszügen, fort die Säcke, die Plaids, die kleinen Ohrenkissen, die »Küche«, die Reisetasche. Auch einige der Regale fehlten. Die übrig gebliebenen waren leer geräumt und an die Wände gerückt worden. Den langen Tisch hatten die Dichter mit einigen Brettern verkleidet, sodass er wie ein Ladentisch aussah. Vorläufig gab es noch keine Ware, nur eine Blechschachtel, auf die jemand ein Pflaster geklebt und mit Kopierstift KASSE draufgeschrieben hatte. Ein paar Stühle standen herum, wie Leute, die auf die Straßenbahn warteten.

»Die sind von oben«, brummte Murawej, »aus dem Saal geklaut.« Unvermittelt stieß er einen wütenden Schrei aus. »Das dürfen die nicht! Ich wohne hier! Ich!!! Seit dem Herbst ist das Zimmer von mir belegt. Von Benja Murawinin.«

Er ließ sich auf die Knie fallen und fing hemmungslos an zu schluchzen. Dann packte er den zunächst stehenden Stuhl und rammte ihn auf den Boden, immer wieder. Bis die Lehne abbrach und ein Bein. »Wovon soll ich leben, wenn ich kein Papier mehr verkaufen kann?«

»Das Wasser ist eingefroren«, meldete Ossja, der vom Abort kam. Dann war er dran, empört zu brüllen: »Meine Wunderlampe! Die haben mir meine Wunderlampe geklaut!« Fauchend, in blindem Zorn, zerrte er an einem Regal und kippte es schließlich in den Raum hinein.

Polly weigerte sich, die Katastrophe zur Kenntnis zu nehmen. Sie wollte ein Feuer. Jetzt. Gleich. Doch die Bugholztrümmer der Stuhllehne ließen sich mit dem Kerzenflämmchen nicht anzünden. Und das Papier, die unzähligen Notenhefte, loderten jetzt wer weiß wo in einem fremden Dichter-Ofen.

Schließlich hörten Ossja und Murawej auf zu toben. Sie sackten zusammen wie Marionetten, auf einen Schlag von aller Energie verlassen. Deprimiert krochen sie alle dicht zusammen. Trotzdem schnatterten sie mit den Zähnen, so beutelte sie die Kälte. Ab und zu pustete einer auf die Lumpen in seiner Konservendose.

Kaum war es grau hinter den Eisblumen, rüttelte Fedja die anderen. »Los, wir müssen schleunigst weg. Wer weiß, wann die ihren Laden aufmachen.«

»Und wo sollen wir nächste Nacht hingehen?«, fragte Ossja anklagend. »Kann mir das vielleicht einer sagen?«

Im Treppenhaus blieb Murawej stehen. »Ich komm nicht mit«, verkündete er. »Was soll ich auf der Sucharewka, wenn ich nichts zu verkaufen hab. Ich schwöre euch, da steckt Tambourer dahinter.«

»Blödsinn«, widersprach Polly. »Meinst du, er hat jemanden hinter uns hergeschickt? Um rauszukriegen, dass es im Konservatorium einen ungenutzten Raum gibt? Und nur um sich an uns zu rächen, hat er diese Information dem Stadtsowjet gemeldet?«

»Ja, meine ich.« Murawej nickte gramvoll. »Ganz genau so war's. Hat er nicht gesagt, es würde euch noch leid tun, weil ihr ihm nicht gegeben habt, was er haben wollte? Nur wegen euch verliere ich jetzt mein Zuhause. Feine Freunde. Ich danke euch, ich danke euch von ganzem Herzen!« Er drehte sich um und rannte die Treppe in den ersten Stock hinauf, ohne sich noch einmal umzusehen.

»Soll ich ihm nach?«, fragte Ossja.

»Zwecklos«, sagte Fedja. »Der kennt sich aus da oben, auch ohne Licht. Wir würden ihn nie finden. Der Hausmeister kann jeden Moment aufschließen. Wie sollen wir dem erklären, wie wir hier reingekommen sind?«

Ossja rief so laut er konnte: »Sei kein Frosch, Murawej, komm nach! Komm auf die Sucharewka! Heute gibt's Pferdefleischsuppe!«

43. Kapitel

Und die ganze Wohnung hat früher dir gehört, Großmutter?«

Beeindruckt standen die Apraksins in der weitläufigen Diele. An der Decke baumelte neben der pompösen, aber nutzlosen elektrischen Beleuchtung eine Karbidlampe an einem grob eingeschlagenen Haken. Drei schneeverkrustete Schlitten und ein hochrädriger Kinderwagen hatten Schmutz und Wasserlachen auf dem Fußboden hinterlassen. Hinter jeder der weiß lackierten Türen ging es geräuschvoll zu. Am lautesten schallte das Gezänk aus der Küche, wo offensichtlich etwas übergekocht war. Dem Gestank nach Buchbinderleim. Oder schlecht ausgespülte Windeln.

»Wie viele Parteien teilen sich jetzt die Wohnung?« Polly flüsterte.

»So genau weiß ich das nicht.« Die alte Dame zuckte die Achseln. »Vielleicht sechs, vielleicht auch sieben. Ich gehe fast nie in die Gemeinschaftsküche. Mir hat man das Kinderzimmer gelassen. Den Korridor entlang, bitte, dann die letzte Tür hinten rechts.«

Gegenüber wurde eine Tür aufgeklinkt und eine Frau guckte neugierig, wer da kam. »Hast du dir Enkel zugelegt, Narantschowa? Hoffentlich schleppen die uns keine Läuse und Krankheiten ins Haus. So, wie die aussehen!«

Sie deutete eine belustigte Grimasse an und entblößte ungemein viel Zahnfleisch dabei. Dreimal so viel Zahnfleisch, als die Zähne lang waren. Polly taufte sie bei sich »das wiehernde Pferd«.

Die alte Dame schloss ihr Zimmer auf. Eine dunkle Höhle lag vor ihnen, kälter noch als der Korridor, und von der Muffigkeit jener Räume, die seit Winterbeginn nicht gelüftet worden sind. Es roch nach Mottenkugeln und nach etwas Süßlichem, verschüttetem Parfüm vielleicht, und besonders roch es nach einem Tierfell.

Die alte Dame knipste mehrere Male am Lichtschalter, fünfmal, sechsmal, so wie es kleine Kinder machen. »Es ist schon seit Wochen kaputt.«

»Nein, Großmutter, das ist bloß die Stromsperre. Hast du keine Petroleumlampe?« Fedja ratschte ein Streichholz an.

»Freilich hab ich eine. Wo steht sie nur? Ich seh in diesem Halbdunkel fast nichts. Ich hoffe, ihr habt bessere Augen.«

Ein warmes, goldenes, ein »zivilisiertes« Licht war es, das der geriffelte Milchglasschirm der Lampe alsbald verbreitete. Die alte Dame, so verriet sie verlegen, hatte seit Wochen die Abende gänzlich im Dunkeln zugebracht. Am Morgen, wenn es hell wurde, sah sie die Lampe: ah, da ist sie ja! Doch wenn sie am Spätnachmittag heimkehrte, war es fast finster im Zimmer, und sie hatte längst wieder vergessen, wo diese sich befand.

»Jetzt sind wir ja da«, beruhigte Polly.

»Ja, und wir besorgen auch neues Petroleum«, ergänzte Ossja. »Du brauchst nicht mehr stundenlang auf der Sucharewka zu frieren, Großmütterchen. So lange Murawej nicht wieder auftaucht, kannst du seine Suppe bei Ljoschka kriegen. Dann marschierst du heim und kriechst unter die Decke.«

»Wenn du was verkaufen möchtest, Großmutter, erledigen wir das für dich.« Auch Fedja wollte gerne seine Dankbarkeit bezeugen.

Sie sahen sich um in ihrem neuen Zuhause. Das Zimmer war geräumig, wirkte jedoch ein bisschen wie der Salonwagen. Weniger was die Einrichtung betraf, aber es war ähnlich voll gestellt. Mindestens fünf Tische, doch kein einziger Esstisch darunter. Ein so genanntes Rauchtischchen mit daran befestigtem Lampenschirm; zwei ineinander geschobene Beistelltische; ein Tisch für Kartenspieler, mit Verlängerungsbrettchen; und ein niedriger in Form eines runden Messingtabletts.

Auf einem Kleiderschrank türmten sich Schachteln über Schachteln. Orientteppiche, grau vor Staub, bedeckten das Parkett. An den Wänden waren Stühle aus Birnbaumholz je zwei und zwei aufeinander gestapelt. Auf dem Bett lag ein gewaltiges Eisbärenfell mit zähnefletschendem Kopf.

Polly sah sich nach Büchern um, aber es waren keine da. Wahrscheinlich alle in einem der anderen Zimmer gewesen, als die Wohnung aufgeteilt wurde. Da besaß man eine Bibliothek mit meinetwegen fünftausend Bänden, und plötzlich wohnte da ein Passierscheinkontrolleur des Außenkommissariats drin, der das alles an einen Trödler verschleuderte: bloß weg damit! So einen Verlust würde ich nicht überleben, dachte Polly voller Mitgefühl, als ihr einfiel, dass sie ihn schon überlebt hatte. Na ja, nicht gerade fünftausend, aber man kann hundert ebenso betrauern.

»So, jetzt zeig ich euch noch, weshalb ich mich für das Kinderzimmer entschieden habe, dann begebe ich mich ins Bett. Ich werde seit Wochen nicht mehr richtig warm.«

Die alte Dame zog einen Vorhang beiseite, der eine einfache Tür freigab. »Ein eigenes Bad. Und auch ein eigenes Klosett.«

In der emaillierten Badewanne voller Rost- und Stockflecken stand ein einsamer Teekessel mit hoffnungsvoll abgenommenem Deckel. Polly beugte sich zum Wasserhahn und drehte probeweise daran. Denn ihre Hände sahen aus, als habe sie tagelang Walnüsse aus ihren grünen Schalen befreit – eine Tätigkeit, die besonders die Fingernägel schwärzte. Ein gelbliches Rinnsal quälte sich aus dem Hahn und versiegte. Ebenso eingefroren wie im Konservatorium.

Gefällig hob Polly das Eisbärenfell an, damit die alte Dame in ihr Bett kriechen konnte. Doch obwohl diese nur den Hut und die Galoschen auszog, schlotterte sie und klagte, Kissen und Decken und Matratze seien kalt wie Stein.

»Wenn du dich so lange in den Lehnstuhl setzt, Großmutter, wärmen wir es dir an, dein Bett. Los, Jungs – heizen wir!«

»Ich nicht, nicht jetzt«, sagte Ossja zerstreut. »Ich bin mitten in einer Erfindung. Wegen unserer Schlafgelegenheit. Wenn ich mich jetzt in ein richtiges echtes Bett lege, arbeiten meine Gedanken nicht. Dann bin ich sofort eingeschlafen.«

»Was meint ihr – ob ich das als Arbeit machen könnte? Betten anwärmen?« Polly war von ihrer Idee sehr angetan. »Jeweils eine Viertelstunde und dann wird man bezahlt und läuft zur nächsten Adresse. Längst nicht so anstrengend, wie einen Schusterkarren zu ziehen.«

»Eine derartige Dienstleistung würde nur in den späten Abendstunden benötigt«, meldete sich die alte Dame vom Lehnstuhl her, wo sie, in ihre weiße Djellaba gehüllt, bibberte und wartete. »Das wäre für ein junges Mädchen deines Alters äußerst unschicklich. Ganz abgesehen von den Gefahren, denen du dich auf dem Heimweg im Finstern aussetzen würdest, Ippolita.«

Mit einem Stöhnen der angenehmen Überraschung ließ sie sich alsdann ein zweites Mal ins Bett gleiten.

»Hast du noch einen Wunsch, Großmutter?« Die Vorstellung, bei solch grimmiger Kälte die ganze Nacht an einem Straßenfeuer zu stehen oder eventuell im Treppenhaus des Konservatoriums auf den Stufen zu sitzen und sich die Blase zu erkälten, brachte Pollys Dankbarkeit zum Überfließen.

»Ja …«, die alte Dame zögerte, als sei der Wunsch etwas heikel. »Wäre es möglich, dass ihr mich mit Sie ansprecht? Mein Name ist Niobe Narantschowa. Mein Vater war der bekannte Physikprofessor Tuwim Narantschow und mein Bruder der Architekt Wiktor Narantschow. Er hat übrigens dieses Haus hier mit entworfen und ursprünglich war dies seine Wohnung.«

Polly fühlte, wie sie rot wurde. Sie hatten sich doch nur anpassen wollen. In Rostow am Don oder in Jalta wäre es ihr und den Brüdern nie eingefallen, eine alte Dame zu duzen und mit »Großmutter« oder »Bürgerin« anzureden. Das war eine bolschewistische Sitte.

»Sie selbst haben nie geheiratet, Niobe Tuwimowna?«

»Es gibt Menschen, die lieben nur ein einziges Mal im Leben, mein Kind«, kam es vom Bett her. »Er starb an den Pocken. Weit weg von mir. Bei der Gründung des Gouvernements Turkestan. Ich wünschte, ich hätte eine leichtere, sinnlichere Natur gehabt, um mein Herz noch anderen schenken zu können. Es haben einige darauf gewartet. Aber ich konnte nie mehr lieben.«

»Ach, wie traurig, wie schade.« Polly seufzte mitfühlend. Sie hockte auf einer Fußbank neben dem Bett und lehnte den Kopf an einen überhängenden Kissenzipfel. »Ich verliebe mich immer wieder.« Sie war froh, dass sie leichter und sinnlicher veranlagt war. Ewig einem Einzigen hinterher trauern zu müssen – wie langweilig!

»So, ich hab die Lösung«, verkündete Ossja. Er und Fedja begannen sämtliche aufgestapelten Stühle zum Kreis aufzustellen. Dann riss er den dicken Vorhang vor der Tür zum Klosett herunter und hängte ihn über die Stühle, so dass er sie fast ganz verdeckte.

»Kaffernkral – ph! So was hast du mit sechs Jahren gespielt«, sagte Polly enttäuscht. »Du hocktest den ganzen Tag in deiner Höhle und Njanja musste dir das Essen hineinreichen. Räum die Stühle wieder weg, du kannst hier nicht mit der fremden Einrichtung schalten und walten, wie's dir einfällt. Du bist hier nicht in der Jelabugaer Straße.«

»Danke, dass du mich daran erinnerst«, giftete Ossja zurück. »Hätte ich glatt vergessen.«

»Nein, nein, er denkt sich was dabei«, verteidigte die alte Dame ihn. »Einen kleinen Raum kann man notfalls durch den eigenen Atem erwärmen, das ist eine physikalische Binsenweisheit. Du hättest meinem Vater gefallen, mein Junge. Um die Wärme aufzufangen, die ein schlafender Körper abgibt, solltet ihr zudem jeder in einen zusammengerollten Teppich kriechen wie in eine Art Bettfutteral. Denn auf dem Fußboden ist es noch kälter als in Kopfhöhe.«

Um den Luxus vollkommen zu machen, durfte sich jeder eins

der Kissen nehmen, die tagsüber als bunter Haufen auf dem Eisbärfell lagen. Pollys neues Kopfkissen hatte einen Seidenbezug mit Chrysanthemenmuster in Braun, Gelb und Weiß und war üppig wie ein fetter Kater. Kurz bevor sie in den Schlaf abdriftete, erlebte Polly, in einer Teppichrolle steckend, noch einmal die Szene am Mittag auf der Sucharewka.

Sie löffelten das ihnen zustehende Pferdegulasch und berichteten dazwischen verstört von dem Verlust ihrer Unterkunft und der Decken. »Wo sollen wir denn jetzt hin?«

»Fragt mich nicht«, antwortete Ljoschka Frag-mich-nicht tiefsinnig, »meine Bude wimmelt bereits von Leuten. Ich könnte euch allenfalls die Waschküche anbieten, wo ich meine Suppe koche. Aber dort müssen sogar die Mäuse alle fünf Minuten Dauerlauf machen, um nicht zu erfrieren. Wer dort einschläft, ist am Morgen 'ne Leiche.«

»Ihr dürft mit zu mir kommen, Kinder«, hatte sich plötzlich eine spröde hohe Greisinnenstimme gemeldet. »Ich bin euch, glaube ich, ohnehin noch etwas schuldig; dieser Ringtausch mit dem Tabak und der Laterne unlängst. Nur Betten kann ich euch leider keine anbieten.«

Wahrscheinlich war Ljoschka Frag-mich-nicht die Quelle, jedenfalls machte das Gerücht von der angeblich neuesten Gemeinheit Tambourers die Runde. Keiner, der die Geschichte weitererzählte, schien auch nur die geringsten Zweifel daran zu hegen. Wie überhaupt auf der Sucharewka Betrügereien, Schwindelgeschäfte und Schurkenstreiche größere Beachtung fanden als erwiesene Gefallen. Guttaten und Großzügigkeiten wurden entweder verschwiegen, da man sich dadurch den Ruf eines Narren einhandeln konnte, oder kamen auf der Sucharewka nicht vor. Deshalb interessierte sich auch niemand wirklich dafür, wie es mit den vermeintlichen Opfern Tambourers weiterging. Es genügte, dass sie nach wie vor jeden Tag aufkreuzten, diesen und jenen Trödel anboten; wo sie übernachteten, war ihre eigene Sache. Ljoschka und die Pikulina mochten die einzigen Personen sein, die es wussten. Und noch jemand, für den jede Information einen möglichen Wert besaß.

Ein paar Tage nach der Übersiedlung in die Kommunalwohnung hatte Ossja die neue Tschastuschka fertig gedichtet.

»Was flennst du, Taratorka?«, wurde aus dem Publikum gefragt.

»Wie soll ich nicht weinen, wenn ich höre, wie es dem armen Ossja, dem armen Fedjuscha und der armen Poljenka ergangen ist?« Die Puppe deutete auf die Betreffenden, die höchstselbst dabeistanden.

»Wie ist es ihnen denn ergangen?«, grölte das Publikum.

»Das darf ich nicht sagen, sonst sitze ich am Ende auch ohne Dach überm Kopf da«, zierte sich Taratorka und wendete seine freche Visage rundherum. »Ich könnte es nur als Märchen erzählen. Aber ob ihr das versteht, ihr Kürbisköpfe, ihr dummen?«

»Verlass dich drauf, Taratorka. Wir kriegen schon mit, was passiert ist.«

»Na dann, auf eure Verantwortung!« Ossja wollte schon loslegen, als Fedja ihm zuflüsterte: »Er ist da. Guck nicht hin, er steht ganz hinten. Willst du nicht lieber warten, bis er wieder verschwunden ist?«

»Ich? Ich tu doch überhaupt nichts«, sagte Ossja. Seine Augen funkelten rachlustig. »Was Taratorka redet und singt, dafür bin ich nicht verantwortlich. Los, Vater Pikulin, zieh die Harmonika lang!«

Polly sah die Papacha, die Tambourer seit dem Anziehen des Frostes statt des Kirgisenkäppchens trug, über den hintersten Köpfen aufragen. Weshalb er wohl hier war? Bis jetzt hatte er sich ihnen nie ohne Anliegen genähert.

»Der Fuchs schlägt dem Häslein das Hüttlein entzwei,
schon eilt die weiße Hirschkuh herbei.

Das Häslein weint zum Erba-har-men:
›Wer hilft, wer hilft mir A-har-men?‹

›Zieh zu mir, Häslein, ins weiße Schloss,
iss von meinem Teller, schlaf auf meinem Schoß.‹
Dem Fuchs reißt der Neid die Gedärme entzwei,
acht Tage lang plagt ihn die Schei-hei-ßerei.«

Man vermied es tunlichst, Tambourer ins Gesicht zu grinsen. Desto lauter waren Applaus und Gelächter für Taratorka. Doch als Tambourer sich nach vorn drängte, wagte keiner, ihm nicht Platz zu machen.

»Ich hab von eurem Pech gehört, Kinder. Ihr seid eine schlaue Familie – fallt wie die Katze immer wieder auf die Pfoten. Die drei Apraksins – klingt wie eine Zirkusnummer, was?« Leutselig lächelte er auf sie herab. Niemand konnte in diesem Lächeln etwas anderes sehen als höchstes Wohlwollen. »Stammt aus sehr guter Familie, die alte Dame, wie ich hörte. Kenne sie vom Vorbeigehen, sie saß ja seit Wochen hier herum. Jetzt erledigt ihr das wohl für sie? Dachte ich mir. Ich hatte den Eindruck, sie bot immer das Falsche an. Dinge, die im Augenblick nicht so gefragt sind. Schätze, ihr habt bei der Auswahl ein glücklicheres Händchen. Würden die drei Apraksins die Gefälligkeit haben, die Narantschowa-Stücke zuallererst mir anzubieten?«

»Wir behalten uns eine Ablehnung vor«, sagte Polly geziert. Ossja und Fedja sahen Tambourer kampfbereit an, wie zwei gut dressierte Hunde, die nur auf den Befehl »Fass!« warten.

44. Kapitel

Der Club am Taganskij-Platz roch nach kaltem Zigarettenrauch. Nichts an diesem Ort erinnerte an das, was Polly unter »Theater« verstand. Ein paar junge Männer brüllten herum, saßen rittlings auf einer Logenbrüstung, seltsame Gebilde wurden an Stricken hochgehievt und wieder herabgelassen.

»Verschwinde, Mädchen«, wurde sie von hinten angefaucht, als zwei weitere junge Leute mit noch mehr seltsamen Gebilden auftauchten – auf Sperrholzrahmen gespannte Pappen in Form von Dreiecken und Trapezen.

»Ich muss zu Iduna Ljubimowa.«

»Die findest du hier nicht, die müsste im TEO sitzen.«

Eingeschüchtert drückte Polly sich an die Wand, um die Dreiecke und Trapeze vorbeizulassen. »Bitte, Genosse, ich weiß nicht was das ist – TEO.«

»Theaterabteilung des Volksbildungskommissariats«, wurde über die Schulter geschnarrt. »Steh nicht im Weg.«

Die Wochen auf der Sucharewka waren nicht spurlos an Polly vorübergegangen. Sie stemmte die Arme in die Seiten und keifte im Tonfall der Pikulina: »Jetzt hör mir mal zu, du Kulissenträger, ich bin nicht zu meinem Vergnügen hier! Ich hab was auszurichten. Es geht um die Kostüme zu ›Hasen aller Länder, vereinigt euch!‹. Also erklär mir gefälligst, wo ich dieses TEO finde.«

»Gegenüber vom Alexander-Garten, in so einem ehemaligen Palais.«

Polly hätte nicht erklären können, warum sie die Bekanntschaft zuerst allein machen wollte. Deshalb war ihr Entschluss heute gefallen, als Ossja und Fedja noch einmal zum Konservatorium gehen wollten. Offen hineingehen wollten sie, bei Tageslicht, und sich umgucken. Denn von Murawej gab es noch immer kein Lebenszeichen. Ossja war der festen Meinung, Murawej habe seit jener Nacht, die immerhin über zwei Monate zurücklag, das Haus nicht verlassen.

»Aber das würde bedeuten, er ist verhungert und erfroren«, wandte Fedja ein.

»Nicht unbedingt«, sagte Ossja rätselhaft. »Ich hab das Gefühl, er lebt. Notfalls hat er sich in ein Insekt verwandelt und ist in Winterstarre gefallen.«

Pollys Ausrede, dass sie ausgerechnet heute ein Geschäft abschließen wolle, an dem sie seit Tagen dran sei, wurde von Ossja und Fedja als Gefühllosigkeit ausgelegt. Was galt schon ein popliger Handel, wenn es um die Suche nach dem verschollenen Freund ging? Beleidigt machten sie sich ohne die Schwester auf den Weg.

Dabei war es noch nicht mal gelogen, dass Polly zufällig heute eins der »Narantschowa-Stücke« (wie Tambourer sich ausgedrückt hatte) sozusagen »zu Gold« gemacht hatte. Ein ganz und gar nutzloses Kunstblumenbukett loszuschlagen, war allein schon Leistung genug. Aber zu guter Letzt sogar ein seltenes Schnäppchen draus zu machen, dazu bedurfte es Glück und Talent und einer Unermüdlichkeit sondergleichen.

»Vielleicht bekommst du ja ein bisschen guten Tee dafür, Ippolita?«

»Echten Tee? Also wirklich, Niobe Tuwimowna! Wer den hat, gibt ihn garantiert nicht für die paar Röschen und Veilchen aus Wachspapier her«, hatte Polly ihr klar gemacht.

»Du kannst ruhig erwähnen, dass es sich um einen Kotillonstrauß handelt. Ich erhielt ihn auf dem Ball der Schönen Künste.«

Polly hatte nachsichtig gelächelt. Wenn schon – keinen einzigen Käufer würde das interessieren. Was war überhaupt Kotillon? War die alte Dame wieder einmal aufgeklärt worden, wie falsch ihre Wertevorstellungen von allen möglichen Dingen waren, wurde sie augenblicklich verzagt und demütig. »Sicher hast du Recht, Ippolita. Folge deinem praktischen Genie, ich vertraue dir.«

Das Ergebnis steckte nunmehr in Pollys Pilgertasche und würde am Abend stolz vorgezeigt werden: »Was ich wohl ha-ab! Ta-ta-ta-taaaa!« Sie konnte nicht genug bekommen an Beifall und Entzücken. Sie wollte umarmt und gelobt werden für ihre Mühe. Gelobt dafür, weil sie dieses langweilige Wachspapiersträußchen raffiniert aufgewertet hatte zu einem »nie verwelkenden letzten Gruß für das Grab Ihrer Lieben«. Binnen kurzem hatte sie eine Käuferin dafür gefunden gehabt. Und erst recht wollte Polly bewundert werden, wie sie jener abgefeimten Kalmückin ein Schnippchen geschlagen hatte, die ihr für das Grabstrauß-Geld angeblich »reinen unverfälschten Tee von weit her« andrehen wollte. Polly hatte verlangt, in die Blechdose hineinriechen zu wollen. Sie war mit dem angeleckten Zeigefinger reingefahren und hatte gekostet. Und hatte die Frau mit einem Blick vernichtet: klein geschnippeltes Heu. Nicht mit ihr!

Dann aber hatte sie alles – den gesamten Erlös für den Strauß – für ein einziges kleines Ding ausgegeben. Und wenn das nun bloß eine raffinierte Nachbildung aus Kerzenwachs war? Mit ein paar Tropfen Parfüm bespritzt? Der Händler hatte das plissierte Seidenpapier nicht abmachen wollen.

»Wo finde ich bitte Iduna Ljubimowa?«

»Im ersten Stock.«

Das hier war eine entschieden seriösere Umgebung als der »Club«. Wo immer man seine Nase vorsichtig hineinsteckte – riesige Räume, Schreibtische, Sessel, wallende rote Fahnen. Als Polly die dritte doppelflüglige Tür aufklinkte, war die laute, kehlige, ein bisschen ordinäre Stimme, die sie suchte, endlich unverkennbar.

»Ja, ich habe gesagt, dass wir Stücke für Kindertheater brauchen. Aber bei Ihnen, Genosse, schwimmt alles in … in Kunst.

Wer fragt heute noch nach Kunst? Molière – bah, Oscar Wilde – pfh, diese alten dekadenten Formen sind überlebt. Worauf es uns ankommt, ist Revolution. Und Poesie natürlich. Diskussionen statt Rollen, verstehen Sie?«

Ein finster aussehendes Männchen im viel zu dünnen Überzieher und Künstlerschal, einen Packen bräunlicher Blätter in der Hand, wandte sich brüsk zum Gehen.

Polly machte ein paar langsame Schritte auf den Schreibtisch zu.

»Was ist?« Das kleine Geschwür auf der Unterlippe war abgeheilt. Reste von Lippenstift blieben an einer weißen Tasse zurück. Die rundlichen Hände beschäftigten sich mit einem Hämmerchen und zerschlugen auf der Palisanderplatte des Schreibtischs ungeniert Haselnüsse. Ein Stück Schale sprang Polly an die Stirn.

»So red schon, Mädchen, verschwende nicht meine kostbare Zeit. Wer schickt dich? Willst du bei ›Hasen aller Länder‹ mitspielen? Es ist ohnehin zu spät, wir haben mehr als genug Kinder gefunden.«

»Mein Name ist Apraksina. Ippolita Apraksina.«

»Ja, und? Willst du eine Nuss? Nimm dir ruhig.« Durch das Kauen und Zermalmen der Nüsse bebten ihre leicht hängenden Wangen wieder wie neulich. Polly, selbst am meisten überrascht, brach in Tränen aus. Schniefend und weinend kramte sie in ihrem Pilgerbeutel und legte die gehütete Fotografie auf den Schreibtisch, mitten in die herumspritzenden Nussschalen.

»Kenn ich nicht. Wer ist das?« Kauend schob die Kommissarin für Zirkus und Kindertheater die Pappe mit dem Fingernagel etwas näher heran.

»Das sind Mama und Papa. Mama müssten Sie kennen.«

»Muss ich? Wenn ich mir all die Millionen Leute gemerkt hätte, denen ich je begegnet bin. Wie heißt deine Mama denn, Mädchen?«

»Auf dem Foto war sie noch Gilda Remisowa. Dann heiratete sie Arkadi Apraksin. Aber sie ist schon vor fünf Jahren gestorben.«

»Fotografien wie die kann man heute zu Dutzenden auf dem Markt kaufen. Du willst mir also weismachen, dass du Gildas Tochter bist. Und was würde dir das nützen?«

Polly bedauerte schon, dass sie überhaupt hergekommen war. Alle Rührung war verflogen. Widerwillig gab sie ein paar Auskünfte. Dass sie zu dritt seien. Und dass sie es vorgezogen hätten, zusammenzubleiben, statt sich auf staatliche Heime verteilen zu lassen. Bloß keine Bitte äußern, lieber wollte sie sich die Zunge abbeißen.

Die Ljubimowa hätte sie ruckzuck rauswerfen können. Oder die Verwandtschaft zum Teufel wünschen: »Bei mir gibt es keine Beziehungswirtschaft, das ist eine Sitte der morschen Bourgeoisie, die wir davongejagt haben.« Doch sie schien Pollys Auftauchen als eine Art Spiel zu betrachten. »Na schön, dann beweis mir mal unsere Verwandtschaft, indem du mir ein paar Details über mich mitteilst.«

Polly nahm sich einen Haselnusskern, zerbiss ihn genusssüchtig, ehe sie sagte: »Njanja hat behauptet, sie hätte Sie mal im Café chantant aufgesucht, und da hätten Sie in Unterwäsche auf dem Tisch getanzt.« So, dachte sie, jetzt hab ich's ihr gegeben. Gleich jagt sie mich auf den Korridor. »Und dass Sie Mama mal auf der Straße aufgelauert hätten und Sie haben sie angesprochen ...«

»Angepumpt hab ich sie. Sprich es ruhig aus, Mädchen. Ich mag kein Drumherum-Gesülze. Noch was auf Lager?«

»In Jalta gibt es jemanden, der wartet heute noch darauf, dass Sie ihm ein Künstlerplakat mit der Kurierpost schicken.« Polly machte eine effektvolle Pause. »Mitja Schiefauge. Er erzählte, dass Sie nach Moskau gegangen seien, damals. Und als ich dann auf der Sucharewka hörte, wie Sie mit Namen genannt wurden, erinnerte ich mich wieder daran.«

»Mitja …«, sagte die Volkskommissarin mit weicher, ja, zärtlicher Stimme. »Der alte Gauner lebt also noch. Und offenbar auf freiem Fuß. Aber wieso zum Teufel in Jalta? Hat er geheiratet, dieser verfluchte Ganove? Weißt du nicht. Ist ja auch egal, wen interessiert's.« Sie wollte alle Einzelheiten der Begegnung hören und klatschte vergnügt in die Hände. »Das ist mein Mitja, wie er leibt und lebt – Kindern die Schuhe abkaufen, sodass sie im Sommer barfuß gehen müssen. Skrupel haben ihn noch nie gestört.« Sie kicherte. Und sagte unvermittelt in sachlichem Ton: »Wie hieß eure Njanja?«

»Kolkjubakina, Agafja Kirillowna. Warum? Wollen Sie ihr schreiben? Ich weiß nicht, wo sie geblieben ist.«

»Schon gut, du hast bestanden – wie war noch dein Name? Poljenka. Was mach ich jetzt mit dir? Du brauchst eine Arbeitsbescheinigung, damit kannst du eine Lebensmittelkarte beanspruchen. Ich hab's! Du wirst für mich all diese Theaterstücke lesen und über jedes ein Gutachten schreiben. Du bist ab sofort Angestellte beim Kommissariat für Zirkus und Kindertheater. Lass dir das unten abstempeln.«

»Soll ich jetzt gleich anfangen, Iduna Dmitrjewna?«

»Sag Dunja, Mädchen; immerhin sind wir fast Verwandte. Setz dich da drüben ans Fenster.«

Sie drückte eine Klingel, und als eine weiß beschürzte Frau erschien, verlangte sie »zwei Gläser Tee mit Sacharin«.

Polly zog ihren Halbpelz aus, denn das Zimmer war ein bisschen geheizt. Sie quälte sich durch die ersten beiden Stücke, von denen sie vieles wegen der erwachsenen Krickelkrakel nur schlecht lesen konnte. Sie achtete nicht auf die Zeit, denn hier schien es keine Stromsperre zu geben. Ab und zu kamen Personen, die nach dem Verbleib ihrer »Stücke« fragten. Polly, die mit dem Rücken zur Tür saß, hörte nur, wie Dunja Dmitrjewna sie abwimmelte: »Meine Mitarbeiterin ist noch damit beschäftigt, alles zu prüfen. Kommen Sie in ein paar Tagen wieder.«

Als Polly zufällig zum Fenster sah, erschrak sie. Es war bereits stockfinster. Ob man hier womöglich Tag und Nacht arbeitete? Ossja und Fedja und die alte Dame hatten keine Ahnung, wo sie war. Jetzt war sicher auch niemand mehr »unten«, um ihr die kostbare Arbeitsbescheinigung zu stempeln.

»Dunja Dmitrjewna, wie lange arbeiten wir? Hier ist nirgends eine Uhr.«

»Oh, manchmal mache ich die Nacht durch«, war die gleichmütige Antwort. »Gut, dass du mich erinnerst, ich sollte noch mal in den Club. Nachsehen, wie weit die von ›Proletkult‹ mit den Bühnenbildern sind. Von mir aus kannst du hier übernachten; nebenan ist ein Sofa. Wie weit bist du?«

Polly musste gestehen, dass sie erst zwei Stücke geschafft hatte. »Gedrucktes kann ich sehr schnell lesen, aber das hier …«

»Und? Was für uns dabei?«

Polly zuckte die Achseln. »Ich find's ziemlich langweilig. Nichts für Kinder. Es wird immerzu nur diskutiert und überzeugt. Es gibt gar keine interessanten Personen in den Stücken.« Heiß fiel ihr ein, dass es gerade das war, was Dunja Dmitrjewna haben wollte. Ihr war außerdem fast schlecht vor Hunger. Verstohlen suchte sie unter den Nussschalen auf dem Schreibtisch ihrer Vorgesetzten nach übersehenen Kernen. »Darf ich jetzt nach Hause gehen?«

Sie wollte warten, ob Dunja Dmitrjewna wieder in den Schlitten mit dem Kamel einstiege. Aber offensichtlich gab es in der Limousine, die gerade jemanden aus dem Gebäude abholte, einen Platz für sie. Polly bekam ein gnädiges Winken.

Seit der Nacht ihrer Ankunft in Moskau war sie nie wieder in der völligen Dunkelheit der lichtlosen Straßen draußen gewesen. Immer waren sie nach Einbruch der Dämmerung zu einem Ort heimgekehrt, an den sie gehörten.

Es peitschte ein eisiger Wind, der in jede unbedeckte Stelle biss. Außerdem war alles steinhart gefroren. Polly rutschte und torkelte und zerrte mit einer Hand den Kopftuchzipfel vor Mund und Nase. Vielleicht war es doch noch nicht mitten in der Nacht, denn auf der Twerskaja war noch Betrieb. Beladene Schlitten wurden gezogen, Leute gingen vorgebeugt, mit eingezogenen Köpfen, jeder schleppte irgendetwas, alle tippelten vorsichtig oder schlitterten, wenn sie jünger waren.

Polly eilte über die Straße und glitt aus. Sie stürzte auf etwas Hartes und spürte, wie ihr Knie wie von einem Messer geschnitten wurde. Vor Schreck und vor Schmerz blieb sie erst einmal liegen. Keiner hielt an, um ihr aufzuhelfen. Ob die Leute etwa dachten, das sei ein Trick, um im Dunkeln jemandem die Taschen auszuräumen, während er sich zu ihr niederbeugte? Polly zählte die Vorübergehenden. Nach dem dreißigsten rappelte sie sich auf, ächzend und vor sich hin flennend. Nässe und Eis waren durch Rock und Strümpfe gegangen. Oder war es vielleicht Blut? Als sie sich humpelnd fortbewegte, konnte sie eine strahlend erleuchtete Fassade sehen – die Fenster zur Glinnaja hin, über dem Alexander-Garten. Dort saß allnächtlich das Exekutivkomitee beisammen. Die Tscheka. Die kannten keine Stromsperre.

Erst als sie an eins der Straßenfeuer gelangt war, bestätigte sich ihr Verdacht: tatsächlich Blut. Und der teure Strumpf der Pikulina – kaputt. Als sie die Treppe hinaufhinkte, nach Stunden, wie ihr schien, war das Knie so gut wie steif. Ihr schleppender Schritt lockte das »wiehernde Pferd« heraus: »Wir kommen aber spät heim, ei, ei. Bosche moi, wie siehst du denn aus!«

»Ich habe Arbeit gefunden und musste gleich anfangen«, sagte Polly. »Draußen ist Glatteis.« Eigentlich ging das die Neugierige einen feuchten Kehricht an. Aber der Stolz auf ihre neue Würde überwog die Abneigung. »Könnten Sie bitte in der Küche einen Topf Wasser aufsetzen, ich muss die Wunde auswaschen.«

Man musste dem wiehernden Pferd zugute halten, dass es von

Anfang an den Kindern geholfen hatte, als es galt, in der Gemeinschaftsküche den Petroleumkocher der alten Dame zurückzuerobern. Denn der war durch Gewohnheitsrecht längst von anderen beansprucht worden, die ihn nun nicht mehr hergeben wollten: »Wieso … hat ihn monatelang nie benutzt, jetzt fällt's ihr ein. Da könnte ja jeder kommen.«

»Was für Wasser?«, witzelte das wiehernde Pferd. »Hast du etwa welches geholt, an der Zapfstelle, und es hier hochgeschleppt?«

Polly sah sie mit leerem Blick an. Das vermaledeite Wasser lief also immer noch nicht wieder. Sie wankte in das Zimmer, das jedoch im Dunkeln lag. Die alte Dame und die Jungen schienen sich zu dritt in dem winzigen Bad aufzuhalten. Denn aus der nicht ganz geschlossenen Tür fiel ein goldener Lichtstreif.

Polly warf sich in den Lehnsessel der alten Dame. Der »Kaffernkral«, die runde Stuhlbastion, ihr Schlafzimmer, war bereits aufgestellt worden. Was machten die drei da drüben? Ossja quietschte, Niobe Tuwimowna redete eifrig und heiter, Fedja keckerte. Wieso ging es denen da drinnen so gut? Was trieben sie da?

Sie fühlte sich schmählich vernachlässigt. Irgendjemand hätte etwas für sie tun sollen. Ihr über den Kopf streicheln. Oder die Wange streicheln. Oder ihr etwas vorsingen, um ihre Seele zu beschwichtigen. Irgendjemand hätte ihr etwas zu trinken geben sollen. Und etwas zu essen anbieten. Etwas, das vorher eigens für sie zubereitet worden war – zerschnitten für sie, bestrichen für sie, belegt nur für sie. Sie flennte ein bisschen.

Irgendwann aber siegte die Neugier über das Selbstmitleid und Polly hinkte zu der angelehnten Tür. Eine merkwürdige Wärme schien durch den Türspalt zu strömen. Von der Zentralheizung jedenfalls kam sie nicht, das stand fest. Was sie erspähte: Ossja und Fedja, ohne Mäntel und ohne ihre zu eng gewordenen Gymnasiumsuniformen! Sie hockten im Unterzeug in der leeren Badewanne, einander gegenüber. Zwischen sich hatten sie das chinesische Lacktablett der alten Dame gelegt. Und Niobe Tuwimowna thronte auf dem Deckel des Klosetts, ebenfalls ohne Mantel und ohne ihre Dschellaba.

Die drei spielten Karten. Sie hatten den kleinen Badeofen mit Holzspänen angeheizt – die Ursache der wundervollen molligen Wärme. Einer Wärme wie im Hochsommer in den hölzernen Gartenhäuschen, wenn den ganzen Tag die Sonne drauf geschienen hatte.

Fedja erblickte sie als Erster. Er pufft Ossja, der sich umdrehte. »Was ist denn mit deinem Knie passiert?«

»Oh, Ippolita, Kind, wir haben uns solche Sorgen gemacht.« Die alte Dame bot ihr den Platz auf dem Klosettdeckel an. »Wo bist du nur gewesen? Wir haben uns alles Mögliche vorgestellt. Und hätte der liebe Ossip uns nicht mit seiner gloriosen Idee abgelenkt – es wäre nicht auszuhalten gewesen.«

»Ja, ich könnte mich selbst ohrfeigen, dass mir das nicht schon viel früher eingefallen ist«, sagte Ossja. »Ich hatte irgendwie gedacht, dieser Badeofen wäre wie die Zentralheizung.«

»Wo habt ihr das Holz her?«

»Ich habe eine meiner Ikonen geopfert«, antwortete die alte Dame wie ein ertapptes Kind. »Die mit der Dreifaltigkeit. Ist es nicht paradiesisch? Ich glaube, ich werde heute in der Wanne schlafen. Aber jetzt sollten wir erst mal den blutigen Strumpf von der Wunde abweichen.«

»Hier ist ein bisschen Wasser«, sagte eine Stimme vom Türspalt her. Das wiehernde Pferd. Falls sie geklopft hatte, dann jedenfalls sehr leise. Wie lange mochte sie schon im dunklen Zimmer gestanden und gehorcht haben? Sie hielt eine Tasse hoch – ihr Alibi. Ihr schien die Wärme ebenfalls zuzusagen, denn sie blieb und kümmerte sich um Pollys Knie. Sie scheuchte die alte Dame nach einem sauberen Taschentuch zum Verbinden, drehte die Petroleumlampe heller und nahm mit ihrem breiten Gesäß so viel Raum ein, dass die alte Dame in der Tür stehen bleiben musste.

»Narantschowa, raus oder rein! Sonst flieht die ganze Wärme nach draußen.«

Schüchtern holte sich die alte Dame ihr Klappstühlchen, mit dem sie sonst auf der Sucharewka gesessen hatte.

»Und? Habt ihr Murawej gefunden?«, wollte Polly wissen.

Die Brüder lachten und nickten. »Er hat sich bei denen vom Schriftstellerladen eingeschmeichelt. Geht für sie einholen, stellt sich für sie an, und seit sie eine Burschujka organisiert haben, macht er ihnen auch das Feuer, früh, eine Stunde, ehe sie kommen. Die haben jede Menge Berechtigungsscheine, diese Dichter. Schlafen tut er unterm Ladentisch, sie haben's ihm erlaubt, und er frisst ihnen aus der Hand. Wo warst *du* eigentlich?«

Polly hielt ihren Bericht so knapp wie möglich. Das Bedürfnis, die Bekanntschaft mit Mamas Halbschwester lieber für sich zu behalten, war stärker denn je.

»Bist du mit ihr im Schlitten gefahren? Mit dem Kamel?« Das war das Einzige, was die Jungen interessierte. Da Polly weder dieses Privileg genossen hatte noch mit Essen bewirtet worden war, nur das Geschreibsel fremder Leute hatte lesen müssen, auch nicht in den Zirkus eingeladen worden war, verlor die Volkskommissarin als Tante sichtlich an Attraktivität.

Nicht jedoch für das wiehernde Pferd. Sie meinte, mit einer Verwandten in solcher Position könne man es »allen da drüben zeigen« (womit sie sämtliche anderen Mitbewohner der Kommunalka meinte). »Das müssen wir ausnützen, Kinder.«

Es war ziemlich schwierig, sie endlich loszuwerden. Keiner aus ihrer eigenen Familie kam, um zu sehen, wo sie bliebe. Die alte Dame behandelte sie schließlich wie Luft. »Kinder, helft ihr mir bitte, ein paar Bettstücke in die Wanne zu bugsieren?«

Diese Nacht schliefen sie zu dritt im Bett der alten Dame, denn diese hatte keinen Ulk gemacht, als sie ihr Eisbärenfell in die Badewanne tragen ließ.

45. Kapitel

Kein Gedanke daran, mit dem steifen, verletzten Knie die Treppe hinunter zu steigen. Und auf den noch immer glatt gefrorenen Straßen bis zur TEO zu laufen. Polly sah es zähneknirschend ein. Sie musste die Brüder beauftragen, die Ljubimowa aufzusuchen und sie zu entschuldigen.

Das erste Mal, dass sie etwas für sich, für sich allein gehabt hatte. Etwas, das nicht zugleich auch »Eigentum« von Ossja und Fedja war. Einen halben Tag hatte es gedauert, dieses Privatleben. Sie wusste, dass es kindisch war, auf den eigenen Bruder eifersüchtig zu sein, aber sie hatte so eine dumme Vorahnung, dass Ossja wieder einmal kommen, sehen und siegen würde. Und es war nicht ausgeschlossen, dass er etwas mitgehen ließ aus dem Palais. Das letzte halbe Jahr hatte ihn ziemlich verändert. Dann würde man sie mit Schimpf und Schande hinauswerfen.

Eben stopfte er sich Stickgarnreste der alten Dame in die empfindlichen Ohren und erkundigte sich von Trödler zu Trödler: »Du wolltest doch diese künstlichen Blumen verhökern, deswegen bist du ja nicht mitgekommen. Und? Was hast du dafür rausgeschlagen?«

Das hatte sie ganz vergessen. »In meinem Beutel. Fass mal rein.«

Ossjas Hand kam leer wieder raus. »Das Verlobungsfoto und unsere Holzfigürchen und ein Buch und unsere Bestecke. Mehr ist da nicht.«

Polly stürzte fast, so eilig humpelte sie zum Garderobenständer an der Tür. Ossja hatte nicht gelogen. In blindem Schrecken, ohne nachzudenken, schrie Polly: »Ich will deine Taschen kontrollieren. Du hast es in der hohlen Hand gehalten, der alte Trick von Kolokol!«

Ossja wurde weiß im Gesicht. Wie ein kleines Kind, das von

einer hysterischen Person eine Ohrfeige erhalten hat. Fedja schien in Starre verfallen.

Die alte Dame sagte: »Unter Geschwistern vertraut man sich. Etwas anderes wäre degoutant, Ippolita!«

Polly hätte alles dafür gegeben, ihre Worte zurücknehmen zu können.

»Es könnte dir in dem Zimmer bei dieser TEO rausgefallen sein«, begann Fedja aufzulisten. »Haben die dort Teppiche?«

Polly nickte verzweifelt.

»Dann hast du es vielleicht nicht gehört. Zweitens kannst du es verloren haben, als du nachts auf der Straße hingekracht bist. Es kann auf dem Eis ziemlich weit weg geflutscht sein.«

Polly nickte immer noch. Ja, ja, alles möglich. Reuevoll umarmte sie Ossja. »Verzeihung. Es war nur in der ersten Wut. Bitte, sei wieder gut.«

Ossjas Gesicht blieb unbewegt und kalt. »Was war's denn Großartiges?«, fragte er schließlich; es klang höhnisch.

Polly suchte den Blick von Niobe Tuwimowna. »Ein Stück Vorkriegsseife. ›Fleurs des Lilas‹ stand drauf. Plissiertes Seidenpapier. Aber ich durfte es nicht abmachen, um zu riechen, ob es auch kein Schmu wäre.«

»Oh, das wäre herrlich gewesen, mein Kind. Endlich sich mal wieder mit Seife waschen. Und mit Fliederduft! Aber nun ja … tout est dit.«

Die alte Dame war nicht nachtragend; Polly fiel ein Stein vom Herzen. Übel nehmen war vermutlich ebenso degoutant wie einander zu misstrauen. Sie erbot sich sogar, Polly den Strumpf, falls das Blut irgendwann mal ausgewaschen werden könne, mit den Resten ihres Stickgarns zu stopfen.

»Mit dem Haushalt stehe ich auf Kriegsfuß. Aber dekorative Handarbeiten hab ich früher gerne gemacht. – Glaubst du, wir können es heute Abend wieder etwas warm haben? Oder meinst du, dass es Sünde ist, einen Badeofen mit geweihten Ikonen zu heizen?«

Polly dachte nach und kam zu dem Schluss: »Ich kann mir nicht vorstellen, dass Gott so kleinlich ist. Die Heiligen vielleicht, weil sie früher mal Menschen waren. Aber die sind ja zum Glück nicht maßgebend.«

Ihr Gespräch wurde immer tiefsinniger und philosophischer. Polly fragte: »Wie ist das, wenn man alt ist, Niobe Tuwimowna? Was fürchten Sie am meisten? Das Frieren? Oder das Hungern? Oder dass die Tscheka Sie abholen könnte und wochenlang einsperren und vielleicht foltern? Oder dass Sie Typhus bekommen und dann im Spital auf der Treppe liegen, ohne Zudecke und ohne dass Ihnen einer Wasser bringt?«

Die alte Dame sah gedankenverloren aus dem Fenster. Ein Schwarm Dohlen ging krächzend auf den benachbarten Dächern nieder. »Nein, mein Kind, am meisten fürchte ich die Gleichgültigkeit. Nicht die von anderen Menschen, nein, vor allem meine eigene. Gefühle empfinden, Freude haben an der Kunst – das eines Tages zu verlieren, davor fürchte ich mich. Stumpfsinn ist das Ende.«

Die Brüder brachten am späten Nachmittag frischen Schneeduft ins Zimmer. Und noch eine Menge mehr: Ljoschkas Suppe in einer praktischen Deckelkanne. Ein kleines Beil. Eine zweite Deckelkanne, darin Wasser von der Zapfstelle. Kaum hatten sie alles abgestellt, flitzten sie zum Treppenhaus und zerrten ein ziemlich großes Stück Paneel – Holzverkleidung – ins Zimmer, aus einem eben zum Abriss freigegebenen Haus.

»Wie habt ihr das nur alles tragen können?«

Sie hatten einen Schlitten, der unbewacht vor dem Abbruchhaus gestanden hatte, einfach beladen. Und mitgenommen. Sein Eigentümer war wohl ebenfalls auf illegales Holz aus gewesen.

»Es hing ein Glöckchen dran, das hätte uns fast verraten. Wir mussten es abreißen«, berichtete Ossja lachend. Dann begegnete er Pollys Blick und kniff die Lippen zusammen. »Weißt du übrigens, wer deine dämliche Seife hat? Sie! Die Ljubimowa. Aber natürlich ist ihr nicht der Gedanke gekommen, dass *du* sie verloren hast. Sie redete mit jemandem, als wir eintraten. Und sie erzählte ihm gerade, dass man sie mit allem möglichen bestechen will, damit sie dekadente und ideologisch falsche Stücke annimmt. Gestern zum Beispiel hätte ihr jemand heimlich sogar echte Fliederseife zugesteckt.«

»Von wegen zugesteckt!« Polly protestierte.

Dann – jetzt erzählte Fedja weiter – hatte sie die »Neffen« ohne jede Rührung gemustert. Ossja hatte Baschlyk und Schülermütze absetzen müssen. »Sie ließ ihn ins Nebenzimmer gehen und er sollte aus der Tür stürzen und irgendwas rufen.«

Ossja brüllte: »Freunde, Brüder, Hasen aller Länder! Vergessen wollen wir die üble Herrschaft der tückischen Kaninchen, nicht sie nachahmen! Vereinigen wir uns!«

»Genau. Und dann hat sie angeordnet, Ossja soll in ›Hasen aller Länder, vereinigt euch!‹ den Freund des Hasenanführers spielen. Der jetzige wäre ein Protektionskind und hätte nicht für drei Kopeken Temperament.«

»Und? Machst du's?« Polly sah den Bruder mit brennender Eifersucht an.

Der zuckte gleichmütig die Achseln. »Mal sehen. Vielleicht, wenn nicht was Dringenderes dazwischenkommt. Die Proben gehen erst nächste Woche los. Eigentlich finde ich's langweilig, bei jedem Auftritt immerzu denselben Text aufzusagen. Lieber mach ich mir ab und zu 'ne neue Tschastuschka.«

Fedja zerspaltete das Holz. Zu viert saßen sie höchst leger und behaglich wieder im Bad. Sie trockneten Pollys Strümpfe, tranken abgekochtes Wasser und lernten von Niobe Tuwimowna Canasta spielen.

»Na, wie geht's der Verletzten?« Das wiehernde Pferd schon wieder. Sie schien es zu riechen, wenn das kleine Bad beheizt wurde. Sie hinderte alle am Weiterspielen und ließ sich nicht von einsilbigen Bemerkungen beirren: »Nein, nein«, »ach was«, »tatsächlich?« oder bloß »Mhm«. Sie balancierte ihr umfangreiches Gesäß auf dem Badewannenrand und war so lästig wie eine Schmeißfliege.

Sie habe heute Mittag Besuch gehabt, raunte sie und blickte sich um, als gebe es im dunklen Zimmer nebenan noch andere Horcher.

»Wenn das nicht welche von der Tscheka waren, lass ich mich hängen. Aalglatt, freundlich, höflich erkundigten sie sich nach euch« (sie sah die drei Apraksins bedeutungsvoll an), »und dann auch nach dir, Narantschowa. Gesellschaftliche Herkunft, soziale Eingliederung, all so was. Ich sagte, sie sollen euch am besten selber fragen, ihr wärt zu Hause. Nein. Lehnten sie ab. Na, ich hab plädiert wie'n Justizminister: dass du, Narantschowa, in deiner ehemaligen Wohnung dich auf ein Zimmer beschränkst, dass du außerdem noch drei Waisen aufgenommen hast und sie vor der Straße bewahrst. Und zuletzt hab ich die Tante Kommissarin losgelassen. Für Zirkus und Kindertheater, hab ich gesagt. Da haben sie den Schwanz eingezogen und sind verduftet.«

Dank und Beifall heischend, sah sie von einem zum anderen.

»Das haben wir garantiert wieder Tambourer zu verdanken«, sagte Polly.

»Ich meine, ich hätte ja sonst was erzählen können, nicht wahr«, sagte das wiehernde Pferd. In einem Tonfall, der durchblicken ließ: ihr undankbare Brut!

Würden sie sie jetzt jeden Abend auf dem Halse haben? Solange sie Holz hatten, um den Badeofen anzufeuern, mit Sicherheit.

Es schneite fröhliche dicke Flocken, der strenge Frost ließ etwas nach. Vorübergehend lief das Wasser wieder. Gebadet, wenn auch ohne Seife, mit einem von der alten Dame kunstvoll gestopften

Strumpf stellte sich Polly wieder in der TEO ein. Diesmal hatte Dunja Ljubimowa keine Haselnüsse, sondern getrocknete Apfelringe auf dem Schreibtisch liegen.

»Besorgt man mir vom Dorf«, sagte sie, »nimm dir ruhig davon.« Polly hatte erst ein Theaterstück durchgeackert, als die Ljubimowa Besuch von einer älteren Frau erhielt, begleitet von einem älteren Mann. Beide trugen verhüllte Pakete. Polly spähte neugierig hinüber, als die Ljubimowa diese aufriß; das Blau kannte sie. Es hatte auf Tambourers Bügelbrett gelegen.

»Packt alles wieder ein, wir nehmen es mit. Die Kinder versammeln sich gleich zur ersten Stellprobe drüben im Club. Wird dein Bruder daran denken?«, wandte sie sich unvermittelt an Polly.

Die zuckte die Schultern.

»Dann komm du mit. Du wirst dir alles ansehen und anhören. Und paukst ihm dann zu Hause seinen Text ein, falls er den Termin vergessen hat.«

Der Weg war nicht allzu weit, dennoch ließ die Kommissarin das Kamel vor den Schlitten spannen. Die beiden Schneider durften sich neben sie quetschen, ihre Arbeit auf dem Schoß. Polly musste sich hinten auf den kleinen Tritt stellen. Man flog dahin wie im Märchen. Wie immer erregten sie Aufsehen.

Wer mich später zufällig wiedersieht, dachte Polly, wird mich erkennen und sich sagen: Die hat doch hinten auf dem Kamelschlitten gestanden! Wer mag das sein?

Der Club am Taganskij-Platz, das wusste sie inzwischen von der alten Dame, war vor der Revolution das berüchtigte Café chantant »Aumont« gewesen. Auf der Bühne »muss es zugegangen sein wie im Moulin Rouge«; Einzelheiten wollte Niobe Tuwimowna nicht erzählen. Ihr Bruder sei einige Male dort gewesen, mit Freunden. »Als Dame konnte man da nicht hingehen.«

»Das wäre sicher degoutant gewesen«, ergänzte Polly, die das neue Wort liebte.

Die grellfarbigen Kulissen der ›Proletkult‹-Leute, die Trapeze und Dreiecke, boten vom Zuschauerraum aus den Anblick einer verrückten Welt. Eine Burg oder ein Schloss? Oder nur symbolische Wälle? Wälder vielleicht?

Die Kinder waren alle in Begleitung – Mütter oder Großmütter zumeist. Ein Mann mit welligen Haaren, die ihm fortwährend in die Stirn fielen, machte gerade etwas vor. Die Kinder lauschten und lachten. Niemand schenkte Polly auch nur den kleinsten Blick. Trotzig band sie das Kopftuch ab und schüttelte die Haare, die seit Ewigkeiten nicht mehr geschnitten worden waren und jetzt auf die Schultern stießen.

Der Mann war der Regisseur Nikon Adamytsch Uchtomski, bekam sie mit. Er hatte einen Skipullover mit Rollkragen an und einen Sakko, der nicht für ihn gemacht war. Außerdem trug er Matrosenhosen, deren Weite um seine Fußknöchel wogte. Er schien nicht im Mindesten missgestimmt zu sein, dass er statt Shakespeares »Sommernachtstraum« oder Tschechows »Möwe« vielmehr »Hasen aller Länder, vereinigt euch!« inszenieren musste. Seine Schneidezähne standen auf diabolische Art leicht schief.

»Ich bitte die Kostüme anzuprobieren«, rief die Ljubimowa etwas ungeduldig, als Uchtomski nicht gleich seine Erläuterungen und Anweisungen unterbrach. »Die Schneider müssen sehen, ob die Sachen noch geändert werden müssen oder nicht. Die Hasen nehmen die mit roter Kokarde, die Kaninchen die mit weißer. In der früheren Damengarderobe sind Spiegel.«

Polly beteiligte sich nicht an dem gierigen Grapschen. Sie kam sich überflüssig vor. Mehr noch: unsichtbar.

»Gib mir das mal, Junge.« Die Kommissarin rupfte einem weißblonden, etwas schläfrig wirkenden »Hasen« den blauen Stoff aus den Händen. »*Sie* wird sich das Kostüm nehmen«, befahl sie und wies auf Polly.

Jetzt wandten ihr alle die Gesichter zu. In den Mienen der Kinder wie der Mütter und Großmütter konnte Polly Neugier,

Misstrauen und Futterneid lesen. Auch Uchtomski, der Regisseur, war befremdet.

»Das wird sich doch nicht zur Gewohnheit auswachsen, meine Liebe, dass Sie mir die Akteure beständig auswechseln? Und mit welcher Begründung, wenn ich fragen darf?«

»Sie ist nur für ihren Bruder da, lernt für ihn Regieanweisungen und Text, bis er selber auftaucht«, sagte die Kommissarin. »Davon abgesehen, werde ich eingreifen, wann immer ich es für notwendig halte, Nikon Adamytsch. Die Rolle des Freundes des Hasenanführers verlangt Dynamik und blitzende Augen. Er ist sozusagen der Steigbügelhalter der Revolution, vergessen Sie das nicht. Ich habe mir deshalb erlaubt, ein Naturtalent von der Straße weg zu engagieren. Poljenka hier vertritt ihn solange.«

Als Polly in der Damengarderobe ihren speckigen Halbpelz, Lamakinas Rock und die Strickjacke von Bljumental auszog, hörte sie mutwilliges Gekicher. Sie stand jetzt in ihren drei Garnituren Unterwäsche da, die sie seit Wochen übereinander trug. Alles war zerlöchert und nun ja … es war seit dem Herbst nicht gewaschen worden. Die von der alten Dame gestopfte Strumpfstelle zeigte ein auffälliges Stück blau-gelb-grüner Stickerei.

Ein Mädchen mit seidig schimmerndem Zopf und weißer Schmetterlingsschleife machte sich ungeniert lustig. Jetzt kicherten noch andere. Auch die Jungen (die sich hinter einem Paravent umkleiden mussten) spähten herüber.

»Hat zufällig jemand etwas Parfüm dabei?«, flötete das Mädchen. »Es riecht hier auf einmal so nach fauligen Kartoffeln. Und nach Schwefelwasserstoff. Ich glaube, mir wird gleich übel. Sie sollte das Kostüm kennzeichnen, damit beim nächsten Mal nicht aus Versehen einer von uns es erwischt. Es könnte drin krabbeln. Ihr versteht, was ich meine?«

Polly spürte, wie ihr das Blut ins Gesicht stieg. Sie hatte längere Zeit nicht mehr kontrolliert, ob ihre Kleidung und die der Jungen »bewohnt« war. In einer sehr kalten Nacht hatten sie alles außen am Fenster befestigt und gehofft – das war Ossjas Idee gewesen –, dass die Läuse am Morgen erfroren wären.

Das Schneiderpärchen verständigte sich in einer unverständlichen zischenden Sprache. Bei Polly musste nichts geändert werden. »Aber mein Bruder ist ein Stück kleiner als ich«, bemerkte sie. »Bei ihm wird der Anzug schlottern.«

Niemanden schien das zu kümmern.

Polly behielt ihren Text, die Rolle des »Freundes«, schon nach dem ersten Vorlesen des gesamten Stücks. Sie hatte diese Fähigkeit ganz vergessen. Früher brauchte sie etwas nur zweimal zu lesen – und schon saß es in ihrem Kopf fest. Freilich vergaß sie es auch genauso leicht wieder.

Der Junge, der den Anführerhasen spielte, hieß Dima Surokin. Polly fand ihn ungemein talentiert. Er erfasste alles, was der Regisseur sagte, wie im Fluge und war mit großer Leidenschaftlichkeit bei der Sache. Die Anführerin der Kaninchen war das Mädchen mit dem seidigen Zopf, die sich so vor Pollys Unterwäsche geekelt hatte: Orina Sagatullina. Was ihr vielleicht an Talent fehlte, machte sie mit Ehrgeiz wett. Die wäre bereit zu morden, wenn Dunja Dmitrjewna ihr aus irgendwelchen Gründen die Rolle wegnimmt, dachte Polly.

Ihr kam der Gedanke, dass sie keine richtige beste Freundin mehr gehabt hatte, seit Tata Khutumian mit ihren Eltern emigriert war. Die Oserskaja, das »Gespenst«, zählte nicht wirklich als Freundin.

»Ossja, Fedja …«, begann Polly am Abend, »da ist was, das ich dringend brauche. Saubere Unterwäsche.«

Sie hielten sich wieder alle vier im knallig warmen Klostübchen auf; die letzten Trümmer der Holzverkleidung loderten im Badeofen. Das wiehernde Pferd war zum Glück noch nicht da.

»Möchtest du zu einem Arzt, Ippolita?«, erkundigte sich die alte Dame beiläufig, ganz auf ihre Karten konzentriert.

»Du hast vergessen, den roten Dreier auszulegen«, rief Ossja, der über Pollys Schulter gelinst hatte. »Das macht 500 Minuspunkte! Stimmt's, Niobe Tuwimowna? Du musst ihn offen hinlegen und eine Ersatzkarte vom Haufen nehmen.«

Polly schilderte die Situation vom Vormittag. Die Brüder warfen flüchtige Blicke auf Pollys Hemden und Hosen. Fadenscheinig, ausgefranst, voller Risse und von graugelber Tönung. Eben wie immer. Was sollte damit nicht stimmen? Ihre eigene Wäsche sah noch wesentlich bedenklicher aus.

»Ich hasse es, wenn sich diese eingebildeten Moskauer Gänse über mich lustig machen und denken, man hätte mich gerade erst mit der Wurzel aus der Erde rausgezogen wie eine Rübe.« Polly ließ nicht locker. »Wozu haben wir kiloweise von ›dem da‹? Reißen wir's an, Jungs. Vielleicht kann mir die Pikulina was besorgen, für Mehl lässt die ihr Leben, da wette ich.«

»Wenn denen deine Unterwäsche wichtiger ist, als wie du deine Rolle spielst, dann schmeiß ihnen den Krempel vor die Füße«, schlug Ossja vor. »Sollen sie sich gefälligst einen anderen Hasen suchen für ihr dämliches Stück.«

»Genau das will ich ja vermeiden«, schrie Polly. »Versteht ihr nicht? Ich *will* um jeden Preis dabeibleiben. Aber ohne mich zu blamieren.«

»Sag's ihr.« Ossja sah Fedja aufmunternd an.

»Es ist so, Poljenka«, begann Fedja verlegen, »dass von ›dem da‹ kaum noch was übrig ist. Klar, wir haben immer davon geredet, es nur für etwas einmalig Wichtiges auszugeben. Zum Beispiel für Schuhe, damit wir nicht wie Besprisornye herumlaufen müssen. Aber da waren die zwei Kannen und das Beil, das Beil hat das meiste davon verschlungen. Ohne es hätten wir das Holz nicht klein gekriegt. Und dann waren da noch neue Strümpfe, weil wir doch alle Löcher drin hatten wegen der lang gewachsenen Zehennägel. Und das Backblech für das Lagerfeuer mit Murawej, am letzten Abend! Das gab's auch nur gegen ›das da‹.

Wenn ich schon dabei bin: Als du wegen deines Knies zu Hause geblieben bist, haben wir jeden Tag von den kleinen Kartoffelkuchen mitgebracht. Alles in allem sind kaum noch drei Konservendosen voll in jedem Tornister.«

»Es gehörte mir genauso wie euch«, keifte Polly, »aber ihr habt mich nie gefragt, ob ich einverstanden bin, es für allen möglichen Tinnef auszugeben.«

»Dieser ›Tinnef‹, wie du es zu nennen beliebst, Ippolita, setzte sich zusammen aus Dingen, die unserem gemeinsamen Haushalt dienten.« Die alte Dame kam im Morgenrock aus dem kalten großen Zimmer zurück. »Du bist ungerecht deinen Brüdern gegenüber.« Sie hatte etwas über dem Arm hängen. Weiße Batistunterhosen, weiße Hemden mit durchbrochener Spitzenkante am Ausschnitt, halbe Unterröcke mit Schnürband in der Taille. »Nimm, was du davon haben möchtest.«

Polly wollte eigentlich nichts davon haben. Diese altmodischen überladenen Miederteile! Diese Unterhosen mit Beinen bis an die Kniekehlen!

»Das ist viel zu groß für mich«, sagte sie schlecht gelaunt. »Und wenn ich jemanden wüsste, der das ändert, müsste ich ihn bezahlen.«

Die alte Dame legte stumm eins jener Seidenkleider dazu, die sie auf der Sucharewka jetzt im Winter nicht losgeworden war.

»Da musst du aber erst noch reinwachsen«, bemerkte das wiehernde Pferd. Sie klopfte jetzt nicht mal mehr an. »Oben rum geht's schon los. Wie alt bist du?«

Polly hatte Lust, sie den Tod der bösen Stiefmutter sterben zu lassen: nackt in ein nagelgespicktes Fass und dann eine steile Straße runterrollen.

Die Adresse des Schneiderpaares, zwei Letten, bekam sie von der Ljubimowa. »Sag ihnen, dass ich dich schicke. Hui – was haben wir denn da noch mitgebracht?« Sie lief mit dem Seidenkleid durch mehrere Räume, bis sie einen Spiegel fand. »Das ist zu schade für dich. Das behält die gute Tante Dunja lieber selbst. Hier, steck das ein.« Sie nahm ein paar Rubelscheine aus ihrer Manteltasche. Handtasche besaß sie nicht; das war wohl zu »burschuj«.

Uchtomski, der Regisseur, war sehr mit Pollys Auffassung ihrer Rolle, des Freundes des Hasenanführers, zufrieden. Sie merkte selbst, dass sie nie an das Publikum dachte, wenn sie auf den Proben »alles gab«. Sie spielte eigentlich nur für Nikon Adamytsch.

»Jaaa, jetzt gibst du alles«, war sein Lob, das sie immer wieder hören wollte.

»Nein, du gibst nicht alles. Du musst perfide sein, nicht dümmlich. Der Sieg über die Kaninchen darf nicht wie eine leichte Sache aussehen.« An Orina Sagatullina hatte Uchtomski meistens etwas auszusetzen.

Sie hatte Pollys neue Unterwäsche mit keiner Silbe zur Kenntnis genommen. Jetzt war Pollys Haar die Zielscheibe ihrer Spöttelei. »Falls die Apraksina uns demnächst mal Bouillon anbietet, seid vorsichtig, Denn dann hat sie sicher ihre Haare ausgekocht.« Oder: »Die Kappe mit den Fettflecken ist eindeutig die von der Apraksina. Merkst du nicht, wie ranzig dein Kopf mittlerweile riecht?«

Auch Dima Surokin hatte sie angesprochen. »Sag mal, Apraksina, gibt es diesen mysteriösen Bruder von dir, dieses ›Naturtalent‹, wirklich? Oder war das nur eine Ausrede der Genossin Ljubimowa, um dich einzuschmuggeln?«

»Es gibt sogar zwei Brüder. Denkst du, Dunja Dmitrjewna lügt?« Die Wahrheit war, dass Ossja ihr die Rolle großzügig »geschenkt« hatte. »Mir liegt sowieso nicht viel dran. Immer dasselbe quasseln. Und die Handlung – so was Albernes, Kindisches … Hasen gegen Karnickel – bah!«

»Das ist allegorisch, du Kaulkopf«, verteidigte Polly das Stück. Sie versuchte ihre Freude zu tarnen.

Neulich hatte Uchtomski gemeint, bei zwei so starken Darstellern auf der Hasenseite sei deren Sieg von vornherein klar. »Wenn es nicht schon zu spät wäre, würde ich dich als Kaninchengeneral einsetzen, Apraksina. Wie soll der Triumph der Hasenrevolution ein echter Triumph sein, wenn der Feind nur aus Popanzen besteht?«

Orina weinte.

Sie tat Polly leid, trotz ihrer Gemeinheiten. Von Uchtomski vor allen getadelt zu werden – sie selbst hätte nicht bloß geweint, sie hätte sich anschließend umgebracht. Sie hatte schon zweimal von ihm geträumt; sie waren zusammen in Kuru-Ssu gewesen und Hand in Hand spazieren gegangen. Im zweiten Traum hatte man Nikon Adamytsch gezwungen, auf dem Bahnsteig von Losowaja die grüne Fahne zu präsentieren. Und gleich sollten die Machno-Banditen mit ihren Zügen durchfahren. Sie, Polly, hatte Uchtomski in letzter Sekunde die Fahne entrissen, um für ihn zu sterben. Aber irgendwie war es im Traum dann doch nicht dazu gekommen.

Die Uraufführung stand nunmehr fest: am ersten Mai, dem proletarischen Weltfeiertag.

46. Kapitel

An einem Tag der Stürme, als man fast nicht atmen konnte, wenn man den Wind gegen sich hatte, fiel Polly ein seltsamer Lärm auf. Getöse drang an ihr Ohr, trotz des Stickgarns zum Auspolstern der Ohrmuscheln gegen den Frost. Sie lupfte das Kopftuch. Es hörte sich an wie Sprengungen. Wie metallisches Ächzen und Stöhnen. Wie Donnern, wenn ein schwerer Wagen über eine Holzbrücke fuhr. Knirschen, als wenn jemand im

Traum die Zähne mahlend gegeneinander reibt, nur eben tausendfach verstärkt.

Sie schlug einen Bogen um die TEO und lief hinunter zum Kremlufer. Das Eis auf dem Fluss hatte Risse bekommen. Zerspalten in lauter Erdteile, begann es zu schwanken und zu beben und bewegte sich mit mächtiger Langsamkeit auf die Brückenpfeiler zu, wo es sich staute und auftürmte. Es erinnerte Polly an ein erwachendes gewaltiges Fabeltier, das in Winterstarre verfallen war und nun erste Lebenszeichen von sich gab. Schade, dass Ossja und Fedja das nicht auch sehen konnten.

Aber irgendwie musste die Nachricht vom Aufbrechen des Eises auf der Moskwa doch bis zur Sucharewka gelangt sein. Denn als Polly in ihrer Mittagspause wie sonst dort aufkreuzte und sich bei Ljoschkas Suppenkessel anstellte, tat Ljoschka, als habe er keine Zeit für sie.

»Ab heute müsst ihr zahlen, wenn ihr was haben wollt. Abmachung bleibt Abmachung. Vier Monate habt ihr mir die Haare vom Kopf gegessen. Seid gut über den Winter gekommen bei mir, könnt euch nicht beschweren.«

Polly stand völlig verdattert da. Von dem bisschen, was die Brüder hin und wieder nach stundenlangem Anstehen für die Lebensmittelkarte ihrer Schwester heimbrachten, konnte keine Maus satt werden, geschweige vier Menschen. Ossja tat, was er konnte. Nach und nach hatte er alles Mögliche aus dem Zimmer der alten Dame »umgesetzt«. Polly wollte ihre Hand nicht dafür ins Feuer legen, dass Ossja auch jedes Mal die Erlaubnis dafür eingeholt hatte. Ihr war aufgefallen, dass auf einmal dieser hübsche Spiegel fehlte, auf dessen Glas ein Frauenkopf geätzt war. Und von den vielen Fotorähmchen auf der Kommode verschwanden alle, die aus echtem Silber waren. Gefragt hatte er nur bei den Abendtäschchen aus besticktem Samt. Für all das trieb er Nahrungsmittel auf, die wie normales Essen aussahen, aber aus wunderlichen Surrogaten bestanden. Einmal sogar »Eclairs«, deren Cremefüllung nach Apotheke schmeckte und deren Teig Spelzen enthielt, sodass man aus dem Spucken nicht herauskam. Immer noch besser als die Buchweizengrütze von Pollys Zuteilung, der sogar eiserne Nägelchen beigemischt waren.

Die Generalprobe von »Hasen aller Länder, vereinigt euch!« rückte näher. Polly versuchte scheu, aber hartnäckig, Nikon Adamytsch Uchtomski in ein privates Gespräch zu verwickeln.

»Kennen Sie den Dichter, der geschrieben hat: ›Ich bin allein wie das letzte Auge eines, der zu den Blinden geht‹?«

»Wer kennt Majakowski nicht«, war die freundliche Antwort. Nicht ganz das, was Polly sich vorgestellt hatte. Er hätte seine langen welligen Haare zurückwerfen und Polly erstaunt anlächeln sollen: »Wie ... was – Sie lieben ihn auch? Gehen Sie nicht gleich fort nach der Probe, Apraksina« – nein, er würde selbstverständlich Ippolita sagen –, »lassen Sie uns irgendwo über ihn reden. Ich weiß zufällig, dass er übermorgen im Café ›Pegasusstall‹ auftreten wird. Wenn ich Sie dazu einladen dürfte, Ippolita?«

Gelegentlich erkundigte sie sich im nebensächlichsten Ton bei der Ljubimowa nach ihm. Die warf Polly einen ihrer ironischen Mir-machst-du-nichts-vor-Blicke zu oder lachte, dass ihre Wangen bebten. »Vergiss Uchtomski, meine arme Poljenka. Da müsstest du schon aussehen wie eine Kreuzung aus Schneeglöckchen und der Karsawina.«

Hatte sie allerdings eine ihrer »Migränen«, durfte man ihr nicht mit solchen Nebensächlichkeiten kommen. Diese Migränen traten ausschließlich am Vormittag auf. »Weiß der Teufel, was die gestern Nacht in den Sprit gemischt haben ...«

Polly überredete sie dann, sich am besten nebenan auf das Sofa zu legen. Sie musste heimlich Eiszapfen vom Hof heraufholen, die sie in eine Serviette wickelte und der Geplagten für ihren hämmernden Schädel brachte. Polly vertröstete währenddessen die anfragenden Stückeschreiber und schickte Zirkuskünstler in Zimmer 14. Sie selbst las statt der mühsam zu entziffernden Theaterstücke, wenn niemand sie kontrollierte, lieber die Broschüren aus dem Dichterladen im Konservatorium. Sie hatte unlängst gegen Abend dort vorbeigeschaut, und Murawej, der vor Stolz auf seine Dichter beinah platzte, hatte ihr mehrere Hefte zugesteckt, ausschließlich Verse. Sie las:

»Wenn ich nicht ein Dichter wäre,
Sternenzähler wollt' ich werden.«

Und:

»Durchziehst du als Karawane
die von Löwen wimmelnde Wüste –
ich leg mich,
Sahara, mit glühender Wange
dir, Windverwehte, vor die Füße.«

Und:

»Schnee wird singen und klingen sacht,
ich kehr' heim nicht so bald, nicht so bald.
Über Russland ein Ahorn wacht,
auf ein Bein gestellt, fest und alt.«

»Poljenka«, scholl es ungnädig vom anderen Zimmer herüber. »Bring mir mal dieses Stück, wo alle Fische sind.«

Der Verfasser, ein gewisser Karotnikow, ehemaliger Matrose, hatte, so erfuhr Polly, Bekannte in der Tscheka, einflussreiche Fürsprecher, und die hatten sich hinter den Leiter des Moskauer Künstlertheaters, Meyerhold, gestellt.

»Man hat mir gestern Abend damit in den Ohren gelegen«, klagte die Ljubimowa, »dieses angeblich ideologisch wertvolle Kinderstück herauszubringen. Dabei hat keiner von denen auch nur eine Zeile davon gelesen. Erzähl mir, worum es genau geht.« Sie zündete sich ein Ziegenbeinchen an und inhalierte gierig.

»Also, die Bolschewiken werden von Stören, Schwertfischen und anderen geschätzten Fischen verkörpert«, zählte Polly auf, »die Menschewiken dagegen sollen durch Karauschen dargestellt werden. Sie kämpfen gegeneinander, wie in ›Hasen aller Länder‹. Und am Schluss haben die Bolschewiken-Fische den Fisch-Rätekommunismus eingeführt. Man kann nichts gegen das Stück sagen, es hält alle Regeln ein: keine Einzelpersönlichkeiten, keine Spannung, stattdessen viel revolutionäre Agitation.«

»Das muss sein. Denn sonst könnten Kinder den politischen Gehalt nicht verstehen. Davon mal abgesehen – wenn ich nicht Kommissarin wäre, sondern ein Mädchen in deinem Alter – was würdest du dann sagen?«

»Ach, es ist einfach stinklangweilig und albern«, platzte Polly heraus. »Wenn schon statt Menschen immer nur Tiere auf die Bühne müssen, warum dann nicht aus dem ›Dschungelbuch‹ von Kipling ein Stück machen?«

»Nie davon gehört.« Die Ljubimowa stöhnte und rieb sich die Schläfen und kniff die Augen zusammen, um dem Zigarettenrauch zu entgehen. »Sicher reaktionär und dekadent im höchsten Grade.«

Polly ging nicht darauf ein. Sie sagte: »Jedes Tier ist eine Persönlichkeit, eine gute oder eine böse. Es gibt eine spannende Handlung. Und komisch ist es auch! Balu der Bär zum Beispiel ist eine Gestalt wie von Durow dressiert. Allerdings kommt weder Revolution vor noch besiegte Menschewiki.«

Durow, der berühmte Tierdresseur, war ein guter Bekannter der Ljubimowa. Er war das Glanzlicht ihrer Zirkusabteilung. Mit diesem Namen hatte Polly schon halb gewonnen.

»Meinetwegen. Wenn dieser Karotnikow das nächste Mal hier aufkreuzt, werde ich ihn vor die Wahl stellen: Entweder er schreibt mir dein Dschungelbuch so um, dass wir es verwenden können, oder er kann sich aus seinen Karauschen Fischsuppe kochen. Wo kriegen wir ein Exemplar dieses Buches her? Tambourer! Geh gleich zu ihm. Er beschafft mir immer alles, was ich brauche.«

Polly erschrak. Schon der bloße Gedanke an Tambourer war ihr widerwärtig. Jeder, der mit ihm Geschäfte machte, blieb an seinen klebrigen Fangfäden hängen. Wie eine Fliege im Spinnennetz.

»Dauert viel zu lange«, sagte sie rasch. »Es ist ein aus dem Englischen übersetztes Buch, also wahrscheinlich überall aussortiert und verbrannt. Ich wüsste aber jemanden, der es ganz bestimmt besitzt.«

»Wer soll das sein?«

»Rodion Kisli.«

»Ich war nie in seiner neuen Wohnung«, sagte die Ljubimowa. »Aber du könntest Recht haben. Wie ich mich erinnere, besaß er schon damals ganze Zimmer voller Bücher.« Sie schrieb ein paar Zeilen auf die Rückseite eines Aufrufs. »Gib es nur ihm persönlich, nicht einem von diesen Schmarotzern, die in seinem Haushalt herumlungern.«

Polly benützte die Straßenbahn, die zu gewissen Zeiten wieder verkehrte. Allerdings wagte sie sich nicht ins Innere, wo man zahlen musste und unbeweglich eingekeilt stand. Sie klammerte sich draußen auf dem Trittbrett mit etlichen anderen an den Haltegriff.

Im weitläufigen prächtigen Treppenhaus der Saweljewskigasse Nummer zwölf wartete ein Haufen Personen vor der Wohnungstür des Dichters Kisli. Sie lehnten an den Wänden und stippten die Zigarettenasche auf die glänzenden Stufen. Polly zwängte sich hindurch und läutete.

»Haben Sie schon gelesen?«, fragte ein ausgemergelter junger Mann einen älteren, »diese Erschießungsliste in der Zeitung? Siebenundsechzig diesen Monat, allein hier in Moskau. In Petrograd waren's bloß halb so viel.«

»Dafür mäht bei denen die Ruhr die Menschen wie Gras. – Was soll das Geläute, Mädchen? Wenn du zu Kisli willst, stell dich hinten an. Falls du zur Rasskasowa willst, wirst du gerufen.«

»Wer ist das?«

»Kislis Frau. Aber sie zieht Rasskasowa vor, seit sie jetzt Ministerin geworden ist. Was schaust du so? Wusstest du nicht, dass Kisli nur sein Pseudonym ist? ›Der Saure‹? Sein bürgerlicher Name ist Rasskasow.«

Polly machte ein stures Gesicht. »Ich werde nicht warten. Ich habe einen Brief für Kisli.«

»Private Bittschreiben treffen es momentan etwas ungünstig, seit er sich offiziell gegen die Foltermethoden der Tscheka ausgesprochen hat.«

»Ist nicht privat. Ich komme vom Volksbildungskommissariat. Abteilung Kindertheater.«

In dem Moment wurde die Tür aufgerissen und eine verzweifelte Stimme flehte: »Ist unter euch ein Maler, Genossen? Unsere Zarin Awdotja Maksimowna will eine spezielle Art von Absatz an ihre Maßschühchen. Und wie ich's auch zeichne, immer schreit sie: Nein, so nicht!«

»Ich«, sagte Polly und drängelte sich vor. »Ich male Plakate für ROSTA.«

Und schon war sie in der Wohnung. Diese hatte ähnliche Ausmaße wie die in dem Haus, das Niobe Narantschowas Bruder entworfen hatte. Nur dass hier eben nicht jedes Zimmer von einer mehrköpfigen Familie bewohnt war.

Sie kamen an einer offen stehenden Glastür vorbei. Polly erhaschte einen Blick auf einen langen Ausziehtisch voller Porzellan. Er war jedoch nicht gedeckt, vielmehr standen die Teller aufgestapelt herum, die Tassen in vierstöckigen Türmchen, Vasenregimenter neben einem Körbchen voll Blumen, Terrinen, Figuren. Ein weißhaariger Mann mit noch jungem Gesicht untersuchte gerade die Blumen. Den zweiten Mann sah Polly nur von hinten. Er hatte ein blauweißes tadshikisches Käppchen auf und bemerkte mit weicher klangvoller Stimme: »… wurde eigens für die Aussteuer der Fürstin Dolgoruka entworfen. Absolut einmalig, Rodion Wenjaminytsch. Sehen Sie nur: diese welkende Rose – jedes Blättchen aus Porzellan.«

Unbehagen, nein, Angst rumorte in Pollys Gedärmen. Sie hatte die »Künstlerin« aufgeben wollen, sobald sie erst mal in der Wohnung war. Aber wie die Dinge lagen, war die »Zarin« Rasskasowa entschieden das kleinere Übel. Sie fanden sie in einem geheizten Zimmer und wurden unwillig angeherrscht: »Was soll dieses Mädchen, Stepun?«

»Sie sagt, sie malt«, verteidigte sich der Schuster.

Kislis gegenwärtige Frau war der Ljubimowa vom Typ her verblüffend ähnlich, stellte Polly fest. Nur hübscher und vielleicht zehn Jahre jünger. Und so rothaarig wie ein Vogelbeerbaum im Herbst. An ihren Füßen befanden sich nagelneue goldbraune Pumps, mit schwarzem Lackleder abgesetzt und mit dünnen Riemchen überm Spann. Und mit Absätzen, die der neuen Ministerin für Kultur offensichtlich missfielen.

»Wie wünschen Sie die Absätze?« Polly kniete sich hin und streifte einen der Schuhe von dem kleinen, aber sehr fleischigen Fuß (in Seidenstrümpfen!). Sie begab sich mit ihm zum Tisch, wo der arme Stepun bereits versucht hatte, diverse Absätze auf Papier zu kritzeln.

»Er sollte ganz leicht geschwungen sei. Haben Sie vielleicht mal Gemälde von Adeligen aus der Zeit von Louis Quatorze gesehen? Und unten eine Idee breiter als oben.«

»Verstehe«, sagte Polly. Sie legte den Schuh aufs Papier und umfuhr die Linien. Bis auf den Absatz. Den malte sie, nachdem sie den Tintenstift angeleckt hatte, in Form einer Hyperbel. »So etwa?«

»Sie haben mich verstanden, Mädchen, bravo!« Die Rasskasowa klatschte zufrieden in die Hände. »Sehen Sie, Stepun? Meinen Sie, Sie könnten danach arbeiten?«

Der Schuster nickte. Er wirkte gekränkt. Da kam so ein Mädchen von der Straße daher und kritzelte einfach einen Absatz, und der sollte genau das Richtige sein, pah!

»Wollten Sie zu mir oder zu Kisli, dem Dichter?«, fragte die Ministerin leutselig.

»Ich habe einen Brief zu überbringen«, sagte Polly. »Er ist für den Dichter. Es geht um ein Buch«, fügte sie hinzu, um nicht gefragt zu werden, von wem dieser Brief denn sei.

»Nun, dann lauf! Ich glaube aber, er hat gerade Besuch von seinem Kommissionshändler.«

Im Salon mit den Glastüren wurde jetzt über Geld gesprochen. Polly schlich auf den leisen Sohlen ihrer Filzstiefel über das Parkett in andere Regionen der Wohnung. Sie wollte auf keinen Fall von Tambourer gesehen werden. Eine der Türen war nur einflügelig und führte in ein »Kabinett« – einen langen Schlauch, an dessen hinterstem Punkt auf einem Podest ein Klosett thronte.

Sie zählte flüsternd bis sechshundert, ehe sie es wagte, wieder herauszukommen. Tambourer war weg, endlich! Aber auch Kisli befand sich nicht mehr in dem Salon. Eine Frau in weißer Schürze kreuzte jetzt die Diele und trug verdeckte Speiseplatten. Polly ging den plaudernden Stimmen nach und landete vor einer weißen Doppeltür mit großen eirunden Glasscheiben, die halb offen geblieben war.

»Die Blumen, Dotti, du würdest schwören, sie sind echt! Anemonen, Narzissen, Moosrosen, Immortellen, was du willst, manche sehen direkt verwelkt aus. Und doch ist alles Porzellan«, schwärmte gerade der Mann mit den weißen Haaren und dem lebhaften, beweglichen Gesicht.

»Vor allem aber, Roddik, mein Lieber, kann man diesen Erwerb von dir endlich einmal zu etwas gebrauchen«, sagte die rothaarige »Zarin« Rasskasowa. »Nicht so wie diese Ostereier aus Juwelen oder die pornografischen Schnitzereien aus Elfenbein und deine so genannten ›Liebhaberdrucke‹.«

Die Kislis aßen zu Mittag. Kein Kantinenessen für Funktionäre wie das im ›Fürstenhof‹, von dem die Ljubimowa erzählt hatte. Also weder 200 Gramm Brot mit Butter und zwei Stück Zucker pro Nase und Hirsebrei. Bei Kisli gab es (Polly prägte sich dieses Essen ein, als müsse sie es der Nachwelt überliefern), bei Kisli aß man – Hungerwinter her, Rationierung hin – Koteletts und Plinsen, frische Gurke (Polly konnte den Frühlingsgeruch bis zur Tür riechen) und eine süße Nachspeise, etwas mit Blaubeeren.

Pollys Speichel schoss gleich Fontänen auf ihre Zunge. Ihre Stirn lehnte an der kühlen Glasscheibe. Sie sah, wie Kisli den Kopf zur Tür wendete und etwas zu der Hausangestellten sagte.

»Geh rein«, gab diese an Polly weiter, während sie die ersten Teller abtrug. Polly lächelte. Wovon würde man ihr anbieten? Vom Gurkensalat? Oder von den Plinsen?

»Was ist das für ein Brief?« Kisli kaute beim Sprechen.

»Wir möchten von Ihnen Kiplings ›Dschungelbuch‹ ausleihen, Rodion Wenjaminytsch«, sagte Polly diplomatisch. »Es geht um eine eventuelle Dramatisierung für die Bühne.«

Er hielt mit dem Kauen inne und fixierte sie durchdringend. Er schien sofort begriffen zu haben. »Setz dich inzwischen, bin gleich fertig. Dann such ich es dir raus.«

Schwach vor Enttäuschung und vor Hunger nahm Polly auf einem Stuhl neben der Tür Platz. Das war also der legendäre Kisli, der als Kind schon bei fremden Menschen hatte arbeiten müssen, geschlagen und unterernährt. Polly hatte noch nichts von ihm gelesen, erinnerte sich aber, wie Panas Panassowitsch Petuchow damals im Salonwagen von seinem Freund geschwärmt hatte. Vom berühmten Drama »Der Anbruch der Nacht« und auch von »Schwache Herzen« hatte er ausführlich erzählt. Und haufenweise Geschichten, die von gedemütigten und benachteiligten Leuten handelten, hatte Kisli geschrieben. Vermutlich hatte er dadurch alles Mitgefühl verwässert, dachte Polly bitter.

In der Bibliothek suchte Kisli ihr das »Dschungelbuch« heraus. Mit abgewandtem Gesicht, zu den Regalen hin, fragte er, ob Iduna Dmitrjewna noch etwas Persönliches ausrichten lasse.

»Nein«, sagte Polly kurz angebunden.

»Hast du schon etwas von mir gelesen?«

»Nein. Nichts.« Noch nie hatte ihr eine abschlägige Antwort so viel Befriedigung verschafft.

Kisli stieg auf eine Leiter und holte ein Buch von einem Stapel oben auf den Regalen. »Ich schreib dir noch eine Widmung hinein. Nimm dir ruhig aus der Terrine etwas Gebäck. Hat mir ein Freund aus Schweden geschickt. Etwas zu hart für meine Zähne.«

Während er schrieb, hob Polly den Deckel von der Porzellanterrine auf dem Tisch in der Mitte. Kleine runde Pfeffernüsse mit weißem Zuckerguss. Ohne den Blick von Kisli zu lassen, füllte sie sich die Taschen des Halbpelzes bis obenhin. Als sie den Deckel wieder aufsetzte, waren ganze vier Stück zurückgeblieben.

»Ich habe den ersten Band meiner Autobiografie gewählt«, sagte Kisli, als er Polly das Buch überreichte. »Es beschreibt mein Leben vom vierten bis zum zehnten Jahr. Es war die Hölle. Wie alt bist du?«

Polly schluckte und knusperte an ihren Pfeffernüssen. »Bald vierzehn.«

»Dann weißt du zum Glück nicht, wie es ist, mit zehn ganz allein dazustehen. In die Fremde hinausgestoßen! Sich sein Brot selbst verdienen zu müssen.«

»Stimmt, ich war schon zwölf«, sagte Polly. »Aber meine Brüder waren auch erst neun und zehn. Und meine kleinste

Schwester war sogar erst fünf, als wir von zu Hause fliehen mussten.«

Kisli ging nicht darauf ein. Er trug ihr lediglich noch Grüße an die Ljubimowa auf.

Der Haufen Bittsteller auf dem Treppenabsatz war nicht weniger geworden. Eher mehr.

»Was hast du so lange bei ihm gemacht, Mädchen?«, wurde Polly von dem ausgemergelten jungen Mann gefragt. Seinem Atem nach hatte er außer Zigaretten heute noch nichts zu sich genommen.

»Ich habe ihm beim Essen zuschauen dürfen«, gab Polly zur Antwort. »Ich bekam den Duft des Essens und habe mit dem Klang von Münzen bezahlt. Kennen Sie das nicht? Das ist aus den Abenteuern von Nassr-ed-din.«

Sie verfehlte den richtigen Abstieg und geriet durch Gänge und Korridore in ein völlig fremdes Treppenhaus, in der Anlage dem ersten jedoch irgendwie ähnlich. Vermutlich konnte man in diesem Block vermittels gewisser Durchbrüche von einer Hausnummer zur nächsten gelangen, ohne extra auf die Straße zu müssen. Während sie sich noch verwirrt zu orientieren suchte, näherten sich von unten, vom Ausgang, Stimmen. Zwei Frauen, ihrer Garderobe nach Damen, bogen lebhaft redend um die Biegung der Treppe. Ein etwa siebenjähriges Mädchen folgte ihnen. Es war in ein weißes Mäntelchen aus Ziegenfell gekleidet, hatte eine weiße Pelzmütze auf und weiße Filzstiefelchen mit bunter Zierborte über den weißen Gamaschenhosen an.

Polly starrte wie auf ein Gespenst. Als die drei bereits das nächste Stockwerk erklommen hatten, setzte Polly sich in Bewegung. Sie stapfte hinterher, sonderbar schwerfällig. Fast wie im Traum.

Halblaut rief sie: »Dillotschka …« Und noch einmal, etwas lauter: »Dillotschka?«

47. Kapitel

Die Frauen gingen weiter, in ihr Gespräch vertieft, das Mädchen aber war stehen geblieben. Ohne sich umzudrehen. So, als sei ihr etwas Vergessenes eingefallen.

Polly nahm zwei Stufen auf einmal, packte das weiße Fellmäntelchen und wirbelte es herum, beinah grob vor Erregung. Der fremde Ausdruck im Gesicht unter der weißen Kaninchenkappe – sollte es doch bloß eine Verwechslung sein? Sie wußte nichts Besseres, als sich auf die Treppe zu setzen, ohne das Kind loszulassen. Sie nahm es auf den Schoß, als sei es das Selbstverständlichste von der Welt. Es war kein Widerstreben zu spüren. Aber auch kein Entgegenkommen.

»Dillotschka, man hat uns gesagt, du seist gestorben. Wir durften nicht nach dir suchen, es hieß, du seist schon …« Gerade noch konnte Polly »begraben« verschlucken. »Wie kommst du hierher? Weißt du, Klascha hat uns auch verlassen, wir sind nur noch zu dritt, die Jungen und ich. Du bist fein angezogen, richtig geschniegelt. Jetzt wird alles wieder gut, alles, alles, alles …«

Sie hörte einen Moment auf, an dem weißen Ziegenfell herumzustreicheln und nahm das unbewegte Gesicht in beide Hände.

»Weißt du, wer ich bin?«

Kaum merkliches Kopfschütteln.

»Warte, gleich wirst du's wieder wissen.« Polly wühlte in ihrem Pilgerbeutel. Eins nach dem anderen stellte sie vier spannenlange Holzfigürchen auf die nächste Treppenstufe.

Ein Großvater mit langem Bart und umgebundenem Sätuch.

Eine kugelrunde Marktfrau mit zwei Körben.

Eine Großmutter mit einem Hahn unterm Arm.

Ein Eselchen.

»Kannst du inzwischen lesen?«

Die Kleine nickte.

Polly drehte eine Figur nach der anderen um und hielt ihr die Unterseite des Holzplättchens hin. »Lies. Aber lies laut.«

»Ossip«, wurde buchstabiert, »Fjodor. Ippolita. Klara.«

»Was stand auf dem Lämmchen?«, fragte Polly, bohrend wie ein Inquisitor.

»Adilia«, kam die Antwort, wie etwas auswendig Gelerntes.

»Und wer ist Adilia? Wer ist unsere Dillotschka?«

Ein Ausbruch von krampfhaftem Schluchzen war die Reaktion.

»Sina, wo bleibst du denn? Was machen Sie, was machst du mit meiner Tochter?«

Die eine der Frauen war zurückgegangen und stürzte sich jetzt auf die beiden Mädchen, als gelte es zwei ineinander verkeilte Hunde zu trennen. Im letzten Augenblick schien sie zu bemerken, dass die »Sina« Genannte nicht bloß von dem schmuddeligen Streunermädchen umarmt wurde, sondern dass die weißen Fellärmel der kleinen Sina die Umarmung erwiderten. Dass die beiden ihre tränennassen Gesichter aneinander pressten und Sina durchaus nichts gegen die Küsse zu haben schien, mit denen sie bepflastert wurde.

»Wer bist du?«

»Apraksina, Ippolita. Dillotschka ist meine Schwester. Wir haben sie verloren, im Krankenhaus von Rostow am Don. Es hieß, sie wäre an Typhus gestorben.«

»Ihr Erinnerungsvermögen war gestört, als sie die Krankheit überwunden hatte«, sagte die Frau. Man konnte hören, dass sie widerwillig erzählte. »Wir kehrten seinerzeit von einer Reise zurück und fanden unsere Tochter nicht mehr vor; man beerdigte die Seuchentoten sofort. Neben ihr auf dem Strohsack hatte ein anderes Mädchen gelegen, das lebte noch. Genauso alt, wie unsere Tochter gewesen war. Der Sanitäter hat uns versichert, dass sich keine Eltern um sie kümmerten. Da haben wir wenigstens sie mit heimgenommen. Sie bekam ein Zuhause und wir eine neue Sinotschka. Sie hat es gut bei uns.«

»Das sehe ich«, sagte Polly steif. Sie schob Dillotschka von ihrem Schoß herunter und erhob sich. »Darf ich wenigstens bis zur Tür mitkommen?«

Schulterzucken.

Hand in Hand, ohne weitere Worte, folgten sie der Frau, die sich mehrmals argwöhnisch umsah. Polly brachte ein harmloses Lächeln zustande. Sie merkte sich den Namen auf der Tür: Agadshanow.

»Sind Sie das?« Sie deutete auf das Schild.

»Nein, wir wohnen hier nur vorübergehend. Bei Verwandten.«

»Hör zu, Dillotschka«, tuschelte Polly fieberhaft in das Ohr der kleinen Schwester. »Wir befreien dich! Ich komme heute Nacht wieder. Schlaf also nicht ein. Schleich dich unbemerkt aus der Wohnung und warte hier auf mich, im Treppenhaus. Damit wir schneller verschwinden können, bringen wir einen Schlitten mit und ziehen dich.«

»Das genügt. Ihr habt euch begrüßt. Solche aufwühlenden Erlebnisse sind nicht zuträglich für übersensible Gemüter. Sina muss sich da vorsehen. Adieu.«

Die Tür wurde zugeschlagen. Na, wenn schon, Dillotschka hatte alles verstanden, das hatte Polly in ihren Augen gelesen.

Ossip und Fedja waren Feuer und Flamme. Natürlich gehörte Dillotschka zu ihnen, den Apraksins, keine Frage! Sie von diesen Leuten zu entführen war selbstverständlich. Und was ihre Zukunft anging, brauchte sie keinesfalls tagtäglich mit den Brüdern auf der Sucharewka in Frost, Schnee und Wind herumzulungern und sich womöglich wieder erkälten. Sie könnte bei Niobe Tuwimowna bleiben und sich von ihr verhätscheln lassen. Alle drei Apraksins waren sich jedoch einig, die alte Dame vorläufig noch nicht einzuweihen. Ihr wurde etwas von Generalprobe erzählt, um das späte Weggehen zu erklären.

Ossja und Fedja trugen abwechselnd den seinerzeit gestohlenen Schlitten. Auf den Trottoirs lag nicht mehr allzu viel Schnee; der Wind schien ihn zum Schrumpfen zu bringen. Notfalls würde Dillotschka ja wohl noch rennen können, sollten diese Leute sie verfolgen.

Sie hatten den Häuserblock vorsichtshalber durch die Nummer zwölf betreten, als wollten sie zum Dichter Kisli. Polly suchte diesen merkwürdigen Korridor, der in das nächste Haus hinübergeführt hatte. Aber da alles in grauem Dämmer lag und das elektrische Licht versagte, wurde es schwierig, ihn zu finden. Die Kerze wollte sie schonen für die Nacht. Polly verbot den Brüdern, auf eigene Faust herumzulaufen.

»In solchen Häusern gibt es garantiert einen Hausmeister. Wenn da plötzlich Fremde im Haus herumstreunen, im Finstern, wird er Krach schlagen und alles war umsonst.«

»Wir warten lieber unten auf der Straße«, teilte Ossja ihr schließlich mit.

Vorher nahm ihm Polly aber erst noch die wertvollen Streichhölzer ab. Einsam auf einem fast dunklen Treppenabsatz stehend, kokelte sie ihr Konservendosen-Öfchen an. Im Treppenhaus war es kälter als im Freien.

Waren Stunden vergangen? Oder nur ein Weilchen? Fedja hätte man fragen können, dessen Zeitgefühl war untrüglich. Besser, sie begab sich langsam auf ihren Posten. Polly schwitzte vor Sorge und riskierte nun doch, den Kerzenstummel anzubrennen. Sie musste sich eingestehen, dass sie den Korridor nicht mehr wiederfand. Türen gab es genug, aber keine mit dem Namensschild Agadshanow. Sie hatte sich nicht einmal das Stockwerk eingeprägt, heute Nachmittag. In Panik, dem Heulen nahe, ging sie zur Haustür hinunter und dann zwei Treppen hinauf, bis zu Kislis Wohnung. Von da war sie eine Etage hinabgestiegen …

und dann nach rechts abgebogen ... ein Stück weitergegangen und auf ein anderes Treppenhaus gestoßen. Hier musste es gewesen sein, wo sie Dillotschka begegnet war. Dann wieder ein Stockwerk hinauf, über einen Absatz hinweg ... zwei Türen ... Agadshanow! Erleichtert schnaufend hockte Polly sich auf den Boden. Sie saß dicht an der Wand, um im Fall, jemand von den Erwachsenen käme heraus, nicht sofort gesehen zu werden. So entging ihr, dass die Wohnungstür einen winzigen Spalt geöffnet wurde.

»Poljenka?«, hauchte eine dünne Stimme.

Dillotschka war im bodenlangen Nachthemd aus warmem Flanell und hatte einen rosaflauschigen Kindermorgenrock darübergezogen. Ihre bloßen Füße steckten in Filzschühchen.

»Kannst du nicht lieber deinen Mantel holen? Und warme Stiefel?«, flüsterte Polly.

Dillotschka schüttelte den Kopf. Statt der wirren Naturlocken hatte man ihr jetzt zwei kurze Zöpfe geflochten. »Ich will nicht mit euch gehen.«

»Aber du gehörst doch zu uns«, sagte Polly fassungslos. »Willst du denn Ossja und Fedja nicht wiederhaben? Und mich?«

Das ernste kleine Mädchen kniff den Mund zusammen. Unschlüssig, hilflos zuckte sie die Achseln und nickte zugleich.

»Die alte Dame, wo wir wohnen, hat Bilder an der Wand. Wir könnten wieder alle ›Engländer in der Gemäldegalerie‹ spielen«, lockte Polly.

»Das macht nur Spaß, wenn Klascha der Engländer ist. Und du hast gesagt, Klascha ist fort.«

»Dann spielen wir eben ›Seltsamer Passagier‹«, sagte Polly ungeduldig. »Und die alte Dame, Niobe Tuwimowna, hat uns Canasta beigebracht, mit französischen Karten. Schnell jetzt, Dillotschka, ehe sie was merken, hol deinen Mantel und deinen Petruschka.«

»Petruschka ist im Krankenhaus geblieben. Man durfte ihn nicht mitnehmen, wegen Seuchengefahr, hat Mamotschka gesagt.«

»Wer ist Mamotschka?«, fuhr Polly die sture kleine Schwester an. »Wir hatten alle dieselbe Mutter, und die ist schon lange tot. Wir sind Waisen! Wir haben nur einander.«

»Ich bin jetzt Sina. Ich gehöre zu Mamotschka und Papotschka. Sobald wir unser Visum bekommen, emigrieren wir. Wir wollen nach Berlin und vielleicht nach Paris. Und ich darf Ballettunterricht nehmen, wenn wir uns etab – eblat…«

»… etabliert«, sagte Polly tonlos.

»Genau. Wenn wir das haben.« Sie holte tief Luft und begann leise und verzweifelt in sich hineinzuweinen.

»Nicht«, sagte Polly bestürzt, »nicht unglücklich sein, Dillotschka. Du musst nicht. Wir dachten nur, du wolltest furchtbar gerne wieder bei uns sein. Es macht überhaupt nichts. Gar nichts.«

Sie hielt die kleine Schwester umarmt und streichelte ihren ordentlich gekämmten Kopf. Wie sauber sie roch. Mamotschka und Papotschka – natürlich! Sie hatten alle immer wieder vergessen, dass Dillotschka, die Ärmste, keinerlei Erinnerung an Mama hatte. Jetzt besaß sie alles, was sie brauchte.

»Schnell, geh wieder hinein, hier ist es zu kalt für dich.«

Dillotschka fischte aus der Morgenmanteltasche ein besticktes Kindertaschentuch. Polly zog es ihr aus den Fingern und putzte ihr die Nase, als wäre Dillotschka vier und nicht sieben Jahre alt.

»Kann ich das behalten? Als Andenken?«

Es wurde großmütig genickt.

»Schönen Gruß an Ossja und Fedja. Ich weiß gar nicht mehr, wie sie aussehen. Sind sie schon Männer geworden?«

»Noch nicht ganz«, sagte Polly. Sie schob Dillotschka in die Wohnung, drückte vorsichtig die Tür ins Schloss, als die Tür noch einmal aufgerissen wurde und Dillotschka ihr an den Hals flog. Heftig, übermächtig wurde sie umarmt, gedrückt, gewürgt fast. »Liebe, liebe, liebe Poljenka!«

»Weißt du, wo deine Mopstasse jetzt ist?«, flüsterte Polly.

»Wo?«

»Sie wurde bei einem Sturm vom Dampfer ›Massandra‹ ins Schwarze Meer gefegt. Jetzt trinken Tschernomors Recken aus ihr.«

Dillotschka kicherte. Diesmal blieb sie drinnen, kam nicht noch einmal raus.

Während Polly mit hochgehaltener Kerze abwärts stieg, heulte sie Rotz und Wasser. Und entdeckte zu ihrem Entsetzen, dass die Haustür zu war. Abgeschlossen. Nach den ersten Schreckminuten beschloss sie, bei Kisli zu läuten. Dichter und Ministerinnen waren bestimmt bis weit in die Nacht hinein auf. Die hatten Gäste oder kamen von Sitzungen heim oder arbeiteten in der Stille der Nacht. Irgendjemand würde sie schon hinauslassen.

Aber komisch – sie konnte die Wohnung von Kisli nicht wiederfinden. Vielleicht lag es an den grotesken Schatten, die die Kerzenflamme hervorrief. Diese Schatten veränderten alles, schufen neue Kulissen, verbargen Durchgänge. Nachdem es ihr vorkam, als sei sie stundenlang wie in einem Labyrinth herumgeirrt, setzte Polly sich ergeben auf die kalten Steinstufen. Früher, vor der Revolution, hatten hier bestimmt Treppenläufer gelegen. Sie lehnte sich ans Geländer und begann beim Schein der schief heruntergebrannten Kerze mit der Lektüre von Kislis Kindheitserinnerungen.

Als sie aufwachte, fiel schon Morgendämmerung durch die Fenster. Sie schlotterte am ganzen Leib und schlug mit den Armen, um wieder warm zu werden. Jemand war schon vor ihr unten gewesen und hatte die Haustür aufgeschlossen. Brennend rosa leuchtete der Himmel. Eine grelle Sonne kam herauf. Ossja und Fedja warteten nicht mehr, natürlich. Wie dumm, so etwas anzunehmen.

Polly ging direkt in die TEO, wo die Ljubimowa gerade eingetroffen war, auch sie sichtlich übernächtigt. Doch heute konnte Polly darauf keine Rücksicht nehmen. Sie brauchte dringend eine mitfühlende Seele oder wenigstens einen Zuhörer.

»Dunja Dmitrjewna, hier ist das Buch, Kisli schickt Ihnen Grüße. Aber wissen Sie, was mir dann in diesem Haus, wo er wohnt, passiert ist?«

»Mascha! Noch zwei Tee!«, rief die Kommissarin für Kindertheater und Zirkus von Zeit zu Zeit. »Und vergiss nicht wieder das Sacharin, Mascha! – Mach weiter, Poljenka. Die Leute wollen also Russland verlassen und sie mitnehmen? Glaub mir, es ist das Beste für sie. So ein kleines Ding, schwache Gesundheit ... Wovon hättet ihr sie denn ernähren wollen? Seid doch schon zu dritt. Zeig mir mal dieses Taschentuch.«

Sie prüfte die Stickerei – ein Häuschen, ein Tannenbäumchen, eine Sonne – und die blaue Umrandung im Langettenstich, rieb den Stoff zwischen den Fingern, nickte gönnerhaft. »Sie hätte es schlechter treffen können. Werde mich mal erkundigen, wie es mit dem Visum für deine Agadshanows steht, ich kenn da jemanden.«

»Nicht Agadshanow«, wehrte Polly unbehaglich ab, »das war nur der Name, der an der Tür stand. Freunde oder Verwandte, nehme ich an.«

»Egal, das reicht schon. Die Hausmeister sind überall verpflichtet, längerfristige Besucher, häufige Versammlungen etcetera bei der Tscheka zu melden. Hat sich bestimmt längst herausgestellt, wer da bei diesen Agadshanows untergekrochen ist.«

Sie stopfte das burschuji-verdächtige Taschentüchlein in Pollys Pilgerbeutel, der wie immer an einer Stuhllehne baumelte. »Bosche moi, ist der schwer! Schleppst du jeden Tag so viele Bücher mit dir rum?«

»Mehr als drei selten«, sagte Polly im Gefühl, sich gegen einen Vorwurf verteidigen zu müssen. »Das heißt, seit gestern sind es vier. Kisli hat mir eins von sich geschenkt.« Sie mochte nicht von ihrem Aberglauben erzählen, dass sie unter einem Fluch litte. Dass sie nämlich all jene Bücher, die sie nicht ständig bei sich trug, unweigerlich wieder verlor. Zuallererst die von zu Hause, dann die von Dajanka aus Rostow am Don, zuletzt die vom Scheiterhaufen geretteten, die mit all den anderen Sachen im Konservatorium verschwunden waren.

Vier eigene Bücher – »Alice im Wunderland«, Kislis Kindheit und zwei Dichterbroschüren mit Versen Majakowskis und Jessenins – war das schon »viel«?

48. Kapitel

Die Generalprobe von »Hasen aller Länder, vereinigt euch!« war ohne schwerwiegende Unfälle und Katastrophen über die Bühne gegangen. Wenn man davon absah, dass die Kanonen versagt hatten, dass Orina Sagatullina ein falsches Stichwort geliefert hatte und Polly hilflos wartete, dass das richtige noch käme (bis Uchtomski gezischt hatte: »Weiter im Text, Mädchen, weiter!«), dass bei Dima Surokins großem Sprung die hintere untere Naht seines Kostüms geplatzt war und dass das ein Meter hohe »Buch« aus Sperrholz, auf dem mit riesigen Buchstaben DAS KAPITAL geschrieben stand, umgefallen war und die Zuschauer sehen konnten, dass es überhaupt keine Seiten enthielt.

Aber es hatte geheißen, das sei nicht schlimm. Im Gegenteil, das sei die Garantie dafür, dass die Premiere morgen wie am Schnürchen ablaufen würde.

»Nimm dir den Rest des Tages frei«, hatte Dunja Dmitrjewna großmütig Polly erlaubt. »Man kann sich in solcher Stimmung sowieso auf nichts konzentrieren. Ich kenne das von früher. Wie am Morgen nach einer wilden Champagnernacht – so ein Gefühl ist das.«

Beim vorletzten Proben hatte Orina Sagatullina ein Buch herumgereicht, ähnlich einem Poesiealbum. Die Mitspieler von »Hasen aller Länder, vereinigt euch!« hatten vorgedruckte Fragen beantworten müssen. Reichlich intime Fragen, wie Polly fand.

»Womit könnte man Ihnen zum Geburtstag die größte Freude bereiten?«

»Wann langweilen Sie sich?«

»An wessen Freundschaft wäre Ihnen gelegen?«

Zwanzig Punkte, durch die angeblich der Charakter erforscht würde.

Polly hatte bei der Geburtstagsfreude hingeschrieben: »Schokolade, Schokolade und nochmals Schokolade«. Und bei der Freundschaft: »An der eines Murmeltiers«. Das war natürlich mehr als durchsichtig. (Murmeltier heißt auf Russisch Surok.) Seitdem genierte sie sich, auch nur einen persönlichen Blick in Dima Surokins Richtung zu werfen. Wenn die Sagatullina das nun herumzeigte (was sie zweifellos bereits getan hatte)! Und wenn Dima Surokin das womöglich ernst nahm! Ein Glück nur, dass Nikon Adamytsch Uchtomski es abgeschlagen hatte, sich auf dieses dumme Buch einzulassen. »Hirnlose Kleinbürger-Unterhaltung« hatte er es genannt.

Polly wusste nicht gleich, was sie mit der geschenkten Zeit anfangen sollte. Auf die Sucharewka mochte sie nicht gehen. Nicht heute. Sie hängte sich an die erstbeste Straßenbahn, stieg um auf eine andere Linie, legte den Kopf in den Nacken und kniff die Augen zusammen vor dem Gleißen der goldenen Kreuze auf den Kirchen und dem scharfen Fahrtwind, der den Trittbrettfahrern die Tränen in die Augen trieb.

Allerhand hatte sich seit heute Morgen verändert.

Vor die dicken Säulen des Theaters waren blutrote Schürzen

gespannt. An den Häuserfronten aller offiziellen Gebäude wurden knallige Spruchbänder hochgezogen. Letzte Hammerschläge an frisch gezimmerten Tribünen hallten. Wälder roter Fahnen zappelten im Wind von Balkonbrüstungen und Fenstersimsen.

Mit Kübeln voll Farbe hatten sich welche der Bauzäune bemächtigt und pinselten drauflos. Marschierende Gestalten, Räder, sprühende Kanonen. Über schwarzen Eisenleibern mit »glühenden« Scheinwerfern die Losung: »Die Revolution ist die Lokomotive der Geschichte«. Riesige Transparente mit Hämmern und Sicheln, Ähren und aufgehenden Sonnen und heroischen Menschen mit Augen wie Hellseher im Kino: weit aufgerissen und drohend.

Mit Seilen und Äxten ging man an anderer Stelle einem Denkmal zu Leibe, um eine Rednerkanzel für den morgigen Ersten Mai an seine Stelle zu setzen.

Polly ließ sich durch alles hindurchtragen. Sie fühlte sich an die Welt von Alice erinnert, an Wunderland und Spiegelreich zugleich. Als sie genug davon hatte, betrat sie eine der vielen Parkanlagen. Hier war es stiller. Es roch nach nasser Erde, Vögel tschilpten.

Mit ein bisschen Fantasie ließ sich vorstellen, all das Tamtam, all das Aufzäumen, Schmücken, Zuhängen und Bemalen geschähe ihr zu Ehren. An Klaschas vierzehntem Geburtstag hatte es in der Jelabugaer Straße 25 ein Fest gegeben, mit Pfänderspielen, Polonaise, Geschenken für alle, mit Zitronencremetorte und Gefrorenem, trotz Krieg. Papa hatte das alles organisiert. Voriges Jahr, als sie dreizehn wurde in Kuru-Ssu, hatten Bljumental und Lamakina Pollys Stuhl mit einer Blütenranke umkränzt gehabt, als sie zum Frühstück kam. Alle hatten für sie gesungen und den Gesang mit Händeklatschen begleitet. Sie war »Königin des Nachmittags« gewesen, das hieß, sie konnte über alles bestimmen. Tata hatte ihr einen ihrer drei Ringe geschenkt, der leider schon am nächsten Tag wie vom Erdboden verschluckt war.

Ossja und Fedja hatten den Tag heute begonnen wie immer: Brotration auf der Briefwaage abwiegen, jede Portion auf einer Untertasse, dazu ein Klecks von jener öligen Paste, die sie in Kuru-Ssu immer »Gewehrfett« genannt hatten. Kein Gratulieren. Nur große Bestürzung, als sie ihren Mantel angezogen hatte: »Wieso … wo willst du denn jetzt hin? Musst du ausgerechnet heute in dieses dumme Theater?« Polly nahm es ihnen nicht übel. Wie sollten sie ohne Kalender wissen, dass heute der 30. April war? Und von Niobe Tuwimowna (falls ihr die Geburtsdaten der Apraksins überhaupt je genannt worden waren) konnte man nicht erwarten, dass sie in ihrem Alter sich so etwas merkte.

ABER IRGENDJEMAND HÄTTE ES WISSEN SOLLEN!

Plötzlich war Polly erneut in das Reich von Alice geraten. Das war ja der Dreh dabei, dass man den Übergang vom Alltag ins Wunderland nicht merkte. Man betrat einfach einen anderen Gartenweg – und fand sich in einem närrischen Park, wo jeder kahle Strauch, jede einzelne Gerte, jeder Zierbaum mit seinem nackten Gezweig rot oder blau angestrichen war.

Auf den blaugestrichenen Gewächsen steckten rote Schleifen aus Krepppapier, die roten trugen Plakate. Die jedoch waren nicht mit Szenen der Revolution bemalt wie in der Stadt, hier walteten ausschließlich Farben und Formen. Kubische Tulpensträuße, Spielkartenmuster in Lila- und Blautönen, wellige Regenbögen, schwarzgelborangene Explosionen, einem Vulkanausbruch ähnlich. Weiter hinten bog eine Schar eifriger Gestalten mit Eimern und Kübeln und besengroßen Pinseln um die Ecke, um in anderen Abschnitten des Parks mit Erster-Mai-Verschönerungen fortzufahren.

»Gefällt dir das?«

Die Stimme von Dima Surokin, hinter ihr. Das Murmeltier! Mit windgesträubten Haaren, ohne Mütze und ohne Schal. Als wäre er aus dem Klub hinter ihr hergelaufen, hätte sie zu Fuß und per Straßenbahn verfolgt.

»Erinnerst du dich an die Stelle, wo die drei Gärtner die weißen Rosen rot anstreichen, weil sie sonst geköpft werden?«, sagte Polly, noch immer in ihre Alice-Fantasien verstrickt. »Ja, irgendwie gefällt es mir schon. Meine kleine Schwester malte so ähnliche Sachen, als sie eine Zeit lang in einen kunstgewerblichen Kindergarten ging.«

»Warum bist du eigentlich noch immer so eingepackt, Apraksina? Kopftuch, Filzstiefel, Halbpelz, gestrickte Handschuhe?«

Polly drehte sich um und starrte ihn an. »Wieso nicht? Soll ich mir so kurz vor der Premiere vielleicht 'ne Lungenentzündung holen?«

Seit sie Anfang Dezember im Salonwagen hier angekommen war, trug sie Tag für Tag alles auf dem Leib, was sie an Kleidungsstücken besaß; ob nun zehn oder zwanzig Grad unter null waren, machte das einen Unterschied?

»Darf ich dir was zeigen? Nur einen Moment ...« Dima knüpfte ihr Kopftuch auf, zupfte ihr die dreckstarrenden Handschuhe ab, ließ Pollys Halbpelz offen. »Merkst du's jetzt?« Er grinste erwartungsvoll. »Noch immer nicht? Es sind neun Grad. Frühling, Mädchen!«

Polly musste sich eingestehen, dass sie bis jetzt nichts davon mitbekommen hatte. Kunststück, wenn man in einem ungeheizten Zimmer überwinterte. Sie schüttelte die durch das eng gebundene Kopftuch angedrückten Haare. Tatsächlich – es war gar nicht mehr kalt.

»Ach ja ... und alles Gute zum Geburtstag ...« Dima holte aus der Innentasche seiner Joppe etwas Flaches, in ein Stück Tapete gewickelt. »Es ist mehr symbolisch. Ich meine, mehr aus Spaß«, setzte er verlegen hinzu und betrachtete anschließend ein karminrotes Fliederbaumgerippe, als müsse er ein Gutachten darüber abgeben.

»Woher weißt du's? Ich hab es niemandem von ›Hasen aller Länder‹ erzählt. Es gibt in der ganzen Stadt überhaupt nur zwei

Menschen, die meinen Geburtstag kennen. Du hast sie einmal gesehen, als sie vor Wochen auf der Probe waren.«

»Getroffen!« Dima Surokin imitierte einen Tusch. »Dieser eine Bruder von dir, das ›Naturtalent‹, der ursprünglich statt deiner bei uns mitspielen sollte. Kurz nachdem er bei uns zugucken war, hab ich ihn auf der Sucharewka erlebt, wie er mit dieser Handpuppe, Taratorka, auftrat. Er ist viel besser als der alte Pikulin. Wir haben uns bekannt gemacht. Was dagegen? Und er, ich meine Ossja, hat gelegentlich bei uns gekauft. Meine Eltern haben auf der Twerskaja 18, im Poetencafé, das Büfett; sie machen Gebäck aus allem Möglichen. Das meiste kann man sogar essen. Erinnerst du dich noch an die Eclairs?«

Polly nickte.

Während Dima Surokin weiterredete, schälte sie die Tapete von dem Geschenk. Eine Pralinenschachtel, Vorkriegspackung mit aufgeklebter rosa Gazeschleife. Ein Rollschuh laufendes Pärchen in inniger Pose, sichtlich der nicht arbeitenden Bourgeoisie angehörend, war auf dem Deckel abgebildet. Eine Schmuckschatulle öffnet man sofort, hatte Niobe Tuwimowna bei einer ihrer abendlichen Lektionen in gutem Benehmen gesagt, Schokoladengeschenke jedoch reißt man nicht an Ort und Stelle auf, das hinterläßt den Eindruck von Gefräßigkeit. Ein Buch behält man einige Sekunden in der Hand und spricht ein paar Worte über den Autor. Blumen dürfen auf keinen Fall irgendwo abgelegt werden, man ruft nach einer Vase und gibt sie dann erst der Dienerin …

»… neulich bestellte er eine Torte, euer Ossja. Abzuliefern am heutigen Tag. Ein Prachtstück, hab sie gestern Abend gesehen. Teig aus gekochten Kartoffeln, die Füllung Himbeerkompottersatz, und obendrauf eine Vierzehn aus verstreutem Grieß. War nicht schwer, herauszufinden, für wen …«

Sie hatte ihnen Unrecht getan, Ossja und Fedjuscha. Sie hätte es wissen müssen.

»… und weil du … ich meine, in diesem Buch mit den Fragen … Das stimmt doch, was du da über Schokolade geschrieben hast?«

Wieder nickte Polly. Selbstverständlich würde Dima annehmen, dass auch alle anderen Fragepunkte ehrlich beantwortet waren. An wessen Freundschaft wäre Ihnen gelegen? An der eines Murmeltiers. Jetzt wusste er es.

Dima Surokins nervöser Redeschwall schien versiegt. Schweigsam schlenderten sie nebeneinander her. Zwischen roten und blauen Sträuchern und Bäumen. Die nächste Allee hatte man mit silbernen Lamettafäden und zinnoberroten Wimpelketten übersponnen, der reinste Hochzeitsbaldachin. Sie mussten jetzt an der Gruppe vorbei, die noch mit Anstreichen und Dekorieren beschäftigt war, die meisten von ihnen junge Leute. Einer, mit Zwicker, im mittleren Alter, spielte die Rolle des Meisters, der anfeuert, lobt und den Überblick behält.

»Von der Kunstakademie sind die«, flüsterte Dima Polly zu. »Der Alte, das ist entweder Kandinsky oder Lissitzki oder Rodtschenko. Sind schon bei uns gewesen, Kuchen essen. Es heißt, sie haben sämtliche alten Maler auf ewig verflucht. Raffael zum Beispiel hassen sie geradezu. Man muss primitiv malen, predigen sie.« Stockend, aus dem Gedächtnis, sagte er einen Satz auf: »Alle Formen und Sujets der abgeworfenen Zeit sind Gift für die neue Kunst. – Schockiert?«

Denn Polly war stehen geblieben. Wie von einem Zauberstab berührt. Ihr Mund hatte sich geöffnet, als wolle sie einen Fisch imitieren. Der Schrei blieb jedoch in der Kehle. Schließlich merkte sie, dass Dima sie etwas gefragt hatte.

»Ich hatte eine Halluzination. Kommt wahrscheinlich vom Hunger. Vergessen wir's. – Verrat mir lieber, Dimotschka: wo bist du an so was gekommen? Zu bezahlen ist das nicht.«

»Sagen wir: Jemand, der es vor längerer Zeit geschenkt bekam, hat vergessen, dass er es besitzt. Weiter kann ich nicht in die Details gehen.«

Er machte Miene, Polly heimzubegleiten. Doch Polly erfand aus dem Handgelenk mehrere Gründe, die das vereitelten. In Dimas Gegenwart konnte sie schlecht die Pralinenschachtel aufreißen. Und sie spürte, dass der Augenblick dafür sich nicht länger aufschieben ließ. Als sei eine Wölfin in ihr erwacht, so lohte die Schokoladengier. Manchmal war es doch günstig, wenn man nicht so schrecklich verliebt war. Anatoli Mansurow aus Rostow am Don – ihm die Begleitung abzuschlagen, wäre undenkbar gewesen. Lieber vor Hunger ohnmächtig werden.

Mit der freien Hand winkte Polly vom Trittbrett der anfahrenden Straßenbahn aus Dima Surokin zu. »Bis morgen dann! Zur Premiere! Und lass dein Kostüm flicken!«

Drei Stationen später stieg sie aus und trat in einen Hof. Holte die Bonbonniere aus dem Mantel. Riss Deckel und rosa Schleife ab. Vierundzwanzig Stück. Weißgrauer Schmer überzog jede einzelne Praline. Runde und ovale, dunkle und hellere – alle verschimmelt. Ob man das eventuell abwaschen konnte? Oder aufschneiden und wenigstens die Füllung herausbeißen? Das Marzipan, das Nougat, Noisette und Erdbeercreme?

Im düsteren, nach Kohl riechenden Flur der Wohnung fuhr Polly erschreckt zusammen. »Sie kommt, sie kommt!«, brüllte das wiehernde Pferd und schlug mit der Faust an die gegenüberliegende Tür. Man hörte Ossja rufen: »Warte, nicht eintreten!«

Erst spätabends, als der feuchte Kuchen ihr schwer im Magen lag, vermischt mit Bratlingen aus erfrorenen Kartoffeln, einem richtigen Festmahl, nachts im »Kaffernkral« neben Ossja und Fedja, eingerollt in ihren Teppich, die Wange auf einem seidenen Diwanpolster, fiel Polly wieder die Halluzination aus dem Park ein.

Wieso war Klascha in Moskau?

Wieso war sie, die doch immer nur für Sänger oder Schauspieler geschwärmt hatte, jetzt bei den Malern gelandet?

Worterklärungen

Agitator: *polit. Propagandaredner; versucht durch suggestive öffentliche Reden die Bevölkerung in seinem Sinne, das heißt im Sinne der Partei, der er dient, zu beeinflussen.*

A la prochain!: *frz.: Bis demnächst mal!*

Arschin: *russ. Längenmaß, ca. 0,71 m.*

Bába Jagá: *Name der Hexe im russ. Volksmärchen.*

Bagage: *eigentl. franz. »Gepäck«, aber auch umgangssprachlich für Gesindel, Pack.*

Besprisornye: *verwahrloste obdachlose Kinder, die in jener Zeit und noch Jahre danach durch das riesige Land vagabundierten. Kinder, deren Eltern im Krieg umgekommen oder an Seuchen und Hunger gestorben ware und die nun in Banden sich selbst versorgten, weithin gefürchtet und gehasst.*

Borschtsch: *Rote-Rüben-Eintopf.*

Bosche moi!: *russ.: Mein Gott!*

Burschuji: *anfangs nur die wirkliche und vermeintliche Zugehörigkeit zum Großbürgertum, der Bourgeoisie (sprich: Burschuasie), bezeichnend. Später gegen alle Angehörigen der besitzenden Klasse – also offensichtlich Privilegierte – gerichtetes Schimpfwort.*

Café chantant: *Tingeltangel; Etablissement mit freizügigen Gesangs- und Tanzdarbietungen der Vorkriegszeit.*

Cela me suffit!: *frz.: Das genügt!, auch: Das reicht jetzt!*

Chalat: *(eigntl. arab. Chil'at) prächtiges, langärmliges, weites Oberkleid der Männer in Innerasien, aus bunter Seide oder Tuch.*

Dschigit: *tatarisch: Held; früher militär. Reitereskorten im Kaukasus und den Gebieten Innerasiens, berühmt für ihre unvergleichlichen Reitkünste.*

Emerald: *engl.: Smaragd, grüner Edelstein.*

exekutieren: *hinrichten.*

Fähnrich: *Fahnenträger – im Mittelalter und später ein mit dem Tragen der Fahne betrauter Soldat. In der neueren Zeit bedeutete Fähnrich nur mehr eine Bezeichnung für junge Leute, die auf Beförderung zum Offizier dienten.*

Feerie: *Märchenaufführung mit großer Ausstattung.*

»Hasen aller Länder, vereinigt euch!«: *Das Theaterstück für Kinder ist keine Erfindung der Autorin, es wurde mit allem revolutionären Schmackes – den Kanonen, dem »Kapital« von Karl Marx und dem Sieg der proletarischen Hasen über die bourgeoisen Kaninchen – tatsächlich zu jener Zeit in Moskau aufgeführt. (Quelle: Ilja Ehrenburg: »Menschen Jahre, Leben«).*

Iswostschik: *bedeutet sowohl Kutscher als auch die Mietdroschke selbst.*

Jazygen: *eine der vier großen Völkerschaften, die im Altertum u. a. am Nordufer des Palus Maeotis – dem Asow'schen Meer – siedelten. Werden als von gelber Hautfarbe geschildert und steigerten ihr wildes Aussehen noch durch Tätowierungen und bizarre Fellmasken. Galten als vortreffliche Krieger, bei denen auch die Frauen mit in den Krieg zogen.*

Jerome Bonaparte: *jüngster Bruder Napoleons. N., der eroberte Länder gerne durch Familienmitglieder regieren ließ, gab ihm zeitweise das Königreich Westfalen. Als der Bruder indessen Anstalten machte, sein Reich nach eigenen Vorstellungen zu regieren, wurde es ihm wieder weggenommen.*

Je suis tout fait: *frz.: Ich bin fix und fertig.*

Karsawina, Tamara: *Primaballerina des russ. Balletts.*

Khanat: *Herrschaftsgebiet eines Khans (mongolischer, turktatarischer oder krimtatarischer Herrscher).*

Kisli: *Pseudonym; wörtl. übersetzt »der Saure«.*

Kissel: *Hafergrütze; eine schleimige, säuerlich klebrige Masse.*

Kokotka: *russ.: Kokotte; Halbweltdame, ausgehaltene Freundin vermögender Männer.*

kondolieren: *Beileid wünschen.*

Kosaken: *usprünglich militär. Gemeinschaften mit Vorrechten, die in Siedlungen (Stanizen) lebten und in Friedenszeiten Feld- und Viehwirtschaft betrieben. Lebten vorzugsweise im Süden Russlands (am Don, am Kuban, im Ural, im nördl. Kaukasien, in der Ukraine, im Saporoger Gebiet). Sie stellten im Kriegsfall milizartige leichte Reiterei und bildeten auch später, unter der Diktatur der Bolschewiki, wieder berittene Abteilungen der Armee.*

Kotillon: *aus Frankreich stammender Gesellschaftstanz, der bis zum Ersten Weltkrieg bei Bällen noch gang und gäbe war, wobei die Tanzpartner einander kleine neckische Geschenke machten – Blumen oder Orden etc.*

Krim: *Die endgültige Kapitulation der Krim, der letzten, verzweifelt verteidigten Bastion Russlands, die noch nicht von der Roten Armee erobert worden war, geschah in Wahrheit ein Jahr später, im November 1920.*
Aus dramaturgischen Gründen musste ich hier eine kleine Camouflage vornehmen, die am letztendlichen Ergebnis des Bürgerkriegs nichts ändert.

Kulaken: *ehemalige Großbauern, von der bolschewistischen Regierung enteignet, auf die Straße gesetzt und dem Hungertod preisgegeben. Gnadenlose Ausrottung der gesamten Spezies, ehe die Zwangskollektivierung begann.*

Kwass: *uraltes, bereits aus dem Mittelalter bekanntes russisches Nationalgetränk aus gegorenem Getreide oder Malz oder notfalls aus Brot, mit Zucker (o. a. süßender Zutat) sowie mit obergäriger Hefe versetzt, oft auch mit Pfefferminze gewürzt. Wird im Zustand der Nachgärung getrunken. Ist schmackhaft, alkoholarm, billig und durstlöschend.*

Litewka: *leichter blusenartiger Uniformrock.*

Lubjanka: *berüchtigtes Moskauer Gefängnis, Folterzentrale der Tscheka, später der GPU und des KGB; hat seinen Namen nach der Straße, in der es liegt.*

Lüster: *Mischgewebe; entweder aus Baumwolle und Mohair oder halbwollen mit Leinwand. Durch die verschiedenen Farben von Schuss und Kette entstand ein schillernder Effekt. In früherer Zeit vorzugsweise für Damen- u. sommerliche Herrenbekleidung verwendet.*

Lukullus: *römischer Feldherr (um 117 v. Chr. – um 57 v. Chr.), nach Ende seiner militär. Laufbahn berühmt wegen seiner üppigen Gastmähler.*

Macchia: *unterholzartiger immergrüner Buschwald südlicher Regionen.*

Machiche: *Zu Beginn des 20. Jahrhunderts aufgekommener Modetanz, der auf einen lateinamerikanischen Volkstanz zurückgeht.*

Ma petite ratte: *frz.: mein Mäuschen.*

Mata Hari: *(1876 – 1917) gebürt. Holländerin, die während ihres Aufenthalts i. d. holländ. Kolonien sich javanische Tänze abguckte und später, in Paris, mit einer fingierten exotischen Biografie als fast nackte Varieté-Tänzerin auftrat. Geliebte einflussreicher Männer. Wurde wegen Spionage im Ersten Weltkrieg hingerichtet.*

Mon Dieu!: *frz.: Mein Gott!*

Moustache: *schmales Oberlippenbärtchen (etwa in der Art wie das von Clark Gable oder David Niven).*

Muschik: *im russischen Sprachgebrauch: Bauerntölpel, ungebildeter Kerl (ursprüngl. nur für den primitiven Bauern stehend).*

Nagan: *russ.: Trommelrevolver.*

Naljewo: *russ.: nach links; auch militär. Kommando (Gegensatz: naprawo – nach rechts).*

Naphta: *Erdöl aus dem Kaspischen Meer: durch Raffinieren gewinnt man das farblose klare Kerosin (Petroleum), damals als Brennstoff für Lampen u. Kocher genützt.*

Narsanwasser: *Mineralwasser aus einheimischen Quellen.*

Pallasch: *schwerer Degen.*

Papacha: *hohe Pelzmütze der Kosaken und der Kaukasusvölker.*

Pierrette: *komische Figur des altfranzös. Lustspiels; pfiffige Frau von Pierrot, einem tölpelhaften Diener, der immer Prügel bekommt. Das typische Kostüm beider ist weiß mit schwarzen Pompons, dazu ein spitzer hoher Hut.*

Pud: *ehemal. russ. Gewicht; entspricht ca. 16,8 kg.*

Rachitis: *eine auf Stoffwechselstörungen beruhende Kinderkrankheit, früher vor allem bei armen Leuten auftretend, Kennzeichen: krumme Beine.*

ROSTA: *steht für Russische Telegrafen-Agentur (Vorläufer der TASS).*

Petuch: *russ.: Hahn; Petuschok: Hähnchen.*

Romanow: *Familienname des letzten Zarengeschlechts.*

Sansculotten: *frz.: ohne Hosen. War ursprüngl. der Spottname für die radikalen Republikaner in der Französ. Revolution, die im Gegensatz zum Adel keine höfischen Kniehosen trugen, sondern lange Pantalons.*

Sashen: *russ. Klaftermaß von drei Arschin (etwas über zwei Meter).*

Schtschi: *russische Kohlsuppe.*

Schut: *russ.: Narr, Hanswurst.*

Siwka-Burka: *feuerfarbenes Wunderpferd im russ. Volksmärchen.*

Soubrette: *Sängerin munterer Sopranrollen, besonders i. d. Operette und im Kabarett.*

spanische Wand: *Raumteiler aus mehreren Segmenten, durch Scharniere verbunden, oft durch Malereien oder geklebte Collagen attraktiv gemacht.*

Sakuska: *russ.: Vorspeise (Plural: Sakuski).*

Sperenzien: *Umstände (aus d. Lateinischen).*

Strass: *nach dem Erfinder benannte Edelsteinfälschung aus Bleiglas.*

Tout est dit: *frz.: (wörtl.) Es ist alles gesagt. Im Sinne von: Betrachten wir die Sache als erledigt.*

Tschastuschka: *russ.: Schnadahüpferl, Scherzliedchen (Plural: Tschastuschki); meist Vierzeiler, oft spontan gedichtet, wobei jede Strophe eine Begebenheit oder eine Person durch den Kakao zieht. Bekannteste Entsprechung im Deutschen: »Eine Seefahrt, die ist lustig, eine Seefahrt, die ist schön …«*

Tschebureki: *Teigtaschen, gefüllt mit Hammelfarce.*

Tscheka: *(russ.) Abkürzung für »Allrussische Außerordentliche Kommission zur Bekämpfung der Konterrevolution und Sabotage«. Gegründet im Dezember 1917. Es handelte sich dabei um eine Art Geheimpolizei im Dienst der Partei der Bolschewiki, aber mit weit darüber hinausreichenden Befugnissen. Sie führte den von der Partei angeordneten gezielten Terror durch, der die Bevölkerung in Angst und Schrecken versetzen und ihr jedes Verlangen nach Demokratie austreiben sollte.*
Besonders berüchtigt waren die Folterkeller der Tscheka, als deren »Spezialität« z. B. das Hautabziehen von noch lebenden Opfern bekannt war. Die Kommissare überließen die viehischen Foltermethoden gern ihren angeworbenen Söldnern, z. B. Letten und Baschkiren, die das Fleisch der von ihnen zu Tode geschundenen Menschen anschließend entweder an die zoologischen Gärten oder auf den Märkten an die hungernde Bevölkerung als »Kalbfleisch« verkauften.
In späteren Jahren wechselte die Tscheka mehrmals ihren Namen (GPU, NKWD), ohne ihre Grundaufgabe – Terror zu verbreiten und Demokratie zu verhindern – aufzugeben.

Tschernomor: *russ.: Schwarzes Meer; auch Anführer einer im Bedarfsfall aus dem Meer auftauchenden Schar von 33 Recken; bekannt aus Puschkins »Märchen vom Zaren Saltan«.*

tutti: *ital.: alle; bedeutet i. d. musikal. Sprache Einsatz aller Stimmen bzw. aller Instrumente eines Orchesters.*

Waräger: *Um das 9. Jh. wanderten Normannen aus dem Südosten Schwedens über Finnland in die nordruss. Region um den Ladogasee ein. Die Finnen nannten sie »Rus« (Rodsen, »Ruderer«), sie selbst nannten sich Vaeringjar (Wâreng – »Gefolge«), woraus die Slawen »Russen« und »Waräger« machten. Der erste allgemein anerkannte Stammesfürst war Rurik, der Gründer des russischen Reiches.*

Warenje: *russische Marmelade.*

Werst: *russ. Wegemaß von 500 Sashen (ein reichl. Kilometer).*

»Wer uns getraut …« etc.: *sehr populäres Duett aus der Johann-Strauß-Operette »Der Zigeunerbaron«.*

Ziegenbeinchen: *russ.: Kozja noschka; volkstüml. Ausdruck für eine selbstgedrehte Zigarette.*

Zimbal: *auch: Hackbrett; ein mit Holzklöppeln geschlagenes Saiteninstrument.*

Ostsee
0
100
200
300
400 km
Ost-
preußen
(Deutsches Reich)
Minsk
Weichsel
WEISSRUSSLAND
Warschau
POLEN
Kiew
TSCHECHO-
SLOWAKEI
UKRAINE
UNGARN
Odessa
RUMÄNIEN
Bukarest
Donau

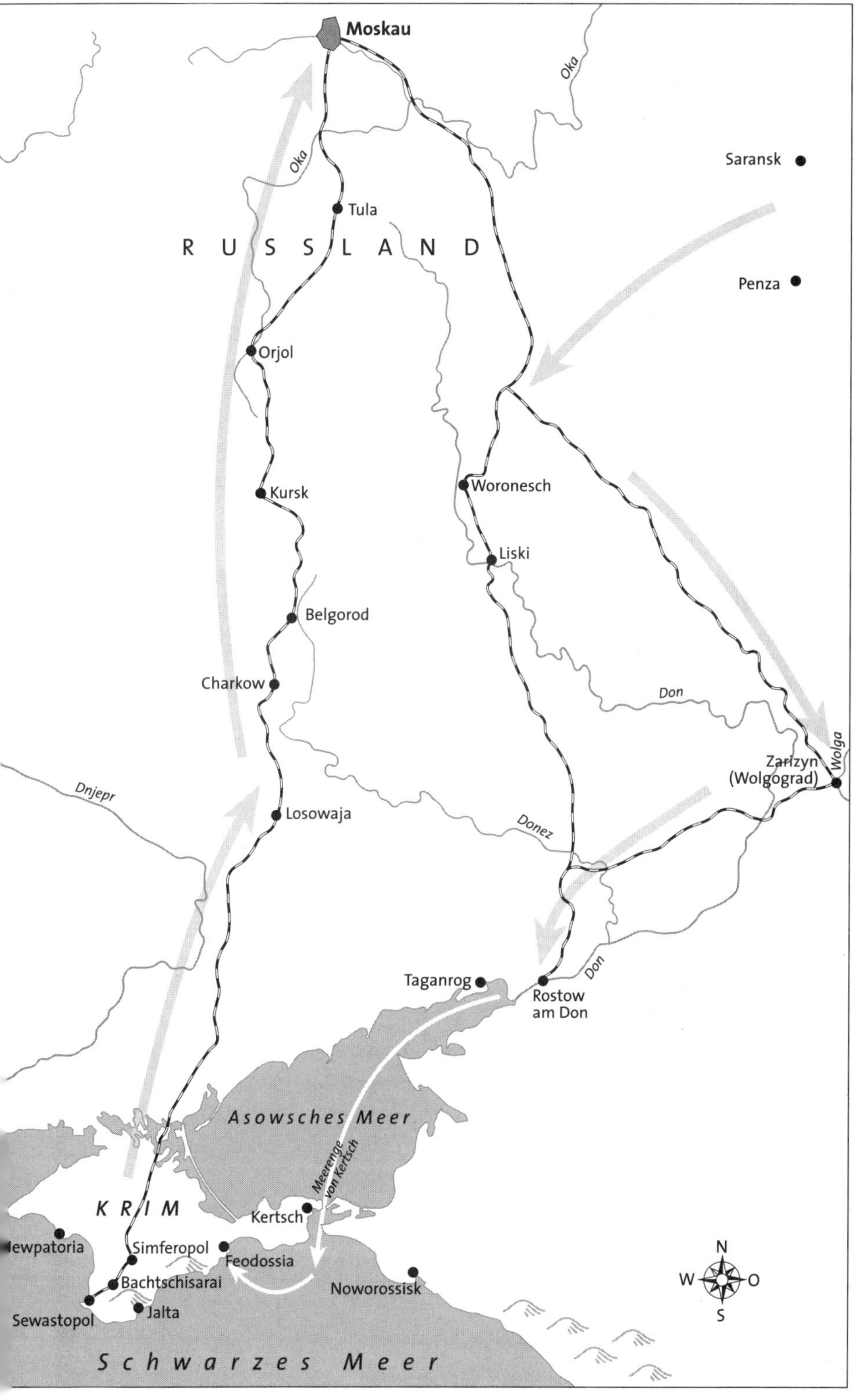
Moskau
Oka
Oka
Saransk
Tula
RUSSLAND
Penza
Orjol
Woronesch
Kursk
Liski
Belgorod
Charkow
Don
Wolga
Zarizyn
(Wolgograd)
Dnjepr
Losowaja
Donez
Don
Taganrog
Rostow
am Don
Asowsches Meer
Meerenge von Kertsch
KRIM
Kertsch
Jewpatoria
Simferopol
Feodossia
Bachtschisarai
Noworossisk
Sewastopol
Jalta
N
W
O
S
Schwarzes Meer

Personenverzeichnis

In der Jelabugaer Straße Nr. 25

Klara (Klascha) Ippolita (Polly, Poljenka) Ossip (Ossja) Fjodor (Fedja) Adilia (Dillotschka)	*Kinder des Kaufmannns Arkadij Andrejewitsch Apraksin und seiner verstorbenen Frau Gilda geb. Remisowa*
Njanja	*Kinderfrau bei den Apraksins (Njanja entspricht dem engl. »Nanny«)*
Wera Makarowna	*Haushälterin bei den Apraksins*
D. D. Olsufjew	*Buchhalter und Lagerverwalter im Geschäft von Herrn Apraksin*
Jegor, Galina, Sofja	*früheres Hauspersonal der Apraksins*
Pelageja Lopuchina	*Altkleiderhändlerin*
Lilja Larionowa	*ein abschreckendes Beispiel*
Großpapa Remisow	*nur erwähnt, zeugte vor Gilda eine uneheliche Tochter, die erst am Schluss auftritt*
Großmama Remisow	*nur erwähnt*
Genosse Blagoj	*Kommissar der Zetropetschatj*
Tibutin	*sein Sekretär*

Unterwegs in Zügen und auf Bahnhöfen

Madame Byrstowa-Lochwitzkaja (Ljudmila Akimowna)	*Prinzipalin der reisenden Künstlertruppe*
Boris Brandukow, *Tenor* Anton Gontscharenko, *Bass* Zina Zarimbowa, *Koloratursopran* Mamin und Mamina, *Pantomimen* Danilo Gumiljew, *Komiker*	*Mitglieder der Truppe*
Grischa und Jemelja	*Ostseematrosen; abkommandiert zur Kontrollabteilung für Umsteigebahnhöfe*
Pawluscha Semjonow	*Transportkraft für beschlagnahmte Gepäckstücke*
Onkel Kitai Kukuschka Timoscha	*demobilisierte Soldaten, Fahrgäste im Zug nach Rostow am Don*

In Rostow am Don

Alida Petrowna Ptizyna	*Zimmervermieterin*
Dajana (Dajanka)	*ihre Tochter*
Nastja	*Mädchen für alles bei den Ptizyns*
Lew Lukitsch Schazki Wladimir Iljitsch Buzuluki	*Untermieter bei den Ptizyns*
Andron Porfirytsch Tschuwarenko	*Schuhmacher*
Anisja Jevsejewna Tschuwarenkowa	*seine Ehefrau, gebürtige Kosakin*
Tjotja Motja	*Kneipenwirtin*
Saffo Dawidowna Bljumental Germia Moissejewna Lamakina	*Lehrerinnen für Ausdruckstanz nach Art von Isadora Duncan*
Nikolai Naryschkin (Niki, Aramis) Anatoli Mansurow (Bonaparte)	*junge Emigranten – von Polly unglücklich geliebt*

An Bord der »Massandra«

Sawwa Todorowitsch Bajadarow	*ein Passagier*
Nika Komnatinin	*ein Schüler, unterwegs nach Sewastopol*

In Kuru-Ssu bei Jalta

Schestjorkin	*Pächter des Anwesens, auf dem die neugegründete Schule steht*
Glafira Timofejewna	*uralte Haushälterin der ehemaligen Besitzerin des Hauses*
Bogus Gratianytsch Wassiltschikow Iwonna Gratianowna Wassiltschikowa (»Miss Aiwi«)	*Geschwister; Lehrer an der Schule in Kuru-Ssu*
Tata Khutumian Stiwa Khutumian Walentina Dshalalowa Lawrenti Dshalalow Swjeta (Pupsik) Dshalalowa Raffail Schorobnik Omer, Iskander, Timur, Dshanike Ruslan Awilow Inna Awilowa	*Schüler der Schule in Kuru-Ssu, Kinder geflohener Nichtproletarier*
Viola Oserskaja (»Gespenst«) »Kolokol« »Naljewo« »Schut« »Bumerang« Frossja Panowa	*Straßenkinder, die in der neuen Schule umerzogen werden sollen*
Genossin Marmeladowa (Akilina Antonowna)	*neue Lehrerin*

Zwischen Kuru-Ssu und Bachtschisaraj

Dmitri Gaponowitsch alias Mitja Schiefauge	*Hehler, Schieber und Kommissionshändler*

Auf der Bahnstation Losowaja

Raissa (Raja)	*Schwägerin des Bahnhofsvorstehers*
Jermolai Stakanow	*Bahnhofsvorsteher*
Panas Panassowitsch Petuchow	*Sonderbeauftragter für Versorgung*
Rustam Gulía	*Georgier (reist im Salonwagen)*

In Moskau

Benja Murawinin (Murawej)	*illegaler Bewohner des Konservatoriums*
Pikulin } Pikulina }	*Händler auf der Sucharewka*
Tambourer	*Schieberkönig, Hehler, Schleichhändler auf der Sucharewka*
Ljoschka Frag-mich-nicht	*Inhaber einer ambulanten Garküche auf der Sucharewka*
Niobe Tuwimowna Narantschowa	*alte Dame aus »besseren« Kreisen, jetzt verarmt*
Iduna (Dunja) Dmitrjewna Ljubimowa	*Halbtante der Apraksin-Kinder, Volkskommissarin für Zirkus und Kindertheater*
Orina Sagatullina } Dima Surokin }	*Hauptrollenspieler im Stück, beide in Pollys Alter*

Ich danke

Nina Berberova
Lilja Brik
Ilja Ehrenburg
Sergej Eisenstein
Orlando Figes
Sinaida Hippius
Valentin Katajew
Alexander Kuprin
Nadjeshda Mandelstam
Ossip Mandelstam
Anatoli Marienhof
Nicolas Nabokov
Alfons Paquet
Konstantin Paustowski
Sinaida Shakowskoy
Viktor Shklovski
Fjodor Stepun
Oleg Zinger
Marina Zwetajewa
Anastassja Zwetajewa

für die aus ihren Büchern erhaltenen Informationen

K. S.